Diccionario de los sentimientos

José Antonio Marina
y Marisa López Penas

Diccionario
de los sentimientos

EDITORIAL ANAGRAMA

Diseño de la colección:
Julio Vivas
Ilustración de Jordi Sàbat

Primera edición en «Argumentos»: diciembre 1999
Primera edición en «Compactos»: junio 2001
Segunda edición en «Compactos»: noviembre 2002
Tercera edición en «Compactos»: febrero 2005
Cuarta edición en «Compactos»: enero 2007

© EDITORIAL ANAGRAMA, S. A., 1999
    Pedró de la Creu, 58
    08034 Barcelona

ISBN: 978-84-339-6691-9
Depósito Legal: B. 4972-2007

Printed in Spain

Liberdúplex, S. L. U., ctra. BV 2249, km 7,4 - Polígono Torrentfondo
08791 Sant Llorenç d'Hortons

A María
J. A. M.

Este libro no habría podido escribirse sin la sabiduría y generosidad de Julio Marina, cuya pericia informática y tenaz entusiasmo nos permitió manejar, sin morir en el empeño, colosales masas de información. Quede constancia de nuestra gratitud.

J. A. M. y M. L. P.

Gran obertura en dos movimientos

MOVIMIENTO PRIMERO: UN MODELO DE DICCIONARIO

1

Queremos comenzar con una advertencia. Quien no sienta fascinación por las palabras, quien no se sienta atraído por las enrevesadas relaciones que tejen, sorprendido por su perspicacia, intrigado por sus metáforas ya casi irreconocibles, quien no perciba que internarse en las complejidades del lenguaje es hacer espeleología íntima, pasar de los ecos que oímos a la voz que gritó en la espelunca originaria, no debe leer este libro. Antes que un diccionario, antes que un texto sobre los sentimientos, hemos escrito un homenaje a la lengua, a todas, festivo y solemne a la vez. Y en las celebraciones sólo deben entrar los que se encuentren con ánimo de celebrar.

En el diccionario hay miles de historias entremezcladas, y hace falta la paciencia de un botánico o de un arqueólogo o de un miniaturista para desentrañarlas. Es necesario un cierto gusto para descifrar enigmas léxicos y para valorar la poética de la minuciosidad y de la precisión. Si cumplen esos requisitos, disfrutarán y aprenderán muchas cosas explorando el vocabulario de los afectos. Pero tengan en cuenta que no basta leer las palabras. Hay que paladearlas, manejarlas, jugar con ellas, navegar por sus cauces interiores. «Me gusta palabrear», escribió Pessoa. «Las palabras son para mí sirenas visibles, sensualidades incorporadas.» Pues eso.

Este libro no debería estar escrito sino pintado, como nos ha enseñado el arte chino, para que cada palabra mostrara la belleza de su textura. El pictograma de la palabra china *paz* es una agregación de los signos *techo* y *mujer*. ¡Bello descubrimiento! Y la palabra *negro* significa «la esencia inagotable del mundo». De ahí que todos los grandes calígrafos, esos maravillosos híbridos de filología y pintura, usaran sólo el color negro para dibujar, la insondable tinta china de nuestra infancia, con sus aguadas todopoderosas. De estos maestros hemos aprendido la atención, el miramiento, la pasión contemplativa hacia las palabras. Las valoran tanto que cuidan apasionadamente la elección de los nombres propios, para que se adecuen a su destinatario, no sólo por su significado sino por el sonido y por la belleza de su grafía.[1] Nosotros también querríamos hacer una lingüística poética, que integrara el rigor y el deslumbramiento, por eso casi nos ha salido un libro de meditación taoísta o zen.

Una escuela de serenidad donde van a encontrar mal acomodo los que gusten sólo de la palabra apresurada y simplificadora. Filólogo, no lo olviden, significa, ante todo, «el que lee lentamente».

El léxico contiene una sabiduría popular almacenada durante milenios. Su análisis nos ilustra acerca de cómo construimos el Mundo de la vida. Nos muestra las preferencias, los intereses, las creencias, el sistema de normas, las costumbres de una sociedad. «El idioma de un pueblo nos da su vocabulario, y su vocabulario es una biblia bastante fiel de todos los conocimientos de ese pueblo», escribió Diderot, en el artículo «Encyclopédie» de la *Encyclopédie*. Esto convierte la semántica en una esforzada expedición a los orígenes. La historia del idioma presenta un aspecto muy similar al de las excavaciones arqueológicas, que descubren las huellas estratificadas de la vida humana, de sus anhelos y fracasos, como un fascinante hojaldre cosmogónico. Desde el fondo de los tiempos nos han llegado generosas herencias de antepasados desconocidos: los objetos de la cotidianeidad, las agujas de coser, las pequeñas vasijas para guardar lágrimas, los enterramientos. Y también las palabras, los verbos, el subjuntivo, las insistentes metáforas, tan conmovedoras y misteriosas como esos restos de afanes antiguos. Son fruto de incontables experiencias lejanísimas, y su perspicacia anónima guía nuestra perspicacia personal. El léxico afectivo nos va a introducir en la enigmática historia de la especie humana, capaz de sentir y deseosa de expresar lo que sentía. Nos parece ver a nuestros antepasados sorprendidos, asustados, fascinados por los sentimientos, por unas fuerzas de origen desconocido que les manejaban, haciéndoles sufrir, alegrarse, desear, estar pendiente, matar, morir.

Si un diccionario fuera la única fuente de información para un extraterrestre, sabría que los terráqueos perciben, conocen, evalúan, sufren, desean, se decepcionan, se desesperan, y muchas cosas más. Sin embargo, sólo podría entender el significado de esas palabras cuando pudiera saltar desde ellas hasta la experiencia. La aclaración de unas palabras por otras tiene un límite, más allá del cual resulta necesario salir del reducto lingüístico. Sólo podemos entrar en un diccionario si somos capaces de tender un puente que le una con la experiencia.

Este libro estalla por todas sus costuras. Es un «diccionario cognitivo», que pretende mostrar las relaciones del léxico con el conocimiento. Es la cartografía de un viaje de ida y vuelta. La experiencia fundamenta el léxico, que a su vez analiza, organiza y retiene la experiencia. Es un léxico castellano que busca correspondencias o contradicciones en otras lenguas. Es un estudio sobre palabras que quiere ser una investigación sobre la realidad. Semejantes pretensiones nos han recomendado un complicado método de trabajo. En primer lugar, hemos hecho una investigación de campo inductiva, a la descubierta, sin presupuestos previos, sobre la documentación guardada en los diccionarios castellanos, para buscar en ella la organización vital que hay por debajo. Hemos comenzado analizando las palabras que designan emociones, afectos, sentimientos, sin ser muy estrictos en su selección, dejando que el mismo diccionario nos guiara. Cada uno de los sentimientos pertenece a una *familia léxica* (amor, amar, amante, enamorar, enamoradizo, amable, etc.). Prolongando el análisis, hemos comprobado que las *familias* no permanecen aisladas, sino que por medio de referencias cruzadas o de elementos comunes se agrupan en *clanes*, y éstos en *tribus*. Por ejemplo, *nostalgia* y *añoranza* forman un *clan*. Y junto a *melancolía, tristeza, desamparo* y *compasión* forman la *tribu* de los «sentimientos de pérdida».

Cada una de esas tribus se funda en una *representación semántica básica*,[2] que es un trozo de experiencia que el lenguaje se encargará de analizar o de manejar en bloque, según sus necesidades. El saharaui tendrá muchas palabras para designar la arena, y, posiblemente, muy pocas para hablar de la hierba. La representación semántica de un vergel será tan inaudita y mágica que tendrán que referirla a una vida paradisíaca y ultraterrena.

Una vez organizadas –sin duda provisionalmente– las *tribus sentimentales* castellanas, hemos hecho calas en otras lenguas, a veces muy distantes, para ver si esas representaciones semánticas básicas, esos dominios acotados de experiencia, aparecían también en ellas. Se trata, como es obvio, de un intento elemental e incoativo. Es más un programa de investigación que un logro. Por último, hemos contrastado estos resultados con lo que nos dice la psicología o la antropología, para comprobar si corroboran nuestros hallazgos. Todo parece indicar que las tribus sentimentales son comunes a todas las culturas, aunque su despliegue en familias sea distinto. Esto permitiría teóricamente elaborar un diccionario universal de los sentimientos, en el que cada idioma pudiera aportar sus peculiaridades dentro de marcos comunes. Hay, pues, una esperanza de entendimiento.

El universo afectivo está formado por un sistema de representaciones semánticas básicas, que son el resultado de la experiencia. El léxico expresa, analiza, subraya determinados aspectos de esa base experiencial, a la que ayuda a organizarse, configurarse y establecerse. En el caso del léxico sentimental las representaciones básicas adquieren un formato narrativo. Un suceso desencadena un sentimiento porque afecta al sujeto en su bienestar o en sus aspiraciones. El sentimiento desencadena a su vez nuevos deseos, y puede manifestarse en expresiones y comportamientos, que a su vez pueden despertar nuevos sentimientos. Este modelo general nos permite comprender las palabras, hacer inferencias, entender los discursos. Nos resulta fácil comprender frases como las siguientes: «Prefirió perjudicarse él mismo antes que colaborar. Le come la envidia», «El despego del hijo entristecía a la madre y enfurecía al padre».

Cada campo sentimental –lo que hemos llamado tribu– tiene una narración básica, un argumento típico, que va cambiando de acuerdo con los desencadenantes, las intensidades, los comportamientos que provoca, o el punto de la historia en que se sitúa el énfasis. Cada una de estas versiones se etiqueta con una palabra. En este sentido este diccionario recuerda la investigación que hizo Propp sobre los cuentos populares rusos. Descubrió que había un número limitado de argumentos que daba lugar a una enorme riqueza de cuentos gracias a la combinación de elementos.

Eminentes lingüistas mantienen una teoría parecida. Greimas habla de «planes narrativos concentrados»,[3] y Wierzbicka ha mostrado que «la definición de una emoción toma la forma de un escenario prototípico».[4] Los términos que expresan sentimientos proporcionan una abreviatura de escenarios que los miembros de una cultura dada ven como particularmente comunes y relevantes. La aparición de un peligro desencadena un sentimiento de miedo que incita a huir. La presencia de un extraño provoca miedo o embarazo.

La psicología ha dedicado últimamente mucha atención al estudio de los modelos de la mente que el niño construye desde muy pronto.[5] Bien, lo que vamos a estudiar en este diccionario es el modelo mental que está implícito en el léxico castellano. El diccionario de los sentimientos se ha convertido en un tratado de psicología popular.

Para facilitar la exposición hemos creado una figura cercana a la mitología: EL DICCIONARIO. Ponemos en su boca todo aquello que nos ha parecido opinión constante de los diccionarios castellanos, su doctrina común. El diccionario es una institución conservadora, puesto que se propone transmitir una tradición lingüística, de manera que es fácil encontrar doctrinas inequívocas.

2

Las dificultades comienzan nada más empezar. Los sentimientos no se dan aislados. Forman parte de un «universo afectivo» cuya estructura debemos analizar. «Conviene ver el lenguaje que habla de las emociones», escribe una antropóloga especializada en estos temas, «al servicio de complejos propósitos culturales, morales y comunicativos más que como unas simples etiquetas para estados internos, cuya naturaleza o esencia se presume universal. El complejo significado de cada palabra es el resultado del importante papel que esa palabra juega para articular todo el repertorio de los valores culturales, relaciones sociales y circunstancias económicas. Hablar sobre emociones es al mismo tiempo hablar sobre la sociedad –sobre el poder y la política, la amistad y el matrimonio, la normalidad y la desviación–, como varios antropólogos han comenzado a documentar.»[6] Al parecer, la amplitud de nuestro proyecto no se acaba. Ahora resulta que un diccionario de los sentimientos tiene que ser un compendio de la historia y de la cultura de una sociedad. Las palabras son hologramas que resumen gigantescas cantidades de información, sin darse ningún pisto.

La psicología popular que yace en el fondo de cada una de las lenguas habla de acontecimientos íntimos, de alma, sentimientos, dolores y placeres. A veces resulta difícil saber si una palabra designa un sentimiento, un rasgo de personalidad, un comportamiento o una virtud. ¿Qué designa la palabra *tolerancia?* «Actitud de no oponerse quien tiene autoridad o poder para ello a cierta cosa» (MM).* Se llamaban «casas de tolerancia» a los prostíbulos. Tolerar es soportar y aguantar algo, pudiendo no hacerlo. Es, pues, un modo de comportarse. Y, en todo caso, un rasgo de carácter: hay personas tolerantes y personas intolerantes. Pero la palabra tiene una larga historia. A partir del siglo XVII significó la aceptación de creencias religiosas que se consideraban heréticas. Fue una lucha contra los intolerantes, que no aceptaban las opiniones de otros. El intolerante, dice María Moliner, es «exaltado, exigente, intemperante, intransigente». Tiene una configuración afectiva muy peculiar. Rechaza con una seguridad exagerada las creencias

---

* El lector encontrará en la página 419 un listado de las siglas de los diccionarios más utilizados.

distintas de las suyas, los gustos o las conductas. Se irrita o cierra sus líneas de comunicación ante lo diferente. Puede hacerlo por miedo, amor propio, fanatismo. Carece de flexibilidad. Juzga las cosas con el mismo juicio severo y sumarísimo que ejercita la antipatía. En cambio, el tolerante acepta sin enrocarse en su opinión modos de ser y de vivir distintos al suyo. No tiene amartillados los sistemas de defensa o ataque. Es más paciente con las peculiaridades ajenas y menos altanero con las propias.

Este ejemplo muestra que deseos, sentimientos, actitudes, rasgos de personalidad y conductas forman el universo afectivo. En este diccionario vamos a limitarnos al léxico sentimental, pero necesitaremos hacer múltiples referencias a ese marco afectivo más amplio. Un diccionario de los sentimientos tiene que convertirse en un diccionario de la vida afectiva. Acaba de reventar otra costura.

Los participios pasivos plantean un enrevesado problema. Expresan la acción acabada, el estado en que queda el sujeto después de recibir como un regalo o una patada la acción del verbo. Pasivo y pasión están claramente emparentados. El que siente un afecto es afectado por la acción real o simbólica de algo. Si quisiéramos forzar las cosas, los participios pasivos ampliarían indefinidamente los límites del vocabulario sentimental. ¿Quién no se ha sentido despreciado, rechazado, amado, preterido? ¿Debemos incluirlos? A veces no encontramos un sustantivo correspondiente a un sentimiento, sino a una propiedad de la persona u objeto. Pondremos, por ejemplo, el inglés *cosiness*. Suele traducirse por «acogedor». Posiblemente deriva de la palabra gaélica *cosh*, que significa un pequeño hueco donde uno se refugia y se siente protegido y cómodo. En finlandés hay una palabra encantadora, *kodikas*, que deriva de *koti*, «casa», y que se aplica a las habitaciones, los muebles, las personas. Una chica *kodikas* es acogedora, tranquila y amable. Es decir, quien posee esa cualidad actúa y afecta a otra persona de una manera peculiar, distendida y cálida, que le hace sentirse acogido. Esto es, sin duda, un sentimiento, aunque no esté lexicalizado. ¿Debemos incluirlo? No hemos sido excesivamente rigurosos. Cuando la exposición reclamaba incluirlos, lo hemos hecho. Nos ha servido para recordar que la experiencia afectiva se da en el mundo de la acción y de la interacción humanas.

3

Para aumentar más aún la complejidad, las tribus establecen relaciones entre sí, forman marcos interpretativos más amplios, grandes modelos de comportamiento, construidos alrededor de temas fundamentales de la vida. La convivencia social, las relaciones amorosas, el sexo, la posesión de bienes, la bondad y maldad de los actos, organizan las tribus sentimentales de una manera peculiar, formando alianzas. Son grandes núcleos de cristalización afectiva. El lenguaje recoge esas complejas interacciones. Y lo hace con gran perspicacia y brillantez. Un hablante tiene unos planos del mundo, una teoría general de la realidad cifrada en su lenguaje, que puede hacer explícita si tiene interés y agudeza.

En muchas ocasiones nos ha sorprendido descubrir grandes tensiones pasionales, muy bien codificadas, en palabras que parecían tener una laxa relación con el mundo emocional. Pondremos como ejemplo la palabra *desafío*. Actualmente significa: «Invitar o incitar una persona a otra a que luche o compita con ella. Afrontar la ira de otra persona no dejándose intimidar. Acometer una empresa difícil» (MM).

Se trata de una descripción muy pobre. La formulación más típica de un desafío es: «¿A que no te atreves a hacer» tal cosa? Un desafío es una provocación. El que desafía es un provocador o una provocadora. Llama desde fuera *(pro-vocare)*, hace salir a alguien de su refugio o de sus casillas o de sus costumbres. Incita a realizar algo. Mueve a la acción. Y en este movimiento tiene que haber alguna emoción, algún sentimiento. ¿Cuál es?

La etimología de desafío es interesante y compleja. Quiere decir: retirar la fe *(de-fier)*, deshacer la promesa o la confianza de otro. Era, pues, una transgresión de lo esperado, lo normal, lo legal, lo previsible. Pero de una manera muy especial. Un desafío obliga al desafiado a contestar. Es una declaración provocadora mediante la cual se manifiesta a alguien «que se le tiene por incapaz de hacer una cosa» (PR). Le fuerza entonces a responder, si no quiere aparecer como un incapaz o un cobarde. Al retarle doy significado a su acción y a su inacción. Y esta coerción puede ser extremadamente violenta porque amenaza el prestigio social, el honor. El desafiado puede sentirse ofendido, coaccionado, amenazado (de nuevo aparecen los participios pasivos). El desafiador no le deja elección.

Estas palabras que activan redes emocionales muy complejas, los enfogados castillos del orgullo, la vergüenza, el honor, el miedo, la venganza, el resentimiento, tienen larguísimas historias que han ido tejiendo lazos, derivaciones, trampas, equívocos, y que tenemos que contar. La historia de la cultura es en gran parte historia de los fueros y desafueros de las pasiones. Martín de Riquer ha estudiado el mecanismo de los desafíos medievales. Entre ellos el de Suero de Quiñones. El reto era universal: «Yo mantengo empresa contra todos los cavalleros e gentileshomes del mundo.» La finalidad, clara: quería romper trescientas lanzas y rendir así homenaje liberador a su dama. Era un grito de altanería, una proclama de engallamiento que los demás podían desdeñar o aceptar. Pero resultaba evidente que quien callaba otorgaba la preeminencia al otro. El desafiador se encargaba de publicar su reto, con una «letra de requesta de batalla», o con carteles de desafío *(cartells de deseixements).*[7]

Es evidente que el poder movilizador del desafío implica una complicidad objetiva entre él y el desafiado.[8] Tienen que aceptar los mismos valores, por eso han de someterse ambos a un código de honor. Un noble no puede desafiar a un villano ni un villano retar a un noble.

Los desafíos son un universal afectivo. Su mecanismo funciona en un gran número de culturas. Pierre Bourdieu lo ha estudiado en la Cabilia, en Argel. Son tribus que conceden gran importancia al honor, por lo que deben estar vigilantes para responder a cualquier provocación. Son, además, una sociedad muy competitiva, lo que aumenta la frecuencia de los desafíos.

«Para que haya desafío es preciso que quien lo lanza estime a quien lo recibe digno de ser desafiado.» Ésta es la primera norma. El desafío supone honor y afecta al honor. «El hombre cabal debe estar siempre en estado de alerta, presto a enfrentarse con el menor desafío. Es el guardián del honor *(amh'ajer)*, el que vela por su propio honor y por el honor de su grupo. El peor destino para un hombre es pasar sin llamar la atención, como una sombra. Así, no saludar a alguien es tratarle como una cosa, como un animal o como una mujer. El desafío es, por el contrario, una culminación de la vida para quien lo recibe.»[9] Es afirmación del ser. Cuando alguien no responde al desafío se deshonra a sí mismo.

Las redes lanzadas al campo emocional siguen cosechando palabras como peces. Para los cabileños, el desafío puede plantearse mediante una ofensa o mediante un regalo. Ambas cosas fuerzan una respuesta a la altura de las circunstancias, adecuada a la provocación. El desafiador determina la conducta del oponente mediante las coacciones morales del código del honor. Los regalos o incluso la destrucción de los bienes para mejorar el estatus social, o como baza en una competición, se dan en las fiestas de los cerdos, en las sociedades melanesias, donde se llegan a matar doscientos cerdos en una fiesta para agasajar, abrumar a sus huéspedes, y en las ceremonias del *potlatch* de los nativos americanos de la costa noroeste.[10] Todo esto nos dice la palabra desafío.

4

La selva del lenguaje sentimental es así de enrevesada y magnífica. En este libro vamos a estudiar solamente las tribus, y sólo en algunos casos inexcusables intentaremos organizar las tribus en marcos o modelos más amplios, a los que hemos llamado *agrupaciones*. De paso esbozaremos en algunos ejemplos especialmente deslumbrantes la historia de los sentimientos humanos. Lo que nos parece evidente es que el lenguaje contiene una psicología sentimental extraordinariamente rica, perspicaz, refinada y verdadera, de la que tenemos mucho que aprender. Todos somos expertos en psicología sin saberlo.

Este libro es obra de dos autores. MLP ha cargado con el peso de la documentación léxica, tarea que al otro autor le ha parecido magistral y abrumadora («Creo que no se ha hecho en ninguna lengua una recopilación tan exhaustiva», JAM). Por su parte, JAM ha aportado la documentación psicológica y antropológica, y es responsable de la redacción y de sus excesos.

Instrucciones para la lectura. El mundo afectivo es mercurial y heterogéneo. El léxico afectivo arranca de perspectivas e intereses muy diversos.[11] Hay distintos niveles de análisis. Esta pluralidad y dinamismo podrán exponerse bien en un diccionario virtual con soporte informático, que permita hacer y deshacer la organización y las rutas. El libro es un formato muy rígido. Hemos querido al menos proporcionar dos modos de lectura. Leído el libro en su secuencia normal –o sea, desde el comienzo al final– es una narración descriptiva, vegetal, arborescente, viva del léxico sentimental. La crónica de un viaje hecho por dos cartógrafos. Pero también puede leerse de atrás adelante, a partir del índice de términos, que presenta una organización alfabética y temática. En esta perspectiva el libro se parece más a un diccionario habitual. Esperamos que nuestro editor no nos riña por proporcionar dos libros por el precio de uno.

NOTAS

1. Alleton, V.: *Les Chinois et la passion des noms*, Aubier, París, 1993, p. 9.

2. La teoría de la «representación semántica básica» está expuesta en la introducción a este diccionario: Marina, J. A.: *La selva del lenguaje*, Anagrama, Barcelona, 1998.

3. Greimas, A. J., y Fontanille, J.: *Sémiotique des passions*, Seuil, París, 1991.

4. Wierzbicka, A.: *Semantics, Culture and Cognition,* Oxford University Press, Nueva York, 1992.

5. La psicología actual está dedicando mucha atención a la interpretación que el sujeto hace de los estados mentales propios y ajenos. Los niños poseen esa habilidad desde muy pronto. «Postulan entidades no observables, interrelacionadas (especialmente creencias y deseos) y se refieren a éstas tanto para explicar como para predecir la conducta» (Harris, P. L.: *Los niños y las emociones,* Alianza, Madrid, 1992, p.16). Algunos autores sostienen que los niños nacen con esa elemental teoría de la mente, o al menos con «los rudimentos del realismo intencional de sentido común», como lo llama Fodor (Fodor, J. A.: *Psychosemantics,* Bradford, Cambridge, 1987).

6. Lutz, C.: *Unnatural Emotions,* Universidad of Chicago Press, Chicago, 1988, p. 59.

7. Riquer, M. de: *Caballeros andantes españoles,* Espasa-Calpe, Madrid, 1967.

8. Greimas ha hecho un interesante análisis semiótico del desafío en su obra *Del sentido II, ensayos semióticos,* Gredos, Madrid, 1989, pp. 242-255.

9. Bourdieu, P.: «El sentimiento del honor en la sociedad de Cabilia», en Peristiany, J. G. (ed.): *El concepto de honor en la sociedad mediterránea,* Labor, Barcelona, 1968, p. 180.

10. Ember, C. R., y Ember, M.: *Anthropology,* Prentice Hall, Nueva Jersey, 1992, p. 221.

11. Nico H. Frijda, de la Universidad de Amsterdam, una de los especialistas más prestigiosos en el campo de la psicología de las emociones, ha escrito: «La taxonomía de las emociones permanecerá confusa mientras no se reconozca que las emociones pueden definirse significativamente (es decir, no trivialmente) desde diferentes puntos de vista. Las taxonomías deben indicar el nivel en que se están moviendo» («Notes for a lecture on emotion taxonomy», International Society for Research on Emotions, Amsterdam, 1986).

24

MOVIMIENTO SEGUNDO: NAVEGANDO POR LOS DICCIONARIOS

1

Nuestro estudio del léxico sentimental se basa en los diccionarios. Podríamos haber tomado como punto de partida el estudio de textos, o encuestas sobre el uso actual de estos términos, pero nos ha parecido más interesante hacer un estudio amplio sobre la documentación analizada y conservada en los diccionarios. Una vez tomada esta decisión, comenzamos la larga, minuciosa y a veces abrumadora tarea de vendimiar los principales diccionarios castellanos. Nos acordamos con frecuencia de Juan Escalígero, que hace cuatro siglos dijo en bellos versos latinos que los grandes criminales no deberían ser condenados a muerte, ni a trabajos forzados, sino a compilar diccionarios, pues este quehacer lleva consigo, y valga la reiteración, todos los trabajos posibles. Y también del prefacio que Samuel Johnson escribió para su diccionario: «El triste destino de quienes moran en los más bajos empleos del intelecto es el de obrar más empujados por el temor al castigo que por la esperanza del premio; el de hallarse expuestos a la censura, sin esperanza ninguna de recibir elogios; el de caer en desgracia por sus errores o ser castigados por sus descuidos y jamás ser ensalzados por sus éxitos y recompensados por su diligencia. Entre estos infelices mortales se encuentran los autores de los diccionarios.»

Creemos que exageraban. Los diccionarios son obras maravillosas, novelas de la palabra, como llamó García Márquez al escrito por Rufino José Cuervo. Por esto queremos contarles algo sobre los que hemos consultado con más asiduidad, para convertirlos en obras con rostro y vida. Puesto que van a acompañarles a ustedes durante varios cientos de páginas, es de buena educación presentárselos. De paso rendimos un homenaje a sus autores y colaboramos a una historia de la lexicografía española que está sin hacer.

El primer diccionario español, y el primero que hemos consultado, es el *Universal vocabulario en latín y romance collegido por el cronista Alfonso de Palencia* (1490). Sólo se conocen veinte ejemplares, impresos en letra gótica, con el texto a dos columnas, una en latín y otra en romance. Del autor sabemos que estudió ciencias y letras, viajó a Italia, donde tuvo por maestro a Jorge de Trebisonda. Al volver, se metió en política. Toma partido por el infante don Alfonso en contra de su padre el rey Enrique IV. Vuelve a Italia, esta vez no a estudiar sino para denunciar ante el Papa la situación de Castilla. Al morir el infante apoya a la infanta Isabel y representa un papel principal en las negociaciones de su boda con don Fernando de Aragón. Va a Sevilla, al servicio del duque de Medina Sidonia hasta 1492, fecha en que se pierde su rastro. Sus actividades políticas no le impidieron escribir profusamente. Hasta diecinueve manuscritos se conservan en la Biblioteca Nacional, todos de temas históricos. Como lingüista escribió, además del *Vocabulario,* un *Opus sinonimorum* (1492), un estudio latino en tres libros, relacionándolo con el idioma castellano.

Un año después, Antonio de Nebrija publica su vocabulario de romance en latín: *Dictionarium ex hispaniensi in latinum.* A finales del siglo XVI aparecen el *Vocabulario de las lenguas toscana y castellana,* de C. de las Casas (Sevilla, 1570, Alonso Escrivano), un *Vocabulario de las lenguas toscana y castellana,* publicado en Venecia por Antonio Bertano en 1587. Ese mismo año, Alonso Sánchez de la Ballesta publica su *Diccionario de vocablos castellanos,* en el que recoge frases y refranes traducidos del latín.

Pero estas obras empalidecen al compararlas con el primer gran diccionario de una lengua en forma extensa, anterior incluso al famosísimo italiano de la Academia de la Crusca. En 1611, don Sebastián de Covarrubias y Orozco, nacido en Toledo en 1539, experto en varios saberes, publica el *Tesoro de la lengua castellana o española,* libro del que nos confesamos devotos lectores. El autor lo concibió como un diccionario etimológico, con la finalidad explícita de defender nuestra lengua frente a las bárbaras. «Negocio es de grande importancia saber la etimología de cada vocablo, porque en ella está encerrado el ser de cada cosa, sus cualidades, su uso, su materia, su forma y de alguna dellas toma nombre. Si nuestro primer padre nos dexara los nombres que puso a las cosas con sus etimologías poco había que dudar en ellas.» Es cierto que las etimologías que aduce Covarrubias son poco de fiar, y que el autor opina, cuenta anécdotas y recuerdos personales, pero todo esto no hace sino aumentar el encanto de la obra.

Tan gran empeño no se vio libre de críticas, porque los lexicógrafos suelen ser gente levantisca y peleona. Don Gregorio Mayáns escribió: «A don Sebastián de Covarrubias y Orozco, maestrescuela y canónigo de la catedral de Cuenca, le conviene el adagio latino *Thesauri carbones.*» Por eso, don Francisco de Quevedo y Villegas, que sabía muy bien la extensión de nuestra lengua, dijo en *Cuento de cuentos:* «También se ha hecho *Tesoro de la lengua española,* donde el papel es más que la razón.» Nosotros, por supuesto, no quisiéramos ser juzgados por Quevedo.

En 1616 aparece en París el *Tesoro de las dos lenguas francesa y española,* de César Oudin, que tiene algunas informaciones de interés. De él escribe el conde de la Viñaza, en su indispensable *Biblioteca histórica de la filología castellana* (1893): «Contiene este libro muchas palabras pornográficas que no se encuentran en otros diccionarios. Después de la parte española, y de la francesa que es la segunda, se lee el vocabulario de la jerigonza, que es una reimpresión del de germanías de Juan Hidalgo.»

En 1713 comienza a organizarse la Academia Española, reuniéndose en un palacio de la Plaza de las Descalzas un grupo de humanistas bajo la dirección de don Juan Manuel Fernández Pacheco, marqués de Villena. Solicitan permiso oficial para elaborar el diccionario. El Consejo de Castilla opina que no están capacitados para llevar a cabo semejante tarea, pero Felipe V les concede el permiso, afortunadamente. Para ser precisos habría que decir que no fue la Academia quien emprendió el diccionario, sino que los emprendedores lexicógrafos acabaron por convertirse en la Academia. Tuvieron que enfrentarse con todo tipo de problemas, comenzando por el título. ¿Habría de llamarse castellano o español? En 1723 se hace necesario pedir ayuda para editar el primer tomo. El rey concede 70.000 reales de vellón dotando de paso a la Academia con la misma cantidad anual. Con semejante ayuda se permitieron incluso obsequiar a algunos colaboradores. A Antonio Palomino, médico de la reina, que había contribuido en lo concerniente a plantas medicinales, le regalan una arroba de chocolate. No hubiéramos tenido inconveniente en recibir un obsequio parecido.

En este diccionario, publicado entre 1726 y 1739, intentan recoger todas las voces que estuvieran en uso, con las autoridades (de ahí el nombre de este diccionario) que corresponden a cada una, eligiendo a las que a su juicio han tratado la lengua con mayor «gallardía y elegancia». Continúa siendo un diccionario instructivo y delicioso.

En 1789 la Real Academia hace una nueva edición, suprimiendo las etimologías y las citas, reduciéndolo a un solo tomo. Podemos considerar que los sucesivos diccionarios de la Academia son ediciones revisadas del de 1789 –que, a su vez, es un resumen del de *Autoridades*–, en los que se renuevan muchas definiciones no siempre para mejorarlas, como dice discretamente Lapesa.

No podemos dejar de mencionar a Lorenzo Hervás y Panduro (1735-1809), aunque no escribiera un diccionario, porque, como dice Antonio Tovar, fue «el lingüista mejor informado de su tiempo acerca de la distribución de las lenguas del mundo». Jesuita apasionado del estudio, universal y polígrafo, escribió una obra enciclopédica –*Idea dell'Universo*– en veintiún volúmenes y en italiano, donde se puede leer de todo: desde historias de monstruos hasta las causas de la Revolución Francesa, desde el lenguaje de los sordomudos hasta las matemáticas. El volumen XVII es un *Catalogo* de las lenguas conocidas. Y el XX, publicado en 1787, un *Vocabolario Poligloto*. Para este hombre universal, las lenguas permiten estudiar la historia de las naciones, pues su gran estabilidad conserva huellas lejanas. Deja de buscar una lengua primitiva de la cual derivarían necesariamente todos los idiomas. Su pasmo ante la perfección de cualquier idioma le hace negar que el hombre sea capaz de haber inventado ninguno de ellos. «*L'uomo è capace di parlare, non però si rileva, che egli sia capace d'inventare un idioma sì perfetto, como è il più semplice, che si parla nel mondo*» (vol. XXI, p. 12). Dios tuvo que ser el gran lingüista. El Siglo de las Luces se interesó mucho por los diccionarios. Bajo el reinado de Carlos III se distribuyeron en la América Hispánica cuestionarios de 488 palabras con el fin de recoger datos sobre decenas de lenguas amerindias. Hervás aprovecha todo. Cuando los jesuitas fueron expulsados de España, va a Roma, y allí obtiene información de otros jesuitas que llegan de todas las partes del mundo, de extranjeros, de los diccionarios de la época, de los misioneros, consulta catecismos, gramáticas, versiones de los evangelios. No siente en cambio simpatía por los etimologistas, a los que recomienda que «dexen de pescar en el aire ranas, que ellos creen volar». A él sólo le interesa la afinidad y diferencia de las lenguas. Escogió las 63 palabras que consideró más usuales, en 110 lenguas y dialectos, para compararlas. Por desgracia para nosotros, ninguna de ellas designa un sentimiento ni nada parecido. En el volumen XXI de su gigantesca obra, titulado *Saggio pratico delle lingue* (1787), recogió el padrenuestro en más de trescientas lenguas. Epitafio: Hervás y Panduro estuvo prohibido por la censura española.

Don Manuel Dendo y Ávila publica en Madrid, en 1756, un *Ensayo de los sinónimos*, en el que advierte que «los hombres eruditos no han cuidado de hacer diferencia alguna entre las voces que hoy se tienen por sinónimas, antes las han tomado indiferentemente». «El uso es el que da a las voces en los idiomas vivos todo el precio y forma que tienen, es capaz de alterar los significados y mudarlos.» «No voy a valerme para este ensayo de más regla que la de comparar las sensaciones e ideas que se excitan de los sinónimos en la primera aprehensión de ellos y su combinación con otras voces para deducir las diferencias y fixar su significado.»

Entre 1785 y 1793 aparece el *Diccionario castellano con las voces de ciencias y artes y sus correspondientes en las tres lenguas francesa, latina e italiana* del padre Esteban Terreros y Pando, en cuatro volúmenes, que además del lenguaje general incluye un gran número de términos científicos y técnicos. El padre Terreros, jesuita, tradujo *El espectáculo de la naturaleza* de Pluche, y el hecho de no encontrar en español los términos que necesitaba, le animó a redactar un vocabulario que los contuviera. Durante más de veinte años, con un trabajo diario de entre ocho y diez horas, se dedicó a la elaboración de este diccionario, cuya fuente principal fue el de *Autoridades*, al que añadió de su cosecha los términos científicos.

En 1806, don Santiago Jonama, ministro de la Real Hacienda y secretario contador de la Comisión gubernativa de consolidación, extinción, etc. en las islas Filipinas, publica en la Imprenta Real de Madrid otro *Ensayo sobre la distinción de los sinónimos de la lengua castellana*, en cuyo prólogo dice que esta materia es «casi nueva en España», citando a Dendo como el primero que se ocupó del tema.

2

Entramos así en el siglo XIX, la época de los grandes diccionarios subjetivos, donde los autores nos dejan su opinión sobre el universo mundo y todo lo demás. La navegación por estos diccionarios nos ha resultado amena, divertida, curiosa, emocionante y, también, confusa. Comenzamos con el caótico *Panléxico. Diccionario universal de la lengua castellana* (1842), de Juan de Peñalver, publicista, ministro de la Real Junta de Comercio y Moneda, redactor de *La Gaceta* de Madrid y de *El Mercurio*. Es muy crítico con el *Diccionario de la Real Academia*, cuyas definiciones califica como «bárbaras, impropias e inexactas». El autor proyectó las cosas a lo grande. Su propósito, como afirma en el prólogo, es hacer «no sólo un diccionario de la lengua castellana, sino formar un tratado que resuelva todas las dificultades que pueden ocurrir sobre el lenguaje, es decir, sobre la casi totalidad de los conocimientos humanos». Dado lo ambicioso del proyecto no es de extrañar que no pudiera llevarse a cabo en su totalidad. Aparecieron tres tomos. El primero, un *Diccionario de la lengua* cuyo autor es el propio Peñalver; el segundo, un *Diccionario de sinónimos*, cuyos autores son Pedro María de Olive y López Pelegrín; el tercero, también de López Pelegrín, lleva el nombre de *Vocabulario de la fábula* y recopila citas y materiales diversos. En nuestro estudio hemos utilizado el *Diccionario de sinónimos*, considerado *rara avis* en su tiempo. Agrupa los términos por sus significados. Las definiciones son cuando menos personales, sobre todo en la parte correspondiente a Pedro María de Olive. Hay numerosas digresiones que nos dejan ver las ideas que sobre el mundo tiene el autor.

Esta obra provocó una gran polémica, exacerbada por lo extravagante del título. La Academia responde con viveza a sus críticas. En *La Gaceta* de Madrid aparecen numerosos artículos, firmados principalmente por «un suscriptor», título bajo el que se ocultaba Juan Nicasio Gallego, en los que se ataca sin piedad al *Panléxico,* incluso antes de su aparición. «Mala espina me dio esta monserga, no menos que el título de *Panléxico,* que me pareció elegido con el objeto de fascinar al gran número de gentes que se pagan de voces exóticas y de frases ampulosas, aunque no las comprendan.» Le acusa de no ser más que el *Diccionario de la Real Academia* al pie de la letra y compara su actitud con «la de los forajidos que antes de robar a los pasajeros empiezan por llenarles de insultos».

En 1846 aparece uno de nuestros diccionarios preferidos. El escrito por Ramón Joaquín Domínguez, filólogo y político español, nacido en Verin, Orense, en 1811. Lleva por título *Diccionario nacional o gran diccionario clásico de la lengua española.* Andar con el léxico a vueltas debe de producir una cierta petulancia, porque Domínguez en su prólogo afirma que su diccionario «es sin disputa, si no perfecto, el más completo de los que se han publicado hasta el día».

Este diccionario no es el de la lengua castellana sino el de la lengua de Domínguez, y nos cuenta el mundo vivido de este curioso personaje, revolucionario y progresista, organizador de la insurrección que se produjo en Madrid, en la madrugada del 7 de mayo de 1848, durante la cual murió acribillado por los disparos de una patrulla de soldados. Su diccionario era biográfico, subjetivo e ideologizado. En el artículo *dominación*, escribe: «¿Cuando se acabará en España la dominación del sable?» Como muestra de su talante, valga la definición de *revolucionario:* «El partido de las reformas liberales que exige el progreso de la civilización y las luces, la marcha del siglo y de las cosas.» Tiene razón Manuel Seco al comentar: «¿No podríamos decir con toda verdad que Domínguez fue el lexicógrafo que murió luchando por sus propias definiciones?» Sin duda alguna.

Los autores caían en deliciosos excesos lexicográficos que resultan muy divertidos. En el *Nuevo diccionario de la lengua castellana* publicado por «una sociedad literaria», en París, en 1860 encontramos las siguientes definiciones: «Pudor: el honor de la mujer, por cierto colocado en muy resbaladizo y vidrioso declive, en harto periculosa pendiente, ocasionada a insubsanable fracaso.» «Rayo: cada una de las emanaciones ígneas y súbitas, siniestramente deslumbradoras, estridorosamente subseguidas, que, lanzadas de grupos atmosféricos, abrasan cuanto rozan en su instantáneo curso destructor.» «Cuello: especie de istmo carnoso y cartilaginoso que junta la península cabeza con el gran continente formado por la mayoría física del individuo.»

3

Manuel Alvar, en su estupenda obra *Lexicografía descriptiva*, ha comentado las influencias sociales, ideológicas y económicas que influyen en la redacción de los diccionarios. «El diccionario», escribe, «es el depositario de conocimientos de una época, en el que los usuarios ponen su confianza, transmite saberes y como cualquier obra en la que está comprometida la sociedad es también fruto de una ideología.» Esta ideologización se hace evidente durante el siglo XIX, cuando los vaivenes de la política condicionan la vida y la obra de numerosos lexicógrafos. A veces estos azares provocan cambios en la orientación de las obras, como en el caso de Antonio de Campmany, que publicó en 1805 su nuevo *Diccionario francés-español*. En su obra *Teatro histórico de la elocuencia española o el arte de traducir del idioma francés*, se muestra deslumbrado por Francia, pero cuando sobrevino la invasión francesa se apresura a publicar *Cantinela contra franceses*, encendido alegato contra Francia, llamamiento a la guerra, fruto de su patriotismo.

Vicente Salvá accede a la vida pública en el trienio liberal. Diputado a Cortes, vota en las Cortes de Sevilla por la suspensión del rey. Los vaivenes de la política le llevan al exilio en Londres y París, donde tiene una gran actividad editorial y publica sus obras, entre ellas dos diccionarios de la lengua. Su definición del término *liberal* refleja claramente su ideología: «El que tiene ideas favorables a la justa libertad del pueblo.» A la definición de *monarquía* de la Academia («forma de gobierno en que manda uno solo con arreglo a leyes fijas o estables»), Salvá añade «hasta que las modifica o deroga el que tiene facultad de hacerlo. Aunque *monarquía* significa el mando de uno solo, nosotros unimos a esta idea la de hallarse vinculado al mando en una familia por derecho de sucesión...».

Roque Barcia, republicano, excomulgado por los artículos que escribía en su *Revista*, es un demócrata andaluz, exiliado, encarcelado por implicársele en el asesinato de Prim y con una actuación relevante entre los sublevados de Cartagena (1873). Al final de su vida compuso su *Primer diccionario general etimológico de la lengua española*, con ayuda oficial. Sus contemporáneos le reprochaban su extremismo reflejado en sus escritos, aunque sin quitarle méritos. Su vida es una muestra de la implicación de muchos lexicógrafos del siglo XIX de una manera activa en la política de la época. Cuando José Almirante elabora su *Diccionario militar, etimológico, histórico, tecnológico*, Madrid 1869, y tiene que definir *militarismo* pone solamente «¡¡¿...?!!», que –comenta Alvar– «sea quizás la definición más significativa, ¿cómo definir *militarismo* en un diccionario militar, en un siglo tan cambiante como el XIX?...».

Uno de los ejemplos más divertidos de subjetivismo, e incluso mala educación, es el *Vocabulario de disparates* de Francisco J. Orellana, Barcelona, 1891, en el que recopila los modismos, galicismos, palabras y frases pedantes, desatinos, etc. Ya en la dedicatoria increpa a sus lectores diciéndoles entre otras cosas: «... podrás ¡Oh Vulgo! aprenderlos de memoria, y ahorrarte la molestia de andar a la caza de esas preciosidades, para repetirlas como un papagayo, según tu costumbre». En el artículo *caliza:* «¿A quién diablos se le ocurre semejante esdrujulillo», junto a *reservorio:* «Ése es un disparate incipiente. Admíralo y pasa.» En *hacer política:* «Es un bonito modo de disfrazar el pensamiento: pues la tal frase puede traducirse por intrigar, mangonear en política, ocuparse en ella y algunas veces politiquear.»

El nacimiento de un diccionario es en sí mismo muchas veces fruto de una decisión política, numerosos diccionarios se elaboran por mandato real: así el de Alfonso de Palencia por Isabel la Católica: el de *Autoridades* fue decisión de Felipe V, en contra de la voluntad del Consejo de Castilla. La edición de 1811 fue posible gracias a una donación real. Es lógico que estas obras muestren su agradecimiento a sus benefactores.

Los vaivenes de la política se reflejan incluso en los nombres de los diccionarios, así el DRAE, desde la 6.ª edición (1822), hasta la 11.ª (1869), pierde el Real para quedar en Academia Española; al igual que en la 16.ª (1936), de la que apenas existen ejemplares, pues al finalizar la guerra se cambia la portada por otra en la que figura Real, añadiendo un prólogo muy representativo del momento: «La presente edición del *Diccionario* estaba en vísperas de salir a la venta, cuando las hordas revolucionarias, que al servicio de poderes exóticos pretendían sumir a España para siempre en la ruina y en la abyección, se enfrentaron en julio de 1936 con el glorioso Alzamiento Nacional...»

La política de adquisiciones influye grandemente en la difusión de un diccionario. Así, cuando se publicó la *Enciclopedia Espasa*, el gobierno de Primo de Rivera recomendó su adquisición a todos los ayuntamientos españoles, por lo que aún hoy se encuentra en multitud de pueblos. Asimismo el *Diccionario manual ilustrado de la lengua española* (Vox) aparece en gran parte de comisarías y cárceles del país. Los datos de este apartado los hemos tomado del estupendo libro de Manuel Alvar.

4

Sigamos nuestro recorrido. Entre 1853 y 1855 se edita el *Diccionario enciclopédico de la lengua española* (Imprenta de Gaspar y Roig), elaborado por una sociedad de personalidades de las letras, las ciencias y las artes. Tiene una gran riqueza léxica y sus definiciones suelen ser exactas, claras y breves. Incluye muchos términos técnicos y científicos, la ortografía no corresponde siempre a la de la Real Academia. Tuvo una gran aceptación cuando se publicó.

En 1886 aparece en París el primer tomo del *Diccionario de construcción y régimen de la lengua castellana* del colombiano Rufino José Cuervo, comienzo de una obra oceánica que no se culminó hasta 1994, tras ciento veintitrés años de dificultades y esfuerzos. Es un trabajo fundamental en el campo de la lexicografía histórica. Abarca un número restringido de palabras (3.000) seleccionadas por su autor y que ofrecen alguna particularidad sintáctica (ya por las combinaciones a que se presta, ya por los cambios de oficios o funciones gramaticales de que son susceptibles, ya por el papel que desempeñan en el enlace de términos). Cada artículo está ilustrado con ejemplos sacados de escritores clásicos, y para dar idea de su envergadura basta decir que incluye más de seiscientos mil ejemplos tomados de 2.000 escritores tanto españoles como hispanoamericanos.

Entramos ya en el siglo xx. Hablaremos con detalle de tres personajes: Joan Coromines, Julio Casares y María Moliner. Corominas nació en 1905 y es un ejemplo de vocación lexicográfica precoz, pues ya a los quince años escribe a Pompeu Fabra sobre cuestiones lingüísticas y a los dieciocho escribe un «Vocabulario de la crónica de Jaime I». Después de la Guerra Civil se exilió en París y más tarde en Argentina. Allí comienza los trabajos de su *Diccionario crítico etimológico castellano e hispánico*. En 1946 es profesor en la Universidad de Chicago.

En 1967 regresó a Barcelona, donde tuvo problemas por su actitud nacionalista y de defensa del catalán. Publicó también un *Diccionari etimològic y complementari de la llengua catalana* (1980). Como afirma en su introducción, estudia las etimologías españolas e hispánicas de casi todas las palabras del diccionario de la Academia, sin exceptuar las anticuadas, americanas o dialectales, además de añadir otras ausentes, generalmente palabras medievales, voces jergales y dialectales, neologismos y extranjerismos usuales, etc. Estudia la etimología, pero también la historia de la palabra. Los cuatro tomos de la primera versión aparecieron entre 1954 y 1957. La honestidad y el rigor científicos de Corominas hacen que su obra sea una obra abierta y en continua revisión, como se pone de manifiesto al comparar el diccionario de 1954 con el de 1980, que en palabras de su colaborador J. A. Pascual ha sido rehecho completamente.

La segunda figura a quien queremos rendir un homenaje es Julio Casares. Nacido en Granada en 1877, publicó en 1942 un diccionario innovador, su *Diccionario ideológico de la lengua española*, obra que la Academia no se dignó patrocinar, pero que ha sido elogiada por la mayoría de los lexicógrafos actuales. En palabras de Wartburg, «representaba la iniciación de un nuevo rumbo en cuanto a la manera de concebir el significado y las posibilidades de aplicación de un diccionario». Se trata de la primera obra que presenta el caudal léxico de una lengua viva en toda su plenitud a partir de una concepción de conjunto, estructurada en 38 cuadros sinópticos, ordenados por analogías. Ya en 1921, y antes que Trier, Casares propugna la idea de un diccionario ordenado por conceptos. «Agrupa las palabras según el campo ideológico y vital a que pertenecen», escribe Ghaensch, «para poder reflejar sus relaciones en la mente del hablante.» Casares fue un hombre polifacético, capaz de traducir 18 lenguas europeas, violinista notable y estudioso de la música japonesa, sobre la que publicó diversos trabajos. La redacción de su diccionario sufrió una alteración dramática. Como escribe en su prólogo: «A la imperfección inherente a todo diccionario, hay que añadir en el caso presente las cicatrices imputables a la situación excepcional que se creó en la capital de España durante la pasada guerra de liberación.

Es cierto que se salvó milagrosamente casi todo el original que ya estaba en la imprenta y que buena parte de lo perdido se ha podido reconstituir satisfactoriamente; pero, aventadas por la turba las hojas de un delicado mecanismo de ficheros, montado meticulosamente durante cinco lustros, y concebido con la preocupación de que en el retoque final no escapase por las mallas del sistema ningún vocablo, ni apareciese referencia alguna sin previa y puntual comprobación, ha sido necesario corregir las últimas pruebas sin las garantías de exactitud que estaban proyectadas.»

Durante quince años María Moliner trabajó intensamente en su *Diccionario de uso del español*. En principio, explica, pensó tomar las definiciones del DRAE, como han hecho hasta ahora todos los diccionarios españoles, haciendo retoques encaminados a modernizar y uniformizar el estilo, pero pronto consideró que era necesaria una reconstrucción total de las definiciones, reconstrucción que según sus palabras «ha exigido la elaboración de un equipo completo de fórmulas y normas de definición y ha prestado oportunidad para, también por primera vez, suprimir radicalmente los círculos viciosos y tautologías y hacer del diccionario un todo en el que nada desfigure o enrede la estructura constantemente ascensional». Es obra ambiciosa, realizada con enorme esfuerzo, que, sin embargo, no mereció para la autora un sillón en la Real Academia de la Lengua.

Hemos utilizado otros diccionarios modernos, como el *Diccionario razonado de sinónimos y contrarios* de José María Zainqui, que está muy cerca de ser un diccionario ideológico. En 1987 aparece *Vox diccionario general ilustrado* de Manual Alvar, que revisa, corrige y dirige la nueva versión del mismo diccionario publicado en 1949 bajo la dirección de Gili Gaya. Del resto de diccionarios utilizados daremos referencia en la bibliografía.

5

Aquí termina la gran obertura y comienza el libro propiamente dicho. Para aliviar la exposición y para permitirnos comentarios más desenfadados sobre el asunto, hemos usado una argucia expositiva. Este diccionario no está escrito por nosotros, sino por un lingüista llegado del espacio exterior. Ha recibido el encargo de conocer la flora sentimental de los humanos a través de sus palabras, y lo ha hecho con gran competencia y dedicación. A veces se encuentra con problemas que desbordan su capacidad, ya que no puede repetir las experiencias. De su aspecto físico nada diremos. Baste saber al lector que es una persona incansable, minuciosa y muy racional. No nos ha dicho su nombre, y recordando que esta aventura es parecida a la que Montesquieu contó en sus *Cartas persas,* lo hemos llamado Usbek, como su protagonista.

Aquí, pues, nos despedimos. Comiencen a leer el *Diccionario de los sentimientos, de Usbek, el extraterrestre.*

NOTA BIBLIOGRÁFICA

Aunque parece excesivo recargar con bibliografía adicional un capítulo estrictamente bibliográfico, tenemos que mencionar aquella documentación que nos ha permitido internarnos por el poco estudiado campo de los diccionarios españoles.

Ahumada, I. (ed.): *Diccionarios españoles, contenido y aplicación:* lecciones del I Seminario de Lexicografía Hispánica, Jaén, 1992.

Alvar, M.: *Lexicología y lexicografía,* Almar, Guías bibliográficas, Madrid, 1983.

—: *Lexicografía descriptiva,* Bibliograph, Barcelona, 1993.

Casares, J.: *Introducción a la lexicografía,* Consejo Superior de Investigaciones Científicas, Madrid, 3.ª ed., 1992.

Couceiro Freijomil, A.: *Diccionario bio-biobibliográfico de escritores,* Santiago, 1951.

Fernández Sevilla, J.: *Problemas de lexicografía actual,* Publicaciones del Instituto Caro y Cuervo, Bogotá, 1974.

Fontanillo, E.: «Repaso selectivo a los diccionarios españoles», *Libros,* n.º 25, marzo de 1984.

Gili-Gaya, S.: *Tesoro lexicográfico* (1492-1726), Madrid, 1960.

En la Biblioteca Nacional sólo aparece reseñado el tomo primero: A-E. Obra muy interesante por la rica bibliografía que maneja.

Haensch, G. (ed.): *La lexicografía: de la lingüística teórica a la lexicografía práctica*, Gredos, Madrid, 1982.

Hidalgo, D.: *Diccionario general de bibliografía española*, Madrid, 1870.

Iriarte, J.: «La imperfección de los diccionarios», discurso leído en la Real Academia Española el día 10 de marzo de 1750 por Juan de Iriarte, bibliotecario del rey.

Lapesa, R.: *Léxico e historia*, Istmo, Madrid, 1992.

Lázaro Carreter, F.: *Las ideas lingüísticas en España durante el siglo XVIII*, CSIC, Madrid, 1949. Reedición con un prólogo de Manuel Breva-Claramonte, Crítica, Barcelona, 1985.

—: *Crónica del Diccionario de Autoridades* (1713-1740), discurso leído el 13 de marzo de 1972 en el acto de recepción en la RAE de don Fernando Lázaro. Contestación de Rafael Lapesa. Madrid, 1972.

Meier, H.: «Nota crítica al DECH de Corominas y Pascual», *Verba*. Anuario Galego de Filoloxía, Universidad de Santiago de Compostela, 1984.

Salvador, G.: *Semántica y lexicología del español*, Paraninfo, 1984.

Seco, M.: «María Moliner: una obra, no un nombre», *El País*, 21-5-81.

—: *Estudios de lexicografía española*, Paraninfo, Madrid, 1987.

—: *Los diccionarios históricos*, Seminario de Lexicografía Histórica, Jaén.

VV. AA.: *Joan Corominas. Premio Nacional de las letras españolas 1985*, Anthropos, Madrid, 1990.

Viñaza, conde de la: *Biblioteca histórica de la filología castellana*, obra premiada y publicada a expensas de la RAE, Madrid, 1893. Obra indispensable, estructurada en tres partes. La tercera se ocupa de los diccionarios y consta de nueve partes: diccionarios generales, etimologías, sinónimos, arcaísmos, neologismos, provincialismos, tecnicismos, refranes, y estudios varios lexicográficos y curiosidades lexicográficas. Describe detalladamente los diccionarios, reproduciendo la introducción, y comentando el juicio que mereció cuando apareció.

Diccionario de los sentimientos, de Usbek, el extraterrestre

I. LAS DIMENSIONES BÁSICAS DEL SENTIR

1

Al ser humano le pasan muchas cosas. No actúa ni movido por la química ni movido por los conceptos. Conoce su entorno y es afectado por él de manera estrepitosa. Huye de unas experiencias y se precipita hacia otras. Rechaza aquéllas y quiere identificarse con éstas. El diccionario, que es la caja de herramientas para tratar lingüísticamente con la realidad, contiene muchos términos que indican agrado o desagrado, placeres y dolores, bienestar y malestar. Una especialista de Canberra con la que he contactado –Anna Wierzbicka– me dice que para comprender lo que sucede a los humanos debo incluir en mi diccionario dos primitivos semánticos: bueno y malo.[1] Llama «primitivo semántico» a una especie de molécula significativa universal, con la que se pueden construir organismos significativos más elaborados. Una especie de ADN lingüístico. Sin duda alguna, a un antropólogo pegado al terreno, las lenguas le parecerán enormemente distintas, pero a un extraterrestre como yo, que ve las cosas en una dimensión global, le parecen bastante parecidas.[2] Por ejemplo, aproximadamente una tercera parte de las lenguas del mundo designan la pupila del ojo con palabras que tienen el significado de «personas pequeñas» (en castellano, *pupila* y *niña).* Tiene que haber una justificación para esta coincidencia tan poco probable. La hay, por supuesto. Todo lo que pasa en el lenguaje tiene una razón de ser, aunque a veces sea una razón muy poco racional. Quien escruta desde cerca un ojo percibe una personita que le mira: su propio reflejo. La frecuencia que antes me sorprendió no tiene ningún misterio.

43

Me han encargado que aprenda todo lo que pueda acerca de cómo sienten los humanos, utilizando sus diccionarios. Mi primera decisión ha sido elegir una lengua para estudiarla en profundidad, y que ese estudio me sirviera para establecer comparaciones con otras. Pero ¿qué lengua? En un momento de pereza pensé estudiar el lenguaje de los chewong, un grupo aborigen de Malasia Central, cuyo vocabulario emocional consta sólo de ocho palabras. *Chan* (furia), *hentugn* (miedo), *punmen* (gustar), *meseq* (celos), *lidva* (vergüenza), *hanrodm* (orgullo), *imeh* (querer), *lon* (querer mucho).[3] Lo curioso es que sus vecinos malayos usan ya 230 palabras referidas a estados emocionales. Y los chinos de Taiwan aproximadamente 750. Estudiar un vocabulario tan prolífico me pareció excesivo. Pensé que el castellano estaba en la franja intermedia y me decidí por él.[4]

Al final, he llegado a la conclusión de que esa contabilidad no es de fiar. Resulta difícil decir el número de sentimientos que hay en una lengua. Es evidente, en cambio, que hay culturas que sienten poco interés por los procesos psicológicos. La introspección parece ser propia de los países occidentales. En las culturas poco dadas al abismarse íntimo, los términos emocionales suelen ser muy escasos. Los gusii hablan poco de las intenciones personales. El marco para explicar las situaciones mentales o físicas que afectan al bienestar es, en primer lugar, espiritual o mágico-religioso. En contraste con la pobreza de su psicología popular, su medicina está ricamente elaborada. Pero lo que llamamos enfermedades serían consideradas fenómenos psicológicos en otro contexto cultural. Su medicina, basada en parte en su religión, es su psicología y su psiquiatría.[5] Fajans dice de las culturas del Pacífico: «En contraste con la escasez de términos emocionales o psicológicos, se habla mucho de encuentros con *aios*, "espíritus". Los habitantes de las Tobian creen que el comportamiento de los que se saltan las normas sociales está bajo el influjo de fuerzas exteriores, *yarus*, "espíritus" otra vez.»[6] El ser humano, al parecer, puede estar poseído por un espíritu, y también, curiosamente, por una pasión. Es posible que en algunas lenguas hubiera que incluir el habla que habla de los espíritus en el léxico sentimental.

En fin, que si pretendiera llevar a último término esta investigación, tendría que hablar de medicina, de espíritus y de muchas cosas más. Cada sociedad maneja a su manera la distinción «dentro de la piel»/«fuera de la piel». Resulta muy interesante para un extraterrestre comprobar hasta qué punto el léxico proporciona información en este sutil asunto. Les pondré un ejemplo. La cultura occidental ha sido siempre dualista, y ha hablado de «alma y cuerpo». Pensé que esta expresión era equivalente a la que figuraba en muchos libros ingleses de psicología: «*mind and body*». Pero al analizarlas con más cuidado descubrí que no eran sinónimas. *Alma, âme, Seele* o el ruso *duša* no significan lo mismo que *mind*. Este concepto es puramente cognitivo. De la mente se dice que es aguda, perspicaz, poderosa, pero no puede decirse de alguien que «tiene una mente caritativa», de la misma manera que se dice «tiene un alma caritativa». Sospecho que cada palabra del léxico es un pequeño o gigantesco laberinto.

2

Lo primero que parecen tener claro los humanos es que los sentimientos son algo que sucede en la intimidad.[7] Esta palabra procede del latín *intimus,* que es el superlativo de *interior,* es decir, «lo que está más dentro, más al fondo», lo secreto, lo más personal. «Conjunto de sentimientos y pensamientos que cada persona guarda en su interior» (MM). Según parece, las culturas occidentales, a la que pertenece la española, han exacerbado esta noción, pero no es una exclusiva suya. Por ejemplo, los ifaluk hablan de *niferash,* «nuestros adentros», para designar los pensamientos, deseos, y emociones. Los javaneses también sitúan los sentimientos «dentro» *(batin)*.

Los samoanos utilizan el vocablo *loto* con una finalidad parecida. En otros contextos, esta palabra significa «profundidad». Para hablar de las emociones usan la expresión *lagona i le loto,* «las sensaciones de la profundidad». La metáfora de las honduras del alma está muy extendida. Para ser más exacto: las metáforas aparecen constantemente al hablar de sentimientos, por lo que en muchas ocasiones un extraterrestre como yo no acaba de saber si está leyendo psicología o poesía. Resulta muy interesante comprobar que muchas de esas metáforas son universales, lo que parece indicar que tienen un fundamento en la realidad. La oposición caliente/frío es una metáfora sentimental muy extendida, que significa excitación o insensibilidad. En Indonesia hay que «enfriar» la tierra que «se ha calentado demasiado» a causa de un adulterio o de un incesto.[8] Lo alto es bueno y lo bajo es malo en todas las culturas. Desde la altivez hasta el Altísimo, la altura siempre indica jerarquía y preeminencia. *Siniestro* es una palabra que me ha llamado la atención. ¿Por qué considerar tenebroso y maligno lo que está a la izquierda? Procede del vocabulario de los augurios. El aire que venía de la izquierda era de mal presagio. Pero me entero de que los chewong, tribu perdida en el territorio melanesio, consideran, como otros muchos pueblos, que el hígado es la sede de las emociones, y que sitúan en su lado izquierdo las emociones malignas y en el derecho las deseables. Me ha sorprendido que el simbolismo de lo claro y lo oscuro sea también universal (Eibl-Eibesfeldt). Incluso una tribu de piel oscura, como los eipo, llaman *korunye kanye* («alma clara») a alguien abierto y radiante. Y en cambio si se sienten tristes dicen «tengo mi alma en la sombra». En castellano, claro significa «ilustre». Tardé en comprender que «los claros varones de Castilla» no eran los albinos.

La metáfora es, sin duda, una creación específicamente humana. Nosotros, los extraterrestres, que tenemos un lenguaje perfecto, no usamos metáforas. Tampoco las usa un matemático o un químico cuando hace matemáticas o química. Ambos usan lenguajes artificiales, perfectos e inequívocos. Yo estoy escribiendo ahora en lenguaje natural –a *contre-coeur,* por puro compromiso– para que mis colaboradores terráqueos me entiendan y puedan decirme si tengo razón en lo que escribo. Pero para comunicar mis descubrimientos a mis congéneres tendré que formalizar todo este escrito, si es posible.

Vuelvo a la intimidad. Hay unas culturas que la valoran, se

interesan por ella, la protegen incluso con leyes, mientras que otras desconfían de ese reducto interior, y consideran prioritario lo social y externo. Los modelos afectivos son distintos en ambas situaciones. Por ejemplo, en la cultura hawaiana, una persona se define por la calidad afectiva de sus lazos interpersonales. En cambio, en las culturas occidentales se prestigia la autosuficiencia, la individualidad. En las culturas solidarias se considera más importante tejer vínculos de dependencia que alcanzar la autonomía personal. Un individuo aislado es impensable en el contexto de las relaciones hawaianas.[9] Su actitud afectiva básica la expresan con la palabra *aloha*, un sentimiento expansivo de aceptación y ayuda, que facilita la convivencia. En cambio, los que buscan el beneficio propio –los celosos, los codiciosos– bloquean el intercambio de afectos positivos e inician un ciclo de intercambios negativos y de revanchas emocionales. Ya explicaré que también en castellano se da esa prevención contra el avaricioso, o el roñoso.

De mi excursión por Hawai, mar soleado, palmeras soleadas, sol marítimo, he traído una palabra que me está haciendo pensar mucho, porque me ha descubierto un aspecto de los sentimientos en el que yo no había reparado, ya que provengo de una cultura de la claridad racional. La palabra en cuestión es *hihia*, que significa «el enredo emocional». Los sentimientos producen otros sentimientos. El desprecio provoca el rencor, el rencor la venganza, la venganza el dolor y el odio y a veces la frustración, y posiblemente la culpabilidad. Los hawaianos temen desencadenar este enredado sistema de acciones y reacciones emocionales. Una mala acción, una transgresión, una ofensa «ligan sentimentalmente» al culpable y a su víctima. El ofensor y el ofendido no pueden ya despegarse, a no ser que se llegue a una solución que corte *('oki)* esos lazos negativos. ¡Qué expresiva metáfora! También en las islas Salomón los a'ara describen frecuentemente los malos sentimientos con la metáfora del enredo *(firi)* o del nudo *(haru)*. La técnica para el desenredo es sacar fuera *(fatakle)* los malos sentimientos, que si se ocultan *(tutufu)* pueden amenazar a la persona y a la sociedad. En castellano la palabra *lío* significa «mantener relaciones amorosas irregulares» (MM). También me parece muy expresiva la palabra *enredo*, que tiene variadas connotaciones sentimentales: «hacer de modo que otros discutan y riñan», «amancebarse». En francés *liaisons*, así, en plural, designa los lazos afectivos en un sentido más amplio que el meramente amoroso, pero con un juicio claramente peyorativo. Para instruirme, he leído una famosa novela francesa titulada *Les liaisons dangereuses*, escrita por un tal Choderlos de Laclos, que me ha enseñado, en efecto, lo que es el enredo. Describe una enrevesada estrategia del engaño para conseguir seducir, triunfar, desesperarse, vengarse, vulnerar la inocencia. Uno de los protagonistas dice: «Necesito realmente tener a esa mujer para escapar al ridículo de enamorarme de ella.» Para alcanzar su objetivo tiene que conseguir una rendición completa. «Que se rinda, pero que luche; que sin tener la fuerza de vencer, tenga la de resistir; que saboree a gusto el sentimiento de su debilidad y se vea forzada a reconocer su derrota.» No le basta, al parecer, con esto, también quiere provocar en ella sentimientos de culpabilidad: «¡Qué delicia ser tanto el objeto como el vencedor de sus remordimientos! Que crea en la virtud, pero que me la sacrifique, que sus faltas le espanten sin cesar y que, agitada por mil terrores, no pueda olvidarlos sino venciéndolos en mis brazos.»

Esto debe de ser lo que llaman los humanos un enredo. Tengo que acostumbrarme a tan complicados fenómenos. Parece que la intimidad es el reducto más profundo de la personalidad, el lugar de los sentimientos, pero lo que dicen los humanos sobre ese equívoco *joyel* resulta contradictorio para un extraterrestre. Lo valoran y al mismo tiempo lo temen. Unas veces quieren evitar que nada vulnere desde fuera la intimidad, pero otras parecen querer que nada salga de la intimidad, considerada entonces como manantial tóxico. Puede erupcionar peligrosamente, como un volcán, palabra que, por cierto, se aplica «a la cabeza o al corazón como lugar de pensamientos o pasiones muy agitados» (MM).

He encontrado este problema en un perspicaz analista de interiores, Jean-Paul Sartre, que curiosamente profesaba un notorio desprecio por la vida interior. Hace decir al protagonista de *La náusea:* «No quiero secretos, ni estados de alma, ni cosas indecibles; no soy ni virgen, ni sacerdote, para jugar a la vida interior.» Al parecer, esto no era una exageración poética, porque en la autobiografía conjunta que escribió Simone de Beauvoir, escribe: «Los dos "pequeños camaradas" [Sartre y ella] sentían una gran repugnancia por lo que se llama "la vida interior"; en esos jardines donde las almas de calidad cultivan secretos delicados, ellos veían pantanos hediondos; allí tienen lugar a la chita callando todos los tráficos de la mala fe, allí se saborean las delicias encenagadas del narcisismo.»[10] Para disipar esas sombras y esos miasmas tenían la costumbre de exponer a la luz del día sus vidas, sus pensamientos, sus sentimientos. Pero como los filósofos humanos no se ponen de acuerdo, he encontrado que otro miembro de esa tribu, llamado Simmel, dice exactamente lo contrario: «El derecho a la intimidad afirma la sacralidad de la persona.»

Las culturas también son más o menos cautas respecto a los sentimientos. Los adultos javaneses, escribe Geerz, han aprendido a rebajar sus estados emocionales, los altibajos que supone la experiencia sentimental, reduciéndolos a un murmullo afectivo. Incluso sus entierros se desarrollan con una sorprendente carencia de emotividad. Los esquimales no se enfadan en situaciones en que lo hacen los europeos. Los chinos se sienten enfermos en situaciones en que los americanos se deprimen. Hay culturas que prohíben la exteriorización de las emociones. Unni Wikan cuenta que los balineses son socializados desde la infancia para no exteriorizar sus emociones negativas, como la tristeza o la furia. Se enseña a los niños que esas emociones pueden ser vencidas con la estrategia de no prestarles atención o de olvidarlas, y también riéndose y haciendo bromas, incluso en las mas sombrías circunstancias. Son técnicas para *managing the heart,* lo que es beneficioso no sólo para la sociedad sino para la propia salud.[11]

Kleinman ha escrito que mientras ejercía de psiquiatra en Taiwan fracasó al intentar que sus pacientes chinos hablaran acerca de sus emociones negativas. Se enseña a los niños desde la infancia a no atender a sus estados emocionales. Y acaban no pensando en términos introspectivos y perdiendo el lenguaje para expresar las emociones. Creen que la expresión de sentimientos puede alterar la armonía del cuerpo y conducir a la enfermedad. Kleinman transcribe la intervención de un psiquiatra chino que advierte a una mujer que sufre de depresión y ansiedad: «Tiene que contener su ira. Ya conoce el adagio: "Sé sordo y mudo." Trague las semillas del melón amargo. No hable.» Los psiquiatras americanos encuentran esas prescripciones superficiales, comenta Kleinman, porque están profundamente influidos por «los valores culturales occidentales sobre la naturaleza del *self* y sus patologías, que enfatizan un *self* profundo, oculto y privado».[12]

Un colaborador castellano ha leído lo que he escrito y me ha dicho que me estaba yendo por los cerros de Úbeda. Me ha extrañado esta expresión y he ido a ver qué había de tan peculiar en esos montecillos. Don Sebastián de Covarrubias dice en su diccionario que es un proverbio que alude a «quando uno se va despepitando por términos extraordinarios y levantados», lo que sigue sin aclararme nada acerca del misterio de esos cerros. Al final he descubierto un poema de Antonio Machado, un poeta que por lo visto vivió muy cerca de Úbeda y que escribe:

> Cerca de Úbeda la grande,
> cuyos cerros nadie verá,
> me iba siguiendo la luna
> sobre el olivar.

O sea que irse por los cerros de Úbeda es irse por algo inexistente. Por eso dice Sancho Panza, un personaje del *Quijote,* una novela castellana muy famosa: «Lo del encanto de mi señora Dulcinea, que le daba a entender que está encantada, no siendo más verdad que por los cerros de Úbeda.» Pues mi corresponsal no tiene razón. Todo lo que he dicho me parece verdadero y muy pertinente al tema. Pero es hora de acabar con explicaciones y comenzar el inventario léxico.

50

3

Mi australiana-polaca amiga Anna Wierzbicka me decía que tenía que admitir –supongo que con vista a la formalización posterior– dos primitivos semánticos: bueno y malo. Creo que es también necesario incluir el verbo *sentir*, que da entrada al gigantesco dominio léxico que estoy explorando. Esta palabra me ha dado muchos quebraderos de cabeza, porque significa muchas cosas. Sentir parece, desde luego, un modo básico de ser consciente, que no está claramente calificado ni como cognitivo ni como afectivo. Es la capacidad de percibir las sensaciones o las alteraciones del propio organismo; pero también la capacidad de emocionarse, o de desear, y el acto de ser afectado por estímulos espirituales (MM).

Procede del latín clásico *sentire*, «percibir por los sentidos o ser afectado por algo». Debería haberme contentado con esta definición, pero no lo hice, y me he metido sin querer en camisa de once varas (expresión que no entiendo), y he intentado comprender la palabra *sentido*, que es enormemente compleja. Por de pronto es el participio del verbo sentir, y significa «lo que se siente», pero se ha sustantivado con tres acepciones distintas: un órgano sensorial (el sentido de la vista), el significado de algo (el sentido de esta frase), una dirección (calle de doble sentido). ¿Cómo ha podido adquirir significados tan distintos? La palabra deriva de la raíz indoeuropea *sent-*, que significaba «tomar una dirección, dirigirse a» (RH). Es decir, que primero significó «dirección», luego supongo que «significado», porque el signo es una indicación que hace ir hacia otra cosa. Y por último, que es sin embargo por donde empezamos, «experimentar de una cierta manera». ¡Qué raros son los humanos en esto de encontrar relaciones!

Ha sido mi banco de datos el que me ha dado una posible solución. Le he preguntado: ¿Cómo puedo pasar de «sentir/viajar» a «sentir/experimentar». Me ha respondido: «Porque experimentar es viajar.» Creí que se había contagiado de la vaguedad poética, pero miré la etimología de la palabra *experimentar* y pensé que tal vez había resuelto el enigma. Procede de la raíz *per-* que significa ¡«viajar»! (RP). Así que sentir y experimentar son dos formas de viajar. Esta metáfora tal vez tenga su origen en la mirada, que parece salir del ojo para pasearse por el objeto visto. O tal vez en que la emoción impulsa a un viaje, como hacen las drogas. No lo sé. Me limito a decir lo que he encontrado.

(Nota: Un tal Néstor Luján me cuenta que el proverbio sobre las camisas de once varas que usé antes hace referencia a la ceremonia medieval de adoptar un hijo. Se le metía por una manga muy ancha de una camisa y se le hacía salir por el cuello. Como a veces salían mal las adopciones, se empezó a recomendar a la gente que no «se metiese en camisas de once varas». Como me lo contaron lo cuento.)[13]

Según el diccionario, la capacidad de sentir no está repartida por igual. Hay personas sentimentales, personas sensibleras y personas sensuales, que son las muy sensibles a los placeres provocados por los sentidos, y también las hay apasionadas y emocionales. Otras, en cambio, son insensibles (los empedernidos, los aquejados de la dureza de corazón bíblica). En estas palabras se da una tajante valoración moral. Hay un modo correcto y un modo incorrecto de sentir. Hay también caracteres emotivos (que se emocionan con facilidad), susceptibles o picajosos (que propenden a sentirse ofendidos) y mojigatos (que se escandalizan con excesiva facilidad por la inmoralidad de las cosas).

La psicopatología ha estudiado los casos extremos de sensibilidad o insensibilidad. Kurt Schneider describió la «labilidad de sentimientos» que padecen muchos enfermos cerebrales, esto es, la inclinación a cambiar la situación sentimental al más mínimo motivo. También menciona la «pobreza sentimental congénita», la «parálisis sentimental aguda», el «sentimiento de falta de sentimientos o extrañeza sentimental en que el sujeto se queja de que en su interior todo está muerto y vacío». Por último, llama «devastación sentimental» a aquella pérdida de vivencias sentimentales que se encuentra en todos los sujetos con un alto grado de demencia y también en muchos esquizofrénicos.[14] Pero no es cuestión de ampliar este diccionario con toda la psicopatología. Lo he hecho sólo para informar a mis patrones de que hay sentimientos anómalos, y que en castellano, para mayor complicación, a la ciencia de las enfermedades la llaman ciencia de los sentimientos: pato-logía. Notable.

Hay, sin embargo, una tribu léxica que señala el grado cero de la afectividad. Por esta razón incluimos aquí la insensibilidad. Según el *Panléxico:* «Por insensibilidad no entendemos la ausencia total de sentimiento en el hombre. Esta clase de insensibilidad es imposible porque es esencial a un ser animado el tener sentimiento. La insensibilidad no puede ser más que de una parte del corazón.» Lo aclararé más dentro de unas líneas.

4

La psicología popular que hay por debajo del diccionario distingue las operaciones cognitivas de las evaluativas. Aquéllas se limitan a presentar la realidad, éstas juzgan el modo como las cosas implican o afectan al sujeto.

Las operaciones evaluativas nos introducen en el mundo de lo valioso, del dinamismo, de las atracciones y repulsiones, del agrado y del desagrado. Un adagio escolástico dice: *«Ex luce color.»* El color nace de la luz. Así sucede con los valores: surgen de las operaciones evaluativas del sujeto.

La primera iluminación de los valores, sin precisar todavía si se trata de valores positivos o negativos, materiales o espirituales, se da en el *aprecio,* la *estima* y otras palabras relacionadas.

Apreciar era lo mismo que tasar. «Apreciar: Taxare se dice como apreciar, estimar y es palabra usada por los compradores que estriñen el precio» (PA). En el siglo XVIII ya tiene un significado más amplio: «La estimación que se hace de las cosas, lo que no sólo se extiende a explicar las que son vendibles, sino las que son dignas de aprobación, alabanza: como el valor, la virtud» (AU). Es sinónimo de *estima,* palabra derivada del latín *aestimare,* que significaba «evaluar, apreciar, reconocer el mérito».[15]

Son palabras que tienen un significado claramente objetivo, nada sentimental, aunque estén en el arranque de nuestra vida afectiva. Abren lingüísticamente el mundo del valor. (Por eso Ortega quiso llamar estimativa a la ciencia que estudia los valores.) Se limitan a reconocer las cualidades de una persona o de un objeto. De ahí que en las definiciones de los diccionarios *estima* vaya relacionada con *consideración*, pues es «la consideración y aprecio que se hace de alguno o de alguna cosa» (AU, DRAE, 1791, DO, EN).

La palabra *consideración* merece una cumplida biografía. Deriva de *sideral*, por lo que podemos conjeturar que significó «examinar los astros en busca de agüeros». Pero Covarrubias la registra como «tener advertencia, pensar bien las cosas, reparando en ellas». *Reparar en algo* me parece una bellísima expresión. Supone no dejarse llevar por la prisa o la agitación, sino detenerse ante una cosa, fijarse en ella, acampar a su lado. Poco a poco la palabra fue adquiriendo un matiz evaluador: «Vale también estimación, precio e importancia», dice AU, que añade: «significa también atención, miramiento, reflexión hacia alguna cosa». Es interesante esta deriva hacia lo afectivo de actos en principio cognitivos: considerar, atender, mirar. El *Panléxico* da ya una exposición elaborada de estas relaciones: «Miramiento es el acto de considerar alguna cosa respetuosamente; consideración es la atención con que se ejecuta este o aquel objeto, y respeto es la veneración y acatamiento con que se trata a todas las demás de su clase. El miramiento está en el trato, la consideración en la voluntad, el respeto en la obligación.» Tal vez habría que añadir a este grupo de palabras que han doblado el conocimiento con el afecto el término *reconocimiento*, que como veremos está muy relacionado con la gratitud.

Sigo con *consideración*, que va acumulando funciones. Cuando María Moliner hace inventario, éste resulta ya prolijo: «Acción de considerar o pensar sobre las ventajas o inconvenientes y circunstancias de una cosa. Reflexiones sobre un asunto acerca del cual hay que tomar una resolución. Respeto a los derechos o conveniencia de otros. Buen trato a los subordinados. Cuidado para tratar las cosas. Actitud de estimación y respeto hacia una persona. Trato respetuoso o deferente.» Es decir, la atenta consideración sobre las cosas nos ha servido para apreciar sus valores, lo que debe llevarnos a un sentimiento de respeto y miramiento.

Atención también está en la cuerda floja entre el conocimiento y el afecto. Significa «disponer los sentidos y la mente para enterarse de algo que se dice, se hace u ocurre en su presencia» (MM). De ahí pasó a significar «preocuparse de cierto fin». Y, dando un paso más, «satisfacer las peticiones de alguien», con lo que atención lanzó una rama hacia el campo afectivo y pasó a ser «un acto de cortesía u obsequio con que se procura agradar o contentar a alguien o se demuestra estimación o cariño» (MM).[16]

En esta insistencia en la mirada como antesala del cuidado descubro una experiencia básica, es decir, una representación semántica universal. Me referiré sólo a la raíz indoeuropea *ser-, swer-, wer-*, que significa «prestar atención». Resulta sorprendente que de esta raíz deriven *guardar, guérir* («curar»), *conservar, panorama, regard, guarnición.*

Por medio del germánico *warjan*, «proteger», ha dado origen a *guérir, garnir, guarnición, guardar, regarder.*

La palabra *regarder,* «mirar», es la misma palabra que resguardar, es un reduplicativo de *garder.* Significa «volver a mirar una y otra vez, estar atento». El parentesco con el miramiento español es claro.

Volvamos al indoeuropeo. De la raíz *ser* que estamos estudiando procede *servus,* tal vez el «guardián del ganado», y después «el servidor». Pero también *servare,* conservar, preservar, es decir, «asegurar la supervivencia o el mantenimiento de algo». Y también observar, «prestar atención», y el griego *hôran,* «prestar atención, ver», de donde viene panorama. Posiblemente también provenga héroe, «protector» (RH, RP). Ésta es la maravillosa peripecia del observar y el cuidado.

5

Como los botánicos, que pasan desde la célula vegetal hasta la selva, estoy narrando la emergencia del léxico emocional castellano desde sus elementos radicales. Ya en el dominio de las evaluaciones, descubrimos inmediatamente cinco dimensiones básicas, que son los grandes calificativos que podemos atribuir a las experiencias y a las cosas. Relevante/irrelevante; atractivo/repulsivo; agradable/desagradable; apreciable/despreciable; activador/depresor. Si mi condición de extraterrestre racionalísimo me lo permitiera, haría una metáfora y diría: éstas son las claves genéticas que van a producir toda la flora sentimental (no sé si pasaría el examen de metaforista, si es que hay alguno).

La distinción entre relevante e irrelevante es la más elemental. Se trata de una dimensión aparentemente poco afectiva, pero inevitable. Las cosas llaman la atención, aparecen como relevantes, se distinguen como figuras sobre un fondo, interesan. Tropiezo aquí con otra palabra que se ha sentimentalizado: *interés*. Significó en su origen «estar entre», «participar». Más tarde, la cualidad de retener la atención. Su índole sentimental se percibe con más claridad en su antónimo desinterés. Con el término *importancia* ha sucedido lo mismo. Me ha dejado perplejo que una cosa pueda importar a un ser humano, porque son los humanos quienes pueden importar, ya que esta palabra significa «introducir en un país cosas, tales como mercancías o costumbres, de otro» (MM). Que algo importe a una persona debe de querer decir que traslada su interés de un lugar a otro. Lo importante les afecta porque les llama (la atención), obliga a estar pendiente de ella, seduce, arrastra. El francés ha mantenido más clara esta acepción. *Emportement* significa exaltación, *élan*, excitación.

La primera dimensión evaluativa se configura así como lo interesante, lo que llama la atención, lo nuevo, lo sorprendente. En esto la psicología popular que estamos estudiando se adecua muy bien a los datos de la psicología científica. Los fisiólogos conceden transcendental importancia a lo que Pavlov llamó «reflejo de orientación», que es la respuesta activa del animal, y también del hombre, a todo cambio de situación, una activación general y una serie de reacciones selectivas encaminadas a conocer esas modificaciones. Y ponerse a salvo si es necesario. Viven con el reflejo siempre amartillado y lo imprevisto lo dispara. (También podría decirse que el mar tiene siempre amartillado el reflejo de las aguas, hasta que el sol lo dispara, pero sería una claudicación metafórica que no puedo soportar.) Frente al *interés* está el *desinterés* y la *indiferencia*. Me han parecido palabras que se moralizan a veces. Desinteresado es el que no tiene afán de lucro. Indiferente es aquello que no es ni bueno ni malo, que ni atrae ni repele. De aquí pasó a significar la ausencia de preferencia. Algo menos trágico que la insensibilidad, como se empeña en demostrar el *Panléxico:* «La indiferencia aleja del corazón los movimientos impetuosos, los deseos fantásticos, las inclinaciones ciegas. La insensibilidad no da entrada a la amistad, al reconocimiento ni a los sentimientos que unen a los hombres con los demás. La indiferencia no tiene por objeto más que la tranquilidad del alma, no excluye la sensibilidad; pero impide turbar esta tranquilidad.

»La indiferencia destruye las pasiones del hombre y no permite que subsista otro imperio en el alma más que el de la razón. La insensibilidad destruye al hombre mismo, y hace de él un ser salvaje que rompe los lazos que le unen con el resto del universo.»

En fin, así es el *Panléxico.*

6

Esta genealogía sentimental que estoy haciendo coincide con la que hacen los psicólogos. Scherer, un reputado especialista, sostiene que las emociones se van especificando a partir de experiencias muy amplias. Los sentimientos aparecerían en un proceso de diferenciación igual que las plantas aparecieron a partir del sopicaldo primigenio. En el caso de los afectos intervienen distintos esquemas cognitivos que provocan nuevos modos y maneras de sentir. En el primer nivel, dice, la aparición del estímulo activa el reflejo de orientación y focaliza la atención. Se experimentan entonces emociones poco diferenciadas, como la sorpresa. Otros investigadores afirman lo mismo. Zajonc señala como primer paso en la génesis de la emoción el *arousal*, el sentimiento de alerta.

Para colocar balizas en esta génesis léxica de los sentimientos, advertiré que, según Scherer, los siguientes niveles emocionales son: 1) las emociones de aversión y atracción; 2) las emociones en que el sujeto evalúa su capacidad de control sobre la situación, nivel en el que surgen emociones más complejas, como la cólera o la depresión; 3) el nivel en que aparece la confrontación con las normas o expectativa sociales, y emergen la culpabilidad, el orgullo o el desprecio.[17]

7

Pasamos a las otras cuatro dimensiones afectivas: atracción/repulsión, agrado/desagrado, aprecio/desprecio, activación/depresión. Repare el lector en la peculiar índole de estas tres dimensiones. Motivacional la primera, hedónica la segunda, judicativa la tercera y energizante la cuarta.

En la primera dimensión encontramos un componente dinámico. Atracción es una metáfora psicológica de una palabra que designa una acción física. Con repulsión sucede lo mismo. Indican el aspecto dinámico del sentimiento. El acercamiento y la separación no son suficientemente expresivos, porque no indican la índole de la proximidad y la lejanía. Un humano puede acercarse a otro humano para darle un beso o una bofetada. El cuadro del dinamismo emocional incluye estas precisiones y queda así:

1) Impulso a ir hacia algo bueno: atracción.
2) Impulso a ir contra algo: agresión.
3) Impulso a separarse de algo: aversión.
4) Impulso a separar algo de mí: repugnancia (vómito).

Éstos son los cuatro vectores dinámicos de la acción.

8

Pasamos a otra dimensión, a la que llamaré hedónica. Atiende al agrado o desagrado que produce una experiencia. Hay palabras de gran amplitud y vaguedad que podemos colocar en este nivel de generalidad.

Placer es una palabra muy antigua en castellano, de uso general y aún popular en la Edad Media, cuando venía a ser la única expresión de esta idea, pues *agradar*, como sinónimo de placer, no aparece hasta el siglo XV, y *gustar* hasta el XVI. PA lo identifica con gozo, exultar, y con la alegría. CO, con el contento o pasatiempo. Es «gusto, alegría, contento, regocijo y diversión» (AU, DRAE, 1791). Agrado es un término básico que puede describirse como la experiencia que un sujeto repite o desearía repetir. Desagrado, por el contrario, sería aquella experiencia que el sujeto quiere eludir y no desea que se repita.

Bienestar es un término muy genérico que se refiere al que no experimenta ninguna sensación penosa sino de placer, tranquilidad y alegría. Es al mismo tiempo una situación física y psíquica y una situación de «vida holgada y abastecida de cuanto conduce a pasarlo bien y con tranquilidad» (DRAE, 1791). Ed Diener, de la Universidad de Illinois, ha constatado que lo fundamental para que las personas sientan bienestar es que hayan experimentado frecuentemente y de forma prolongada un tono de ánimo positivo y con poca frecuencia y duración estados de ánimo negativos. Por el contrario, la intensidad no afecta al parecer al grado de bienestar que reconocen.

PAN se esfuerza en distinguir entre *delicia, placer* y *deleite*, palabras todas que «se dirigen a manifestar la agradable sensación que recibimos tanto de los objetos exteriores, cuanto de nuestras interiores ideas y pensamientos». Miraremos, dice, a la palabra *placer* como genérica y a las otras dos como sus especies. «Placer es todo aquello que excita nuestra complacencia, contentamiento, satisfacción, recreo, sin que lo turbe ningún desagrado ni disgusto, pues de lo contrario el placer no sería ni puro ni verdadero, sino una falsa imagen de él. La delicia significa un mayor grado de placer, un sentimiento más fuerte, pero más limitado en cuanto a su objeto, pues propiamente sólo viene a abrazar la sensación material. La idea de delicia indica una cosa más voluptuosa, más duradera, más fija en el material placer, se adhiere por lo común a un solo objeto, y permanece más tiempo en él.

»Gramaticalmente hablando, la palabra delicia pertenece al órgano del paladar, pues cuando éste recibe el mayor agrado posible, decimos delicioso, considerándole como el extremo a que puede llegar la sensación; pero se ha generalizado su significación, extendiéndola a cuanto supone grande placer, y así llamamos a un país delicioso cuando todos los objetos que en él se nos presentan nos excitan las más agradables sensaciones y las más lisonjeras ideas.

»Así como delicia indica mayor grado de placer; deleite, de delicia, placer llevado al extremo, del que no se puede pasar. El deleite parece dirigirse principalmente a lo sensual y aun con tener en sí esta idea, puesto que metafóricamente se aplique a veces a cosas espirituales pues también dicho estaría deleites como placeres, delicias celestiales» (PAN).

9

En el lado negativo de esta dimensión hedónica encontramos dolor y malestar. *Dolor* es un término muy amplio. Para CO es «el sentimiento que se hace de todo lo que nos da desplacer y disgusto». El *Panléxico* de *Sinónimos* (1843), tan prolijo como siempre, relaciona dolor-mal-disgusto-pesar-pena-sentimiento-desazón-desconsuelo. «Si quisiésemos formar una como escala de vigor, fuerza y extensión de estas diferentes palabras podríamos decir que la del mal es la genérica que a todas comprende, pues que todas indican mayor o menor daño, y de consiguiente serán sus especies.» «Dolor y mal vienen a ser sinónimos cuando indican una especie de sensación desagradable que nos hace sufrir: y entonces el dolor dice alguna cosa más viva que se dirige precisamente a la sensibilidad, y el mal alguna cosa más genérica que se dirige igualmente a la sensibilidad y a la salud. A menudo se mira el dolor como el efecto del mal, pero nunca como la causa: se dice del dolor que es agudo y del mal que es violento.» Me ha interesado saber cuántas formas de dolor físico reconoce el diccionario. He encontrado una serie de palabras que pueden ordenarse en tres grupos, que tal vez sean tres grandes especies de dolor: quemazón (ardor, por ejemplo), desgarradura y cuchillada (éste es el más rico léxicamente: pungente, lancinante, taladrante, terebrante).

10

La dimensión aprecio/desprecio merece un comentario. Deriva directamente del acto de evaluar, al igual que todas las demás dimensiones, pero parece más reflexiva, lo que le permite tener en cuenta las valoraciones morales, los juicios expresos de valor, por ejemplo. Se puede despreciar a una persona a la que se considera agradable, atractiva, pero malvada.

Los estudios psicológicos, lingüísticos o psicolingüísticos coinciden en admitir una dimensión de activación/depresión. Como se explica en el epílogo, sólo las dimensiones de agrado y activación aparecen consistentemente en todas las investigaciones. La alegría es activadora, la tristeza depresora. El ánimo, activador. El desánimo, depresor. Algunos sentimientos presentan un comportamiento contradictorio en esta dimensión. Por ejemplo, el miedo, que puede provocar actividad o paralización. Para reforzar más esta dimensión, los estudios del equipo de Julius Kuhl, en la Universidad de Osnabrück (Alemania), muestran la importancia de la dimensión de actividad/pasividad en el estudio de la personalidad y la conducta, y su influencia en los estilos afectivos.

Hasta aquí he mencionado las dimensiones básicas del dominio afectivo. Son primitivos semánticos que tienen que ser aclarados por la experiencia. Tendré que usarlos para definir o describir la interioridad de los sentimientos. La narración que describe un sentimiento, y que es indispensable para precisarlo, deja un hueco vacío, precisamente el mismo sentimiento.

Las dimensiones nos ayudan a llenarlo. Les pondré un ejemplo: La consecución de un deseo (desencadenante) provoca un sentimiento (alegría) que se manifiesta con risas y júbilo. Tenemos que añadir que la alegría tiene como rasgos ser agradable y activadora. Por el contrario, la tristeza es desagradable y depresora. La furia, por su parte, es desagradable, activadora y produce un movimiento contra. El amor es activador y lleva hacia. El asco nos hace separarnos de algo o expulsarlo. Podría añadir algunas otras dimensiones, pero sería demasiado prolijo.[18] ¿Bastan estas dimensiones para definir cualquier sentimiento? La investigación lo dirá.

NOTAS

1. Wierzbicka, Anna: *Semantics. Primes and Universals*, Oxford University Press, Oxford, 1996.

2. Los lingüistas discuten acerca de la semejanza o diferencia de las lenguas. Un dato curioso: en 1957, Matin Joos hizo una revisión de la investigación psicolingüística de las tres décadas anteriores, y concluyó que «las lenguas pueden diferir una de otra sin límite alguno y de manera impredecible» (Joos, M. [ed.]: *Readings in linguistic: The development of descriptive linguistic in America since 1925*, American Council of Learned Societies, Washington, 1957). Pero ese mismo año Chomsky publica su famoso libro *Estructuras sintácticas*, afirmando que un científico marciano de visita a la Tierra llegaría a la conclusión de que al margen de la diversidad de vocabularios, todos los terrícolas hablamos una sola lengua. Un resumen de la polémica puede verse en Pinker, S.: *El instinto del lenguaje*, Alianza, Madrid, 1955, cap. 8.

3. Howell, S.: *Society and Cosmos: Chewong of Peninsular Malasya*, Oxford University Press, Londres, 1984.

4. Boucher, J.: «Culture and emotion», en Marsella, J. (ed.): *Perspectives on Cross-cultural Psychology*, Academic Press, Londres.

5. Los gusii han sido estudiados por Robert A. LeVine. Cf. Shweder, R. A., y LeVine, R. A.: *Culture Theory. Essays on Mind, Self, and Emotion*, Cambridge University Press, Cambridge, 1984.

6. Fajans, J.: «The Person in Social Context: The Social Character of Baining Psychology», en White, G. M., y Kirkpatrick, J.: *Person, Self, and Experience. Exploring Pacific Ethnopsychologies,* University of California Press, Berkeley, 1985, pp. 367-401.

7. Castilla del Pino, C. (ed.): *De la intimidad,* Crítica, Barcelona, 1989.

8. Van der Leeuw, G.: *Fenomenología de la religión,* FCE, México, 1964, p. 19.

9. Ito, K. L.: «Affective Bonds: Hawaiian Interrelationships of Self», en White y Kirkpatrick, op. cit., p. 309.

10. Beauvoir, S.: *La plenitud de la vida,* Edhasa, Barcelona, p. 24.

11. Wikan, U.: *Managing Turbulent Hearts: A Balinese formula for Living,* The University of Chicago Press, Chicago, 1990.

12. Marina, J. A.: *La selva del lenguaje,* Anagrama, Barcelona, 1998, p. 85

13. Luján, N.: *Cuento de cuentos,* Ediciones Folio, Barcelona, 1993.

14. Schneider, K.: *Psicopatología clínica,* Fundación Archivos de Neurobiología, Madrid, 1997.

15. Max Scheler señaló que el amor y el odio, fenómenos radicales de la vida sentimental, tienen en común «el momento de un fuerte interés por los objetos de valor; todo interesarse es –mientras no existan fundamentos para lo contrario, apoyados en alguna falsa graduación de los intereses–, primariamente, un interesarse positivo o un amar» (*Ordo amoris,* Caparrós, Madrid, 1996, p. 67).

16. J. A. Marina señaló en *Teoría de la inteligencia creadora* que el fenómeno de la atención pertenece a la estructura motivacional básica del ser humano. Es más afectivo que cognitivo.

17. Scherer, K.: «On the Nature and Function of Emotion: A component Process Approach», y Zajonc, R. B.: «On Primacy of Affect», ambos en Scherer, K., y Ekman, P.: *Approaches to Emotion,* Erlbaum, Hillsdale, 1984.

18. En el epílogo archierudito del final podrá ver el lector las dimensiones usadas por lingüistas y psicólogos. Mencionaré una de ellas, aunque sea en nota, porque es ubicua: la intensidad. Atraviesa todas las demás. Los sentimientos cambian a veces de nom-

bre al cambiar de intensidad. Incluso las distintas intensidades tienen sus nombres. Pondré algunos ejemplos:

Exacerbación: aumento de intensidad.

Exaltación: excitación muy intensa causada por un sentimiento positivo o negativo.

Exasperación: irritación muy intensa. «Poner a alguien muy enfadado o inquieto, haciéndole perder la paciencia o el aguante» (MM).

Excitación: aceleración de los procesos psíquicos. Pérdida de control y objetividad. En esta excitación, que puede ser física, encontramos la siguiente gradación:

Enajenación: pérdida completa de control: locura.

Frenesí: exaltación violenta de una pasión que se manifiesta con movimientos descompuestos.

Paroxismo: hasta hace poco fue un término patológico, pero ahora significa «exaltación violenta de una pasión».

Estas palabras vuelven a relacionar el léxico afectivo con el psiquiátrico. Me gustaría que mis patrones me enviaran otra vez a hacer un léxico de las patologías mentales, territorio que me ha parecido muy selvático. Me ha interesado mucho el libro de German E. Berrios *The History of Mental Symptoms,* Cambridge University Press, Cambridge, 1996.

II. EL LÉXICO DEL DESEO

1

Al redactar mi informe sobre los alborotos anímicos que conmueven a los seres humanos he tropezado con una dificultad que me habría desalentado si un extraterrestre fuera capaz de desaliento. Me refiero a la poca precisión del lenguaje. Los terráqueos sienten muchas cosas: dolores, deseos y sentimientos. ¿Puede ordenarse la exposición de un léxico que parece superfetatorio y errático? Creo que sí. Después de mucho cavilar he llegado a una conclusión verosímil: hay experiencias que afectan al ser humano en su totalidad. No le dejan indiferente sino que le conmueven, zarandean o apaciguan. El diccionario las llama, con gran sentido común, *afectos*. AU los define como «pasión del alma, en fuerza de la cual se excita un interior movimiento, con que nos inclinamos a amar, o a aborrecer, a tener compasión y misericordia, a la ira, a la venganza, a la tristeza y otras afecciones y efectos propios del hombre». El *Panléxico* añade: «Inclinado, adicto, propenso.» O sea que hay experiencias que afectan más que otras, moviendo a sentir sentimientos o inclinando a hacer algo. Me entero por el diccionario de que cuando los humanos ven un árbol no se enarbolan, pero cuando ven algo triste se entristecen.

Puedo decir con un alto grado de probabilidad –calcular estos grados es lo mío, y no fiarme de pálpitos, intuiciones y otras zarandajas, como los terráqueos– que los afectos se dividen en impulsos y estados. Al conjunto de los impulsos, inclinaciones, tendencias, propensiones, móviles, deseos, lo llamaré «territorio motivacional».[1] Al conjunto de estados afectivos,

sentimientos, emociones, humores, «territorio sentimental».
Les contaré por qué me he visto obligado a separarlos. Según
la información que me ha llegado, los humanos desean muchas cosas, por ejemplo, tener bienes. Este deseo puede provocar sentimientos de temor o de inquietud (a perder lo que ate-
soran). A su vez, ese sentimiento provoca un nuevo deseo:
proteger sus propiedades. Es decir, los deseos pueden estar en
el origen de los sentimientos o pueden ser una consecuencia de
los sentimientos. Resulta, pues, más claro, separarlos. Entran,
por ejemplo, en la definición de muchos sentimientos. La furia
implica deseos de venganza; el miedo deseo de huida; el amor
deseo de acercamiento o posesión. Por otra parte, los deseos
provocan ciertos sentimientos. Un deseo frustrado produce decepción o furia o desaliento. Podemos, pues, considerarlos,
desde el punto de vista lingüístico, como una experiencia
afectiva, como un componente de la definición de un sentimiento, como la tendencia resultante de un sentimiento. Al
hablar del amor les explicaré la importancia que tiene esta
minucia.

Los antiguos filósofos decían que el hombre tiene dos facultades: *nous* y *orexis*, inteligencia y deseo. Una le pone en
contacto con la verdad, la otra con el bien. El entendimiento es
receptivo, el deseo es tendencial, impaciente, dinámico. Aristóteles se vio obligado a enlazar ambas facultades. El deseo discurre, en el animal que tiene logos, paralelamente a ese logos.
«Por eso la elección es o inteligencia deseosa o deseo inteligente, y esta clase de principio es el hombre.»[2] Aparece entonces el
reino de la praxis, «pues mientras que en el caso de los demás
animales lo forzado es simple, como ocurre con los objetos
inanimados (pues no tienen una razón y un deseo que se opon-
gan, sino que viven según sus deseos), en el hombre, en cambio, ambos se hallan presentes y a una cierta edad, a la cual
atribuimos el poder de obrar, pues nosotros no aplicamos este
término –praxis– al niño ni tampoco al animal, sino sólo al
hombre que obra utilizando el logos».[3]

Desear es una metáfora lexicalizada, maravillosamente poética. Procede del latín *de-siderare*, palabra compuesta de un
de privativo, y de *sidus-eris*, «astro». Así que desear significa

66

«echar en falta un astro». Es, ante todo, el sentimiento de ausencia, aunque más tarde se impuso el significado de «buscar, obtener, anhelar».

Si he de hacer caso a la bibliografía, el deseo es un tema que obsesiona a los humanos en las últimas décadas. Viven, según muchos autores, en una cultura del deseo. Tendría que hacerles una historia de los deseos humanos, pero no tengo tiempo. Puedo, sin embargo, decirles que durante siglos se consideró que era necesario controlarlos. Los griegos acuñaron la palabra *plexonía* para designar con desprecio los excesivos anhelos. Y los moralistas previnieron contra ellos. «Preguntado para saber cómo podía uno hacerse rico, Cleantes respondió: "Sé pobre en deseos."»[4] Shakespeare, en un magnífico texto, explicó que el deseo acaba aniquilándose. Un hombre reducido a su apetito, «lobo universal, doblemente secundado por la voluntad y el poder, hace presa del universo entero y al final se devora a sí mismo». Los budistas, miembros de una religión a la que tendré que referirme porque recomienda una peculiar vida sentimental, consideran que el deseo es el fundamento y la tragedia del yo personal. Quien se libera de deseos, se libera de la tiranía del yo y alcanza una libertad completa.

Pero la cultura occidental no parece seguir esos caminos. Su sistema económico y vital se basa en continuas promociones masivas de deseos.

Esta actitud produce un tipo curioso de personalidad. Dos autores franceses, Deleuze y Guattari, desde la psiquiatría, o mejor desde la antipsiquiatría, consideraron que cada terráqueo es «una colección de máquinas deseantes». Cada uno de estos deseos, autónomos, incoherentes, dotados de su propio dinamismo, es revolucionario en esencia, es explosivo, y por ello ninguna sociedad puede tolerar la circulación de deseos reales sin ver comprometidas sus estructuras de explotación, de servidumbre y de jerarquía. Esto explica otra contradicción en los humanos, o al menos en los humanos occidentales: incitan continuamente al deseo, pero tienen que poner freno al deseo porque es subversivo del orden social.

Otra cosa sucede en parte de la cultura oriental. El budismo, que según me dicen está de moda ahora en Occidente, da una versión terrible del deseo. Son los grandes parteros del dolor. En efecto, el deseo, el apetito, la «sed» *(ta.nhā)* es el origen del sufrimiento *(dukka).* Esta sed plurívoca –sed de placeres, sed de perpetuarse, sed de aniquilarse– condena al hombre a inevitable desdicha. No hay agua capaz de saciar naturaleza tan sitibunda. La gran verdad del budismo es que sólo extinguiendo el deseo, la sed, puede el hombre liberarse del dolor. En eso consiste el *nirvana,* uno de cuyos nombres es, precisamente, «aniquilación de la sed» *(ta.nhākkhaya).*[5]

Los terráqueos nacen con un sistema de preferencias y desdenes, que la sociedad acaba de configurar. Preferir es poner unas cosas por delante de otras. Cada cultura determina en parte la jerarquía de lo deseable, las predilecciones, es decir, el orden de los amores. San Agustín, uno de los grandes educadores sentimentales de Europa, escribió: «Vive justa y santamente aquel que es un honrado tasador de las cosas; pero éste es el que tiene el amor ordenado, de suerte que ni ame lo que no debe amarse, ni ame más lo que ha de amarse menos, ni ame igual lo que ha de amarse más o menos, ni menos o más lo que ha de amarse igual.»[6]

Una concreción social de las predilecciones se da al definir lo que es el éxito social. Las aspiraciones, que son un modo de desear, son una inspiración ferviente que lleva hacia algo. La cultura, al dar contenido a la figura del éxito, se incrusta en el territorio motivacional. Cifrar el triunfo en la bondad, en el reconocimiento público, en sacrificarse por la patria, en conseguir poder, en tener muchos hijos, en vivir en paz, y muchas otras cosas, son modelos fijados por la sociedad. La palabra *éxito* incluye una representación semántica interesante. Significa «salir de algún sitio». La misma imagen se da en inglés: *succes,* palabra procedente del latín, que significa «penetrar en un lugar». El francés *réussite* significa literalmente «salir», acompañado de ese «re» iterativo. El éxito es conseguir algo saliendo de donde no se quería estar, o entrando en donde se aspiraba a estar.

Luis Vives define el deseo como «apetito del bien que nos parece conveniente, ya con el fin de alcanzarlo, si no lo tenemos, o de conservarlo si lo poseemos». Los deseos –dice–, reciben sus nombres específicos según los objetos en que recaen: avaricia, ambición, gula, lujuria. Varían según los pueblos y los idiomas. Según Vives, la confianza disminuye los deseos, mientras el temor los acrecienta. Para alcanzar lo que deseamos se ha concedido al hombre el cuidado, la diligencia, la astucia; para conservarlo y custodiarlo, la cauta previsión.

Spinoza puso en el deseo el fundamento de su antropología. «Cada cosa se esfuerza por perseverar en su ser. El esfuerzo con que cada cosa se esfuerza por perseverar en su ser es la esencia misma de la cosa: este esfuerzo, cuando se refiere al alma sola, se llama voluntad, y cuando se refiere al alma y al cuerpo se llama apetito. En cuanto los hombres son conscientes de su apetito, se denomina deseo. Deseo es, pues, el apetito con conciencia de él», dice en su *Ética* (II, prop. VIII).

Esta tribu se describe como el efecto de echar en falta algo y aspirar a conseguirlo. Sirve para mostrar que todo el léxico afectivo humano se resume en una representación básica que hay que explicar narrativamente. Un plan narrativo básico (veo algo bueno y me encontraré mal hasta que no lo posea) va integrando distintas variantes, de identidad, profundidad, esfuerzo. El conjunto, con sus escapes connotativos, forma el significado del deseo.

El castellano distingue entre un deseo general y algunos deseos particulares que ha lexicalizado. Cada lengua crea palabras para algunos deseos y deja sin nombrar otros. Según Vives el griego es el idioma que posee el léxico más rico en deseos. No lo he comprobado.

Deseo es la experiencia consciente de la tendencia hacia algo real o imaginario cuya posesión buscamos. «Anhelo o apetencia del bien ausente y no poseído», dice AU. La posesión parece ser el fin del deseo.

Apetito es un pariente pobre del deseo. Es un sinónimo a la baja. Suele usarse para designar los deseos carnales.

Gana es el sinónimo castellano del deseo. Una palabra autóctona, de difícil traducción a otras lenguas. Tiene la ventaja de admitir un contrario: *desgana*, la falta de deseo. Tanto la gana como el apetito se abren. Hay cosas que dan apetito y ganas. Podemos comer con apetito y trabajar con ganas. Aquí aparece un rasgo interesante. Es hacer algo «con la disposición adecuada», dice MM. «Le zurró con ganas», por ejemplo. Por lo que parece, el modo adecuado de hacer las cosas es deseándolas.

Una atención especial merece la palabra *querer*, porque pone de manifiesto las intrincadas relaciones que el sentimiento y la acción mantienen. Significa «desear», pero también «tener la intención de hacer algo» o «la decisión de hacerlo» o «empeñarse en ello». Y, por último, ha llegado a ser sinónimo de amor.

He dedicado mucho tiempo a estudiar los antónimos, es decir, las palabras que significan lo contrario de otras. En el caso del deseo encuentro al menos tres tipos de antónimos, cada uno de los cuales va a poner de manifiesto un elemento de su definición.

En primer lugar, la *desgana*, la inapetencia, nos indica que el deseo es impulso, aspiración, tendencia, que es lo que falta en estas palabras. Hay otras dos procedentes de la medicina: *anorexia*, muy de moda en la actualidad, quiere decir etimológicamente «sin deseo, sin apetito», aunque ahora designa una enfermedad juvenil y grave, en la que intervienen deseos autodestructivos y no sólo la ausencia de deseos. Significa una búsqueda obsesiva de la delgadez, pero, como he leído en una monografía, esa meta «ya no depende de la voluntad, sino que se autonomiza por la psicosomatosis morbosa y lleva un rumbo distinto, absurdo, incomprensible, involuntario, apersonal, en el cual la paciente está atrapada y siente tal angustia que sólo puede sobrevivir a la misma controlando el peso y el alimento. Ya no se habla de ideal de cuerpo estético sino de estar a gusto vivencialmente, con un cuerpo delgado, para ir tirando, sin rumbo, pues el compromiso o ideales o proyectos han quedado olvidados».[7] Su frecuente compañera y opuesta es la *bulimia*, que etimológicamente significa «hambre de buey». Otra falta de deseo y de impulso es la apatía y también la abulia, una incapacidad de decidir.[8]

El segundo antónimo del deseo es la *saciedad*, lo que nos indica que el deseo es carencia, necesidad, falta, y que desaparece cuando se satisface.

Por último, encontramos la *repulsión*, que nos indica que el deseo es atracción hacia el objeto.

2

La historia básica del deseo se cuenta enfatizando aspectos distintos. El primero que voy a considerar es la intensidad. Hay un deseo impaciente e intenso: el *anhelo*. Palabra culta y espiritual. La vehemencia hace que el anhelante espere respirando trabajosamente, con el hálito perdido. Otro deseo vehemente es el *ansia*. Se trata de una familia complicada, que sirve como ejemplo de la riqueza de análisis que encierra el léxico sentimental. Tiene dos significados, lo que nos permitiría incluirla en dos tribus diferentes. Es un «deseo incontrolado de algo». Y también «una angustia o una agitación violenta». Ya AU incluye ambas acepciones. «Pena, tormento, congoja o aprieto, inquietud de corazón o de ánimo. Significa también anhelo, deseo vehemente y a veces desordenado.» El diccionario nos enseña, pues, que en el deseo hay desasosiego e inquietud. Es decir, que puede ir acompañado de distintos sentimientos.

Ambas acepciones –deseo y angustia– tienen dos rasgos comunes: la agitación y la dificultad para respirar. Los humanos pierden la respiración por muchas cosas y vale la pena detenerse en tan curioso mecanismo. Las dificultades respiratorias se dan –según los diccionarios– en varias familias sentimentales: la congoja, el anhelo, el ansia, el agobio y la angustia.

Con un resuello de tanta repercusión psicológica, no es de extrañar que al espíritu le llamaran *pneuma*, «aliento». Como los automóviles, el hombre es un semoviente con apoyo neumático.

MM define el ansia como un malestar físico que se manifiesta principalmente en la respiración jadeante. El anhelo guarda la huella de su antepasado latino *an-helare*, «respirar con dificultad». Covarrubias da una explicación de esta falta de resuello apelando a la prisa del deseo. Anhelar «vale tanto

71

como respirar con dificultad, cuando un huelgo se alcanza a otro, lo qual acaece a los que se han fatigado mucho corriendo o saltando o haciendo otro exercicio violento. Dícese de los ambiciosos que anhelan por los grandes lugares o dignidades, por la vehemencia con que los procuran, y la diligencia demasiada que ponen para conseguir sus pretensiones». *Angustia* deriva del latin *angustus*, «estrecho, cerrado». También *agobio* significa «sofocación» (DRAE, 1899), y la *congoja* es un sentimiento que ahoga. Etimológicamente procede del latín *congustia*, angostura. Los aprietos que el alma pasa pueden, por lo tanto, situarse en tribus distintas: la congoja es una especie de tristeza; el ansia es deseo, pero también angustia. Todos provocan intranquilidad, agitación e impaciencia.

A mediados del siglo XIX apareció la palabra *ansiedad*, «estado de agitación, inquietud y zozobra de ánimo» (DRAE, 1899). Angustia, preocupación e impaciencia por algo que ha de ocurrir. Parece que el malestar del ansia está producido por la impaciencia del deseo y el temor de no poder saciarlo.

Se nos presenta aquí la cara oscura del deseo. El deseo es impaciente, intranquilo, desasosegante, angustioso. Es posible que este aspecto dramático del deseo se acentuara con la aparición del Romanticismo. AU define el anhelo como «desear, apetecer, solicitar alguna cosa con vehemencia y eficacia». Cien años mas tarde, Domínguez da un retrato más violento de la palabra: «Ansia, avidez, deseo vehemente de alguna cosa, ardor con que se procura, pasión que inspira al que apetece su logro, especie de congoja o afán congojoso, zozobra, inquietud, agitación o turbación del ánimo, recelo, duda, angustia, etc.» El anhelo se ha convertido en *avidez*. Significa «ansia, codicia, deseo ardiente e inmoderado», pero enfatiza sobre todo la vivacidad, la desmesura con que se satisface. Está ya muy cerca de la acción. Por eso los diccionarios relacionan esta palabra con voracidad, que es un modo de actuar. En efecto, la avidez es un deseo ardiente, inmoderado, y también la vivacidad con que se satisface.

Hay otros términos de esta tribu que ponen un parecido énfasis en la acción, subrayando la fuerza y entrega con que el sujeto intenta satisfacer su deseo. *Afán* es la primera: es un deseo vehemente de conseguir algo y el esfuerzo que se emplea en conseguirlo. Originariamente significó «trabajo, esfuerzo». Ni en AU ni en DRAE de 1791 figura como deseo. Aparece en Domínguez, con una relación interesante: «Ansia, solicitud, congoja, anhelo, ansiedad, agitación.» Es el deseo trabajado. El *Enciclopédico* de 1853 proporciona la que parece más completa definición: «Esfuerzo penoso, actividad laboriosa que se emplea con el objeto de conseguir una cosa que se desea con ansia.» Aparece con frecuencia en esta tribu la palabra *solicitud*. Tiene los mismos componentes. Interés hacia algo y «procurar una cosa con esfuerzo».

Un significado muy parecido tiene *empeño:* deseo vehemente de conseguir algo que exige trabajo y esfuerzo para su realización. Parece que estuvo relacionado con alguna obligación. Segun AU es: «La obligación contraída por haber dejado en prenda alguna cosa. Vale también la obligación que uno ha contraído o con que se encarga de hacer alguna cosa y tomarla por su cuenta. Significa asimismo deseo o amor eficaz de alguna cosa o persona.» Esta descripción del deseo como «amor eficaz» resulta muy sugerente, sobre todo porque admite implícitamente la existencia de un «amor ineficaz», indolente o perezoso, desganado. *Empeño* procede del latín *pignus,* «dejar como garantía», «pignorar». Las arras que se entregaban en el matrimonio eran una prenda, una garantía del empeño. Uno empeña su palabra, su promesa, su capacidad de decidir el futuro. Esta palabra es una afirmación implícita de la confianza en el poder de la voluntad.

Los deseos y una parte importante de los sentimientos incitan a obrar. Ya he advertido que el campo de la afectividad, el campo de la acción y el campo del carácter como estilo de respuesta están muy próximos. Una acción puede realizarse en modos sentimentalmente distintos. Paciente o impacientemente, con solicitud o con descuido. Como veremos en la tribu de la ira, la venganza puede convertirse en saña o en crueldad, dependiendo de su intensidad. Una persona cruel es la que actúa sin compadecerse del dolor ajeno. Pero el lenguaje es suficientemente perspicaz para saber que en la antecámara de esa acción hay unos sentimientos que la impulsan, la mantienen y la orientan.

3

En esta tribu se cuentan también las historias de los deseos efímeros o injustificados. De ello se encargan dos palabras: *capricho* y *antojo*. El capricho, como dice el *Diccionario enciclopédico* de 1853, es «un amor pasajero de un instante». Comenzó, sin embargo, siendo «una idea que alguno forma fuera de las reglas ordinarias y comunes y las más de las veces sin fundamento, ni razón» (DRAE, 1791). Juan Huarte de San Juan, un psicólogo *avant la lettre* del siglo XVI, da una descripción tan divertida que quiero dejar constancia de ella en mi informe: «A los ingenios inventivos llaman en lengua toscana caprichosos, por la semejanza que tienen con la cabra en el andar y el pacer. Ésta jamás huelga por lo llano; siempre es amiga de andar a sus solas por los riscos y alturas, y asomarse a grandes profundidades; por donde no sigue vereda alguna ni quiere caminar con compaña. Tal propiedad como ésta se halla en el alma racional cuando tiene un cerebro bien organizado y templado: jamás huelga en ninguna contemplación, todo es andar inquieta buscando cosas nuevas que saber y entender.»
Esta inquietud y extravagancia acabó lexicalizándose como un deseo. Domínguez nos cuenta el tránsito, en su biografía convertida en diccionario. Capricho es «el concepto o idea que alguno forma fuera de las reglas ordinarias y comunes, y las más de las veces sin fundamento, ni razón (Acad.). Esto, señores académicos, es lo que se llama un juicio temerario concienzudamente definido. Nosotros entendemos por capricho en primer término cualquier gusto más o menos extravagante, cualquier antojo, deseo o apetito más o menos raros, en una palabra, toda excentricidad voluntariosa del ánimo supeditado por alguna pasión». La definición que da María Moliner nos sirve para convencernos, si no lo estábamos ya, de la complejidad semántica de las palabras que estamos investigando. Ca-

pricho es: «Deseo o propósito no fundado en ninguna causa razonable. Variación injustificada en la conducta de alguien o en las cosas. Adorno, detalle de buen o mal gusto en una cosa cualquiera que no obedece a la necesidad ni a la conveniencia. Fantasía, detalle de una obra de arte que rompe con lo acostumbrado y manifiesta la fantasía del autor. En la denominación "caprichos", con que son conocidas ciertas obras de Goya, significa obra de pura invención. Se aplica este nombre en ocasiones a una obra musical corta. Deseo. Fantasía. Obstinación. Antojo. Maña, emperramiento. Tema.» En fin, el capricho es un deseo obstinado, efímero, veleidoso, injustificado, que se emperra en conseguir lo que quiere. Desconozco la razón por la que los españoles llaman *perra* –que es la hembra de un mamífero que ladra– a las «rabietas» y a «un deseo muy fuerte, a veces insensato» (MM). Claro que también llamaban *perra*, y añadían gorda o chica, a unas monedas. Rarezas, sin duda. (Después de escribirlo me he enterado de que lo de la perra chica se debe a la acuñación de una moneda española en la que figuraba un león. Al dibujante le salió un poco deslucido, por lo que el zumbón pueblo empezó a llamar a esa moneda perra chica.)

El *antojo* está muy cerca del capricho, pero merece la pena marcar las diferencias. Covarrubias dice que «algunas vezes significa el deseo que alguna preñada tiene de cualquier cosa de comer, o porque la vio o porque la imaginó o se mentó delante de ella. Unas mugeres son más antoxadizas que otras y no podemos negar que no sea pasión ordinaria de preñez, pues se ha visto mover la criatura o morírsele en el cuerpo quando no cumple la madre el antojo. Éste se llama en latín *Pica libido,* del verbo *pico-as,* por antojársele algo a la preñada; Antonio Nebrixa. Es alusión de la pega o picaça, que es antojadiza, y suele comer cosas que no hazen al gusto como hierro, hierbas y trapillo y otras cosas». (El ver aparecer a la urraca –pigaza– al estudiar los antojos es una más de las sorpresas que nos depara el buen Covarrubias.)

La persecución de antojo en los diccionarios nos proporciona interesantes datos. Para los ilustrados autores de AU, significa «deseo, apetito y codicia de alguna cosa», pero en el DRAE de 1791 se añade una observación que me sorprende: «Deseo vehemente de alguna cosa y frecuentemente se entiende del que sólo es gobernado por el gusto o la voluntad.» Es decir, se distingue entre lo razonable y lo voluntario. Domínguez lo explica con claridad: el antojo es «capricho, fantasía, gusto, ocurrencia, deseo, anhelo, apetito, pasión, afán, etc., por lo común voluntarioso y frívolo, no gobernados o regulados por la fría razón, por su recto y sano juicio, sin otra norma que el instinto de la viciada naturaleza». Se reformula el significado de capricho, que ya no es un deseo sino el desencadenante del antojo. (Al menos para el DRAE de 1899: antojo es «el deseo vivo y pasajero de alguna cosa, y especialmente sugerido por el capricho».) En México, las «antojerías» son bares donde se toman tapas.

Aún hay en castellano una palabra más para el capricho: *veleidad,* que insiste en la inconstancia y ligereza del querer.

4

Para terminar el vocabulario del deseo, tengo que mencionar algunos deseos concretos que han sido lexicalizados. La *emulación* es el deseo de igualar o superar a otro. El latín *aemulatio* significaba «rivalidad», pero ahora sólo conserva un sentido positivo. Es una rivalidad que conduce a la imitación, no al odio. Se usa poco en castellano, tal vez porque, según dicen, el español es más propenso a la envidia que al reconocimiento e imitación de la excelencia ajena. La *gula* es un deseo desordenado de comer. La *concupiscencia* y la *lujuria* son una desmesura semejante en el deseo de placeres sexuales. La *ambición* es un deseo de gloria, bienes, poder. Puede ser buena. La *soberbia* se ha definido tradicionalmente como «deseo de ser a otro preferido». Por último, la *sed* y el *hambre* pueden definirse como deseo de comer y beber. Los samoanos, que deben de ser gente amable, tienen una palabra para el deseo de agradar: *lotomalie.*

Mencionaré una curiosa palabra derivada de deseo: *desidia.*

Es un tipo de pereza. Lo interpretaré como el abandonarse a los deseos. Una familia muy importante es la *curiosidad*, palabra que procede del latín *cura:* «cuidado, inquietud». «Curioso es el que trata alguna cosa con particular cuydado y diligencia, y de allí se dixo curiosidad, vel a curia, o del adverbio cur, porque el curioso anda siempre preguntando ¿por qué es esto, y por qué es lo otro? Yo digo que la palabra curioso o curiosidad se deriva deste adverbio cur, que es adverbio de preguntas, y del nombre ociosidad, porque los curiosos son muy de ordinario holgaçanes y preguntadores», dice el sorprendente Covarrubias. Todos los diccionarios registran esta palabra como deseo, tendencia, anhelo de conocer o averiguar alguna cosa. Sería interesante hacer la historia de la curiosidad. Fue un deseo muy criticado a veces, incluso calificado como «vano». «La concupiscencia de los ojos hace a los hombres curiosos», escribió San Agustín. No se da en la curiosidad un afán de conocimiento, sino un apetito de nuevas percepciones. Tomás de Aquino la entiende como una «inquietud errante del espíritu» y la incluye en la *evagatio mentis* («disipación del ánimo»), que es, según él, hija primogénita de la pereza. Esta inquietud del ánimo, esta incapacidad para asentarse en un lugar, busca sosiego en la pluralidad.[9] Al afán virtuoso de conocimiento lo llamaban *studiositas.*

En otras lenguas están codificados otros deseos. Descartes define *faveur* como «deseo de que suceda algo bueno a alguien por el que se tiene buena voluntad en tanto que está excitada en nosotros por alguna buena acción». «*La faveur, en cette signification, est une espèce d'amour.*» Tal vez corresponde al castellano *benevolencia.*

El deseo de poder y el deseo de poseer merecen un estudio aparte. San Agustín, un personaje de gran influencia en la evolución de los sentimientos europeos, distinguía tres grandes deseos: el ansia de dinero, la lujuria y el afán de poder *(libido dominandi).* Los tres deseos son malsanos y sólo encuentra circunstancias atenuantes en este último cuando el deseo de poder se combina con un fuerte deseo de honor y gloria. Así, San Agustín habla de la «virtud civil» que caracterizó a los primeros romanos, quienes «suprimieron el deseo de riqueza y muchos otros vicios en favor de su único vicio, la pasión por el honor».[10] A pesar de la importancia del afán de poder, sólo voy a detenerme en la codicia, porque es una tribu magníficamente lexicalizada, que nos permite ver cómo se organiza una representación semántica básica.

5

La *codicia* es un deseo vehemente y excesivo de adquirir bienes. Antes en castellano se podía ser codicioso de cosas buenas. Ahora este significado sólo se aplica a los toros que acuden con presteza al engaño. Incluye una cierta tenacidad. «Ansia por querer o hacer alguna cosa», dice *Autoridades*. La *avaricia* no sólo quiere conseguir los bienes materiales, sino que quiere conservarlos. Aprovecharé esta familia para exponer cómo trataron la organización afectiva los filósofos medievales, que aprovechaban una riquísima tradición moral. Santo Tomás de Aquino define la avaricia como «inmoderado amor de riquezas». A continuación enumera sus hijas. Éste era un procedimiento metafórico-lógico para exponer las derivaciones o efectos de una pasión, una virtud o un vicio. Las hijas de la avaricia son: la traición, el fraude, la mentira, el perjurio, la inquietud, la violencia y la dureza de corazón.

Las riquezas son, sin duda, uno de esos objetos valiosos que influyen profunda e incluso dictatorialmente en la vida humana. ¿Cómo nos comportamos con relación a este bien, según el diccionario? Hay un cuadro de palabras que describen la mecánica económica: comprar, vender, prestar, hipotecar, regalar, etc. Estas palabras señalan que hay intercambio de propiedad y es de suponer que en su origen haya deseos, intereses, necesidades.

Los bienes pueden adquirirse, conservarse o perderse. Hay historias del enriquecimiento, de la estabilidad y de la ruina. Hay personas que sienten «un desmedido deseo de adquirir y atesorar riquezas, por el placer de tenerlas» (MM). Son los avariciosos. El léxico de la avaricia nos proporciona una sutil des-

78

cripción que integra aspectos psicológicos, sociales y morales de este fenómeno.

1) Es un deseo vehemente y exagerado. «Demasiada codicia de acquerir y tener y guardar riquezas; crimen» (PA). Se relaciona con otras palabras del léxico del deseo y de la desmesura: ansia, codicia, ambición

2) Juzgado peyorativamente. «El avaro, cruel consigo mismo como con todos, es el ente más vil de la sociedad, que lo desprecia, y su infame pasión es el segundo pecado capital que más directamente se opone al Evangelio, minando su divina base, esto es la caridad para con el prójimo» (DO). «Es un afecto desordenado», dice *Autoridades*. Los diccionarios consideran al avaro mezquino, ruin.

3) De tener y conservar riquezas. «Por sólo el placer de poseerlas» (MM). «Para no disfrutarlos ni espenderlos, para recrearse únicamente en su vista» (DO). Es decir, hay un apego exagerado que rompe la función de los bienes. Dejan de ser medios para convertirse en fines.

4) Se caracteriza por un conjunto de comportamientos: el avaro acapara, atesora, no gasta. *Acaparar* es «adquirir o acumular cosas en más cantidad de la que se necesita para las necesidades ordinarias». *Atesora* quien guarda cosas de valor, en especial ocultándolas. El que no gasta es *roñoso*, palabra extraordinariamente expresiva. Procede de *roña*, que es la sarna del ganado, o la suciedad encallecida, pero ha pasado a significar «tacaño», «el que escatima exagerada o innecesariamente en lo que gasta o da». *Cicatero* significa lo mismo. Todos estos personajes dan lo menos posible. Son *mezquinos*. Esta palabra significa, en primer lugar, tacaño, pero a continuación el diccionario dramatiza el juicio y añade «falto de generosidad y nobleza, muy pegado al interés material, capaz de sentimientos y acciones de los que degradan, como la envidia, la hipocresía, la cobardía, la delación o la traición» (MM).

5) Esas conductas proceden de un rasgo de carácter o de un vicio, es decir, son continuadas y estables en el tiempo.

Los términos mencionados no designan sentimientos, pero el componente sentimental –el apego al dinero, la dificultad para dar, la incapacidad para sentimientos nobles– tiene sin duda mucho que ver con el tema de este libro. Aunque no está lexicalizado, parece que la posesión es un hecho que provoca sentimientos muy poderosos. A los extraterrestres nos sorprende que la posesión sea para los humanos sinónimo de disfrute y placer.

Pero hay que seguir la descripción, porque las actitudes y sentimientos hacia las riquezas forman un dominio donde intervienen varias tribus. Las riquezas no sólo despiertan los fenómenos afectivos que hemos señalado, sino también los contrarios. En el extremo opuesto del excesivo apego al dinero se encuentra el desprendimiento y el desinterés. Entre ambos extremos están otros modos de gastar o mantener el dinero. *Ahorrar* significa «guardar una parte del dinero de que se dispone. Gastar de una cosa menos de lo que se gastaría no teniendo cuidado». Cuidado con la palabra *cuidado*. Significa «dedicar atención o interés a una cosa. Atender a que una cosa esté bien y no sufra daño» (MM). Ahorrar es, en general, una conducta apreciada. No lo es tanto economizar, que se dice «del que gasta con reflexión» y «también del que escatima los gastos», es decir, del tacaño.

En general, el diccionario aprecia más al que sabe gastar que al que sabe ahorrar. Quien da abundantemente su dinero o lo gasta en obsequiar a otro es espléndido, es decir, resplandeciente, magnífico. También se elogia la *generosidad*, palabra que entre otras cosas puede significar, según MM: «Circunstancia de ser generoso (noble de estirpe). Valor y esfuerzo en las empresas.»

¡Qué historia tan aristocrática y agitada la de esta palabra! Al principio significó tan sólo «engendrar», pero cuando llega al término *generoso* ha reducido ya su ámbito productor. La primera acepción dice «de linaje noble». La segunda: «magnánimo: de alma noble, de sentimientos elevados; inclinado a las ideas y sentimientos altruistas, dispuesto a esforzarse y sacrificarse en bien de los otros; refractario a los sentimientos bajos, como la envidia o el rencor.» La tercera: «Excelente en su especie.» La cuarta acepción menciona «desinteresado, desprendido, liberal». ¿Cómo se ha producido este deslizamiento? En su origen, *generoso* significaba «capaz de engendrar». Pero de ahí posiblemente pasó a ser un comparativo de superioridad: «Lo que produce más de lo que estaba obligado a producir» (en francés, este uso está documentado desde 1677). Se produce entonces un cambio en la definición de nobleza. El noble no es el poderoso sino el que da más de lo obligado: dádivas, cuidado, valentía, magnanimidad.[11]

Sigamos con el modelo que estoy dibujando. En la tribu de la generosidad se encuentran la liberalidad, la munificencia, la esplendidez, la largueza y algunos términos que ahora resultan chocantes, como la galantería, el garbo o el rumbo. El que esta palabra signifique esplendidez es para mí un enigma. *Rumbo* –rombo– significó primero un sector de la rosa de los vientos. Tal vez su esplendidez derivó del sentido mágico que se daba a la figura. Ciertamente, el rumboso gasta ya haciendo alarde, fafarroneando o presumiendo, por lo que nos permite seguir explorando ahora la tribu del exceso en el gastar. Adam Smith, en su *Teoría de los sentimientos morales*, dedica un capítulo a estudiar el origen de la ambición. «¿Cuál es el fin de la avaricia y la ambición, de la persecución de riquezas, de poder, de preeminencia? (...) Lo que nos interesa es la vanidad, no el sosiego ni el placer. Pero la vanidad siempre se funda en la creencia de que somos objeto de atención y aprobación».[12] El diccionario también recoge este nexo entre el dinero y la vanidad. *Ostentación* es un modo de hacer que una cosa propia, en especial la riqueza, sea vista o conocida por los demás, haciéndolo con orgullo, vanidad o jactancia (MM).

En ocasiones, el exceso en el gastar se convierte en un vicio peligroso. *Pródigo* es el derrochador, despilfarrador, malgastador, dilapidador, disipador, la «persona que gasta su dinero o sus bienes con falta de prudencia» (MM). Todos los sinónimos que hemos señalado incluyen un carácter de exceso, imprudencia, insensatez. La índole moral de tal individuo queda clara, por ejemplo, en la palabra *disipar*, que significa «gastar completamente su dinero», pero también gastar la vida en «un exceso de diversiones y placeres». La moralización es evidente.

La relación del sujeto con la riqueza forma pues un modelo muy complejo, que podemos descubrir, analizar e incluso juzgar sin salir del diccionario. Las acciones fundamentales –ganar, mantener, gastar– se ven moduladas por sentimientos, deseos, comportamientos que conducen a excesos, bien en el acumular, en el mantener o en el gastar. Los seres humanos pueden tener apego o desapego al dinero, y un apego o un desapego mesurado o excesivo. Los excesos son criticados moralmente, pero con mucha más dureza la avaricia que la prodigalidad.

En conclusión: un modelo afectivo integra varias tribus distintas dentro de unos guiones de comportamiento. En este caso: avaricia, mezquindad, generosidad, prodigalidad. Esos modelos son representaciones semánticas básicas, desplegadas léxicamente. Su complejidad resulta muy difícil de explicar en un libro, que es un formato rígido. ¿Cómo organizamos la exposición de la avaricia y la generosidad? ¿Bajo el epígrafe del desencadenante *posesión?* ¿Como tribus independientes? ¿Integrando la avaricia dentro del campo del deseo y la generosidad dentro de los hábitos o rasgos de carácter? Un buen diccionario cognitivo –que solo es posible en soporte informático– es un diccionario virtual que se puede organizar en múltiples direcciones: desde los desencadenantes a los sentimientos, desde éstos a las acciones o a los desencadenantes o a los rasgos de carácter. Una misma situación o un mismo objeto puede producir sentimientos contradictorios o constelaciones afectivas diferentes. El formato ideal es el «hipertexto», que nos permite centrarnos en cualquier palabra que aparezca y avanzar por ella abandonando el discurso principal. Intentar en un libro– que es formato lineal– esta posibilidad de escaparse por caminos laterales nos ha resultado muy difícil. En el índice temático incluido al final he intentado paliar esta limitación.

6

El territorio afectivo abierto por la riqueza, su deseo, su posesión y su empleo, aparece en todas las culturas. La idea que se tenga sobre la propiedad, los bienes y la función de la riqueza determina una parte importante de la vida sentimental. Por ejemplo, Thurnwald señala que cuando los europeos introdujeron el dinero en África, se desencadenó un proceso emocional: un deseo generalizado de ganancias monetarias, de donde se derivaron situaciones competitivas nuevas, e incluso cambios en la institución matrimonial.[13] La introducción del caballo entre los indios de la llanuras americanas produjo resultados parecidos en la complejidad de su alcance. Brandt cuenta que entre los chukquis del norte de Asia la introducción del reno domesticado parece haber producido la adopción de la poligamia entre los grupos criadores de renos; y este mismo hecho parece ser la razón de que en este grupo, cuando los ancianos gozan de gran prestigio como propietarios no se da muerte a los viejos, como ocurre entre los chukquis de la costa, que llevan una vida precaria pescando y cazando focas.[14] Es difícil encontrar mejores ejemplos para demostrar hasta qué punto las condiciones culturales influyen en la modulación de los sentimientos.

Los griegos antiguos analizaron cuidadosamente la semántica de la riqueza. Aristóteles –que sistematiza en gran parte las creencias morales de su tiempo– distingue entre liberalidad, magnificencia y magnanimidad. Los que practican la liberalidad «son desprendidos y no rivalizan por el dinero, que es lo que más desean todos».[15] «Es la virtud de hacer beneficios sirviéndose del dinero; mezquindad es lo contrario. La magnanimidad es la virtud de otorgar grandes beneficios, y la magnificencia, la de comportarse a lo grande en toda suerte de dispendios; la pequeñez de espíritu y la cicatería son sus contrarios.»

Catherine Lutz, en su estudio sobre la vida emocional de los ifaluk, habla de *song*, un sentimiento de ira justificada, de indignación, provocado por un comportamiento injusto o inmoral. «Uno de los contextos más frecuentes en los que se habla de este sentimiento es cuando alguien no cumple su obligación de compartir con los otros.» Los tacaños *(farog)* son las personas más despreciadas en Ifaluk, excepción hecha de los iracundos. La partición de la comida, por ejemplo, se lleva a cabo en público para que todos sean testigos de la equidad del reparto. «La diaria anticipación de la "indignación" de los demás es un regulador fundamental de las relaciones interpersonales y un factor básico para el mantenimiento del valor de compartir.»[16]

La relación con la propiedad cambia de unas culturas a otras. Margaret Mead cuenta que entre los arapesh «había una sola familia que demostraba apego a la posesión de la tierra, y su actitud resultaba incomprensible para todos los demás». Durante las cacerías, que se hacen en grupo, «el hombre que ve primero al animal perseguido lo reclama, y el único tacto necesario aquí es el de no divisar animales más a menudo que los otros. Los que siempre se adelantan en divisar la caza, son abandonados por sus compañeros».[17]

Cambiemos de cultura y de enfoque. Regalar es un modo de disponer de la riqueza que desencadena un nuevo complejo afectivo, como veremos al estudiar la gratitud. Pierre Bourdieu ha estudiado el sentimiento de honor en la gran Cabilia. *Nif* («pundonor») es un importante concepto afectivo. Designa un espíritu competitivo, una dialéctica del desafío y la respuesta. Un modo de desafiar a alguien –es decir, forzarle a una respuesta o al deshonor– es haciéndole un regalo.

7

Hay un impulso o un deseo evaluado moralmente no por su objeto o desmesura –como lo son la lujuria o la avaricia–, sino por la misma textura del deseo, que es deseo de hacer lo que no se debe. Nos referimos a la *tentación*, «impulso espontáneo o provocado por alguien o algo de hacer cierta cosa que hay razones para no hacer» (MM). Procede del latín *temptatio*, «ataque de enfermedad» y «ensayo, experiencia». El latín eclesiástico dio a la palabra un significado religioso: el movimiento interior que inclinaba al mal. Por extensión pasó a significar lo que incita a una acción despertando el deseo.

Como mis patrones extraterrestres me exigirán una formalización de todo este variado campo léxico, me conviene comenzar a entrenarme en ello. ¿Como podría organizar el mundo de los deseos?

84

Deseo = *apetito* = *ganas:* movimiento hacia alguna cosa que aparece como buena y atrayente.

Deseo + vehemencia = *anhelo.*

Deseo + vehemencia + actividad para saciarlo = *avidez.*

Deseo + vehemencia + inquietud = *ansia.*

Deseo + esfuerzo = *afán.*

Deseo + esfuerzo + constancia (+ obligación) = *empeño.*

Deseo + brevedad + sin razón = *capricho.*

Deseo + vehemencia + sin razón = *antojo.*

Deseo + sexual + desmesura = *lujuria.*

Deseo + posesión bienes + desmesura = *codicia.*

Deseo + posesión bienes + conservarlos + desmesura = *avaricia.*

Deseo + gloria = *ambición.*

Deseo + comida = *hambre.*

Deseo + bebida = *sed.*

NOTAS

1. La palabra motivación es moderna y culta. Aparece tímidamente en la segunda mitad del siglo XIX, en Schopenhauer, por ejemplo, con el significado de resorte fundamental de la acción humana; o en Gide (*Le Prométhée mal enchaîné,* 1889) para designar vagamente una razón de ser. Figura en los diccionarios ingleses desde 1873. En psicología su empleo sólo se impone después de la Segunda Guerra Mundial. Cf. Feertchak, H.: *Les motivations et les valeurs en psycho-sociologie,* Armand Colin, París, 1996, pp. 3 y ss. Un intento de precisar las diferencias entre móvil, motivo y motivación, en Marina, J. A.: *El misterio de la voluntad perdida,* Anagrama, Barcelona, 1997, p. 41.

2. Aristóteles: *Ét. Nic.,* 1139 b.

3. Aristóteles: *Ét. Eud.,* 1223 a.

4. Stobeus: *Florilegium,* 95, 28

5. Cf. Elíade, M.: *Historia de las creencias y de las ideas religiosas,* Cristiandad, Madrid, 1979, II, p.101.

6. San Agustín: *De doctrina christiana,* L.J. c. XXVII, 28. Max Scheler estudió la preferencia y la postergación como estructuras básicas del comportamiento moral, en *Ordo moris,* Caparrós, Madrid, 1996, traducción de Xavier Zubiri. «Al investigar la esencia de un individuo, una época histórica, una familia, un pueblo, una nación, habré llegado a conocerla y a comprenderla en su realidad más profunda, si he conocido el sistema, articulado en cierta forma, de sus efectivas estimaciones y preferencias» (p. 22).

7. Chinchilla Moreno, A.: *Anorexia y bulimia nerviosas,* Ergón, Madrid, 1994, p. 6.

8. Abulia es una palabra que ha pasado de moda en la literatura psiquiátrica. Fue muy importante a finales del siglo pasado, pero ahora ha desaparecido prácticamente de la bibliografía. Un testimonio de su época de esplendor es la obra de Pierre Janet: *Névroses et idées fixes,* Alcan, París, 1898.

9. Tomás de Aquino: *Sum. Theol.,* II-II, q. 167, II, q. 35, 4 ad 3, Pieper, J.: *Las virtudes fundamentales,* Rialp-Ed. Quinto centenario, Bogotá, 1988.

10. San Agustín: *De Civitate Dei,* L. I, cap. 30.

11. Greimas y Fontanille, que han hecho un bello análisis léxico de la avaricia, señalan este mismo deslizamiento semántico en francés: *Sémiotique des passions,* Seuil, París, 1991, cap. II: «À propos de l'avarice».

12. Smith, A.: *La teoría de los sentimientos morales,* Alianza, Madrid, 1997.

13. Thurnwald, R.: «The Psychology of Acculturation», *American Anthropologist,* XXXIV (1932), pp. 557-569.

14. Brandt, R. B.: *Teoría ética,* Alianza, Madrid, 1982, p. 137.

15. Aristóteles: *Ret.,* 1366 b 7.

16. Lutz, C.: *op. cit.,* p. 161.

17. Mead, M.: *Sexo y temperamento,* Paidós, Barcelona, 1990, p. 35.

III. ENTRE EL SENTIMIENTO Y LA FISIOLOGÍA

1

Los seres humanos sienten sentimientos muy poco sentimentales, a medio camino entre las sensaciones físicas y las experiencias afectivas. A veces, me dicen, los médicos tienen grandes dificultades para discernir si un cansancio está producido por acontecimientos físicos o psíquicos. Al parecer, separar ambos tipos de experiencias les resulta difícil a los humanos. Según los antropólogos, en muchas culturas primitivas las emociones no se consideran fenómenos íntimos, sino fisiológicos o sociales. Los psicólogos occidentales no suelen incluir el hambre en las listas de sentimientos, pero Fajans, investigador de los baijing, explica con mucha claridad por qué este pueblo cree que *anaingi,* «hambre», es un sentimiento, además de un estado físico. Lo relacionan con el aislamiento y la soledad. Como la comida es el primer medio natural de solidaridad, el hambre es relacionada con la soledad y el abandono. Para paliar la tristeza que acompaña al viajero, cuando alguno llega a una comunidad baijing se le da inmediatamente comida.[1]

También se ha considerado que ese pueblo analizaba mal los sentimientos porque llamaba «cansancio» *(awumbuk)* a lo que se siente después de la partida de un amigo o familiar. Este sentimiento es causado por el «peso» que el que se marcha deja tras sí. Aunque un castellano preferiría hablar del «vacío» que deja la ausencia, la metáfora baijing no es nada extravagante. En castellano, la pesadumbre es un modo de tristeza.

He buscado el significado de la palabra *alexitimia,* que he visto citada en contextos variados, y he aprendido que significa «incapacidad para verbalizar los propios sentimientos». La razón estriba en que los sujetos que padecen este trastorno son incapaces de ir más allá de las impresiones corporales. Al preguntarles, por ejemplo, lo que habían sentido al morir una persona querida, contestan: un malestar en el estómago.[2]

En el lenguaje podemos reconocer la larga marcha desde la experiencia física a la experiencia afectiva. Muchas palabras del léxico sentimental proceden de fenómenos físicos. Por ejemplo, *cansancio* deriva de una voz marinera latina que significaba «volver, doblar». La definición de MM es muy poco sentimental: «Gastar las fuerzas físicas de alguien un trabajo o esfuerzo.» Añade como sinónimo *fatiga*. Esta palabra significó en el antiguo latín «hacer reventar a un animal» al someterle a un esfuerzo excesivo. Podría aducir más ejemplos de este origen físico de palabras sentimentales. *Dolor* procede de la raíz indoeuropea *del-*, «cortar, tallar la madera, golpear». Incluso la sentimentalísima *tristeza* procede tal vez de un acto físico. La raíz *ter-* significa «trillar, machacar». De ella derivan también *tribulación, contrición*. Todas son experiencias de sentirse destruido, anonadado por una calamidad. *Aflicción* procede de *fligo*, que significa «golpear». En fin, que la introspección, o sea la perspicacia para analizar las experiencias íntimas, debió de ser tardía. Hay, por cierto, un investigador llamado Jaynes que sostiene que los héroes homéricos no tenían aún intimidad. Toda su vida afectiva la interpretaban en términos de fuerzas que zarandeaban, invadían, manejaban a los indefensos seres humanos.[3] Actualmente, los maoríes piensan lo mismo que los antiquísimos griegos pensaban. Creen que las emociones y todas las experiencias no queridas son un ataque perpetrado desde fuera, y no algo que se origina dentro. Por ejemplo, el miedo no es una reacción emocional ante el peligro, sino la advertencia de algún ser poderoso.[4] El castellano conserva vestigios de esta irrupción desde el exterior. Incluso un sentimiento tan pacífico como la calma invade al sujeto. Puede que esto explique el fervor metafórico que descubro en el hablar que habla de los sentimientos. Los humanos tuvieron que usar para hablar de sus adentros un léxico que estaba inventado para hablar de sus afueras.

Otro sentimiento difícil de situar es la destemplanza. Heidegger utiliza *Verstimmung* dentro de su sistema. Falta el acorde, el tempero, se ha dejado de estar bien entonado con las cosas o con uno mismo. Tendría que hablar aquí del *dolor* y el *placer*, pero ya lo hice al hablar de las dimensiones del sentir. Los estudié allí porque tienen un significado muy amplio que engloba lo físico y lo psíquico. Ahora sólo quisiera indicar que estas palabras designan una experiencia fisiológica que ha ido configurándose como experiencia sentimental más y más compleja. La procedencia física se ve con más claridad en el dolor que en el placer. Si un terráqueo se quema una mano, a nadie se le ocurre hablar de un dolor psíquico o teñido sentimentalmente. No hay equívoco entre ese dolor y el provocado por la muerte de un ser querido. Puede haber casos dudosos, como los dolores de origen psicosomático, pero eso no anula la claridad de las experiencias cotidianas. El caso del placer es más complicado. La psicología lo ha estudiado someramente. Leo en un reciente libro de neurociencia: «El placer es un factor importante, pero poco conocido, en la motivación de la conducta.»[5] ¿Podemos hablar de un placer estrictamente físico? Beber con sed, comer con hambre, rascarse un picor, echarse a dormir con sueño, serían casos claros. Podemos decir también que la eyaculación, una vez desencadenada, produce un placer meramente fisiológico, pero este carácter se desdibuja si atendemos a todo el proceso de excitación sexual.

Desde que en 1954 Olds y Milner descubrieron en el cerebro los centros de placer y dolor o, en sentido más técnico, centros de recompensa y castigo, podemos afirmar que existen un placer y un dolor estrictamente fisiológicos, vacíos de contenido sentimental. La estimulación eléctrica de esas estructuras neuronales produce un sentimiento de placer puramente físico que los enfermos sometidos a ese tratamiento describen sin saber explicarlo. Algunas drogas funcionan de la misma manera. Desde el espacio exterior da la impresión de que estas reacciones placenteras y dolorosas, que tenían la clara función de dirigir la conducta, se han ido sentimentalizando, espiritualizándose podríamos decir.

2

Hay otros clanes huidizos que no acaban de aposentarse ni en el dominio fisiológico ni en el psíquico. Por ejemplo, la agitación, el nerviosismo, la excitación. *Agitar* es «mover algo repetidamente a un lado y a otro». Pero figuradamente significa también «intranquilidad». No debe extrañarnos este paso del movimiento al sentimiento, puesto que sucede lo mismo con la palabra *emoción*, pieza clave de la taxonomía afectiva. *Excitar* quiere decir «poner en actividad» (MM), pero *excitarse* ha pasado a ser «perder el sosiego por efecto de un estado emocional» (MM). El *nerviosismo* es «un estado de inquietud, excitación, azoramiento o falta de tranquilidad y aplomo». Pero todas estas palabras se refieren a casos donde los síntomas físicos tienen mucha importancia. Los libros de psiquiatría utilizan con frecuencia estos términos para describir el estado de los enfermos mentales.

Gran importancia sentimental tiene la *irritación*. Puede ser un fenómeno físico. El roce con las ortigas irrita la piel. Hay comportamientos y situaciones que irritan y que suelen desembocar en la impaciencia o en la furia o en la intranquilidad.

Mencionaré la *ebriedad* porque es un curioso término que en la cultura occidental se ha desprestigiado. Significaba «borrachera». Ebrio es «el que está pasajeramente trastornado por haber bebido mucho alcohol (...) o por una pasión» (MM). Esta doble causalidad posible advierte de la transferencia sentimental del término. En francés se utiliza desde el siglo XIX con el significado de «viva exaltación». A partir del Romanticismo ha significado un estado privilegiado, cercano al entusiasmo, que facilita la creatividad. Está incluida dentro de lo que algunos llaman «estados de conciencia alterados», categoría difícil de precisar, porque puede incluir desde los efectos de las drogas psicodélicas hasta las experiencias místicas. Aldous Huxley intentó describir sus experiencias con mescalina. Miraba sus muebles de una forma que «sólo puedo describir como la visión sacramental de la realidad (...) un Mundo donde todo brillaba con Luz Interior y era infinito en su significado». Como los que toman mescalina, «muchos místicos perciben colores de un brillo sobrenatural, no solamente con la vista interior, sino hasta en el mundo objetivo que les rodea». Al leer sus apasionadas descripciones, me dieron ganas de ser humano para hacerme drogadicto, pero me contuve al seguir leyendo: «Aunque la percepción mejora muchísimo, la voluntad experimenta un cambio profundo y no para bien. Quien toma mescalina no ve razón alguna para hacer nada determinado y juzga carentes de todo interés la mayoría de las causas por las que en tiempos ordinarios estaría dispuesto a actuar y sufrir.»[6] Acabaron de desanimarme las confesiones de un eximio drogata llamado William S. Burroughs o algo así, en las que después de decir que usaba cannabis mientras escribía pues la droga «le activaba cadenas asociativas a las que de otro modo no podría haber llegado», advertía sobre «la naturaleza pérfida e imprevisible de muchas drogas», y, sobre todo, con gran poder de convicción contaba lo que había sido su adicción a la heroína, que lo llevó a instalarse en Tánger: «Vivía en una habitación del barrio árabe. Pasé un año sin bañarme, sin mudarme de ropa... No hacía absolutamente nada. Sólo podía estarme mirando la punta del zapato durante ocho horas. Sólo me sentía impulsado a actuar cuando se agotaba la dosis de droga.»[7] Los humanos tienen gustos muy raros.

Siento mucho no poder hablar más de los estados de conciencia alterados o supranaturales. Tendría que hablar de los sentimientos místicos, pero excede mi capacidad. Pondré por ejemplo lo que la Māndūkya Upanishad hindú llama «cuarto estado de conciencia», *turīya:*

> Lo que no es conciencia interna
> ni conciencia externa,
> ni ambas a la vez;
> lo que no consiste solamente en conciencia compacta,
> que no es ni consciente ni inconsciente;
> que es invisible, inaccesible, innominable,
> cuya esencia consiste en la experiencia de su propio Sí;
> que absorbe toda diversidad,
> tranquila y benigna,
> sin segundo,

lo que se denomina el cuarto estado,
eso es el ātman).[8]

3

El *asco* ocupa un lugar destacado entre los sentimientos muy pegados en su origen a la fisiología. Es una tribu con pocas familias. La historia que cuenta es sencilla. Algo sucio o desagradable provoca un sentimiento de rechazo. Este rechazo puede ser de dos tipos: huida y expulsión. Lo más característico del asco es el vómito.

Su etimología es confusa. Según Corominas deriva del castellano antiguo *usgo*, «odio, temor». Según María Moliner esta palabra se modificaría bajo la influencia de *asqueroso*, que proviene del latín *escharosus*, «lleno de costras». Tiene un sentido fuerte y otro débil. El fuerte designa el sentimiento de repulsión física o moral producido por alguna cosa. El débil, una cierta clase de aburrimiento o fastidio.

Es posible que *repugnancia* tuviera un significado más amplio, por lo que suele formar parte de las definiciones del resto de las familias de esta tribu. La *náusea* parece haber pasado de significar el vómito, la «basca o alteración violenta del estómago» (AU), a significar, además, el disgusto o fastidio que causa alguna cosa. Etimológicamente procede de náusea, «mareo». Derivaba de *naus*, «barco».

El *escrúpulo* es el asco producido por el temor a tocar algo sucio o a realizar algún acto moralmente dudoso. Es un sentimiento que se puede incluir en el temor. Significa «aprensión de tomar algún alimento o usar alguna cosa por temor a que esté sucio por haber sido usado por otra persona». La palabra *escrúpulo* tiene una curiosa historia, que en su origen nada tiene que ver con los sentimientos. Según el *Diccionario de Autoridades* (1732) escrúpulo es «cierto peso pequeño cuya entidad se reputa por la tercera parte de una dracma y la vigésima cuarta parte de una onza, del cual usan los boticarios, especialmente en las confecciones de cosas venenosas o activas en primer grado». Añado que gramo era el peso de un grano regular de cebada, que era un peso cercano a los cinco centígramos.

Según el *Diccionario de la Real Academia Española* (1970) el escrúpulo farmacéutico castellano pesa 1.198 miligramos. He de advertir que estas medidas de peso variaban según los países. Así, el scrupule francés pesaba 1.137 miligramos, y podríamos ir multiplicando las imprecisiones según los países y las regiones. Sea como fuere, fue una medida de muy pequeño peso. Diego Saavedra Fajardo en su obra *República literaria,* que quedó inédita a su muerte y se publicó por primera vez en 1665, habla del escrúpulo. Esta obra es una visión fantástica de una ciudad figurada donde se hallan los representantes más significativos de las Artes, de las Letras y de las Ciencias. Escribe Diego Saavedra Fajardo, en su estilo sentencioso y alegórico: «En medio de esta sala pendía una romana grande y a su lado un pequeño peso. Con aquélla se pesaban los ingenios por libras y arrobas y con éste los juicios por adarmes y escrúpulos.» Añado que adarme eran 1.790 centígramos aproximadamente, o sea, algo más de un escrúpulo.[9] Los tratados de psicología moral estudiaban antes los escrúpulos morales como una patología de la conciencia que veía pecados en cualquier acción, y conducía a la angustia y a la desesperación a todas sus víctimas.

El asco es uno de los sentimientos básicos admitidos por casi todos los tratadistas. Por ejemplo, es una de las cuatro nociones básicas admitidas por Oatley. «Asco es la emoción que incluye náusea ante la comida contaminada y que tiene como consecuencia el vómito. Es un proceso mental más que puramente físico, como muestra una de las anécdotas contadas por Darwin. Un nativo de Tierra del Fuego tocó con su dedo la carne conservada que Darwin estaba comiendo y mostró su disgusto por la blandura. El mismo Darwin empezó a tener asco a esa comida que había sido tocada, aunque la mano del hombre no parecía estar sucia».[10] Aunque basado en evaluaciones gustatorias, el asco proporciona un prototipo para otras clases de rechazo. Rozin y Fallon han mostrado que es una emoción completamente desarrollada. Tiene una expresión facial reconocible en todas las culturas, una precisa actitud para la acción de rechazo, una manifestación fisiológica (asco) y un tono fenomenológico (repulsión). También arguyen que el asco aplicado a la comida, a las posibilidades de contaminación, y las ideas sobre las propiedades de lo que comemos se desarrollan en los ocho primeros años de vida.[11]

Miller ha estudiado el léxico del asco en inglés. Shakespeare no utilizó la palabra *disgust,* literalmente «lo que repugna al gusto». ¿Cómo se hablaba del asco antes de tener esa palabra? En el inglés hablado de los siglos XV y XVI, la palabra *abomination* se utilizaba como término médico que significaba «náusea». Procede del latín *ab omen,* «sentir horror ante un mal augurio», de donde viene ominoso, «de mal agüero, que merece violenta reprobación» (MM). También se usaba la palabra *loathsomeness,* que unía todo lo feo, inmundo, detestable y horrible y lo focalizaba en la sensación visceral de retroceso, encogimiento y regurgitación.

El asco ha ido ampliando su campo, aplicándose metafóricamente a repugnancias psicológicas o mentales. Se puede vomitar por muchas cosas. La reciente vocación de historiador que se me ha despertado al comprobar que las palabras son resumen de una historia –supongo que aquí está la distinción que hacen los lingüistas entre sincronía y diacronía– me sugiere hacer una historia del asco. Partiría de la sensación física, pero pronto ascendería a la distinción entre puro e impuro, que tanta importancia ha tenido en la historia de la humanidad. Con este paso, el asco se convierte en sentimiento moral. Es posible que el asco tenga que integrarse junto a la vergüenza y a la culpa como grandes ahormadores de la acción.[12] Su importancia es evidente en la evolución de las normas sociales. Según un manual de buenas costumbres del siglo XV, «resulta indecoroso sonarse la nariz con el mantel». Me tienta estudiar la evolución del pañuelo, una prenda de dudosa higiene, que ahora comienza a ser sustituida por papelitos desechables, y que pronto será motivo de asco. Puro e impuro aparecerán de nuevo en el último capítulo. Cada sociedad y cada época decide lo que es asqueroso o aceptable, puro o impuro. Los ascos, pues, se aprenden.

En fin, el asco, que comenzó siendo un sentimiento fisiológico, se ha independizado para convertirse en un sentimiento
psicológico. Flaubert lo contó hablando de sí mismo: «Nací
con escasa fe en la felicidad. Siendo muy joven tuve un presentimiento completo de la vida. Era como un nauseabundo olor a
cocina, que se escapa por un michinal. No hace falta comerla
para saber que es vomitiva.» Es una visión poco estimulante.

4

Siguiendo nuestra marcha ascendente desde el cuerpo al
espíritu, por decirlo en términos terráqueos, hablaré ahora de
un bello dominio afectivo: los sentimientos de vitalidad. En
efecto, hay un conjunto de sentimientos relacionados con la
conciencia de la propia energía.

En *El formalismo en la ética y la ética material de los valores*,
Max Scheler hace una división de los valores: sensoriales, vitales, espirituales. El sentimiento vital –escribe– y sus modos
propios constituyen una capa emocional original e irreductible
a la de los sentimientos sensoriales porque presentan rasgos
diferenciales que no permiten reducirlos al placer-displacer.
Mientras que los sentimientos sensoriales son extensos y loca-
lizados, el sentimiento vital participa de los caracteres global-
mente extensivos del cuerpo propio, pero sin contener en él
una extensión y un lugar determinados. Cuando me siento cómodo o incómodo, con buena o mala salud, mustio o fresco,
no puedo localizar esos sentimientos de la misma manera que
cuando me preguntan dónde me duele. Al mismo tiempo, a diferencia de los sentimientos espirituales como la tristeza, el desaliento, la felicidad y la desesperación, se trata expresamente
de sentimientos corporales.

No puede ser una reunión de sentimientos sensoriales,
como pensaba Wundt, porque se sitúa al lado de ellos. Por
ejemplo, el sentimiento vital puede estar positivamente orientado, sin que los sentimientos sensoriales dominantes presen-
ten los mismos caracteres positivos. Podemos sentirnos morte-

cinos o miserables aunque no experimentemos ningún dolor, incluso aunque estemos experimentando un vivo placer sensorial. Inversamente, un fuerte dolor puede coexistir con el sentimiento de estar fresco y lleno de fuerza.

Mientras que los sentimientos sensoriales se presentan como estados brutos, el sentimiento vital posee siempre un carácter funcional e intencional. Los sentimientos sensoriales pueden considerarse como índices de ciertos estados y procesos orgánicos. En cambio, en el sentimiento vital sentimos nuestra misma vida; en otros términos, en ese sentir mismo algo nos es dado, su «aumento» o «disminución».

Los humanos se sienten capaces o incapaces, fuertes o débiles, con deseos de obrar o de claudicar. La vitalidad es la «gran aptitud o impulso para vivir o desarrollarse que posee un organismo natural o social» (MM). En castellano, varias familias analizan esta experiencia de plenitud vital, este modo de estar inserto en la realidad y en la acción: *ánimo* y *desánimo, aliento* y *desaliento, descorazonamiento, desfallecimiento, desgana.*

En esta ocasión, vamos a comenzar analizando un lejano ejemplo de este sentimiento. Vamos a viajar hasta las Islas Filipinas, para estudiar, junto a Michelle Rosaldo, la cultura de la tribu de los ilongot. En su léxico cotidiano tiene gran importancia la palabra *liget.* Su representación semántica básica incluye la energía, la pasión, la furia, la vitalidad, el deseo de competir, el deseo de triunfar. «Sin *liget* que mueva nuestros corazones», dicen los ilongot, «no habría vida humana.» Incluso los niños son el producto del *liget* masculino, concentrado en forma de esperma. *Liget* juega un papel importante en la comprensión de la experiencia. «La energía en que consiste puede generar el caos y el orden, la desdicha y la industria, la pérdida de sentido y la razón.» Algunos especialistas identifican este sentimiento con la furia. En cambio, Wierzbicka afirma que tiene un carácter competitivo cercano a la ambición. Incita a la acción, proporciona empuje y coraje, capacita para ir más allá de los límites y conduce hasta el triunfo. «Cuando alguien lo siente, puede hacer cosas que no puede hacer en otras ocasiones.»

Los griegos designaban con la palabra *uome* un conjunto de cosas emparentadas: «ánimo, capacidad intelectual, mente, espíritu, corazón, afectividad y comprensión».[13] Tenían otras palabras emparentadas, como *thymos* y *menos*. Los griegos, que tendían a explicar los fenómenos psicológicos apelando a fuerzas sobrenaturales, lo consideraban como la comunicación de poder de dios a hombre. Cuando el hombre siente *menos* en su pecho, o siente que «le sube, pungente, a las narices», es consciente de un misterioso aumento de energía; la vida en él es fuerte, y se siente lleno de una confianza y ardor nuevos. La conexión con la volición y el impulso a obrar se ve en palabras afines como *menoinan*, «desear ardientemente». Es la energía vital, el coraje, que no está siempre ahí, pronto a acudir a nuestra llamada, sino que, de un modo misterioso, viene y va. Para Homero el menos es el acto de un dios, que «acrecienta o disminuye a voluntad la *areté* de un hombre, es decir, su potencia como luchador. En ocasiones puede excitarse mediante la exhortación verbal. Los héroes de Homero pueden reconocer su acometida, que va acompañada de una sensación peculiar en las piernas. El dios las ha hecho ágiles *(elagrá)*. Pueden llevar a cabo con facilidad las proezas más difíciles, lo cual es un signo tradicional del poder divino

Hemos visto dos manifestaciones de un sentimiento de vigor en dos culturas muy distintas. En castellano las palabras *aliento* y *ánimo* se refieren a una representación semántica muy parecida, aunque lexicalizada a través de distintos sistemas metafóricos. «Alitus es el aliento de vida o spiritu que dezimos resollo», dice Palencia. *Ánimo* es una derivacion de ánima, alma, principio vital, y ha pasado a significar «brío, empuje, energía, capacidad para moverse o desarrollar actividad o para emprender cosas» (MM). Palencia dice: «De esta manera apartaron los antiguos la mente del ánimo: la mente en quanto sabe y el ánimo en quanto quiere y puede dezir. Algunas veces se pone ánimo por fuerza.» El simpar Covarrubias va más allá: «Significa ordinariamente valor y brío; el perderlo es ánimo cadere, y tratando Séneca en la tragedia de Medea, que es la séptima, de la fortuna, dice que sólo tiene jurisdicción sobre la riqueza.» Y después de poner ejemplos, añade:

«Heme alargado, para que regidos por el ejemplo de tan singulares varones, sepan los de nuestros tiempos que ningún trabajo ni infortunio ha de ser poderoso a rendir el ánimo.»

Hay muchas metáforas del ánimo: «Ceder el ánimo», «cobrar ánimos», «dilatar el ánimo», «estrecharse el ánimo», «aflojar el ánimo».

En resumen, animoso es el atrevido, resuelto, decidido. Ánimo enlaza con la tribu de la valentía, con el coraje, denuedo y acometividad. Tiene, además, relación con unas palabras que han tenido singular importancia en la historia de la cultura europea: *magnanimidad* y *pusilanimidad*. El gran ánimo y el ánimo minúsculo. Seguimos ascendiendo desde la fisiología al espíritu.

Voy a incluir aquí dos sentimientos de bellísimos nombres y gratísimas realidades: *euforia* y *entusiasmo*. *Euforia* es una palabra compuesta del prefijo *eu,* «bien», y un derivado del verbo *pherein*, «llevar», de donde derivan «ánfora» y «metáfora». Está relacionado con la raíz indoeuropea *bher-,* presente en «feraz, fortuna, ofrenda, brindis». Y también en «hurto», que es llevarse algo sin permiso. Significa «fuerza para soportar», «llevar bien» las cosas. Se introdujo a principios del XVIII como término médico para designar una impresión de bienestar general, que podía llegar a la excitación. Es un modo activo, enérgico, alegre de sentirse.

La etimología de la palabra *entusiasmo* nos presagia ya su carácter misterioso. Significa estar poseído por un dios, sentirse elevado por una fuerza que le sobrepasa. Una bella definición es la del Petit Robert: *«Émotion intense qui pousse a l'action dans la joie.»* Una alegría que impulsa a la acción. «Exaltación y fogosidad del ánimo, excitado por cosa que lo admite y cautive» (**DRAE**, 1899). Tal vez a este sentimiento de ensanchamiento de la vida y de la ampliación de la energía se refiere el verso de Rilke:

> Mira, yo vivo. ¿De qué? Ni la niñez, ni el futuro
> menguan... Existir innumerable
> me brota en el corazón.[14]

5

Ya advertí que este informe acabaría siendo, entre otras cosas, una historia de los sentimientos. El mundo afectivo tiene su genealogía, sus modas, sus triunfos y fracasos. Me dicen que los humanos viven ahora una época conejil, en la que resultan presuntuosas y anacrónicas las palabras que hablan de sentimientos o hábitos de grandeza. Razón de más para recordar algunas. Desde la vitalidad física pasamos a la vitalidad moral.

Para los griegos antiguos la *megalopsiquía*, la magnanimidad, era una exaltación del alma que no encuentra otra razón para vivir que la prosecución de proyectos grandiosos. Los traductores de la Biblia vertieron con esa palabra el hebreo *nâdhabh*, «generosidad, liberalidad, clemencia, valor para emprender empresas grandes». «El grande sólo crea proyectos magnánimos / y en estos proyectos magnánimos persevera» (Isaías, 32, 8). Ya en la Edad Media, para Pierre le Chantre «la magnanimidad es la madre de la fortaleza, que es la madre de la paciencia, que a su vez es la nodriza de todas las virtudes». En *Moralium dogma*, de Gauthier de Châtillos (1167), se define la magnanimidad como «*dificilium spontanea et rationabilis agressio*», el empeño voluntario y racional de las cosas difíciles.[15]

Alrededor de la magnanimidad, que es sin duda un modelo de comportamiento complejo, una representación semántica de gran envergadura, van situando los filósofos medievales una constelación de sentimientos: la confianza, la seguridad, la firmeza, la fortaleza, la magnificencia, que es una fuerza del alma que permite acabar obras difíciles. Al final acabaron relacionándola con la esperanza. Y Tomás de Aquino mantendrá que junto a los deseos que buscan el placer existen en el hombre otros deseos que buscan la grandeza. El gran ánimo enlaza el mundo del deseo, de la motivación, con el ámbito del esfuerzo, del triunfo, de la conquista, del despliegue de la propia vitalidad.

A veces, sin embargo, el alma se empequeñece, se convierte en *pusilla anima*, en almilla, en pusilánime y vive en perpetua retirada, abrumada por todo lo que pueda significar dificultad o esfuerzo.

6

Ahora estudiaré la tribu de la falta de energía para actuar. El *decaimiento* es un abatimiento pasajero producido por alguna dificultad o enfermedad. El *desánimo* es la pérdida del ánimo, de valor, de las ganas de actuar. El *desaliento* es la falta de fuerzas «para proseguir una lucha o una empresa» (MM). «Nos priva del ánimo necesario para resistir la desgracia, y aun también de la esperanza» (PAN). El punto de partida es una situación de tensión o esfuerzo. Los tahitianos, según cuenta Levy, no tienen un término para tristeza, y utilizan expresiones metafóricas: no sentir ninguna fuerza interior *('ana'anatae)*, sentir un peso *(toiaha)*, sentirse fatigado *(haumani)*.

Descorazonamiento, desfallecimiento, son vocablos y sentimientos muy parecidos, con núcleos metafóricos distintos. Lo mismo ocurre con *desmoralizar,* que hasta este siglo no ha significado «desanimar». Me parece una palabra importante para balizar el paso de lo físico a lo espiritual. Los humanos llaman moral al conjunto de principios con arreglo a los cuales califican los actos como buenos o malos. Pero la representación semántica de esta palabra debió de incluir la capacidad para permanecer firme en las más adversas circunstancias. «Tener mucha moral» equivale a tener mucho ánimo, valor, coraje, firmeza, decisión. De ahí es fácil sacar el significado de su contrario.

7

Estas tribus están muy próximas al sentimiento de debilidad. La debilidad es el sentimiento de falta de energía, de capacidad o de interés para actuar. Las familias tienen un claro componente metafórico que permite agruparlas por la imaginería más que por el significado estricto. Encontramos imágenes de caída, de falta de presión interior, de carencia de aliento vital.

«Abatimiento es la acción o efecto de abatir, derribar, echar por tierra. Puede emplearse en sentido físico y moral. Agotamiento, aplanamiento, desfallecimiento, extenuación, aluden más directamente a una situación fisiológica. En cambio, apocamiento, decaimiento, desánimo, depresión y postración se emplean con más propiedad para expresar un matiz moral: la desgracia le causó tal abatimiento que su ánimo se derrumbó» (Z).

El *Panléxico*, fiel a sus principios, intenta distinguir con toda precisión: «Cuando se habla materialmente del cuerpo, abatimiento supone disminución de las fuerzas que naturalmente se tienen. Si tratamos del alma, el abatimiento supone el paso repentino de un deseo vehemente, de una pasión violenta, de una vida feliz en su misma actividad, a un estado de sosiego, pero penoso por no estar acostumbrado a él y ser contrario a la actividad de su alma. La languidez proviene de a persuasión en que se está uno de no tener ya medios, ni esperanza de satisfacer sus pasiones y de recobrar la dicha que perdió. El abatimiento es un estado accidental; la languidez habitual. Si dura mucho el abatimiento se convierte en languidez; en ésta hay siempre abatimiento y en éste no hay languidez.»

Enlazado con todo esto hay un sentimiento de impotencia. No está lexicalizado en castellano. Pero, como uno de mis colaboradores mostró en un libro, la idea de la propia capacidad es uno de los ingredientes básicos del estilo afectivo. Por ejemplo, la impotencia, además de claros problemas psicológico-sexuales, forma parte del sentimiento de venganza, como estudio Scheler.[16] El impotente sufre por carecer de algo que necesita o que debería tener: valor, fuerza para defenderse, potencia sexual. Los psicólogos modernos han dado gran importancia al sentimiento que se tiene de la propia capacidad. Algunos han insistido en la decisiva influencia que para nuestro modo de encontrarnos tiene la opinión que tenemos acerca de nuestra eficacia personal, de nuestras fuerzas. Hay una marcada diferencia entre disponer de capacidades y ser capaz de utilizarlas en circunstancias diversas. Por esta razón, personas distintas con recursos similares o una misma persona en distintas ocasiones pueden mostrar un rendimiento escaso, adecuado o extraordinario. Collins seleccionó a unos cuantos niños con una autoeficacia percibida alta o baja dentro de dos niveles de habilidad matemática. Se entregó a los niños un número determinado de problemas que entrañaban un alto nivel de dificultad. Si bien es cierto que la habilidad para las matemáticas contribuyó al rendimiento dentro de cada nivel de habilidad, los niños cuya autoeficacia percibida fue alta descartaron con mayor rapidez las estrategias de resolución incorrectas, solucionaron un mayor número de problemas, volvieron a insistir sobre los problemas no solucionados y los abordaron con mayor cuidado y mostraron actitudes generales más positivas hacia las matemáticas.[17]

Los que se consideran ineficaces en el afrontamiento de las demandas del entorno exageran la magnitud de sus deficiencias y de las dificultades potenciales del medio.

NOTAS

1. Fajans ha estudiado el hambre *(anaingi* o *airiski)* como sentimiento en la cultura baining en el libro de White, M. G., y Kirkpatrick, J.: *Person, Self, and Experience,* University of California Press, Berkeley, 1985, pp. 378 y ss.

2. Puede verse un resumen de las investigaciones en curso en Sivak, R., y Wiater, A.: *Alexitimia, la dificultad para verbalizar afectos,* Paidós, Buenos Aires, 1997.

3. Jaynes, J.: *The origin of Consciousness in the breakdown of the Bicameral Mind,* Penguin Books, Londres, 1976. Es un libro exagerado en sus tesis pero interesante.

4. Smith, J.: «Self and experiences in Maori culture», en Heelas, P., y Lock, A. (eds.): *Indigenous Psychologies,* Academic Press, Nueva York, 1981, p. 156.

5. Kandel, E. R., Schwart, J. H., y Jessell, T. M.: *Neurociencia*

y conducta, Prentice Hall, Madrid, 1997, p. 666. Un libro antiguo, pero muy claro en la exposición, escrito por uno de los pioneros de estas investigaciones: Rodríguez Delgado, J. M.: *Control físico de la mente*, Espasa-Calpe, Madrid, 1972. Puede verse una exposición detallada de los sistemas neuronales de premio y castigo en Ashton, H.: *Brain Function and Psychotropic Drugs*, Oxford University Press, Oxford, 1992. Hasta donde sé, el más conspicuo investigador sobre el dolor es Ronald Melzack, de la Macgill University de Montreal. Entre sus obras sólo mencionaré Melzack, R., y Wall, P. D.: *The Challenge of Pain*, Harmondsworth, 1982.

6. Huxley, A.: *Las puertas de la percepción. Cielo e infierno*, Sudamericana, Buenos Aires, 1971, pp. 21 y ss.

7. Textos sobre la ambivalente relación de los escritores con las drogas pueden verse en Owen, P.: *The Hashish Club. Anthology of Drug Literature*, editado en castellano por Taurus, Madrid, 1976. El texto de Borroughs está en la página 203.

8. Panikkar, R.: *La Trinidad*, Siruela, Madrid, 1998, p. 58

9. Luján, N.: *Cuento de cuentos*, Ediciones Folio, Barcelona, 1992, p. 84.

10. Oatley, K.: *Best Laid Schemes. The Psychology of Emotions*, Cambridge University Press, Cambridge, 1992.

11. Rozin, P., y Fallon, A. E.: «A Perspective on Disgust», *Psychological Review*, 94, 1987, pp. 23-41. Hasta la década de los ochenta no se prestó verdadera atención al asco. Desde entonces, la mayor parte del trabajo experimental ha sido llevado a cabo por Paul Rozin, que ha publicado numerosos estudios.

12. Esto es lo que defiende William I. Miller, en el libro sobre este tema más completo que conozco: *Anatomía del asco*, Taurus, 1998.

13. Földènyi, L. F.: *Melancolía*, Círculo de Lectores, Barcelona, 1998.

14. Rilke, R. M.: *Novena elegía de Duino*. Cito por la traducción de José María Valverde.

15. R. A. Gauthier ha estudiado de manera magistral el concepto de magnanimidad en la filosofía pagana y en la teología cristiana, en su obra *Magnanimité*, Vrin, París, 1951.

16. Scheler, M.: *El resentimiento y la moral*, Caparrós, Madrid, 1993, p. 24.

17. Bandura ha estudiado el tema de la percepción de la propia eficacia en varios libros, pero la exposición más completa me parece la que da en *Pensamiento y acción,* Martínez Roca, Barcelona, 1987.

IV. HISTORIAS DE LA CALMA Y DEL DESASOSIEGO

1

La tribu sentimental que voy a estudiar parece contradictoria. La representación semántica básica es «encontrarse libre de alteraciones, problemas, turbaciones». Como las emociones, y más aún las pasiones, se consideran alteraciones del alma, alborotos anímicos, parece que esta tribu sentimental se caracteriza por la ausencia de sentimientos. Sin embargo, no es así. No estoy hablando de una anestesia afectiva sino de sentimientos positivos bien determinados.

Las familias de esta tribu tienen un gran contenido metafórico. Me intriga este afán de los humanos por utilizar esos confusos pájaros lingüísticos capaces de resumir en sus brillantes alas vientos lunares y soles afectivos. (Pero ¿qué estoy diciendo?) Varias de esas metáforas hacen referencia a los avatares del mar y de la navegación. Tienen como telón de fondo la posibilidad de alteraciones tremendas y peligrosas. *Calma* procede del griego *caume*, «quemadura, calor», y se aplicaba en su origen a las parálisis marinas que predominan durante la canícula. «El tiempo que no corre ningún aire y es término náutico. Estar la nave en calma, estar quieta sin caminar ni moverse por no tener viento; y de allí se tomó dezir están las cosas en calma, quando no se procede con ellas adelante» (CO). *Serenidad* deriva del latín *serenus*, sin nubes, apacible. También se refiere a la suave caída de la tarde, momento oportuno para tocar serenatas.

La historia que cuenta esta tribu tiene como argumento la agradable ausencia de alteración. La *tranquilidad* consiste en «no estar alterado por preocupaciones, inquietudes, exceso de trabajo, alguna urgencia o cualquier clase de excitación» (MM). También, según Covarrubias, «propiamente se dize de la mar cuando está quieta y sosegada». Para continuar con las metáforas marineras, diré que la calma se rompe cuando alguien o algo *importuna*, «palabra que indica por su raíz, *in-portus*, la dificultad para llegar a puerto, a la vez que la insistencia para intentar entrar y quedar a salvo de tempestades».

Las variaciones de estas historias son escasas. Serenidad no tiene ninguna acepción negativa, al contrario de tranquilidad, que puede significar «despreocupación». Se llama tranquila a la persona que no se preocupa por cumplir debidamente, por quedar bien o mal o por lo que otros digan o piensen de ella. Un tono de indiferencia ha mermado la reputación de la tranquilidad.

Serenidad es sentimiento más profundo. Se aplica no sólo a quien no está agitado física o emocionalmente, sino «a quien tiene la seguridad de conciencia que ocasiona el obrar bien y la buena intención, como contraria a los remordimientos que padecen los que obran mal o con siniestra intención» (DRAE, 1791). Tan valiosa parecía esta cualidad que se acostumbró a llamar «Serenísimo» a ciertos príncipes.

Sosiego es el estado físico o psicológico en que se queda una vez apaciguada la agitación. Deriva de *sosegar*, que procede del latín vulgar *sessicar*, reposar, hacer asentar. Es por lo tanto un alivio en la excitación, al contrario de *quietud*, que sólo significa ausencia de movimiento. Domínguez considera que la quietud es «el estado normal, regular, uniforme, constante, inalterable de las cosas bien ordenadas, dirigidas y regidas». En varias familias de esta tribu, el carácter sentimental se ve más claro en los antónimos: *inquietud, desasosiego, intranquilidad*. La idea de emoción, que tiene un significado turbador, dinámico, era poco compatible con ese estado apaciguado y estático. Pero «sentimiento» es un estado más amplio, más duradero, más lento en su aparición, más estable, como se puede ver en el epílogo.

Siguiendo su costumbre, el *Panléxico* se aplica a demostrar que existen muy pocos sinónimos. Compara para ello calma, bonanza, aplacamiento, tranquilidad, serenidad, sosiego, asiento, reposo, descanso. En esta ocasión, el análisis es tan perspicaz que transcribiré el texto entero en mi informe:

En sentido recto calma significa falta, carencia absoluta de viento, se dice que hay una completa calma, el mar está en calma, el buque no se mueve. La calma suele seguir a la agitación, al combate de los elementos: tras la tempestad viene la calma.

En el figurado metafórico calma es cesación o suspensión de cualquier cosa, como calmar negocios, pasiones, ruido, agitaciones de cualquier naturaleza que sean: en medicina se llaman calmantes los remedios que mitigan los dolores. Se deduce de aquí que la calma presente supone la agitación anterior, sea en las cosas sea en las personas.

Muy semejante a la calma es el aplacamiento, mas se diferencia en que éste se verifica en todo aquello que procede de fuerza y violencia, y la calma de lo que nace de turbación o de inquietud. La sumisión nos aplaca, un vislumbre de esperanza nos calma. Después de haber aplacado la cólera de un celoso, aún quedan por calmar sus recelos. Aplacar significa restablecer enteramente una paz duradera, una completa calma: mas ésta puede ser sólo ligera o incierta, cuando la expresamos con el verbo calmar: la calma suele ser sólo un descanso para volver a la agitación, puede ser fingida o verdadera, sólo momentánea. La tranquilidad expresa pura y simplemente el estado de calma y apaciguamiento en que se hallan las cosas o las personas, sea constantemente y por su naturaleza, lo cual es raro, o por consecuencia del cansancio que la agitación anterior ha producido: se dice, se ha logrado sosegar, apaciguar, tranquilizar los ánimos. En este sentido la serenidad indica claridad o falta de nubes y nieblas que oscurecen el sol, turban o alteran el aire. Lo mismo que de la tranquilidad diremos aquí que la serenidad en las personas puede provenir o de su natural o de su reflexión y fuerza para contener sus pasiones hasta el punto de dominarlas, logrando gozar de un ánimo sereno, y así decimos serenidad de conciencia, serenidad en los peligros, en las desgracias y llamamos tiempo sereno cuando el cielo está despejado de nubes y no se agitan los vientos. La serenidad también supone turbación anterior ya sea física, ya moral. La serenidad es más propia del hombre de edad avanzada, que ha sufrido desgracias, contratiempos, que ha estado en grandes peligros, que ha experimentado y reflexionado mucho, de aquel a quien sus muchos años han enfriado y aun casi helado la sangre, calmándose el vigor de sus pasiones, que de joven acalorado, arrebatado, inexperto.

Supone igualmente la palabra sosiego, agitación anterior y por consiguiente consiste en el aplacamiento, y el descanso de las grandes agitaciones que precedieron; pues es propiedad de las pasiones que cuanto más violentas y furiosas son, tanto menos duren y tanto más pronto se gasten y rindan (...). No menos que los anteriores supone el reposo, agitación, movimiento, acción anterior. El reposo indica tranquila situación del ánimo y excluye toda acción. Se reposa permaneciendo en quietud; pero no es necesario que haya precedido grande cansancio; basta con que haya sido pequeño o casi ninguno, pues hay hombres que por su natural pereza y dejadez, están siempre reposando, sin casi haberse cansado, y se llama reposado al de genio flojo y cachazudo. Cuando el hombre de conveniencia goza de un ligero sueño, no se dice que está durmiendo, sino que está reposando.

Muy semejante al descanso el reposo, se diferencia en que aquel supone grande cansancio, fatiga inmediata, suma necesidad de reparar las fuerzas perdidas, y éste no, pues a veces se reposa de un ligero cansancio, por pura comodidad y molicie (...).

La placidez introduce el único cambio apreciable entre las familias de esta tribu porque añade el rasgo de «dichoso, agradable, placentero, lisonjero, gustoso» (DO), con lo que se acerca a la «beatitud, felicidad» (MM). Tiene, pues, un componente hedónico del que carecen las demás.

Tomás de Aquino habla de la paz como «la tranquilidad del orden». No es virtud sino efecto de una virtud, la caridad. La perfección del gozo es la paz, bajo dos aspectos importados por la paz: la quietud, respecto a las perturbaciones exteriores, y el apaciguamiento del deseo fluctuante.

He creído entender, al recorrer países, tiempos y culturas,

que hay sociedades que valoran sobre todo la tranquilidad, mientras que otras aspiran a vivir alterados siempre. La filosofía taoísta busca la calma. Como escribe Wang-Wei, poeta y pintor:

Desde hace poco conozco una profunda quietud.
Mi espíritu no se inquieta por nada en el mundo.
La brisa que viene del bosque de pinos
hace volar mi bufanda.
La luna de la montaña brilla sobre el arpa.
¿Me preguntáis la razón del éxito o del fracaso?
La canción del pescador se hunde en el río.

2

La tranquilidad y sus primos hacen referencia a la ausencia o el cese de la agitación, turbación o daño. En este sentido se relacionan con otra tribu cuya representación semántica básica es la atenuación o mitigación del dolor. Los calmantes alivian el sufrimiento. *Aliviar* es «moderar y disminuir la carga, ora sea corporal, ora de espíritu» (CO). El «consuelo, dulcificación, mitigación del dolor, disminución del cansancio o fatiga del cuerpo y también de las penas o aflicciones del ánimo» (DO). Tiene una carga metafórica fuerte porque etimológicamente significa aligerar –hacer más leve, menos pesada– alguna carga. Es uno de los sentimientos –otros son la decepción y la sorpresa– que se basan en una comparación.

El *consuelo* especifica el concepto de alivio (Z). Es un alivio aportado por alguien, que mitiga una pena y proporciona alegría. «Alivio en alguna pena o aflicción. Hállase alguna vez usado por lo mismo que gozo y alegría» (DRAE, 1791). Domínguez, como siempre, es más expresivo: «Alivio, tregua, suspensión o disminución experimentada en alguna pena, dolor o aflicción. Delicia, dulzura, suavidad, deleite, recreo, placer, solaz del alma o del cuerpo. Gozo y alegría (...) por antonomasia la esperanza del último bien o entretenimiento del corazón.»

Es un sentimiento más profundo que el mero alivio, como podrá comprobarse cuando estudiemos su antónimo, el desconsuelo, que es una tristeza sin fondo.

3

Estas tribus de la calma tienen, como ya he mencionado, unos antónimos muy poderosos. La primera tribu que voy a censar es el sentimiento de malestar agitado, causado por diferentes desencadenantes internos: el temor de lo que va a suceder, la duda de cómo actuar, la espera de algo que deseamos. Se caracteriza por la aceleración de los procesos psíquicos, que lleva a cambios constantes en el terreno físico –como son los movimientos rápidos, descontrolados–, y psíquicos –como la inestabilidad emocional.

Es una tribu muy cercana a la fisiología –como se ve en las familias del nerviosismo y la agitación, que ya he estudiado– que con frecuencia acompaña o manifiesta a otros fenómenos afectivos. Es bien sabido que la intranquilidad, la inquietud y la impaciencia son constantes compañeras de los deseos.

El desencadenante de la *intranquilidad* como sentimiento es cualquier alteración del ánimo como la expectación, impaciencia, preocupación o temor (MM). La *inquietud* es falta de sosiego, de reposo y quietud. En francés se define con más cuidado que en los diccionarios castellanos: «*État d'agitation, d'inestabilité d'un esprit déterminé par l'attente d'un évènement, d'une souffrance que l'on apprehende, par l'incertitude, l'irresolution ou l'on est. Alarme, crainte, peine, peur, souci. Affolement, angoisse, anxieté, épouvante, aprehension, ennui, malaise*» (PR).

Hay un modo muy castellano de inquietud: desvivirse por alguien. Implica una atención esforzada, un afán que vacía al sujeto de su propia vida al ponerla por entero en otra persona. Es la incansable tenacidad de la generosidad o la obsesión.

El *desasosiego*, según Domínguez, es «inquietud, zozobra, sobresalto, turbación, agitación, malestar». *Desazón* es «disgusto, pesadumbre, pesar que influye en el ánimo produciendo enfado al mismo tiempo que sentimiento» (DO). Es «estado del que tiene alguna perturbación física o moral no graves pero que le impiden estar tranquilo o tener alegría» (MM). Es, por lo tanto, sinónimo de la comezón, el prurito o el *reconcomio* que es la «impaciencia o agitación por una molestia o ansiedad» (DRAE, 1984), «sentir un intenso descontento que se mantiene oculto, por celos, envidia, humillación o por tener que hacer algo contra la propia voluntad» (MM), «un género de recelo o sospecha que incita y mueve interiormente. Interior movimiento del ánimo que inclina a algún afecto» (AU). Tal vez la familia más interesante de esta tribu sea *zozobra*, otra metáfora sentimental y marinera. Es «inquietud, aflicción y congoja del ánimo que no deja sosegar, o por el riesgo que amenaza o por el mal que ya se padece. Zozobrar: acongojarse y afligirse en la duda de lo que se debe ejecutar para huir del riesgo que amenaza o por el mal que ya se padece» (DRAE, 1984).

Un cierto tipo de intranquilidad es la *impaciencia,* que es una «desazón causada por la pesadez o la importunidad de alguien». «Se toma también por falta de espera o viveza que no dexa sosegar o aguardar las cosas» (AU). Esta palabra ha planteado de nuevo los viejos problemas con los que me enfrento en este libro. La impaciencia es claramente un sentimiento. Una irritación producida por la prolongación de una situación. En cambio, su opuesto, la paciencia, no parece un sentimiento, sino una virtud o un rasgo de carácter. En la actualidad se confunde con la resignación, que es conformarse con lo que parece irremediable, pero en realidad es otra cosa. «Paciente es no el que no huye del mal», escribe Tomás de Aquino, «sino el que no se deja arrastrar por su presencia a un desordenado estado de tristeza».[1] La paciencia, dice en otro lugar, preserva al hombre del peligro de que su espíritu sea quebrantado por la tristeza y pierda su grandeza: *«Ne frangatur animus per tristitiam et decidat a sua magnitudine».*[2] Bellísima definición. Desde el punto de vista psicológico es la capacidad de no irritarse precipitadamente, de no perder la calma sin motivo grave. No es tanto un sentimiento como un modo de sentir, un sabio adueñamiento de la propia alma.

Al revisar otras lenguas he tropezado con un análisis más fino de esta experiencia. En griego y en hebreo se distingue entre una paciencia que es un modo de esperanza *(upomone, qâwâh, tiqwâh)*, y una paciencia que es lentitud para encolerizarse *(makrothymia, longanimitas,* longanimidad, *'èrèk 'appaîm, 'erek rûah).* Estas dos últimas expresiones hebreas merecen un comentario. Significan literalmente «narices amplias» y «amplio aliento».[3] Al parecer, a los humanos cuando se enfadan les pasan cosas en el apéndice nasal: resoplan con fuerza y se les «hinchan las narices», expresión que en castellano significa «levantar las aletas, lo que constituye un gesto de cólera» (MM). Hay por ello una paciencia que consiste en no resoplar y en no hinchar las narices. El hebreo ha sido, pues, buen observador.[4] El danés establece una bellísima conexión entre *mod,* «coraje, ánimo», *taalmod,* «paciencia, ánimo para aguantar», *longmod,* «magnanimidad».

Habría que incluir en estos sentimientos generales la *insatisfacción,* porque se relaciona con el deseo no satisfecho o saciado, y «se aplica a la persona que está o vive desazonada porque no tiene lo que desea» (MM). Como vimos, la satisfacción de un deseo produce calma que es el antónimo de la intranquilidad.

4

Relacionados con la calma y la tranquilidad están los sentimientos de seguridad y firmeza. En estricto sentido son estados objetivos: un cimiento está firme, una barco está seguro, la fiebre está estable. Pero en su uso estas palabras tienen un componente afectivo poderoso. *Seguro* está el que no tiene cuidados *(cura).* En francés ha permanecido muy vivo este significado: *sécurité* «designa en primer lugar el estado de espíritu confiado y tranquilo de una persona que se cree al abrigo del peligro» (RH). *Firmeza* deriva de la raíz *dher-,* que significa «proteger, guardar». De ahí viene el sáncrito *dhárma,* la ley que protege firmemente. Cuando se pierde la firmeza se cae enfermo (RP).

La *inseguridad* está pobremente descrita: «Falta de seguridad en cualquier aspecto, inestabilidad, duda, vacilación.» Ahora ya sabemos que es, fundamentalmente, la presencia de cuidados y preocupaciones. Se manifiesta por no saber qué pensar (duda), no saber qué creer (incertidumbre), no saber qué hacer (irresolución o indecisión). Tres situaciones que a los terráqueos llenan de desazón y angustia.

La *duda* es una «indeterminación del entendimiento acerca de algún objeto, cuando no haya razón bastante para asentir o disentir a alguna cosa» (AU). Parece, pues, una situación de la inteligencia, pero los verbos con que se usa demuestran su carácter afectivo: le asaltó, le atenazaba, le mortificó una duda. El *Panléxico* sostiene que *irresolución, incertidumbre* y *duda* son sinónimos y lo explica así: «La sinonimia de estas palabras consiste en que las tres significan igualmente una indecisión. Pero la indecisión que significa la incertidumbre proviene de que el éxito de las cosas es desconocido; la indecisión de la duda proviene de que el hombre no sabe qué cosa elegir; y la irresolución de que la voluntad del sujeto no se atreve a determinar.» Al definir *duda*, Domínguez añade: «Temor, recelo, sospecha, escrúpulo o aprehensión en casos de conciencia.» Pierre Janet, un famoso psiquiatra con buen estilo narrativo, contó los horrores de la *«folie du doute»*. Los pacientes dudan hasta de su propia personalidad, los objetos que ven «no parecen ser verdaderos», dudan de lo que experimentan, de lo que recuerdan, de lo que esperan.[5] Suele darse una rumia permanente, un ir y venir de lanzadera inquieta y autodestructiva.

En francés la incertidumbre está muy sentimentalizada: *«Anxieté, doute, inquiétude. Embarras, excitation, indécision, indétermination, irrésolution, perplexité.»* La *perplejidad* es una «situación embarazosa del ánimo, que fluctúa entre varios afectos, tendencias o resoluciones, de modo que se estanca, por decirlo así, la actividad del pensamiento y no toma un partido, no se decide una cosa; especie de confusión o duda más o menos angustiosa sobre lo que conviene decir o hacer; irresolución, indecisión, especie de incertidumbre y ansiedad» (DO). La palabra procede de *plexus*, «tejido, entrelazado», por lo que significa literalmente «estar enredado por algo». Se ha intelectualizado indebidamente, como si fuera un frío contemplar las complejidades del mundo, pero en su origen tenía un significado más vital. Hasta el siglo xiv, al menos en francés, ha designado un sentimiento de desdicha y sufrimiento.

Después de la inseguridad, el segundo clan que incluiré en este dominio es la *confusión*, de la que Covarrubias da una descripción cumplida: «Confundirse el que se haya convencido que no sabe qué responder. Confuso el que está turbado y el que lo sabe dar a entender, mezclando una razón con otra sin tener distinción. Confusión, la perturbación y mal orden.»

Autoridades también proporciona una exposición amplia: «Desorden, perturbación, desconcierto y revolución de las cosas. Perturbación del ánimo y como especie de asombro y admiración o casi nada de alguna novedad o motivo no esperado. Significa también turbación y falta de orden, ocasionada de la multitud y variedad de las cosas, que por tales sirven de embarazo y dificultad para perturbar el ánimo y los sentidos. Inquietud, turbación y desasosiego del ánimo, precedido de alguna fuerte consideración o de otro afecto y motivo que lo altera y lo perturba. Vale asimismo afrenta, ignominia, desdoro y motivo de desprecio, para hacer que uno se avergüence y confunda. Se toma asimismo por oscuridad y falta de método y orden para decir y aclarar las cosas. Se toma algunas veces por abatimiento, encogimiento, empacho y vergüenza, nacida del propio conocimiento de sí mismo o del exceso con que uno se haya favorecido y así se suele decir comúnmente, esto me sirve de confusión.»

El *Panléxico* compara *confuso, desconcertado, turbado, perturbado*. «Todas estas palabras indican transtorno, desorden en la mente, impresiones fuertes en ella ya provengan de la naturaleza, educación o circunstancias particulares. Siempre que las cosas materiales se mezclan e incorporan unas a otras o se desordenan resulta confusión que se verifica igual en la inteligencia, el ánimo y en las manifestaciones que producen estos sentimientos. A una inteligencia limitada le causa confusión todo lo que es sublime, poco perceptible y dudoso de comprensión. Podríamos decir en este sentido que confusión es la oscuridad de la mente. Úsase también la palabra confusión cuando se nos convence de la verdad de un hecho por lo común poco delicado o de la certeza de un razonamiento que no habíamos comprendido bien, y entonces decimos me han dejado confuso, que equivaldría a humillado, abatido, abochornado y como efecto de esa humillación, el que se humilla dice que se confunde ante el sujeto a quien dañó su error. Cuando la confusión se toma en sentido de la vergüenza que nos causa el error o falta cometida, parece ser como confesión de nuestra inferioridad y por eso conocida su falta, el hombre confundido la confiesa y procura dar buena o mala satisfacción de ella. La confusión puede obrar oculta e interiormente aunque por lo común se descubre en la turbación del rostro y en el mismo silencio. El desconcierto y la turbación son signos exteriores que no tanto nacen del estado en que queda el alma cuanto a las manifiestas señales de turbación.»

Desconcierto es ante todo la constatación de un dato objetivo. La falta de armonía, de orden o de mesura en las palabras, los hechos o las cosas. Pero también es la impresión que produce esa situación. «Desorden, confusión, perturbación, transtorno» (DO).

Hay un tercer clan muy cercano a inseguridad y confusión: *desconfianza*, pero la hemos colocado en una tribu junto a desesperanza. Desconfianza es «temor, recelo que excluye casi toda esperanza; pero no llega a total desesperación» (AU). Los demás diccionarios suelen repetir que es una falta de confianza. Recordaré que confianza es un sentimiento por el que creemos que va a suceder aquello que deseamos que ocurra. Significa también seguridad en cuanto al comportamiento favorable de una persona hacia nosotros, sin temor a cambios. Seguridad que alguien tiene en sí mismo, en sus propias posibilidades o en que está en lo cierto.

Todo esto se pierde en la desconfianza. Creemos que las cosas no van a suceder como deseamos que ocurran. No estamos seguros del comportamiento de otras personas, recelamos, estamos escamados, sospechamos. Tampoco tenemos una convicción clara sobre nosotros mismos y sobre nuestras posibilidades. Se mezclan, según los diccionarios, el temor, la sospecha, la duda, el recelo. El inglés *suspense* significa un estado de incertidumbre, de espera angustiada.

Tanto en la duda como en la sospecha (y en sus opuestos convicción, certeza, confianza) encontramos un fuerte contenido cognitivo. Pero los diccionarios señalan enlaces variados con el temor y el recelo. «Miedo, prevención, sospecha, recelo o temor son sinónimos que indican con mayor o menor intensidad la falta de confianza, el escrúpulo o aprensión ante una cosa que se considera arriesgada o peligrosa» (Z). «Imaginación fundada en alguna conjetura más o menos probable, con recelo de la verdad o de que sea tal como se piensa, etc. Desconfianza, temor, recelo de algún engaño. Suspicacia, cavilosidad. Duda, incertidumbre que sobreviene por alguna causa, aunque no convenza de indicios de lo que puede ser» (DO).

Muy cercana está la definición de *recelo:* «Actitud de temor ante cierta cosa de la que se sospecha puede ocultar algún peligro o inconveniente hacia cierta persona de la que se teme pueda abrigar malas intenciones» (MM).

Todas estas tribus ponen de manifiesto la necesidad que el hombre tiene de seguridad, certeza, confianza. Luhmann ha explicado que el hombre no puede vivir sin confiar. Ni siquiera podría levantarse por la mañana. «Sería víctima de un sentido vago de miedo y de temores paralizantes.»[6] Tal vez podríamos considerar que tanto la duda como la falta de seguridad o confianza o certeza niegan las condiciones necesarias para vivir y, por lo tanto, más que sentimientos son desencadenantes de los poderosos sentimientos que avisan de los riesgos que implica la continuación de la vida: miedo, angustia, inquietud, desesperanza. Estas experiencias muestran una vez más los grandes modelos afectivos de la vida humana. Los terráqueos necesitan saber a qué atenerse. Han desarrollado una exquisita y a veces cruel capacidad de anticipar el futuro. Todo un capítulo de este libro, en cierto modo continuación de este párrafo, estará dedicado a los sentimientos hacia el futuro. La vida entera es un salto –calculado o improvisado– al porvenir. Y para librarse de la angustia necesitan tener fe en la consistencia de las cosas. El vocabulario entero de la fidelidad, al que volveré más tarde, activa todos los temores y las angustias de la incertidumbre y el recelo que he mencionado. Eibl-Eibesfeldt, un famoso antropólogo, sostiene que los occidentales viven en una sociedad de la desconfianza, que fomenta la violencia. Si cada congénere se ha convertido en un ser imprevisible, las relaciones se endurecen y se vive siempre a la defensiva y con las armas preparadas. «Sólo quien se siente seguro puede mostrarse amistoso», escribe.[7]

En fin, los humanos necesitan vivir en la claridad, la seguridad y la fe. Son estados afectivos que producen tranquilidad, sentimientos amistosos, ausencia de temor. Pero suelen hartarse y aburrirse de tanta paz y son capaces de comenzar una revolución para distraerse. Así que oscilan entre la nostalgia de la excitación cuando están tranquilos, y la nostalgia de la tranquilidad cuando están angustiados. Son afectividades mercuriales.

NOTAS

1. Tomás de Aquino: *Sum. Theol.*, II-II, q. 136, 4, ad 2.

2. *Ibid.*, II-II, q. 128, 1.

3. Dhorme, P.: «L'emploi métaphorique des noms de parties du corps en hébreu et en akkadien», en *Revue Biblique*, París, 1923, p. 81.

4. Hay un detallado comentario de las relaciones entre la paciencia, la esperanza, la longanimidad y la cólera en Gauthier, R. A.: *Magnanimité*, Vrin, París, 1951, pp. 199-208.

5. Janet, P.: *Névroses et idées fixes*, Alcan, París, 1898, pp. 29 y ss.

6. Luhmann, N.: *Confianza*, Anthropos, Madrid, 1996, p. 5.

7. Eibl-Eibesfeldt, I.: *La sociedad de la desconfianza*, Herder, Barcelona, 1996, p. 84.

V. LA APARICIÓN DEL OBJETO

1

Todo sentimiento tiene un polo subjetivo y otro objetivo. El sujeto percibe un peligro (polo objetivo) y siente miedo (polo subjetivo). Hay una correlación entre ambos que ha vuelto locos a los pensadores terráqueos. «¿Me gusta una cosa porque es bella, o la considero bella porque me gusta?», llevan cientos de años preguntándose. Hay que responder: ambas cosas. La interacción entre el desencadenante y el sentimiento se da en ambos sentidos. El hambre hace apetitoso cualquier alimento, pero lo apetitoso de un manjar abre el apetito. Hay miedos innatos y miedos aprendidos. Dicen que el hombre es el único animal que come sin hambre, bebe sin sed y fornica sin deseo. En estos casos el incentivo externo debe de llevar la voz cantante. No voy a detenerme en este asunto porque sólo me interesa señalar que unos sentimientos enfatizan más un polo que otro. Hay sentimientos muy subjetivos, como la angustia; y otros que parecen muy objetivos, como el sentimiento ante la belleza.[1] Algo semejante se da en la poesía. Las culturas zen buscan una contemplación pura de las cosas. Por eso sus poemas parecen un simple marco para encuadrar un suceso. No son una confidencia del poeta, sino un dedo índice verbal que dice «mira»:

> El viejo estanque:
> salta una rana.
> El sonido del agua.

Quietud...
En la pared, donde cuelga una pintura
canta un grillo.

Este franciscanismo del objeto, que parece contentarse con
abrir los ojos y dejarse iluminar por el destello de la realidad,
contrasta con la poesía más sentimentalmente subjetiva, de la
que es ejemplo el siguiente poema de Luis Cernuda:

> Bien sé yo que esta imagen
> fija siempre en la mente,
> no eres tú, sino sombra
> del amor que en mí existe
> antes que el tiempo acabe.

La primera aparición de un objeto en el horizonte del sentir, como una figura que se destaca sobre un fondo inerte de
rutina o de irrelevancia, puede provocar distintas respuestas
afectivas. La historia que vamos a contar en este capítulo comienza con la aparición de algo que llama la atención por su
novedad, grandeza, imprevisibilidad, peligro o belleza.

Los humanos, al igual que los demás animales, reciben una
información continua y pertinaz como una lluvia. Se encuentran por ello en una situación comprometida ya que no pueden
prestar atención a todos los estímulos, y tampoco pueden des-
deñarlos sin arriesgar su vida. Han sido afortunados al desarrollar un eficaz sistema para filtrar la información. Respon-
den con gran viveza ante los sucesos inesperados y repentinos.
La novedad dispara los sistemas de alerta y sobresalto.[2]

La actitud de los terráqueos ante la novedad y el cambio es
ambigua: los desean y los temen. Ya conocemos el fenómeno.
No es que los hombres anden divididos entre su corazón y su
cabeza. Es que su mismo corazón anda partido. Al revisar la literatura religiosa, cosa que he tenido que hacer porque las religiones han sido grandes inventoras y educadoras sentimentales, he encontrado textos sorprendentemente explícitos sobre
este particular. La ortodoxia griega, una poderosa y poética
rama del cristianismo, interpretó el pecado original como la

fragmentación de la imagen de Dios en el hombre. Por su culpa pierde la integridad y la simplicidad que poseía y se despedaza en mil pequeñas gulas contradictorias. He de mencionar, claro está, esta evaluación afectiva de lo que está unido. Íntegro es el honrado, el que «cumple exactamente los deberes de su cargo o posición» (MM). Entereza es «cualidad por la que una persona soporta las desgracias o penalidades sin abatirse o desesperarse» (MM). Lo que pierde la unidad, lo que se rompe, se corrompe, se pudre. Volvamos a los griegos y al pecado original. Una bella oración dirigida a la Virgen María dice: «Por tu amor, madre, unifica mi alma.»

Pues bien, en el trato con la novedad y la repetición se manifiesta a las claras que el terráqueo es, como decían los griegos, *aner dupsijos,* un hombre partido. Por una parte, no puede vivir sin novedad. Es *«bestia cupidissima rerum novarum»,* decía Fausto, y los expertos en teoría de la motivación le han dado la razón; la novedad es uno de los incentivos naturales, una de las necesidades innatas que guían su comportamiento.[3] «El cambio de todas las cosas nos es dulce», dijo Eurípides (Orestes, 234). En cambio, la repetición impacienta, enfada, aburre o desespera, según el diccionario.[4]

Pero, a la vez, la novedad les amedrenta y asusta. Necesitan previsibilidad y seguridad, como expliqué en el capítulo anterior. Han desarrollado por ello unos sistemas afectivos para eludir la repetición –el aburrimiento y la curiosidad, por ejemplo–, y otros para eludir la excesiva novedad –el sobresalto, el deseo de seguridad, la necesidad de confiar.

Aristóteles, un filósofo muy sutil y muy griego, criticó hace muchos siglos el afán de cambio y novedad: «Así como el hombre más cambiable es el vicioso, también lo es la naturaleza que tiene necesidad del cambio; no es, en efecto, simple ni cabal.»[5] Él sabría por qué lo decía.

Vuelvo a mi informe. La aparición de la novedad está muy bien lexicalizada en castellano. Ante todo pone al organismo en estado de *alerta.* Le pone sobre aviso, sin precisar aún si el recién llegado –estímulo, suceso, persona– es hostil o amistoso. La *sorpresa,* el *susto* y el *sobresalto* darán colorido afectivo a ese primer aviso.

120

La *sorpresa* es un ejemplo más de sentimentalización del léxico.[6] Deriva del latín culto *prehendere*, «coger, atrapar, sorprender». El término *sorprender*, tomado del francés, aparece en 1643, usado por el historiador militar Varen de Soto, como un término militar: «Coger algo súbitamente y sin que lo espere el contrario, particularmente una plaza de armas. Úsase especialmente en la guerra», dice AU, que añade: «vale también coger de repente alguna especie de ánimo, asustándole con la novedad o suspendiéndole.» Hasta aquí, la connotación sentimental es negativa, y así continúa en Domínguez, para quien es un «susto, pasmo, admiración por motivos varios. Cualquier cosa que sobreviniendo inesperadamente origina al pronto alteración, confusión o transtorno en las ideas, tanto que necesita recobrarse la mente para comparar, calcular, deducir con sana lógica las especies varias agolpadas en la imaginación singularmente tratándose de personas demasiado vivas y por consiguiente más susceptibles que los no tan afectables respecto de la naturaleza genial. Equivale en ocasiones a indignación, cólera, ira». Sin embargo, María Moliner recoge ya el significado actual: «Impresión generalmente de alegría, producida a alguien haciendo una cosa que no espera.» En el uso corriente los españoles dicen «¡Qué sorpresa verte!», dando a entender su satisfacción y no su susto.

Este deslizamiento semántico, este no saber a qué carta quedarse respecto de la novedad, si recibirla con alborozo o con miedo, se da en muchas otras familias de esta tribu. Algo imprevisto puede hacer reír o llorar a un niño, como si la interpretación emocional del hecho dependiera siempre de otros elementos. La *extrañeza* no implica en príncipio una experiencia negativa: es el efecto producido por una cosa extraordinaria y singular, al que se añade el echar de menos lo que se venía usando en su lugar (MM). Parece una simple constatación cognitiva. Sin embargo, lo extraño es lo no familiar, y esto ya no resulta tan inocuo. Todos los niños en todas las culturas experimentan el miedo ante extraños a los ocho-nueve meses. Los humanos necesitan reposar en lo conocido, buscan el cobijo de lo acostumbrado, aunque luego se encrespen contra ello. Freud relacionó lo temeroso con lo extraño: «La voz alemana *unheimlich,* «siniestro», es sin duda el antónimo de *heimlich,* «íntimo, secreto, familiar, hogareño, doméstico.»

También *asombro* tiene un significado oscilante. En su origen era una especie de susto, como indica su etimología. Deriva de *umbra,* y hace referencia al espantarse de las caballerías por la aparición de una sombra. Sin embargo, en la actualidad puede utilizarse también con sentido positivo.

Otro ejemplo de palabra lábil es *espanto,* que tenía en la literatura clásica española el significado de admiración, no el de terror que ha adquirido en la actualidad. La representación semántica que está en la base de este despliegue léxico muestra a unos seres oscilantes ante la aparición de lo nuevo, lo desconocido o lo súbito.

Darwin ya observó la cara de bobos que ponían los indígenas americanos ante los cañonazos de la *Beagle.* En efecto, los ojos como platos y la boca abierta son la expresión universal y no muy gallarda de la sorpresa. No es de extrañar que esta tribu se haya deslizado hacia estupidez. La intensificación del asombro da lugar léxico al *pasmo,* a la *estupefacción* y al *estupor,* términos todos procedentes de la medicina. *Pasmus:* «Pasmo que es encogimiento y torcedura de los nervios con muy grande dolor muy agudo. Dixéronse otros ser el pasmo mortal passion y que se nombra del corazón. Hay tres maneras de esta passion: tétano, emptospono y spasmo» (PA). No tardó mucho en usarse metafóricamente como una admiración grande que suspende la razón y el discurso. *Estupefacción* tiene la misma raíz que estúpido y se usó metafóricamente también como asombro muy grande. *Estupor* era también una enfermedad, un entorpecimiento de los nervios, y de allí pasó a significar, una vez más, la admiración muy intensa y paralizante.

2

La aparición repentina de un objeto produce un *sobresalto* que es la «alteración producida en el ánimo por un suceso brusco» (MM). He leído que Kierkegaard, un teólogo filósofo jorobado danés, pensaba que lo súbito era lo demoníaco.[7] Algo parecido deben de pensar los balineses, para quienes no hay nada más desagradable que lo imprevisto. Aunque está relacionado con la sorpresa, el sobresalto tiene una connotación desagradable, que le acerca más a la tribu del miedo. Lo mismo sucede con la palabra *susto*. «Asustar, asustarse es causar o recibir susto, que consiste en el transtorno y sobresalto del ánimo, producido por cualquier accidente u objeto repentino. Un ruido instantáneo y no esperado ni temido, nos asusta por valiente y serenos que seamos. Llamamos asustadizo al hombre apocado, tímido, temeroso. Supone, por lo común, un motivo de poco fundamento, una causa ligera, cuyo efecto sólo ha llegado a ser grande por la viva y arrebatada imaginación del que lo siente (PAN).

Los neurofisiólogos hablan de un *startle reflex*, de un reflejo del sobresalto, que se dispara, por ejemplo, cuando alguien a quien no vemos da una gran voz a nuestro lado o nos hace cosquillas. Nos da un susto, en una palabra. Lo curioso es que incluso un comportamiento tan automático puede estar culturalmente modificado. En Malasia e Indonesia hay una peculiar variación cultural del sobresalto, llamada *latash*.[8] El susto es exagerado y produce una especie de sumisión. Si alguien se acerca a una persona que tiene un niño en brazos, le sorprende dándole un golpecito en la espalda, y grita «¡Tíralo!», la víctima del *latash* puede obedecer y dejar que el bebé se descrisme. Suele ocurrir con más frecuencia a las mujeres, y cuando he preguntado la razón me han dicho que las mujeres tienen menos *semangat*, algo así como «menos alma». Las ideas que tienen los humanos machos sobre la emocionalidad de los humanos hembras no deja de chocarme. Por cierto, *chocar* es también una palabra de esta tribu. Chocante es lo que sorprende. Con diversos nombres[9] el *latash* se experimenta en lugares muy diferentes –Malaysia, Indonesia, Siberia, Yemen, algunas regiones de Suecia, Japón (entre los ainu), y en el estado de Maine, en Estados Unidos– lo que hace pensar en una influencia cultural.

3

Una variación de esta historia está desencadenada por la aparición de algo extraordinario que sorprende y agrada por sus cualidades, su belleza o perfección. Nos referimos a la *admiración*. Puede considerarse una especie de sorpresa. «Contemplar, considerar con sorpresa y placer un objeto o una persona. Turbar, aturdir, asustar, aprobar, elogiar, ensalzar con encarecimiento» (EN). Es «el acto de ver y aprender a una cosa no conocida, y de causa ignorada, con espanto o particular observación. Se dice también lo que en sí mismo por su perfección o hermosura es digno de ser admirado» (AU). En francés *admiration* tiene un significado menos objetivo. Significa: «*Étonnement devant quelque chose d'extraordinaire ou d'imprevu. Sentiment de joie et d'épanouissement devant ce qu'on juge supériorement beau ou grand*» (PR). Es una pena que el castellano carezca de ese enlace entre la admiración y la alegría. ¿Será acaso un síntoma de que es un pueblo poco dado a admirar?

Hay un peculiar tipo de admiración desencadenada por el comportamiento de un ser humano. En ella se fundó durante mucho tiempo la enseñanza moral. Es lo que Bergson llamó «la atracción del héroe», un sentimiento que en la actualidad ha caído en desuso. Más aún, es visto con desconfianza. Los humanos occidentales sostienen una confusa idea de igualdad. «Nadie es más que nadie», suelen decir. Y esto, que vale sin duda para reclamaciones ante la ley, me parece mezquino cuando se aplica a todos los órdenes de la vida. La admiración por el comportamiento excelente iba acompañado, en tiempos en que la admiración no se consideraba perversa, por un deseo de imitación. Esta anécdota me servirá para explicar a mis patrones que los sentimientos humanos dependen en parte de las creencias, y que la creencia de que todos los humanos son iguales en todo agota las fuentes de la admiración, y al percibir la evidente desigualdad de los humanos, la sustituye por la envidia, el rencor o el odio.[10]

La admiración grande «que dexa como suspensos los sentidos» es el *arrobamiento*: «Rapto o éxtasis en que el alma queda absorta en la contemplación de un objeto moral con inacción más o menos completa de los sentidos externos y de los movimientos voluntarios. Pasmo, admiración grande, causada por algún objeto o consideración vehemente, sobre la cual se fija la atención con tal fuerza que se aparta de todos los demás que la rodean» (EN).

El atractivo del objeto puede ser tan grande que ejerza una irresistible atracción por su belleza o prestigio. La *fascinación* es «admirar, asombrar, atraer, cautivar, embelesar, encantar, pasmar» (MM). El sujeto que antes se limitaba a contemplar resulta ahora seducido, sometido a encantamiento. *Embelesar* es producir tanto placer que quien lo experimenta se olvida de todo, se adormece como los peces se adormecían –se embelesaban– víctimas de un narcótico usado por los pescadores, la belesa.

Cuando la atención es cautivada no sólo resulta afectada la actividad mental sino también la física. A veces cesa todo movimiento, como en la estupefacción, pero en otras ocasiones la persona fascinada se mueve irresistiblemente hacia el estímulo cautivador. En la mitología clásica, la música de Orfeo era tan poderosa que arrastraba incluso a los árboles, las rocas y los ríos. Las sirenas del Mediterráneo encantaban con sus cantos a los marineros, atrayéndoles hacia las malignas escolleras, y lo mismo hacía Lorelei en el Rhin. En otras ocasiones, la fascinación incita a la imitación. En su autobiografía, Louise Jilek-Aall, una doctora que trabajó en una misión africana, cuenta que los pobladores de un villorrio, que nunca habían visto antes a una mujer blanca, estaban cautivados por ella, e imitaban sus movimientos. Cuando se peinaba, por ejemplo, todos se peinaban copiando sus ademanes.[11] Otros antropólogos han corroborado esta observación.

Sigamos adelante en nuestro análisis. Ya saben que el aprecio había llegado a ser la respuesta sentimental a la aparición de algo digno de alabanza. Cuando la persona admirada está dotada de mérito y autoridad, aparece el *respeto*. «Es miramiento y reverencia que se tiene a alguna persona, a rispitiendo porque miramos a no ofenderle. Respetar, acatar. Mirar con los ojos baxos y tímidos hacia tierra» (CO). Los diccionarios españoles suelen considerar el respeto como una actitud de acatamiento y deferencia. En cambio, para Vives se trata de un tipo de amor «con algún temor ante la grandeza del otro». El Petit Robert subraya el aspecto sentimental. *«Sentiment qui porte à accorder à quelqu'un une consideration admirative, en raison de la valeur qu'on lui reconnaît, et à se conduire envers lui avec réserve et retenue, par une contrainte acceptée. Sentiment de vénération dû au sacré, à Dieu.»* El respeto se prolonga en la *veneración*. Parece que esta tribu va acercándose cada vez más al amor. La veneración añade al respeto un enlace más cálido. El término final de esta serie es la *adoración*, palabra de origen religioso. Significaba reverenciar y acatar, pero fue sentimentalizándose y secularizándose. El texto de Covarrubias precisa este deslizamiento semántico: «Reverenciar y acatar; del verbo latino *adoro, ex ad et oro, veneror, precor, supplico, placo.* Prisciano quiere se haya dicho de ador, un cierto género de trigo dedicado para gastarse en los sacrificios. Para exagerar lo que una persona quiere a otra, dezimos que la adora; pero hase de entender en sana sinificación, y es un encarecimiento sin ánimo de tomarlo en la sinificación propia y rigurosa. Los que pretenden ser estimados y reverenciados, dezimos que quieren ser adorados.» Al *Panléxico* esto le parece notoriamente exagerado y culpa del dislate a los poetas. «Los poetas abusando de la palabra adorar en la exaltación de su fantasía, todo lo divinizan y adoran, en especial a las damas que elogian en sus versos; pero para que sean dignas de su fantástica adivinación, es preciso que estén, o se les suponga estar adornadas de todas gracias y perfecciones. Con todo esto el moralista no puede aprobar tal exaltación de poético culto, porque la sinrazón y el capricho suelen ser la inseparable compañía de la hermosura. Merece ser honrada, venerada y reverenciada la virtud; pero ¿dónde se halla? Aunque en todas partes debía encontrarse ¿quién la conoce?, ¿quién la estima?, ¿quién la respeta y quién la defiende?» Magnífico ejemplo de lexicología subjetiva.

Desde el DRAE de 1791, la adoración tiene una acepción metafórica: amar en extremo. Ya hemos topado con el amor.

4

A veces, el objeto o la situación experimentada tiene una característica difícil de definir, que está designada por las palabras *cómico, gracioso, humorístico*. El sentimiento que provocan no tiene nombre en castellano –a veces se utiliza *diversión*, en inglés *exhilaration*,–[12] y se exterioriza mediante un fenómeno que choca mucho a los extraterrestres: la risa. Una mueca acompañada de convulsiones, con la que los terráqueos parecen disfrutar mucho, aunque a veces dicen que se mueren de ella.

Comicidad se aplica «a lo que hace reír, a menudo sin intención o sin estar hecho con intención de provocar risa, pero sin inspirar desprecio como lo ridículo» (**MM**). La risa es una acción expresiva, y podemos suponer que el diccionario nos informará sobre el sentimiento del que es expresión. Pero el análisis es bastante pobre. María Moliner dice que es «manifestación de alegría o regocijo, que se produce, por ejemplo, cuando se juega, se oye un chiste o se recibe una buena noticia». Por lo que he aprendido de los humanos en los libros, se trata de tres risas distintas. La palabra *ridículo* nos dice que hay al menos otra cuarta: Ridículo es lo que «hace reír burlona o despectivamente» (**MM**). La *gracia* también es la «cualidad de divertir o hacer reír», pero en este caso se ha producido un empequeñecimiento del significado, ya que gracia significa muchas otras cosas: benevolencia, habilidad natural, favor, como tendré que explicar más tarde. Desde el punto de vista estético, gracia es la belleza en movimiento.

Así pues, tenemos una expresión sentimental, la risa, sin sentimiento lexicalizado. Hay otra variación en este asunto, recogida por la expresión *humor*. El buen humor es «estado de ánimo del que está satisfecho y dispuesto a encontrar las cosas bien. La cualidad de la persona bromista o burlona. La alegría o el regocijo en una reunión de personas» (**MM**). También es «la cualidad consistente en descubrir o mostrar lo que hay de cómico o ridículo en las cosas o en las personas, con o sin malevolencia». En inglés *humorist* es una persona cómica o bromista. El humor es la cualidad de actuar, hablar o escribir divirtiendo, o percibiendo lo que es *ludicrous* o divertido.

¿Hay un sentimiento de lo cómico? Bergson creía que lo cómico exige una anestesia momentánea del corazón y se dirige a la inteligencia pura y simple. No lo creo. Es un fenómeno que hasta donde sé aparece en todas las culturas. Se relaciona con el juego, con la incoherencia y con la transgresión. Los sujetos valoran este triple espectáculo si se da simultáneamente. Los niños disfrutan con las incongruencias, con la alteración de las rutinas, siempre que se den en un ambiente de seguridad básica y de juego. Mary Douglas[13] ha demostrado con abundantes materiales etnográficos, la mayoría africanos, que las bromas son un elemento liberador, un ataque no peligroso contra el control. Tienen «un efecto subversivo sobre la estructura de ideas dominantes». Los aspectos escatológicos ofrecen buen ejemplo. Pero es sólo un juego con la forma, una relativización momentánea que resulta placentera en sí misma, además de permitir la sublimación de deseos prohibidos. Un chiste es un antirrito. El bromista es un gran relativizador, una especie de místico en pequeña escala.[14]

En diversas mitologías aparecen unos dioses bufones: el griego Proteo, el hindú Ganesh, el yoruba Legba. La figura del bufón se da en las cortes de los incas, y de los shogun del período Tokugawa en Japón. En las antiguas obras de teatro indias aparecen payasos (vidukasa) y esta convención teatral se mantiene en el teatro japonés contemporáneo. Los payasos ceremoniales aparecen también en culturas africanas.[15]

5

La siguiente historia está muy mal lexicalizada, pero por su importancia voy a mencionarla. Es un sentimiento desencadenado por la aparición de un objeto bello. Es el sentimiento estético, que no tiene, sin embargo, una palabra precisa para designarlo. En cambio, está claramente lexicalizado el desencadenante: lo bello. La palabra *bello* tiene, sin embargo, una historia confusa porque procede del latín *bellus,* que es el diminutivo familiar de *bonus,* «bien». Significaba, literalmente, bonito. Sustituyó popularmente a otras palabras de más empaque, como *pulcher* y *decorus* («la belleza adornada»). *Bello* forma parte de la representación semántica básica designada por la raíz indoeuropea *deu-*, «manifestar», enormemente sugestiva (RP). De ella derivan, en efecto, *bien* y *bello*, pero también el sánscrito *dúvas*, «regalo», y *beato*, que significa «feliz», que tal vez sea el sentimiento apropiado para la aparición de ese objeto.

La lengua griega recoge, aunque por otros caminos, esa misma representación semántica, previa a la distinción entre belleza y bondad. Se llama *kalon* aquellas cosas cuyo valor es evidente por sí mismo. Se opone a lo *aisjròn*, «feo», que es lo que no soporta la mirada. El término alemán correspondiente *hässlich*, literalmente «odioso», tiene más fuerza que la traducción española. Es bello, en cambio, aquello que puede verse, lo admirable en el sentido más amplio de la palabra. *Ansehnlich* es una expresión alemana que comporta también grandeza.

El concepto de lo bello aparece en estrecha relación con el de lo bueno, y, para Platón, el sentimiento correspondiente es el amor. Tiene también un componente de luminosidad. «En lo bello», escribe Gadamer, «la belleza aparece como luz, como brillo. La belleza se induce a sí misma a la manifestación.» El sentimiento estético sería entonces el deslumbramiento. «Lo bello lleva en sí una evidencia que salta inmediatamente a la vista.»[16]

No he encontrado ninguna palabra castellana para designar la experiencia estética. Algunos estudiosos han señalado que «a medida que avanza el siglo XVII se advierte una ampliación del vocabulario utilizado para describir este tipo de experiencias. Y algunos de los adjetivos y verbos usados tienen una relación innegable con lo inefable, en el sentido de que aluden a hechos o situaciones que suponen una aproximación no discursiva o racional al hecho artístico. Pablo de Céspedes, por ejemplo, al describir una pintura de Rafael que representa a San Lucas retratando a la Virgen, asegura que es cosa «que excede a la imaginación»; y ya avanzado el siglo siguiente abundan comentarios de este tipo, aunque cambia frecuentemente el vocabulario. Zabaleta, por ejemplo, en *El día de fiesta por la tarde*, tras comentar la riqueza en piezas de plata y tapicería de una casa, dice: «Si lo extraño, si lo hermoso, si lo rico no embobara, matara el gusto de comprenderlo», y unas décadas más tarde Ambrosio de Pomperosa, al describir la decoración de unas dependencias de la Compañía de Jesús para celebrar unas fiestas, comenta: «En los que logravan la suerte de la entrada saciavan la curiosidad la vista, pasava la vista a admiración, y la admiración a miedo de explicarlo.» Citas similares podrían multiplicarse indefinidamente, y todas ellas nos mostrarían cómo fue cada vez mas frecuente el uso de términos como embobar, admirar, miedo, etc., para describir experiencias estéticas.[17]

La experiencia estética no está, como he dicho, lexicalizada en castellano. ¿Cómo se puede explicar este desinterés? Posiblemente porque la experiencia de la belleza, que sin duda ha existido siempre, situaba en el objeto el valor desencadenante. Lo único que tenía que hacer el sujeto era contemplar lo que había. Lo propio de la experiencia estética era la contemplación. Al describirla, Aristóteles subraya aspectos que reconocemos fácilmente: se trata de la experiencia de un placer intenso que se deriva de observar o escuchar, tan intenso que produce la suspensión de la voluntad, pues el sujeto se encuentra «encantado por las sirenas, como desprovisto de su voluntad, depende de los sentidos, pero no simplemente de su agudeza, y tiene diversos grados de intensidad pero ni siquiera cuando es excesiva resulta repugnante».

La idea de que para percibir la belleza bastaba una actitud neutral, abrir los ojos, continuó hasta el Renacimiento. Leon Battista Alberti decía que el receptor de la belleza necesita sólo una *lentezza d'animo*, una sumisión del alma *(Opere Volgari*, 1, 9). Pensaba que para percibir la belleza era más importante someterse pasivamente a ella que poseer una idea activa que controlase la experiencia.

Ha habido muchos intentos de nombrar el sentimiento, o la facultad, que nos permite captar la belleza. Juan Escoto Erigena la llamó «un sentido interior del alma». Se trataba de ver las cosas sin interés práctico, sin codicia *(nulla cupio)*. «Quienes se acerquen a la belleza de las configuraciones con codicia *(libilinoso appetitu)*», escribió, «hacen mal.» San Buenaventura habló de una «visión espiritual». A mediados del siglo XVII, en Alemania, un filósofo de la escuela de Leibniz, Alexander Baumgarten, introdujo un término que hizo fortuna al hablar de *cognitio aesthetica*. Para Gian Vincenzo Gravina, que escribió en 1708 *Ragion Poetica*, lo más propio de la experiencia estética es la euforia, el delirio, una experiencia que rompe los límites cotidianos. Los filósofos, en general, hablan de gusto, como capacidad de sentir ciertas cosas. En ese mismo siglo, J. B. Dubos en sus *Réflexions critiques sur la poésie et la venture*, afirmaba que el papel del arte era divertir. El hombre necesita mantener ocupada la mente porque de otra manera se aburre y se siente infeliz.

Contemplación, gusto, euforia, diversión, asombro, todo está presente sin duda en ese sentimiento mestizo que llamamos, al carecer de otro nombre mejor, experiencia estética.

Todas las culturas tienen experiencia de la belleza. Me ha llamado la atención la palabra *tzamal*, usada por los tojolabales, un pueblo maya de los altos de Chiapas. Suele traducirse por bello, pero significa lo que manifiesta el corazón alegre de las cosas y de las personas.[18] Lo que en indoeuropeo significaba la raíz *due-*. El mundo es un pañuelo.

6

En la cumbre de la jerarquía de los objetos, los terráqueos colocan a Dios: el colmo de lo novedoso, bello, grande, magnífico, poderoso y extraño. Suelen hablar mucho del «sentimiento religioso», pero no hay, al menos en castellano, una palabra que responda a la experiencia de lo santo.

Voy a intentar precisar la representación semántica básica. *Santo* procede de la raíz *sak-*, de donde procede también sagrado y sacerdote. Era el carácter alcanzado mediante un rito religioso. Tomó después un significado parecido al griego *hagios* y al hebreo *qādos*, que tienen acepciones claramente morales: lo venerable por su virtud. Parece que un objeto tan extremadamente grande puede despertar sentimientos muy diferentes, según el rasgo especial que el creyente enfatice. Lo primero que podemos decir del objeto de la religión es que es lo otro, lo extraño. Rudolf Otto, un experto, describió lo sagrado como *Ganz andere*, «lo enteramente otro». Está fuera de lo habitual, por el poder que desarrolla. En una carta del misionero R. H. Codrington (1878) se habla de la palabra melanesia *mana*, que comenta así: «Es un poder o un influjo no físico y, en cierto sentido, sobrenatural, pero que se revela en la fuerza corporal o en cualquier clase de fuerza y capacidad de un hombre. Toda la religión melanesia consiste fácticamente en conseguir este mana para uno mismo o en hacer que se emplee en beneficio propio».[19] Esta idea se da en los amerindios. Manitú es el gran espíritu, el gran poder, que confiere poder a las criaturas. Los dayacos (Borneo) conocen el poder del *petara*, en Madagascar, el poder *hasina*. En el antiguo mundo germánico domina la idea del poder. La *baraka* árabe es la posesión de un poder.

El concepto de poder es una *vox media* entre sustancia sagrada y Dios, por eso, la designación hebrea *'el* significa tanto «Dios» como «poder». Se dice: «Depende del *'el* de mi mano», pero los *'elim* son deidades personales.

En 1900, R. R. Marett publicó un artículo –«La religión preanimista»– que estaba destinado a ser famoso; en él pretendió demostrar que la primera etapa de la religión no fue una creencia universal en las almas, sino una emoción de sobrecogimiento motivada por el encuentro con un poder impersonal (maná). Otto habló de experiencia numinosa. Lo santo se manifiesta como *«misterium tremendum, majestad, misterium fascinans»*. El pánico es el sentimiento de terror provocado por el dios Pan. Los hebreos hablaban de «Temor de Yahvé». Sin embargo, *yi'ra* no significa exactamente «temor», es mejor traducirla por «respeto» que se muestra en la obediencia a la autoridad; o mejor aún «acatamiento», que incluye en su concepto las ideas de respeto y servicialidad, que la palabra hebrea expresa inseparablemente.

El poder divino despierta sentimientos de temor y de atracción. El creyente puede aprovechar el poderío sagrado. La palabra *adorar* muestra un sentimiento hacia la divinidad. En realidad significa «pedir a alguien», pero ha adquirido el signi-

ficado de «respetar de manera extrema» o de «amar apasionadamente». Dejémoslo así.

Ante Dios puede tenerse un sentimiento de humildad y de
aceptación de su voluntad. La palabra rusa *smirenie*, que se ha
convertido en símbolo de la espiritualidad ortodoxa, es descrita así por un espiritual ruso: «No podemos intentar saber por
qué las cosas suceden de un modo y no de otro. Con obediencia infantil debemos rendirnos a la santa voluntad de nuestro
Padre celestial y decir desde lo profundo de nuestro corazón:
Padre nuestro, hágase tu voluntad.» Este sentimiento es comprensible en los terráqueos que piensan en Dios bajo la figura
de Padre.

Hay otros humanos que hablan de sentimientos fruitivos
provocados por la presencia de Dios en sus vidas. San Agustín
considera que la relación con Dios es un determinado tipo de
fruición: «En el hombre que se convierte a Dios, el deleite *(delectatio)* y las delicias *(deliciae)* se transforman; no es que el
hombre quede privado de ellas, sino que éstas cambian de
orientación» *(In Ps.,* 74, n 1). Los místicos, para hablar de sus
experiencias, utilizan el vocabulario de la admiración y del
amor: éxtasis, arrebato, trance.

Sobre el éxtasis escribe MM: «Estado del alma en que se
une místicamente con Dios, experimentando una felicidad inefable, al mismo tiempo que el cuerpo y los sentidos suspenden
sus funciones.»

Además de como «Absolutamente otro», poder aterrador o
benévolo, Padre, fuente de dicha, la divinidad puede manifestarse, según dicen algunos humanos, como suma belleza. *Dios*
procede de la raíz *deiw-,* «brillar», de donde viene «día» y el
griego *dēlos,* «visible, patente». Su aparición es la gloria latina,
el *kâbod* hebreo, la *doxa* griega. A su aparición le corresponde
la admiración ante la belleza, la iluminación.

Como era de esperar, los sentimientos religiosos dependen
de las características que se atribuyan a su objeto: Dios. Si el
poder: veneración o temor o pánico. Si fuente de ayuda: adoración. Si Padre benevolente: amor.

Si belleza suprema: admiración, deleite.

Como conclusión de este largo capítulo, puedo afirmar que los humanos consideran que hay aspectos en el objeto que son valiosos, atractivos, conmovedores, y experimentan los sentimientos adecuados. Pero el léxico me ha enseñado que los terráqueos también pueden cerrarse ante la aparición y brillo –sea solar o lunar– de los valores. Por muy poderosas que sean las cosas, el ser humano puede despreciarlas. Se hace libre al precio de poder negar la evidencia. Para nosotros, los extraterrestres, que concebimos la perfección como sumisión incondicional a la verdad, esta libertad para confundirse nos deja perplejos.

Me ha escandalizado comprobar que en castellano la aceptación de una verdad tiene un carácter de fracaso. «Rendirse a la evidencia», dicen, en vez de «alcanzar vencedoramente la evidencia». He tenido que viajar a la India para encontrar una palabra más aceptable: *satyagrapha*, la fuerza de la verdad, que fue utilizada por un famoso dirigente espiritual y político llamado Gandhi. Leo en un autor: «Traducido en primer lugar negativamente como "no violencia", *satyagrapha* constituye la fe de aquel que, pudiendo afrontar con la verdad sus propias inclinaciones al odio y a la violencia, puede también contar con que existe un residuo de verdad en su más encarnizado enemigo, siempre que vaya a él con la simple lógica del amor incorruptible.»[20] Esto me reconcilia en parte con la especie humana.

NOTAS

1. García Bacca, en su *Ensayo de catalogación,* distingue entre el sentido y lo sentido. Lo sentido por el sentimiento es el «que es propio» del sentiente; mientras que «el sentido» de un sentimiento es el «que es» de lo otro, de las cosas que el sentimiento nos da a sentir o nos hace sentir. Tiene pues dos vertientes. Una hace posible que el sentiente note su propio qué es y sus modos. Otra, que hace posible que el sentiente note el qué es de las cosas.

Hay unos sentimientos en el que predomina lo sentido sobre el sentido. Por ejemplo, el dolor es un sentimiento que nos hace sentir nuestra realidad de un modo especial, como en peligro de no ser; lo sentido en y por el dolor nos absorbe, nos pone en tanta inmediación con nuestro «que es» que no nos deja sentido para nada más, mientras que la soberbia, o la transcendencia sentida de nuestro qué es, no solamente nos da lo sentido (que somos superiores a las cosas del mundo), sino que además nos da el sentido de las cosas, como inferiores a nosotros.

2. Rof Carballo, J.: *Biología y psicoanálisis*, DDB, Bilbao, 1972, p. 369.

3. McClelland, D. C.: *Estudio de la motivación humana*, Narcea, Madrid, 1989. Berlyne, D. E.: *Estructura y función del pensamiento*, Trillas, México, 1972

4. Para Kierkegaard el modo de tratar con la repetición es el gran problema ético. ¿Puede mantenerse el fervor en la rutina? Lo trató en un libro que sólo conozco en su versión francesa: *La reprise*, Flammarion, París, 1990.

5. Aristóteles: *Ét. Nic.*, 1154 b.

6. Ortony, un gran estudioso de las emociones y de su léxico, niega que la sorpresa sea un sentimiento. «La sorpresa tiene que ver con la cualidad de inesperado, la cual es completamente independiente de la valencia» (Ortony, A., Clore, G. L., Collins, A.: *La estructura cognitiva de las emociones*, Siglo XXI, Madrid, 1996, p. 40. Sin embargo, la mayor parte de los expertos reconoce su tonalidad afectiva. Puede verse un resumen en Meyer, W., Niepel, M., Rudolph, U., y Schützwohl, A.: «An Experimental Analysis of Surprise», en *Cognition & Emotion*, 5, 4, de julio de 1991, pp. 295-312.

7. Kierkegaard, S.: *El concepto de la angustia*, Guadarrama, Madrid, 1965, p. 236.

8. Simons, R. C.: *Boo! Culture, Experience, and the Startle Reflex*, Oxford University Press, Nueva York, 1996.

9. Por si alguien siente curiosidad, las palabras con que se denomina el *latah* en otras culturas son las siguientes: *jumping* (Maine), *miryachit* (Siberia), *lapp panic* (Suecia), *bah-tsche* (Tailandia), *nekzah* (Yemen), *imu* (Japón), *mali-mali* (Filipinas).

10. He leído en manuscrito el libro de Aurelio Arteta *Elogio de*

la admiración, que me parece un excelente discurso sobre los avatares de la admiración.

11. Jilek-Aall, L.: *Call Mamma doctor,* Hancock House, Seattle, 1979.

12. Ruch, W.: «Exhilaration and Humor», en Lewis, M., y Haviland, J. M. (eds.): *Handbook of Emotions,* The Guilford Press, Nueva York,1993, pp. 605-617.

13. Douglas, M.: *Implicit Meaning,* Routledges, Londres, 1975.

14. No puedo dejar de mencionar la *Carta sobre el entusiasmo* de Anthony Earl of Shaftesbury, Crítica, Barcelona, 1997. Consideraba que el gran criterio de verdad era el ridículo, que nos permite averiguar si una cosa aguanta o no (p. 101). El buen humor, escribió, es «el mejor fundamento de la piedad y la verdadera religión». «Yo me pregunto muy mucho si, fuera del mal humor, existe alguna otra cosa que pueda ser causa del ateísmo» (p. 111). «La manera triste de tratar las cosas de la religión es lo que, en mi opinión, la pone tan trágica y es ocasión de que produzca efectivamente en el mundo tragedias tan funestas» (p. 119).

15. Gorer, F.: *Africa dances,* John Lehman, Londres, 1949. Acerca de la afición universal para los juegos del ingenio puede verse Marina, J. A.: *Elogio y refutación del ingenio,* Anagrama, Barcelona, 1992.

16. Gadamer, H-G.: *Verdad y método,* Sígueme, Salamanca, 1977, p. 576. Von Balthasar, H. U.: *Gloria, cristiandad,* Madrid, 1985, I, 38.

17. Morán Turina, M., y Portús Pérez, J.: *El arte de mirar. La pintura y su público en la España de Velázquez,* Istmo, Madrid, 1997, p. 171.

18. Lenkersdorf, C.: *Los hombres verdaderos, voces y testimonios tojolabales,* Siglo XXI, México, 1996, p. 146.

19. Van der Leeuw, G.: *Fenomenología de la religión,* FCE, México, 1964, pp. 13-16.

20. Erikson, E. H.: *Historia personal y circunstancia histórica,* Alianza, Madrid, 1978, p. 146.

1

El amor es el arquetipo sentimental por antonomasia. Sin embargo, para un extraterrestre es, ante todo, un lío. No me extraña que la palabra *lío* signifique «relaciones amorosas irregulares» (MM). Los humanos parecen tener ideas contradictorias sobre el amor, o, mejor aún, consideran que el amor es algo contradictorio. Hesíodo dice que la divinidad que personifica la amistad, Philótes, está generada por la «funesta Noche», y es hermana de Apáte, «el engaño» (*Theogonia*, 224). Es, pues, un sentimiento ambiguo y peligroso. En la cultura occidental, al menos, la visión paradójica del amor paradigmático –el amor erótico– es continua. La gran Safo habló con entusiasmada melancolía de la confabulación de los opuestos en que el amor consiste: «Otra vez Eros, que desata los miembros, me hacía estremecerme, esa bestezuela amarga y dulce, contra la que no hay quien se defienda.» La pequeña Safo, renegrida y abandonada, con razón está confundida: «No sé qué hacer: mi pensamiento es doble.» Dobles han sido, al parecer, los sentimientos de todos los amantes semióticos, de los que tengo como extraterrestre que fiarme. Las descripciones típicas y tópicas del amor insisten en la contradicción: «Mostrarse alegre, triste, humilde, altivo, / enojado, valiente, fugitivo, / satisfecho, ofendido, receloso», eso es el amor, según Lope de Vega. Para Quevedo, «es hielo abrasador, es fuego helado / es herida que duele y no se siente, / es un soñado bien, un mal presente, / es un breve descanso muy cansado». Proust consideraba que el amor es una mala suerte. Rilke lo

137

define como dos soledades compartidas. En los textos de «*l'école d'amour*», el amor se describe como «un no sé qué» y al respecto se añade: «Y estas palabras, que no nos enseñan nada, nos enseñan todo lo que podemos saber sobre el amor.» En fin, que Safo, Lope de Vega, Quevedo, Proust, Rilke y muchos más estaban hechos un lío. Con mucha más razón lo estaré yo, que soy extraterrestre, y que no sé a qué carta quedarme, si echar de menos el amor humano o huir de él como de la peste.

Afortunadamente, no soy psicólogo sino lingüista, y sólo tengo que averiguar lo que sobre este fenómeno tan arrebatado y plurívoco nos dice el diccionario. Y, una vez más, creo que el lenguaje es muy sabio y puede decirnos muchas cosas acerca de lo que la gente entiende por amor, a pesar de que Domínguez decía ya en su diccionario que encontraba la voz amor «prostituida y degradada según la mayor o menor violencia de las interpretaciones que sufre». Desde hace siglos se ve la necesidad de precisar el tipo de amor de que se trata, de ahí, por ejemplo, la cantidad de palabras que comienzan con el prefijo *filo-*. Bajo el término amor en castellano se incluye desde el amor al dinero hasta las más altas cimas de la entrega personal, pasando por el amor patriótico, paternofilial, sexual, religioso. ¿Es posible que todos estos sentimientos tengan algo en común?

Comenzaré la exploración indagando las raíces de las palabras que en castellano tienen que ver con el amor. En primer lugar, remontaremos hasta el indoeuropeo. La palabra *caridad*, caricia, procede de la raiz *ka-*, «gustar, desear», de donde deriva el persa *kama*, «deseo, amor», el letón *kamêt*, «tener hambre», el aleman *huor*, «prostituta», el gitano *camelar*, «seducir», Kama, dios indio del amor, que despierta el deseo de tener compañía, y caro, «querido, valioso».

La palabra *amor* procede de la raíz *amma-* «madre», de modo que etimológicamente el amor es maternal. También de aquí deriva *amistad*.

Una tercera rama de este copioso árbol procede de la raíz griega *phil-*, de origen desconocido, que no expresaba un sentimiento, sino la pertenencia a un grupo social. Se utilizaba también para las relaciones de hospitalidad. De allí pasó a significar «amigo». Advertiré que de esa raíz procede también *filtro*, «bebedizo para despertar el amor». Aparece en variadísimos tipos de amores: filantropía, filarmonía, filósofo, filatélico, filólogo.

La cuarta rama depende del griego *éros*, palabra de origen desconocido que designaba el dios del amor y el deseo sexual.

Otra familia –*dilección*– deriva del latín *diligere*, palabra curiosa que procede del verbo leer, y que designa una elección y estima basada en la reflexión. Implica «cuidado, atención». Se mantiene enmascarada en la palabra *diligente*, que ha pasado a significar «dispuesto a hacer con prontitud e interés las cosas que tiene que hacer», pero que significaba originariamente «amante».

Otra variante castellana: *querer*. La etimología es sorprendente. Procede de *quaerere*, «buscar».

También hay que incluir en esta lista de indagaciones la palabra *voluntad*, que procede de la raíz indoeuropea *wel-*, «desear, querer», de donde salieron el francés *vouloir*, el alemán *willu* o el eslavo *velja*, todos con el mismo significado.

Por último, *libido* significa también deseo. Procede de la raíz indoeuropea *leubh-*, «amar, desear», de donde han derivado el inglés *love* y el alemán *Liebe* (RH, RP).

Este recorrido deja algunos frutos en nuestra alforja. El amor se relaciona con el deseo, con el agrado, con el cuidado, con la pertenencia a un grupo, y etimológicamente tiene como prototipos el sentimiento maternal, el sentimiento erótico y la amistad.

2

Después de darle muchas vueltas he llegado a la conclusión de que el amor no es un sentimiento sino un deseo o sistema de deseos, acompañados, eso sí, por una corte sentimental. El amor puede estar acompañado de alegría o de tristeza, desesperación, inquietud, como demuestran los textos de Lope y

Quevedo que he citado antes. Eso de que hablan no es el amor sino los sentimientos que acompañan al amor.

¿Qué historia nos cuenta esta tribu léxica? ¿Cuál es la representación semántica básica que los distintos lenguajes van a desplegar a su manera? El esquema es constante: la aparición de algo o alguien despierta en el espectador un sentimiento de agrado, interés, armonía, deleite, que se continúa con un movimiento de atracción y deseo. El objeto y las modalidades de ese deseo van a determinar los variados rostros y figuras del amor. El objeto puede ser una cosa, una idea, una persona o uno mismo, como sucede en el amor propio. En estas relaciones personales puede primar un elemento filial, sexual, benevolente, comunicativo. Por lo que respecta a los deseos, aparecen deseos de unión, de posesión, de compañía, de disfrute, de cuidado, de procurar el bien del otro, de sacrificarse por él. Como todos los deseos, el amoroso va acompañado de sentimientos –inquietud, desasosiego, esperanza, alegría–, y tiene sus modos de satisfacción. Algunos de ellos apagan el deseo, y por lo tanto el amor, y otros mantienen el deseo y, por lo tanto, el amor.

Comenzaré por el léxico de la primera etapa. Algo aparece ante alguien y le «sorbe el seso», «le lleva de cabeza». Anda caviloso y preocupado. Tal vez por eso Heidegger dijo: *«Liebe ist Denken»*, «amar es pensar». Pero con el tal Heidegger los extraterrestres nunca sabemos a qué atenernos. Como era de esperar, en este primer momento son aplicables muchos de los sentimientos que mencioné al hablar de la aparición del objeto, en el capítulo anterior. Una realidad –cosa o persona– se muestra dotada de unas características que despiertan admiración, deslumbramiento, sentimiento estético, adoración. *«L'amore é un appetito di belleza»*, dijo Lorenzo el Magnífico en la más pura tradición platónica. Todas esas familias están emparentadas con el amor. La imaginería de los enamorados los presenta mirándose embobados, atortolados, arrobados. (La palabra *atortolar* me ha dejado confuso. Significa imitar el comportamiento de un pájaro, la tórtola, pero el diccionario lo hace sinónimo de *aturdir,* que significa comportarse como un tordo, que es otro pájaro. O sea que cuando un ser humano se enamora se

140

comporta como una tórtola que se comporta como un tordo. Complicado.) *Arrobo* significa «pasmo y admiración grande causado de algún objeto, o consideración vehemente que dexa suspensos los sentidos» (AU). También el *éxtasis* y el *enajenamiento* –sentimientos a caballo entre lo normal y lo patológico– pueden experimentarse en ese momento inicial del amor.

El objeto amado puede fascinar, ejerciendo «sobre alguien un dominio irresistible con la mirada». Es un encantamiento, una tiranía tal vez no querida, sobre el enamorado. «En la fascinación», escribe Sartre, «no hay nada más que un objeto gigante en un mundo desierto. Empero, la intuición fascinada no es en modo alguno fusión con el objeto. Pues la condición para que haya fascinación es que el objeto se destaque con relieve absoluto sobre un fondo de vacío.»[1]

Los terráqueos, en esta primera fase, sienten que se despierta un interés por ese objeto o persona. Ortega, que escribió mucho sobre el amor, decía que el enamoramiento es, por lo pronto, un fenómeno patológico de la atención, que cuando se fija con más tiempo o con más frecuencia de lo normal en un objeto podemos llamar locura. Un viejo bolero definía el amor como «un algo sin nombre que obsesiona al hombre por una mujer». Supongo que también sería al revés, pero ya veremos que los humanos son en estos asuntos muy asimétricos. Ese interés, fascinación, embobamiento hace que el amante en ciernes *quede prendado*. ¿Qué trueque se da aquí? Supongo que es el corazón lo que entrega, lo que enajena y quedará en prenda hasta que consiga recuperarlo. Todo esto puede suceder en un segundo, como un golpe, como lo indica la palabra *flechazo*, «hecho de despertar súbitamente amor en alguien» (MM).

He leído mucha literatura amatoria para intentar aclarar mis ideas, aunque con poco éxito. Me han interesado mucho las cartas escritas por una tal Mariana de Alcofarado, monja portuguesa casi adolescente que a mediados del siglo XVII se enamoró violentamente de un joven oficial francés, llegado a Portugal con las tropas de Luis XIV. El texto en que cuenta el flechazo me parece digno de ser recogido aquí: «Desde aquel mirador te vi pasar, con aires que me arrebataron, y en él estaba el día en que comencé a sentir los primeros efectos de mi desatinada pasión. Me pareció que deseabas agradarme, si bien aún no me conocieses. Supuse que reparabas en mí, distinguiéndome entre las demás compañeras. Imaginé que, cuando pasabas, apetecías que te viese y admirase tu destreza y garbo al hacer caracolear el caballo. Me asustaba si le obligabas a ejercicios difíciles. En fin, me interesaban, en lo más mínimo, todos tus pasos, todas tus acciones. Sentía que no me eras indiferente y participaba en cuanto hacías.»

Un poco atolondrada me parece la monjita, pero describe con gran perfección ese juego de la atención, la fantasía, el interés y la mirada. El objeto gusta. «*If you love something, you like it very much*», dice el *Collins Cobuild* definiendo el amor. Se despierta un sentimiento de predilección o preferencia. La persona, el animal o la cosa aparece dotado de una relevancia especial, pasa a primer rango, es el predilecto, el preferido, el que va por delante en los intereses del aprendiz de amante.

Los antiguos griegos y sus poetas también afirmaron este protagonismo del objeto. El amor es una atracción casi automática, de base divina y cósmica, que experimenta un individuo hacia otro. El eros puede tener dos orígenes: una intervención de las divinidades eróticas, o un desencadenante humano. La persona amada despierta el amor, tiene en sí una cualidad que actúa automáticamente: *éros, póthos, hímeros* («amor», «deseo»), que domina al amante. «Son», escribe Adrados, «cualidades cuasifísicas o químicas, especie de cuerpos que producen, crean automáticamente el amor. Son "deseables". El mejor ejemplo de esta cualidad objetiva es la belleza, que despierta el éros.»[2] Podría aducir muchos textos. Safo: la belleza es «lo que uno ama». Lisias: «La belleza crea amor.» Los griegos consideraban irresistible la hermosura. Frine, una hetera, juzgada por impiedad ante el Areópago, fue absuelta cuando enseñó al tribunal sus pechos. También Menelao arrojó al suelo su espada cuando Helena, cautiva, le mostró sus divinas tetas. Para los griegos, el amor entra por la vista.

El poder del objeto es tan fuerte que el amante se siente invadido de amor. Por eso es una pasión, porque se padece. Pero dado que no todo el mundo se prenda de la misma persona, habrá que explicar por qué esa pasión la sufre uno y no su vecino o vecina. Guevara, un escritor del siglo XVI, nos pone a punto de perder las esperanzas: «Amor es un no sé qué, viene por no sé dónde, embíale no se quién, siéntese no sé quándo, mata no sé por qué. E finalmente el enconado amor, sin romper las carnes de fuera, nos desangra las entrañas por dentro.» No es, desde luego, un adecuado marketing amoroso.

3

Para desenredar la madeja iré poco a poco y de entrada revisaré el léxico de los introitos amatorios. Jonama, en su *Ensayo sobre la distinción de sinónimos,* dice que «del aprecio o buen concepto que tenemos de una cosa resulta, por lo regular, una cierta inclinación, que según es mayor o menor, toma las denominaciones de amor, cariño o de estimación». De aquí deduce algunos teoremas amoroso-léxicos que han encantado mi mente lógica.

1) Para estimar a una persona basta conocer su mérito; pero sólo la conveniencia de caracteres, conocida por un largo trato, puede producir el cariño; el amor es una inclinación violenta, que se siente mejor que se explica, y que regularmente tiene poca parte de reflexión, aunque siempre se funda en la suposición de algún mérito.

2) No puede haber amor ni cariño sin algún grado de estimación, pero puede haber estimación sin amor ni cariño.

3) Aunque el amor supone algún grado de cariño, no siempre están en proporción estos dos afectos; yo puedo amar extremadamente a una persona sin que propiamente le tenga tanto cariño como a un amigo íntimo.

4) El amor y la estimación suelen nacer en un momento y con el tiempo parar en cariño uno y otro, particularmente la estimación.

5) Que el amor debe durar poco, que la estimación puede acabar o variando las prendas que la causan, o descubriendo que habíamos juzgado con error, y que el cariño, como que es un hábito, suele ser perpetuo.

Precisemos un poco más. El enamoramiento puede tener como explicación una armonía previa. El mito de la media naranja viene de ahí. La palabra *simpatía* remite a un acuerdo básico, metafísico y físico antes que sentimental. La simpatía es una forma atenuada del amor.[3] Feijoo, un fraile ilustrado que escribió sobre todo lo divino y lo humano, decía en el siglo XVIII: mi propósito es «tratar en general los efectos Sympáticos y Antipáticos del imán». Encuentro aquí vestigios de una concepción animista de la naturaleza, que se ha suavizado en las actuales definiciones de simpatía: «Actitud afectiva hacia una persona por la cual se encuentra grata su compañía, se tiende a encontrar bien lo que ella hace, se desea que le sucedan bien las cosas, se tiende a tomar su partido en una disputa» (MM). Tal vez habría que mencionar la palabra *afinidad*, que es la relación entre afines, con los que se tienen algunos aspectos comunes. Pero me interesa más la palabra *afición*. Si damos a *aficionarse* la fuerza que tiene por su etimología: *afficere, facere ad*, aficionarse incluye descubrir que el objeto de la afición está hecho *(facere)* para *(ad)* mí, para mis deseos, gustos, preferencias, caprichos: «a medida de mis deseos», como dice la frase corriente. Igual valor tiene la frase «se me aficionó», me halló hecho a medida de sus deseos ideales.[4]

4

Todo esto son senderos del amor, pero ni lo constituyen ni conducen a él irremisiblemente. El amor aparece cuando el objeto estimado despierta el deseo. Y el deseo se empeña en alcanzar su objeto. Esto es lo que nos dice la palabra *querer*. Es una palabra deslumbrante porque a ella conducen todos los caminos de la acción, del deseo y de la voluntad. Significa «desear, amar, tener la determinación de hacer algo, intentar, empeñarse».

Procede de *quaerere*, «buscar». «Dixexe porque lo que queremos lo vamos a buscar», escribe Covarrubias. El amor busca su objeto, aspira a él, lo desea.

El objeto del deseo despliega su atractivo, despierta la inclinación, *seduce*. El deseo va dirigido al fin. Está especificado por él. En sentido amplio se ama todo lo que se desea. Esto nos lo dice el diccionario y es una de las grandes equivocidades de la palabra: «Amor es afecto del alma racional por el cual busca con deseo el bien verdadero o aprehendido y apetece gozarlo. Tómase en varios sentidos según los objetos a que se endereza la voluntad. Si al padre se llama paternal, si a la sensualidad carnal, si a la riqueza codicia, y si es enderezada a buen fin se llama amor honesto» (AU).

Parece que hay que especificar más detenidamente los objetos, y más todavía los peculiares modos de relación del deseo con ellos. Hay un amor que se termina en la posesión y conservación del bien deseado. Este deseo es fácil de comprender respecto a las cosas. El avaricioso desea poseer y atesorar el dinero; el filatélico desea coleccionar, reunir, los sellos. Se siente una resistencia a separarse de las cosas deseadas y alcanzadas, se experimenta un *apego*. Esta palabra procede de *pez,* una sustancia utilizada para unir cosas, raíz que también figura en el término *empecinarse,* que significa «obstinarse en algo». Los humanos se apegan al dinero, a los cargos, a los lugares. Si se trata de personas, apego significa estar encariñado con alguien.[5] Como dice el *Panléxico:* «En virtud del afecto nos apegamos a las personas o a las cosas; pues no puede haber más o menos apego sin que haya afecto; pero aquél expresa un sentimiento más fuerte en el corazón; tenemos afecto a una persona que vemos a menudo y nos agrada; pero no contraemos con ella relaciones o compromisos íntimos, pues entonces ya es apego que a veces puede hacerse invencible.» Ya señaló hace muchos siglos Empédocles que el amor *(philía)* era el principio universal de cohesión, mientras que el odio *(neîkos)* lo era de disgregación. Los amantes son «uña y carne», y el léxico amatorio ha recogido una gran variedad de ayuntamientos y cópulas, desde la unión mística, integración del alma y Dios, hasta el ligue, que es una relación amorosa superficial y no comprometida. *Coito* deriva de *co-ire,* «ir juntos». Y *amartelados* van los que van muy amarraditos.

En todas las culturas que conozco, el léxico amoroso –el léxico del deseo– incluye la unión. Los esquimales utku tienen al menos dos palabras para indicarlo. *Iva* significa textualmente «estar al lado de alguien en la cama». No es un sentimiento erótico y se aplica también a los niños. *Unga* designa «el deseo de estar con la persona amada».

Este impulso unitivo hace que muchos humanos al estar enamorados sientan un deseo muy especial: el de vivir juntos, el de adoptar un proyecto de vida compartido. Aristóteles atribuía al ejercicio de la amistad un deseo de comunidad de vida *(syzên)*, a veces cotidiana *(synemereúin)*. «El primer momento en el amor», escribió Hegel, «es cuando yo siento que no quiero ser una persona independiente.» Las sociedades han protegido esta vida en común, y no existe ninguna en que no haya aparecido la institución matrimonial. Este insistente afán de los enamorados por casarse, es decir, por completarse armónicamente, hace que resulte incomprensible para un extraterrestre la corriente de oposición entre amor y matrimonio que he percibido en la cultura occidental. Me cuesta trabajo entender la afirmación del sensato Cervantes en *El casamiento engañoso:* «"Luego ¿casóse vuesa merced?", replicó Peralta. "Sí, señor", respondió Campuzano. "Sería por amores", dijo Peralta, "y tales casamientos traen consigo aparejada la ejecución del arrepentimiento." "No sabré decir si fue por amores", respondió el Alférez, "aunque sabré afirmar que fue por dolores."» Podría citar muchos textos, pero me limitaré al comentario que hace Luhmann sobre las claves amorosas del siglo XVIII: «El dios del amor, en un ataque de furia, lleva a los amantes al matrimonio como un ritual habitual, con lo cual arrastra a su propia decadencia, como puede leerse con frecuencia. Sigue siendo válida la frase *«il suffit d'être marié pour ne plus aimer»*. O «quien desea casarse con su amada es porque quiere llegar a odiarla». En Cotin y bajo el título de *Amour sans exemple* se puede encontrar el verso: *«Iris, je pourrois vous aimer, quand mesme vous seriez ma femme».*[6] Al chocar con la cotidianidad gran parte de los atractivos del enamoramiento parecen diluirse. Los humanos me resultan muy contradictorios en esto de los amores.

5

El deseo de estar unido al objeto amado puede prolongarse en deseo de posesión. La primera acepción de la palabra *poseer* es «ser dueño de cierta cosa, o sea, el que puede usarla, gastarla o disponer de ella en cualquier forma» (MM). La segunda significa «cohabitar con una mujer» (MM), con lo que el diccionario enfatiza el aspecto dominador del deseo sexual del varón. *Coger*, sobre todo en Hispanoamérica, significa cubrir el macho a la hembra. En sentido amplio poseer significa «gozar de algo». En este sentido, se ama aquello que produce placer o alegría. Ésta es la definición de amor que da Spinoza: «Cierta alegría concomitante con su causa exterior.» La posesión del objeto deseado –amado– se vive como la fruición. Es la tercera etapa del amor. A ella pertenecen todas las alegrías y deleites, y también todas sus desdichas y frustraciones.

El llamado amante puede pretender que el ser amado abdique libremente de su voluntad y libertad, se entregue, quede cautivado. Y cuando no consiga esa entrega voluntaria puede intentar la posesión por medios violentos. La crueldad que se da en el sadismo sexual posiblemente comporta un afán de poseer a través del dolor. Algo semejante al sentimiento de poder que experimentan los torturadores. Es una terrorífica invención humana.

6

Hay tantos tipos de amor como tipos de objetos y tipos de deseo. Me detendré en la catalogación de estos últimos. El más relevante y mejor lexicalizado es el deseo sexual, cuyo primer desencadenante es el atractivo físico. Es, por supuesto, sólo uno de los amores englobados en la palabra amor. El amor puede darse de sopetón, aparecer con la brusquedad de una caída o de una explosión –*fall in love, tomber amoureux, coup de foudre*–, pero la aparición puede ser más sosegada, como indica el verbo *enamorarse,* que designa el proceso que lleva hacia el amor. Quien no amaba se vuelve amante. La palabra *enamorar* se conjuga en las voces activa y media. Enamorar a alguien es «despertar amor en una persona de otro sexo», dice MM de una forma un poco exclusivista. En cambio, enamorarse es «empezar a sentir amor por una persona, o entusiasmo por una cosa o deseo de tenerla» (MM). Me ha parecido observar que a la gente le gusta más enamorarse que amar. Sorprendente afición ésta de preferir el camino a la meta.

Los sinónimos de enamorar me indican cosas notables sobre este proceso tan anhelado: *conquistar, galantear, cautivar, cazar.* Hay una palabra castellana, poco usada ahora, que me resulta chocante: *castigar,* que significa «infligir un daño a alguien que ha cometido un delito», pero también «enamorar a alguien con coqueterías» (MM). Hay un propósito de rendición y sometimiento que no es una exclusiva del castellano. Para los griegos, el amor llega bruscamente a alguien, que ha de empeñarse en suscitarlo en el objeto amado. Tiene que «persuadirle» *(peíthō),* se le pide que «siga» *(akolouthéō),* «ayude» *(hupourgéō)* al enamorado. Cuando el amado/a acepta, expresa *antérōs,* el amor de respuesta, y en ese mismo instante, sobre todo si es mujer, es presentado como «domado» *(hupodmetheîsa),* una imagen que le pone junto al guerrero vencido o el animal domesticado. Uno es el triunfador y otro el fracasado. Mal comienzo.

El diccionario, por lo tanto, reconoce un placer peculiar en enamorar.[7] Un placer cinegético, dominador. ¿Hay alguna palabra en castellano para designar el placer de la conquista? Se siente inquietud, ansiedad, satisfacción por la propia habilidad, alegría por ver que se acerca el placer deseado, angustia por ver que se aleja el placer deseado. Se vive, sobre todo, intensamente. El enamoramiento, como la caza, es una gran diversión, un delicioso entretenimiento. Es una actividad excitante, arriesgada, placentera, que libera de la monotonía vital. Frente a la rutina, surge la aventura. «Cuando decimos "la aventura" a secas, la aventura pura y simplemente, la aventura absoluta, todo el mundo entiende que se trata de la aventura por excelencia, la aventura del corazón, la aventura amorosa», escribe Jankélévitch.[8] El atractivo de la aventura consiste en ese cosquilleo culpable y esa tentadora mutación que vienen a distraer el tedio. En este caso, el lenguaje también es discriminador, porque un aventurero es un hombre atrevido y audaz, mientras que una aventurera es una mujer de dudosa moralidad. En fin, que el enamoramiento, entre otras cosas, es un antídoto contra el tedio. Sospecho que muchos humanos han sufrido grandes decepciones por haber confundido la excitación con el amor. El enamoramiento puede ser también una gran tortura, por supuesto. El mito griego del amor lo hacía hijo de Penia y Poros, de la Riqueza y de la Pobreza. El enamorado encuentra dentro de sí esa ambivalencia. Las penas de amor surgen de este incierto proceso.

7

De una u otra forma, en todas las culturas se dan actividades de *cortejo*. En castellano esta palabra significa «tratar de enamorar a una mujer» (MM). Y, en efecto, en casi todas las sociedades es el hombre el que pretende. En castellano, el *pretendiente* es el que aspira a conseguir a una mujer. El uso de esta palabra indica la tesonera aspiración a algo difícil. La historia de la palabra *seducción* resume gran parte de la historia amorosa occidental. *Seducere* significaba en latín «conducir a algún lugar», pero pronto significó «engañar», y en latín eclesiástico «corromper». Se conducía, pues, a un lugar peligroso. Así se hablaba del «espíritu seductor», para mencionar al demonio. La seducción toma en el siglo XVIII el significado de «capacidad de gustar, de atraer». Todos estos significados se mantienen en la actualidad. Seducir es «persuadir a alguien con promesas o engaños a que haga cierta cosa, generalmente mala o perjudicial. Particularmente, conseguir un hombre por esos medios poseer a una mujer» (MM). Tiene otro significado menos torvo: «Hacerse una persona admirar, querer o, particularmente, amar intensamente por otra» (MM). Me ha interesado mucho la definición que da Baudrillard: «La seducción re-

149

presenta el dominio del universo simbólico, mientras que el poder representa sólo el dominio del universo real.»[9] Aparece aquí un elemento nuevo en el dominio amoroso: el simbólico. La seducción es una promesa de *deleite*, palabra en la que encontramos una experiencia análoga. Su etimología *de-lacere* nos indica que significa «atraer, hacer caer en una trampa», algo semejante a un bello vocablo castellano, engarlitar, «hacer caer en el garlito, en una red».

Hablar, cortejar, galantear, todo esto significaba en castellano hacer el amor. Escribe Mateo Alemán: «Hízele el amor, mostróse arisca; dádivas ablandan peñas; cuanto más la regalé, tanto más iva mostrándoseme blanda, hasta venir en todo mi deseo.» Este hablar de amores entra dentro de la estrategia de la seducción, ese mundo simbólico. La tontita monja portuguesa lo cuenta de nuevo a la perfección: «Me acabaste con la porfía de tus galanteos, me embrujaste con tus finezas, me rendiste con tus juramentos, me dejé arrebatar con tus palabras.» El diccionario recoge también esa sentimentalización semiótica: «Enamorar es hablarse mutuamente de amores personas de diferente sexo» (DO). En la actualidad, la expresión *hacer el amor* ha dejado de ser un galanteo y ha adoptado el expeditivo significado de su análoga inglesa. Como dice el *Collins Cobuild:* «*When two people make love, they have sex.*» Como lingüista me ha interesado el comentario de un famoso sociólogo de la literatura, Allan Bloom: «Aquello de lo cual no podemos hablar, aquello para lo cual no tenemos palabras, no existe. La riqueza del vocabulario forma parte de la riqueza de la experiencia. Para amar humanamente, los amantes deben hablarse.»[10]

Es cierto que cortejar, galantear son formas de seducción muy pasadas. Tan pasadas como *pelar la pava*, expresión que según el DRAE significa «tener amorosas pláticas los mozos con las mozas; ellos, desde la calle, y ellas, asomadas a rejas y balcones». La mejor explicación de esta rara frase la contaba el folclorista Luis Montoto: «Una dueña vieja y achacosa, ordenó a su criada que matase y pelase una pava para solemnizar la fiesta del día siguiente. Ésta fue a pelarla a la reja, donde acudió su novio. La moza se retrasaba mucho en la faena, como es de suponer. La vieja gritaba: "Muchacha, ¿no vienes?"

Y ella contestaba: "Ya voy, señora, que estoy pelando la pava."» Como lingüista extraterrestre me ha interesado mucho saber que «los amantes pueden hablarse entre sí interminablemente sin tener nada que decir», según Luhmann.[11] Y si tiene razón Musil, «el amor es el más charlatán de todos los sentimientos y consiste en gran parte en la charla misma». «De la abundancia del corazón habla la boca», dijo el sabio. Tal vez por eso, según los psicólogos matrimoniales, el mutismo, la desidia expresiva, es uno de los síntomas más locuaces de la evaporación del amor. O sea, que al parecer hay que desconfiar de los amores taciturnos. Me gustaría saber responder a la siguiente pregunta: ¿Por qué hablan más los enamorados? Sólo se me ocurren dos razones. Una: lo que los humanos llaman enamoramiento produce un avivamiento de la realidad, que se vuelve más interesante. Dos: los enamorados disfrutan comunicándose, «manteniéndose en relación». Y esto lo hace el habla con independencia de lo que se está diciendo. El habla enamorada es más comunicativa que informativa, por eso desde fuera suele parecer vacía y casi ridícula.

8

Como forma de cortejo se da también un jugueteo ligeramente excitante, una esgrima indolora, un asomarse a un abismo superficial, en el *flirt* y el *coqueteo*. «Flirtear», dice la Academia, «es simular una relación amorosa por coquetería o puro pasatiempo.» Mariano de Cavia se indignaba contra lo que le parecía un anglicismo cursi, y recordaba que en castellano existe la palabra *floreo*, «conversación vana y de pasatiempo», y citaba *El casamiento engañoso* de Cervantes: «Finalmente, nuestra plática se pasó en flores cuatro días que continué en visitalla, sin que llegase a coger el fruto que deseaba.» Es muy divertida la etimología de *coquetería*. Deriva de un diminutivo de *coq*, «gallo». Designaba al hombre que se empeña en seducir. Pero en la actualidad se considera una característica más femenina que masculina. O sea que una mujer coqueta es una mujer gallito. Creo que el lenguaje es perspicaz, inteligente y profundo.

Si los modos de enamorar pasan de moda es porque son creaciones culturales. Niklas Luhmann ha estudiado los códigos amorosos que dirigen en cada época el proceso de enamorarse. Suscitan una serie de anticipaciones, expectativas, gozos y frustraciones. Indican cómo se expresa y cómo se reconoce el amor. Hubo una época en que se pedían grandes demostraciones de amor. Lo que contaba eran los servicios prestados a la dama. En el siglo XVIII no es con hechos heroicos, sino con *petits soins* como se gana el amor de una mujer. Estas pruebas no eran sólo parte del artificio amatorio. Eran formas de resolver un problema que va a complicar mucho la vida de los humanos. Los sentimientos, como he explicado, suceden en la intimidad, en lo escondido, no pueden verse. De ahí la angustia, la desconfianza, del enamorado. En *Ricardo III*, lady Ana, confusa por las palabras de Ricardo, exclama desesperada: «¡Quién conociera tu corazón!» Este asunto aparecerá más tarde.

Una vez más me sorprende la manera insistente e inevitable con que el estudio del léxico sentimental me obliga a rehacer aunque sea parcialmente la historia y la geografía de los sentimientos humanos. En *El laberinto sentimental* uno de mis colaboradores mostró que las creencias dirigen en parte nuestros estilos afectivos. En la dinámica del enamoramiento esto se ve con claridad. Son los amantes quienes comienzan el proceso amoroso, «pero la historia está ya programada por el código. Se conoce el código y, por decirlo así, se ama ya antes de haberse enamorado». Al hablar de los códigos del siglo XVII, Luhmann cuenta cosas que suceden todavía. «Es muy frecuente que en la fase inicial del juego amoroso, que se caracteriza más por la *complaisance* que por el amor, se crea amar sin amar; o que en un principio se empiece jugando con el amor para acabar ardiendo como una llama ante los primeros obstáculos. Estos *obstacles* sirven para aumentar la pasión y hacer que se pase a depender de ella.»[12]

En el proceso de enamoramiento va a estar presente otro sentimiento: la esperanza o su contrario: la desesperación. Todos los humanos hablan mal de la desesperación, pero lo chocante es que muchos de ellos también hablan mal de la esperanza. Dicen que es engañadora porque embellece el objeto deseado. Así lo cuenta madame de Villedieu en el poema que transcribo:

Le bonheur des amans est tout dans l'esperance;
Ce que de loin les éblouit,
Perd de prés son éclat et sa fausse apparence;
et tel mettoit un plus haut prix
A la félicité si long-terms desirée,
Qui la trouve a son gré plus digne de mépris,
Quand avec son éspoir il l'a bien comparée.

9

Hasta aquí he estudiado el verbo *enamorar*. Ahora le toca el turno a *enamorarse*. Si el lenguaje fuera perfecto, dudo que existiera esta forma verbal. Compare el lector dos frases: «M enamoró a C.» «M se enamoró.» ¿Qué quiere decir esta última? ¿Que M enamoró a M? Pues algo así. La voz media recluye la acción en el propio sujeto, e intensifica su presencia en la acción. Pondré otro ejemplo: «Mañana voy a la sierra.» «Mañana me voy a la sierra.» Significan lo mismo, pero la segunda enfatiza la decisión, el protagonismo, la intencionalidad del sujeto. Al enamorarse, el sujeto no pasa sin más al objeto amado, sino que se siente alterado en sí mismo, consciente y clausurado en su amor.

El diccionario, se lo recuerdo, definía el enamorarse como «tener deseo de poseer» lo amado. Les recuerdo también que el término *posesión* había aparecido ya, y que había postergado su explicación. Su relación con el amor me tiene confuso, porque unas veces los humanos hablan del amor como desprendimiento y otras como afán de dominio. Me ha sorprendido saber que según Kretschmer, *philía*, el nombre griego para el amor más desinteresado, la amistad, procede de un adjetivo posesivo pronominal lídico, que significaba «propio», «personal», «privado».[13]

El afán y la satisfacción de poseer, dirigido a cosas, podrá ser sórdido pero no inquietante. Ocurre lo contrario con el deseo de posesión de personas, que con tanta frecuencia puede confundirse con el amor. ¡Cuántas equivocaciones cometen los humanos por un insensato uso de esta palabra! Sartre ha escrito páginas de una lucidez viscosa. «La "posesión" carnal ofrece una imagen irritante y seductora de un cuerpo perpetuamente poseído y perpetuamente nuevo, sobre el cual la posesión no deja ningún vestigio. El sueño del amante es identificarse con el objeto amado manteniéndole a la vez su individualidad: que el otro sea yo, sin dejar de ser otro.» O sea, el amante se mete en un callejón sin salida.

El léxico de los celos nos ayudará a ver, por caminos retorcidos, las relaciones entre amor y posesión. Tradicionalmente los celos se han relacionado con el amor, incluso como genuino síntoma del amor. *Encelado* significa «muy enamorado» (MM). La definición que da AU también menciona el amor: «Celos: Sospecha o inquietud y recelo de que la persona amada haya mudado o mude su cariño o afición poniéndola en otra.» Tal vez esta inquietud es lo que hace al celoso estar vigilante. Eso significaba la palabra *celoso*, procedente del griego *zélos*, «desear ardientemente», «esforzarse apasionadamente en conservar algo propio». Este significado nos orienta hacia el amor, pero también hacia la posesión. Castilla del Pino señala: «Los celos propiamente dichos aparecen cuando a la desconfianza sobre la posesión o propiedad del objeto se añade la hipótesis –la sospecha– de que el objeto puede pasar a propiedad de otro, de que el objeto, por tanto, podría serle sustraído por alguien que lo ha enamorado. Los celos no aparecen por el hecho de que el objeto haya dejado de amar al que hasta entonces amaba, sino porque, además, pueda amar a un tercero.»[14] Los celos son «sentimiento penoso experimentado por una persona al ver que otra cuyo cariño o amor desearía para sí sola lo comparte con una tercera». «Sentimiento doloroso que hacen nacer, en el que lo experimenta, las exigencias de un amor inquieto, el deseo de posesión exclusiva de la persona amada, el temor, la sospecha o la certeza de su infidelidad», dice el *Petit Robert*.[15]

«Si la relación amorosa como tal entre el celoso y su objeto se ha agotado en muchas ocasiones, ¿qué razones hay para que sufra ante la posibilidad de que su *partenaire* opte por otro? La razón de ello es que la relación entre el celoso y su objeto se ha convertido de hecho en mera relación de propiedad, y lo que ella –o su inversa, la desapropiación– representa para él.»[16]

Lo que diferencia a los celos de la envidia, es que se tiene celos de lo que se posee, y envidia de lo que no se posee. Los niños pequeños sienten celos de su hermano menor porque piensan que va a arrebatarles algo que poseían: el cariño de sus padres. Sienten envidia si un niño recibe un premio y ellos no.

10

Hasta ahora he hablado sobre todo de los sentimientos amorosos con un componente erótico. La palabra *erotismo* o *erótico* ha quedado reducida al deseo sexual, y lo mismo la palabra *libidinoso*. Pero en muchas lenguas, entre ellas el castellano, el amor se amplía a otros tipos de deseo. Los esquimales utku distinguen entre *naklik* y *unga,* el amor orientado hacia sí mismo y el amor orientado a otros. *Unga* implica que uno se siente bien en presencia de otra persona y que quiere estar con ella. *Naklik* significa que uno quiere, además, hacer cosas buenas por la otra persona. Según dice Jean Briggs: «Los niños pequeños sienten *unga,* quieren estar con la gente que quieren, pero sólo gradualmente comienzan a sentir *naklik.*»[17] Los castellanos distinguen entre *amor* y *amistad.* Los filósofos medievales, entre amor de concupiscencia (que desea placeres sensuales) y amor de benevolencia. Los antiguos griegos separaron conceptualmente el *éros* de la *philía.* La oposición se da en muchos idiomas, pero voy a utilizar el griego antiguo para describir esta articulación nueva de la representación semántica del amor. Voy a hablar de dos formas distintas de deseo.

Éramai significa «amar», pero es un verbo durativo que en aoristo significa «enamorarse». «Cuando el eros se refiere a una persona la concepción es sexual, se refiere a la posesión erótica; y cuando se refiere a cosas subyace, a veces, por metáfora, esa concepción erótica, sexual. El "amar" la guerra, los regalos, lo imposible, la patria va más lejos del simple "deseo", que es el lema del campo semántico más amplio en que se inserta este más reducido de lo erótico. Hay en este campo reducido una tensión nueva: la búsqueda apasionada de una integración, una fusión con el objeto. El guerrero se deja fundir con la guerra o la batalla, la incorpora en sí, pierde su individualidad en la confusa mezcolanza exaltada de los otros guerreros. Siempre hay en esa relación algo de irracional, de imperioso, de extrahumano.»[18]

En griego es imposible usar los verbos eróticos para los padres, los hijos o los amigos. Pero la diferencia mayor con el castellano es que el verbo «amar» actúa entre dos personas, más o menos simétricamente. Un hombre y una mujer están enamorados. Sin embargo, en el vocabulario erótico griego del amor, sólo se aplica al sujeto del amor, al amante: al objeto del amor se le aplica, como mucho, un verbo *(anteráō)*, que es algo así como «responder al amor». El objeto de la relación amorosa no tiene por qué estar enamorado. Despierta involuntariamente el amor de alguien.

El léxico del amor erótico se completa con el del amor amistad o amor cariño: *philía*, que a partir del siglo IV a.C. tendió a ser sustituido por *agapáō*, de donde procede la palabra *ágape*, que es el concepto central de la predicación cristiana. *Éros* y *philía*, no son, sin embargo, sentimientos irreductibles. De hecho, gran parte de la historia amorosa de Occidente consiste en el esfuerzo para compaginar ambos amores. El amor conyugal, cuyo proceso de descubrimiento e invención resulta apasionante, pretende integrar ambos. Esto ya comenzó a darse en Grecia. El amor de *philía* se concibe muchas veces como una secuela o derivado de *éros*. Es muy citado un verso de Eurípides, en *Las Troyanas*, referido a Menelao cuando recobra a Helena: «No hay amante *(erastés)* que no tenga cariño *(phileí)* de por siempre.»

Varias notas distinguían la *philía* del *éros*. En primer lugar, la amistad ha de ser recíproca *(anthiphilein)*, mientras que el *éros* no. Además, el *éros* se considera breve y la *philía* larga, tanto en el aparecer como en el durar. Aristóteles decía que no

156

se puede tener muchos amigos porque cuesta mucho tiempo llegar a la amistad. La amistad lleva como deseos intrínsecos la cercanía, la comunicación y el bien del amigo. Son estas cosas las que satisfacen el deseo amistoso.

Los diccionarios españoles recogen estas características. La amistad es «un amor, benevolencia y confianza recíproca» (AU), «afecto recíproco entre dos o más personas, fundado en un trato y correspondencia honesta» (DRAE, 1791). «Afecto puro y desinteresado, ordinariamente recíproco, que hace y se fortalece con el trato» (DRAE, 1899). El *Panléxico*, después de mantener una idea fogosa y efímera del amor erótico, considera que la amistad es «más duradera aunque menos viva que el amor, pues que el tiempo y la costumbre van formando y consolidando, en lugar de que el amor es un efecto instantáneo que se produce a veces con una sola mirada. El objeto que se propone la amistad, se halla en el placer y agrado de la vida por medio de un trato y comunicación estable, en una confianza ilimitada, y en un seguro recurso y apoyo en nuestras necesidades y de consuelo en nuestras esperanzas, y de una manifestación completa y de un inefable placer de nuestros sentidos».

Un modo de amistad es la *camaradería,* la familiaridad que se da entre camaradas o amigos. Literalmente significa «los que comparten un cuarto». Pero el magnífico *Robert historique,* añade: «Persona que comparte la suerte de otro», y advierte que ese significado se inventó en el ambiente militar español. En Grecia, en el periodo homérico, asistimos al predominio de esa forma de amistad *(hetairiké),* que significó primero el compañerismo guerrero y después el político. Un ejemplo típico y proverbial de esta clase de relación amistosa en el mundo griego es el constituido por la pareja de amigos Harmodio y Aristogitón, los tiranicidas.

11

La amistad se da entre iguales. Los griegos, grandes teóricos de la amistad occidental, decían *philótes-isótes,* «amistad-igualdad». Por eso no puede darse, en estricto sentido, entre padres e hijos. El amor maternal –otro de los paradigmas amorosos– es un deseo de felicidad, atención, cuidado respecto del niño, una alegría con su presencia y, sin duda, una actitud generosa, atenta y responsable. Los antropólogos y psicólogos evolucionistas sostienen que el largo proceso de la cría humana es clave para la aparición de la amistad en el mundo: «Para nosotros los hombres, el hallazgo decisivo, que nos llevaría más allá, fue el desarrollo adicional del nexo entre madre e hijo. Sólo con él llegó al mundo el amor entendido como vínculo personal.»[19] En relación con este amor básico mencionaré el cariño y la ternura.

Encariñarse, desde luego, no es lo mismo que enamorarse. El cariño se adquiere con el tiempo. Puede uno encariñarse con una casa, o con otras realidades materiales. Hay personas de caracter cariñoso: que cogen cariño y demuestran cariño. El hecho de que cariño se construya con el verbo *coger* implica una cierta superficialidad para el diccionario. Según AU, significa «amor, voluntad, benevolencia, dilección y afecto». Es un sentimiento expresivo. De hecho, al principio la palabra indicaba la manifestación del afecto. «Comúnmente se usa en plural y así se dice: fulano me hizo muchos cariños.» Cariño es «la expresión, señal y demostración con que uno manifiesta el afecto, benevolencia y amor que tiene a otro: como sucede muy de ordinario con las madres con sus hijos y en las amas con los niños que crían: lo que también se extiende y dice de los animales domésticos» (AU).

Hay un especial deseo de expresar el afecto, en especial a los niños. Los esquimales, además de *iva*, «deseo de estar al lado de alguien en la cama», tienen *niviuk*, «tener ganas de besar a alguien», que se aplica a los niños y también a muchas cosas pequeñas animadas o inanimadas, y *aqaq*, otra palabra dirigida a los niños y que significa «comunicar ternura a otra persona mediante la palabra o el gesto». Las manifestaciones de cariño son muy variadas. Me parece comprensible y poético que entre los wiru de Papúa-Nueva Guinea, los enamorados se alimenten boca a boca, y me parece maravilloso que tengan una palabra para expresarlo: *yanku-peku*.

Ternura es «una actitud cariñosa y protectora hacia alguien» (MM). Su desencadenante es «una cualidad de las cosas que emociona dulcemente» (MM). Es una expresión metafórica, claro está, pero muy expresiva. En el mundo afectivo la oposición dureza/blandura es constante. La dureza de corazón es insensibilidad, ausencia de misericordia, incapacidad de conmoverse. También es aptitud para el combate y para soportar los infortunios. La aparición de un objeto determinado puede enternecerle, ablandar sus entrañas, «despertar lo sentimientos de compasión y de ternura» (MM). Le conmueve, altera su frialdad o su indiferencia. Los humanos se derriten, que significa «enamorar o poner a alguien muy tierno, cariñoso o amoroso» (MM). Se vuelve entonces efusivo, es decir, se funde y extiende en sus manifestaciones como un líquido.

El objeto que produce el enternecimiento puede tener una serie de propiedades: ser cuidable, acariciable, protegible. La ternura es acogedora, protectora, risueña. Un niño despierta ternura, y también la despierta un adulto al que percibimos indefenso o entregado. La intimidad provoca ternura cuando desvela por debajo de las máscaras vestidas para protegerse de los extraños el rostro verdadero y vulnerable. La ternura no es, por supuesto, amor. Es sólo la dureza vencida por la pequeñez, la aspereza disuelta por la dulzura. Como dice el *Panléxico:* «En sentido recto ternura o terneza es la calidad de los cuerpos nuevos o jóvenes que los da blandura, flexibilidad, delicadeza. En el sentido figurado lo extendemos a los que parecen gozar de estas cualidades, y entonces comprende la palabra cariño.»

Voy a transcribir un bellísimo relato sobre la ternura, escrito por Fernando Pessoa, un invisible escritor que escribió: «Si escribo lo que siento es porque así disminuyo la fiebre de sentir»:

Bajando hoy por la Calle Nueva de Almada, me fijé de repente en la espalda del hombre que bajaba delante de mí. Era la espalda vulgar de un hombre cualquiera, la chaqueta de un traje modesto en una espalda de transeúnte ocasional. Llevaba una cartera vieja bajo el brazo izquierdo, y ponía en el suelo, al ritmo de ir andando, un paraguas cerrado, que cogía por el puño con la mano derecha.

Sentí de repente por aquel hombre algo parecido a la ternura. Sentí en él la ternura que se siente por la común vulgaridad humana, por lo trivial cotidiano del cabeza de familia que va a trabajar, por su hogar humilde y alegre, por los placeres alegres y tristes de que forzosamente se compone su vida, por la inocencia de vivir sin analizar, por la naturaleza animal de aquella espalda vestida. La sensación era exactamente idéntica a la que nos asalta ante alguien que duerme. Todo lo que duerme es niño de nuevo.[20]

La ternura produce una deliciosa regresión infantil sin dejar de ser adultos. Por eso, dato interesante para un lingüista, a la ternura le gusta usar diminutivos.[21]

12

Hay, pues, varios rostros del amor que pueden integrarse o gozar de autonomía. Deseo sexual, de unión, de posesión física, psicológica o personal, deseo de compañía, deseo de cuidar, de promover el bien. Cada uno de esos niveles tiene su propia satisfacción, sus incentivos propios, sus alegrías, y, también, sus fracasos. El amor es una actividad, escribió Aristóteles. Puede ser la actividad de buscar (querer), de seducir, o de realizar las obras del amor para la felicidad del amado (el amor amante de Lutero), es entonces un amor nada perezoso, sino más bien diligente. Amar es sentir, desear, disfrutar y, culminándolo todo, actuar.

El deseo de promover el bien de otra persona y la acción que realiza ese deseo configura un rostro del amor que puede darse con independencia de los demás amores y de sus alegrías. A él nos referimos al hablar de caridad, amor al prójimo o filantropía. A veces puede confundirse con otro deseo muy poderoso: el de ser necesitado. Una de las personas estudiadas por Paul Janet, un inteligentísimo psicólogo francés, le decía: «Necesito que me necesiten. Quiero comprobar que produzco algún efecto sobre alguien, que mi llegada infunde una impresión tonificante, que trae alegría y dulzura.»

La palabra *filantropía* aparece y desaparece de los diccionarios castellanos. Está ya en Covarrubias, pero como nombre griego falta en *Autoridades*, está en Terreros, y en 1776 Capmany daba testimonio de este vaivén criticando a los que no se atreven a utilizarla en castellano teniéndola por francesa. Significa «amor a la humanidad» (DO). Es evidente que no se puede amar a una realidad indefinida de manera semejante a como se ama a una persona concreta. Es una variante poco sentimental del amor. Está más cercana de la compasión que de los amores gratificantes. El amor a los pobres, a los desvalidos, a los que sufren, a los enfermos no supone complacencia en su existencia, ni deslumbramiento ante su aparecer, sino un afán de aliviar su desdicha. La caridad cristiana puede imponerse como deber precisamente porque no es un sentimiento, sino una acción. No hay posibilidad de amar a los enemigos si al verbo amar le damos la significación afectiva que hemos visto en este capítulo. Un teólogo, buen lingüista además, que ha dedicado tres gruesos volúmenes a estudiar la *agapè* cristiana, escribe: «Los enemigos, los malos, los ingratos, es decir, los seres que no tienen ninguna amabilidad en sí mismos, al menos perceptible y conocida, son amados por Dios, no por complacencia, sino por generosidad y beneficencia. De forma semejante, los cristianos amarán a esos objetos de la caridad divina del mismo modo, mostrando por ellos un amor respetuoso y liberal. No se unirán al prójimo por el bien que está en él y pueden descubrir –eso sería filantropía–, sino bajo la forma de un don gratuito, y porque esos hombres son objetos de la caridad divina.»[22]

Esta derivación benevolente hacia los otros se da en muchas culturas, expresadas por palabras cercanas a amor, que resulta a veces difícil precisar. Lutz traduce la palabra *ifaluk fago* mediante tres palabras occidentales: «compasión, amor y tristeza». Menciona las situaciones que desencadenan este sentimiento: enfermedad, alejamiento de la isla, falta de comida. Es un deseo de cambiar la situación, satisfaciendo la necesidad que aqueja a la otra parte. Es más cálida, amorosa y diligente que la compasión, que puede ser una condolencia pasiva. *Alofa* es el sentimiento más valorado en Samoa. Gerber dice que los samoanos bilingües suelen traducirlo por *love, charity* y *sym-*

pathy. Es el sentimiento que mueve a ayudar a alguien que está sufriendo, y no implica ningún lazo personal.

(He visitado algunas islas del Pacífico para descansar de los diccionarios. Deslumbrado por la belleza del mar, he experimentado la insuficiencia de llamar mar al mar. He querido llamarle luz incansable, obstinado reflejo, concienzudo oleaje y espuma burlona. Empiezo a comprender por qué los humanos hacen metáforas. Les mueve un deseo de nombrar las cosas como ellas nunca soñaron ser nombradas. Es sin duda un tipo de amor. Una filocalia.) En Hawai he oído continuamente la palabra *aloha*. ¿Significa algo o es sólo un reclamo publicitario: surf, sol, palmeras y *aloha*? Parece un término ómnibus donde cabe cualquier cosa. Algunos autores lo traducen por «amor», enfrentándose con otros que lo identifican como un sentimiento más elusivo y misterioso. Según Andrews, *aloha* designa un complejo sentimental: amor, afecto, gratitud, amabilidad, compasión, pena. Anna Wierzbicka no cree que signifique «amor», porque quien lo siente no tiene ningún lazo especial con la otra persona, ni desea hacer nada por ella. Expresa tan sólo unos vagos buenos deseos hacia otros, sin ningún compromiso y sin gran intensidad.

13

Hay un deseo que no está lexicalizado en castellano: el deseo de ser amado. Existe la palabra *vanidad,* que es un deseo de ser halagado o admirado. Me dicen que los humanos muchas veces confunden la satisfacción que encuentran en la vanidad cumplida con la satisfacción del amor. Para ellos, ser amado es ser halagado. Una de las características más valoradas en el amor es «recibir apoyo emocional por parte de la persona amada»,[23] y, con frecuencia, eso suele significar recibir elogios y no críticas. Mozart preguntaba a cada instante y a cualquiera: «¿Me quiere usted bien? ¿Le caigo en gracia?», y una contestación remisa o vacilante lo sumía en una gran tristeza.

Los japoneses, en cambio, tienen la maravillosa palabra

amae, que según Takeo Doi designa «la esencia de la psicología japonesa y la clave para comprender la estructura de su personalidad». Deriva de *amaeru,* un verbo intransitivo que significa «desear ser amado, depender y contar con la benevolencia de otro, sentir desamparo». El diccionario *Daigenkai* lo define como «apoyarse en el amor de otra persona o depender del afecto de otro». Es obvio que el prototipo de este sentimiento es la relación del niño con su madre. No la de un recién nacido que vive aún en un limbo vacío de distinciones, sino la de un niño que ya sabe que su madre existe con independencia de él. Desear ser amado por ella es *amae.*

Sentirse amado, sin embargo, puede ser algo que horrorice a los terráqueos. Para designar ese sentimiento voy a inventar una palabra: *filofobia.* Temor ante la responsabilidad de ser amado. He encontrado un ejemplo magnífico en una obra titulada *Los cuadernos de Malte Laurids Bridge,* de Rainer Maria Rilke. «Mal viven los amados, y en peligro», escribe. Recuerda la parábola evangélica del hijo pródigo y considera que su tragedia fue haber estado siempre abrumado por el amor de los demás. Por ello decidió abandonar su casa para siempre: no quiso ser amado. «Sólo mucho después comprenderá claramente cuánto se había propuesto no amar nunca, para no poner a nadie en la terrible situación de ser amado.»

Rilke quería ser amado, en todo caso, por alguien que no esperara nada a cambio, que no le atara con sus expectativas. Huía del amor que pretende ser correspondido. Corresponder significa «tener alguien hacia una persona cierta actitud, a cambio de la actitud de que es objeto por parte de ella» (MM). Quería olvidar que «amor con amor se paga».

14

El *patriotismo* es un amor lexicalizado. Según el *Panléxico,* «tal vez hubiera sido más propio decir "amor al país", pero como la idea de patria abraza a ésta y le da más extensión y energía, se prefiere esta denominación. Amamos a la patria porque nos amamos a nosotros mismos, en lo que entra no poco amor propio, vanidad y orgullo, viniendo a ser con esto un defecto, un vicio en sus defectos; en sus causas es un efecto natural casi invencible, pues que la patria, como que forma parte de nuestra existencia, es una necesidad física y moral. Física porque respirando el mismo aire, nutriéndonos con los mismos alimentos, cuando llegamos a la edad madura el seguir viviendo en nuestra patria es un hábito, una segunda naturaleza. Moral es una necesidad aún más fuerte, pues que nos hemos connaturalizado con las cosas de que recibimos las impresiones, las que nunca se borran, y aún por efecto de la privación se hacen más vehementes: y así los que están lejos de su patria ansían por ella, sienten su ausencia, tienen sumo gozo en recordarse de ella, y se hacen grata ilusión persuadiéndose de que podrían acabar sus días allí mismo donde los comenzaron. Muchos creen tener patriotismo y sólo tienen amor a la patria o más bien amor propio, envaneciéndose con sus glorias, como si a ellos mismos exclusivamente perteneciesen. Estos patriotas de farsa sólo lo son por el provecho que sacan o pretenden sacar de su falso patriotismo».

Este sentimiento es muy frecuente y adquiere a veces un significado muy patético. Los pintupi, aborígenes del desierto occidental de Australia, experimentan una proximidad afectiva con su país. La palabra *kuunyi*, entre otras, significa «compasión, preocupación, amor a su tierra».[24]

El amor a la patria ha llevado a los hombres a matar a otros hombres, lo que demuestra una vez más las contradicciones de eso que los humanos designan con la palabra amor.

Oigo hablar mucho a los occidentales del amor a Dios, y he revisado libros notablemente copiosos sobre el particular, como el de San Francisco de Sales. Como no está lexicalizado, me ahorro tener que tratarlo. También estuvo ausente del vocabulario griego más antiguo. *Philotheos* aparece por primera vez en Aristóteles. Y de hecho, de los Olímpicos más importantes quizás sólo Atena inspiraba una emoción que podría razonablemente describirse como amor. «Sería absurdo», dicen los *Magna moralia*, «que uno pretendiese que ama a Zeus.»[25] La posibilidad de *philía* entre el hombre y Dios fue negada también por Aristóteles en *Ét. Nic.*, 1159 a, pero según algunos expertos difícilmente podemos dudar que los atenienses amaban a su diosa.[26]

NOTAS

1. Sartre, J. P.: *El ser y la nada,* Losada, Buenos Aires, 1966, p. 240.

2. Rodríguez Adrados, F.: *Sociedad, amor y poesía en la Grecia antigua,* Alianza, Madrid, 1995, p. 27.

3. Tomo la expresión de Castilla del Pino, C.: *Introducción a la psiquiatría,* Alianza, Madrid, 1993, p. 272. Considera que la relación afectiva del amor y del odio se pone de manifiesto en la subitaneidad con que aparecen las más de las veces. La rapidez con que tiene lugar la aparición remite a procesos de identificación retroactivos. «Nos retrotraen, más drásticamente que los test proyectivos, a experiencias ancladas en etapas preliminares.»

4. García Bacca, J. D.: «Ensayo de catalogación ontológico-fundamental de los sentimientos», en *Episteme. Anuario de Filosofía,* p. 12.

5. El apego *(attachment)* ha sido estudiado muy cuidadosamente a partir de la obra de John Bowlby sobre el vínculo del niño con la madre. Es imprescindible conocer su obra *Attachment and Loss,* traducida al castellano en tres volúmenes: *El vínculo afectivo, La separación afectiva, La pérdida afectiva,* Paidós, Barcelona, 1993.

6. Luhmann, N.: *El amor como pasión,* Península, Barcelona, 1985.

7. Los filósofos medievales distinguían tres momentos en la experiencia amorosa, que concebían como un proceso dinámico. El amor era para ellos la contemplación de un bien, la percepción del atractivo de una cosa o de una persona. Era esta contemplación la que despertaba el deseo. Así podían integrar todos los amores. El amor de la madre hacia el niño es un deseo de cuidarle, de colaborar a su felicidad y verle contento; el deseo despertado por la amistad, como señaló Aristóteles, es el de hablar, compartir cosas, divertirse juntos, hacerse mejores. Cada uno de sus

deseos tiene su propia forma de satisfacerse, que es lo que llamaban fruición. Al integrar dentro del dinamismo amoroso la alegría que produce, situaban una experiencia grata al comienzo –la percepción del bien, por ejemplo la belleza– y al final; el gozo de la consecución del deseo. En el entretiempo estaba el deseo, sus venturas y desventuras. Me parece un análisis muy perspicaz.

8. Jankélévitch, V.: *La aventura, el aburrimiento, lo serio*, Taurus, Madrid, 1989, p. 29).

9. Baudrillard, J.: *De la seducción*, Cátedra, Madrid, 1989, p. 15.

10. Bloom, A.: *Amor y amistad*, Andrés Bello, Santiago de Chile, 1996, p. 25.

11. Luhmann, N.: *op. cit.*, p. 28.

12. Hay especialistas que sostienen que cuando la incertidumbre se disipa y los obstáculos para la consumación del amor romántico desaparecen, éste tiende a desvanecerse. Si no me creen, consulten Livingston, K. R.: «Love as a Process of Reducing Uncertainty», en K. S. Pope, ed.: *On Love and Loving*, Jossey-Bas, San Francisco, 1980, pp. 133-151.

13. Pizzolato, L.: *La idea de la amistad*, Muchnik, Barcelona, 1996, pp. 18 y 31.

14. Castilla del Pino, C.: *op. cit.*, p. 83.

15. A. J. Greimas y J. Fontanille hacen un brillante análisis semiótico de la *jalousie* en *Sémiotique des passions*, Seuil, París, 1991, cap. III. En los últimos años han proliferado los estudios sobre los celos. No sé si hay una epidemia de celos o una epidemia de psicólogos celosos. Mencionaré alguno de los últimos trabajos que me han llegado: Van Sommers, P.: *Jealousy: What is it and who feels it?*, Penguin, Londres, 1988. Libro de fácil lectura, que llama la atención sobre los problemas que los celos retrospectivos plantean a las teorías actuales. White, G., y Mullen, P.: *Jealousy: Theory, Research, and Clinical Strategies*, Guilford Press, Nueva York, 1989, una exposición completa de hechos y teorías. Peter Stearn, un gran especialista en historia de las emociones, ha publicado: *Jealousy: The Evolution of an Emotion in American History*, New York University Press, Nueva York, 1989. David M. Buss los ha estudiado desde el punto de vista de la psicología evolucionista en *La evolución del deseo*, Alianza, Madrid, 1996.

16. Castilla del Pino, C.: *op. cit.,* p. 66.

17. Briggs, J.: *Never in Anger: Portrait of an Eskimo Family,* Harvard University Press, Cambridge, Massachusetts, 1970.

18. Rodríguez Adrados: *op. cit.,* p. 25.

19. Eibl-Eibesfeldt, I.: *Biología del comportamiento humano,* Alianza, Madrid, 1993.

20. Pessoa, F.: *Libro del desasosiego,* Seix-Barral, Barcelona, 1984, p. 61.

21. Anna Wierzbicka hace un estupendo estudio de los diminutivos emocionales en *Semantics, Culture, and Cognition,* Oxford University Press, Nueva York, 1992.

22. Spicq, C.: *Agapé dans le Nouveau Testament. Analyse des textes,* Gabalda, París, 1966, I, p. 76.

23. Stenberg, R.: *El triángulo del amor,* Paidós, Barcelona, 1989.

24. Myers, F. R.: *Pintupi country, Pintupi self: sentiment, place and politics among Western Desert aborigines,* Smithsonian, Washintong, D.C., 1986.

25. Aristóteles: *Magna moralia,* 1208 b.

26. Dodds, E. R.: *Los griegos y lo irracional,* Revista de Occidente, Madrid, 1951.

VII. EL ODIO Y EL FRACASO DEL AMOR

1

Lo opuesto al amor es el odio. Los filósofos medievales mantenían que así como «el amor es la consonancia del apetito respecto a aquello que es aprehendido como conveniente», el odio «es disonancia del apetito respecto a aquello que se aprehende como repugnante o nocivo».[1] Siendo tan clara la oposición, me extraña oír con frecuencia que «del amor al odio sólo hay un paso». ¿Qué extraños lazos unen dos sentimientos tan enfrentados? Ya veré si consigo aclararme.

Antes, sin embargo, tengo que aclararme sobre el odio, porque si es la contrafigura del amor, habrá que encontrar en ambos los mismos o parecidos niveles. La historia que cuenta esta tribu es la siguiente: la aparición de algo o alguien despierta en el espectador un sentimiento de desagrado, aversión, desprecio o irritación, que se continúa con un movimiento contra él, y un deseo de alejamiento o aniquilación. Como todos los deseos, el odio puede ir acompañado de sentimientos de tristeza, envidia, furia, amargura.

La representación semántica básica subraya un movimiento en contra. El mero rechazo, el deseo de alejamiento, no basta para caracterizar el odio. Este dinamismo aniquilador o agresivo lo comparten varias tribus: odio, ira, aburrimiento. No es de extrañar que entre ellas haya curiosos cruces léxicos. *Aburrimiento* procede de *aborrecer,* que es un modo de odiar. Enojo significa «enfado», pero etimológicamente procede de «*in odio esse*». Por su parte, *enfado* significó primero «aburrimiento», pero ahora significa «ira». En francés, *haine* significa «odio», pero *avoir la haine* significa «estar furioso, encoleriza-do» (RH). El castellano odio procede del indoeuropeo *od-*, de donde derivan el griego *odussomai*, «irritarse», y el anglosajón *atol*, «cruel». Estamos tratando, pues, de un grupo de palabras emparejadas por la aversión, el malestar contra alguien y la violencia explícita o implícita.

2

Odio es antónimo de amor. Pero no puedo olvidar otro antónimo que aparece entre ambos como una tronchada bandera, enseña de un fracaso. Me refiero a *desamor* y toda su corte de anemias afectivas. Después de tanto estudiar el léxico sentimental empiezo a sentir interés por la psicología de los humanos. Al leer los diccionarios del siglo XIX, que eran casi todos autobiográficos, he visto en varias ocasiones que el amor era breve, mientras que la amistad suele ser larga. Rainer Maria Rilke, un famoso poeta que murió por haberse pinchado con la espina de una rosa, muerte paradójicamente poética, insiste en sus poemas en que el amor acaba en el momento de la confesión mutua, es decir, cuando debería comenzar. *Liebe und Abschied,* amor y despedida, amor y ausencia, son la misma cosa. Dice a los amantes:

Así, casi eternidad os prometéis
del abrazo. Y, sin embargo, cuando sobrepasáis los primeros
                                                    [sustos
de la mirada, y la añoranza en la ventana,
y el primer paseo juntos, por el jardín, una vez:
entonces, amantes, ¿seguís siéndolo aún? Cuando uno al otro
alza la boca y –sorbo a sorbo– toma,
¡oh, qué extrañamente el bebedor se evade de su acto![2]

También me he enterado de que en muchas naciones occidentales la tasa de divorcios se acerca al sesenta por ciento de matrimonios. ¿Por qué fracasan tantas parejas? ¿Se equivocan en sus sentimientos? ¿Sus sentimientos cambian? ¿Desaparecen?

He revisado algunas investigaciones para aclarar mis ideas. Al parecer, la época del enamoramiento favorece una visión favorable de la pareja, que desaparece cuando se esfuma la excitación de los comienzos. La infelicidad o el aburrimiento provocan una actitud crítica y una escalada de imputaciones y reproches.[3] Ya hablaré de esto al hablar de la decepción. Hay otra teoría que me ha interesado. Muchos humanos buscan en una relación amorosa un apuntalamiento de su personalidad. Si tienen éxito es posible que su propio reforzamiento les haga separarse de aquella persona a la que ya no necesitan.[4] Un conocido psicólogo lo cuenta con un ejemplo: «Antonio, que era muy inseguro, buscó durante mucho tiempo una mujer que pudiera apoyar su frágil ego, y finalmente encontró a Victoria. La mayoría de las mujeres se cansaba de apoyar constantemente a un hombre que era tan patéticamente inseguro, pero ella daba y daba y daba. Finalmente, ella dio tanto que Antonio realmente comenzó a sentirse mejor con respecto a sí mismo. Pero, para entonces, él había llegado a asociar su relación con Victoria a sus sentimientos de inseguridad, y ya no deseaba ocuparse de esos sentimientos e incluso ya no era consciente de que hubieran existido alguna vez. Entonces, buscó otro nuevo amor.»[5]

Me ha interesado mucho leer las descripciones de sus matrimonios que dan parejas divorciadas. Uno de los argumentos que aparece con más frecuencia es que cada cónyuge esperaba cosas diferentes de la vida, deseaba cosas diferentes de la vida.[6] Esto concuerda con lo que el diccionario me dijo sobre el amor: que era ante todo un conjunto de deseos. Si un deseo –el de conquista, por ejemplo– se satisface, el amor puede desaparecer en el caso de que se redujera a eso. Si los deseos de cada miembro de la pareja son diferentes, está claro que el estallido no se hará esperar.

Pero no he venido del espacio exterior para hacer psicología, sino lingüística psicológica, de modo que dejo estos enrevesados caminos y vuelvo a la claridad del léxico.

3

Contaré la historia de la desaparición del amor, el triste repertorio de la desilusión, la equivocación o el fracaso. Incluye varias familias: *desafecto, desapego, desamor, desvío.* Autoridades incluye *descariño* y *desinclinado.*

Según el diccionario, el proceso comienza con la *frialdad*, que es «tibieza progresiva en las relaciones que degenera en indiferencia, en olvido y a veces en desprecio» (DO). El *desapego* se entendía como «desapropio de las cosas temporales» (AU), «indiferencia, desinterés, falta de codicia» (DRAE, 1791). Domínguez añade «falta de cariño», que es el que prevalece en la actualidad. *Desamor* tiene un argumento muy parecido. Covarrubias hace una indicación que recogen después los diccionarios: «Desamorado: el que no responde con el amor que debe a quien ama.» Como en todo el clan, el punto de referencia es un sentimiento amoroso que va desapareciendo, o una situación de apego que se va distanciando, o una tendencia que se desvía. Mientras que el odio puede nacer de la indiferencia, esta tribu parte de un previo estado de afecto.

En *desafecto* volvemos a encontrar los mismos rasgos: despego, desvío, frialdad, indiferencia (MM). Y lo mismo en *desvío*, que incluye, claro está, un rasgo de separación de lo que alguna vez estuvo unido. A veces, el primer síntoma es la esquivez, y una de las personas «rehúye las atenciones o muestras de amor de otra» (MM). Como estas palabras designan pérdida de un sentimiento amoroso, llevan aparejadas la pérdida de lo que el sentimiento perdido incluía.

Uno de esos componentes era, como vimos en el capítulo anterior, la esperanza. Hay en el sentimiento amoroso grandes expectativas de placer, dicha, alegría, apoyo. Es un sentimiento que se siente en presente, pero que imagina el futuro como una promesa de felicidad. Por eso parte de lo que diga aquí tiene que relacionarse con las historias del futuro que contaré más tarde. De nuevo añoro la flexibilidad de un diccionario virtual.

Los desamorados se quejan, ante todo, de su *decepción.* Esta palabra indica la impresión causada por algo que no resultó tan bien o tan importante como se pensaba. Es una voz moderna, pues no aparece hasta el siglo XVII, y deriva de latín *capere*, «coger», con un prefijo privativo. Se ha escapado de las manos lo que creí bien cogido. Otra dos palabras emparentadas, pero más tristes todavía, más patéticas, son *desilusión* y *desencanto*. Lo que creí verdadero ha resultado una ilusión, un espejismo, un hechizamiento. Una meditación sobre estas palabras nos revelaría un pozo de pesimismo en el diccionario. *Ilusión* tiene según MM tres significados: «Imagen formada en la mente de una cosa inexistente tomada como real.» «Esperanza o creencia vana con que alguien se siente contento.» «Alegría o felicidad que se experimenta con la posesión, contemplación o esperanza de algo.» Quien siente esto ha de ser, por fuerza léxica, un iluso. Cuando alguien está ilusionado, está viviendo en la irrealidad. La contundencia de lo real deshará el espejismo. Un contenido parecido tiene el *desencanto*. Significa «salir de un encantamiento», es decir, librarse de la acción de un hechizo. De nuevo la realidad se encarga de decepcionar con su presencia.

La desilusión y el desencanto pueden darse en múltiples situaciones, pero, al parecer, son frecuentes en asuntos amorosos, que según dicen son muy proclives a adornar la realidad con galas ficticias. Citaré tres textos escritos por tres mujeres sobre el alba y el ocaso de la ilusión (¿podré librarme ya de las metáforas?).

Madame de Staël cuenta la inaudita relevancia, la transformación que la realidad entera adquiere para el amante, porque con sólo mirarla el amado «vestida la dejó de su hermosura». El texto dice así: «El universo entero es él bajo formas diferentes: la primavera, la naturaleza, el cielo, son los lugares que él ha recorrido; los placeres del mundo, es lo que él ha dicho, lo que le ha complacido, las diversiones en que ha participado; sus éxitos, la alabanza que ha escuchado.» La persona amada es adornada con todo el colorín de la paleta amatoria. Pero desdichadamente la realidad se impone. La princesa de Clèves, al conocer las indiscreciones del duque de Nemours, cae en la cuenta de que había amado a hombre del montón y, en justa correspondencia, era tratada como una mujer también del montón: «Me equivoqué al creer que hubiera un hombre capaz de ocultar lo que halaga su vanidad. Y por este hombre, que he creído tan diferente del resto de los hombres, me encuentro como las demás mujeres, pareciéndome tan poco a ellas.» La tontita monja Aljofarado resume el proceso. Después de contar la fascinación inicial y la posterior labor de seducción hablada, escribe a su ilusión lejana y francesa, recriminándose: «Me pareciste digno de mi amor antes de que me dijeses que me amabas, me mostraste una gran pasión, me sentí deslumbrada, me arrebató mi violenta inclinación. Sin cuidar a valerme de todo valor y sin intentar saber si hubieras hecho por mí algo extraordinario.»

Al diccionario le han debido interesar mucho estos fracasos, porque aún tiene una palabra más para indicar los estropicios causados por la irrupción de la realidad en el imaginario amoroso: *desengaño*. Es una «impresión que recibe alguien cuando la realidad desmiente la esperanza o la confianza que tenía puestas en una persona» (MM). Salir de la ilusión, del encanto o del engaño produce una impresión penosa. Son decepciones de envergadura, porque la frustración ligera se designa con la palabra *chasco*.

Desengaño cuenta sin embargo una historia algo diferente. Deriva de engaño, que puede ser fruto de la malicia. Engañar es «hacer creer a alguien, con palabras o de cualquier manera, una cosa que no es verdad». (MM). Deriva del latín *ingannare*, «escarnecer, burlarse de algo».

Dentro de la representación semántica que está en la base de las palabras que comento hay que incluir el fraude y la traición. El *fraude* es «un engaño hecho con malicia, con el cual alguien perjudica a otro y se beneficia a sí mismo» (MM). Para el diccionario, el desengaño provoca el sentimiento de despecho que es una furia teñida de desesperación, y como tal lo estudiaremos, pero, además, es «malquerencia nacida en el ánimo por desengaños sufridos en la consecución de nuestros deseos o en los empeños de nuestra vanidad» (DRAE, 1984). Es otro ejemplo de la proximidad de la furia y el odio.

Dicen mis corresponsales humanos que el mayor asesino del amor es el aburrimiento. Léxicamente lo comprendo, porque en sus orígenes esa palabra sonaba aborrecimiento que, como veremos, es una forma de aversión.

4

Si uno de los componentes del amor era el aprecio, uno de los modos de anulación del amor será el *desprecio*. Despreciable es lo contrario de estimable. Una vez más nos remitimos al *Panléxico* para deslindar significados cercanos:

Despreciar es tener una cosa en poco o ningún precio, pues esto significa el radical preciar, que con la partícula a, apreciar, significa poner precio, y con la privativa de, despreciar, quitárselo.

Como el precio y el valor de las cosas dependen de las relaciones de unas con otras, de los tiempos y circunstancias, de la necesidad de ellas, de las opiniones, de los caprichos y de los intereses, resulta que el aprecio y el desprecio son variables, que lo que en un tiempo o país es apreciado en otro es despreciado (...).

Deprimir es abatir, humillar, desechar, reprobar, hacer poco caso de una cosa. Viene esta palabra de la latina *deprimere*, compuesta de *premere*, que entre otras significaciones tiene la de oponerse, oprimir, agobiar, perseguir (...).

El que piensa bajamente de sí mismo se desprecia; el hombre de cortos alcances y de no corta presunción se deprime cuando quiere ensalzarse. La persona de baja y vil condición que carece de los elevados sentimientos, de los hábitos, de las costumbres y de la dignidad, que corresponde a la superior clase que sólo debe a su feliz suerte, se degrada con sus ruines procederes (...).

Quieren algunos hallar cierta diferencia entre menospreciar y despreciar, y en efecto ateniéndonos al rigor de la palabra despreciar sería quitar enteramente el precio, el valor, el mérito, y menospreciar, rebajarlo, reducirlo a menos, lo que supone que queda alguno.

Mas los que sostienen esta diferencia se valen de contrarias razones, pues dicen que menospreciar es no hacer caso de alguna cosa, y despreciar estimaría en menos lo que vale, y así menospreciar dice mucho más que despreciar. Mas en nuestra opinión es todo lo contrario.

El *desdén* cuenta una historia muy parecida, aunque puede ser más superficial. Para *Autoridades* es «esquivez, despego, desprecio, rigor, que regularmente se encuentra en las damas, como consecutiva de la hermosura o prenda de la damería». Este rasgo lo explica, probablemente, la etimología, *desdén* deriva del occitano de los trovadores *desdenh*, catalán *desdeny*. La devaluación de todas las cosas puede sumir en el *pesimismo*. En *De contemptu mundi II* Agustín pregunta a su interlocutor Francisco: «¿Te consideras desdichado?» «El más desdichado», contesta éste. «Y ¿por qué?» «Por miles de motivos», replica Francisco. «Eres», observa Agustín, «como esos que a la mínima ofensa enseguida piensan en todas las iniquidades sufridas en el pasado.» «Ninguna herida ha cicatrizado en mí», responde Francisco, «de manera que pueda olvidarla. Todas están frescas y me duelen. Y añade a ello mi odio y mi desprecio a todo lo humano. Todo esto me entristece mucho. Puedes llamarlo displicencia o pesimismo o como quieras..., me da igual.»

Puesto que ha mencionado la *displicencia* tengo que incluirla en mi informe. Es un sentimiento de falta de interés, de afecto o agrado por una cosa o una persona (MM). Etimológicamente significa lo que displace.

Debo a Aurelio Arteta, un cuidadoso investigador de los sentimientos, el que me haya llamado la atención hacia dos formas de desprecio. El héroe desde su excelencia desprecia las cosas bajas. El ignorante desprecia todas. Hay por ello una doble calidad del despreciar, justa una y detestable la otra.

5

Una causa de la disolución del amor es la *traición*, palabra que abre un riquísimo campo semántico que quiero explorar. El amor suele buscar reciprocidad: amar es querer ser amado. Y como le va tanto en juego, el amante quiere estar seguro del amor de la persona amada, desea poder confiar en ella. Posiblemente la institucionalización del amor intente reforzar esa firmeza. Los amantes se convierten entonces en prometidos, «novios que han acordado casarse». Prometer es dar la fe. Fe es la palabra dada. Los amantes, en principio, esperan y desean la fidelidad del otro. Buscan la confianza que es, como dice Covarrubias, «fiar, tener esperança o tener seguridad de la fé de alguno». El francés lo ha mantenido con gran vigor: *fiancé, fiancée*, «novio, novia», quieren decir «los que se han dado la fe», los que se han com-prometido. El castellano, en cambio, apostó por un derivado de nuevo (novios), con lo que enfatizó más la sorpresa que la permanencia.

El amante teme ser traicionado. Este miedo está presente en los celos, pero creo que no puede identificarse con ellos. La representación semántica de la traición, es decir, la experiencia básica que va a permitir el despliegue léxico –y que a nuestro juicio es la misma en todas las culturas– designa un acto de deslealtad o *infidelidad*. «Comportamiento de una persona que engaña o hace daño a un amigo o a otra persona que ha depositado en ella su confianza.» *Engañar* es «hacer creer a alguien, con palabras o de alguna manera, una cosa que no es verdad» (MM).

¿Qué relación hay entre el engaño y la traición? Traicionar es, ante todo, atentar contra la creencia de que algo o alguien se va a comportar de una manera determinada. Esta previsión de un hecho futuro emparenta la confianza con la esperanza. El traidor actúa de forma contraria a lo esperado, por lo que provoca la frustración de esa creencia: un desengaño, una decepción, una desilusión. No ha sido *fiel,* palabra que «se aplica a la persona cuyo comportamiento corresponde a la confianza puesta en ella o a lo que exige de ella el amor, la amistad, el deber, etc.» (MM). El que ha hecho caso omiso de su promesa es un *pér-fido,* ha transgredido su fe, su palabra. La perfidia ha tenido una derivación interesante, que tiene que ver con un cambio teológico. Al cambiarse la «fe = promesa» en «fe = creencia», el pérfido dejó de ser el que violaba su promesa para convertirse en el que abandonaba sus creencias, y como, además, solía ser insistente en su negación, apareció la palabra *porfiar,* que era aplicada al hereje o al apóstata. Por esas irónicas vueltas que da el lenguaje, esta insistencia en el error se ha convertido en una insistencia en conseguir también lo bueno. El porfiado es el que se empeña en que su fe, su palabra, su proyecto se asegure y confirme.

Nadie puede ser infiel si no hay previamente un compromiso de algún tipo. Lo que ocurre es que ese compromiso no tiene por qué ser expreso. Éste es un asunto interesante. El comportamiento puede funcionar como un compromiso implícito porque induce a hacer inferencias. Si una persona se comporta amorosamente, induce a pensar que ama. Si un individuo se comporta como una persona honrada y se gana la confianza de otra, hay un tácito acuerdo, una fundada previsión de que va a seguir comportándose así. De que es así. Cuando las apariencias engañan surge el desengaño. El desengaño, la frustración, la decepción, la desilusión, producen a su vez nuevos sentimientos. Los psicólogos –en especial Dollard y Rosenweig– consideran que la frustración es uno de los desencadenantes de la ira. En castellano, el desengaño provoca una cólera especial, el *despecho*, que es también «un cierto modo de desesperar» (CO). Etimológicamente significa «desprecio», lo que enlaza con la «burla» en que consiste el desengaño.

El fiel es leal. «Incapaz de cometer falsedades, de engañar o de traicionar.» Estupenda descripción. El leal es incapaz de mentir, de burlarse, de defraudar la confianza puesta en él.

La confianza cuenta con la veracidad de la promesa, con la seguridad en lo que se conoce o se cree conocer. Esta relación no aparece sólo en castellano. Por ejemplo, en hebreo 'émet y 'émûnâh derivan de la raíz 'm n, que significa «estar firme, ser estable, seguro». 'Émet expresa que la persona o la cosa es lo que debe ser, es verdadera: «Una verdadera semilla», por ejemplo (Jeremías, 2, 21). En sentido moral significa veracidad, seguridad; un hombre veraz, seguro, en que uno se puede fiar, se dice î s 'émet; supone al mismo tiempo la constancia: por este motivo a veces se traduce 'émet por «fidelidad», que asimismo viene expresada por 'emûnâh. 'Émet se opone a mentira, pero también a maldad.[7] La verdad sería aquello en lo que se puede confiar alegremente. Maravilloso hallazgo, que se da también en las lenguas semíticas. En hebreo, como hemos dicho, 'aman, «ser de fiar»; amén significa «verdaderamente, así sea»;

177

en akadio, *ammatu,* «fundamento firme». En esta misma lengua hay una palabra maravillosa que aparece en el primer texto jurídico de la humanidad, las leyes de Esnunna (1800 a.c.): *kittu (m).* Designaba la características que debía tener una ley: «duradero, fiel, verdad, estabilidad, fijeza». Una de las experiencias sentimentales de la verdad es que es lo que no defrauda, aquello sobre lo que se puede construir. A esta metáfora hace referencia el nombre griego de «ciencia», *epi-steme,* que significa «lo que se construye sobre lo firme» (Platón, *Cratilo,* 437).

La historia da más vueltas todavía. No olvide el lector que estamos asistiendo a la emergencia de las culturas, tal como nos la cuentan las lenguas. La noción de verdad, que se ha hecho en Occidente exageradamente cognitiva, tenía en Israel un significado muy distinto. No podemos detenernos en analizar hasta qué punto esta diferencia ha confundido la noción católica de fe, que se ha basado en un concepto de verdad como adecuación del pensamiento a la realidad, cuando en el lenguaje evangélico significaba aquello en que se puede apoyar la vida. Más tarde añadiremos algún comentario sobre esta noción, que ha sido tan importante dentro de nuestra sociedad.

El concepto de verdad y su despliegue léxico está, pues, enlazado profundamente con la confianza. Los griegos llamaron a la verdad *aletheia.*

Palabra misteriosa que se suele traducir por «descubrimiento», porque *lethos* significa «velo», «lo oculto». Pero puede provenir también de *lethos, lathos,* que significa «olvido» (pasaje único *Teoc.,* 23, 24). La verdad sería entonces «algo sin olvido». Esto tiene relación con la fidelidad y la traición. Los habitantes de la gran Cabilia estudiados por Pierre Bourdieu consideran que el hombre de bien *(angaz elâlai)* debe ser de fiar, mantener su palabra. Ha de ser fiel a sí mismo y a la imagen de dignidad, distinción, pudor y vergüenza, virtudes que se resumen en una palabra, *h'achm,* fidelidad a sí mismo, *«constancia sibi»,* como decían los latinos. Se acuerda siempre de lo que ha dicho. En cambio, el hombre sin calidad es aquel de quien se dice *ithetsu* («acostumbrado a olvidar»). Olvida su palabra *(awal),* es decir, sus compromisos, sus deudas de honor, sus deberes. «El hombre que olvida», dice el proverbio, «no es un hombre.» Olvida y se olvida de sí mismo *(ithetsuimanis)*: olvida a sus antepasados, y el respeto que les debe, y el que se debe a sí mismo para ser digno de ellos.

Éste es el modelo de la traición, que se ha convertido en la historia de nuestra relación con la verdad, la mentira, la confianza, la desconfianza, la seguridad, la inseguridad, la duda, la sospecha. Y también el amor. Forman un conjunto de experiencia afectivas alrededor del conocimiento, y en especial del conocimiento acerca de los demás. Ha salido al hablar del amor, porque el amante necesita confiar en el amado.

6

Hasta aquí sólo he hablado del fracaso del amor y de algunos motivos lexicalizados. Ha llegado el momento de ocuparse del antiamor: del *odio*. El primer paso del amor era la presencia de un objeto agradable, atractivo, deseable y bueno. En el odio sucede todo lo contrario: el objeto resulta desagradable, aversivo, malo. También puede darse un flechazo en negativo, una repugnancia a primera vista. De la misma manera que en el origen del amor podía haber una afinidad previa con el objeto que se manifestaba como amable, en el origen del odio puede haber una antipatía, un sentimiento de aversión menos intenso y duradero que el odio, producido por una incompatibilidad espontánea no razonada entre dos personas. No conlleva violencia ni deseo de daño, y da lugar a un cierto alejamiento y rechazo.

Aunque *antipatía* etimológicamente significa «oposición de sentimientos» *(anti-patheia)*, la primera vez que aparece en castellano designa una propiedad general de los seres: «Aquella antipathia o contrariedad que la naturaleza puso entre los animales y entre las plantas también la hallaréis entre las piedras», decía a finales del siglo XVI Pineda en su *Agricultura*. Una vez sentimentalizada, la antipatía aparece como «contrariedad, oposición de humor, genio, inclinación, repugnancia y enemistad natural por cualidades contrarias que se dan en ciertos cuerpos. Antipatía natural: en los racionales, aquella aversión, oposición y contrariedad que tienen unos contra otros sin causa ni motivo especial y que proviene de causas secretas y no conocidas» (AU). Domínguez vuelve a traer a colación todo el universo de la aversión: «Malevolencia innata hacia determinados sujetos, propensión natural inexplicable a malquerer, a encontrar antipático (vulgo) cargante y fastidiosa tal o cual individualidad que no ha gustado desde luego, y que repugna al primer golpe de vista, etc. Aversión, repugnancia, tedio, hastío, especie de horror o de odio que se concibe contra un objeto natural o espontáneamente sin saber por qué.»

La aversión y la repugnancia son efectos causados por la aparición del objeto. Miller sostiene que lo opuesto al amor no es el odio, sino el asco. Desde el punto de vista léxico tiene razón. En el primer nivel del odio aparece un objeto que nos repugna física, psicológica o moralmente.[8] Spinoza consideraba que el odio era la tristeza acompañada de la percepción de su causa. *Execrar* es «sentir intensa aversión moral por una cosa en sí misma censurable». Se diferencia de los demás sentimientos de estas familias en que en este caso es justificado.

En este primer nivel, incluiré *aborrecimiento*, porque hace referencia al horror de la experiencia. Procede del verbo *aborrecer*, que es, según Covarrubias, «querer una cosa con miedo y horror que se tiene de ella o fastidio». En su sentido fuerte, original, es la contemplación de aquello que pone los pelos de punta *(horrere* = erizarse). Se usa también con un significado suave: «Aborrecido el desechado y mal visto. Aborrecible, el que trae consigo la condición de ser extrañado y mal recibido. Aborrecer los huevos, es averse apartado uno de la amistad de otro y del amor que le tenía, por haberle dado ocasión a ello. Está tomada la semejanza de las aves y particularmente de las palomas, que si les manosean los huevos, los aborrecen y no vuelven a ponerse sobre ellos. Por término más grosero, dizen aburrir y aburrido, por el que de sí mismo está descontento, despechado y determinado a perderse sin reparar en el daño que se le puede seguir» (CO).

En la definición de AU se ve claro las diferentes referencias

180

de esta palabra: «El acto mismo con que uno aborrece y mira con horror y sumo disgusto alguna cosa y lo propio que odio. Aborrecer: se toma algunas veces por mirar con desafecto, disgusto y desazón alguna cosa, no gustar de ella, no apreciarla ni apetecerla.»

7

La experiencia de algo que aparece como insoportable, temible y angustioso se da en la *fobia*, palabra que procede del griego *phobos*, «huida alocada». En castellano entra en la composición de muchas palabras: agorafobia, claustrofobia. Suele definirse como un tipo de temor, pero me parece más adecuado lo que dice el RH: «Expresa la aversión instintiva, la hostilidad irracional o, a veces, la ausencia de afinidad con alguien o algo. Sus compuestos se oponen frecuentemente a los compuestos de filia.»

¿Miedo o aversión? Ambos sentimientos están muy unidos. De hecho, *horror* los engloba. Sentimos horror ante cosas que no son peligrosas. Y podemos sentir miedo ante cosas que no nos producen horror, como un tigre, ágil y bello causante de pavor. Según Henry Ey, «todos los síntomas están en relación con situaciones visuales».[9] Cuando el enfermo percibe el objeto fóbico está en camino de tener una gran crisis de angustia. Entonces se comporta de manera que evita encontrar el objeto tabú, lo que conduce a conductas de fuga muy diversas, y a la puesta en práctica de estrategias de seguridad, en busca de «objetos que tranquilizan». Puede darse una conjunción de objetos temidos y objetos buscados, de fobias y filias. La conducta fóbica puede por ello estar ligada, por imperceptibles transiciones, a las conductas supersticiosas, que pueden ser pequeños fragmentos de fobias o mecanismos contrafóbicos: evitación del número 13, de ciertos lugares, de ciertas palabras maléficas, e inversamente búsqueda de ciertos lugares, objetos o palabras cargadas de un valor conjuratorio: tocar madera, trébol de cuatro hojas, amuletos, etc. Utilizan como sortilegios los comportamientos anancásticos, «compulsivos», por ejemplo lavarse inútilmente las manos una y otra vez hasta despellejárselas.

La cercanía de las fobias al odio se ve, con más claridad que en los compuestos patológicos, en *xenofobia,* «acción y desprecio hacia lo extranjero».

Hasta aquí estamos en el primer nivel de contraamor: el objeto disgusta y repele. No queremos acercarnos, sino separarnos. Para los griegos el odio *(neikon)* era el gran principio de separación y discordia, es decir, «falta de armonía entre los corazones.

8

Al igual que el amor, el odio implica deseos. Uno de ellos es hacer daño. De nuevo encontramos este rasgo común con la ira, como lo muestra la historia del *encono,* palabra que deriva de *enquinare,* «corromperse», que comenzó significando en castellano lo propio de la herida «cuando se encruelece» (CO), que después designó «el encendimiento del ánimo en ira, enojo y otras pasiones semejantes» (AU), para acabar significando «una mala voluntad, un rencor que ha llegado a arraigarse en el alma», que «persigue con ardor y se aprovecha de cuantas ocasiones halla de dañar a su enemigo» (PAN).

Tanto en el amor como en el odio hay una extremada laboriosidad. «Amar algo no es simplemente "estar"», escribió Ortega, «sino actuar hacia lo amado. Quietos, a cien leguas del objeto, y aun sin que pensemos en él, si lo amamos, estaremos emanando hacia él una fluencia indefinible, de carácter afirmativo y cálido. Esto se advierte con claridad si confrontamos el amor con el odio. Estar odiando algo o alguien no es un "estar" pasivo, como el estar triste, sino que es, en algún modo, acción, terrible acción negativa, idealmente destructora del objeto odiado.»[10] El objeto o la persona amados u odiados son fuente continua de ocurrencias, deseos, acciones, sentimientos, ensoñaciones de placer benevolente o de placer vengativo. El odio junta a la repulsión y asco por algo, y sobre todo por alguien, «el deseo de destruirlo o aniquilarlo» (DO), «cuyo mal se desea» (DRAE, 1899). Es una «aversión absoluta» (EN, 1853). Mientras que el amor, como decía Ortega, «se ocupa en afirmar su objeto», «odiar es sentir irritación por su simple existencia».

¿En qué se distingue entonces de la ira, que también reacciona violentamente ante un daño o una ofensa? El diccionario insiste sobre todo en la duración, la frialdad. Vives escribió con un lenguaje ingenuo pero acertado: «El odio nace de un temperamento frío.» *Rencor* es «enemistad antigua e ira envejecida». Procede de *rancio* y es, por lo tanto, un malestar que se ha degradado y enmohecido. No se distingue bien del resentimiento. «El rencor, que en lenguaje vulgar y bastante expresivo se suele llamar enquina o tirria, es el resentimiento oculto en el corazón del rencoroso hasta que se presente ocasión adecuada para vengarse completamente del que aborrece. Y aun podremos decir que la tirria excede en su odio al rencor, pues se convierte en una especie de tema o manía contra cualquier persona, tan tenaz y continua que hasta en las cosas mínimas e indiferentes se manifiesta sin descanso, oponiéndose a cuanto dice o hace. Resentimiento es el amargo y profundo recuerdo de una injuria particular de la que desea uno satisfacerse, pero el rencor pasa mucho más allá, pues pretende causar todo el mal posible hasta la destrucción del contrario» (PAN). El prefijo *re-* expresa muy claramente la reiteración del sentimiento. El *Petit Robert* da una precisa descripción: «Es el hecho de acordarse con animosidad de los males o daños que se han padecido (como si se los "sintiera" todavía).»

Luis Vives corrobora la tesis del diccionario: «El odio es el enojo enraizado, que hace que uno desee causar daño grave a aquel en quien recae la creencia de que nos ofendió.» La diferencia entre ira y odio es la extensión en el tiempo: «se acrecienta y confirma el odio con la ira frecuente; por donde algunos dijeron que el odio no era sino una ira crónica».[11] Dentro de unos párrafos les explicaré que el odio moderno ha perdido su relación con la ira, que es un sentimiento de franquía, y se ha encerrado en las covachuelas de la intimidad, recomiéndose.

Además de la duración, otra cosa separa el odio de la ira. Ésta sólo tiene un deseo: destruir el obstáculo o la causa del malestar. El odio puede desear sólo alejarse del objeto odiado, porque no soporta su presencia ni su recuerdo ni las ocurrencias que suscita. En esto también es la contrafigura del amor. Éste anhela la presencia, como dice San Juan de la Cruz en el *Cántico Espiritual:*

> Descubre tu presencia
> y máteme tu vista y hermosura;
> mira que la dolencia
> de amor, que no se cura
> sino con la presencia y la figura.

El odio en cambio anhela la lejanía de aquello que repugna. «No puedo verle ni pintado», dice una expresión popular. Por desgracia, el que odia tiene al odiado «entre ceja y ceja», clavado allí como una implacable banderilla de fuego. Ése creo que es el sentido de la palabra *animosidad:* el alma entera desagua hacia el objeto odiado. No hay separación, sino, al contrario, una pegajosa ligadura entre el aborrecedor y lo aborrecido. Los hawaianos tienen una interesante concepción de los conflictos interpersonales. Una ofensa, por ejemplo, no fragmenta el grupo social, sino que enreda a los protagonistas en un intercambio cada vez más asfixiante de sentimientos heridos. Llaman *hihia* a esta escalada del rencor. Agravios llaman a agravios. La única solución para permitir la reanudación de los lazos afectivos y el poderse librar de ese lazo infernal es cortarlo *('oki)* mediante el perdón *(mihi)* mutuo, que libera *(kala)* a cada parte del terrible círculo de viejas injurias y venganzas interminablemente renovadas.

9

Haré de una vez el censo léxico. Frente a la amistad y al querer, formas del amor, hay la *enemistad*, «contrariedad y oposición entre dos o más personas por estar encontradas sus voluntades» (MM), y la *malquerencia,* que «busca el mal» de otro.

La gradación de las aversiones puede hacerse así. *Animadversión* significa etimológicamente «atención y advertencia», y hasta el siglo XIX se usó como «consideración, reflexión, observación». Domínguez recoge este significado, que es el que aceptaba en su tiempo la Academia, y aprovecha para criticarlo: «Animadversión: nota crítica, reparo o advertencia severa (Acad.). Severísima la merece el venerable cuerpo de académicos españoles por la ambigüedad y laconismo de su incompleto definir. Reprensión, reprimenda, reparo enérgico, intimación rígida y severa, corrección fuerte, empero sólo en palabras. Rencor, mala voluntad, odio arraigado, aborrecimiento extremo contra alguno, ojeriza constante. Animosidad.»

El verbo *detestar* (que da origen al sustantivo *detestación,* que no se usa) significa «maldecir a personas y cosas tomando al cielo por testigo». Procede del latín *detestari,* término religioso que significaba «volverse hacia los dioses para tomarlos como testigos», «maldecir, execrar». En la actualidad ha perdido el sentido fuerte y designa «un sentimiento menos apasionado que el odio y referible en un sentido propio a cosas» (MM).

El *Panléxico* organiza el léxico de la intensidad: «Odio es una pasión más fuerte y duradera que el aborrecimiento; y rencor que odio.» Puede aborrecerse cualquier cosa. «Aborrezco los toros.» En castellano, puede haber odios nobles cuando lo que se odia es perverso: se debe odiar la mentira, la traición, la crueldad.

El *rencor* sólo se dirige contra personas. Es el mantenimiento en la memoria de las ofensas o daños. Un sentimiento, pues, memorioso. «Ojeriza crónica habitual», dice Domínguez, mencionando así otro término de la tribu: ojeriza, «la mala voluntad que uno tiene a otro» (CO). «Díxose de los nombre Ojo e Ira, porque se mira con ojos airados», dice AU.

El diccionario no distingue bien entre *rencor* y *resentimiento.* Ambos son memoria de una agresión. Pero MM considera el resentimiento emparentado con la amargura y la envidia.

Es, pues, un sentimiento más complejo, al que los filósofos modernos occidentales han prestado mucha atención. Parece afectar profundamente a todo el metabolismo afectivo. «Es una autointoxicación psíquica permanente», escribió Max Scheler, autor de un magnífico estudio.[12] Las cosas quedan resentidas cuando han perdido su firmeza y se han vuelto frágiles. «Los cimientos quedaron resentidos después del terremoto.» Con las personas tal vez pase algo semejante. El resentimiento moderno se ha hecho muy complejo. Es la respuesta a un ataque, a un daño, que no se olvida ni se venga, y que va acompañado de un sentimiento de indignación y de impotencia. Scheler considera que el punto de partida más importante en la formación del resentimiento es el impulso de venganza, y es verdad, pero no toda la verdad. Quedé antes en hablarles de la venganza porque es un modelo afectivo humano extremadamente complejo e interesante.

Vengar es «causar un daño a una persona como respuesta a otro o a un agravio recibido de ella» (MM). Es un deseo poderosísimo. San Agustín describía «una libido de venganza fundada sobre una especie sombría de justicia». La llama ira.[13] Esta idea la recogen todos los diccionarios antiguos. La referencia de la ira a la venganza sólo desaparece en los diccionarios de este siglo, por ejemplo, en el de María Moliner. Este hecho me parece muy interesante. ¿Han cambiado de idea los terráqueos acerca de la venganza? Creo que sí. En la actualidad, una persona vengativa es una persona rencorosa, que no olvida ni está dispuesta a perdonar.

Una vez más me veo obligado a hacer historia de los sentimientos. ¿Por qué ha cambiado la sensibilidad occidental hacia la venganza y hacia los sentimientos relacionados con ella? La venganza es omnipresente en todas las sociedades primitivas. Una de las funciones del derecho fue limitar el círculo sin fin de las venganzas. La ley se encarga de vengar los agravios.

Esto –unido a la idea de perdón que ha penetrado toda su cultura por influencia cristiana– hace que las sociedades occidentales tengan pudor en defender la idea de venganza. La consideran un atavismo o una inmoralidad.

Les extrañaría, por ello, saber que Tomás de Aquino, el teólogo católico por antonomasia, no hacía ascos a la venganza. La consideraba una virtud aneja a la justicia, emparejada con la gratitud. La respuesta debida a un bien recibido es la gratitud. La respuesta debida a un mal recibido es la venganza. La venganza, dice Santo Tomás, es mala «si busca principalmente el mal del culpable y se alegra de él, esto es absolutamente ilícito, porque gozarse del mal del prójimo es odio». Pero si con ella se pretende el ejercicio de la justicia y del honor debido a Dios, entonces es lícita la venganza.[14]

En la actualidad, la venganza está mal vista, sin duda, pero tal vez su desaparición de las definiciones de ira proceda de un mejor análisis de la experiencia. Lo propio de la furia es el estallido violento, el deseo de dañar inmediatamente, o de desembarazarse del obstáculo sobre la marcha. Por eso cuando no puede desahogarse con el culpable, busca objetos vicarios y golpea la pared o rompe los platos o se encrespa con el primer llegado. La venganza es, por el contrario, demora en la respuesta. Hay dos características esenciales a la venganza: 1) un refrenamiento y detención del impulso, 2) un aplazamiento de la reacción para otro momento más adecuado. El vengativo no es impulsivo sino cauto y paciente. Estos rasgos son atribuidos por el diccionario al resentido y rencoroso. En este sentido, la venganza sería más propia del resentido que del iracundo.

La razón del resentimiento no es sólo la impotencia para vengarse, como decía Scheler, sino la impotencia para borrar el daño, que el recuerdo reproduce vivamente. La presión moral en contra de la venganza y a favor del perdón no hace sino complicar psicológicamente el sentimiento. A veces, porque el perdón pretende enmascarar la impotencia, otras porque el perdón tiene que estar luchando contra la memoria, lo que somete a la víctima a un morboso sentimiento de culpabilidad, que acaba dirigiendo las envenenadas flechas del resentimiento contra sí misma.

El sentimiento de indignación, de humillación o de injusticia se ahonda ante un hecho irreversible. Y como la tristeza es el sentimiento de lo irreversible, el resentimiento tiene una particular nota triste: la *amargura*. En castellano es un sentimiento poco analizado, pero el *Petit Robert* nos da una exacta definición: «*amertume:* sentimiento duradero de tristeza mezclada de rencor, relacionada con una humillación, una decepción o una injusticia.» Me dicen los humanos que el amargor es un sabor que queda o incluso que en las personas biliosas se genera desde dentro del organismo. Es una huella desabrida o es un pregusto que altera todo lo que se come. Una vez más tengo que admirar la precisión de las metáforas, que creí ingenuamente que eran el colmo de la imprecisión y la vaguedad. Esta capacidad del resentimiento amargo para alterar todos los sabores, quiero decir todos los valores, es lo que descubrió y describió Nietzsche, el humano que debería haber escrito este libro.[15]

10

De la misma manera que en la tribu del amor había una serie de palabras formadas con el prefijo *filo-,* que designaban tipos lexicalizados de amor, lo mismo ocurre en la tribu del odio. En este caso el prefijo es *miso,* del griego *miseo,* «odiar». *Misoginia* es un término moderno, aunque el sentimiento sea antiquísimo.[16] Estudiar la hostilidad, el menosprecio contra las mujeres supondría historiar gran parte de la cultura humana. En la Biblia, Eva es la responsable de todas las desdichas que afligen a los terráqueos. En los antiguos mitos griegos, las mujeres aparecían como destructoras: las parcas cortaban el hilo de la vida; las amazonas eran unas crueles guerreras; las erinias, espantosas, locas y vengadoras, resultaban tan terribles que los griegos no se atrevían a pronunciar su nombre. En el origen de todos los males situaban una figura femenina: Pandora. Aún hay más. Explicaban la aparición de la mujer como castigo divino a la arrogancia de Prometeo. Prometeo robó el fuego a los dioses y para castigarle Zeus mandó a la mujer, que será la guardiana del fuego y castigo del transgresor.

Siglos más tarde, el *Malleus maleficarum,* el libro que sirvió para perseguir a las brujas, representa a la mujer como un ser híbrido, con un bello y atractivo aspecto, pero con el interior podrido y peligroso: «La mujer es una quimera. Su aspecto es hermoso, su contacto fétido, su compañía mortal.» Terminaré este breve recorrido por la ignominia con una perla sacada del *Compendio de medicina* de Arnald de Villeneuve (1586): «Con ayuda de Dios me ocuparé de asuntos relacionados con las mujeres, y puesto que las mujeres son la mayor parte de las veces animales viciosos, habré de considerar en su momento la mordedura de los animales venenosos.»[17]

La *misantropía* es una «aversión a los hombres, a la sociedad; humor tétrico que hace aborrecer toda comunicación con los individuos de la misma especie. Es síntoma de algunas enfermedades, especialmente de la melancolía y de la hipocondría» (DO). Esta referencia a la melancolía me introduce de nuevo en la historia de la sentimentalidad europea. Desde Hipócrates los melancólicos se han considerado misántropos, y este emparejamiento pervivió por siglos y siglos. Por su curiosidad citaré un texto tomado del *Praxeos Medicae,* escrito por Felix Platter, un influyente médico de finales del siglo XVI. Dice de los melancólicos: «Quieren la soledad y huyen de la compañía de los hombres. Y si es por el odio a la luz, buscan la oscuridad y los bosques y se esconden en cobertizos y cuevas; ésta se llama licantropía, por la conducta de los lobos o, según otros, melancolía lupina.»[18]

Terminaré con una palabra rara: *misoneísmo,* que significa «miedo a la novedad». La novedad ya ha aparecido como desencadenante de la sorpresa y de la admiración. Las distintas culturas han valorado la novedad de diferente manera. Los antiguos griegos eran hombres ávidos de novedades. Llenos de optimismo, creían que nos harían mejores. Uno de los libros del «Corpus Hippocraticum» *(De prisca medicina)* dice: «Descubrir cosas nuevas o rematar las investigaciones que aún no se han concluido, es la ambición y tarea de la inteligencia.» Aristóteles se refiere a un tal Hipodamos de Mileto que, en un proyecto de Constitución, había propuesto una ley para recompensar a quienquiera que inventase algo útil para la patria. Tucídides, al principio de *La guerra del Peloponeso,* hace que un enviado corintio se dirija a los espartanos para advertirles que sus técnicas están anticuadas en comparación con las de sus enemigos y que, por tanto, como ocurre siempre con las técnicas, fatalmente lo nuevo derrotará a lo viejo: «porque así como a la ciudad que tiene quietud y seguridad le conviene no mudar las leyes y costumbres antiguas, así también a la ciudad que es apremiada y maltratada por otras le conviene inventar cosas nuevas para defenderse, y ésta es la razón por la que los atenienses, a causa de la mucha experiencia que tienen en estos asuntos, procuran siempre inventar novedades.»

España, por el contrario, nunca ha sido amiga de innovaciones. En 1674, Covarrubias define así la palabra novedad: «Cosa nueva y no acostumbrada. Suele ser peligrosa por traer consigo mudanza de uso antiguo.» Hasta Luis Vives, tan progresista, llegó a sostener en uno de sus escritos políticos que la virtud, como hábito de conducta en lo moral y social, era enemiga de novedades. El exabrupto de Unamuno, al decir «que inventen ellos», está en la misma línea. Y también lo están los nacionalismos. No olvidemos que el lema de Sabino Arana era: «Dios y Ley Vieja.»

Me vuelvo al diccionario para intentar descubrir una palabra que signifique «odio a lo viejo».

NOTAS

1. Tomás de Aquino: *Sum. Theol.*, I-II, q. 29, a. 1.
2. Rilke, R. M.: *Segunda elegía de Duino,* en la traducción de José María Valverde.
3. Doherty, W. J.: «Attribution Style and Negative Problem Solving in Marriage», en *Family Relation,* 31, 1982, pp. 201-205. Finchan, F., y O'Leary, K. D.: «Casual Inferences for Spouse Behavior in Maritally Distressed and Nondistresed Couples», en *Journal of Clinical and Social Psychology,* 1, 1983, pp. 42-57.
4. Graziano, W. G., y Musser, L. M.: «The Joining and the Parting of the Ways», en Duck, S. (ed.): *Personal Relationships,* vol. 4. Dissolving Relationships, Academic Press, Nueva York, 1982.
5. Stenberg, R. J.: *El triángulo del amor,* Paidós, Barcelona, 1989, p. 192.

6. Weiss, R.: *Marital Separation*, Basic Books, Nueva York, 1975.

7. P. van Imschoot: *Teología del Antiguo Testamento*, Fax, Madrid, 1969, p. 107.

8. Miller, W. I.: *Anatomía del asco*, Taurus, Madrid, 1998.

9. Ey, H., Bernard, P., Brisset, Ch.: *Tratado de Psiquiatría*, Masson, Barcelona, 1965.

10. Ortega, J.: *Amor en Stendhal*, en *Obras completas*, Alianza, Madrid, 1983, V, p. 576.

11. Vives, J. L.: *De anima*, libro III, cap. 14.

12. Scheler, M.: *El resentimiento en la moral*, Caparrós, Madrid, 1993.

13. San Agustín: *La ciudad de Dios*, libro XIV, c. 15, 2. La expresión textual es: «*quasi umbra retributionis*».

14. En la *Summa Theologiae*, Tomás de Aquino dedica a este asunto toda la cuestión 108, de la II-II.

15. Nietzsche, F.: *Genealogía de la moral*, Alianza, Madrid, 1972.

16. Lo registra el DRAE en 1846 como «aversión a las mujeres». Y también el *Diccionario Enciclopédico* de 1853.

17. J. A. Marina ha hecho una breve historia de la misoginia en el libro de Nativel Preciado *El sentir de las mujeres*, Temas de Hoy, Madrid, 1996, pp. 26-49.

18. Jackson, S. W.: *Historia de la melancolía y la depresión*, Turber, Madrid, 1989, p. 91.

VIII. HISTORIAS DE LA IRA[1]

1

Terminé el capítulo anterior hablando del rencor. A esa familia léxica nos había conducido el odio. Ahora vamos a buscar su genealogía, como haría un minero que hubiera encontrado pepitas de oro en la desembocadura de un río. ¿Cómo llegaron allí? ¿Cómo llegó el rencor a la tribu del odio? El rencor llega al odio procedente de la ira. Ésta es la historia que vamos a contar ahora. La marcha de las cosas puede verse alterada por la aparición de un obstáculo, de una ofensa, de una amenaza, que irritan al sujeto y provocan un movimiento contra el causante. Este mismo desencadenante lo tiene el odio, y luego veremos cuál es la diferencia.

Volvamos al léxico. Comenzaré por la palabra *enfado*. En la actualidad significa «enojo», pero antes había significado tan sólo «desagrado». Originariamente, enfado contaba una historia suave, de cansancio y aburrimiento. Apareció en 1558 con el significado de hastío y sólo mucho después adquirió el significado que ahora prevalece: «Alteración del ánimo que se manifiesta con reacción, ostensible o no, contra lo que la causa» (MM). El enfado cuenta una historia con pocos detalles. Lo más importante es ese «contra». El argumento habla de un disgusto producido por alguien. Tiene la peculiaridad de poder darse con reciprocidad: dos personas pueden enfadarse mutuamente, carácter que no aparece en el resto de la tribu, porque la ira o la cólera son de dirección única: el ofensor encoleriza al ofendido. Es posible que la reciprocidad del enfado sea un resto de su antiguo significado, pues, en efecto, las personas pueden aburrirse mutuamente con facilidad.

Otra palabra que también significaba aburrimiento, fastidio o molestia siguió una evolución parecida a la de enfado. Me refiero a *enojar*. Su etimología, sin embargo, tenía resonancias más torvas. Procede del latín *inodiare*, que a su vez deriva de una expresión clásica y tremenda: «*In odio esse alicui.*» Odiar a alguien. Este ánimo virulento quedó amortiguado mientras permaneció en la tribu del aburrimiento, y lo recuperó en parte al entrar en la más turbulenta del enfado.

Veo aquí un caso de donde sacar doctas enseñanzas. Los sentimientos se lexicalizan con distintos niveles de precisión. *Enfado* y *enojo* son palabras muy vagas que sirven para designar cualquier molestia producida por una situación o persona conocidas. Es la presencia de esa persona o situación la que causa el malestar, no su ausencia como en la tristeza. Y el movimiento que se despierta no es de acercamiento o búsqueda, sino de enfrentamiento o colisión. Pero a ese nivel de generalidad vale para todas las tribus del aburrimiento, de la ira y del odio. Los inexcrutables caminos de la mente humana han conducido a que unos sentimientos se precisen y otros no.

Lo mismo sucede con el léxico de los colores. Hay lenguajes que sólo tienen dos palabras para designar todos los colores, mientras que otras han desplegado un léxico de arco iris o de pavo real. Berlin y Kay, dos respetados investigadores, descubrieron que cuando una lengua aumenta su léxico cromático lo hace siempre en el mismo orden. El marrón, por ejemplo, tarda en aparecer.[2] ¿Sucederá lo mismo en el léxico afectivo? Posiblemente sí, pero este asunto tendrá que esperar a otra investigación.

La tribu que estudiamos se va haciendo cada vez más agresiva y bronca, menos sentimental y más belicosa. Al organizar los relatos de sus distintas familias vemos un desplazamiento hacia la agresividad, la crueldad, la locura y el odio. Los dos sentimientos menos extremosos son la ira y la cólera, que pueden mantener su compostura, cosa que no sucede cuando aparecen la furia y el furor, emparentados claramente con la locura y que, si pueden, desembocarán en una venganza cruel y desmedida, en la saña o vesania. Pero si esa furia no se desahoga, acaso sea peor el remedio que la enfermedad, porque la ira tal vez se embalse, se encone y el sujeto, consciente de su impotencia, se reconcoma de rabia. En ese caso, la ira envejece, se enrancia y cronifica, convirtiéndose en rencor, que se define como «ira envejecida», y, por último, en resentimiento, con lo que hemos entrado de hoz y coz en la tribu del odio. Éste es el camino que quería mostrar.

2

De todas las familias empadronadas en esta tribu sólo hay dos aparentemente gemelas, es decir, sinónimas: *ira* y *cólera*. Ambas cuentan la misma historia: la acción de un sujeto libre, que podría haberla evitado, perjudica al protagonista de la historia, que la interpreta como ofensa, agravio o menosprecio. El protagonista, nos dice el léxico, al experimentar el comportamiento irritante de otra persona, puede encolerizarse, airarse, molestarse, ofenderse, picarse. Cualquiera de estos verbos conduce a la misma situación, el enfado, que si es muy violento se convertirá en ira.

Quiero detenerme un momento en un verbo muy curioso: *ofenderse*. ¡Qué palabra tan absurda! Me ofende el ofensor. ¿A qué viene, entonces, ese reflexivo? No es propiamente un reflexivo, sino un ejemplo de la misteriosa voz media. El sujeto ofendido «se da por ofendido», y en ese acto de reconocimiento en que se siente afectado por la ofensa, «se ofende». La voz media significa que el sujeto se reconoce escenario de la acción.

La historia de la ira continúa expandiéndose. *Ofender* significa «hacer daño, afrentar o agraviar». Es el desencadenante más general de la ira. Procede del latín *fendere*, «golpear» (que también interviene en el castellano *defender)*. Es, pues, lo que choca de frente contra nosotros, nuestras expectativas, proyectos, derechos.[3] «Agravio es la sinrazón que se hace a alguno y sin justicia. Agraviado es el que recibe de otro injuria» (CO). El desencadenante de este sentimiento se va precisando. Cualquier suceso puede enfadar, pero tradicionalmente, la ira se ha considerado desencadenada por acontecimientos más precisos, por ejemplo, las injurias. Tomás de Aquino recoge una larga tradición cuando, para distinguir la ira del odio, dice: «El motivo de la ira es la injuria, mientras que el motivo del odio puede ser cualquier mal.» En otro texto muy curioso, distingue la ira racional de la ira irracional, y lo explica diciendo que ésta, la animal, puede ser disparada por cualquier daño, mientras que la ira propiamente humana tiene como motivo formal la injuria, el desprecio o el vilipendio.

El paso del desencadenante –la ofensa– hasta el sentimiento –la ira– está léxicamente muy claro. Hay, por supuesto, verbos de proceso –*airarse, encolerizarse*–, pero esto no es suficiente. En el sujeto puede haber una predisposición a responder a la ofensa con la ira: puede ser *iracundo* o *irascible*. El castellano tiene un rico inventario de rasgos caracterológicos propios de esta tribu. El protagonista del enfado y de todas sus familias puede ser *susceptible,* y tener una «propensión a sentirse ofendido, maltratado y a interpretar lo que se hace o se dice como ofensivo o demostrativo de falta de estimación» (MM). El vocabulario de esta propensión es abundante y muestra cierto tonillo peyorativo: apitonado, cosquilloso, picajoso, pulguillas, puntilloso, quisquilloso, rencilloso.

Es posible que, a pesar de la rapidez con que irrumpe en la conciencia, la ira sea un sentimiento de segundo nivel, o el segundo acto de un drama. El primero sería la percepción de un daño que motivaría, tras la interpretación correspondiente, la aparición de la ira. Esto se ve claro en los casos de enfado lento, que también están recogidos por el diccionario. Por ejemplo, *hartarse* es «sentir enfado por la pesadez o repetición de cierta cosa» (MM). Algo semejante designa la palabra *calentarse,* que designa los ánimos enardecidos, que se van excitando, cada vez más cercanos al punto de explosión.

Ya tenemos, pues, al protagonista que, movido por su propensión, por la magnitud del agravio o por su reiteración, siente una hostilidad violenta, acompañada frecuentemente de manifestaciones físicas. Tomás de Aquino lo expresaba con una frase curiosa: «La ira es apetito de venganza con incandescencia del cuerpo.»

En efecto, esta irritación ardiente tiene como característica esencial el estar dirigida «contra» el responsable del daño o, a veces, contra cualquier sujeto u objeto vicario. En la antigua definición de Alonso de Palencia se la considera «la pasión destemplada que arrebata el ánimo para luego punir a otri». Es, pues, un sentimiento inquieto que arrebata, enciende, inflama al sujeto, que siente la necesidad de *desfogarse, desahogarse*, es decir, «exteriorizar violentamente su estado de ánimo» (MM), y con ello apagarse como lo hace la cal viva.

3

En la historia que he contado podemos sustituir ira por cólera sin que se note ninguna diferencia, por lo que es válido suponer que son sinónimos, aunque, por supuesto, no lo fueron siempre. El léxico de una lengua sufre un doble proceso de ampliación y contracción. Surgen nuevas palabras que introducen mayor precisión en el análisis o mayores posibilidades estilísticas, y en cambio otras que significaban cosas distintas acaban convirtiéndose en sinónimos. La palabra *cólera*, procedente del griego, significaba «bilis». En la antigua doctrina médica, el temperamento de cada hombre estaba determinado por la mezcla de los cuatro principales humores: bilis *(jolé)*, sangre, flema y bilis negra *(melanos jolé)*. Como estas ideas aparecerán de nuevo al hablar del sentimiento de melancolía, me detendré un poco en ellas. El lenguaje humano tiene una larguísima historia que hay que recorrer si no queremos perder detalle. El lexicógrafo tiene que convertirse en historiador quiéralo o no.

Los médicos griegos y sus seguidores medievales pensaron que el predominio de cada uno de estos humores daba lugar a un carácter: colérico, sanguíneo, flemático y melancólico. Galeno tradujo en términos psicológicos y médicos la doctrina de los cuatro elementos cosmológicos, y en el siglo II d.C., o en el III como muy tarde, la caracterología estaba ya consolidada. A esta época pertenece tal vez el libro *De la constitución del universo y del hombre,* donde se explica con claridad la relación entre humores y caracteres: «¿Por qué unas personas son sociales y ríen y bromean, y otras son malhumoradas, hurañas y tristes; y unas son irritables, violentas e iracundas, mientras que otras son indolentes, irresolutas y apocadas? La causa está en los cuatro humores. Pues los que están gobernados por la sangre más pura son sociables, ríen y bromean, y tienen el cuerpo sonrosado, de buen color; los gobernados por la bilis amarilla son irritables, violentos, osados y tienen el cuerpo rubio, amarillento; los gobernados por la bilis negra son indolentes, apocados, enfermizos, y, con respecto al cuerpo, morenos de tez y pelo. Pero los gobernados por la flema son tristes, olvidadizos, y, en lo que se refiere al cuerpo, muy pálidos.»

En los prototipos que la tradición troqueló se consideró que el colérico era irascible, ingenioso, audaz, impetuoso, insensato y muy comedor. Para Galeno son «dados a la acción, fogosos, rápidos, violentos, toscos, audaces, desvergonzados y tiránicos en sus costumbres, porque son tan irascibles como difíciles de aplacar». En esto último no estaban de acuerdo todos los autores, porque en el *Sapientia Artis Medicinae,* se lee que son «*Fervidi in ira et celerius declinant»:* «Vehementes en la ira y aún mas rápidos en cambiar.» Recoge, sin embargo, una característica que ya conocemos: son, dice, de tez amarillenta.

En los diccionarios antiguos hay vestigios de esta venerable historia. Cólera e ira no se podían confundir, porque aquélla era la causa fisiológica de ésta. Según Palencia: «Cólera es desbordamiento de la hiel.» Según Covarrubias: «Cólera tomase algunas veces con la ira, por cuanto es efecto de la cólera. Colérico el fogoso o acelerado.» Según *Autoridades, cólera* significa «por analogía ira porque ésta comúnmente procede de humor colérico». Todavía en 1784, Terreros escribe: «Colérico, que es bilioso, fogoso y pronto contra lo que le desagrada.» Estas diferencias se han perdido en la actualidad, y ambas palabras pueden considerarse sinónimas. Hay, sin embargo, algunos modismos exclusivos de una de ellas. Por ejemplo, se dice «montar en cólera» y no «montar en ira, furia o rabia». Otro más curioso es el de «cólera fría», que no se usa respecto de la ira, a la que sin embargo se reconoce a veces como «ira sorda». Los diccionarios del siglo XIX, que eran prolijos en sus descripciones, relacionaban la ira con el color rojo –«se encendió de ira»–, pero no así la cólera. Tal vez es una pervivencia, ya casi inconsciente, de la faz amarillenta/biliosa que tuvo tradicionalmente el colérico. Habría resultado chocante decir «rojo de bilis».

4

El *despecho* y la *indignación* nos cuentan otras historias. Ambas son también irritaciones violentas y buscan la revancha, y aunque han sido muchas veces confundidas con la ira, las diferencia el desencadenante. El despecho es una historia que comienza con el desengaño y la frustración. Domínguez lo relaciona con la envidia y define el despecho como «pesar de que otro sea preferido, le aventaje a uno, se luzca y arranque aplausos humillando al émulo». La palabra procede de *despectus*, «desprecio», y en varios diccionarios se pone en relación con el fracaso en los empeños de la vanidad. Otros –por ejemplo el *Diccionario de Autoridades*– lo relacionan con la desesperación, y ciertamente hay algo más intenso, profundo y terrible en el despecho que en la ira. Covarrubias también se refiere al despecho como «un cierto modo de desesperar». El despechado es infeliz, dicen los ilustrados redactores de *Autoridades*. Creo que es su relación con el desengaño lo que carga de tragedia a esta palabra.

Como ya he explicado, la historia de un desengaño es la historia de una doble pena: la de haberse engañado y la de haber salido del engaño. A lo largo de la historia de la lengua el *desengaño* va adquiriendo mayor pesadumbre. María Moliner precisa: «Se usa mucho en plural refiriéndose a los recibidos en la vida que van creando amargura.» Bajo esta influencia, el despecho aparece como una cólera desesperada, infeliz y amarga, predispuesta a tomar la revancha o a hacer algo irrazonable. Sobre esta sinrazón volveré mas tarde.

Si el despecho era la manifestación trágica de la ira, la *indignación* es su forma generosa y moralizadora. Generosa porque, como ya señalaron Descartes y Spinoza, la indignación puede relacionarse con el mal realizado a otros. Moralizadora porque el desencadenante suele ser algo injusto. Domínguez la relaciona con el «desprecio hacia el objeto indignante» y, si tenemos en cuenta que su parentesco con indigno o indignidad, es fácil ver la tonalidad ética dada en esta nueva historia del enfado. La indignacion tiene como antecedente el reconocerse como digno de algo. Esto significaba «merecerlo». En el primer diccionario castellano, el de Alfonso de Palencia (1490), se lee: «Dignitas es honesta autoridad de alguno digno de honra y acatamiento. Es devido honor y loor y nombre y gloria, soberano acatamiento.» Para los ilustrados redactores del *Diccionario de Autoridades* (1726) la palabra *dignidad* designa: «El grado o calidad que constituye digno. Se toma también por excelencia o realce. Vale también cargo o empleo honorífico u oficio considerable de autoridad, superioridad y honor.» La palabra *dignidad* tiene por lo tanto, un significado ambivalente. Por una parte, es una característica exterior –una situación, un cargo, una prebenda–, y por otra es una cualidad personal que hace a un sujeto merecedor de ese estatus. No debe extrañarnos esta dualidad de aspectos, que está también presente en una palabra que ahora nos suena anacrónica pero que está estrechamente ligada con la que comentamos. Nos referimos al vocablo «honor». Con la palabra «dignidad» sucede algo parecido. Se van enfatizando los aspectos personales o morales. En 1848, Domínguez la define como «gravedad y elevación noble en el carácter sin rayar en el orgullo ni pasar los límites de ese majestuoso decoro que cumple a cada cual ostentar para ocupar su puesto en la sociedad e infundir respeto».

5

El agravio supone una alteración de lo justo. La indignación es la respuesta sentimental a lo incorrecto. Hay muchos autores que creen que el sentimiento de injusticia, de irritación ante algún comportamiento, el echar en falta es anterior a un posible sentimiento de justicia. Los humanos sentirían vivamente la carencia de lo debido o de lo merecido. Este asunto me invita a otra excursión histórica y antropológica. Para nosotros, los extraterrestres, la historia humana es el dramático esfuerzo de una especie animal para constituirse como especie noble, regida por normas justas y benévolas. En ese afán de progresar sospecho que tuvieron importancia decisiva algunos sentimientos: la compasión, el altruismo, la solidaridad y tal vez un sentimiento de indignación ante la injusticia.

Para ver si tengo razón he conversado con varios antropólogos.

Probablemente el concepto de justicia aparece en todas las culturas, también en las lejanas. Para los coreanos justicia es sinónimo de virtud. Los papúas kapauku la llaman *uta-uta* («medio-medio») lo que simboliza la idea de equilibrio. Los lozi de Zambia, *tukelo*, y sus jueces no están dispuestos a considerar que un tribunal es sólo de derecho y no de justicia o moral. Muchos términos sugieren que la esencia de la justicia es o debería ser la igualdad de todos los miembros. Para los nkomi (Gabón) la idea de justicia se aproxima al símbolo de la balanza: lo justo es lo que está derecho, lo injusto es lo inclinado. Para los wolof (Senegal) la justicia se representa como un sendero derecho y bien trazado. También lo justo está asociado a la verdad, a lo verdadero. En Camerún lo que es justo es necesariamente verdadero. Lo falso genera malos juicios, que a su vez hacen hacer el mal.

El que a cada cual le den lo que le corresponde o merece es la creencia previa al sentimiento de injusticia: la experiencia de sentirme ofendido, humillado, despreciado, no reconocido en mis aspiraciones legítimas. Hay muchos autores que han hablado de este sentimiento. Bloch ha llamado la atención sobre las fuentes morales de los cambios sociales: sin la sensación añadida de la dignidad herida, la mera experiencia de necesidad económica y dependencia política nunca se hubiera convertido históricamente en una fuerza impulsora de los movimientos subversivos prácticos; a la escasez económica o a la opresión social siempre hubo que añadir el sentimiento de ser despreciados en la exigencia de integridad de la propia persona, antes de que pudieran convertirse en motivo inductor de los levantamientos revolucionarios.[4] Según Ihering: «El dolor que el hombre experimenta cuando es lastimado es la declaración espontánea, instintiva, violentamente arrancada de lo que el derecho es para él (...). La importancia real del derecho se revela en semejante momento.»[5] Honneth ha estudiado el sentimiento de humillación como dinamismo para la lucha por el reconocimiento. Menciona tres tipos de desprecio: la tortura, la marginación y la indignidad.[6] La importancia de esta digresión la veremos al tratar del resentimiento.

6

Ya he dicho que las palabras que designan sentimientos nos cuentan una historia condensada. Hasta ahora sólo he mencionado los desencadenantes, pero otro aspecto que introduce variaciones en el léxico son las expresiones y manifestaciones del sentir. El despecho, esa forma colérica de la desesperación, actúa irracionalmente, según los diccionarios. Las historias que voy a contar ahora tienen también el desmelenamiento violento de la sinrazón. Me refiero a *furia, furor, rabia, saña*. Todas ellas son historias apasionadas e interesantes, que pueden comenzar como las historias anteriores, con una ofensa, frustración, desengaño, desprecio o injusticia, pero que añaden una forma violenta de enfrentarse contra el culpable o contra cualquier obstáculo. Esta violencia las enlaza con la impetuosidad y también con la agresividad. Los etólogos y los antropólogos se han percatado de que la ira y la agresividad se confunden fácilmente. Para acabar de enredar la madeja he de advertir que la agresividad es una de las manifestaciones del miedo. Hay un miedo huidizo y un miedo acometedor. En este caso el peligro ofende, irrita, enfurece al amenazado, que en vez de huir, agrede. Como veremos en su momento, el miedo acometedor se distingue difícilmente de la valentía. El castellano no podía dejar de tener en cuenta esta relación, y el léxico señala la proximidad entre el valor y la ira, por ejemplo, mediante la palabra *coraje*.

Coraje, palabra derivada de corazón, es un estado de ánimo violento, producido por algo que nos contraría y que podría haberse evitado. Para Covarrubias significa «ira violenta», pero este significado se ha diluido, hasta el punto de que sólo queda constancia de él en la expresión familiar «me da coraje», donde tiene un significado cercano a rabia o rabieta. En cambio, para compensar este empequeñecimiento, ha adquirido mayor intensidad su significado de «actitud decidida y apasionada con que se acomete al enemigo o se arrostra una dificultad o un peligro» (MM).

Esta enérgica acometividad la tiene también *furia*, cuya historia es la siguiente: una acción produce en el sujeto un movimiento grande de ira que se manifiesta en una gran agitación exterior, en una «prisa, velocidad, vehemencia», dice Domínguez, y en un pérdida de dominio. Una de las situaciones en que esta furia se manifiesta es el ataque o la batalla, por lo que pasó a significar «ímpetu o violencia con que se ataca una cosa o se lucha» (MM).

Los sentimientos lexicalizados suelen tener, como un rasgo más de su significado, una evaluación social, que en este caso aparece especialmente complicada. La ira ha sido mal considerada por los moralistas, mientras que el valor era universalmente apreciado por ellos. Al relacionarse ambos en la furia y otros sentimientos próximos, se les planteó un serio problema teórico. «La valentía más natural», escribió Aristóteles, «parece ser la que es movida por el brío cuando se le añaden elección y finalidad. Los hombres, ciertamente, sufren cuando están irritados y se complacen cuando se vengan, pero los que luchan por esas causas son combativos, no valerosos, porque no lo hacen por una causa noble ni según razón, sino por apasionamiento. Tienen, sin embargo, alguna afinidad con aquéllos.»[7]

Séneca, en su tratado *De la ira*, critica la condescendencia del filósofo griego: «"La ira", dice Aristóteles, "es necesaria, y no puede expugnarse fortaleza alguna si ella no hincha nuestro pecho y enardece nuestro coraje; mas hay que usar de ella no como de capitán, sino de soldado.» Lo cual es falso, pues si se escucha la razón y sigue dócil por el camino por donde se la conduce, ya no es ira, cuya característica es la de rebeldía.» Continúa Séneca dando vueltas al asunto y hace frente a un objetor que le dice: «Pero en presencia de los enemigos la ira es necesaria.» El filósofo responde: «Nunca lo es menos que entonces, cuando el arrojo no debe ser inconsiderado y suelto, sino templado por la disciplina.»[8] Tomás de Aquino intentó conciliar los aspectos positivos y negativos de la ira. «El valiente», dice, «hace uso de la ira en el ejercicio de su propio acto, sobre todo al atacar; porque el abalanzarse contra el mal es propio de la ira, y de ahí que pueda ésta entrar en inmediata cooperación con la fortaleza.»[9] Menciono este asunto sólo para mostrar al lector que, para mayor complicación, el léxico sentimental se introduce en la ética.

7

La historia del *furor* es ligeramente distinta, porque subraya más claramente el aspecto de locura y arrebato. *Autoridades* lo define: «En su riguroso significado vale por locura confirmada, enajenación total de la mente.» De ahí que el furor pueda tener como causa no sólo la ira, sino también la «excesiva pasión de amor», como dice Palencia. Covarrubias también habla de «furor poético, un arrebatamiento del poeta, cuando está con vena y su imaginación se levanta de pronto. Furor divino, el que fingían agitar a las pytonisas y sacerdotisas del dios Apolo, siendo el demonio el que se apoderaba de ellas».

La palabra *furor* es un ejemplo de las dificultades que presenta la ordenación del léxico sentimental. La definición clásica por géneros y diferencias específicas no es útil, porque no parece que el mundo afectivo esté categorizado de esta manera. En muchas ocasiones nos vamos a encontrar con conceptos que pueden considerarse géneros con sus especies correspondientes, o especie de otro género. Por ejemplo, podemos considerar que furor es una especie de ira, o, por el contrario, considerar que la ira es una de las especies de la locura. También podemos considerar la envidia como un género autónomo, o definirla como una especie de la tristeza, a la manera tradicional. Esto me hace pensar que los sentimientos sólo pueden ser descritos. La diferencia entre una definición lógica y una descripción es que en esta última los rasgos no están ordenados de una forma tan rígida y jerárquica como en las definiciones. De acuerdo con los intereses del definidor se pueden subrayar rasgos descriptivos distintos, sin faltar a la verdad. Para atender a esta flexibilidad del lenguaje necesitamos un diccionario virtual, que se pueda organizar y recomponer de muchas maneras.

El furor ha seguido las mismas peripecias que la locura: ambos pueden ser juzgados como positivos o negativos. Por ejemplo, Domínguez describe el furor como «la situación más ardorosa y agitada, más fuerte, llena de vida y de animación en un estado, época, edad, estación, durante una acción cualquiera (en el furor del combate, de la juventud, de las pasiones, etc.). Figura por exageración, el gusto desmesurado, la pasión, el delirio por ciertas artes, por uno o varios de sus productos o por alguna cosa ideal o material (furor bélico, religioso, etc.)».

El *Panléxico* nos proporciona otro rasgo: «Si sus acciones tienen un punto de contacto muy próximo con las bestias feroces, entonces el furor toma forma de rabia.» También en esta palabra encontramos la atención centrada en el comportamiento. «Estar tocado del mal de rabia es estar dominado o poseído de alguna pasión vehementísima, frenética, desaforada.» Además significa un dolor intensísimo. Todas estas manifestaciones violentas y arrebatadas se han amortiguado y en la actualidad *rabia* implica «un sentimiento de aversión hacia una persona o cosa» (MM). Los verbos con que se utiliza nos dan indicaciones interesantes. Se dice «coger rabia a alguien», «tener rabia», verbos muy distintos de los que nombran las manifestaciones de la ira: arrebatar, inflamar, invadir. El uso del verbo *coger* en el ámbito sentimental subraya la actividad del sujeto en un campo pasivo, como debía ser el de la pasión. Esta anomalía, por la que algo que debía ser soportado es elegido, da un aire caprichoso a los sentimientos que se cogen: manía, antipatía, rabieta, berrinche, cabreo. Todas las familias que estamos estudiando se dirigen contra alguien, razón por la que estuvieron ligadas tradicionalmente a la venganza. La acción, que hemos visto desplegarse en la furia, el furor y la rabia, puede ir mas allá de lo proporcionado y teñirse de crueldad. El sujeto se *ensaña*.

8

Hasta este momento las historias del enfado han tenido dos líneas argumentales. La primera nos contaba la aparición de los sentimientos de ira y cólera. La segunda, contaba el segundo acto del proceso, el desahogo furioso, rabioso o sañudo. Pero ¿qué ocurre cuando la ira no se desahoga? ¿Qué sucede si el encolerizado no puede dar rienda suelta a su furor? En ese caso, según el diccionario, la ira se mantiene embalsada, y si el olvido o el perdón no obran como láudano benefactor, la ira puede mantenerse, si no es muy intensa, como *resquemor,* pero con el normal peligro de supurar, de *enconarse.* Se convierte entonces en *rencor,* que es, como dice Covarrubias, «enemistad antigua e ira envejecida, que en latín se dice odio». Este sentimiento pertenece a los sentimientos del pasado. En ruso se le llama *zlopamiatstvo,* «memoria del mal» (Jankélévitch). En el recorrido sentimental de la ira llegamos a un campo distinto, más frío y torvo, que es el *odio.*

Ahora podemos comprender la diferencia en las historias que cuenta el odio y la ira. Su representación semántica básica es la misma: el movimiento dirigido contra algo que se percibe como hostil y dañino. Pero la furia puede desahogarse inmediatamente y, en ese caso, no se convierte en odio. Este sentimiento es de lento aparecer, cavilador y enconado. La etimología de rencor lo manifiesta, y también la génesis del resentimiento.

Por un bucle retroactivo, hemos enlazado con el capítulo anterior.

Quien se mete en la complicada tarea de escribir un diccionario se tropieza antes o después con el problema de la traducción. Parece que el caso de la ira no plantea grandes dificultades porque el referente está claro. La mayor parte de los psicólogos admiten que la ira es una de las emociones universales. Sin embargo, mi admirada Anna Wierzbicka sostiene que la ira –ella usa el término *anger*– no es una emoción universal, sino una de las variantes posibles de una emoción universal. Lo que Wierzbicka quiere enfatizar es que no se puede tomar un léxico –el inglés o el castellano– como patrón de un sentimiento universal.[10]

Pone como ejemplo que el término ilongot *liget* y el ifaluk *song*, según Rosaldo y Lutz,[11] no significan esencialmente lo mismo que *anger*, aunque puedan traducirse aproximadamente por *furia*. La furia de los ilongot –*liget*– parece ser mucho más intensa que la nuestra, y su expresión mucho más violenta. Pero, quitando esas dimensiones cuantitativas, creo que su furia y la nuestra parecen trabajar de la misma manera. Ellos, como nosotros, se ponen furiosos cuando se sienten frustrados y, como nosotros, reprimen su furia en determinados contextos sociales.

Wierzbicka, en cambio, piensa que las diferencias son cualitativas y que se trata de conceptos distintos. *Liget* tiene un carácter competitivo relacionado con la envidia y la ambición, referencia que no está implícita en la ira. Además, señala que la ira implica un sentimiento negativo hacia otra persona, lo que no sucede con *liget*. Sin embargo, esas característica de *liget*, que son intraducibles con la palabra *ira/anger*, me recuerdan la expresión *furia española*, que es una agresividad deportiva que no tiene por qué ir acompañada de malos sentimientos. No fue ésta, por cierto, la significación originaria de la expresión. Según el *Oxford English Dictionary*, con el nombre de *Spanish Fury* se ha conocido durante siglos la matanza perpetrada por los españoles en Antwerp, durante los meses de octubre y noviembre de 1576.

La palabra ifaluk *song* tampoco puede traducirse exactamente por *anger*. *Song* es un sentimiento que responde a una mala conducta de alguien. El ofendido la manifiesta con el fin de cambiar la conducta del ofensor. Es, pues, una furia justificada. Se parece a *anger* por su desencadenante, pero se diferencia en que se dirige hacia la otra persona por un camino indirecto. El ofendido puede dejar de comer o incluso intentar suicidarse para conseguir que el culpable se dé cuenta de la maldad de su acción.

Como último ejemplo cita la palabra polaca *ziosc*. No tiene ninguna connotación moral. Es tan sólo la respuesta a una frustración, y puede aplicarse a los animales o a la rabia infantil.

¿Significan lo mismo *anger, liget, song, ziosc,* furia? No. ¿Tienen un núcleo común? Sí. Wierzbicka admite que «algo parecido a *anger, liget, song,* etc.» es una emoción humana universal. En esto estoy de acuerdo. Cada campo sentimental admite gran número de variaciones. Es difícil traducir las palabras de un idioma a otro, pero se las puede estructurar todas en un diccionario universal, organizado alrededor de esos campos fundamentales. Algo así estoy intentando en este informe. El punto más difícil ha sido acotar las principales experiencias afectivas que sirven de organizadores léxicos. Pero este asunto excede los límites del presente estudio.

10

El léxico no es el único sistema de información que nos proporciona un lenguaje. Hay también sistemas metafóricos que nos permiten conocer los sistemas conceptuales que hay por debajo. El de la furia es especialmente rico.

La furia es calor. Hay dos versiones de esta metáfora, una en que el calor se aplica a un líquido y otra a un sólido. Cuando se aplica a un líquido se entiende que está dentro de un recipiente. El cuerpo es un recipiente para las emociones. Nos llenamos de indignación, nos invade el terror. Es, además, un recipiente cerrado. Cuando la furia aumenta, hervimos de indignación, nos calentamos, sube la presión y, en el caso extremo, el recipiente estalla, la furia explota y suelta todo lo que había dentro.

Cuando el calor se aplica a un sólido, aparecen el fuego y las emociones arrebatadas, enrojecidas: «echa fuego por los ojos», «rojo de ira», «echar chispas», «echar rayos».

«Descargar el cielo», «descargar la nube», «echar rayos y centellas». La furia es una energía. Nos zarandea. Es una fuerza enemiga a la que nos rendimos o que nos vence («le venció la indignación», «se rindió a la cólera»).

La furia es una enfermedad. La furia hace perder el control, podemos volvernos locos de furia. «Perder los estribos», «sacar de madre», «sacar de sus casillas», «sacar de tino», «tentar la paciencia», «sacar de quicio», «echar espumarajos por la boca».

Estas concepciones metafóricas dejan, por supuesto, su huella en el léxico, mediante las catacresis, es decir, gracias a las metáforas lexicalizadas, que nos proporcionan indicios para reconstruir las experiencias básicas de un modo de entender la realidad.[12]

NOTAS

1. Este capítulo recoge gran parte de una publicación anterior: Marina, J. A.: «Las furias españolas», en *Universidad de México*, n.° 552-553, febrero de 1997, pp. 35-42.

2. Berlin, B., y Kay, P.: *Basic Color Terms*, University of California Press.Uso la nueva edición (1991) de esta obra de 1969.

3. A. J. Greimas relaciona léxicamente la cólera con la frustración, cosa que hacen también los psicólogos, en su estupendo análisis «De la cólera», en *Del sentido*, II, Gredos, Madrid, 1989, pp. 255-280.

4. Bloch, E.: *Derecho natural y dignidad humana*, Aguilar, Madrid, 1980.

5. Von Ihering, R.: *La lucha por el derecho*, Heliasta, Buenos Aires, 1974.

6. Honneth, A.: *La lucha por el reconocimiento*, Crítica, Barcelona, 1997.

7. Aristóteles: *Ét. Nic.*, 1177 a.

8. Cito por la bellamente arcaica traducción de Lorenzo Riber en la edición de las *Obras completas* de Séneca publicada por Aguilar, Madrid, 1966.

9. Tomás de Aquino: *Sum. Theol.*, II-II, q. 123, a 10.

10. Wierzbicka, A.: *Semantics, Culture and Cognition*, Oxford University Press, Nueva York, 1992, sobre todo el capítulo 3: «Are Emotions Universal or Culture-Specific», pp. 119-134.

11. Rosaldo, M.: *Knowledge and Passion. Ilongot Notions of Self ans Social Life*, Cambridge University Press, Cambridge, 1980. Lutz, C.: *Unnatural Emotions*, University of Chicago Press, Chicago, 1988.

12. Un estudio muy completo del modelo cognitivo-metafórico de la furia es el realizado por Lakoff, G. y Kövecses Z.: «The cognitive model of anger inherent in American English», en Holland, D., y Quinn, N. (eds.): *Cultural Models in Language & Thought*, Cambridge University Press, Cambridge, 1987. Un estudio sobre el lenguaje de las emociones: Kövecses, Z.: *Emotion Concepts*, Springer-Verlag, Nueva York, 1990.

IX. HISTORIAS DE LA DIVERSIÓN Y DEL ABURRIMIENTO

1

Los terráqueos se mueren de risa, pero también se mueren de aburrimiento. Está claro que son archimortales. En el capítulo anterior conté la derivación violenta del enfado. Ahora estudiaré el sentimiento causado por las situaciones enfadosas, un malestar provocado por algo molesto y repetitivo o falto de interés, por falta de ocupaciones o por la propia indiferencia o pereza. Son acontecimientos desagradables que no llegan a producir dolor ni tristeza ni furia. Los extraterrestres, que no nos aburrimos nunca, tenemos dificultades para comprender este sentimiento. El hombre moderno teme aburrirse, y se encuentra continuamente amenazado por el aburrimiento. He aprendido que la facilidad para aburrirse y la incapacidad para soportar el aburrimiento caracterizan a ciertas personalidades que buscan compulsivamente excitaciones. Son los *emotion seekers*.[1] Pero como escribe Agnes Heller, una estudiosa de estos temas, «siempre que predominan la actividad y el pensamiento repetitivos aparece, como característica social, la "sed de experiencias". Presenciamos un accidente en la calle... ¡Al fin una experiencia! Este tipo de sed de experiencias ha jugado con frecuencia un papel negativo en la historia; gente que vivía en la monotonía de la vida diaria y sus actividades repetitivas sintió el estallido de la Primera Guerra Mundial como una experiencia excitante y la posibilidad de la "gran aventura"».[2] Los seres humanos parecen volverse peligrosos cuando están aburridos.

En castellano, la palabra más representativa de esta tribu es *aburrimiento*, una término relacionado con muchas tribus, lo que indica a mi juicio que procede de un momento todavía poco analítico del lenguaje. Deriva del latín *abhorrere* («tener aversión a algo»). Las primeras acepciones recogidas en los diccionarios van en este sentido, y por tanto enlazan con la tribu del odio a través de aborrecimiento, del que era sinónimo en los diccionarios antiguos. Sin embargo, en la actualidad aburrimiento ha perdido intensidad, y pese a que ese significado odioso se mantiene en los diccionarios actuales, ya Domínguez en su *Diccionario* de 1848, dice que no es frecuente. En *Autoridades* era todavía un sentimiento muy profundo. *Aburrir* era «apesadumbrar mucho, hacer despechar y desasosegar a uno, de suerte que no sólo lo entristezca sino que casi llegue a aborrecerse». El aburrido era, para Covarrubias, el descontento de sí mismo, despechado y medio desesperado.

Ha aparecido la palabra *pesadumbre* que en la actualidad es metáfora propia de la tristeza o de la culpa, pero que guarda relaciones evidentes con aburrimiento. Nos resulta pesado y cargante todo lo aburrido. Se llama *plomífero* o *plomo* al hombre fastidioso. *Pelmazo*, «aburrido y molesto» (palabra que, por cierto, viene de mole) deriva de *pelma*, que es «una cosa que está compacta o apretada debiendo estar suelta o esponjosa» (MM). Para el aburrido hacer cualquier cosa resulta abrumador, de ahí su relación con la pereza, acerca de la cual tengo algo divertido que contarles.

2

Ando embarcado en una historia del aburrimiento, porque no siempre se han aburrido los hombres con la misma intensidad, ni han tenido sus tedios la misma textura. Un peculiar tipo de aburrimiento atravesó la Edad Media europea como una torpe siesta, como una calima estival. Se llamó *acidia* y debió de ser frecuente entre los monjes que vivían en los alrededores de Alejandría. La palabra ha pasado al castellano con el significado de «flojedad, holgazanería o pereza», cosa harto chocante. El término deriva del griego *akedia,* «embotamiento, estado de no importarle a uno nada», y acabó designando un sentimiento enormemente complejo, donde se encuentra cifrada gran parte de la espiritualidad medieval.

Casiano, en el libro X de sus *Instituciones cenobíticas*, escribe: «Nuestro sexto combate es con la acidia, que podemos denominar cansancio o tristeza del corazón, siendo un peligroso y frecuente enemigo de los que habitan en el desierto. Afecta principalmente al monje alrededor de la hora sexta, como algunas fiebres que atacan al enfermo a horas regulares.» Algunos ancianos declaran que es «el demonio del mediodía», al que se refiere el salmo XIX. Produce disgusto del lugar, horror a la celda y hace al hombre perezoso. El monje cree que no podrá descansar hasta que abandone ese lugar. El tiempo es una losa. Anhela la compañía y acaba buscando consuelo en el sueño.

Como testimonio de la difícil ubicación de este sentimiento, que podría situarse en la tribu de la tristeza o del aburrimiento o de la desesperación, pero que los teólogos convirtieron en un antónimo de la caridad, citaré un texto que David de Aubsburg escribió en el siglo XIII: «Hay tres clases de acidia. La primera es una cierta amargura que no puede contentarse con nada alegre o sano. Odia el trato humano y es lo que el Apóstol llama tristeza del mundo que lleva a la muerte. Inclina a la desesperación, a la sospecha y conduce a sus víctimas al suicidio cuando están oprimidas por una pena irracional. Semejante tristeza deriva a veces de una impaciencia previa, a veces del hecho de que algún deseo ha sido frustrado y a veces de la abundancia de humores melancólicos, en cuyo caso atañe al médico más que al sacerdote prescribir el remedio. La segunda clase es un torpor indolente que tiende al sueño y a todas las comodidades del cuerpo, odia el trabajo, huye de cualquier cosa costosa y se deleita en la ociosidad. Ésta es propiamente la pereza *(pigritia)*. La tercera clase es una debilidad en las cosas que se refieren a Dios, mientras que en todo lo demás siguen siendo activas y animosas. La persona que la sufre reza sin devoción, esquiva la plegaria siempre que puede hacerlo. Se da prisa en rezar, mientras piensa en otras cosas, para no aburrirse.»

¡Ojalá tuviera tiempo de contarles la historia de la acidia, un sentimiento tan trabajado culturalmente! En el siglo IV, Evagrio Póntico la incluyó entre los pecados mortales: sumido en un estado de acidia, el monje no desea quedarse en su celda, aborrece el trabajo y se siente abandonado y desconsolado. Se siente somnoliento, holgazán, inquieto e insociable. La flojedad, la pereza, hace que el monje aparte su vista del Bien. La acidia es madre de la tristeza. Según San Buenaventura, la acidia tiene dos raíces: la curiosidad y el hastío *(fastidium)*. El hastío sigue a la curiosidad imposible de satisfacer, y la pregunta inicial, ¿vale la pena vivir para Dios?, pronto se convierte en la pregunta ¿vale la pena vivir? Más tarde, el significado de la palabra cambia. Petrarca usa *accidia* para nombrar su pesimismo y su dolor cósmico.[3]

La acidia es una falta de ánimo que acaba haciendo al hombre desalmado. Debió de ser un problema importante para los religiosos, porque Tomás de Aquino le dedica una cuestión entera.[4] La considera una especie de tristeza. Según el damasceno es «una tristeza molesta que de tal modo deprime el ánimo del hombre que nada de lo que hace le agrada». Por esta razón implica cierto tedio en el obrar. No es tanto holgazanería cuanto desánimo. El monje, encerrado en su celda para buscar los bienes espirituales, no encuentra en ellos ningún atractivo. Lo que está más allá de la celda le parece en cambio deseable y alegre, una promesa de felicidad. San Gregorio, en una de esas genealogías que hacen las delicias de los teólogos medievales, atribuye a la acidia seis hijas: malicia, rencor, pusilanimidad, desesperación, indolencia en lo tocante a los mandamientos, divagación de la mente por lo ilícito.

Consideraban que era una falta contra la caridad, de ahí su gravedad y su carácter de pecado capital, es decir, cabeza de muchos otros. No era una depresión sino una desesperanza y tedio religioso. Aquino señala que «como nadie puede permanecer por largo tiempo con tristeza y sin placer», el aquejado de acidia busca en otro sitio el gozo que el amor de Dios ya no le procura.

3

La palabra *fastidio* (del latín *fastidium*, «asco, repugnancia») nos devuelve al nivel de las generalidades. Covarrubias lo pone en relación con el aburrimiento y *Autoridades* con la repugnancia. «Fastidio: y o también hastío, el enfado y aborrecimiento de una cosa. Fastidioso el pesado, inoportuno, que nos cansa y muele, particularmente con sus arrogancias y desvanecimientos o con sus importunidades» (CO). «El disgusto o desazón que causa el manjar mal recibido del estómago, o de olor fuerte y desapacible de alguna cosa. Por traslación se toma por el enfado o repugnancia que causa alguna cosa o persona molesta o dañosa» (AU).

El *Panléxico* se aplica a distinguir entre *tedio* y *fastidio*. «Estos dos sustantivos indican disgusto del ánimo y muchas veces tristeza, como una consecuencia natural de aquella afección: se diferencian no obstante en la mayor o menor fuerza con que dicho disgusto se manifiesta; y esto se prueba mucho más acertadamente con ejemplos que con explicaciones. A pesar de esto, el deseo de aclarar por todos los medios posibles nuestro propósito nos obliga a no omitir cosa alguna que pueda contribuir al conocimiento exacto de las sinonimias verdaderas del idioma castellano.

»Fastidio es la desazón que se experimenta cuando sentimos un olor desagradable o demasiado fuerte, y así decimos "qué olor a jazmín tan subido y tan fastidioso". Es también un disgusto que proviene en general del malestar que muchas veces padece el cuerpo (...). La conversación de un necio nos causa fastidio; nos fastidiamos también de comer unos mismos manjares todos los días, o de pasar una vida monótona y uniforme. Fastidio es también en sentido metafórico enfado y repugnancia: "Me fastidia este guiso." Decimos comúnmente "Tengo fuertes deseos de fastidiar a Manuel", esto es, de molestarle, de hacer que se incomode. A ninguno de estos casos puede aplicarse con propiedad la voz tedio, pues estaría mal dicho "Me causa tedio este guiso". "Tengo fuertes deseos de causar tedio a Manuel" significa una cosa muy distinta de la que expresa en esta oración el verbo fastidiar.

»Tedio tiene una significación más pronunciada hacia el aborrecimiento que fastidio, es más bien una enfermedad que un disgusto. El tedio dura en el ánimo del hombre más que el fastidio, y el que lo padece no se reconcilia tan fácilmente con la sociedad como el que está fastidiado. Otra consideración se nos ofrece que señala con mayor claridad la diferencia que existe entre las dos palabras. Puede un hombre tener fastidio por un motivo cualquiera y no tener tedio: el fastidio supone siempre una causa; el tedio es muchas veces una propensión a que suele estar sujeta nuestra débil naturaleza, y por lo mismo no siempre es fácil de explicar de qué procede. "Me consume el tedio", decimos con mucha propiedad, pero a nadie puede ocurrir la especie de que le consume el fastidio, que es un disgusto pasajero. Puede una persona morir de tedio, pero no de fastidio; lo que sí puede suceder es que el fastidio degenere en tedio.»

El que padece tedio aborrece realmente todo cuanto se presenta en su vista; nada le conmueve, nada le excita; indiferente a cuanto le rodea, se encierra en sí mismo, cavila y se convierte en un misántropo incurable. El que se fastidia de una cosa puede distraerse con otra muy fácilmente.

El diccionario relaciona el aburrimiento con la saciedad y la comida. *Hastío,* que en la actualidad es un aburrimiento profundo, comenzó significando «poca gana de comer y aborrecimiento del manjar por indisposición del estómago» (CO). Dos siglos después, Domínguez precisa: «Oposición y repugnancia a la comida, principalmente cuando ha satisfecho completamente el apetito.» Hastío procede de fastidio, que, como he dicho, significaba «asco». *Empalago* también significa «hastío, fastidio, repugnancia, disgusto, saciedad en la comida. Tedio, aburrimiento, cansancio moral» (DO). Estar harto es estar lleno de comida hasta no poder más. También significa «aburrido».

4

Este repaso al léxico me hace pensar que la representación semántica básica de esta experiencia incluye una desactivación completa del sistema motivacional. Normalmente, el sujeto forma un campo de fuerzas con su entorno. Sus deseos y proyectos iluminan el mundo, le hacen interesante. Los valores de la realidad, por su parte, enganchan con alguna de sus aspiraciones o necesidades. Esa tensión mantiene muy ocupados a los humanos. Los sentimientos intervienen en esta iluminación valorativa del mundo. El miedo, la alegría, el deseo, la furia mantienen vivo el intercambio.

Pero con el aburrimiento la cosa cambia. Es la emoción de no sentir ninguna emoción. El aburrimiento puro es el sentimiento que no es ningún sentimiento, sino la posibilidad de todos los sentimientos. «Mal sin forma», se lamenta Alain. El tedio no es la conciencia preocupada, sino, al contrario, la cabeza desocupada y, viceversa, las preocupaciones, al ocupar el vacío de la imaginación, más que agravar el tedio lo distraerían. El tedio, enfermedad de lujo, es la consecuencia paradójica, equívoca y contradictoria de una situación que debería hacernos felices, pero no puede, y que podría hacernos desgraciados, pero no debe.

Es indiferencia, falta de interés, carencia de estímulos. No hay ni siquiera estímulos negativos, como en el miedo o en el dolor. El eclipse motivacional puede agravarse y llegar a la depresión o a la desesperación, sin duda. Domínguez lo advertía al hablar del tedio: «Estado de aversión natural a todo, como si se hubiera estragado el gusto de la vida, como el esplín de los ingleses, que llevado al extremo, conduce sin remedio al suicidio.»

El hundimiento de la tensión valorativa, que explica los enlaces de esta tribu con la pereza, la melancolía, la saciedad, el asco, la desesperación, me permite distinguir tres tipos distintos de aburrimientos.

Los humanos se aburren por falta de estímulos. Unos famosos experimentos llevados a cabo por Bexton y su equipo demostraron que la reducción de estimulaciones producía no sólo aburrimiento, sino inquietud, irritabilidad y una verdadera hambre de estímulos.[5] Entre los desencadenantes del aburrimiento se menciona siempre la monotonía, la repetición, la rutina, la habituación. Séneca lo describió en un espléndido y gimoteante texto: «¿Hasta cuándo las mismas cosas? Me despertaré, me dormiré, tendré apetito, me hartaré, tendré frío, tendré calor. Ninguna cosa tiene fin, sino que todas las cosas se ligan en círculo; huyen, se persiguen; la noche empuja al día, el día a la noche, el estío fina en el otoño, al otoño le acucia la primavera; así que toda cosa pasa para no volver. No hago nada nuevo, no veo nada nuevo; en fin de cuentas, esto da náuseas. Muchos son los que piensan que no es aceda la vida, sino superflua.» Cuando el mundo deja de serle interesante, el animal se duerme. El hombre no, y entonces se aburre. Para evitarlo busca excitaciones, diversiones. Por lo visto, una de las características temperamentales mejor comprobadas es el nivel de estimulación que necesita una persona para encontrarse bien. Los temperamentos extravertidos soportan muy mal la reducción de estímulos, por ello están siempre buscándolos. A los introvertidos, por el contrario, la abundancia de estímulos les ahoga y por esa razón buscan reducirlos mediante la retirada.[6]

Los humanos se aburren porque carecen de impulsos y proyectos. En efecto, la monotonía no explica todos los aburrimientos. Hay un tedio endógeno, que amortigua todos los valores de la realidad y que tiene diferentes orígenes, por lo que he podido averiguar: cansancio, miedo, decepción, sentimiento de indefensión o de incapacidad, depresión orgánica, tristeza, etc.

Los humanos se aburren porque están saciados. Los enlaces léxicos entre aburrimiento y el hartazgo lo pone en evidencia. Este tipo de aburrimiento no viene de la carencia de estímulos, sino de su anulación por la saciedad. «Harto de carne, el diablo se metió a fraile», dice el refrán. Y, sin duda, resultó ser un fraile con acidia. Cualquier saciedad tambien desactiva el sistema de deseos. El húngaro muestra la misma evolución: hasta el siglo XVIII *unalom* no significaba «aburrimiento» sino «hartazgo» en sentido fisiológico.[7]

Este fenómeno no se limita a la comida, sino a muchas cosas más. La historia del último siglo está llena de ejemplos. De la peripecia romántica salió el europeo apesadumbrado por la saciedad y el hastío. Verlaine era un hombre aburrido: «Todo está dicho. He leído todos los libros. Tengo más recuerdos que si tuviera mil años. ¡Ay, de todo he comido, de todo he bebido! ¡Ya no hay más que decir!» El mundo naufraga en el aburrimiento: «¡Oh, muerte, viejo capitán! ¡Ya es hora! ¡Levemos anclas! ¡Este país nos aburre, oh, muerte! ¡Despleguemos las velas!», cantaba Baudelaire. Y Mallarmé lo resume todo en un verso terrible: «La carne es triste, ¡ay!, y he leído todos los libros.» Éste es el hastío, el hartazgo.

Jankélévitch ha descrito esta experiencia del aburrimiento con gran precisión. «Mientras que la angustia es tensión, tensión estéril pero lancinante, el tedio es distensión y relajación de todos los resortes. El tedio en sí mismo no es angustioso, por eso el tormento del aburrimiento se contrapone a la tortura de la angustia. Porque no sólo nos aburrimos faltos de preocupaciones, faltos de aventuras y peligros, faltos de problemas, sino que también nos aburrimos faltos de angustia: un futuro sin riesgos ni azares, una carrera segura, una vida cotidiana exenta de tensión figuran entre las condiciones más habituales del aburrimiento. Ese fruto de la triste falta de curiosidad, como lo llama Baudelaire, que "toma las proporciones de la inmortalidad" es la consecuencia de un devenir distendido.»

5

Volveré a la historia del tedio. La época barroca fue propicia al aburrimiento. Los clásicos del Siglo de Oro español se morían de hastío. «Todo lo cotidiano es mucho y feo», escribió Quevedo. Gracián, otro aburrido, decía que la permanencia y la igualdad son la enfermedad mortal que la realidad padece: «Ésta es la ordinaria carcoma de las cosas. La mayor satisfacción pierde por cotidiana, y los hartazgos de ella enfadan la estimación, empalagan el aprecio.» El sabio inventor del lenguaje comprendió que el aburrimiento muestra una zona pasiva de la subjetividad, por lo que no era suficiente decir que la realidad es aburrida, sino que había que poder decir «me estoy aburriendo» para que esa conjugación revelase al sujeto enroscado en su inercia e inoculándose a sí mismo, como un alacrán reflexivo, ese «puro hastío de vivir», cómodo, indolente y abúlico, que es, como decía Sartre, el destino de los animales domésticos, presos en una realidad amortiguada, sin peligros y sin emociones.

La Corte –el barroco es la época de los cortesanos– provocaba el aburrimiento y luchaba contra el aburrimiento. Los grandes aburridos del siglo XVII provenían de las filas de la aristocracia, cuya vida carecía cada vez más de justificación. La Rochefoucauld apunta a la aristocracia cuando habla de su carácter –«en los tres o cuatro últimos años sólo me han visto reír tres o cuatro veces»–, y al decir que «si se examinan bien los efectos del hastío, se observará que ha hecho faltar a más deberes que el interés» (*Máximas*, 172). Según Pascal, el objetivo de la Corte francesa de la época era ahuyentar el aburrimiento y la melancolía. «Por eso están tan solicitados los juegos y las diversiones con mujeres, la guerra y los altos cargos. No porque allí se encuentre la felicidad, o porque crean que la verdadera bienaventuranza resida en ganar dinero en el juego o en la caza de liebres: todo esto no lo querrían si fuese regalo. No buscamos un trato cómodo y tranquilo con las cosas, que sólo nos haría pensar en nuestra desdichada fortuna, ni los riesgos de la guerra, sino todo el embrollo que nos distrae y nos impide pensar en nuestra situación (...) por eso, la suprema felicidad de los reyes radica en que incesantemente se procure distraerlos y ofrecerles toda suerte de diversiones» (*Pensamientos,* 139).

En esa época empieza a hablarse de un aburrimiento desesperado. Franz Blei escribió lo siguiente sobre el aburrimiento de Madame du Deffand: «Ella, que buscaba apasionadamente la verdad y la realidad sin tapujos, vio este mundo en que vivía hasta el fondo. Y el hecho de haber visto este fondo con tanta nitidez constituye su aburrimiento, su aburrimiento apasionado (...) el aburrimiento parece una enfermedad (...) de los hombres felices o de quienes son considerados felices, pero tiene la particularidad de convertir esta dicha en lo contrario y hacer de ellos pobres criaturas.»

Puesto que la humanidad ha buscado siempre modos de divertirse, es de suponer que siempre ha estado aburrida. Sin embargo, al menos en la cultura occidental, el concepto y el interés por el aburrimiento pertenecen a la Edad Moderna. En la lengua alemana, la palabra *Langeweile* aparece a finales del siglo XIV, pero hasta finales del siglo XVII se usa en el sentido de algo «largo», «prolongado»: una enfermedad, un periodo de tiempo, un camino, un viaje pueden calificarse con ese término. Con el significado actual solo se difunde en el siglo XVIII. En francés, *ennui* se relaciona al principio, por ejemplo en la *Canción de Roland*, con la fatiga y el dolor, y sólo en el siglo XVII adquiere el significado actual que equivale a aburrimiento. (Aprovecho para decir que esta palabra procede del latín *inodiare*, «ser odioso», formado a partir de la locución del latín clásico *in odio esse*, «ser objeto de odio». En castellano dio lugar al término enojo. Todavía en las *Tragedias* de Racine significaba «tristeza profunda», «gran contrariedad», de donde procedía la expresión *ennui de vie*.

En inglés, la palabra *spleen* significó «bazo» hasta el siglo XIV, pero, a finales del siglo XVII (1690), Sir William Temple ya no la usó en el sentido anatómico, sino con un matiz psicosociológico, al calificar a Inglaterra como «reino del aburrimiento» *(Region of Spleen)*. No fue el único, en 1672 aparece la obra de Gideon Harvey *Morbus Anglicus or a Theoretick and Practical Discourse of Consumptions*, y *Hypochondriack Melancholy*, y en 1733, el libro de George Chaque *The English Malady: or a Treatise of Nervous Diseases of all Kinds; as Spleen, Vapours, Lowness of Spirits, Hypochondriacal and Hysterical Distempers, etc.* (Hay que decir que, con similar orgullo, los franceses consideraban el aburrimiento una enfermedad típicamente suya.) Swift usó la palabra en su *Gulliver,* con el significado de «hastío»: *spleen* es la «hipocondría inglesa» que «sólo se apodera de los ociosos, los lujuriosos y los ricos» (IV, 7).

Esplín es un sentimiento culturalmente determinado, cuyo significado ha cambiado en los últimos siglos. Llegó a ser un «humor tétrico que produce tedio de la vida» (DRAE, 1899).

Está pues en esa amplia zona oscura y blanda que hay entre melancolía y aburrimiento. Domínguez indica: «Tristeza profunda y arraigada, melancolía devoradora, fastidio, disgusto, aburrimiento de todo, humor tétrico que produce hastío, tedio o cansancio de la vida, que hace aborrecerla como una carga demasiado pesada. Es voz tomada del inglés *spleen*.»

Seguiré acopiando materiales para la historia del aburrimiento. En el siglo XVIII, Europa fue invadida por una congoja cultural, a la que se llamó *mal du siècle, weltschmerz*, mal del siglo, expresión que designaba el *tedium vitae*, el aburrimiento melancólico o la tristeza tediosa que invadía a los románticos. Russell P. Sebold[8] considera que el mejor nombre para ese sentimiento se encuentra en un poema de Meléndez Valdés:

> Do quiera vuelvo los nublados ojos,
> nada miro, nada hallo que me cause
> sino agudo dolor o tedio amargo (...)
> Sí, amigo, sí; mi espíritu insensible
> del vivaz gozo a la impresión suave,
> todo lo anubla en su tristeza oscura,
> materia en todo a más dolor hallando;
> y a este fastidio universal que encuentra
> en todo el corazón perenne causa.

Así se las gastaban los románticos. Nestor Luján ha comentado este sentimiento con su gracejo habitual. «El mal del siglo [se entiende del siglo XIX] pertenece a la época romántica y fue el aburrimiento, el tedio ante la vida.» Vicente Vega, en su *Diccionario de frases célebres*, dice lo siguiente: «Así llamó al aburrimiento el escritor católico francés Fernando Brunetière (1849-1906) en un famoso artículo de este título publicado en la *Revue des Deux Mondes* correspondiente al 15 de Septiembre de 1880.»

Siendo este libro de Vicente Vega generalmente muy bien informado, interesa rectificar esta noticia, que no es cierta. El *mal du siècle*, es decir el aburrimiento, la melancolía profunda, el tedio de la vida de la juventud romántica tiene su origen en la obra *René* del vizconde de Chateaubriand, no poco autobiográfica y publicada en 1802. A raíz de la publicación de *René* se llamó al aburrimiento «*le mal de René*». Luego un crítico, Sainte-Beuve, el 15 de mayo de 1833, hablando de la novela *Oberman* de Senancourt, aparecida en 1804, escribió: «Esta palabra aburrimiento, tomada en su acepción más general y más filosófica, es el rasgo distintivo del mal de Oberman: es lo que se puede considerar el mal del siglo.» Tres años más tarde filosofaba sobre este mal del siglo Alfred de Musset en su obra *Confessions d'un enfant du siècle*. Mucho antes de que el artículo de Brunetière fuera publicado en 1880, la expresión ya había sido traducida al castellano y usada por nuestros poetas románticos.[9]

6

Además de una historia del aburrimiento podría hacerse una geografía del tedio, porque parece que en todas partes se da este sentimiento. Ya he explicado que, de acuerdo con el léxico, unas culturas son más propensas a un sentimiento que otras. El alma rusa, al parecer, se aburre con excesiva frecuencia. La novela y lo poesía rusas tienen mucho que enseñarnos sobre ese sentimiento informe, blanco como la estepa y vasto como la nieve. Su lengua tiene muchas palabras para designarlo: *skouka*, que es el aburrimiento en sentido estricto, la enfermedad de la duración demasiado larga y la existencia demasiado vacía; *toska*, menos sutil que el *spleen* y también más lánguido, pero que le añade a *skouka* el dinamismo del arrepentimiento y de la vaga aspiración, que es nostalgia por detrás y espera de no se sabe qué por delante; *khondra*, que es más bien la hipocondría, el aburrimiento visceral.

Wierzbicka considera que *toska* es una de las palabras claves de la cultura rusa. Más aún, puede ser la llave para abrir la enigmática «alma rusa». De hecho, las dos palabras *toska* y *duša* (alma) frecuentemente van juntas, como si un concepto evocara el otro. Los rusos se refieren a su *toska* más frecuentemente que los ingleses a cualquier emoción. Tiene algo que ver con la tristeza, implica un vacío causado por la ausencia de algo valioso, la intensidad y omnipresencia del sentimiento, que arroja una sombra sobre el universo, un anhelo de estar en otro sitio, de que algo nos llama desde otro mundo, el contraste entre el mundo de aquí y ahora que ha perdido su atractivo para nosotros y un mundo inaccesible que contiene los tesoros perdidos. Ante tal variedad los diccionarios bilingües rusosingleses le atribuyen dos o tres significados. Según Smirnickij significa: 1) melancolía, depresión; 2) aburrimiento, debilidad, tedio. Según Wheeler: 1) melancolía; 2) aburrimiento; 3) nostalgia.

Por desear algo bueno, vago e inaccesible se parece a la ansiedad. Por no realizarse, a la tristeza. Por no saber lo que quieren ni pueden hacer, al aburrimiento. ¿Por qué los rusos son tan proclives a sentir *toska* y por qué ese concepto tiene tan importante papel en su cultura? Según Berdiáiev el alma rusa tiene una inmensidad, una vaguedad, una predilección por lo infinito, tal como está sugerido por las grandes planicies. El sentimiento puede ser una representación interior de «la *toska* de las llanuras sin fin», que dice el poeta Esenin.

Lutz ha analizado la palabra ifaluk *nguch*, que designa los sentimientos producidos por las situaciones en que uno tiene que aceptar que las metas individuales son amenazadas. Se usa «en la vida diaria para describir la frustración engendrada por la obediencia exigida por los de alto rango». Pero también puede ser producida por el trabajo monótono o por «una nociva pero inevitable situación». «Si una mujer ha estado rallando cocos durante tres horas bajo el sol, frecuentemente se declara *nguch*. Si alguien pide repetidamente cigarrillos, pero se han agotado las existencias, se considera también *nguch*, aunque reconozca que la situación está justificada. Hay, pues, una sumisión a una situación frustrante. Como ocurre con *boredom*, implica que algo ha durado mucho, que no quiere que eso continúe. Pero al contrario que en el caso de *nguch*, el principal problema es que no se piensa en nada interesante. A pesar de las diferencias en la precisión o en los detalles, podemos reconocer con mucha facilidad los sentimientos expresados por las palabras rusas e ifaluk.»[10]

7

Lo mismo que sería posible hacer una historia del aburrimiento, puede hacerse una historia de la diversión. Un filósofo muy perspicaz, José Ortega y Gasset, se dio cuenta de que éste era un asunto serio.

El más sobrio examen debiera hacernos caer en la cuenta de lo desazonador y sorprendente que es el hecho de existir en el universo una criatura –el hombre– a quien es menester divertirse. Porque di-vertirse es apartarse provisoriamente de lo que solíamos ser, cambiar durante algún tiempo nuestra personalidad afectiva por otra de apariencia arbitraria, intentar evadirnos un momento de nuestro mundo a otros que no son el nuestro. ¿No es esto extraño? ¿De qué cosa necesita el hombre divertirse? ¿Con qué logra divertirse? El problema de la diversión nos lleva más directamente al fondo de la condición humana que esos otros grandes temas melodramáticos con que nos abruman en sus discursos políticos los demagogos.[11]

Aunque, como hemos visto, lo contrario del aburrimiento sería cualquier experiencia que ocupara la mente, aunque fuera desagradable, la *diversión* ocupa un lugar señero en la lucha contra el tedio. Sin embargo, no parece designar un sentimiento. Designa el «efecto de divertirse», es decir, regocijarse, solazarse, reírse. Es lo que distrae y entretiene. *Distraer*, como también divertir, significa «apartar la atención de alguien de una cosa, un pensamiento, una preocupación» (MM). También *entretener* significa «distraer a alguien impidiendo que siga su camino, que siga haciendo lo que hacía o que vaya a un sitio o empiece a hacer otra cosa» (MM). Alivia la plomiza percepción del tiempo que tiene el aburrido. Es «el placer a que nos aplicamos para pasar el tiempo o descansar de algo serio» (AU). Según el *Panléxico*:

El entretenimiento indica una ligera ocupación, suficiente para libertarnos del fastidio de una completa ociosidad, haciéndonos pasar el tiempo de modo que nos sea menos pesado nuestra completa inacción: es propiamente un pasatiempo. La diversión indica mayor interés, más agradable ocupación, mayor entretenimiento; en tales términos que por la seguida de los placeres no sólo nos ocupe el tiempo, sino que nos apegue e interese con afición y aun con pasión: entreteniéndonos pasamos el tiempo; divirtiéndonos gozamos de él. El placer que nos entretiene siempre es frívolo y ligero; el que nos divierte es más vivo, fuerte e interesante.

El entretenimiento es la ocupación del que ninguna tiene: es un recurso del que en nada se ocupa; del hombre ocioso, fastidiado. Éste con cualquier bagatela o niñería se entretiene. El feroz Domiciano se entretenía días enteros en matar moscas.

La diversión es una distracción del trabajo, una relajación de él, un descanso, un recreo para desahogo, ya sea corporal o mental, que proporcione recobrar fuerzas para volver a la tarea (...).

A fuerza de diversiones se cae en el fastidio, y cuando es absoluto, nada puede entretenernos ni divertirnos (...).

No hay verdadera diversión donde falta el interés, el movimiento de las pasiones. Para divertirse en el juego necesita el jugador de profesión animarse, acalorarse, picarse, que se forme un objeto de pasión que excite su deseo, su cólera, su temor, su esperanza; los juegos tranquilos, sedentarios, fríos, sólo sirven de entretenimiento (...).

Pero así como la diversión es un mayor grado de entretenimiento, que pide y necesita pasión e interés, el regocijo es el aumento, la exageración de la diversión: es una diversión extremada, bulliciosa.

El regocijo es un gusto, un placer manifestado con acciones exteriores, con ruidos, saltos, gritos desacompasados, aclamaciones de muchas persona, arrebatamientos de alegría.

La alegría, por supuesto, es lo contrario del aburrimiento.

1. De acuerdo con Zuckerman, «la búsqueda de sensaciones es un rasgo definido por la necesidad de sensaciones y experiencias variadas, nuevas y complejas, y la voluntad de asumir riesgos físicos y sociales con tal de satisfacer esta necesidad» (Zuckerman, M.: *Sensation-Seeking: Beyond the Optimal Level of Arousal*, Erlbaum, Hillsdale, 1979, p. 10. Zuckerman, M., Bone, R. N., Neary, R., Mangelsdorff, D., y Brutsman, B.: «What is the sensation seeker? Personality trait and experience correlates of the Sensation Seeking scale», *Journal of Clinical and Conseling Psychology*, 39, 1972, pp. 308-321).

2. Heller, A.: *Teoría de los sentimientos humanos*, Fontamara, Barcelona, 1980, p. 53.

3. Materiales para una historia de la acidia pueden encontrarse en Stanley W. Jackson: *Historia de la melancolía y la depresión*, Turner, Madrid, 1989. Del mismo autor: «Acedia the Sin and Its Relationship to Sorrow and Melancholia», en Kleinman, A., y Good, B.: *Culture and Depression*, University of California Press, Berkeley, 1985; Wenzel, S.: *The Sin of Sloth. Acedia in Medieval Thought and Literature*, University of North Carolina Press, Chapel Hill, 1960.

4. Tomás de Aquino: *Sum. Theol.*, II-II, q. 35.

5. Bexton, W. H., Heron, W., y Scott, T. H.: «Effects of decreased variation in the sensory environment», *Cand. J. Psychol.*, 8, 1954, pp. 70-76.

6. Un resumen de las investigaciones puede verse en Reeve, J.: *Motivación y emoción*, McGraw Hill, Madrid, 1994, pp. 240-255. La susceptibilidad al aburrimiento es, posiblemente, uno de los motivos que llevan al consumo de drogas, donde se encuentra una fuente de sensaciones. Cf. Graña Gómez, J. L. (ed.): *Conductas adictivas*, Debate, Madrid, 1994, p. 89.

7. Földènyi, L. F.: *Melancolía*, Círculo de Lectores, Barcelona, 1998, p. 195.

8. Sebold, R.P.: *El rapto de la mente. Poética y poesía dieciochesca»*, Barcelona, Anthropos, 1989 (2.ª ed.), pp. 157-169.

9. Luján, N.: *Cuento de cuentos*, Folio, Barcelona, 1992, p. 224.

10. Wierzbicka, la mejor semántica y lexicógrafa que conozco,

cree que pueden darse definiciones exactas de todos los sentimientos. Lo hace en un lenguaje muy elemental, usando sólo primitivos semánticos, para no cometer el error de definir un sentimiento con palabras pertenecientes a una cultura y, por lo tanto, demasiado cargadas semánticamente. Como ejemplo de su método transcribo sus definiciones de *toska, nguch y boredom.*

Toska:
X piensa algo como esto:
Quiero que suceda algo bueno.
No se qué. Sé que no sucede.
Por eso X siente *toska.*

Nguch:
X piensa algo como:
Z ha estado sucediéndome mucho tiempo
porque alguien (Y) lo quiere.
Yo no quiero que Z dure más.
Por eso querría hacer algo malo a Y.
Yo no debería hacerlo.
Yo no puedo hacer nada.
Por eso siento algo malo.

Boredom:
X piensa:
Durante mucho tiempo no he hecho nada en lo que me gustaría pensar.
No quiero esto.
Querría hacer algo sobre lo que me gustaría pensar.
No puedo hacer nada así ahora.
Por eso X siente algo malo.

11. Ortega, J.: *Obras completas,* IV, Alianza, Madrid, 1983, p. 420). Materiales para una historia de la diversión en Marina, J. A.: «Historia de la diversión», en Calderón España, M. C. (ed.): *Movida y sociedad,* Universidad de Sevilla, 1997, pp. 105-118; Marina, J. A., y López Penas, M.: «Epílogo» en *Elogio y refutación del ingenio,* Anagrama, Barcelona, 1992. Elias, N., y Dunning, E.: *Deporte y ocio en el proceso de civilización,* FCE, México, 1992.

X. HISTORIAS DEL FUTURO

1

Todos los sentimientos se experimentan en presente, claro está. Pero muchos de ellos tienen una temporalidad interna muy bien definida. El desencadenante puede ser un hecho pasado, presente o futuro. Hay, pues, sentimientos que hacen clara referencia al pasado: la nostalgia, el remordimiento, el rencor, la gratitud. Un desmemoriado sería incapaz de experimentarlos. Hay sentimientos de lo que está pasando: la admiración, la sorpresa, la alegría. Otros, en fin, hacen referencia al porvenir. De éstos voy a ocuparme en este capítulo.

El ser humano es capaz de anticipar el futuro. Tal vez haya sido ésta la capacidad que más ha influido en su supervivencia. Puede imaginar el curso posible de los acontecimientos, inventa alternativas, calcula riesgos. Poder ensayar distintas soluciones simbólicamente permite que en caso de fracaso sólo mueran sus hipótesis en vez de morir ellos. El diccionario contiene muchas palabras que designan ese afán por anticipar el futuro y el empeño para modificarlo. Los terráqueos quieren predecir, prefigurar, presagiar el porvenir. Los procedimientos que han utilizado con ese fin sorprenden mucho a un racionalista como yo. El *horóscopo* que leen en los periódicos es uno de ellos. Es una palabra compuesta del griego *hôra*, «hora» y *skopein*, «examinar». Mediante el examen de la hora natal pretenden hacer previsiones para el futuro. Los augures era los encargados de presagiar. Hay muchas palabras misteriosas para nombrar esas técnicas mágicas. Elegiré tres como muestra del repertorio de la adivinación: la *capnomancia* adivina mediante el

228

humo, es la más etérea y poética. La *alectomancia* se me antoja más grosera, porque adivina por la piedra que el gallo tiene a veces en su hígado. La *espatulomancia* presagia mediante huesos. Cada vez que decimos de algo que está bajo buenos auspicios estamos recordando a los *auspex*, sacerdotes romanos que predecían el porvenir por el examen del vuelo de los pájaros.

Muchas culturas han sentido y creído que los actos humanos están controlados, y tenían el sentimiento de que las cosas se hacen de manera involuntaria. Esta convicción es tan corriente que Heelas, un conocido antropólogo, considera universal la noción de destino, predestinación, hado.[1] Es verdad que aparecen en muchos idiomas palabras semejantes: *moira* (griego), *fatum* (latín), *kismet* (islam), *simtu* (Babilonia), *karma* (budismo), *ming* (chino), *sau* (egipcio), *sud'ba* (ruso), suerte (castellano). El castellano es pesimista respecto al destino, al que llama fatalidad, palabra que, de paso, significa «suceso desgraciado o de malas consecuencias» (MM). En castellano se dice «mujer fatal», lo que supongo que será una muestra de machismo o de pesimismo.

Sin embargo, tengo la impresión de que la cultura occidental ha trabajado cuidadosamente el sentimiento de responsabilidad. Aunque la palabra designa en primer lugar un fenómeno objetivo –ser el culpable de algo–, se ha ido sentimentalizando. Alguien se siente responsable, en especial «de cosas que pueden salir mal». O de las que ya salieron. Su tono afectivo es más claro en la palabra *irresponsabilidad*, que indica ligereza en el obrar. En este contexto ideológico no basta con anticipar el futuro, hay que pre-pararse para él. Esta dualidad resulta léxicamente clara en dos palabras de la misma familia: *prever* y *proveer*. El «pro» se lanza hacia el futuro abierto por el «pre». Pro-metemos, pro-gramamos, pro-ponemos, pro-yectamos.

La capacidad de simbolizar el futuro ha aumentado en gran manera el mundo sentimental humano. Basta pensar en las emociones que provoca la anticipación de la muerte. Ante el advenimiento del futuro los terráqueos adoptan distintas posturas, que tienen mayor o menor intensidad afectiva. *Aguardar* es «estar alguien en un sitio con intención de permanecer en él hasta que llegue cierta persona, cosa o momento» (MM). El sujeto está quieto mientras el futuro –o mejor dicho, el contenido del futuro, el autobús por ejemplo– se acerca. Este mismo significado tiene la palabra *esperar*, que sin embargo, como veremos después, ha adoptado un significado más optimista. Los griegos precisaron bien esta espera sin calificativos. La llamaron *elpis*, y tuvieron que añadir un prefijo para indicar si se trataba de una esperanza buena o de una esperanza mala. Por cierto, la palabra *elpis*, espera, procede de la raíz *felp-*, «desear o querer algo ardientemente», lo que nos sirve para recordar que el deseo es un impulso hacia el futuro, la tensa espera del cumplimiento. El aguardar tiene otra variante, más intensa e impaciente, y se llama *expectación* al «interés o curiosidad con que se espera ver cómo es, cómo se resuelve cierta cosa». También tengo que mencionar la impaciencia, «la incapacidad para soportar la espera».

Como tengo que ir ejercitándome en formalizar los sentimientos, para que mis patrones se queden contentos, les propongo un cuadro sinóptico –es decir, que se ve de una (sin) ojeada (óptico)– de todos los sentimientos que tienen que ver con las previsiones, previsiones que pueden ser agradables o desagradables, cumplidas o no cumplidas:

Previsión deseable sin cumplimiento: *decepción*.
Previsión indeseable sin cumplimiento: *alivio*.

Previsión deseable sin confirmación todavía: *esperanza*.
Previsión indeseable sin confirmación: *miedo*.

Previsión deseable realizada: *triunfo*.
Previsión indeseable realizada: experiencia del «ya lo decía yo».

¡Qué deliciosa sensación de dominio dan los cuadros sinópticos! Son como los planos de esas ciudades modernas, hechos con regla y cartabón.

2

La primera tribu que voy a describir tiene como argumento el fallo en el cumplimiento de una anticipación. La *decepción* sólo indica la impresión causada por algo que no resultó tan bien o tan importante como se pensaba. Es voz moderna, que no aparece hasta el siglo XVII. Ya he hablado de una parte importante de estos sentimientos de la comparación: decepción, desengaño, desilusión, desencanto. Cuando nuestra actitud ante el futuro no se limitaba a desear o prever sino que se había concretado en un esfuerzo, aparece la *frustración,* que suele estar teñida de impotencia (Z). La frustración, según los psicólogos, es uno de los motivos claros y típicos de la cólera. Muy semejante es el sentimiento de *fracaso.* En el diccionario sólo está recogido como un hecho objetivo. Fracasar es romper algo *(casser).* También, «no dar una cosa el resultado perseguido con ella» (MM). Pero los términos afines a que remite son claramente sentimentales: amargar, derrotar, desilusionar, desencantar, desengañar. Lo propio de este sentimiento es que no hay fracaso sin empeño, ni derrota sin lucha.

Cuando una previsión desagradable no se realiza sentimos *alivio, relief.* Nos quitamos de encima un peso previsto. «Si la mujer es buena», escribe Quevedo, «comunicarla con los prójimos es caridad; y si es mala, es alivio propio». En castellano, sin embargo, esta palabra tiene un significado más amplio y designa el sentimiento agradable producido por la disminución de un sufrimiento físico o moral. Por eso lo hemos tratado en otro lugar. En Colombia y México hay una expresión dramática: «Se alivió hasta de vivir»: se murió.

3

El pulcro modelo formal que he presentado antes incluye otra pareja: la confirmación de las previsiones deseables o de las previsiones no queridas. No son sentimientos bien lexicalizados porque lo que predomina en la experiencia es la satisfacción o insatisfacción del deseo integrado en la previsión, más que la previsión misma. En el caso de previsiones positivas podemos hablar de *triunfo* cuando el sujeto no se haya limitado a esperar un acontecimiento, sino que se haya empeñado en él. En el caso de previsiones negativas, hay un curioso sentimiento no lexicalizado, al que he llamado «experiencia del ya lo sabía». Es muy corriente cuando se ha advertido a alguien de un mal. «Si conduces bebido vas a tener un accidente.» Cuando el accidente ocurre, cuesta trabajo no decir a la víctima: «¡Ya te lo había dicho!» Es un sentimiento híbrido, mezcla de indignación por no haber sido atendido y de desesperación ante lo inevitable ya pero que pudo ser evitado.

Pasemos a la tercera pareja del modelo, las dos tribus más complejas de este clan de sentimientos hacia el futuro: la *esperanza* y el *miedo*. Ambas han ido tradicionalmente juntas y opuestas: «La esperança y el temor son de lo advenidero», dice Palencia. En la antigüedad esta pareja servía para describir el estado de ánimo de los soldados antes de entrar en combate, la vacilación colectiva o individual ante una prueba mortal. Aristóteles escribe: «Para que se tema es preciso que aún se tenga alguna esperanza de salvación por la que luchar. La prueba está en que el miedo empuja a deliberar, mientras que nadie delibera sobre las cosas para las cuales no existe esperanza.» En lo que resta de capítulo estudiaré la esperanza y dejaré el miedo para el capítulo siguiente.

4

Esperanza procede de la raíz indoeuropea *spe-* que designa una representación semántica amplia e interesantísima. Dio origen a los siguientes significados: «considerar que algo debe realizarse» (*sperare*, latín), «aumentar» (*sphàyate*, sánscrito), «prosperar», (*spowan*, inglés), «tener éxito» (*spuon*, alemán), «ocio» (*spètas*, lituano), «poder, ser capaz de» (*spèt*, letón). La representación básica está constituida por la ampliación del presente mediante un aumento de lo que se desea. Tiene un contenido positivo, que se mantiene claramente en la palabra pro-sperar. La esperanza es un sentimiento que anticipa la prosperidad.[2]

La esperanza, como vimos antes, está muy relacionada con el deseo, puesto que se espera lo deseable. Vives lo confirma al escribir: «La esperanza es una forma de deseo, a saber, la confianza de que sucederá lo que deseamos. Nada hay tan ligero, tan diminuto, situado tan lejos, tan extraño, que el espíritu no lo pueda aprehender fácilmente mientras busca apoyos para su esperanza, ya que por más pequeño que sea y cualquiera que sea su calidad, tendrá bastantes fuerzas para mantener la esperanza; tan inconsistente en esto: lo mismo se atrapa con un anzuelo que con una trampa. La ilusión de la esperanza es gratísima y ante todo necesaria para la vida, en medio de tantas desgracias, situaciones difíciles y casi intolerables. En verdad, sin el lenitivo de la esperanza todo resultaría no sólo insípido sino también desagradable. Con clarividencia la fábula imaginó que en el vaso de Pandora, al derramarse y perderse todas las cosas, sólo la esperanza quedó en el fondo (Hesiodo; *Op.*, 93-99). Fue la misma Pandora la que impidió que la esperanza se escapara. Ésta es la imagen de la vida humana, por ello el Creador del mundo ha determinado que la esperanza nazca y se sustente con levísimas motivaciones.»[3]

Al menos en castellano no se puede identificar la esperanza con el *optimismo*, esta palabra designa una «propensión a ver o esperar lo mejor de las cosas» (MM). Como rasgo de carácter puede favorecer la esperanza, pero sin confundirse con ella. Aristóteles decía que el vino era la razón del optimismo de la juventud, y también de su buena esperanza.[4]

La esperanza es un sentimiento «en el que se nos presenta como posible lo que deseamos» (DRAE, 1984). «Es un afecto o pasión del alma con que esperamos el bien ausente que juzgamos por conveniente» (AU). María Moliner precisa más: «Suponer alguien que ocurre o se hace o esperar que ocurrirá o se hará cierta cosa necesaria para su tranquilidad. Esperar o suponer algo, para su tranquilidad, que tendrá cierta cosa o que esa cosa será suficiente como la desea. Estar tranquilo respecto al comportamiento de alguien por considerarlo honrado.»

Tiene un componente ilusionado. La *ilusión* es «la alegría o felicidad que se experimenta con la posesión, contemplación o esperanza de algo. Esperanza o creencia vana con que alguien se siente contento. Imagen formada en la mente de una cosa inexistente tomada como real» (MM).

Domínguez define la esperanza con todas las galas de su inventiva: «Confianza más o menos fundada, probabilidad más o menos segura, convicción más o menos profunda y viva que abrigamos de conseguir un fin apetecido, suspirado, de lograr alguna cosa que al parecer nos conviene y hace falta. Solaz de los mortales afligidos, engañoso pero dulce en sueño, único aliciente que en las tormentas grandes de la vida puede hacer tolerable la existencia. Es el primer y último bien del hombre, es al mismo tiempo una ilusión que haciendo correr sus mejores años en pos de una sombra o un fantasma de dicha, ni aun en su vejez lo abandona ni aun se extingue en su tumba, que allí renace pura y verdadera, limpia y expurgada de aspiraciones terrenales, cuando tiene por objeto a Dios cuya infinita misericordia le fomenta.»

Lo esperado debe cumplir varios requisitos: ser un bien, futuro, dotado de alguna grandeza o dificultad, y posible, dice Santo Tomás. El diccionario nos anima a distinguir dos tipos de esperanza. Puedo sentir esperanza hacia algo, y puedo sentir esperanza hacia alguien. En el primer caso tengo una cierta seguridad de que lograré lo que deseo, bien por mi esfuerzo o bien por la marcha de las cosas. En el segundo caso, mi seguridad se basa en la ayuda, colaboración, promesa dada por otra persona.

Un ejemplo muy claro de este segundo tipo de esperanza se da en la cultura hebrea. Como era de esperar, dado su carácter mesiánico, son numerosas las palabras hebreas que expresan la idea de esperanza. Esperar en Dios será refugiarse en Él *(hâsâh),* buscar en Él un refugio como los polluelos asustados se refugian bajo las alas de su madre. Ésta es una imagen familiar para los escritores bíblicos.[5] También es confiar en Él *(bâtah),* encontrar en Él la seguridad, esperar con paciencia su ayuda. Lo que permanece fijo en todas estas palabras es que la esperanza es el modo como el hombre puede alcanzar la fuerza de Dios que se ofrece a él. Es preciso que el hombre no confíe

en sí mismo, que renuncie a su fuerza, para recibir la fuerza de
Dios como un don:

> Yo espero sin reserva en Yahvé
> y Él se ha inclinado hacia mí
> y ha escuchado mi grito de socorro.

Resulta interesante comprobar que en los Evangelios no
aparece la palabra esperanza, que queda incluida en la *pistis,*
«fe». El castellano explica con claridad este hecho. La esperanza en otra persona se funda en la confianza que ponemos en
ella. *Confiar* procede de *fiare,* «dar la fe», es decir, la palabra o
la promesa. En su origen, la confianza, la esperanza y la promesa estaban unidas. Cuando San Pablo define la fe como «la
sustancia de las cosas que debemos esperar», está refiriéndose
a esta representación semántica básica. La definición escolástica de la fe como «un hábito del espíritu que hace que la inteligencia se adhiera a lo que no es evidente» es un sesgo cognitivo que rompe la complejidad originaria.

La esperanza es interpretada de modo diferente en las diferentes culturas. Averill ha comparado las ideas que tienen sobre la esperanza los estadounidenses y los coreanos. Los coreanos consideran que la esperanza *(himang)* es un rasgo
permanente de la personalidad y, por lo tanto, no es un estado
emocional. En cambio, los americanos piensan que es un estado transitorio y que puede considerarse un sentimiento. Averill, que defiende una teoría cultural de los sentimientos, cree
que la diferencia tiene un origen religioso. Los estadounidenses han sido muy influidos por el cristianismo, que valora mucho la esperanza. Los coreanos, por el confucianismo, el budismo o el taoísmo, religiones más desesperanzadas.[6]

5

La *confianza* es también una actitud ante el futuro. En sentido metafórico se aplica a cualquier cosa que creo que no va a

defraudar mis expectativas. Confío en la seguridad de un puente, en la estabilidad de la Bolsa, en mis propias fuerzas. Pero en sentido estricto sólo se puede confiar en personas, porque sólo ellas pueden haberse comprometido a actuar de una particular manera. Covarrubias recuerda la etimología: «del verbo latino *confido, is*, fiar, tener esperanza o tener seguridad de la fe de alguno». Es decir, está relacionado con la fe. Es la esperanza que se tiene en la fe de otro. ¿Qué es esta *fe?* Es la «palabra dada o promesa hecha a alguien con cierta publicidad o solemnidad». Por ello la fidelidad se define como «guardar la fe conyugal» (MM).

Lo opuesto a confiar es *desconfiar*. Desconfío de alguien cuyo modo de proceder desconozco, de aquel cuyo comportamiento es impredecible, o de aquel cuyo comportamiento ha cambiado. Es evidente que no desconfío del ladrón que entra en mi casa: estoy seguro de su perversa intención.

Es interesante que el diccionario admita que hay un rasgo de carácter que favorece la desconfianza. El desconfiado tiene esa inclinación. Hay otras palabras semejantes: malpensado, malicioso, suspicaz, escamón, etc. Es decir, el lenguaje admite que en el acto de confiar hay una intervención activa del sujeto, que puede ser más o menos dado a ejecutarlo. Fiarse de alguien es siempre un acto arriesgado. Hay una expresión corriente, aunque no esté lexicalizada: desconfío de mi mísmo, o de mis fuerzas. ¿Qué quiere decir esta curiosa incertidumbre? Afirma, al parecer, que en cada hombre hay un núcleo desconocido y en cierto modo imprevisible, que sólo se manifiesta en el momento de la acción.

Al mencionar este rasgo de carácter, hay que añadir que hay algunas razones de este sesgo caracterológico que están lexicalizadas, por ejemplo, *escarmentado* o *avisado*. Es decir, que ha sido castigado para que no vuelva a comportarse de una manera ingenua. Más gráfica es la palabra *escaldado* y el refrán que la acompaña: «El gato escaldado del agua fría huye.» Haber sufrido lo inesperado nos hace desconfiar.

El léxico nos obliga a internarnos en parajes donde no pensábamos pisar. La esperanza nos ha conducido a la confianza y ésta a la fe que está incluida en su etimología. Pero el castellano *fe* nos lleva al latín *fides*. Y esta palabra, aparentemente insignificante, va a descubrirnos una de las claves de la cultura romana. ¿Clave intelectual o clave afectiva? Es difícil decirlo. Como escribe Fritz Schulz, uno de los grandes especialistas en derecho romano, «los romanos llegaban a ser patéticos cuando hablaban de la *fides*».[7]

Como ejemplo, nos sirven las palabras de Valerio Máximo, contemporáneo del emperador Tiberio, quien, movido por un afán retórico y pedagógico, recopiló un buen número de ejemplos del pasado dignos de imitación. En el proemio del capítulo relativo a la *fides* pública dice: «La venerable deidad de la Fides levanta su diestra como signo certísimo de la seguridad humana, que siempre se mantuvo en nuestra ciudad como también todas las naciones reconocieron.»

Es cierto que entre los pueblos no romanos existió un amplio consenso sobre el hecho de que los romanos podían enorgullecerse de su fidelidad. Ciceron define la *fides* como «*dictorum conventorumque constantia et veritas*», es decir, «la actitud perseverante y veraz ante las palabras pronunciadas o los acuerdos celebrados» *(De off., 1.23)*. Cuando un pueblo capitulaba ante Roma se utilizaba la expresión *se dedere in fidem populi romani*, «se entregaban con confianza a la lealtad del pueblo romano».

Entre los personajes de la historia romana hay un personaje mártir de la *fides*. Contamos su historia para recordarle una vez más, como antecesor de nuestra mejor historia. El cónsul romano A. Atilio Régulo fue prisionero de los cartagineses durante la primera guerra púnica. Con el fin de canjear prisioneros y de mediar un acuerdo de paz, fue enviado a Roma no sin antes haberse obligado por juramento a regresar a Cartago en caso de que se frustrasen los objetivos de su misión. Régulo abogó con éxito contra las propuestas de los cartagineses, y –fiel a su juramento– regresó a Cartago, donde murió martirizado. En este contexto cita Cicerón *(De off.,* 3. 104) el verso del antiguo poeta latino Ennio: «*O Fides alma apta pinnis et ius iurandum Iovis!»* «¡Oh, santa Fides alada y juramento de Júpiter!»

¿Qué sucedía en el corazón del romano? Ennio, en dos versos citados por Cicerón *(De or.,* 3. 168): «*At Romanus homo, tamenetsi res bene gestat, / corde suo trepidat»* («El romano trepida en su corazón incluso cuando las cosas le van bien»). El romano está dominado por el miedo al caos y al desorden, que pretende superar mediante reglas, formalismos, comportamientos tradicionales y precaución para todos los posibles eventos. Los romanos se hicieron dioses que estaban siempre presentes, de los que apenas había mitos que contar, pero que se interesaban especialmente por la estricta observancia de las normas. Estrechamente ligada al miedo a las sanciones religiosas se encuentra la consideración de la opinión pública nacional e internacional, que, por decirlo de alguna manera, puede ser entendida como una forma secularizada de instancia religiosa.[8]

7

En castellano, la esperanza tiene dos antónimos: *desesperanza* y *desesperación.* Ambas palabras significan «pérdida total de la esperanza». A pesar de lo cual, no me parecen sinónimas. *Desesperación* añade una aflicción intensa por algo que se ha perdido. María Moliner añade: «por culpa propia o por descuido». Es decir, la desesperación puede negar la esperanza no porque falte la confianza en que algo sucederá, cosa que expresa la palabra *desesperanza,* sino porque ya ha sucedido algo que lo impide. Pondré un ejemplo. Le embargó la desesperanza de encontrar a su hijo perdido. Le acometió la desesperación al ver a su hijo muerto.

La desesperación puede ser también inducida por la cultura. Aranguren estudió el talante desesperado del luteranismo.

238

Cabe distinguir aún, en el pensamiento luterano, dos formas diferentes de «saludable desesperación» que en él aparecen confundidas: la desesperación de la salvación, en el sentido en que el talante del creyente oscilaría entre la confianza y la desesperación de salvarse, y en segundo lugar, la desesperación sobre la fe, es decir, la duda existencial sobre si se tiene o no fe.[9]

Me interesa estudiar la palabra inglesa *helplessness* porque ha adquirido gran relevancia en psicología a partir de la obra del mismo título de Martin Seligman, y, además, porque tiene difícil traducción en castellano. En inglés significa «carecer de ayuda o de recursos, no tener asistencia de los demás, ser incapaz de ayudarse a sí mismo». Suele traducirse por *indefensión*, es decir, la situación del que no es bastante fuerte para defenderse, el estado de abandono, desamparo, orfandad, desvalimiento. En la actualidad, ha pasado a designar un sentimiento. Según Seligman, es el estado psicológico que se produce frecuentemente cuando los acontecimientos son incontrolables.[10] Es un sentimiento que acaba inhibiendo la motivación, recluyendo al sujeto en una pasividad desesperada. Actuamos cuando tenemos la esperanza de que el comportamiento producirá un fin previsto y satisfactorio. Cuando una persona o un animal aprenden que el resultado es aleatorio, independiente de la respuesta, lo más probable es que prefiera la pasividad a la incertidumbre. Con esta retirada, se abre el camino a la depresión. La impotencia para cambiar la situación o el estado de ánimo puede degenerar en *hopelessness,* en desesperanza sobre la vida misma. Entonces puede estar abierto el camino de la depresión. Como dice un experto: «Sentir desesperanza *(hopeless* o *despairing)* sobre la vida es un problema mucho más serio que sentir *helpless,* impotencia para recuperar algo perdido. Una pérdida puede ser enormemente dolorosa sin que destruya necesariamente nuestra razón de vivir. En la depresión, sin embargo, se siente desesperanza acerca del valor de la vida y se desea morir.»[11] La solución es hacer recuperar al paciente el sentimiento de la propia eficacia.

1. Heelas, P.: «Emotion Talk across Cultures», en Harré, R., y Gerrod, W. (eds.): *The Emotions*, Sage, Londres, 1996, pp. 171-199.

2. Pedro Laín ha escrito un enciclopédico libro sobre este tema: *La espera y la esperanza*, Revista de Occidente, Madrid, 1957. Por debajo del sentimiento de la esperanza descubre una estructura ontológica, fundamental de la existencia humana, la espera, la pretensión o versión del hombre a su futuro, la necesidad vital de desear, proyectar y conquistar el futuro (pp. 514 y ss.)

3. Vives, J. L.: *De anima et vita*, cap. XXII.

4. Lazarus, R. S., y Lazarus, B. N., en su libro *Passion and Reason*, Oxford University Press, Nueva York, 1994, señalan que los psicólogos han estudiado poco la esperanza como estado emocional. He leído Stotland, E.: *The Psychology of Hope*, Jossey-Bass, San Francisco, 1969; Averill, J. R., Catlin, J. G., y Kyum, K. C.: *The Rules of Hope*, Springer-Verlag, Nueva York, 1990. Los Lazarus consideran que la esperanza es esencialmente un antídoto contra la desesperación. El significado personal de la esperanza es que uno cree que es posible que las cosas vayan a mejor, a pesar de las circunstancias. El argumento de la esperanza es «temer lo peor pero anhelar lo mejor» (p. 72). La esperanza se tiene, pues, cuando las cosas van mal. La esperanza cuando las cosas van bien debe llamarse optimismo. «La gente produce el sentimiento de esperanza como un modo de luchar *(coping)* con la dificultad porque es mejor que entregarse a la desesperación» (p. 74).

5. *Ps.*, 38, 6, 57, 2, 91, 4; *Ruth*, 2, 12.

6. Averill, J. R.: «Intellectual Emotions», en Harré y Parrot (eds.): *op. cit.*, pp. 24 y 38.

7. Schulz, F.: *Principios del derecho romano*, Civita, Madrid, 1990, pp. 243-258. Precioso libro que muestra hasta qué punto el derecho romano configuró parte de la sentimentalidad europea.

8. Dieter Nörr: *La fides en el derecho internacional romano*, Fundación Seminario de Derecho Romano «Ursicino Álvarez», Madrid, 1996.

9. Aranguren, J. L.: *Ética*, en *Obras completas*, Trotta, Madrid, 1994, II, p. 406. Es sorprendente que los humanos no se hayan

percatado de que su historia es en gran parte la historia de los sentimientos. Hay algunas excepciones. Albert O. Hirschman ha explicado la influencia de la teoría de los sentimientos en la aparición del capitalismo en *Las pasiones y los intereses,* Península, Barcelona, 1999. Y el abrumador Theodore Zeldin ha escrito más de dos mil páginas sobre *Histoire des passions françaises* desde 1848 a 1945. El original inglés se comenzó a publicar en 1973 y se acabó en 1977, la duración de una pequeña catedral. He manejado la reciente edición de Payot & Rivages, París, 1994.

10. Seligman, M.: *Indefensión,* Debate, Madrid, 1991, p. 27.

11. Lazarus, R. S., y Lazarus, B. N.: *op. cit.,* p. 83.

1

Este capítulo me va a servir de ejemplo para explicar lo que los terráqueos deberían entender por «modelo semántico». No es que pretenda adoctrinar a los humanos. Se trata sólo de que los extraterrestres vemos las cosas desde un altura superior, lo que nos libra de enredarnos en los lazos de la proximidad. La mente humana parece tener representaciones muy complejas y articuladas de la realidad. Los conceptos se integran en guiones, argumentos, esquemas significativos muy amplios. El agua es líquido, río, mar, lluvia. Puede estar recogida en un recipiente o deslizarse o caer o helarse o evaporarse. Es incolora o verde o turbia o azul. Hay toda una mitología poética del agua. Y esta enorme cantidad de información resuena cuando digo «sus ojos eran agua dormida». Una frase notoriamente inexacta, pero bella. El gusto por las metáforas se me está contagiando. «En la India», escribe Raimundo Panniker, «ciertas sentencias condensadas fueron llamadas *sūtra*, es decir, hebras, hilos, que tratan de vincularnos con alguna de las grandes intuiciones de la humanidad», «el paradigma de una experiencia».[1] Me parece que todos las lenguas están llenas de sutras: las palabras se tejen unas con otras formando grandes tapices.

Para manejar sus conocimientos los humanos tienen que fragmentar ese plano general del mundo. Lo hacen de acuerdo con sus intereses, aunque no de forma arbitraria, sino basándose en aspectos relevantes de la realidad. Es verdad que a veces estas fragmentaciones del mundo –lo que llaman los exper-

242

tos segmentación– es un poco o un mucho anárquica. Me he reído todo lo que un extraterrestre puede reírse –que no es mucho– al leer un texto de Borges, un escritor argentino, donde habla de una enciclopedia china titulada *Emporio celestial de conocimientos benévolos*, que divide los animales de la siguiente manera:

a) pertenecientes al Emperador, b) embalsamados, c) amaestrados, d) lechones, e) sirenas, f) fabulosos, g) perros sueltos, h) incluidos en esta clasificación, i) que se agitan como locos, j) innumerables, k) dibujados con un pincel finísimo de pelo de camello, l) etcétera, m) que acaban de romper el jarrón, n) que de lejos parecen moscas.[2]

A nosotros los extraterrestres nos parece poco satisfactoria esta clasificación. La cito para que estemos avisados acerca de cómo se las gastan los humanos en cosas lógicas.

Esas fragmentaciones utilitarias e interesadas del mundo suelen etiquetarlas con palabras. Así aparece el léxico. Cuando organizamos con perspicacia la pluralidad de palabras, podemos descubrir un dominio de experiencia, una representación matriz, que es analizada y expresada por el lenguaje. Las palabras que voy a analizar en ese capítulo tienen que ver con un fenómeno muy peculiar y, al parecer, muy frecuente en la vida de los humanos. La percepción de un peligro o la presunción de que «algo malo puede suceder». Remite como antecedente a experiencias buenas y malas que ya ha tenido el sujeto. Las diferentes narraciones que van a surgir tienen como desencadenante común un peligro, un riesgo o una amenaza, aunque ya veremos que esta relación tendrá que ampliarse. El *Diccionario de Autoridades* define *peligro* como «el riesgo o contingencia de perder la vida o hacienda. Hablando de cosas no materiales vale riesgo o contingencia de no conseguirse o malograrse, o de caer en algún perjuicio o daño espiritual o moral. En la germanía significa tormento de justicia».

Riesgo es la posibilidad de que ocurra una desgracia o un contratiempo (MM). Aunque no es segura la etimología, riesgo sería un risco que en el mar pone en peligro un embarcación, cortando el casco *(resecare)*. *Amenaza* es «la acción o palabras con que se intenta infundir miedo a otra persona: el modo de dar a entender, o con palabra o con demostraciones, el peligro, daño o castigo a que se expone» (AU). Es decir, los humanos tienen variados medios para percibir o inducir la percepción de algo desagradable.

Peligro procede de la raíz indoeuropea *per-*, de donde proceden las palabras *experimento, pericia, empírico* y *pirata*. Significaba «ir hacia adelante, penetrar en algún sitio». Supone, pues, aventurarse en lo desconocido, que puede, sin duda, causar un mal. Es una categoría abstracta, que puede concretarse de muchas maneras. Cualquier cosa, incluso el amor, puede temerse. Rilke, un poeta alemán dado a los miedos, cuenta en sus sobrecogedores *Cuadernos de Malte Laurids Brigge* un patético caso de proliferación de los peligros. El protagonista escribe:

> Todos los miedos perdidos están otra vez aquí. El miedo de que un hilito de lana que sale del borde de la colcha sea duro, y agudo como una aguja de acero; el miedo de que ese botoncito de mi camisa de noche sea mayor que mi cabeza, grande y pesado; el miedo de que esta miguita de pan que ahora se cae de mi cama, sea de cristal y se rompa abajo, y el miedo opresor de que con eso se rompa todo, todo para siempre; el miedo de que la tira del borde de una carta desgarrada sea algo prohibido que nadie debiera ver, algo indescriptiblemente precioso, para lo cual no hay lugar bastante seguro en el cuarto; el miedo de que si me duermo me trague el trozo de carbón que hay delante de la estufa; el miedo de que empiece a crecer cierto número en mi cabeza hasta que no tenga ya sitio en mí; el miedo de que me pueda traicionar y decir todo aquello de que tengo miedo, y el miedo de que no pueda decir nada, porque es todo inestable, y los otros miedos... Los miedos.

Es imposible, pues, hacer un repertorio de desencadenantes del miedo si hasta el hilito que sale de una colcha puede serlo. No obstante, en el diccionario están mencionados muchos desencadenantes: la soledad, la barbarie, las catástrofes, el chantaje, la crueldad, el daño, lo imprevisto, los desastres, lo desconocido, la desdicha, la desgracia, el encarnizamiento, el ensañamiento, lo espantoso, la ferocidad, la fiereza, lo fortuito, el horror, lo ignoto, lo incierto, la inclemencia, lo inesperado, el infortunio, lo inhumano, la inmisericordia, la inseguridad, la intimidación, la mala suerte, la malaventura, la maldad, la maldición, lo maravilloso, la monstruosidad, la perversidad, la porquería, la probabilidad, lo prodigioso, lo raro, lo repentino, el sadismo, el salvajismo, lo secreto, lo sobrenatural, lo súbito, la suciedad, lo terrible, la violencia.

Sólo he mencionado los que vienen recogidos como causas del miedo en algún diccionario. Quiero llamar la atención sobre un interesante grupo –«lo imprevisto, lo inesperado, lo fortuito, lo maravilloso, lo prodigioso, lo repentino, lo sobrenatural, lo súbito»–, porque no son realmente un peligro. ¿He de incluirlos en esta tribu? Ya veremos que sí, lo que nos obligará a ampliar la descripción de la representación semántica básica. El estudio del léxico proporciona muchas sorpresas de este tipo, porque analiza la experiencia con mayor perspicacia que los mejores tratados de psicología. En castellano, lo que excede a la capacidad de previsión aparece también como un peligro.

2

La percepción de un peligro provoca, pues, un grupo de sentimientos. Es el comienzo de una historia que puede tener diferentes versiones. Pero conviene retroceder un poco. ¿Cuál es la situación previa a la aparición del peligro? Un estado sentimentalmente neutro –tranquilidad, seguridad, por ejemplo– que se ve alterado por una amenaza, un riesgo, o por cualquier tipo de intimidación. Es cierto que ese conocimiento puede hacerse en frío, reconocerlo sin experimentar el sentimiento correspondiente. Así le sucede al *impávido*. Ésta es una palabra confusa porque significa «el que no siente miedo o el que obra valientemente», y, como veremos, ambas cosas son muy diferentes. AU define *impávido* como «el que no tiene temor o pavor o que obra sin él». Y María Moliner: el «impasible, imperturbable, impertérrito. Se aplica a la persona que resiste o hace frente sin miedo a algo capaz de asustar. Valiente».

Para nosotros los extraterrestres, impávido es el que percibe el peligro pero no siente miedo. Su conducta puede ser por ello valiente y, también, temeraria.

La aparición del peligro inicia un modelo narrativo. Cada sustantivo de esta tribu designa una variante de la historia. Las diferencias están causadas por las características del desencadenante (la intensidad del daño posible, el modo de aparición, si ya ha sucedido algo malo o toda la historia sucede en el futuro, si el daño me afecta a mí o a otro), también por la intensidad del sentimiento y de sus manifestaciones, y por su relación con el comportamiento. Unos sentimientos impulsan a la acción, otros paralizan, otros movilizan pero alocadamente.

Éste es el esquema argumental de estas historias, lo que en *La selva del lenguaje* un lingüista aficionado llama «eje sintagmático». Las variaciones forman la pluralidad paradigmática. Ha llegado el momento de contarlas. Aprovechando un mismo esquema argumental, el lenguaje ha elaborado muchas variaciones.

El *miedo* es una perturbación del ánimo por un mal que realmente amenaza o que se finge en la imaginación. Es palabra imprecisa respecto a la gravedad del peligro o a la intensidad, por lo que admite diminutivos (mieditis), y tiene que ser calificada si queremos expresar su intensidad: «Miedo cerval: grande, excesivo, insuperable.» Este calificativo hace pensar que el miedo sin calificar es un sentimiento no muy intenso. Pero en las *Partidas* aparece un calificativo en sentido contrario: el «miedo vano», el que es por cosas pequeñas. «Otrosí dezimos que *metus* en latín tanto quiere decir en romance como miedo de muerte e de tormento de cuerpo o de partimiento de miembro o de perder libertad, e las otras cosas porque se podría amparar, o desonrar para fincar infamado; e de tal miedo e de otro semejante fablan las leyes de nuestro libro cuando dizen que pleito o postura que home face por miedo non deve valer. Ca por tal miedo non solamente se mueven a prometer o fazer algunas cosas los homes que son flacos, mas aun los fuertes. Mas aun otro miedo que no fuesse de tal natura, al que dizen vano, non escusara al que se obliga por él.» Podemos hacer una escalilla de miedos: miedo cerval, miedo a secas, miedo vano.

Temor introduce alguna variación en la historia. Significa también «recelo o sospecha de que haya ocurrido algo malo». Es decir, lo malo puede haber sucedido ya. «Temo que haya muerto.»

La *aprensión* es una aversión a tocar algo. Está a medio camino entre el asco y el miedo. Es el escrúpulo ante lo que se reputa peligroso por encontrarlo feo o repugnante. Supone que el peligro es irreal, por eso significa también «opinión, figuración, idea infundada o extraña» (DRAE). *Autoridades* es enormemente expresivo: «Aunque en sentido literal y recto se entiende por esta voz el acto de aprehender, o retener alguna cosa, cogiéndola y asiéndola, en el común y usual se ciñe esta voz a explicar la vehemente y tenaz imaginación con que el entendimiento concibe, piensa y está cavilando sobre alguna cosa que por lo general le asusta y desazona.» El peculiar Domínguez insiste mucho en el aspecto irreal de este sentimiento: «Idea vana, pensamiento equivocado, juicio frívolo, cálculo erróneo, falso concepto que nos hace formar la imaginación acerca de alguna cosa, previniéndonos contra ella por una especie de preocupación monómana.» El diccionario recoge escrúpulo de conciencia como «aprensión y temor que alguien tiene de que cierta acción que ha realizado o puede realizar no es moral, justa, buena o lícita» (MM).

Citaremos por su curiosidad la palabra *canguelo,* que es un miedo leve, una expresión coloquial, de origen caló. Etimológicamente significaba «apestar», y posiblemente hacía mención al aflojamiento de esfínteres que acaece en situación de miedo. Me parece una voz coloquial e irónica.

Como continuación de la aprensión tengo que hablar de la *hipocondría,* que desde el siglo XVI se considera un miedo patológico a las enfermedades, y después un humor triste y caprichoso. «Típicamente, el paciente hipocondríaco se presenta aquejado de síntomas físicos desproporcionados y variables, y se muestra más preocupado por su posible significación y etiología que por el dolor que le causan. Indica, en todos los casos, un gran temor a la enfermedad y una preocupación muy grande por el cuerpo y sus funciones vitales y fisiológicas, y en algunos casos una auténtica convicción de estar ya enfermo y cerca de la muerte; la fobia a la muerte es un componente importante en la mayoría de ellos. En los más graves presenta temores relacionados con una posible confusión en los resultados de los análisis clínicos, errores de diagnóstico, incompetencia médica u ocultación, por el especialista o la familia, de datos relevantes, y a veces, después de un examen negativo, empieza una preocupación alternativa con una enfermedad nueva, posterior e incluso con alguna muy grave que aún no ha podido ser identificada.»[3] El paciente siente un miedo irrestañable, que está siempre a la búsqueda de un objeto que convertir en peligro.

3

Las siguientes historias enfatizan la intensidad del desencadenante o del sentimiento, que eso nunca está claro en este asunto. Los diccionarios franceses, que son espléndidos, gradúan muy bien la intensidad del miedo: *Peur* es la inquietud por la presencia de un peligro. *Crainte* es un *peur* fuerte. *Terreur* es *crainte* grande y profundo. *Panique* es un *terreur* súbito y sin fundamento. *Épouvante* es un *terreur* grande. *Frayeur* es un *épouvante* causado por la imagen de un mal verdadero o aparente. *Effroi* es un *frayeur* grande. Todas estas definiciones están tomadas del *Larousse*.

¿Se da en castellano esa gradación? Se da, pero más matizada. *Terror* y *pavor* suelen definirse como «miedo intensísimo». *Pavor* es miedo con espanto y sobresalto (CO, AU). Es decir, insiste en la presencia abrupta de un mal. «El pavor es el resultado de un suceso desgraciado y espantoso, el temor la previsión de este mismo resultado.» Procede de la raíz indoeuropea *peu-*, «golpear», de donde viene también espantar. *Pánico* es un miedo grande que no tiene fundamento. Se refiere al dios Pan, y etimológicamente hace referencia al miedo causado por algo desconocido, por ejemplo los ruidos de la naturaleza atribuidos al dios Pan. Frecuentemente es colectivo y descontrolado. Se ve que la lengua ha captado sutiles matices sentimentales.

El tercer tipo de historias insiste en la subitaneidad del suceso. *Susto*, una voz tardía, peculiar del castellano y del portugués, significa «la alteración que se toma de una cosa repentina» (CO). Suele tener una causa pequeña. La *alarma* es percepción de una señal que advierte del peligro. «Susto, sorpresa, temor súbito, ansiedad repentina que produce en los ánimos algún ruido o señal de peligro inminente, imprevisto, inesperado» (DO). Etimológicamente significa «a las armas». El *sobresalto* es un susto con estremecimiento. La etimología lo indica. Comenzó designando el estremecimiento (procede de *saltare)* y ha llegado a designar el sentimiento. En este grupo de historias, la palabra con más empaque es *sobrecogimiento*. De nuevo encontramos un sentimiento a medio camino entre la sorpresa, la admiración y el miedo. Un humano puede decir que le ha sobrecogido la belleza de un amanecer en el mar. Según Ekman, un investigador que ha estudiado el reconocimiento de las expresiones emocionales en distintas culturas, sus informantes de Nueva Guinea parecían incapaces de distinguir el miedo y la sorpresa. Y Geertz ha contado que lo que temen más los balineses es el sobresalto. Esto tampoco debe extrañarnos. Ya hemos visto que en castellano susto es un miedo súbito por algo imprevisto.

4

Con esto llegamos a otras historias, que ya no tienen que ver con el peligro, sino con la aparición de algo que sobrepasa al sujeto. En este caso, no hacen referencia al futuro, puesto que no incluye ninguna amenaza. *Espanto* es un buen ejemplo. Significó «admiración y asombro no causado de miedo, sino de reparo y consideración de alguna novedad y singularidad».

Esta característica de los objetos, a medio camino entre lo admirable y lo monstruoso, se da en muchos idiomas. El griego *deinón* por ejemplo.[4] O el francés *formidable*, que significaba «lo que inspira temor», hasta que alrededor de 1830 cambia su significado y pasa a designar lo asombroso por su grandeza y calidad. Espanto enlaza con la sorpresa por ser repentino e imprevisto. Provoca la huida. Por ello *espantar* significa «alejar una cosa del parage en que se hallaba» (PAN). *Horror* es un miedo muy intenso producido por una catástrofe, algo terrible o cruel, que tampoco tiene por qué representar un peligro para el sujeto. Está próximo a la repugnancia. «Su presencia me produce horror», decimos.

Muchos autores han descrito la relación entre horror y asco. «Lo que hace del horror algo tan terrible es que, a diferencia del miedo, que permite la posibilidad de recurrir a una estrategia (¡echa a correr!), el horror impide la opción de huir.[5] Y, según parece, también anula la opción de luchar. Precisamente porque la amenaza procede de una cosa asquerosa, no queremos golpearla, tocarla o forcejear con ella.»[6] Tanto el espanto como el horror son sentimientos que se exteriorizan con erizamiento de cabellos o parálisis. También se parecen en que ambos pueden designar el desencadenante del sentimiento, aunque en la actualidad de un modo devaluado: «Es un espanto de persona, es un horror de sombrero.» El extraño puede ser un peligro. Eibl-Eibelfeld ha comprobado la existencia de xenofobia infantil en todas las culturas investigadas. Entre bosquimanos tanto como entre yanomami, eipo, himba, tasaday o pintupi. Se utiliza como medio educativo. Ante los lloriqueos de un lactante tasaday, su madre lo amenaza con decir que el extranjero se lo va a llevar. Lo mismo en los yanomami.[7]

En resumen, la psicología popular que hay por debajo del léxico castellano ha emparentado una serie de sentimientos desencadenados por todo aquello que excede a nuestra capacidad de previsión o de control. Eso emparenta el miedo con la sorpresa. Lo terrible y lo espantoso son condiciones del objeto, pero también lo imprevisto y maravilloso. Hay miedos de distinta intensidad, y también se distinguen porque algunos hacen referencia a un mal futuro, otros a un daño que tal vez ya ha sucedido, y otros a un mal que está ocurriendo. También el paso a la acción –la parálisis o la huida– están debidamente recogidos.

5

¿Existe en todas las lenguas un modelo semántico parecido? Catherine Lutz ha estudiado las influencias culturales sobre estos sentimientos. Ha escrito el libro *Unnatural Emotions* para demostrarlo. Uno de sus capítulos se titula «The Cultural Construction of Danger». Cuenta que los ifaluk no sienten reparo en confesar su miedo, porque la cobardía les parece moralmente buena. Una persona que declara su miedo –sea *rus (panic/fright/surprise)* o *metagu (fear/anxiety)*– está diciendo a los otros: «Soy inofensivo, soy una buena persona.» Este comportamiento no es extravagante. Como ha escrito Norbert Elias, un historiador de las costumbres del que he aprendido mucho, «el miedo es un regulador del comportamiento». A eso tienden «todos los miedos suscitados en el alma del hombre por otros hombres, tanto el pudor, como el temor a la guerra, o a Dios, los sentimientos de culpabilidad, el miedo a la pena o a la pérdida de prestigio social, el temor del hombre a sí mismo y a ser víctima de sus propias pasiones.»[8] El cauto Spinoza lo dijo con contundencia: «Es terrible que las masas pierdan el miedo.» Lutz cuenta que los ifaluk desconfiaban del que se sentía feliz *(ker)* porque no le iban a importar las recriminaciones y acabaría por desentenderse de los demás. No se sentiría afectado por el *song* ajeno, lo cual es gravísimo. Esta palabra designa la indignación, acompañada de represión, desencadenada por un hecho injusto, y es el sentimiento que dirige la vida moral de la comunidad. Su eficacia depende de que despierte en el culpable un cierto tipo de temor. Pero quien se siente feliz es inmune al miedo y eso le hará ser con frecuencia inmoral, petulante y ofensivo. Black, que ha estudiado la psicología de los tobian, nos dice algo parecido. Puesto que el miedo previene la violación de las normas, si alguien actúa agresivamente es importante «reconstruir el miedo en esa persona».[9]

Volvamos a los ifaluz y a las distintas caras de sus miedos. *Rus* designa el encuentro inmediato con el peligro. Es una emoción de gran intensidad, que paraliza a la víctima o le hace correr alocadamente. En cambio, *metagu* es menos dramática, designa la percepción de una amenaza, e implica cambio de ideas más que cambios corporales. Relacionan con el miedo, la vergüenza o la timidez *(ma)*, que es el miedo de la mirada de los otros.

Hasta aquí no parece haber grandes novedades. Tomemos un idioma más cercano al nuestro: el inglés. *Fear* puede traducirse por «temor», ya que se utiliza para hablar de males que tal vez hayan sucedido: «Se teme que estén muertos.» *Affraid* se diferencia porque el desencadenante puede ser malo o trivial, detiene la acción, podría traducirse por «horror». Las demás palabras de esta tribu: *scared, fright, terryfied, dread, petrified, alarmed* y *panic,* muestran la misma estructura semántica que términos en castellano. Las semejanzas entre idiomas próximos y lejanos permite hablar de la universalidad de la representación semántica de la tribu que estamos estudiando.

6

El léxico analiza un sentimiento en diversos niveles de precisión. Malestar, incomodidad, inquietud, por ejemplo, son palabras que pueden referirse a sentimientos muy distintos. Esto sucede claramente en la tribu de los miedos y espantos. Todas las palabras que designan sentimientos relacionados con el peligro tienen como antónimo *tranquilidad* y *seguridad.* Si tomamos este nivel como escala de análisis, pueden integrarse muchas historias distintas, muchos argumentos diferentes. Perdemos la tranquilidad por muchas cosas, por ejemplo el deseo, la ansiedad, la envidia. Como veremos, más tarde hemos considerado que la intranquilidad es una tribu completa, en ella hemos incluido la angustia, que, sin embargo, podría relacionarse también con los miedos. Eso, al menos, afirma Luis Vives: «Es necesario señalar que toda compresión del corazón que se produce en la tristeza, en el temor, como también en el resentimiento y en el deseo cohibido y reprimido, se llama angustia, la cual se produce, hasta con frecuencia sin ningún sentimiento motivador, cuando un humor denso gravita sobre el corazón. Éstos son los efectos del temor en el cuerpo, mientras que en el espíritu son otros: perturba y confunde los pensamientos.»[10] Sin embargo, *angustia* ha ido especializándose cada vez más para designar un miedo sin objeto. No podemos decir: «Tengo miedo y no sé por qué.» Pero en cambio es aceptable decir: «Estoy angustiado y no sé por qué.»

Estas vacilaciones nos ilustran sobre una característica del léxico sentimental: no responde a un patrón formal. Los semánticos están de acuerdo en que hay muy pocos campos semánticos bien estructurados: los parentescos, los grados militares, y pocos más. En el campo afectivo se subrayan dimensiones distintas, se proyectan en el léxico evaluaciones sociales, se atiende a un aspecto u otro del proceso sentimental (desencadenante, sentimiento, conducta), y esta diversidad de intereses y perspectivas hace que sea muy difícil formalizar el léxico. Por ejemplo, la gratitud es un sentimiento por el que se reconoce un favor recibido. Pero la ingratitud es una ausencia del sentimiento apropiado. No es pues un sentimiento, sino un juicio enunciado por otra persona acerca del comportamiento afectivo del sujeto. Para complicar más las cosas, según los teólogos escolásticos, el antónimo de gratitud es venganza.

En otras lenguas no se distingue entre vergüenza, miedo, respeto, timidez y embarazo, por ejemplo en pintupi la palabra *kunta* incluye el significado de todas esas palabras. En castellano sucede algo semejante. *Timidez* es palabra procedente de *timidus*, «temeroso». Para Alonso de Palencia, «*timiditas* es natural temor que siempre dura», y AU dice otro tanto: «temor, miedo, encogimiento e irresolución». Otra variante curiosa es timorato, que según el DRAE, 1984 significa: «Que tiene el santo temor de Dios y se gobierna por él en sus operaciones», aunque ahora ha venido a designar al que «se asusta o escandaliza exageradamente con cosas que no le parecen conformes a la religión o a la moral convencional» (MM), o sea, el mojigato.

Pero estas variaciones no son aleatorias. Nos confirman

que las familias léxicas muchas veces no son traducibles, pero que, en cambio, pueden situarse con bastante precisión en las tribus debidas. Las tribus se hacen así interculturales.

7

El análisis lingüístico parece confirmar que la representación semántica relacionada con la aparición de lo imprevisto o de lo peligroso es universal. ¿Estará, pues, acertada la psicología popular? Ha llegado el momento de acudir a la ciencia. El miedo es uno de los sentimientos mejor estudiados por la psicología. Tal vez porque, como escribió Plinio, «ningún ser animado experimenta un miedo más perturbador que el hombre». Es un legado evolutivo vital que permite al organismo evitar amenazas y que tiene un valor de supervivencia obvio. Va acompañado de expresiones conductuales visibles, sentimientos internos y cambios fisiológicos.

La selección natural ha producido similitudes y diferencias entre las especies, en las situaciones evocadoras de miedo. El modelo más simple aunque controvertido para la evocación del miedo es que los vertebrados tienen un sistema bifásico de aproximación-retirada, que aparece ya en edad embrionaria con aproximaciones hacia estímulos de poca intensidad y retirada de los estímulos muy intensos. (La novedad extrema induce evitación corrientemente, mientras que la novedad moderada desencadena aproximaciones. El miedo a la novedad disminuye cuando las crías están en presencia de la madre.) El miedo a los ojos que miran fijamente es un fenómeno muy extendido en el reino animal. El miedo que tienen los fóbicos sociales a ser mirados no es más que una exageración de la normal sensibilidad a los ojos, la cual es evidente desde la edad más temprana. Los ojos están entre las primeras figuras que percibe el niño. Los niños autistas tienden a no mirar a la cara de los demás.

Aunque los mecanismos fisiológicos sean desconocidos, pueden observarse inmovilizaciones prolongadas en la ansiedad y muerte provocadas por artes vudús. Sus mecanismos podrían estar relacionados con los implicados en la inmovilidad tónica. Se ha narrado la muerte de indios brasileños producida por el terror después de haber sido sentenciados y condenados por el hechicero. Otros casos que pasaron por idénticas situaciones se recuperaron cuando el brujo revocó la condena. Un joven negro africano comió inadvertidamente una gallina silvestre que era considerada tabú. Al descubrir su «crimen», años más tarde, entró en temblor intenso, mostró un miedo extremo y murió en veinticuatro horas. Una mujer maorí neozelandesa comió fruta que procedía de un lugar tabú, y al enterarse más tarde de la profanación que había cometido y de la afrenta al hechicero, murió. Cannon supuso que la muerte de terror se produce a consecuencia de una vasoconstricción prolongada que provoca daño isquémico en los capilares viscerales con extravasación de plasma en los espacios intersticiales y la consiguiente hipotensión y deshidratación, de manera análoga a lo que ocurre en el *shock* quirúrgico. Otro mecanismo posible de muerte demorada puede ser la vasoconstricción en territorio renal de origen simpático (tal y como se ha postulado para las «nefritis de guerra»). La bradicardia vasovagal podría causar muerte temprana en los encantamientos provocados por hechiceros.[11]

Hay una psicología evolutiva del miedo. Los miedos humanos a la separación y a los adultos extraños son comunes entre los ocho y veintidós meses. El miedo a los compañeros de la misma edad aparece algo más tarde, y el miedo a los animales y a la oscuridad todavía más tarde. Los primeros tres miedos declinan a partir de los dos años y el último cuando los niños son mayores. Hay muchos miedos aprendidos. Un gran neurólogo, Joseph LeDoux, que ha investigado las base fisiológica del miedo, me ha contado un hecho extremecedor: los primeros miedos se fijan en la amígdala, una pequeña estructura cerebral con forma de almendra, y la amígdala, como los elefantes, no olvida nunca.[12]

8

El análisis del léxico sentimental referido al peligro podría terminar aquí, pero los sentimientos se integran en el mundo de la acción: motivos, sentimientos, actos y carácter configuraban el universo afectivo. Resulta imposible prescindir de ellos al elaborar un modelo semántico. El que se construye sobre la representación de peligro analiza muy bien los comportamientos que tienen que ver con esta situación. Aparece un eje que va desde la valentía a la cobardía, y que no coincide con el del miedo-impavidez. Sin duda alguna, el cobarde siente miedo, pero es menos claro que el valiente no lo sienta.

Con el léxico del miedo y de sus compañeros de tribu no se agota todo el campo del peligro, porque, como todos los sentimientos, provoca nuevas motivaciones. La más clara es la huida, pero hay otras. En el reino animal las reacciones son cuatro: huir, luchar, inmovilizarse y someterse. ¿Cómo? ¿Es que se puede luchar por miedo? ¿Enfrentarse no es propio de valientes, de los que no sienten miedo? Para responder a estas preguntas tenemos que completar el «modelo semántico del miedo». El léxico del miedo tiene que completarse con el léxico de la cobardía y de la valentía. Ambas palabras designan comportamientos, actitudes o rasgos de carácter, según la fijeza y profundidad con que se den. Esta relación viene a corroborar que el modelo afectivo incluye sentimientos, deseos, comportamientos, rasgos de carácter.

El *amilanamiento* que etimológicamente se refiere al «acobardarse y encogerse como hazen algunas avecillas del milano» (CO) es una actitud de encogimiento, de postración de ánimo, producida por el miedo o la timidez y que impide actuar o enfrentarse a un peligro o a una situación concreta. Es falta de ánimo y valor.

La *cobardía* es la actitud del que siente mucho miedo en los peligros y no se atreve a exponerse a ellos. Son sinónimos *flaqueza, apocamiento, pusilanimidad, timidez* y *vergüenza* (MM). Se ve bien la amplitud del espectro. El desencadenante de la cobardía no es ya un peligro sino cualquier cosa que intranquilice o desasosiegue. Ya apareció antes la palabra *tími-*

do –«es el que se siente cohibido de hablar o de actuar, particularmente en presencia de otras personas con las que no tiene confianza» (MM)–, relacionada estrechamente con una acepción de la palabra *vergüenza:* «encogimiento o timidez que cohíbe a una persona en presencia de otras o al hablar con ellas» (MM).

9

En el extremo contrario se encuentran los sentimientos y actitudes que reaccionan con firmeza ante el peligro o las situaciones difíciles. Entramos en el terreno de la grandeza. «De todas las virtudes, la valentía es la más universalmente admirada. Lo extraño del caso es que el prestigio de que goza no parece depender ni de las sociedades ni de las épocas, y apenas de los individuos. En todas partes se desprecia la cobardía y se aprecia el coraje», escribe Comte-Sponville.[13] Conviene advertir que el valor actúa a pesar de la presencia de un peligro, coacción, obstáculo. El coraje, la furia, la bravura actúan contra el obstáculo. Un mismo desencadenante puede ser interpretado de manera diferente:

Peligro, pero la agresividad lo interpreta como ofensa, reto, obstáculo.
Peligro, pero la impulsividad lo hace imperceptible.
Peligro, pero la confianza en sí mismo lo anula.
Peligro, pero el orgullo o el sentido del honor lo desprecian.
Peligro, pero la fuerza, energía, ánimo lo amenguan.
Peligro, pero la capacidad de sufrir lo aguanta.
Peligro, pero el sentido del deber lo arrostra.
Peligro, pero la imprudencia lo olvida.

Pero ¿en qué consiste el valor? El diccionario nos presenta cuatro argumentos narrativos. El primer argumento cuenta la historia del que no se deja abrumar por el peligro o la dificultad. Todas las palabras de este grupo son positivas y se mueven en un terreno resbaladizo entre el comportamiento y el rasgo de carácter. *Valor* es «el ánimo y aliento que desprecia el miedo y temor en las empresas y resoluciones. Significa también subsistencia y firmeza de algún acto. Significa también fuerza, actividad, eficacia o virtud de las cosas por producir sus efectos» (AU). Hay en esta cualidad tres características distintas: despreciar el miedo, firmeza y energía. Y todo ello dicho del ánimo y aliento, que es la «capacidad para emprender o realizar esfuerzos físicos o morales» (MM). Nos encontramos, pues, con un complejo análisis. *Valentía* tiene también el significado de «esfuerzo, aliento o animosidad, fuerza y vigor. Se toma también por el hecho o hazaña heroico ejecutada con valor» (AU). Pero va acompañada con frecuencia en los diccionarios de «la expresión arrogante y jactanciosa de las acciones de valor y esfuerzo» (AU). También se llama valentía «la fantasía y viveza de la imaginación con que se discurre gallardamente y con novedad en alguna materia». Y también «la acción de esfuerzo o vigor que excede las fuerzas naturales por el estado en que se haya el que las ejecuta» (AU). Hay pues un exceso en la valentía que no se da en el valor.

Tener *agallas* o *arrestos* es «arrojo o determinación para emprender una cosa ardua» (DRAE, 1789 y 1791). El peligro ha sido sustituido por la dificultad, lo que amplía un poco más el ámbito de esta tribu.

La segunda historia habla del valor restringido a la actitud en la lucha o en el combate. El desencadenante puede describirse como «peligro de perder la vida por el ataque de un enemigo». En esta historia puede enfatizarse el peligro o el ataque. Este último se manifiesta como agresividad, ira, afán de lucha. El *arrojo* resulta ya una acción sometida a sospecha porque puede tomarse «por precipitación, temeridad, osadía y excesiva animosidad». La *bravura* se toma por un modo de valentía con ímpetu, muy cercano ya a la furia, cosa que se da también en coraje. Esta palabra, tomada del francés antiguo *courages*, «valentía», fue usada en la época clásica como ira, enojo (Cervantes, Mateo Alemán), aunque también se halla en algunos autores la acepción de «valentía», muy viva en América actualmente. La *intrepidez* es el «arrojo y constancia del ánimo, que no teme o se perturba en los peligros. Vale también osadía, falta de reparo o reflexión» (AU).

La tercera historia nos habla de valentías desmedidas, que no tienen que ver en muchas ocasiones con el peligro ni con la dificultad. Si en la historia anterior predominaba el aspecto impulsivo, en ésta predomina una determinación cognitiva: la falta de reflexión o prudencia. Para el *atrevimiento* –dice PAN– «se necesita valor y resolución; el arrojo supone intrepidez y poco juicio; la osadía ímpetu ciego y como desesperado. El hombre atrevido conoce la dificultad, el riesgo; pero confía con razón en que tiene fuerzas y medios para salvar ésta y vencer aquélla. El arrojado nada consulta, nada prevee, en nada se detiene: es un caballo desbocado, sin freno. El osado neciamente confía contando con las fuerzas y medios que se imagina tener muy superiores a los obstáculos y peligros, que cuenta como de ningún valor para su grande esfuerzo». Este grupo de historias va a hacer que aparezca un desencadenante nuevo: la intimidación de la norma o de la costumbre. Atrevimiento es osadía, esfuerzo, ánimo y valor (AU), pero medio siglo después se ha convertido en «determinarse a algún hecho o dicho arriesgado, irreverente o falto de respeto» (DRAE, 1791), y medio siglo después en «insolencia, petulancia, desfachatez y descaro» (DO). Insolencia, insulto e insólito proceden de la misma palabra latina: *solere*, «tener por costumbre». De ser un comportamiento poco habitual –insólito–, la insolencia se ha convertido en falta de respeto desde el punto de vista de lo respetable, y, sobre todo, de los que se consideran respetables.

Es más que lo insólito –que provoca asombro– y menos que el insulto –que provoca rechazo.[14]

Es una valentía que se ejerce transgrediendo. Algo parecido se da en la *audacia* que ha sufrido la misma deriva hacia la desvergüenza. Para los ilustrados autores de AU aún significaba «esfuerzo, valentía y superioridad de ánimo». Pero un siglo después ha pasado a ser una «valentía de mal género, insolencia y avilantez». *Temerario* designa una superficial consideración del peligro. El temerario es, ante todo, un «imprudente que se expone o arroja a los peligros sin meditado examen de ellos» (DRAE). «Es el que todo lo emprende sin prever los riesgos y peligros» (CO). El componente cognitivo –falta de reflexión– es tan fuerte, que se utiliza en expresiones como «juicios temerarios», que no hacen referencia a un peligro, sino a un desprecio a las consecuencias.

Anne Wierzbicka ha señalado que el juicio social sobre las valentías disparatadas cambia de una cultura a otra. Por ejemplo, los polacos no tienen palabras para designar el valor exagerado, la temeridad –el *foolhardy* inglés–, porque para ellos el valor es siempre elogiable. El juicio moral sobre acciones y sentimientos es enormemente interesante. Para los ingleses, negociar es una habilidad inteligente y necesaria; para otras culturas –la polaca y la española, por ejemplo– es una claudicación y una debilidad: un *arreglo,* palabra que, según María Moliner, a veces «tiene sentido peyorativo como componenda o chanchullo. Puede significar lío. Relaciones amorosas irregulares». El mismo significado tiene la palabra *apaño.*

10

Haremos un inciso sobre estas últimas historias. Covarrubias une atrevimiento, audacia y osadía. Son familias, como hemos visto, que designan la capacidad para saltar los obstáculos. No es necesario que sean peligros. Un escote atrevido o una proposición osada o una revista audaz, como era *La Codorniz,* nada tienen que ver con el peligro.

Las tres palabras incluyen una evaluación social, lo que plantea problemas semánticos interesantes, porque un mismo sentimiento o comportamiento puede ser valorado de manera distinta, en distintos contextos o en diferentes momentos históricos. Por ejemplo, la resignación, la obediencia o la gratitud han recibido distintas valoraciones, pasando de ser elogiadas a ser vituperadas.

Atrevimiento significa «ser capaz de hacer cierta cosa, sin que le detenga cualquier clase de temor, respeto o consideración» (MM). «Descaro o insolencia, comportamiento cínico y audaz que no respeta las normas sociales» (Z). Emprender una cosa «sin considerar primero lo que se podría seguir de hacerlo» (CO). «Osadía de hacer ciertas cosas sin razón en ofensa de otro» (AU). «Determinarse a algún hecho o dicho arriesgado, irreverente o falto de respeto» (DRAE, 1971).

Osadía significa algo semejante. No detenerse ante nada. Para el diccionario es un comportamiento ambiguo. Si el obstáculo a vencer es el miedo, el comportamiento es elogiable. Si el obstáculo es la decencia, malo. Es la manera de obrar del que «no se detiene ante los peligros, o del que hace o dice cosas en que falta el respeto a otro» (MM). «Junto con insolencia y descaro muestra una manera de obrar irrespetuosa, bravucona e infantil» (Z). Esta actitud es definida por AU como «fervor y animosidad santa y buena», y así lo recogen DO, EN. El cambio de evaluación parece, pues, posterior.

Audacia encierra una cierta grandeza. Vives escribe: «Surge la audacia cuando para rechazar males o para conseguir bienes difíciles, el ánimo se levanta y arrebata.» «La fortuna sonríe a los audaces», dice el refrán. MM y Z dicen que, a veces, puede tener un sentido peyorativo. Palencia es más duro: «Audacia es temeridad que se llama confiança y siempre está por mal.» AU incluye la amplitud de ánimo: «Atrevimiento, osadía, arrojo, determinación y despejo de ánimo en el decir o hacer intrépida e inconsideradamente alguna cosa. También se toma por esfuerzo, valentía y superioridad de ánimo.» Pero Domínguez vuelve a descabellarla sentenciosamente: «es una valentía de mal género». La osadía y la audacia tienen un elemento común, lo que no es de extrañar porque derivan de la misma palabra *audere*, «desear, querer», de la que deriva también ávido. Hay en todas ellas la presencia de un afán por conseguir algo.

¿Por qué me parecen tan interesantes estas familia? Porque revelan que el valor no consiste sólo en oponerse a peligros físicos, sino también a coacciones sociales. La vergüenza, por ejemplo, es un temor. «La turbación en el ánimo por la aprehensión de algún desprecio, confusión o infamia que se padece o teme padecer» (AU). Sobreponerse a ese miedo puede considerarse un acto de valor. Pero aquí el léxico es extremadamente sutil. Sentir vergüenza es malo, pero no tenerla también lo es, porque implica descaro. El atrevimiento, la osadía, la audacia que se enfrenta, entre otras cosas, a la vergüenza, es elogiable por la valentía, pero es sospechosa porque lleva a la desvergüenza, modo de ser detestado por la sociedad porque inutiliza uno de los medios más eficaces de control social. La perspicacia del lenguaje merece las dos orejas y el rabo, como se dice en España, aunque no sé muy bien de quién.

11

Aún me queda por contar la cuarta historia del valor, que subraya el aspecto voluntario. Estas familias insisten en la determinación, resolución o decisión.

Resolución es una palabra que me gusta mucho. *Vivere risolutamente* era el lema del Aretino, un modo animoso y valiente de emprender hazañas. Procede de *resolvere*, que a su vez procede de *solvere:* «desatar». El resuelto es el que no se enreda. Es un modo de comportarse. Resolutivo es el que habitualmente toma rápidas decisiones. En cambio, el antónimo *irresolución* puede ser un sentimiento, precisamente porque no pasa a la acción, sino que es un estado de incertidumbre. Descartes, en su análisis de las pasiones, escribe: «Cuando lo que esperamos o tememos depende de nosotros, si hay dificultad en la elección de medios o en la ejecución, nace la irresolución, a la que se opone el valor *(courage)* o la audacia *(hardiesse)*.»

El *brío* es «esfuerzo, ánimo, valor, corage, erguimiento y altiveza. No tener brío, ser hombre manso, tardo en su movimiento y acciones» (CO). «También se toma por desembarazo, garbo, despejo y donaire en las personas y en su modo de obrar, y así se dice que el que obra con franqueza y libertad y en sus acciones es generoso y despejado que obra con brío y desembarazo» (AU).

La *decisión* es una cualidad de la acción que consiste en acometer algo sin vacilaciones, con firmeza y sin detenerse en excesivas deliberaciones o dudas. Domínguez hace un gracioso comentario: «Firme resolución o determinación que se toma

262

en alguna cosa. Denuedo, valor, intrepidez, firmeza, tesón. La Academia no ha tenido la decisión necesaria para adoptar esta acepción.» *Denuedo* también indica «brío, esfuerzo, valor, intrepidez», confianza en acometer alguna empresa difícil» (EN, 1853). El *empuje*, la *energía*, el *ímpetu*, se mueven también en esta constelación, aunque esta última con un componente de violencia. A través de estas palabras, valor ya no se opone a cobardía sino a debilidad.

12

Una vez más haré una incursión en la apasionante historia de la sensibilidad occidental. Para Aristóteles, el valor tenía un objeto único: enfrentarse sin temor a una bella muerte, era el coraje en la batalla. Así las cosas, tuvo que admitir otra virtud para enfrentarse a los males de la vida diaria. Ésa fue la magnanimidad. Los estoicos no estuvieron de acuerdo. Crisipo define el valor como «la ciencia de las cosas que es preciso soportar y de las cosas que no merecen ni que se las soporte ni que no se las soporte, es decir, ser valiente significa no retroceder ante la virtud, retroceder ante el vicio y permanecer indiferente a todo lo demás, pobreza o riqueza, enfermedad o salud. En la descripción que hace del valor, incluye cinco virtudes subordinadas: la perseverancia *(kartería)*, la magnanimidad *(megalopsijía)*, confianza *(tharraleótes)*, la firmeza *(eúpsijía)* y la energía *(philoponía)*. Es fácil ver que este conglomerado de virtudes, sentimientos y rasgos de carácter está presente en las historias sobre el valor que nos ha contado el diccionario castellano.

13

En conclusión: el diccionario castellano contiene una representación semántica básica acerca de los modos de enfrentarse a lo peligroso, difícil, coactivo. Relaciona la energía, el ánimo, la capacidad de emprender, el no amilanarse, la fuerza y el valor. La debilidad, la cobardía, la pereza y el desánimo están también relacionados. No son sentimientos sino modos de comportarse. Pero esto no debe extrañarnos. La vida afectiva, dentro de la que estudiamos los sentimientos, conduce a la acción.

Es interesante la semejanza con la teoría escolástica de las pasiones. Tomás de Aquino distinguía entre el apetito concupiscible, que está orientado al goce, y el apetito irascible, que es activo y se lanza adelante a pesar del dolor; es un poder de lucha. «El objeto de la potencia concupiscible es el bien o mal sensible tomado en absoluto, que es lo deleitable o doloroso. Pero, como es inevitable que el alma experimente a veces dificultad o contrariedad en la adquisición de estos bienes o en apartarse de estos males sensibles, por cuanto ello excede en algún modo el fácil ejercicio de la potencia del animal, por eso mismo el bien o el mal, en cuanto tiene razón de arduo o difícil, es objeto del irascible.»[15]

La aparición de un peligro, una dificultad, un obstáculo, algo que obstruye o amenaza el desarrollo de mis proyectos, pone en juego una respuesta sentimental (miedo, angustia, desánimo, desaliento), manifiesta un rasgo de carácter (cobardía, valentía, pusilanimidad, debilidad, pereza, determinación, indecisión), o ciertas cualidades del modo de actuar (arrojo, denuedo, decisión, atrevimiento, osadía, huida, abandono). Podría añadir que el modo de soportar el esfuerzo o el dolor se incluye también en esta representación semántica. Se puede mantener el esfuerzo, resistir, aguantar, o se puede claudicar, es decir, «ceder, rendirse o someterse. Abandonar el esfuerzo o la resistencia en una empresa» (MM). Renunciar, flaquear, desistir, abandonarse son otros modos débiles de emprender la acción. Por el contrario, la constancia, el tesón, la firmeza, la resolución son modos de actuar vigorosos, aunque la meta de la acción sea la ternura o el amor o la piedad.

1. Panikker, R.: *La Trinidad,* Siruela, Madrid, 1998, p. 22.
2. Borges, J. L.: *Nuevas inquisiciones, Obras completas,* Emecé, II, p. 85.
3. Avia, M. D.: *Hipocondría,* Martínez Roca, Barcelona, 1993, p. 26.
4. Martha C. Nussbaum escribe en su bellísimo libro *La fragilidad del bien,* Visor, Madrid, 1995, p. 92: «*Deinón* se dice casi siempre de algo que inspira asombro o pavor. Pero en algunos contextos puede aplicarse también a la brillantez deslumbrante del entendimiento humano, a la monstruosidad de un mal o al terrible poder del destino. Por otra parte, lo *deinón* es de algún modo extraño, está "fuera de lugar". Esta característica y la capacidad de inspirar espanto se hallan estrechamente vinculadas. *(Deinón* se relaciona etimológicamente con *déos,* "temor".) Con frecuencia, *deinón* connota falta de armonía: se atribuye a una realidad discordante con lo que la rodea, con lo que se espera o se desea. Lo *deinón* resulta sorpresivo, ya sea para bien o para mal.» Resultaría difícil encontrar un mejor ejemplo de lo que estoy explicando. Aprovecho para rendir un homenaje a esta investigadora, cuyos libros sobre el helenismo son imprescindibles para reconstruir la historia de los sentimientos occidentales. En especial *The Therapy of Desire,* Princeton University Press, Princeton, 1994, y el libro editado en colaboración con Jacques Brunschwig: *Passions & Perceptions,* Cambridge University Press, Cambridge, 1991.
5. Robert C. Solomon insiste en la pasividad del horror. «Cuando se tiene miedo, se huye, en cambio, cuando se siente horror, hay pasividad, la pasividad propia de presenciar algo. Uno se queda en pie (o sentado), aterrado, helado... El horror es una emoción de espectadores y, por ello, resulta especialmente adecuada para el cine y las artes visuales» («The Philosophy of Horror, or, Why Did Godzilla Cross the Road?», en Solomon: *Entertaining Ideas,* Prometejhus Books, Búfalo, 1992).
6. Miller, W. I.: *Anatomía del asco,* Taurus, Madrid, 1998, p. 52. De la misma opinión es Noël Carroll: «El horror en el arte precisa que se evalúe en función de la amenaza y el asco» *(The*

Philosophy of Horror or the Paradoxes of the Heart, Routledge, Nueva York, 1990, pp. 17-24).

7. Eibl-Eibesfeldt, I.: *Biología del comportamiento humano,* Alianza, Madrid, 1993, pp. 199 y ss.

8. Elias, N.: *El proceso de la civilización,* FCE, México, 1989, p. 528.

9. Black, P. W.: «Ghosts, Gossip and Suicide: Meaning and Action in Tobian Folk Psychology», en White, G. M., y Kirkpatrick, J. (eds.): *Person, Self and Experience,* University of California Press, Berkeley, 1985, p. 273.

10. Vives, J. L.: *De ánima et vita,* cap. XXI, 6.

11. Marks, I. M.: *Miedos, fobias y rituales,* Martínez Roca, Barcelona, 1990, p. 74.

12. LeDoux, J.: *El cerebro emocional,* Ariel/Planeta, 1999.

13. Comte-Sponville, A.: *Pequeño tratado de las grandes virtudes,* Espasa, Madrid, 1996, p. 59.

14. Meyer, M.: *La insolencia,* Ariel, Barcelona, 1996, p. 8.

15. Tomás de Aquino: *Sum. Theol.,* I-II, q. 23, a. 1.

XII. HISTORIAS DE LA TRISTEZA

1

Para el léxico castellano la tristeza es el sentimiento por antonomasia. Cuando se dice a alguien: «Le acompaño a usted en el sentimiento», nadie piensa que se une a su alegría o a su ternura o a su furia o a su envidia. Está claro que el hablante se refiere a la pena, al pesar, al dolor, a la tristeza en suma.

El ser humano sufre de muchas maneras. Y ha inventado un rico repertorio de palabras para designarlas. Los lingüistas saben desde Wundt que casi todas las lenguas designan con más precisión y riqueza los sentimientos negativos que los sentimientos positivos. Los sufrimientos pueden ser físicos y psicológicos. «En sentido físico», explica el *Panléxico*, «entendemos por dolor aquella incómoda, pesada, aguda y penetrante sensación, a veces insufrible, que atormenta al todo o parte del cuerpo, perturbando el estado natural de éste, ya sea exterior, ya interior su causa. En sentido moral guarda esta palabra la misma analogía; pues es un dolor verdadero una congoja que viene a sufrir el alma con la consideración de los males que padece». Con frecuencia los humanos no distinguen bien ambos sufrimientos.

Cada cultura propicia un modo de sufrir, como también, sin duda, un modo de gozar. El inglés distingue entre *illness*, «la experiencia de una enfermedad», y *disease*, «la enfermedad misma». Aguda observación que permite decir que una misma *disease* puede vivirse como distintas *illness*. Los sistemas de creencias, los modelos generales en que se incluyen, favorecen interpretaciones distintas del malestar. He hecho un resumen breve de las explicaciones que los terráqueos dan de una enfermedad: explicación biológica (trastorno fisiológico), moral (pecado, castigo), sociológica (sociedades o familias patogénicas), interpersonal (envidia, odio, brujería, vudú), psicológica (somatización). Según me dicen, cada una de estas explicaciones puede producir diferentes *illness* a partir de la mismas *disease*. Los humanos son peculiares hasta en el enfermar.[1]

Si los sufrimientos físicos son influidos tan profundamente por las ideas, creencias, expectativas, temo que los sufrimientos que voy a estudiar en este capítulo, los malestares íntimos, resulten elusivos e inaprensibles. Son sentimientos negativos que según el diccionario están desencadenados por una pérdida, una desgracia propia o ajena, un desengaño, fracaso o humillación, la mala acción propia, la ausencia, distanciamiento o recuerdo de un ser querido, el sufrimiento ajeno, la ofensa a Dios, el abandono, la falta de consuelo, la desdicha, la decepción, la lejanía de la patria, las penalidades sufridas. En castellano el término más usado para designar esta tribu es *tristeza*.

Estas desdichas obstaculizan o impiden la consecución de nuestros deseos y aspiraciones. En este sentido, pueden desencadenar también ira. Ambos sentimientos –ira y tristeza– tienen muchos caracteres comunes. Los psicólogos han intentado separarlos con precisión, y les ha resultado difícil hacerlo. Silvan Tomkins, uno de los más respetados especialistas en el tema, ha llegado a decir que «la furia es una forma más intensa de tristeza», cosa que me resulta sorprendente.[2] Lo que favorece la confusión es que un mismo desencadenante puede producir respuestas sentimentales distintas. Supongamos que un hijo traiciona la confianza de sus padres. El desengaño puede producir furia o tristeza, según se viva como una ofensa o como una pérdida. Si la conducta filial se interpreta como injusta, ingrata y cruel, la indignación será la respuesta verosímil, y podrá estar acompañada de manifestaciones violentas o conductas de castigo. Si se interpreta como demostración de la falta de cariño del hijo, se vivirá como tristeza. El sujeto no encontrará desahogo, estará acongojado, porque los lazos y expectativas dañadas no se recuperan mediante la agresión o la venganza.

Me gustaría saber por qué en una situación concreta aparece un sentimiento en vez de otro. Sin duda dependerá del sentimiento previo que unía al padre con el hijo, del papel que en él jugaba el amor o la sumisión o el sentimiento del deber. Pero también deben de influir las creencias culturales.[3] Unas culturas favorecen la tristeza y otras intentan disuadirla. Uno de los procedimientos para conseguirlo es transformarla en furia. Éste es un dato interesante. A pesar de sus semejanzas, la tristeza y la ira suelen ser incompatibles. Como de tantos otros sentimientos, también se puede hacer una historia, una geografía y una sociología de la tristeza. Wellenkamp[4] en su estudio sobre los toraja, un pueblo agrícola de Indonesia, divide las sociedades en dos grupos: las sociedades más igualitarias fomentan la asertividad y proscriben la tristeza. En cambio, las más jerárquicas fomentan posturas de petición de ayuda y de tristeza. Después, cuando haya desenredado el lío, les hablaré de esto con más detenimiento.

Entre las tribus de la ira y de la tristeza hay una diferencia clara. La ira es agresiva, activa, extravertida, se vuelve contra el obstáculo. En cambio, la tristeza es un sentimiento introvertido, de impotencia y pasividad. El abatimiento, la tendencia a la retirada, la desesperanza son ingredientes suyos. En sociedades como la tahitiana, que no posee una palabra para la tristeza, se la sustituye con expresiones como *'ana'anatae,* «carecer de fuerza interior», *tpiaha,* «sentir un peso», *haumani,* «sentirse fatigado».

Podemos agrupar los numerosos sentimientos de esta tribu en varios clanes: abatimiento, infelicidad, tristeza, melancolía, soledad, compasión. Tambien se han definido muchas veces como tristeza la envidia (tristeza del bien ajeno) y el arrepentimiento (pesar por el daño hecho), pero he preferido estudiarlos en otro capítulo. Como les expliqué, una de las ventajas de un diccionario virtual en soporte informático será que una familia podrá pertenecer a varias tribus, y que las tribus podrán reorganizarse de acuerdo con multitud de parámetros distintos. Para un lingüista extraterrestre, el formato de libro resulta muy rígido.

Muchas familias de estas tribus guardan relación con acciones y dolores físicos. Son, por lo tanto, metafóricas. Ahora comprendo su utilidad: permiten explicar/describir/designar acontecimientos invisibles mediante acontecimientos visibles. *Angustia, congoja, ansiedad* proceden de una misma raíz –*ango*– que significa «estrechar, apretar». *Duelo* procede del latín *dolo*, «tallar la madera o la piedra golpeándola». *Espanto*, procede de *paueo*, que según Ernout y Meilled primero debió de designar una fuerza que abate, no un estado. Es posible que *tristeza* esté emparentada con el verbo *tero*, «batir, trillar». *Tribulación*, desde luego, significa «trillar», de donde viene también la expresión familiar «estoy hecho trizas».[5] *Pesadumbre, pesar, culpa, pena, soledad, abandono*, también designaron primero situaciones objetivas antes de pasar a designar sentimientos. Conociendo hasta qué punto los sentimientos tienen un componente simbólico, no me ha extrañado saber que las metáforas que se usan para pensarlos influyen en los mismos sentimientos.[6]

2

El primer clan que vamos a censar cuenta una historia de empequeñecimiento, esperanzas deshechas, empeños derribados, fuerzas humilladas. *Abatimiento* es la «disminución de las fuerzas que naturalmente se tienen». «Si tratamos del alma, el abatimiento supone el paso repentino de un deseo vehemente, de una pasión violenta, de una vida feliz en su misma actividad, a un estado de sosiego; pero penoso por no estar acostumbrado a él y ser contrario a la actividad de su alma (...). Si dura mucho el abatimiento se convierte en languidez; en ésta hay siempre abatimiento y en éste no hay siempre languidez» (PAN). Cuando el abatimiento es profundo, y va acompañado de falta de ánimo, pesimismo, sentimiento de impotencia y falta de estímulos, se denomina *depresión*. Es palabra antigua, que ya en 1846, en el *Diccionario* de Domínguez, aparece como enfermedad: «Postración, languidecimiento, disminución o falta de fuerzas, que requiere tónicos, excitantes o corroborantes.» Más tarde hablaré de la depresión.

Postración es un ejemplo más de la carga metafórica de estas familias. En su origen significaba la acción de postrarse o humillarse, después designó «todo género de abatimiento espiritual, por enfermedad o aflicción». Estas familias están muy cerca de la fisiología y por eso ya las mencioné en un capítulo anterior.

Un sistema metafórico enlazado es el de la *pesadumbre*. «Pesar es tristeza y cuidado que carga el espíritu y le aflige, como cogiéndole debaxo» (CO). «Tristeza por una desgracia propia o ajena que abate el ánimo y a veces incita al llanto» (MM). Tiene otro significado más especializado: arrepentimiento o dolor de los pecados (AU). De esto hablaré al referirme a la culpa.

3

El segundo clan tiene como familia más conocida la tristeza. «Es un mal habitual y crónico producido por las desgracias y los padecimientos.» Suele decirse que es el sentimiento producido por la pérdida de algo importante. La *aflicción* es una tristeza acompañada de llanto, intensa y pasajera. Más compleja parece la *amargura*, que es un sentimiento duradero de tristeza mezclada de rencor, y ligada a una humillación, un desengaño, una injusticia o una frustración, suele ir acompañada de malhumor. La *congoja* es profunda y mezcla el llanto con el ahogo, como cuando los niños se atragantan al llorar de tanto como quieren hacerlo. Hay una tristeza sobredeterminada por el estupor, el miedo, el abatimiento, una emoción que azora y produce decaimiento: la *consternación*. Para terminar esta tribu mencionaremos la *tribulación*, sentimiento difícil de ubicar porque significa una congoja que inquieta y turba el ánimo. El gran Covarrubias escribe: «Vale aflicción, congoxa y trabajo. Díxose de la palabra *tribulum-i*, que es el instrumento con que los labradores trillan en la era la mies, quebrantando la paja y desnudando el grano; o se dixo de la palabra *tribulus,* que vale abrojo, yerva espinoza, que el que la hollare passando sobre ella se lastima con sus puntas agudas.» Me ha interesado comprobar que tristeza tiene verbo de proceso: *entristecerse.* ¿En qué consiste el paso de la no tristeza a la tristeza? El apocamiento, el abatimiento parecen mostrarse poco a poco. La tristeza no parece ser de aparición fulminante. Lazarus ha contado el dinamismo del malestar en inglés, y creo que su análisis es válido también en castellano.[7]

Una desgracia produce dolor, sufrimiento *(grief).* Mientras que se lucha por evitarla o por no aceptarla no se puede hablar de tristeza. La tristeza aparece cuando esa actitud activa cesa y la persona se enfrenta con la irreversibilidad de la causa de la tristeza. «*Irrevocable loss is the dramatic plot of sadness*», escribe.

El proceso no se detiene ahí. La persona entristecida puede encastillarse en la tristeza. San Agustín cuenta que después de la muerte de un amigo quedó en un estado de postración casi tóxico: «*requiescebat in amaritudine*», «descansaba en la amargura», disfrutaba con ella. Hay una tendencia a alargar el duelo, motivado por varias razones: la tristeza es todavía una presencia del objeto perdido, dejar de estar triste se vive como una pérdida definitiva; el olvido, como una traición o una ofensa. A esa elaboración psicológica de la tristeza se la llama, desde Freud: *trauerarbeit,* «trabajo del duelo».[8] *Duelo* es una palabra derivada de dolor, que significa «pena o manifestación externa de la pena». Suele aplicarse, sobre todo, a la producida por la muerte de un ser querido. Esta elaboración de la tristeza puede terminar en la aceptación o resignación. *Resignarse* es una palabra interesante. Significa «conformarse con una cosa irremediable, generalmente después de haber luchado inútilmente contra ella» (MM), pero la etimología nos descubre algo más. Se trata de «romper un sello», «renunciar a un puesto», y de ahí pasó a significar «renunciar a un derecho». El cristianismo lo convirtió en «aceptar la voluntad de Dios». La muerte, la desgracia, el dolor quedaba interpretado dentro de un marco teológico. Unamuno definía así el humor de don Quijote: «No era la suya una tristeza quejumbrosa y plañidera;

era una seriedad levantada sobre lo alegre y lo triste, que en ella se confunden, ni infantil optimismo ni pesimismo senil, sino tristeza henchida de robusta resignación y simplicidad de vida.»[9]

Lo contrario a la resignación es la rebeldía, la no aceptación. La persona doliente no quiere consuelo. Como se lee en la Biblia: «Se oyó una voz en Ramá. Era Raquel que lloraba por sus hijos y no quería ser consolada, porque ya no existían.» Como *consuelo* es un alivio, *desconsuelo* es el dolor que no tiene alivio. Consolar es acompañar al que está solo, siendo la soledad una manifestación metafórica, pero quintaesenciada de la tristeza. Le invade la *desolación,* que es una devastación del sujeto y de su mundo.

El sujeto siente que no puede hacer nada para salir de su estado. Sin objeto amado, sin interés, viviendo en un paisaje devastado, se siente inerme frente a su tristeza. El inglés tiene la palabra *helplessness* para designar este desamparo impotente. La víctima se encuentra a merced de la tristeza, invadido por ella. El paso a la desesperanza *(hopelessness)* es fácil. Y la desesperación *(despair)* es para Lazarus la idea de la realidad que subyace a la depresión. «Producida por la pena y por un sentimiento de desesperanza, es realmente un compuesto de varias emociones: furia –dirigida normalmente hacia uno mismo–, ansiedad y culpa.» El sujeto ya no lucha para salir de la situación. Se siente acabado.

Este sentimiento de desesperanza se da en muchas culturas. Los budistas hablan de *kalakirīma.* La palabra está compuesta de *kāla* y *kriyā,* y significa etimológicamente «la terminación del tiempo». Suele aplicarse a la muerte, pero en lenguaje popular se refiere a un concreto sentimiento de desesperanza: una reacción contra la vida misma.[10]

4

La siguiente familia cuenta una historia distinta, habla de una tristeza sin causa, poetizada, con una larga y complicada historia, la *melancolía*. En su obra *No hay cosa como callar,* Calderón sitúa muy bien este sentimiento:

> Toda melancolía
> nace sin ocasión, y así es la mía
> que aquesta distinción naturaleza
> dio a la melancolía y la tristeza.

Parece que en esta precisión están de acuerdo todos los diccionarios. «La melancolía sólo se entiende cuando se ignora la causa o proviene de humor melancólico y la tristeza cuando se sabe la causa: alguna pérdida o pesadumbre» (TE). El *Panléxico*, como siempre, se empeña en marcar las distancias: «La pesadumbre proviene del descontento y de los contratiempos de la vida. La tristeza es ordinariamente causada por las grandes aflicciones. La melancolía es efecto del temperamento.» Al no poder reconocer la causa de la tristeza había que atribuirla al temperamento. «Acomete sobre todo a las personas en las que predomina el sistema epático», dice Domínguez, retomando la etimología. La psicología actual admite esta distinción. «Desde un trabajo clásico de Freud sobre la pena y la melancolía, la distinción entre ambas se basa en lo siguiente: en la pena (el dolor anímico por la pérdida de un objeto externo) ocurren las siguientes dos cosas: 1) se sabe de la pérdida del objeto, y 2) se sabe lo que se pierde con él (...). En la melancolía el proceso es distinto: el objeto perdido es uno mismo, pero el sujeto se "niega" a reconocer lo que ha perdido. De aquí que la tristeza del melancólico derive en queja por su situación, en lamento permanente, a veces incontrolable, sin que le reconozca motivación.»[11]

La historia de la palabra *melancolía* es una brillante página de la historia sentimental de Europa. Procede del griego *melas kholé*, «bilis negra», era uno de los cuatro temperamentos descritos por Hipócrates y por toda la tradición médica hasta el Romanticismo. Melancolía es un caso paradigmático de deslizamiento semántico. Comenzó designando un tipo de locura, acompañada de síntomas tan espectaculares como la misantropía y la creencia de carecer de cabeza o de ser tan

274

frágil que podía quebrarse con cualquier contacto violento. El licenciado Vidriera de Cervantes presentaba este síntoma, aunque en el tono amable con que Cervantes contaba todo. El primer empujón que recibió el término para cambiar de significado se debió a un librito titulado *Problemas*, que fue atribuido a Aristóteles aunque al parecer sin mucho fundamento. El problema 30 comienza con una frase que ha acompañado a toda la cultura europea hasta la actualidad: «Todos los genios son melancólicos.» El Renacimiento recuperó esta idea, y también el Romanticismo haciendo del talento una muestra de locura.

Pero la palabra tuvo otras derivaciones. «En el siglo XVI una verdadera ola de conducta melancólica barrió Europa», escriben los Wittkower en su libro *Nacidos bajo el signo de Saturno* (Cátedra, Madrid, 1988). La referencia a Saturno permanece en el diccionario. Saturnino significa «temperamento triste» (MM). Melancolía se ha convertido en una tristeza agradable y refinada. Miguel Ángel escribía en uno de sus sonetos: *«la mia allegrez'è la maninconia».* En el Barroco se puso de moda y para lucir bien en sociedad había que melancolizarse. Santa Teresa titula el capítulo 7 de su *Libro de las fundaciones:* «De cómo se han de haver con las que tienen melancolía.» Se transformó, pues, en una tristeza que no hacía realmente sufrir. En 1747, Thomas Warton publica un libro con el título de *The Pleasures of Melancholy*, siguiendo a Edward Young, quien en sus *Night Thoughts* (1742-1745) establece una relación entre soledad, goce y sufrimiento. En Francia, el *Dictionnaire* de Trévoux de los jesuitas vincula en 1734, es decir, bastante antes de Diderot, la melancolía no sólo con la tristeza, sino también con el placer *(«un certain triste plaisir»)* y la llama un ensueño agradable *(«une rêverie agréable»).* En relación con la melancolía se utiliza, en vez de *songer,* el verbo *rêver,* de carácter más subjetivo, hasta tal punto que en el siglo XVIII soñador y melancólico se convierten en conceptos emparentados. Diderot, a pesar de todas las características concomitantes negativas que expone, califica la melancolía de sentimiento dulce *(«sentiment doux»);* su mérito radica, según él, en que el hombre goza de sí mismo en ese estado y es también consciente de sí mismo. La melancolía dulce y sentimental es un tópico del siglo XVIII y hasta llega a ser una pose.[12] Victor Hugo acuña una definición contundente: «Es la dicha de ser desdichado.» Los humanos no dejan de sorprenderme.

5

Hay tristezas sobredeterminadas por el tipo de pérdida que las desencadena. Por ejemplo, todo el grupo de familias del desamparo y del abandono. Lo que se pierde en el desamparo, el desconsuelo, la desolación, la soledad, el abandono,[13] son los bienes que produce la compañía. *Desamparar* es «destituir y dexar de favorecer al que tenía necesidad de nuestra ayuda y amparo» (CO). Es, por ello, una situación objetiva que se vive como abandono y aislamiento. En los diccionarios castellanos no se considera al desamparo un sentimiento, sino una situación. En cambio, en inglés *helplessness,* que es la carencia de ayuda, sí suele considerarse un sentimiento, y el francés *détresse* se define como «*sentiment d'abandon, de solitude, d'impuissance que l'on éprouve dans une situation poignante (besoin, danger, souffrance)*» (PR).

La *desolación* fue también en su origen la destrucción, ruina y pérdida de alguna cosa, pero pronto significó aflicción, angustia grande, congoja. Es un intenso y profundo sentimiento de tristeza, soledad y abandono. Tiene un verbo de proceso desolarse, que no es muy frecuente pero que nos parece muy expresivo. La desolación sigue a la ruina de los bienes o de las esperanzas. La *soledad* es también una situación real, una carencia voluntaria o involuntaria de compañía, un lugar desierto o una tierra no habitada, pero «se toma particularmente por orfandad, o falta de aquella persona de cariño o que puede tener influjo en el alivio y consuelo» (AU).

6

La siguiente historia del malestar nos cuenta el dolor producido por la lejanía del bien: la *nostalgia*. La etimología es bellísima: *nostos* significa «regreso» y *algios*, «dolor». Es el ansia del regreso. El bien perdido es la proximidad de la patria o del hogar o de los seres queridos. Por extensión puede significar el recuerdo de algún bien perdido. Es palabra reciente. Aunque Corominas fecha su aparición en el DRAE de 1884, ya está recogida en el diccionario de Nuñez de Taboada (1825), que la define como la «inclinación violenta que obliga a los que se han expatriado a volverse a su país». A mediados de ese siglo, parece que el sentimiento se ha hecho aún más violento y enfermizo: Domínguez no duda en considerarlo «una especie de enfermedad causada por un deseo violento de volver a la patria, al país natal. El nostálgico comienza a sentir un decaimiento y tristeza que le consume lentamente, después suele presentarse una fiebre hética que conduce por lo regular a la muerte». El *Diccionario Enciclopédico* de 1853 añade que se caracteriza por «una demacración lenta y una calentura que muchas veces puede producir la muerte».

La *saudade* es una voz portuguesa, que según su diccionario significa «finísimo sentimiento del bien ausente, con deseo de poseerlo». En los actuales diccionarios gallegos se define como: 1) *Lembranza nostálxica e suave por algunha persoa ou cousa distante ou extinta, acompañada do desexo de tornar a vèlas ou posui-las*, 2) *Dor de ausència*, 3) *Esperanza nun ben futuro que se ve irrealizàbel*, 4) *Desexo atormentado do imposibel*. Para ambientar la exposición intercalaré un poema de Rosalía de Castro, la saudosa:

> *Cala rula, os teus arrulos*
> *ganas de morrer me dan;*
> *cala grilo, que si cantas*
> *«sinto negras soidás».*
> *O meu homiño perdeuse,*
> *ninguén sabe en onde vai.*

277

Es, por lo tanto, una tristeza fundada especialmente en el recuerdo, con la clara conciencia de que podría aliviarse suprimiendo la distancia. En inglés, se define la nostalgia como «*an affectionate feeling you have for the past, especially for a particularly happy time*» *(Collins Cobuild)*. La saudade es un ejemplo de sentimiento elevado a carácter de una cultura: la gálico-portuguesa. Al parecer, lo que diferencia la *saudade* de otras formas de tristeza –nostalgia, añoranza, melancolía, morriña– es que «*a saudade carece de referencia a un obxecto, fáltalle esa direccion significativa que nos permite a inteleccion dos outros sentimentos, que veñen a ser o "eco sentimental" de situatións alleas ó sentimento mesmo*».[14] De ahí su oscuridad.

El sentimiento que designa la verdadera saudade es un sentimiento de soledad. Habrá tantas formas de saudade como de soledad. Hay soledades que dependen de algo exterior. Pero hay otra íntima e irrestañable.

También la *morriña* es, en la actualidad, una nostalgia de la tierra natal, aunque originariamente significó «lo mismo que mortandad. Dícese normalmente del ganado. Vale también tristeza o melancolía y así se dice "a fulano le entró la morriña" (AU). Otra familia casi sinónima es la *añoranza,* un término muy moderno, pues su primera documentación se encuentra en José María de Pereda (1825). Procede del catalán *enyorar* y éste del latín *ignorare,* ignorar en el sentido de no saber dónde está alguien, ni tener noticias de un ausente.

Estos sentimientos me parecen absolutamente universales. Por eso me detendré en algunos ejemplos de culturas muy diversas que nos proporcionarán datos para poder hacer una teoría del lenguaje sentimental. Wierzbicka estudia las palabras polacas *tesknota* (sustantivo) y *tesknic* (verbo). Siguiendo su método cuenta la siguiente historia. X siente *tesknota* por Y significa:

> X piensa algo como esto:
> estoy lejos de Y.
> Cuando estaba con Y sentía algo bueno.
> Quiero estar ahora con Y.
> Si estuviera con Y sentiría algo bueno.

278

No puede estar ahora con Y
por lo que X siente algo malo.[15]

7

Un sentimiento penoso por la pérdida de un objeto querido
es universal, aunque en cada cultura y en cada momento histórico adquiera sobredeterminaciones peculiares. Catherine Lutz
ha estudiado los variados rostros de la tristeza entre los ifaluk.
Aunque el desencadenante principal es una pérdida, la palabra
más común, *fago* («compasión/amor/tristeza»), se usa sobre
todo para hablar de la pérdida o del infortunio de otros. Se
siente *fago* en distintas situaciones, por aquellos que sufren alguna necesidad, por los muertos, los viajeros y los que se com-
portan de una manera ejemplar. Es un amor triste por los
otros, que impele a actuar. La autora pregunta a una joven ifaluk cuándo sintió *fago* por última vez. La chica responde: «Todos los días lo siento por mis parientes que están lejos. Pueden
estar enfermos. También siento *fago* por usted cuando me da
algo o por esa anciana porque puede morir.» La autora le pregunta: ¿Cómo puedo saber si alguien siente *fago*? «Si yo cuido
de ti, te doy cosas y te hablo, yo sabré que tu sientes *fago* hacia
mí. Tú hablas tranquila y educadamente conmigo y me das cosas y yo lo sabré. Si alguien dice que tiene el corazón dulce hacia uno de sus parientes que está fuera yo sabré que siente
fago.» Aunque se considera una emoción dolorosa, *fago* está
evaluada positivamente. Atribuir a alguien ese sentimiento es
reconocer implícitamente que es una buena persona.

Hay otros tres conceptos que se usan para hablar de distintos aspectos de la pérdida. *Lalomweiu* («soledad/tristeza») se
siente cuando una persona particular ha muerto o abandonado
la isla. Se describe el sentimiento como un pensar/sentir excesivamente en la persona perdida, una falta de deseo de comer o
de conversar, una somnolencia. La emoción se define por la
ruptura de los lazos sociales: la gente que está *lalomweiu* no
presta atención a lo que dicen los otros. La segunda palabra es

liyemam. Es la nostalgia. Las canciones, los lugares, los rostros que recuerdan al ausente despiertan el sentimiento. *Pak* es la nostalgia del hogar, experimentado por las personas que han dejado sus casas.[16] Me parece que estamos hablando de una experiencia universal. Gananath Obeyesekere es un budista de Sri Lanka que escribe en *Culture and Depression* un artículo sobre el budismo y la depresión. El budista cree que el mundo es sufrimiento. «Un ama de casa en una sociedad budista como Sri Lanka es budista en el sentido de que sabe que el mundo del placer sensual y de la cotidianidad es ilusorio y que la salvación está en el reconocimiento de su naturaleza ilusoria. El lenguaje usado hay que interpretarlo dentro de la tradición. Palabras empleadas: *Sokaya:* «tristeza, pena». *Kampava:* el *shock* de una pérdida. *Sanvegaya:* «dolor del alma». El término budista *dukkha* tiene un significado amplio que va desde la pena hasta el sufrimiento en sentido doctrinal. Uno de los términos más comunes en el léxico de la aflicción es *kalakirima,* un derivado de desesperación. Etimológicamente deriva de las palabras *kala* y *kriya,* «la terminación del tiempo», es decir, la muerte. Sin embargo, en su forma popular designa un sentimiento de desesperanza, pero no en un sentido vago sino como reacción contra la vida misma. Las palabras específicas para tristeza y pérdida –como *sokaya, kampava, sanvegaya*– son fácilmente asimiladas en términos más generales que expresan una actitud ante la vida en general, como *kukkua* y *kalakirima.* Esto es un reflejo de la orientación budista de esta cultura. La situación es tal que cualquier clase de tristeza o de desesperación puede y debe ser expresada en el lenguaje ordinario que está derivado del budismo o puede articularse en él.

La proximidad semántica de estas palabras, y las diferencias de desencadenantes, perspectivas, intensidad, corroboran la tesis de este libro. Las familias léxicas sentimentales son muy difíciles de traducir de una lengua a otra, pero todas ellas pueden organizarse en unas cuantas tribus que serían universales. Las tribus léxicas serían, por ello, transculturales.

8

Para terminar este recorrido intercultural me gustaría contarles algo que como extraterrestre me ha sorprendido. Los psicólogos humanos sostienen la funcionalidad de los sentimientos. Sirve, dicen, para dirigir la conducta. El miedo nos hace huir, el amor acercarnos, la furia librarnos de los obstáculos. Pero ¿para qué sirve la tristeza? ¿Qué pretende el sujeto al sentir pena, retirarse hacia sí mismo, desinteresarse del mundo, caer en una pasividad que a veces es peligrosa? Los psicólogos, por ejemplo Plutchik, creen que la pérdida de alguien querido se vive como aislamiento y soledad. La tristeza se exterioriza mediante el llanto y las expresiones de pena, que son una petición de ayuda.[17] De esta teoría me parecen ciertas dos cosas. Primero, la relación entre tristeza y soledad. En castellano existe soledad, los esquimales utku, que no tienen ninguna palabra para designar la tristeza, la sustituyen por *hujuujaq*, que significa «soledad». Los baijing consideran que *anaingi*, «hambre», es un sentimiento, además de un estado físico, porque la relacionan con el aislamiento y la soledad. Como la comida es el primer medio natural de solidaridad, el hambre se relaciona con la soledad y el abandono. También es verdad que el llanto es una petición de ayuda en el niño. Pero hay un aspecto que no casa. ¿Qué ocurre con las tristezas taciturnas, replegadas sobre uno mismo, que buscan la soledad? Algunos psicólogos piensan que esa retirada es para poner en orden los asuntos, para no crear complicaciones sociales actuando en un momento de inestabilidad emocional. La tristeza daría tiempo a que se realizara el trabajo del duelo. Sin embargo, no consigo unir las dos funciones.

Voy a proponer una teoría integradora. Como soy un extraterrestre es posible que perciba las cosas con más claridad. Voy a copiar la expresión «trabajo del duelo», y hablar del «trabajo de la cultura sobre el duelo». La tristeza callada podría haber sido una evolución tardía de la tristeza expresiva, lo que cuadraría muy bien con el proceso de interiorización de las emociones que al parecer ha experimentado la humanidad. Algunas noticias pescadas aquí y allá en los libros de antropología apoyan mis suposiciones.

Los ilongots, cazadores de cabezas estudiados por Rosaldo, cuando tienen un peso en el corazón buscan una víctima a la que matar, aunque no tenga nada que ver con el suceso. Transforman la tristeza en furia. Y algo parecido hacen los kaluli de Nueva Guinea, según Schieffelin. Son culturas que temen la tristeza porque conduce a la pasividad, que es una situación peligrosa socialmente y vulnerable personalmente. La gente no teme al triste. «La furia y no la tristeza mantiene la identidad personal.»[18] También los tahitianos creen que hay que desembarazarse pronto de la tristeza porque rompe el lazo social.

El interés por la vida interior y por la individualidad ha hecho que la cultura occidental reprima los gestos exteriores de tristeza y también se desentienda de las peticiones de ayuda. Vincent-Buffault ha contado esta transición. En el siglo XVIII el llanto público era bien aceptado, y se ponía gran énfasis en la compasión. Pero en el XIX las lágrimas se consideran una falta de control. Cada uno debe ayudarse a sí mismo. Los occidentales han obrado como obran los beduinos: para limitar las ayudas limitan primero las quejas.[19]

En una sociedad pragmática como la actual, cualquier sentimiento negativo tiende a considerarse inútil y perturbador. La tristeza no está de moda. Parece un vestigio inútil. No entiendo bien a los humanos, pero basándome en el léxico, me atrevo a sospechar que la puesta en fuga de la tristeza puede llevar a no valorar la pérdida de ningún objeto, y que de rechazo eso significa no valorar tampoco la posesión. La incapacidad de sentir tristeza está muy cerca de la insensibilidad.

Esto se ve con claridad en un sentimiento de tristeza que queda por estudiar: la *compasión*. La he dejado para otro capítulo para facilitar la organización formal de mi informe (la expresión me está resultando contradictoria, porque si lo formalizo deja de ser in-forme. Encuentro sorprendentes estas palabras castellanas. Cuando se dice de una persona que es informal no se quiere decir que informa mucho, sino que no guarda las formas. Así que no sé exactamente qué significa lo que acabo de escribir). También hablaré en otro lugar de esas dos peculiares tristezas que son la envidia y el arrepentimiento.

1. Shweder, R. A.: *Thinking Through Cultures,* Harvard University Press, Cambridge, Massachusetts, 1991. Kleinman, A., *Social Origins of Distress and Disease,* Yale University Press, New Haven, 1986.

2. Tomkins, S.: «Affect theory», en Scherer, K. R., y Ekman, P. (eds.): *Approaches to Emotion,* Erlbaum, Hillsdale, Nueva York, 1984, p. 173.

3. J. A. Marina ha sostenido en *El laberinto sentimental* que el estilo afectivo que determina la conceptualización de un desencadenante depende de cuatro ingredientes: la situación real, el sistema motivacional del sujeto (deseos y proyectos), las creencias acerca de la realidad, de sus valores y expectativas que son culturales, y, por último, las creencias acerca de uno mismo *(self)* y de su capacidad para enfrentarse con los problemas *(coping).*

4. Wellenkamp, J. C.: «Variation in the social and cultural organization of emotions: The meaning of crying and the importance of compassion in Toraja, Indonesia», en Franks, D. D., y Cecas, V. (eds.): *Social Perspectives on Emotion,* vol. I, pp. 189-216, JAI Press, Greenwich, 1992.

5. Soldevilla-Durante, I.: «Sobre el lenguaje de los sentimientos en la Edad Media española: angustia, congoja, etc.», en *Actele celui de-al XII-lea Congres International de Linguisticâ si filologie romanicâ,* 1979, Editura Academiei Republicii Socialiste Romania, Bucarest.

6. He llegado a la conclusión de que los sistemas de metáforas que se emplean no son inocuos. Schweder lo ha estudiado en la depresión, y Naomi Quinn en los divorcios. Cf. «Convergent evidence for a cultural model of american marriage», en Holland, D., y Quinn, N.: *Cultural Models in Language & Thought,* Cambridge University Press, Cambridge, 1997.

7. Lazarus, R. S., y Lazarus, B. N.: *Passion and Reason,* Oxford University Press, Nueva York, 1994, p. 82

8. Freud, S.: *La aflicción y la melancolía,* en *Obras completas,* Biblioteca Nueva, Madrid, 1967, p. 1075 y ss. El trabajo del duelo es «el proceso que tiene lugar tras la pérdida del objeto amado, que incluye no sólo el momento de la pérdida, sino el momento de

la recuperación del sujeto tras la pérdida. El sujeto libre de la pena puede de nuevo establecer relaciones afectivas o conservar las que poseía con anterioridad a la pérdida» (Castilla del Pino, C.: *Introducción a la psiquiatría*, Alianza, Madrid, 1993, I, p. 287).

9. Unamuno, M.: *El caballero de la triste figura*, Espasa-Calpe, Madrid, 1944, p. 78.

10. Obeyesekere, G.: «Depression, Buddhism and the Work of Culture in Sri Lanka», en Kleinman, A., y Good, B.: *Culture and Depression*, University of California Press, Berkeley, 1985, p. 144.

11. Castilla del Pino, C.: *Celos, locura, muerte*, Temas de Hoy, Madrid, 1995, p. 267. Desde un punto de vista psiquiátrico, la melancolía grave puede oponerse a la euforia maníaca. Ambas son desmesuradas y sin objeto. Cf. Castilla del Pino, C.: *Introducción a la psiquiatría*, ed. cit. I, pp. 292 y ss.

12. Hay varias estupendas historias de la melancolía. Klibansky, R., Panofsky, E., y Saxl, F.: *Saturno y la melancolía*, Alianza, Madrid, 1991; Földény, L. F.: *Melancolía*, Círculo de Lectores, 1996; García Gibert, J.: *Cervantes y la melancolía*, Ed. Alfons el Magnànim, Valencia, 1997. Jackson, S. W.: *Historia de la melancolía y la depresión*, Turner, Madrid, 1989.

13. Ortony considera que la soledad es una situación objetiva y no un sentimiento.

14. Piñeiro, R.: *Filosofía da saudade*, Galaxia, Vigo, 1984.

15. Como muestra de la posibilidad de diferenciar los matices de la nostalgia resumiré las conclusiones de Wierzbicka. La autora compara la palabra *toska* con los términos ingleses *homesick, long, miss, pine,* nostalgia, que suelen usarse para traducirla, pero se apresura a marcar ciertas diferencias. Por ejemplo, si una hija adolescente deja su casa para ir a estudiar a una ciudad lejana, sus familiares polacos estarían *tesknic,* pero uno no podría decir que estaban *homesick* por su hija, ni que sentían nostalgia de ella, y tampoco podrían decir que estaban *pining after her.* En un caso porque *homesick* lo siente el que se ha ido. En el otro porque *pining* no implica separación en el espacio, y en cambio la palabra polaca sí. Por último, *pining* implica que el sujeto que lo siente no puede pensar en otra cosa.

La palabra inglesa *miss* implica mucho menos que la polaca. Es parecido al castellano «echar en falta», que no tiene por qué implicar tristeza. Por último, la palabra *long* indica un sentimiento que no hace referencia ni a una separación en el espacio ni al pasado, ni al presente. *«One can long to have a baby»*, puede añorar tener un niño, sentimiento para el que la palabra polaca no sirve porque se refiere a alguien real que está lejos.

16. Lutz, C.: «Depression and the Translation of Emotional Worlds», en Kleinman, A., y Good, B.: *Culture and Depression*, University of California Press, Berkeley, 1985, pp. 63-100.

17. Plutchik, R.: «A general psychoevolutionary theory of emotion», en Plutchik, R., y Kellerman, H. (eds.): *Emotion. Theory, Research and Experience*, Academic Press, San Diego, 1980, vol. I, p. 11.

18. Stearns, C. Z.: «Sadness», en Lewis, M., y Haviland, J. M. (eds.): *Handbook of Emotions*, The Guilford Press, Nueva York, 1993, pp. 547-563.

19. Vincent-Buffault, A.: *The History of Tears. Sensibility and Sentimentality in France*, St. Martin's Press, Nueva York, 1991.

1

Los terráqueos parecen con frecuencia invadidos de furia, aburrimiento o tristeza. Son animales melancólicos ansiosos de disfrutar. «El hombre no puede vivir sin algún placer», escribió Santo Tomás de Aquino, nada sospechoso de defender un hedonismo orgiástico. Disfrutar es beneficiarse del fruto, cosechar. «Sentir alegría o placer en cierto sitio o con cierta cosa. Poseer» (MM). Curiosa asociación: gozo, placer, posesión. «Nos deleitamos en las cosas que deseamos, al lograrlas.»[1]

Al analizar la experiencia amorosa, recordé que los filósofos escolásticos medievales distinguían en el amor tres aspectos: la percepción del bien (aprecio, estima, admiración, etc.), el deseo de conseguirlo (atracción, inclinación, apego, etc.) y la fruición o satisfacción de poseer el objeto amado. Este aspecto es el que tendríamos que tratar ahora al estudiar, dentro de los sentimientos agradables, la alegría. Es un sentimiento que excede el mero cumplimiento del amor, pero que, sin embargo, ha estado con frecuencia relacionado con él. Para Spinoza, el amor deriva de la alegría. Es la alegría que va acompañada de la idea de una causa externa. Hume dice algo parecido. La alegría es la percepción de un bien seguro, y esta alegría cuando se produce ante los talentos o favores de otros da lugar al amor. Vamos a analizar un conjunto de familias que tienen que ver con la posesión de un bien o satisfacción de un deseo o con la plenitud afectiva de la existencia.

Seguiré un paso más con los medievales, porque contribuyeron de manera decisiva a la configuración sentimental de Occidente, de manera semejante a como el pensamiento budista, confuciano o taoísta lo hizo con Oriente. Desde San Agustín a Tomás de Aquino fluye una poderosa corriente de análisis fenomenológico de los sentimientos, que integra la filosofía clásica, la reflexión teológica, las sutilezas morales, la práctica del confesionario, la dirección espiritual, la experiencia de los ascetas y de los místicos. Aristóteles y Platón se mezclan con el *Cantar de los Cantares*, San Juan Damasceno, San Bernando y la escuela de San Víctor. Describieron tantas clases de delectación como clases de amor/deseo distinguían.

Su vocabulario estaba muy codificado. *Delectatio* era el nombre más general para todos los disfrutes. Se dividía en las delectaciones sensuales y las delectaciones racionales y espirituales. Había, pues, placeres de la carne y placeres del alma. Las delectaciones sensuales pueden ser suaves *(voluptas)* y desenfrenadas *(libido)*. Las espirituales son también suaves *(gaudium)* o intensas *(fruitio)*. Las demás variantes se refieren a las manifestaciones de la delectación. Si es interior se llama *laetitia*, si se exterioriza puede ser mediante la expresión del rostro *(hilaritas)*, con voces inarticuladas e interjecciones *(iubilatio)* o con cánticos y danzas *(exultatio)*.[2]

El diccionario castellano sigue una organización parecida, que se corrobora en otras lenguas, a través de la cual creo reconocer una progresiva separación entre la alegría y el placer, un nuevo «trabajo de la cultura» que ha ido distinguiendo cosas que parecían llamadas a ir juntas. Puesto que el placer es la consumación de un deseo, tendría que ir unido a la alegría, que sería una conciencia añadida al triunfo del deseo. Pero, según parece, los humanos pueden sentir placer sin alegría y alegría que no vaya acompañada de un placer físico. Me ha chocado ver mencionada con frecuencia la «tristeza postcoital», que debe de ser algo parecido a la tristeza del domingo por la tarde.

A nosotros, los extraterrestres, nos resulta difícil comprender el siguiente texto de Henri Bergson, un brillante filósofo francés, espiritado, espiritual y tal vez espiritista, que ganó el premio Nobel de Literatura: «Los filósofos que han especulado sobre la significación de la vida y sobre el destino del hombre no han subrayado de modo suficiente que la naturaleza se ha tomado el trabajo de informarnos sobre ello. Nos advierte con un signo preciso que nuestro destino se está realizando. Este signo es la alegría. Digo la alegría, no el placer. El placer no es más que un artificio imaginado por la naturaleza para obtener del ser vivo la conservación de la vida; no indica la dirección en que la vida está lanzada. Pero la alegría anuncia siempre que la vida ha triunfado, que ha ganado terreno, que ha conseguido una victoria: toda gran alegría tiene un acento triunfal.»[3]

¿Me está diciendo Bergson que el placer es la realización de metas mínimas y la alegría de metas superiores o más amplias? Él lo relaciona con la creación: la alegría al contemplar un hijo, al realizar un proyecto, al sentirse colaborador de una obra magnífica, al sentirse amado. Me sorprende que la alegría sea tan gratuita y activa. Para Aristóteles era una actividad y también lo es para Sartre, para quien la alegría es gratuidad y generosidad. La experiencia vivida por el ser humano que se supera a sí mismo. «La alegría se da como conciencia de ser y no ser a la vez la propia creación.» «La alegría llega al encontrarse fuera cuando uno se había perdido dentro.»[4] Tal vez por eso, según dicen, la alegría transfigura, aunque sea momentáneamente, la realidad.

Esto se da en culturas lejanas. Michelle Rosaldo dice que para los ilongot, la palabra *sipē*, «alegría», no es un estado pasivo. Proporciona energía para trabajar, da ganas de moverse, de cantar, de explorar.[5]

En conclusión, parece necesario separar la experiencia placentera del sentimiento de alegría. Pero, además, muchos humanos hablan de un estado de bienestar ideal, al que llaman *eudamonia, felicidad, happiness, bonheur, Seligkeit.* ¿Cómo nos cuenta el diccionario estas historias que van del placer a la alegría y de la alegría a la felicidad?

288

2

El argumento más sencillo lo cuenta la *satisfacción*. Es el cumplimiento del deseo o del gusto. Su pariente más humilde es la *saciedad*, que suele emplearse para los deseos o necesidades materiales, como el hambre o la sed. Estrechamente emparentado con la satisfacción está el *contento*, historia que a lo largo del tiempo ha sufrido una variación, inclinándose, como en tantos otros casos que hemos visto, a una mayor sentimentalización. Procede del latín *contentus*, que significaba «satisfecho», aquel que posee lo que necesita y por lo tanto no desea otra cosa. Los primeros diccionarios castellanos registran esta autosuficiencia. Se refieren a «el que se contiene en sí y no va a buscar otra cosa, como el que está contenido en su casa con lo que ha menester, y no sale fuera de ella a buscar nada, como lo hazen generalmente los religiosos quando la necesidad no les aprieta a salir a buscar su comida» (CO). Lo contrario es el *descontento*, «estado de ánimo de quien se siente maltratado, se encuentra mal en cierto sitio o de cierta manera o no quiere que algo ocurra como ocurre» (MM). Es una desazón que, como indica el diccionario, puede derivar en protesta, en queja o en irritación. Tal vez a estos descontentos se refería Pascal cuando atacaba a los que no sabían permanecer en una habitación.

El *Panléxico* compara *contento* y *satisfecho*: «Cuando uno ha logrado lo que desea queda satisfecho, y contento cuando no apetece más. Bien a menudo sucede que queda uno satisfecho mas no contento, porque la satisfacción es la que resulta de que se han cumplido sus solicitudes, y el contento de que se han llenado sus deseos, a veces inmoderados. Hay sugetos que jamás están contentos, porque no es dado estar, o en lo vago y caprichoso; mas no pueden menos de decir que están satisfechos. La satisfacción es pues exterior, de convención y aun de ley, sobre todo en las cosas que pertenecen a la pública opinión; pero el contento es más bien interior y pertenece a la voluntad. Debemos quedar satisfechos siempre que poseamos la cosa que anhelábamos; pero sólo puede dejarnos contentos el gusto y placer que nos cause esta posesión. La satisfacción es más duradera, sólida y formal que el contento, que es ligero y fugaz.» ¿Como ha pasado esta palabra a significar en la actualidad «estado de ánimo que predispone a la risa»? (MM). Una muestra de las contradicciones del contento nos la proporciona Domínguez, que después de definirlo como júbilo, gozo, alegría dice que tiene como antónimo «contenido o moderado». Es decir, que una misma palabra, el latín *contentus,* da origen a una pareja de contrarios: contento (alegre) y contenido (moderado o resignado). Resulta gracioso que ponga como ejemplo de contento la expresión «no caber en sí de gozo», o sea, lo contrario de estar contento/contenido.

3

Una nueva variante de la historia, ya más sentimental, la cuenta la palabra *delectación.* Palencia la relaciona con el placer que produce el juego: «dízese que nombraron ludos de los lidos que primero usaron y inventaron esta manera de deleytación contra la fambre porque ocupados en iudar más ligeramente sofriesen el propio comer». Puede considerarse sinónimo de *deleite.* Deleitarse es «holgarse, entretenerse y regozijarse. Deleitoso, el lugar que da contento». Pero «deleites en plural, siempre se toma esta palabra en mala parte y vale regalos y vicios perniciosos» (CO). El DRAE 1791 es más explícito en la contradicción: «La sensación grata y suave que causa en los sentidos cualquier objeto de placer honesto y lícito; como la armonía de la música, la suavidad de un buen olor, etc. Se llama así comúnmente al gozo carnal venéreo.» Etimológicamente procede de *lacere,* «atraer, hacer caer en una trampa, en un lazo», lo que muestra que las delicias son ligaduras.

Con el tiempo, deleite se fue intensificando, hasta llegar al *arrobamiento* y el *éxtasis* (DO), mientras que la delectación adquirió un sentido de complacencia deliberada, de atención morosa en la consideración de algún objeto o pensamiento prohibido, «sin ánimo de ponerlo por obra, sino deteniéndose simplemente en ello» (AU).

La *complacencia* es «el gusto y contento que se toma de alguna cosa, o que se da a otro, satisfaciendo su deseo y cumpliéndole lo que solicita y pretende» (AU). Además de significar ese «gusto o placer que resulta de la posesión o goce de aquello que está en armonía con el genio, carácter, índole o inclinación del individuo» (DO), ha pasado a significar una actitud de tolerancia mal entendida, que permite «que alguien haga lo que quiera aunque sea inconveniente» (MM) y que permanece muy vivo en francés, donde *complaisence* significa «*sentiment dans lequel on se complait par faiblesse, indulgence, vanité*». Este matiz lo explica la etimología de la palabra. En latín *complacere* significaba «gustar vivamente a varios». Este sentimiento compartido hace que en algunos diccionarios la complacencia se explique como «conformidad, unión, ajuste o convenio entre personas que contienden o litigan» (DRAE, 1899).

La delectación alcanza mayor intensidad en la *fruición*, que es un gusto y complacencia en lo que se posee, el disfrute de un bien. En la actualidad ha perdido un significado antiguo, que queremos recordar. Ortony, en su valiosa obra sobre el léxico afectivo,[6] señala que hay sentimientos que no están lexicalizados, o que lo están en un idioma y no en otro. Como ejemplo pone la alegría por la tristeza ajena, lo que significa el inglés *gloating* y el alemán *Schadenfreuden*. En castellano no existe una palabra análoga, pero fruición tuvo al parecer este mismo significado, porque el DRAE, 1791 señala: «Gusto o complacencia, y así se dice: "fulano tiene fruición de ver llorar."» Y en una edición posterior: «complacencia del mal ajeno» (DRAE, 1899).

Relacionada con esta perversa satisfacción está también la palabra *regodeo*, que tiene un sentido doble. Es, por una parte, «delectación omnívora o completa en lo que se posee o gusta, recreación, diversión, fiesta» (DO). Es chanza y refocilo, es decir, que tiene una connotación de placer grosero, pero que ha llegado a significar «alegrarse con malignidad con un percance, un chasco, una mala situación, etc., de otra persona» (MM).

La etimología de esta palabra es tan curiosa que no me resisto a comentarla. Covarrubias la hizo derivar de *re* y *gaudium*, sería, pues, una alegría reduplicativa. Pero Corominas proporciona una etimología más seria y divertida al tiempo: «Fue la primera palabra de germanía derivada de godo (rico, persona principal, en el sentido de vivir como un rico divirtiéndose y sin trabajar); godos, llamaban los rufianes a los nobles y a los ricos por alusión a la frase "hacerse de los godos" (pretender que uno desciende de los pueblos de esta raza).»

4

En las definiciones de la fruición aparece repetidamente la palabra *gozo*. «Gozar una cosa es poseerla y disfrutarla» (CO). La posesión de un bien, con el placer, el contento y la complacencia que implican, aparece en toda esta tribu. Pero el gozo está ya relacionado con la alegría, hasta etimológicamente.

La *alegría* nace también de la «consecución del deseo» (CO). «Puede darse, sin embargo, sin causa determinada» (DRAE, 1899). El diccionario considera que la alegría está siempre acompañada de manifestaciones externas. «El gozo puédese tener interiormente sin que resulte fuera pero la alegría siempre se muestra con señales externas de contento. Llamamos alegrías a las fiestas públicas que se hazen por los sucessos prósperos de vitorias o nascimientos de reyes, príncipes o infantes» (CO). «Alegría secreta, candela muerta», dice el refrán.

Es un sentimiento expansivo, que impulsa al movimiento. Deriva del latín vulgar *alacer,* que significa «algo vivo o animado», palabra que según Ortega procedía del griego *elaphos,* «ciervo», con lo que alegre era el que daba saltos, y se sentía ligero y rápido como el ciervo. «La alegría», escribe Feijoo, «da soltura y vivacidad al ingenio». He leído en los libros que tratan sobre la psicología de los humanos que los estados de ánimo favorecen o dificultan ciertas ocurrencias. Y, además, que su memoria está en parte organizada sentimentalmente, de tal manera que cuando están alegres recuerdan sucesos alegres y cuando están tristes sucesos tristes. Este procedimiento me parece poco práctico, porque tiende a perpetuar las emociones más allá, tal vez, de lo conveniente.

La alegría en castellano se ha empequeñecido, llegando a significar el «estado de ánimo del que se divierte y risas u otras manifestaciones de este estado de ánimo» (MM). La diversión –de la que ya he hablado– es un desencadenante y acompañante de ciertas alegrías. «Es todo aquello que alegra y expansiona el ánimo» (Z).

Podemos describir la alegría de dos maneras: atendiendo a sus manifestaciones, y estudiándola a partir de sus antónimos.

Comenzaré hablando del trabajo de la alegría, por lo que su aparición provoca en el sujeto. He tomado las acepciones siguientes del interminable –y por eso no terminado– *Diccionario histórico de la lengua española*, editado por la RAE. Alegrar es «hacer que alguien sienta alegría, quitar y aliviar la tristeza, tranquilizar, sosegar, serenar». No sólo quita la melancolía sino también la inquietud. Además, por una especial virtud mirífica, «conforta, tonifica, aviva, da mayor vigor y alegría». Este significado es muy antiguo. En 1494, Burgos escribía: «El caballo es de gran viveza, ca cuando son en batalla ellos se alegran y por el son de la trompeta se despiertan a la guerra.»[7] Y el sabio Alfonso X el Sabio, notable lingüista, escribe en la *Partida II:* «Mas si otros hombres honrados et de buen linage ficiesen alguna destas cosas sobredichas, débele el rey facer gualardón (...); ca éstas son cosas que alegran et esfuerzan los corazones nobles para hacer todavía mejor.»

«Alegrar un color», «alegrar el fuego» son sinónimos de «darles vida».

La alegría embellece las cosas, y la belleza alegra el ánimo. El padre Ribadeneyra, en su *Tratado de la tribulación,* lo dice: «El ojo naturalmente se alegra con la vista de cosas lindas.» Saavedra Fajardo, con espléndida retórica, nos dice que a veces los humanos se alegran con espectáculos terribles: «Insaciable fue la sed de sangre humana. La vista se alegraba de los disformes visajes de la muerte.»[8]

Prefiero descansar en la alegría de este delicioso romance:

> Andando con triste vida
> yo halle, por mi dolor,
> fonte frida, fonte frida,
> fonte frida y con amor;
> que sus verdes florecicas
> alegran el corazón,
> do todas las avecicas
> van tomar consolación.

El segundo método para describir-apresar la alegría es atender a sus antónimos, es decir, ver de qué manera aniquila los sentimientos opuestos. En primer lugar, se opone a la angustia, a ese encogimiento y obturación del alma que no permite ni respirar. La alegría ensancha el ánimo: ésta es una metáfora constante y ubicua. San Isidoro dice en sus *Etimologías*[9] que leticia *«imponitur a dilatatione cordis, ac si diceretur latitia»*. Alegría *(laetitia)* se dice por la dilatación del corazón, como si se dijese amplitud *(latitia)*. El gran Covarrubias da una definición preciosa: «La alegría es propio dilatar, que como nace de la consecución del deseo se ensancha y abre el corazón para recibir la cosa amada.» Juan Luis Vives es más aparatoso. La alegría provoca una excitación vehemente. «A causa de tal excitación el corazón se dilata con tanta amplitud que a veces incluso se produce la muerte, como en aquellas mujeres durante la segunda guerra púnica que, habiendo visto de repente sanos y salvos a sus hijos, cuya muerte les había sido anunciada, perdieron la vida. Uno puede morir más rápidamente por excesiva alegría que por demasiado sufrimiento. De la misma dilatación del corazón provienen la risa y el júbilo, cuando ya el pecho no puede contener el corazón; entonces se insinúa la gesticulación y en ocasiones la demencia.»[10] Todavía va a ser verdad lo de «morirse de risa». El que está alegre «no cabe en sí de gozo». Estallar es «manifestarse bruscamente la risa, el llanto, el entusiasmo, la alegría» (MM). Los ilongot, estudiados por Rosaldo, dicen que con la alegría el corazón se siente crecer, sin límites, como una planta. *«'Unngasingasi ma pagi nu man'uden 'amunga 'un gruyuk ma rinawatu.*» «Las plantas de arroz prosperan bajo la lluvia, como si sus corazones fueran ampliados.» Preciosa metáfora campesina.

La alegría anula también la tristeza, que es sentimiento de pérdida o de lejanía de un bien. La alegría es posesión, presencia de un bien. Frente al pesar, la alegría da ligereza. El vocabulario marinero, tan expresivo, llama *alegrar un barco* a quitar peso, «aliviarlo para que no trabaje mucho por causa del mar». Aliviar quiere decir «quitar peso». Todo el archipiélago léxico de la pesadez está unido por la opresión y el agobio. «Un pesar es un sufrimiento, pues el peso no sólo pesa sino que también da dolor. Graves son las enfermedades y los pecados, y también los hombres serios de continente severo. Llamamos pesadumbre a la pena, y pesadillas a los malos sueños. Nos resulta pesado y cargante todo lo que aborrecemos –es decir, lo aburrido, como ya he explicado–. Todos los caminos que atraviesan el campo semántico "peso" conducen a parajes desolados y penosos. En cambio, la ligereza es ausencia de pesadumbre. Es euforia: la experiencia dinámica de la alegría.»[11] *Euforia* es un deseo de moverse y de actuar. Es un sentimiento intenso, exaltante, activo, que los diccionarios tratan con gran superficialidad, relacionándolo con la «facilidad en arrostrar una enfermedad, en salir de una crisis que modifica la intensidad periculosa y progresiva de sus males» (DO).

La alegría también nos libra del peso de la responsabilidad. En castellano, «hacer una cosa alegremente» significa hacerlo con ligereza. Como en todas partes crecen habas (es una metáfora, creo), Catherine Lutz menciona un caso semejante y lejanísimo. Durante su estancia en el atolón de los ifaluk le sorprendió comprobar que estar contento –*ker*– era un sentimiento visto con desconfianza. Significaba estar satisfecho con uno mismo y con su situación, lo que lleva a ese feliz sujeto a desentenderse probablemente de los demás, actitud que en una sociedad sometida a las incertidumbres de una naturaleza hostil, resulta inaceptable. Una de las cosas que ese individuo maleado por su felicidad podría hacer es pasear alrededor de sus propiedades, actividad que resulta extremadamente sospechosa para el ifaluk. No será *maluwelu*, que es el más alto cumplido que se puede dirigir a una persona: «dulce, pacífico y tranquilo».

Como antónimo del abatimiento, *elación* significa «exaltación, alegría con entusiasmo» (MM). El sentimiento de impotencia también es contrario a la alegría. Como dijo Spinoza, «cuando el alma se considera a sí misma y considera su potencia de obrar, se alegra».[12]

Por último, la alegría expulsa el aburrimiento, porque introduce de nuevo en la vida del hombre la brillantez, el interés, la energía, la excitación y la diversión, palabra que en el diccionario acompaña siempre a la alegría.

5

Como ocurre en muchas tribus, también en ésta hay familias que cuentan la misma historia pero enfatizando las manifestaciones. Recuerden, en el caso de la ira, la furia y la saña. Las alegrías manifestadas son alborozo, algazara, júbilo y regocijo. La historia de la palabra *alborozo* ya nos indica que estamos ante una familia ruidosa. Procede del árabe *buruz*, «salir en gran pompa a recibir a alguien». «Es un sobresalto del corazón, especie de alboroto» (CO), «gozo grande, contento, placer, regocijo, causado de noticia favorable y gustosa que en cierta manera sobresalta y altera el corazón por el bien que consigue o espera brevemente lograr. También significa según el lenguaje antiguo, tumulto, bullicio, ruido, inquietud y lo mismo que alboroto» (AU). Más ruidosa todavía parece la *algazara*, también de origen árabe. *Gazara* significa «locuacidad, murmullo, ruido» y según *Autoridades:* «En su propio significado es la vocería que dan los moros cuando salen de la emboscada y cogen de sobresalto a los cristianos y a otros contrarios. Común y vulgarmente se toma hoy por ruido de muchas voces juntas, pero festivo y alegre, aunque también tal qual se usa para significar alboroto y tumulto.»

El *júbilo*, del que ya hemos hablado, tiene un componente de intensidad. Se manifiesta externamente. En muchos diccionarios se la considera sin más como sinónimo de alegría, pero, tal vez por su carácter culto, el *Panléxico* subraya su superioridad respecto a ésta, lo que nos aconseja tratar del júbilo en relación con otras familias. La etimología de esta palabra es divertida como una comedia de enredo. Sospecho que se han mezclado dos palabras y que *jubilado* y *júbilo* no tienen el mismo origen. Aquélla procede de *jubileus,* palabra del latín cristiano oriunda del hebreo *yōbhēi,* «cuerno de carnero, trompeta hecha con cuerno», tomada como metonimia de una gran fiesta mosaica celebrada cada cincuenta años, en la que se perdonaban las penas y deudas, y que se anunciaba con los sones de ese montaraz instrumento. Los cristianos la utilizaron para denominar grandes solemnidades: *annus jubilaei,* «año jubilar». Pero la etimología hebrea debería haber dado *jobaleus.* ¿Por qué se cambió la o en u? Ya les dije que en el lenguaje todo tiene algún motivo. En este caso es posible que la palabra se contagiara del latín *jubilare,* que significaba «gritar». En fin, que de ese contagio resultó «gritar con ocasión de una fiesta», o sea «gritar de alegría». Muy interesante. El regocijo es demostración del júbilo, «cuando el alma rebosa (si cabe decirlo con metafórica violencia) de puro henchida, de puro alborozada» (DO).

6

Su cercanía a la diversión ha empequeñecido el significado de alegría. El *Panléxico* atestigua esta degradación al compararla con júbilo: «Estas dos palabras designan igualmente una situación agradable del alma causada por el placer o por la posesión de un bien que ésta experimenta; pero el júbilo existe en el corazón y la alegría en las maneras. El júbilo consiste en un sentimiento del alma más fuerte, una satisfacción que completa. La alegría depende únicamente del carácter, de la condición del temperamento del sugeto que la indica o da a conocer.»

También la *felicidad* se ha empequeñecido. De ser un sentimiento de alegría y plenitud, en el que nada se echaba en falta, ha pasado a significar: «la dicha o prosperidad de que alguno goza. Comúnmente se abusa de esta palabra en sentido de cualquier cosa que goza, agrada, ocasiona deleite, etc., por efímero y momentáneo que sea el gusto recibido, el placer experimentado, lo que se goza, lo que se posee» (DO). En inglés ha sucedido lo mismo. Puede decirse «*I am happy with this arrangement*», lo que es muy poco decir acerca de la felicidad. A pesar de esta confusión, y a pesar también de que los humanos hablan sobre todo de la felicidad para decir que no existe, muchas lenguas distinguen ese grado de delectación. Levy cuenta que los tahitianos distinguen entre *'oa'oa* y *'area'area*. Aquél significa «feliz». Su culminación se dará en el cielo. Éste significa «diversión, alegría». Cuando el investigador pregunta a uno de sus informadores tahitianos si mientras se divierte cantando y bebiendo siente *'oa'oa*, éste le contesta: «Estoy demasiado concentrado en *'area'area* para darme cuenta de si siento *'oa'oa*.» Estaba demasiado ocupado divirtiéndose para saber si era feliz o no.[13]

Las definiciones clásicas de felicidad, bienaventuranza, beatitud, aspiran a más. Reseñar sólo tres. Cicerón: «*Bonorum omnium, secretis malis omnibus, cumulata complexio.*» San Agustín: «*Omnia rerum optandarum plenitudo.*» Boecio: «*Status omnium bonorum aggregatione perfectus.*»[14]

Lo que sobresale en ellas es el *omnium*: «todos los bienes».

Felicidad es un término sentimentalizado tardíamente, como tantos otros. Como señala su etimología, su origen es mucho más real, concreto y fecundo. Significaba «fertilidad». «Foelix... et assi el que da como el que recibe la felicidad se dize felix. Foelix: llamaron arbores felices a los que dan fruto y a los que no lo dan infelices. Foelix por dichoso por bienaventurado puso Virgilio. Foelix por favorable. Foelix goza del bien de la natura... Et fortunado o dichoso goza del provecho del buen tiempo» (PA). Pero si nos remontamos al indoeuropeo, la etimología tiene más encanto aún. Procede de la raiz *dhē (i)*, que significa «amamantar», y de ella procede hembra, feto, heno (lo que alimenta), hijo, fértil, feliz (RH, RP).

La *beatitud*, que primitivamente significó «delicia, dulzura, bienestar, dicha, ventura, felicidad, placer o fruición inexplica-

298

ble, célica suspensión» (DO), pasó a significar la gloria, la visión beatífica, la bienaventuranza eterna. Se utiliza como sinónimo de placidez o bienestar tranquilo. También la palabra *éxtasis*, que es un estado en que el alma está totalmente embargada por un sentimiento de admiración o alegría y ajena a todo lo que no es objeto de esos sentimientos» (MM), pasó a significar un estado místico, con connotaciones religiosas. Me ha llamado mucho la atención el que Santo Tomás de Aquino, y con él la mayor parte de la teología católica, diga que la bienaventuranza o beatitud celestial es una operación de la inteligencia especulativa. Sería, pues, un conocimiento y no una experiencia afectiva.[15] No me pidan explicaciones porque soy extraterrestre.

Queda, tal vez como la palabra menos contaminada o empequeñecida, la *dicha*, que significa «felicidad, estado de ánimo de la persona que tiene lo que desea o a la que le acaba de suceder una cosa muy buena para ella» (MM). «Dichas se llaman también los honores, riquezas, dignidades y placeres y la posesión de cuanto pueda hacer la vida agradable y feliz» (AU). Esta palabra, como la francesa *bonheur* (etimológicamente, «el buen augurio»), la inglesa *happiness* (de *hap*, «suerte»), la griega *eudaimonía* («el buen demonio»), hace referencia a la suerte, a la buenaventura, al hado. *Dicha* significa etimológicamente «suerte feliz», del latín *dicta*, «cosas dichas»; que trasfundió en el lenguaje vulgar el sentido del clásico *fatum*, «suerte, destino», participio de *fati*, «decir, hablar», acepción basada en la creencia pagana de que la suerte individual se debía a unas palabras que pronunciaban los dioses o las Parcas al nacer el niño.

Aunque lo común ha sido siempre, desde que aparece en Juan Ruiz, que tenga el sentido de «suerte favorable», la fórmula «Buena dicha o dicha buena» (Nebrija) indica que el vocablo podía tener también buen o mal sentido, como el latín *fatum* y como ventura, que empleado sin adjetivos tiene también al sentido de felicidad.

Después de un constante desinterés, la psicología parece volver a interesarse por estas emociones positivas. A los investigadores les resulta difícil estudiar la felicidad. Freedman, en su libro *Happy People*, cuenta que si entrevistaba a la gente en grupos todo el mundo hacía bromas sobre la felicidad, trivializaba el asunto y el trabajo era inútil. Pero las cosas no mejoraban cuando los entrevistaba en privado. Entonces tomaban un aire grave y se negaban a hablar. Tal vez la razón estriba en que hablar de la felicidad personal implica hablar del más íntimo sistema de valores, de expectativas, de ensoñaciones y de esperanza.

Al comienzo de este capítulo opuse el placer a la felicidad como los dos extremos de un continuo de experiencias agradables. El placer está pegado al deseo y al cuerpo. La felicidad se amplía a todos los sistemas vitales del sujeto: el corporal, el social, el personal. Una cosa característica de la felicidad es que no se puede buscar directamente. Desde Aristóteles se sabe que consiste en la realización plena de una actividad: crear, amar, jugar, ver a Dios. En cada uno de los sistemas vitales y en sus operaciones, relacionadas principalmente con el cuerpo, relacionadas con las metas y valores sociales, relacionadas con las metas personales, puede darse una felicidad, que será parcial mientras no integre de una manera suficientemente satisfactoria los tres sectores. Es muy posible que el orden social sea el más determinante en el sentimiento de felicidad, porque proporciona los valores superiores que, en último término, van a permitir la integración de los demás.[16]

Pero ¿cuáles son los ingredientes sentimentales de la experiencia feliz? Según los testimonios que he podido recoger, serían los siguientes. Un sentimiento de seguridad que libra de miedos y capacita para disfrutar de las relaciones personales. Un sentimiento de plenitud. Pleno es lo que está lleno o completo del todo. Ortega lo relacionaba con una palabra curiosa: ocupación. Hay ocupaciones felicitarias. ¿Qué es lo que se ha llenado cuando hablamos de la felicidad como plenitud? Lo más sencillo es decir que ha sido el deseo. Y este sentido tienen en etología los comportamientos consumatorios, entre los que se encuentran los placeres. Pero si tomamos esta acepción, no podríamos hablar de plenitud, sino de plenitudes, porque los deseos son muchos, sucesivos y, en ocasiones, contradictorios. Sin embargo, al hablar de la felicidad hablamos de plenitud en singular. «¿Qué es lo que constituye la excelencia de la vida?», escribe Séneca. «Su plenitud.»

Hay otra acepción de plenitud más interesante, a la que se refirió también Ortega: «Cuando pedimos a la existencia cuentas claras de su sentido, no hacemos sino exigirle que nos presente alguna cosa capaz de absorber nuestra actividad. Si notásemos que algo en el mundo bastaba a henchir el volumen de nuestra energía vital, nos sentiríamos felices y el universo nos parecería justificado. ¿Quién que se halle totalmente absorbido por una ocupación se siente infeliz? Este sentimiento no aparece sino cuando una parte de nuestro espíritu está desocupada, inactiva, cesante. La melancolía, la tristeza, el descontento son inconcebibles cuando nuestro ser íntimo está operando.» Esto tiene que ver con otras cosas que he descubierto en mi recorrido. El amor, por ejemplo, es una actividad. Es diligencia, cuidado, atención.

La concentración de la atención se da en el enamoramiento, en el juego, en la diversión, en el placer. Pero cuanto mejor puedan integrarse los distintos órdenes –corporal, personal, social–, más completa será la plenitud. El ser humano necesita placer y dar sentido al placer.

La alegría es casi un sinónimo de la felicidad. Es la conciencia de estar alcanzando nuestras metas, por eso su anchura, largura y profundidad dependerá de las metas conseguidas. Sartre pensaba dedicar una parte de su ética a la alegría, que definía como conciencia de la libertad creadora. También Bergson consideraba que la alegría siempre va unida a la creación. Lo que todos los creadores buscan, sean artistas o poetas de la vida cotidiana, es «la ampliación de la personalidad por un esfuerzo que saca mucho de poco, algo de nada y añade sin cesar algo nuevo a lo que había de riqueza en el mundo». En una palabra, lo que produce alegría es la *creation de soi par soi*.[17]

Esto enlaza con otro rasgo constante desde Spinoza a los ilongot: el sentimiento del propio poder. Erich Fromm, spinoziano convencido, lo explica así: «La felicidad es indicadora de que el hombre ha encontrado la respuesta adecuada al problema de la existencia humana: la realización creadora de sus potencialidades. Gastar energía creadoramente: lo contrario de la felicidad no es el dolor, sino la depresión.» Este sentimiento de la propia eficacia es uno de los componentes de la autoestima que forma parte del sentimiento de felicidad.

Sólo me queda por averiguar un punto extraño. Desde hace muchos siglos se ha pensado que la felicidad tenía algo que ver con la virtud. La felicidad sólo se alcanza al sentirse incluido en la realización de grandes valores. Tal vez la moral intente buscar para el hombre una meta capaz de enlazar las demás. Sería la bondad o la grandeza.

Pero creo que me estoy saliendo del léxico y es mejor terminar.

NOTAS

1. Tomás de Aquino: *Sum. Theol.*, I-II, 31, 3, resp.

2. Tomás de Aquino explica estas palabras: *In Sent.*, 3 d. 26 q. 1 a. 3; 4 d. 49 q. 30 a. 1; *De verit.*, q. 26, a. 4, ad 4; *Sum. Theol.*, I-II, q. 31, a. 3, ad 3.

3. Bergson, H.: *L'énergie spirituelle*, en *Oeuvres*, Édition du centenaire, PUF, París,1963, p. 832.

4. Sartre, J-P.: *Cahiers pour une morale*, Gallimard, París, 1983, pp. 507 y ss.

5. Rosaldo, M.: *Knowledge and Passion. Ilongot Notions of Self & Social Life*, Cambridge University Press, Cambridge, 1980, p. 51

6. Ortony, A., Clore, G. L., Collins, A.: *La estructura cognitiva de las emociones*, Siglo XXI, Madrid, 1996, p. 127.

7. Burgos, V. de: *Libro de las propiedades de las cosas trasladado de latín en romance*, Tholosa, 1494,

8. Saavedra Fajardo, D.: *Idea de un príncipe político cristiano*

representado en cien empresas, Empresa 12. Biblioteca de Autores Españoles, t. XXV, Atlas, Madrid, 1947, p. 37.

9. San Isidoro: *Etimologías,* BAC, Madrid, 1982, lib. 10, secc. 154.

10. Vives, J. L.: *De anima et vita,* l. 3, c. VIII.

11. Marina, J. A.: *Elogio y refutación del ingenio,* Anagrama, Barcelona, 1992.

12. Spinoza, B.: *Ética,* par. LIII.

13. Levy, R. I.: *Tahitians. Mind and Experience in the Society Islands,* University of Chicago Press, Chicago, 1973.

14. Cicerón: *Tuscull. quaest.,* l.5, cap. 10; San Agustín, *De civitate Dei,* lib. 5, praef. Boecio: *De consolatione.* Phil. lib., 3, pros. 2.

15. Tomás de Aquino: *Sum. Theol.,* I-II, q. 3.

16. Tomo este esquema de Averill: «Hapinness», en Lewis, M., y Haviland, J. M.: *Handbook of Emotions,* The Gilford Press, Nueva York, 1993, pp. 617-630.

17. Marina, J. A.: *El laberinto sentimental,* Anagrama, Barcelona, 1996, pp. 220 y ss.

XIV. HISTORIAS DE LAS VENTURAS Y DESVENTURAS AJENAS

1

En un diccionario virtual no tendría que existir este capítulo. Las alegrías y las tristezas que hemos unido aquí, para claridad de la exposición, podrían permanecer al mismo tiempo en sus respectivas tribus o naciones, dispuestas para reorganizarse según nuestros intereses. Pero las limitaciones del papel nos animan a organizar un grupo con los sentimientos provocados por los bienes y males ajenos. He de confesar que sigo en mi régimen de entrenamiento formalizador y que me ha atraído la facilidad con que se pueden sinoptizar estas familias de las tribus alegría y tristeza.

Tristeza por el mal ajeno: *compasión, piedad.*
Falta de tristeza por el mal ajeno: *despiedad, insensibilidad, crueldad.*
Tristeza por el bien ajeno: *envidia* y *némesis.*
Alegría por el bien ajeno: *congratulación.*
Alegría por el mal ajeno: *schadenfreuden.*[1]

2

Comenzaré por *compasión.* El desencadenante general es el dolor de otra persona. El argumento sería: malestar producido por el dolor ajeno. Como sentimiento básico que hace posible esa comprensión e identificación de las emociones ajenas, empieza a hablarse de *empatía,* palabra que no existe en castellano. El término procede del inglés *empathy,* usado desde 1904 para traducir el alemán *Einfühlung* inventado por T. Lipps. Es la capacidad de compartir el estado emocional de otra persona y, como consecuencia, de comprenderlo. Es «una respuesta afectiva, más acorde con la situación ajena que con la propia» (Hoffman). «Un estado afectivo que brota de la aprehensión del estado emocional de otro y es congruente con él» (Eisenberg).[2] Sólo vale la pena conservar y usar esta palabra si le otorgamos una generalidad que permita dividirla en compasión, empatía con el dolor ajeno, y congratulación, empatía con la alegría ajena.

Volvamos a la empatía con el sufrimiento ajeno. En castellano, este clan tiene cuatro familias principales: compasión, lástima, piedad y conmiseración. Según María Moliner, «pueden considerarse como equivalentes, sin embargo, hay entre sus significados diferencias de matiz. Lástima es la menos patética y se emplea corrientemente con referencia a animales. Compasión es más apta que las otras para ser usada impersonalmente en cuanto al objeto de ella, lleva más carga afectiva e implica más participación en la desgracia ajena que lástima, pero menos que piedad. Esta última palabra es la más cargada de patetismo, sólo se siente piedad por seres muy desgraciados e implica una inclinación afectiva hacia ellos por esa desgracia y una participación dolorosa en ella. Por último, conmiseración se aproxima más que ninguna de las otras palabras del grupo al significado de caridad y es compatible con el desprecio».

Tiene razón al señalar que lástima incluye un rasgo de poca importancia: «Cualquier cosa que cause disgusto aunque sea ligero» (DRAE, DO, EN). «Disgusto o incomodidad que causan algunas cosas de poca monta o consideración» (DO). «Es una lástima desperdiciar esta tela», por ejemplo. Algunos diccionarios la definen como enternecimiento, asunto que luego comentaré.

La historia contada por *piedad* es más compleja. Cuenta la misma historia de la compasión, y una historia añadida de amor y de abnegación hacia Dios, los padres o la patria. En este sentido es una virtud, y este carácter se ha transferido a toda la palabra, de modo que piedad tiene un componente más activo que las otras familias. «La piedad es como la bondad aumentada, llevada al mayor extremo, pues es magnánima y como inagotable, hace el bien generosa y desinteresadamente, y aun a aquellos que nos causan mal y que de consiguiente deberíamos mirar como enemigos» (PAN).

Conmiseración es el sentimiento de malestar producido por la miseria de otro. Tal vez sea la referencia a «miseria» lo que contagia a esta palabra con un tono de lejanía y desprecio. La palabra miserable comenzó significando: digno de compasión, pero desde allí comenzó una deriva semántica que le llevó a la «pobreza» y de allí a designar lo «mezquino, sucio y despreciable». Mantiene de su época generosa el sentido de «sensibilidad más o menos viva, profunda y exquisita, ternura dolorosa, etc.» (DO).

Compasión es participación en el dolor de otro. Es la familia más sentimental, porque compadecer no significa sólo tener lástima de otra persona, sino sentir con ella. También se identifica con la ternura (AU, RAE, 1899).

La referencia a la ternura en todas las familias de esta tribu muestra su claro parentesco con el amor. El compasivo y el amante son tiernos, cada uno a su manera. La palabra *caridad* enlaza ambas tribus. El significado de este término es muy complejo. Covarrubias dice: «Latine charitas, vale dilección, amor, según algunos. También se toma vulgarmente caridad por limosna que se hace al pobre, a la cual nos mueve el amor, la compasión del próximo, en orden a Dios, como está dicho. Caritativo el piadoso, misericordioso y limosnero, y así en algunas partes llaman caridad, cierta relación que se da de pan y vino y queso en los entierros y honras de difuntos. Lo demás se dexa para los señores teólogos escolásticos, que no es mi intento divertirme de lo que en este trabajo professo, que es la etimología del vocablo». Para DO, además de una de las tres virtudes teologales, es el «amor que tenemos hacia el prójimo que nos hace querer o no querer para él lo que queremos o no para nosotros. Fig: compasión, lástima de los males ajenos». La compasión sería el resultado de un amor previo. Desconozco si el apasionado Domínguez está en lo cierto.

Esta mezcla de compasión-ternura-amor-tristeza aparece en muchas lenguas. Debe de ser, por lo tanto, un universal afectivo. La palabra ifaluk *fago*, estudiada por Lutz, y que ya he comentado, es un buen ejemplo.[3]

3

La compasión es un buen ejemplo para un estudio cultural de los sentimientos. Para los budistas es la actitud espiritual apropiada. Buda creía, como la mayor parte de los pensadores y hombres religiosos indios posteriores a los Upanishads, que todo es dolor. Descubrir esta desesperada verdad era la máxima demostración de sabiduría. De ella brota, como una flor consoladora y triste, la compasión universal. La enseñanza de Buda no es una teoría pensada, sino una actitud vivida por sus seguidores, que se dedican fervientemente a la meditación sobre el amor y la compasión universal *(karanīya-metta sutta)*. Todo ser vivo, grande o pequeño, maravilloso o vulgar, merece esta piedad cuidadosa, esta solidaridad en la finitud. Lo expresa muy bien una parábola conocida por la mayor parte de los budistas. Cuenta la historia de Kisā Gotamī, una mujer cuyo único hijo murió siendo niño. Desesperada, acudió a Buda para suplicarle que resucitara a su hijo. Buda le contestó que podría hacerlo si le traía una semilla de mostaza procedente de una casa donde la muerte no hubiera hecho de las suyas. La madre recorrió esperanzada los pueblos buscando la imposible semilla. Pronto se dio cuenta de que su sufrimiento personal era simplemente una parte del sufrimiento universal. El velo de las apariencias, de los deseos, miedos y esperanzas se había roto y, dulce y sangrienta como una granada, había aparecido la verdadera realidad: la salvación.

Las religiones del Libro –judaísmo, cristianismo, islamismo– han dado mucha importancia en su teología a la misericordia de Dios. Me ha llamado la atención la idea que de ella tenían algunos teólogos musulmanes. Según Ibn 'Arabī, el nombre real de Dios es *ra.hmān*, el Misericordioso. Lo curioso es que con esta palabra no se designa un sentimiento de compasión, sino un acto cosmogónico de compasión. Como dice al-Qāšānī, «la misericordia pertenece esencialmente a lo Absoluto, porque éste es, en esencia, Generoso».[4] Es un enlace comprensible.

En Occidente, la compasión ha estado casi siempre bajo sospecha. «Con muy raras salvedades», escribe Aurelio Arteta, «los pensadores no han dejado de detectar en ella una raíz interesada en el bien mismo del piadoso y de entenderla como una pasión egoísta. Ese amor propio que la desvalorizaría está presente en la piedad de múltiples formas.»[5] Séneca la consideraba un sentimiento pusilánime, propio de almas pequeñas «que se aterrorizan en exceso ante la desgracia». Además, con frecuencia el piadoso parece complacerse en su generosidad, con lo que los malpensados suponen que en el fondo desearía que el dolor perdurase para poder seguir sintiéndose benefactores y buenos. El desconfiado Freud lo dijo con frase cruel y tajante: «Nunca he sentido el sadismo de querer ayudar a alguien.»

Como dice el barón d'Holbach: «Del consuelo dado al que padece, resulta un consuelo real y verdadero al que le socorre: placer suave que la imaginación aumenta con la idea de que ha hecho bien a un hombre, de que con este beneficio tiene derecho a su cariño y gratitud y de que ha obrado, en fin, de un modo que manifiesta que posee un corazón tierno y sensible.» Este sentimiento de poder que siente el compasivo puede provocar una cierta humillación en el compadecido, lo que ha hecho que en el Occidente actual la piedad sea ofensiva o peligrosa. «No quiero que me compadezcas», se oye con frecuencia. Y la autocompasión se considera un sentimiento destructivo, que anula la capacidad para luchar de la víctima, tal vez adormecida en los dulces arrullos de esa ternura piadosa hacia sí misma. Madame du Deffand se lamentaba ante su amante Walpole de que «me habéis considerado más digna de piedad que de cólera y habéis considerado inhumano aumentar mis penas. ¿No debería estar agradecida por ello?». Sin embargo, incomprensiblemente no es así: «Nos quejamos para que nos compadezcan, y cuando nos damos cuenta de que inspiramos compasión nos molestamos; el amor propio no tiene sentido común.»[6]

4

La *misericordia* cuenta una historia distinta. Deriva de *misericors*, el que tiene un corazón sensible al dolor, pero se ha convertido en el sentimiento y la virtud relacionada con el perdón. El grito de «¡Misericordia!» es súplica de clemencia, no llamada de ayuda. Añade a la compasión un «impulso de ser benévolo en el castigo». Está relacionado con la clemencia, que es la inclinación a compadecerse de alguien juzgándolo o castigándolo sin rigor. La compasión, que es más afectiva, más natural, más espontánea, es casi siempre el primer movimiento. La misericordia es más difícil y más escasa. El amor es misericordioso. «Se perdona mientras se ama», decía La Rochefoucault (max. 330). Y el cínico Oscar Wilde descabella en *El retrato de Dorian Gray:* «Al principio los hijos aman a los padres; cuando se hacen mayores los juzgan y, algunas veces, les perdonan.»

La relación entre compasión, misericordia y perdón me ha recordado una matización que hace Aristóteles. El perspicaz griego dice que los humanos sienten compasión por «los que sufren un mal sin merecerlo», ya que nadie en su sano sentir sentirá piedad «porque los parricidas o los asesinos reciban su castigo».[7]

La misteriosa presencia del perdón puede tal vez convertir la compasión en misericordia. Hay en ese caso un peculiar sentimiento. Cuando se reconoce el sufrimiento de un inocente, es fácil identificarse con su dolor. Pero cuando el malvado sufre un castigo, la ira o la indignación se desfoga. Sentir compasión sería injusto. La misericordia permite sustituir la venganza con el perdón. «No anula la falta, sino el rencor, no el recuerdo, sino la cólera, no el combate, sino el odio. No es todavía el amor, sino que hace las veces de él cuando éste es imposible, o lo prepara cuando éste sería prematuro.»[8] En el capítulo final les hablaré del acto humano de perdonar, absolutamente incomprensible para un extraterrestre. Aquí ha hecho su primera aparición a través de la misericordia.

5

La especie humana es contradictoria. Ha inventado la crueldad, ese refinamiento en el dolor ajeno, y la misericordia. Desde mi observatorio contemplo la historia de los terráqueos como una evolución sentimental. La cultura es fundamentalmente un trabajo afectivo.[9] Podría convertir este diccionario en la historia de ese enrevesado proceso, pero mis patronos me lo impedirían. Aprovecharé sin embargo para dar algunas indicaciones más sobre cómo debería hacerse. Por ello les hablaré de la *humanitas.* El ser humano, al parecer, puede ser inhumano, «falto de humanidad, de compasión o de caridad hacia otras personas». Frío, insensible, incapaz de afectos o de emoción o insensible al dolor humano. Por oposición a tan desastrosa condición, humanidad significa «caridad, compasión».

Lo que quiero contar es la bella historia de esta palabra y del sentimiento que designa. *Humanitas* fue una creación original de los romanos. No existe una palabra griega correspondiente, porque *filantropía* sólo designa una parte de la *humanitas.* Apareció en el círculo del joven Escipión (cónsul en el 147 a.C.). «Con la nueva palabra», escribe Schultz, «se quiere dar expresión al sentimiento de dignidad y de sublimidad que son propios de la persona humana y la sitúan por encima de todas las demás criaturas de este mundo. Este singular valor de la persona humana obliga al hombre a construir su propia personalidad, a educarse, pero también a respetar y favorecer el desarrollo de la personalidad ajena. Quien siente estos deberes y lo prueba con los hechos no sólo se llama hombre, sino que lo es, es *humanus*».[10]

310

La influencia de la idea de humanidad –en el sentido de sentimiento de dignidad, respeto, clemencia, filantropía, benevolencia– sobre el derecho y sobre la vida jurídica romana fue aguda y profunda y práctica. Sirvió para atenuar la rigidez de las normas jurídicas, por ejemplo dentro del matrimonio. La humanización de las relaciones jurídicas entre padres e hijos fue más tardía. Hasta el humano Cicerón declara todavía que para los hijos el padre es poco menos que un dios. La facultad del padre de «alzar» *(tollere)* al hijo recién nacido para reconocerlo como tal, o bien, a su arbitrio, hacerlo matar o exponer, sólo fue abolido por Valentiniano I en el año 373.

La *humanitas* tuvo también mucha importancia en derecho penal, sobre todo en relación con la pena de muerte. En muchos casos de hurto se impone sólo una pena pecuniaria, lo cual es notable dada la violencia humana en los castigos. En Alemania, el robo estuvo penado con la muerte hasta el siglo XVIII, y sólo movido por las tendencias humanitarias de ese siglo, Federico el Grande abolió esta norma en 1743. Particularmente significativa para la *humanitas* de los romanos es la prohibición de la tortura para los hombres libres, en un mundo que hacía un uso tan desenfadado de ella como para parecer, sin más, frívolo.

6

Larga fue la humanización de la especie humana. Larga y no consolidada, tengo que pensar si leo los periódicos. Sin embargo, la tristeza ante el dolor ajeno parece ser, en muchas culturas, un sentimiento elogiado. Lo contrario del compasivo es un hombre insensible, duro, inhumano, despiadado. Todas estas palabras tienen una connotación peyorativa. Hablan de seres convertidos en fieras por la ira, la envidia, el odio o el afán de poder.

La compasión ha tenido que domeñar la crueldad, que es una terrible creación humana, a mi juicio poco estudiada. Voy a hacer una breve anatomía de la crueldad, de acuerdo con el diccionario.

Es inhumano el que está «falto de humanidad, de compasión o de caridad hacia otras personas», o el «insensible al dolor humano» (MM).

El cruel avanza un poco más. No sólo es insensible al sufrimiento ajeno, sino que además lo produce. Se puede ser cruel buscando la eficacia, sin complacerse en el dolor ajeno, simplemente supeditándolo a otras finalidades: la venganza (saña), el escarmiento, el terror. La historia de la humanidad está llena de estas crueldades utilitarias. La crueldad presenta el refinamiento de la especie humana en la producción del dolor. Hay relatos espeluznantes. El emperador Basilio II mandó arrancar los ojos a diez mil prisioneros. A uno de cada cien se le arrancó sólo uno para que pudiera guiar a los demás de vuelta a casa. Acabo de leer en la prensa que en una de las guerras tribales africanas, un bando, antes de abandonar los poblados, corta las dos manos a los hombres enemigos. El 28 de marzo de 1757 se ejecutó a Robert Damiens, que hirió a Luis XV con un cuchillo. Con unas tenazas calentadas al rojo se le fue arrancando la carne de las partes más carnosas, luego se echó en las llagas mezcla hirviente de plomo, aceite, pez y azufre. Depués se le ató a cuatro caballos que tardaron mucho en descuartizarle. Los cirujanos aconsejaron el modo de alargar el tormento...

No todas las crueldades son tan cruentas. En los hogares suceden otras menos llamativas pero también destructivas. Tienen un nombre especial: sevicias. Son las crueldades perpetradas por alguien a personas que están bajo su guarda y cuidado.

Aún puede irse más allá en este vértigo del horror. El diccionario llama *maligno* a quien «tiene inclinación a hacer daño, aunque no saque provecho de ello» y *perverso* al que es «capaz de hacer mucho daño a otro y de gozar con su sufrimiento» (MM). La última palabra aparecida es *sadismo*, término inventado por Krafft-Ebing, que significa «perversión psíquica que consiste en experimentar placer con el padecimiento de otra persona» (MM). Un ser humano queda reducido por el dolor a una masa sumisa de carne, y eso a algunos inhumanos les produce placer sexual. Afortunadamente, soy extraterrestre.

7

Pasamos a otra nación formada por los sentimientos de malestar que no están producidos, como en el caso de la compasión, por el dolor ajeno sino, al contrario, por el bien ajeno. Lo que produce tristeza es la alegría del otro, su éxito. ¿Qué extraña alquimia traduce al revés lo sucedido? Pueden ocurrir dos posibilidades, cada una de las cuales corresponde a un sentimiento.

La primera es que el éxito ajeno sea inmerecido. El sutil Aristóteles llamó a esta reacción ante el bien injustamente disfrutado *némesis*. Esta palabra designaba en Hesiodo una diosa justiciera *(Teog.,* 223), era la representación mítica de la cólera de los dioses ante la desmesura de los hombres. En castellano podemos traducirlo por *indignación*.

El segundo caso tiene como desencadenante un bien ajeno que puede ser merecido. Lo único que hace sufrir a quien lo siente es que sea ajeno. Me estoy refiriendo a la *envidia.* Cuenta la historia de una tristeza provocada por el bien de otro. Así lo dicen los diccionarios (CO, AU, DRAE, 1791 y 1984, PAN, DO). El sujeto siente que el disfrute ajeno le impide ser feliz, porque le arrebata la admiración, la preeminencia, el triunfo. Se convierte así en un obstáculo contra el que el envidioso se estrella. Este «impulso contra» le acerca a otros sentimientos que lo comparten. Por ejemplo, la furia. «La envidia es una especie de rabia que no puede sufrir que los demás tengan o posean bienes algunos», dice el *Panléxico.* Por ejemplo, el odio, término con el que se relacionaba en latín clásico. El sujeto envidioso trata de hacer odioso al envidiado a los ojos de terceros. «*Invidiam facere alicui*», escribe Cicerón. «Hacer odioso a alguien por envidia.»[11] Por ejemplo, con el resentimiento, que María Moliner considera un sinónimo

313

suyo. Vives la considera hija de la soberbia y madre del odio. PR la define como «*sentiment de tristesse, d'irritation et de haine, qui nous anime contre qui possède un bien que nous n'avons pas*».

La descripción que hace Covarrubias es tan expresiva que merece ser transcrita: «Embidia. Es un dolor, concebido en el pecho, del bien y prosperidad agena; latine invidia, de in et video, es quia male videat; porque el embidioso enclava unos ojos tristazos y encapotados en la persona de quien tiene embidia, y le mira como dizen de mal ojo... Su tóssigo es la prosperidad y buena andança del próximo, su manjar dulce la adversidad y calamidad del mismo: llora quando los demás ríen y ríe quando todos lloran. Lo peor es que este veneno suele engendrarse en los pechos de los que nos son más amigos, y nosotros los tenemos por tales fiándonos dellos; y son más perjudiciales que los enemigos declarados. Esta materia es lugar común, y tratada de muchos; no es mi intento traspasar lo que otros han juntado. Quédese aquí.»

A veces no se distingue bien entre celos y envidia. Decimos que un niño está celoso de su hermano, no porque crea que el hermano va a dejar de quererle, sino porque puede hacerle sombra, quitarle el cariño de la madre. En realidad es envidia lo que siente. El hermano se ha convertido en un rival. De los celos ya he hablado en otro lugar.

Este movimiento contra alguien que me hace sombra no está lexicalizado en castellano, pero sí en francés. *Ombrage* designa ese temor a ser eclipsado, arrojado a la sombra por alguien, privado de la posibilidad de ser querido, salvado por la mirada o el amor ajenos. Sospecho que en el fondo del fondo de la envidia está el deseo de ser preferido, de sobresalir. El envidioso siente que la existencia del envidiado «le hace de menos», como dice una admirable expresión castellana. Esto explicaría que toda la tradición occidental relacionaba la envidia con la soberbia, cosa que no se percibe a simple vista. San Gregorio la consideraba funesta madre de la envidia. Y Santo Tomás explicaba que «el bien ajeno se juzga mal propio en cuanto aminora la propia gloria o la excelencia». Por eso envidian los hombres aquellos bienes «que reportan gloria y con los que los hombres desean ser honrados y tener fama, en parecer del filósofo».[12]

Siguiendo la tradición medieval de trazar los árboles genealógicos de las pasiones, San Gregorio censa las hijas de la envidia: «De la envidia aborta el odio, la murmuración, la detracción, la alegría en la adversidad del prójimo y la aflicción en la prosperidad.» Santo Tomás justifica esta progenie: «Así puede tomarse el número de las hijas de la envidia, porque en el empeño de la envidia hay algo como principio, como medio y como término. El principio es que uno disminuya la gloria ajena, u ocultamente, como lo hace la murmuración, o en público, y así es la difamación. El medio está en que uno intente aminorar la gloria ajena, o pudiendo, y así es la alegría en la adversidad, o no pudiendo, y así es la aflicción en la prosperidad. El fin está en el odio mismo, porque así como el bien deleitable causa amor, la tristeza causa odio, como hemos visto.»

El lenguaje deja bien claro el carácter obsesivo y autodestructivo de la envidia. El envidioso se corroe, se reconcome. Hay expresiones como «roerse los codos de envidia», «comérsele la envidia». Covarrubias, excepcionalmente elocuente al tratar este asunto, lo dice con gran expresividad: «Entre las demás emblemas mías, tengo una lima sobre una yunque con el mote: *Carpit et carpitur una;* símbolo del embidioso, que royendo a los otros, él se está consumiendo entre sí mesmo y royéndose el propio coraçon; trabajo intolerable que él mesmo se toma por sus manos.»

8

Después de haber repasado las tristezas producidas por sucesos ajenos, nos toca pasar a las alegrías. Alegrarse por otros es lo propio de la *congratulación,* que con cierto escepticismo el diccionario recoge más como expresión que como sentimiento. «Expresar una persona a otra su satisfacción por algo bueno o agradable que le ha ocurrido» (MM). También podríamos referirnos a *felicitarse*. Nos recuerda un discutido texto de Epicuro: «La amistad gira en corro alrededor del mundo, pidiéndonos a todos que nos despertemos para felicitarnos unos a los otros.» Es una alegría compartida. *Celebrar* es «alegrarse de cierta cosa grata o beneficiosa para otra persona». Una acepción no frecuente de gloriarse es «estar muy satisfecho u orgulloso de cierta cosa»: «El padre se gloria de los triunfos de sus hijos.» La pobreza expresiva de estas palabras y su anémico uso me hacen pensar que los castellanos se alegran poco de las venturas ajenas.

Lo contrario es alegrarse por el mal ajeno, un sentimiento perverso que Nietzsche consideró forma máxima del resentimiento. Citaba con delectación y asco un repulsivo pasaje de Tertuliano, según el cual uno de los principales motivos de la bienaventuranza de los que están en el cielo es ver cómo arden en el infierno los magistrados romanos.[13] Algo parecido mencionó ya Lucrecio en *De rerum natura*, II, V. 1,4:

Es grato, cuando en alta mar turban las aguas los vientos,
contemplar desde tierra los grandes trabajos de otros;
no porque el tormento del prójimo sea un gozoso placer,
sino porque ver males de que se está exento es grato.

Me ha extrañado la insistencia de muchos autores en este sentimiento. Según Leopardi: «La confesión del propio sufrimiento no provoca compasión, sino complacencia, y no sólo en los enemigos, sino en todos los hombres que se enteran de ello, despierta alegría y ninguna pena. Porque es una confirmación de que quien sufre vale menos y uno mismo vale más.» Es una anti-compasión. «La piedad es dulce», confiesa Rousseau, «porque al ponernos en el lugar del que sufre sentimos el placer, sin embargo, de no sufrir como él.»[14]

El alemán *Schadenfreuden* lo dice textualmente. El inglés *gloat* también expresa la alegría por el fracaso ajeno. En castellano hay varias palabras que a veces designan este sentimiento perverso, luego en todas partes cuecen habas. *Regocijo*, dice María Moliner, es una alegría muy intensa, y también «alegría y satisfacción en la que hay cierta malignidad; por ejemplo, por una situación ridícula o por un contratiempo ocurridos a alguien». Algo semejante ocurre con *regodeo*, «alegrarse con malignidad con un percance, un chasco, una mala situación, etc., de una persona» (MM). *Fruición* tuvo, al parecer, este mismo significado, porque en el DRAE de 1899 se dice «complacencia del mal ajeno». Por último, el maligno «se alegra del mal ajeno» y el perverso «goza con los padecimientos ajenos» (MM).

La especie humana. Como diría un castizo, ¡jo, que tropa!

NOTAS

1. El cuadro que estoy preparando para mis patrones es más completo y permite saber si hay sentimientos «anónimos», sin nombre, como decía Aristóteles *(Ét. Eud.,* II,3 y *Ét. Eud.,* III, 7 1233b20).

Tanto los bienes como los males pueden ser merecidos o inmerecidos, lo que cambia la respuesta afectiva. El cuadro quedaría así:

Tristeza por el mal ajeno inmerecido: *compasión.*
Falta de tristeza por el mal ajeno inmerecido: *insensibilidad, inhumanidad.*
Tristeza por el mal ajeno merecido: *misericordia.*
Falta de tristeza ante el mal ajeno merecido: *inmisericordia.*
Tristeza por el bien ajeno inmerecido: *némesis, indignación.*
Falta de tristeza por el bien ajeno inmerecido: *insensibilidad ante la injusticia.*
Tristeza por el bien ajeno merecido: *envidia.*
Falta de tristeza por el bien ajeno merecido: sin nombre.
Alegría por el bien ajeno merecido: *congratulación.*
Falta de alegría por el bien ajeno merecido: *desinterés, frialdad, falta de empatía.*
Alegría por el bien ajeno inmerecido: *injusticia.*
Falta de alegría por el bien ajeno inmerecido: sin nombre.

Alegría por el mal ajeno merecido: sin nombre (Aristóteles lo menciona como contrario a la némesis, *Ret.*, 1386b25).

Falta de alegría por el mal ajeno merecido: sin nombre.

Alegría por el mal ajeno no merecido: *malignidad, Schadenfreude, gloating.*

Falta de alegría por el mal ajeno no merecido: sin nombre.

2. La noción de empatía se ha puesto de moda, sobre todo en los estudios sobre desarrollo moral. Trabajos de Hoffman, Bryant, Barnet y otros pueden verse en Eisenberg, N., y Strayer, J.: *La empatía y su desarrollo,* Desclée de Brouwer, Bilbao, 1992. En castellano podría utilizarse la palabra simpatía, pero ha adquirido un significado muy especializado, opuesto a antipatía.

3. Lutz, C.: «Ethnographic Perspectives on the Emotion Lexicon», en Hamilton, V., Bower, G. H., y Frijda, N. H. (eds.): *Cognitive Perspectives on Emotion and Motivation,* Kluwer, Dordrecht, 1988, pp. 399-422.

4. Izutsu, T.: *Sufismo y taoísmo,* Siruela, Madrid, 1997, pp. 135 y ss.

5. El libro más completo que conozco sobre la compasión es el de Aurelio Arteta: *La compasión. Apología de una virtud bajo sospecha.* Paidós, Barcelona, 1996.

6. Du Deffand, M.: *Frivolidad y agonía. Correspondencia.* FCE, Madrid, 1988.

7. Aristóteles: *Retórica,* 1386b10-15; 25-35.

8. Comte-Sponville, A.: *Pequeño tratado de las grandes virtudes,* Espasa, Madrid, 1996, pp. 147-163.

9. Ésta es la idea de Norbert Elias, para quien el proceso civilizador supone una transformación de la sensibilidad, el comportamiento y los afectos. «La satisfacción de las necesidades humanas pasa poco a poco a realizarse entre bastidores de la vida social y se carga de sentimientos de vergüenza, así la regulación de la vida impulsiva y afectiva va haciéndose más y más universal, igual y estable a través de una autodominación continua» (Elias, N.: *El proceso de la civilización. Investigaciones sociogéneticas y psicogenéticas,* FCE, México, 1993, p. 449). Del mismo autor he leído *La sociedad cortesana,* FCE, México, 1993, que estudia el paso de la grosería a la glorificación del floripondio (Mingote), dicho sin prurito de exactitud.

10. Schultz, F.: *Principios de derecho romano*, Civitas, Madrid, 1990, p. 212.

11. Castilla del Pino, C. (ed.): *La envidia*, Alianza, Madrid, 1994, p. 17.

12. Tomás de Aquino: *Sum. Theol.*, II-II, 36,1.

13. Nietzsche, F.: *Genealogía de la moral*, Ensayo I, par. 15).

14. Rousseau, J. J.: *Emilio*, Alianza, Madrid, 1990, p. 296.

XV. LA EVALUACIÓN DE LOS ACTOS AJENOS

1

Los humanos son una especie indecisa y desgarrada. Se atraen y se repelen, colaboran y se destrozan, se aman y se odian, inventan bombas y antibióticos para que las heridas de las bombas no se infecten. Sus necesidades, deseos y aspiraciones entran permanentemente en conflicto, palabra que deriva del latín *fligere*, «causar daño», y a la que el prefijo *con* añade la reciprocidad, presente también en com-batir. Es un destrozarse mutuo. Los terráqueos tienen muchos modos de causar aflicción al prójimo. También, por supuesto, de alegrarlo, que es un verbo transitivo. Según el diccionario, ¿cuáles son los desencadenantes de la aflicción y de la alegría producidos por el comportamiento de los otros?

Produce alegría el amor correspondido, los regalos, los deseos satisfechos, los favores recibidos, la bondad. Producen aflicción los amores desdeñados, las traiciones, las ofensas, los hurtos, los desprecios, la crueldad, la maldad.

Seguiré haciendo mis pinitos en la formalización del mundo afectivo, aunque no sé por qué los castellanos consideran que «ensayar o intentar» algo es hacer un pino pequeño. El pinito que les presento es un cuadro de los efectos causados en un sujeto concreto –por ejemplo yo, si fuera humano– por las acciones de otro sujeto. Voy a considerar que los hechos ajenos son buenos o malos, en general o para un sujeto concreto. La combinatoria da cuatro posibilidades. ¡Oh, qué serena claridad la de la lógica!:

Los hechos ajenos buenos en general desencadenan: *aprecio, admiración, orgullo ajeno.*
Los hechos buenos hacia mí: *gratitud, amor, alegría.*
Los hechos ajenos malos en general: *desprecio, repulsión, indignación, vergüenza ajena.*
Los hechos malos hacia mí pueden provocar: *dolor, tristeza, ira, desamor, odio, venganza.*

La ampliación del cuadro voy a tener que hacerla de forma poco sistemática para evitar repeticiones, porque ya he hablado del aprecio y de la admiración, y hablaré del orgullo ajeno al hablar del orgullo a secas. No es culpa mía, sino del lenguaje que produce palabras entremezcladas, borboteantes, multinivélicas, entremezclando caudales y ecos, de la misma forma que el Iguazú produce cataratas. Cuando este diccionario se rehaga en formato virtual, estos defectos serán fáciles de evitar. En el formato lineal del libro no he encontrado medio de hacerlo. Saltaremos, pues, a la gratitud, único sentimiento no tratado, pero, por favor, miren el cuadro de vez en cuando como plano de situación o como una agenda.

2

Los hechos buenos dirigidos a un sujeto provocan *gratitud,* que es también uno de los sentimientos que sienten los enamorados al recibir los favores y regalos de las personas amadas. Este sentimiento es, sin embargo, más complejo de lo que parece, y merece una cuidadosa atención. El alma humana tiene unas lógicas pasionales férreas y turulatas, muy sorprendentes y a veces aterradoras. El hijo pródigo de Rilke no quería ser amado porque ese don le exigía tener que agradecer, y esto le parecía una esclavitud insoportable. Y no quería amar para no forzar a los demás a tener que estarle agradecido.

Descartes designaba con la palabra *estima* el deseo de que le suceda un bien a alguien, suscitado por alguna buena acción de aquél hacia quien lo tenemos. Pues somos llevados naturalmente a amar a los que hacen cosas que creemos buenas, aunque no nos reporte ningún bien. Cuando esos actos buenos benefician al protagonista del sentimiento, aparece la gratitud, que «contiene lo mismo que la estima, y, además, se funda sobre la acción que nos afecta y de la que tenemos deseo de desquitarnos».[1]

La gratitud me ha parecido un sentimiento sometido a alzas y bajas, como las mareas y las cotizaciones de Bolsa. Puede significar el sentimiento debido ante la generosidad –quien no es agradecido no es bien nacido– o puede aparecer como una especie de sumisión confortable y de servilismo aprovechado. Las épocas desconfiadas critican la gratitud porque piensan que no puede haber una acción hecha desinteresadamente y merecedora por ello de agradecimiento. Si todo el mundo va siempre a lo suyo, la gratitud se convierte en un sentimiento de inocentes o crédulos.

Con la gratitud entramos en las historias que tienen que ver con beneficios, dones y favores. Un interesante repertorio que pone en evidencia las grandezas y miserias de la condición humana. Alguien que tiene la capacidad o los bienes necesarios concede, sin obligación de hacerlo y sin pretender nada a cambio, algo a otra persona. Es la intención del donador lo que transforma una acción o un bien entregado en regalo o don. El receptor puede captar y valorar esa intención, reconocerla como gracia, y experimentar gratitud, un sentimiendo positivo hacia el donador, un cierto amor que le impulsa a querer corresponder. Pero puede no captar esa intención y considerar el don como una injerencia, el simple pago de una deuda, una provocación o incluso una ofensa. «No hay beneficio tan plenariamente bueno que no pueda arañarle la malicia, ni ninguno tan mezquino que no lo engrandezca una benévola interpretación. Nunca faltarán motivos de queja si miramos el beneficio por la parte desfavorable», escribió Séneca, experto en soportar ingratitudes, quien escribió un tratado sobre lo difícil que es dar y recibir favores.[2] Sartre, que fue un especialista en viscosidades del alma, resume en *Les mots* la idea moderna de la generosidad (raíz de la gratitud): «Me arrojé al orgullo y al sadismo. O dicho de otra manera: a la generosidad.» ¡Ay, la naturaleza humana!

Ingratitud no es un sentimiento, sino la carencia del sentimiento adecuado. Puede ser también un rasgo de personalidad. Hay personas ingratas, incapaces de reconocer como un bien nada de lo que reciben. ¿Por qué son incapaces de valorar el don? Luego diremos algo de la textura psicológica de estos sujetos.

Reconocimiento es una palabra curiosa. En un principio designaba el mero percatarse de que ya habíamos conocido algo. Es la unión de una percepción con un recuerdo. ¿Cómo ha pasado a significar «mostrarse agradecido por cierto beneficio recibido» (MM)? Una vez más, la explicación nos la proporciona la representación semántica básica, esa provincia de nuestra experiencia que está por debajo del despliegue léxico. En este caso nos introduce en los misteriosos campos de la memoria. «El olvido desvanece totalmente la esperanza de que pueda tener lugar el agradecimiento», dice la Academia.[3] Del olvido ya hablé al hablar de la promesa. La gratitud es un sentimiento basado en el recuerdo. Hace que nos alegremos de lo ocurrido. El *re* del reconocimiento es el mismo *re* del recuerdo, palabra que procede de *cor*, «corazón». Reconocer es aunar en nuestro corazón la alegría recibida y la causa de esa alegría. Los sentimientos que estudiamos ahora –al igual que remordimiento o nostalgia o el *regret* inglés– se refieren al pasado, al contrario del miedo y la esperanza, que se refieren al futuro.

Esta temporalidad de la gratitud es sorprendente. Para vivir bien el presente, Epicuro recomendaba a sus discípulos «el recuerdo gozoso de lo pasado».[4] Mientras que el rencor es «memoria del mal» (en ruso *zlopamiatstvo),* la gratitud es para los griegos *eumnemia,* «buena memoria de los beneficios» (Jankélévitch). Quien no está arraigado en el pasado mediante la gratitud, deseará despilfarrarse en mil cosas nuevas, sin gozar de lo actual. Así creo que debe interpretarse la misteriosa frase de Epicuro: «La ingratitud del alma *(psyjes ajariston)* hace al ser viviente ávido de variar hasta el infinito los alimentos.»[5] Sin sentir gratitud, el pasado entero resulta irrelevante o desdeñable. Y una vida que ha ido quemando continuamente las naves del minuto vivido necesita ir zascandileando como el vilano hasta que encuentra una grietecita donde germinar.

Quien carece de gratitud estará posiblemente ávido de novedades. E, inversamente, quien está demasiado deseoso de novedades no sentirá gratitud por lo pasado. «Después que el apetito de cosas nuevas quita precio a las que ya tenemos recibidas, el mismo bienhechor que nos las da es también desestimado.»[6]

Gratitud designa un «afecto benévolo hacia el objeto o la persona de quien hemos recibido algún favor o servicio o pruebas de estimación» (DO). *Agradecimiento* tiene la misma etimología y el mismo significado. Sólo tiene a su favor una bella definición de Palencia: Es «la gracia o agradescimiento que consiste en la memoria y remuneración de las buenas obras que nos fizieron conviene saber de honor y amistanças».

3

El vocabulario de la gracia parece complejo y maravilloso. Procede del latín clásico *gratia* –«acto por el que se adquiere un reconocimiento» (PRH), «capacidad»–, que a su vez procede de la raíz indoeuropea *gwerd-*, «ser bien acogido», «agradable». De esta raíz también derivan *bardo* y *vate:* «el que alaba en voz alta», «el que canta». De una raíz parecida –*gher-*, «gustar, querer, desear»– procede el griego *jaris*, «gracia, alegría», de donde vienen los castellanos *carisma*, «don divino», y *eucaristía*, «acción de gracias». Y también, ¡ay!, *crematístico*, «lo que tiene que ver con algo tan deseado como es el dinero» (RH, RP).

La gracia es una cualidad, una habilidad, una propiedad de alguien, que produce alegría, admiración, bienestar. El mito atribuye a Venus, la diosa de la belleza, un cinturón que poseía la virtud de otorgar gracia a quien lo llevaba, y procurarle amor. No toda belleza tiene gracia. Cuando la bella Juno quiso seducir a Júpiter, pidió prestado a Venus el cinturón de la gracia, por si acaso.

El atractivo mágico concedido por la gracia se manifiesta por puro esplendor, generosamente, sin cálculo ni finalidad: en una palabra, gratuitamente. *Gracioso* es lo que se da sin obligación, y también «lo que hace gracia», lo que produce agrado en el receptor, lo que por un instante le transfigura por contagio. Gratitud es el sentimiento de recibir ese don no merecido, y percibir que el otro es causa de nuestra alegría. Por eso la gratitud hace bueno a quien la siente: porque reconoce que existe el bien y que hay personas que lo hacen. Es un «amor recíproco», dice Spinoza. Es «trocar benevolencia por benevolencia», dice Séneca.

Como he explicado en otro capítulo, los filósofos escolásticos consideraban que lo opuesto a gratitud no era ingratitud, sino venganza. La gratitud es el sentimiento correspondiente a la buena acción recibida. El deseo de venganza es el sentimiento correspondiente a la mala acción recibida. Si admitimos esta lógica, la carencia de gratitud sería ingratitud, y la carencia de deseo de venganza sería tal vez el perdón.

4

Los problemas empiezan cuando la gratitud en vez de ser un sentimiento se convierte en una obligación. Quien recibe queda en deuda. Saavedra Fajardo escribe en su Empresa 47: «Porque con el agradecimiento se agrava el corazón, con la venganza desfoga, i así somos más fáciles a la venganza que al agradecimiento.» Como ya se ha dicho en otro capítulo, los cabileños estudiados por Pierre Bordieu habían de tener mucho cuidado con los obsequios. Una persona puede provocar a otra mediante una ofensa o un regalo. Es muy significativo este emparejamiento. Hay que responder a ambos. Si alguien recibe un regalo debe corresponder adecuadamente para mantener su honor intacto. El regalo más generoso es el más indicado para deshonrar al que lo recibe, impidiéndole corresponder. Uno se puede arruinar por pundonor, aunque suele evitarse. Se habla del «pundonor del diablo» *(en nif ech chitan)* o del «pundonor estúpido» *(tihouzzith)* para designar la insensata caída en la provocación del regalo.[7]

En este caso, el beneficiario no percibe el regalo como un don, sino como un desafío al que tiene que corresponder. Es una deuda que tiene que pagar. Estar en deuda es un sentimiento no lexicalizado en castellano, emparentado con la gratitud, pero no idéntico a ella. Hay culturas que tienen muy ritualizada una «ética de la devolución». Quien recibe queda en deuda. Hace años, Mauss, un gran antropólogo, se preguntaba cuál es el principio de derecho o interés que hace que en las sociedades arcaicas el don recibido haya de ser compensado obligatoriamente. ¿Qué fuerza hay en lo dado que obliga al receptor a corresponder? Dar y corresponder forman, sin duda, una unidad funcional al servicio del establecimiento de vínculos y, por lo tanto, abren un rico campo de acontecimientos sentimentales. Éste es un descubrimiento sorprendente: la lógica de la donación parece universal. Eibl-Eibesfeldt cuenta que observando junto a un río en Kathmandú la veneración de una piedra que simbolizaba al dios Shiva, vio con claridad la importancia de la reciprocidad en la formación de los vínculos sociales. Los fieles ofrecían dones a la piedra, la adornaban, la aspersaban con leche, le entregaban monedas y la pintaban de colores. Luego, tomaban parte de la pintura y se pintaban con ella, después cogían algunas ofrendas florales. En suma, fingían una reciprocidad necesaria pero inexistente.[8]

Malinowski observó al estudiar a los trobiandeses que los dones se entregaban con una modestia enfática. Después de que el donante ha llevado solemnemente el regalo al son de una caracola, se disculpa por traer sólo sobras y arroja el regalo a los pies de su socio o le ofrece el collar con estas palabras: «Aquí tienes el resto de mi comida de hoy, tómalo.»[9] Desde el punto de vista de la etología se trata de un acto de aplacamiento, cuyo objetivo es la aceptación de los presentes, pues se es portador de un ruego: se pretende que el don sea aceptado para que el receptor cargue con un compromiso.

En la mayoría de las formas de intercambio se mezclan motivos de prestigio y competición, junto a las funciones vinculantes del don. Esto complica enormemente el entramado sentimental. El *potlach* de los indios kwakiutl de la isla de Vancouver (Canadá) es un buen ejemplo. Estos indios organizaban fiestas en las que el jefe anfitrión trataba de impresionar y humillar a sus huéspedes con su generosidad y prodigalidad. Para ello derramaban en el fuego ungüentos preciosos, destruían valiosas placas de cobre, destrozaban canoas e incluso mataban esclavos. Los huéspedes tenían que intentar en la siguiente ocasión salvar la cara con derroches aún mayores. Las canciones que se cantaban son enormemente expresivas:

Yo soy el gran jefe, el que humilla a las gentes.
Nuestro jefe hace enrojecer de vergüenza a las gentes.
Nuestro jefe es quien hace que las gentes nos envidien.[10]

Las naciones orientales –escribió Ruth Benedict– se consideran deudoras del pasado. Mucho de lo que los occidentales llaman veneración de los antepasados, en realidad no es veneración, ni se dirige exclusivamente a los antepasados, es una manifestación ritual de la gran deuda del hombre hacia todo lo que existió anteriormente. Tanto los chinos como los japoneses tienen muchas palabras que significan «obligaciones». La palabra para las deudas es *on*. Acordarse del *on* de uno puede significar una inmensa devoción recíproca, lealtad. Un hijo que quiere profundamente a su madre hablará de no olvidar el *on* que ha recibido de ella, sus sacrificios y desvelos. Los japoneses vivían en una ética de la deuda, dentro de una relación jerárquica pero amorosamente organizada.

La importancia concedida a la gratitud y a la devolución de la deuda hace que el japonés sea muy receloso respecto a los regalos. No quiere caer en las redes del *on*. «Una de las leyes más conocidas de la época pre-Meiji era: "Si se entabla una riña o disputa, uno no debe intervenir innecesariamente en ella", y en el Japón a una persona que ayuda a otra en tales situaciones, sin una justificación clara, se hace sospechosa de aprovecharse indebidamente de otra. El hecho de que quien recibe la ayuda queda muy endeudado no incita a las personas a aprovecharse de esta ventaja, sino que las inclina a ser muy cautelosas a la hora de prestar ayuda.»[11] Los japoneses usan para dar las gracias la palabra *katajikenai*, que está escrita con el signo utilizado para expresar «insulto» o «desprestigio». Significa a la vez «me siento insultado» y «estoy agradecido». Es una estupenda ilustración de las ambigüedades de las historias que estamos narrando.

«La ingratitud hacia el benefactor», escribe Kant, «es un vicio extremadamente detestable a juicio de todos, pero el hombre tiene tan mala reputación en este aspecto, que no consideramos inverosímil que nos enemistemos con alguien por los favores que nos haya hecho.» Séneca es más pesimista y contundente: «Nuestros más capitales enemigos lo son no sólo después de haber recibido beneficios, sino precisamente por haberlos recibido.»[12]

5

La cultura occidental ha valorado mucho la gratitud. «De gente bien nacida es agradecer los beneficios que reciben, y uno de los pecados que más a Dios ofenden es la ingratitud», se lee en *El Quijote*. Era un sentimiento afectuoso que, según los autores clásicos, debía durar el mayor tiempo posible. «La presteza en devolver», escribió Seneca, «no es propia de un hombre agradecido, sino del deudor.» Santo Tomás de Aquino hace una curiosa precisión: «En la gratitud debemos tener en cuenta, lo mismo que al hacer el beneficio, el afecto y el don. En cuanto al afecto, la gratitud debe manifestarse enseguida de recibir el favor. ¿Quieres devolver un beneficio?, pregunta Séneca. Recíbelo con buen corazón En cuanto al don mismo, debe esperarse a un tiempo en que la recompensa sea oportuna al bienhechor; pues si se quiere responder inmediatamente a un don con otro, tal gratitud no parece virtuosa. Porque, como dice Séneca, el que procura devolver demasiado pronto, es deudor contra su voluntad, y quien por fuerza debe es un ingrato.»[13]

¿Qué hace ser ingrato? Séneca escribió un tratado sobre este asunto. «Veo que las causas de donde nace son muchas. La principal es que no escogemos sujetos dignos en quienes hacen empleo de los beneficios, siendo así que cuando tenemos que otorgar un crédito nos procuramos muy rigurosa información acerca del patrimonio y solvencia del deudor; y habiendo de sembrar, no derramamos el grano en tierra estéril y sin jugo; pero los beneficios, más que otorgarlos, los echamos sin elección ninguna.» A veces lo hacemos con tanto esfuerzo, o protestando tanto, que a las claras se ve que lo hacemos por obligación y no por afecto. A la pregunta por cómo hay que hacer los favores, hay que responder: «Demos de la misma manera que quisiéramos que se nos diese.»

Recibir un favor supone establecer un lazo afectivo con el donante. Y eso le inquieta a Séneca. «Es un duro tormento deber a quien no querrías.» «La mayor miseria para un hombre delicado y honesto es tener que amar por fuerza a alguno que no es su gusto quererle.» Otra vez recuerdo al hijo pródigo de Rilke. Entonces, se pregunta, «¿de quiénes hemos de recibir? De aquellos a quien nosotros daríamos». ¿Y si alguien, por ejemplo un tirano, se empeña en hacernos beneficios, que no nos atrevemos a rechazar por miedo? «Ninguno queda obligado a agradecer el don que no le fue posible repudiar.»

A los hombres les hacen ingratos muchas cosas. Vimos antes que el afán desmedido de cosas nuevas adormece la memoria y el valor de lo recibido. Pero, además, Séneca enumera las siguientes causas de la ingratitud. «Un demasiado embelesamiento, o el vicio inherente a todo mortal de sentir admiración de sí mismo y de sus cosas, o la codicia o la envidia.» En efecto, «no hay quien no sea muy benigno juez de sí mismo. Y de aquí es que piense cada uno merecerlo todo, y recibe todo favor como una paga, y aun piensa que no le estiman en su justo precio». Por otra parte, «no consiente la avaricia que nadie sea agradecido; porque nunca fue bastante lo que se dio a una esperanza desmesurada». En tercer lugar, la envidia nos trae inquietos con comparaciones de este linaje: «Hizo esto por mí; pero por aquél hizo mucho más y a mejor tiempo.»

La cultura occidental contemporánea no valora la gratitud porque se basa en una relación asimétrica, cosa que estúpidamente escandaliza a nuestros contemporáneos. Su desprestigio va enlazado con el desprestigio de la generosidad, afecto al que va enlazada. Si se considera que la generosidad no existe y que la aparente generosidad es el tributo que el vicio –el afán de dominio, el deseo de seducción, la satisfacción del amor propio del alma bella– rinde a la virtud, no hay nada que agradecer. La gratitud, además, se ha confundido con la humillación, y, para terminar de enlodar el cuadro, la posibilidad de dar algo tiene como antecedente la propiedad o posesión, de nuevo una situación de desigualdad que puede vivirse como ofensiva.

Este asunto merece ser estudiado con detenimiento, pero es tarea que excede a un léxico sentimental.

NOTAS

1. Descartes, R.: *Les passions de l'âme,* art. 193.
2. Séneca: *De beneficiis,* II, 28.
3. Diccionario de la RAE, ed. 1726, pról. XXV.
4. Epicuro: *Carta a Meneceo.* DL, X, 122.
5. Epicuro: *Gnomologio vaticano,* 69.
6. Séneca: *Ibid.,* III, 3.
7. Bourdieu, P.: «El sentimiento del honor en la sociedad de Cabilia», en Peristiany, J. G.: *El concepto del honor en la sociedad mediterránea,* Labor, Barcelona, 1968, pp. 175-224.
8. Eibl-Eibesfeldt, I: *Biología del comportamiento humano,* Alianza, Madrid, 1993, p. 403.
9. Malinowski, B.: *Argonauts of the Western Pacific,* Dutton, Nueva York, 1922.
10. Benedict, R.: *Patterns of Culture,* Routledge & Kegan Paul, Londres, 1935, p. 148.
11. Benedict, R.: *El crisantemo y la espada,* Alianza, Madrid, 1974, p. 99.
12. Séneca: *Ibid.,* III, 94.
13. Tomás de Aquino: *Sum. Theol.,* II-II, q. 106, a. 4.

XVI. HISTORIAS DE LA EVALUACIÓN DE UNO MISMO

1

A estas alturas ya me considero bien entrenado en el análisis de los sentimientos humanos a través de las palabras con que los mismos humanos hablan de ellos. Estoy en condiciones, por lo tanto, de emprender el análisis de un grupo de sentimientos de enorme complejidad y hondura. En castellano giran en torno a términos como *orgullo, vanidad, vergüenza, timidez, desvergüenza, culpa, arrepentimiento,* que implican una evaluación que el sujeto hace de sí mismo, directamente o a partir de la imagen que tienen los demás de él. Son sentimientos muy íntimos y, a la vez, muy sociales. Los sentimientos de inferioridad, de vergüenza y de culpa horadan el núcleo más profundo de la personalidad.[1] No es, pues, de extrañar que estén cuidadosamente lexicalizados. Son además sentimientos que influyen poderosamente en la acción. Los humanos hacen muchas cosas por el qué dirán, siguen las reglas de la tribu con sumisión, o las transgreden con miedo, rebeldía, indiferencia o arrepentimiento. Si pudiera hacer la historia de estos sentimientos descubriría posiblemente el trabajo que el corazón humano ha hecho sobre sí mismo, para alejarse del corazón empedernido y del corazón salvaje. A través de la historia de las palabras se percibe el esfuerzo de una especie inestable por buscar la estabilidad, esfuerzo que ha creado, sin duda, zonas luminosas y zonas oscuras, una gran salud y una patología del sentimiento.

Surgen múltiples contradicciones en estos sentimientos. Vistos desde el espacio exterior, que es de donde vengo, los seres humanos dan la impresión de que desean cosas contradictorias: quieren estar apoyados por el grupo y distinguirse de él, necesitan el halago de gente a quien van a despreciar después apoyándose en ese mismo halago, pecan, se arrepienten y vuelven a pecar, predican a la vez la autosuficiencia y la solidaridad, aman a los demás y a sí mismos, a veces odian a los demás y a sí mismos también (un célebre personaje literario español tenía como lema «Despreciar a los demás y no amarse a uno mismo»), elogian la transgresión y la temen, necesitan a los otros para apuntalar su ego, pero no aceptan la gratitud, buscan complicidades, excusas, se enredan en sentimientos de culpa. Necesitan ser mirados y no ser mirados. Parece que lo que piensan los demás constituye una parte importante de la idea que cada uno tiene de sí mismo.

Me ha confirmado la complejidad de estos sentimientos un texto de un filósofo occidental muy importante, feo, ateo y sentimental, llamado Sartre:

> La vergüenza o el orgullo me revela la mirada del prójimo y a mí mismo en el extremo de esa mirada; me hace vivir, no conocer, la situación de mirada. Pero la vergüenza es vergüenza de sí, es reconocimiento de que efectivamente soy ese objeto que otro mira y juzga. No puedo tener vergüenza sino de mi libertad, en tanto que ésta me escapa para convertirme en objeto dado. Soy, allende todo conocimiento que pueda tener, ese Yo que otro conoce. Y este Yo que soy, lo soy en un mundo que otro me ha alienado, pues la mirada de otro abraza mi ser y correlativamente las paredes, la puerta, la cerradura, todas esas cosas vuelven hacia el otro un rostro que me escapa por principio. Así, soy mi ego para el otro en medio de un mundo que se derrama hacia el otro.[2]

Eibl-Eibesfeldt ha mostrado la ambivalencia de la mirada. Necesitamos el contacto visual y nos desasosiega. «Un hablante que clave la mirada impertérrito en su interlocutor resultará agresivo y dominante. A pesar de las variantes culturales este principio es válido en todas partes. Los pueblos ágrafos, sobre todo, reaccionan con susceptibilidad ente el contacto punzante. Los tasaday se asustaban de nuestros ojos «punzantes».[3]

La evaluación personal y la evaluación social se entremezclan, lo que hace que este capítulo vaya a ser un breve tratado de psicología social, muy instructivo para un extraterrestre, porque le permite ver que la sociedad está obrando en el fondo de la conciencia sentimental de los humanos, y que algunas culturas aceptan esa acción y otras la rechazan. Me ha sorprendido comprobar que los humanos hablan de su propio yo –de su *self*– como si fuera un edificio que pueden construir de distintas maneras. Unas culturas lo construyen como dependiente, otras como independiente. Los repertorios sentimentales son, obviamente, distintos. Los yoes independientes experimentan con más frecuencia emociones centradas en ellos mismos: frustración, furia, orgullo. La propia afirmación está en el centro de su metabolismo afectivo. En cambio, en las culturas de la solidaridad, se da más importancia a los sentimientos de dependencia, simpatía y vergüenza.

Mencionaré la palabra japonesa *amae*. Según un experto, Takeo Doi, designa «la esencia de la psicología japonesa y la clave para comprender la estructura de su personalidad». Es un sustantivo derivado de *amareu,* un verbo intransitivo que significa «depender y contar con la benevolencia de otro, sentir desamparo y deseo de ser amado». El diccionario *Daigenkai* lo define como «apoyarse en el amor de otra persona o depender del afecto de otro». Es obvio que el prototipo de este sentimiento es la relación del niño con su madre. No la de un recién nacido que vive aún en un limbo vacío de distinciones, sino la del niño que ya sabe que su madre existe con independencia de él. Sentirse distinto y necesitar de ella produce un cálido anhelo de acercamiento: *amae.*

Este sentimiento que toma el amor de otro como garantía de seguridad implica una actitud pasiva. Según Doi, su importancia en la sociedad japonesa se relaciona con un espíritu generalizado de dependencia, lo que me reafirma en la idea de que es difícil comprender un sentimiento aislado de la cultura en que nace, porque cada uno forma parte de un entramado afectivo muy complejo, lleno de sinergías y reciprocidades, en el que intervienen las creencias, los valores, las esperanzas y los miedos de esa sociedad.[4] Takeo Murase, otro especialista, comenta: «Al contrario que en Occidente, no se anima a los niños japoneses a enfatizar la independencia y la autonomía individuales. Son educados en una cultura de la interdependencia: la cultura del *amae:* el ego occidental es individualista y fomenta una personalidad autónoma, dominante, dura, competitiva y agresiva. Por el contrario, la cultura japonesa está orientada a las relaciones sociales, y la personalidad tipo es dependiente, humilde, flexible, pasiva, obediente y no agresiva. Las relaciones favorecidas por el ego occidental son contractuales, las favorecidas por la cultura *amae* son incondicionales.» Es fácil adivinar que esta incondicionalidad puede provocar grandes tensiones, pero de esto hablaré más tarde.[5]

Por ahora sólo quiero dejar claro que estos sentimientos sociales juegan un gran papel en la organización de la vida pública, son sistemas sutiles de coacción, y van a empujarnos hacia problemas morales que no podremos eludir.

2

He consultado muchos libros de psicología evolutiva, porque los extraterrestres comprendemos con dificultad lo que sienten los humanos. Distinguen dos clases de emociones: las que sólo requieren la evaluación del resultado (la alegría, por ejemplo), y las que valoran no sólo el resultado sino también sus causas, lo que las hace más complejas. El orgullo, la culpa y la vergüenza dependen de este doble análisis que tiene en cuenta la responsabilidad personal y la conformidad con los patrones normativos. Parece que los niños humanos tienen que aprender que las reacciones emocionales están influidas por las reacciones de otras personas. Un tal Cooley acuñó el concepto de «yo espejo», con el que he tropezado en varios libros, lo que me hace sospechar que goza de cierta aceptación. Distinguió en él tres componentes. Primero: tenemos que imaginar cómo aparecemos a los ojos de otra persona. Segundo: tenemos que imaginar la valoración que hace de nuestra apariencia. Tercer momento: aparece el sentimiento de orgullo o de vergüenza. Son, al parecer, sentimientos opuestos, antónimos, aunque en este punto los humanos no se ponen de acuerdo porque muchos piensan que lo contrario del orgullo es la humildad y no la vergüenza. Ya veremos.

La aparición de esos sentimientos en los niños corrobora su carácter complejo. Los niños de cinco años afirman que después de una proeza gimnástica estarían contentos, y después de robar unas monedas estarían asustados (por si eran descubiertos), pero no mencionaban los sentimientos de orgullo y vergüenza. Parece, pues, que la primera experiencia moral tiene que ver con la «aprobación-desaprobación» recibida del espectador.

En una segunda etapa, entre los seis y siete años se referían ya al orgullo y la vergüenza, pero sólo si los padres habían sido testigos de su comportamiento. Si estaban ausentes, negaban sentir cualquiera de las dos emociones. Es frecuente que en esta edad los niños no se atribuyan la emoción a sí mismos: «Mamá estará orgullosa de mí si hago esto.»

Por último, alrededor de los ocho años reconocen que se puede sentir orgullo y vergüenza, aunque no haya ningún testigo, y los niños comienzan a sentirse orgullosos o avergonzados de sí mismos. «Se advierten dos papeles distintos del yo: como observador y como agente. El yo observador ve y juzga las acciones del yo agente.»[6] Éste es el momento de la culpabilidad, que no sólo es posterior a la vergüenza, sino mucho más estricta. Teóricamente, los humanos sólo podrían sentirse culpables de los actos que caen bajo su responsabilidad, pero pueden sentir vergüenza por situaciones o hechos que no dependen de ellos. He dicho «teóricamente» porque se trata, según me dicen, de sentimientos invasivos, proclives a extenderse como una infección (metáfora).

3

Comenzaré recogiendo las palabras que analizan en castellano la evaluación positiva de uno mismo. Cuentan historias agradables para el sujeto que las vive, a veces menos agradables para quienes soportan sus efectos, con frecuencia desmesuradas, y, con más frecuencia aún, juzgadas con recelo por la sociedad. ¿De qué suele sentirse satisfecho un humano? De algo que le pertenece, que puede calificar de suyo o que está muy íntimamente relacionado con él. Puede ser la belleza, la fuerza o la estirpe. Es decir, presumen de cosas que han recibido y en las que no han tenido participación ni mérito. El llamado Sartre se equivocaba al decir que sólo se siente vergüenza por cosas que dependen de la libertad. Los humanos sufren por tener una nariz muy grande, como Cyrano de Bergerac, protagonista de una obra literaria, y francés también. Sienten además un especial placer en sentirse elegidos de la fortuna. Casi todo el mundo quiere sentirse el pre-dilecto, es decir, «el amado en primer lugar». El humano considera el amor como un caramelo. El que llega primero se lo come y el que llega segundo se queda sin nada. Éste es el origen de un sentimiento del que ya he hablado que se llama envidia. También, es cierto, experimentan satisfacción por aquellas acciones que han realizado, pero son tan peculiares en este asunto que el afán de valorar sólo el mérito es considerado por algunos autores como demostración de resentimiento.

Esta derivación me arroja de nuevo a la selva de la afectividad, donde las lianas son largas y el terreno agobiante y prolífico. La historia del mérito está, creo, por hacer. La cultura europea ha ido afilando la relación entre la dignidad y la justicia. Sólo se debe poseer aquello que se ha merecido, lo que se ha ganado con el propio esfuerzo. Esto le parece a Nietzsche, y sobre todo a Max Scheler, una mezquindad y una flor negra del resentimiento. Éste considera que la ley de preferencia decisiva para la moral del mundo moderno dice así: «Sólo las cualidades, acciones, etc., que el hombre como individuo adquiere, realiza, etc. por su esfuerzo y trabajo tienen valor moral.»[7] Lo recibido de la naturaleza o de la herencia, lo gratuitamente poseído, sólo puede parecer execrable a los miserables: «Pues ¿quién no ve que tras la exigencia de igualdad, al parecer tan inofensiva –ya se trate de la igualdad moral o de la económica, social, política, eclesiástica–, se esconde única y exclusivamente el deseo de rebajar a los superiores, a los que poseen más valor, al nivel de los inferiores?» Considera la justicia que busca la igualdad como un producto de la envidia, siguiendo la idea de Rathenau. Las culturas aristocráticas tienen que enfatizar la diferencia. Los antiguos griegos, ejemplo envidiable para Nietzsche, vivieron en la exaltación de lo innato: la belleza, la fuerza, la salud. Píndaro lo cantó briosamente y, desde el punto de vista moderno, con suma arbitrariedad:

> La gloria sólo tiene valor
> cuando es innata. Quien sólo posee
> lo que ha aprendido, es hombre oscuro e indeciso.
> Sólo cata
> con inmaduro espíritu
> mil cosas altas.

Las variaciones del mérito van a provocar distintas palpitaciones del corazón. Vamos a ver qué nos dice de ellas el diccionario.

4

Las distintas narraciones léxicas se diferencian por la intensidad, por el modo de exteriorizar el sentimiento, por el juicio moral que se hace de él.

La palabra más relevante de esta tribu española es *orgullo*. Vives lo define como una forma de amor: «Es un amor a nosotros mismos por méritos propios.» Hay que advertir que hasta el siglo XVIII el orgullo tenía que ver con la acción. Era un modo de comportarse más que un sentimiento. «Una solicitud fervorosa y casi furiosa del que pone mucha diligencia en que se haga alguna cosa. Orgulloso el solícito con ansia» (CO). Para *Autoridades* es «hinchazón del corazón y soberbia del que intenta alguna cosa». Covarrubias lo deduce del griego *orge*, que vale furor y dice que algunos quieren que venga del verbo latino *arguo*, con corta inflexión, por el ardor e inquietud con que se arguye en las escuelas. Se dice comúnmente altivez de corazón o soberbia desordenada». En el *Panléxico* se define ya como «una alta opinión de sí», y a mediados del siglo XIX Domínguez lo define como «sentimiento de dignidad y estimación propia, en virtud del cual el hombre se presenta con cierta arrogancia y manifiesta superioridad. Cuando el orgullo dimana de causas nobles es disimulable y hasta justo, pero cuando sucede lo contrario raya en la petulancia y es digno de desprecio». Esta definición nos indica que hay orgullos buenos y malos, según que la evaluación sea ajustada a la realidad o desmesurada.

Sigamos con las historias. También el *engreimiento* es una conciencia del propio valer, que lleva a mostrarse despectivo con otros. Y como intensificación del engreimiento aparece la *fatuidad*, que muestra al hablar un convencimiento ridículo de su superioridad (MM).

La *inmodestia* es una excesiva evaluación del propio mérito o valor, que va acompañado de palabras o acciones que revelan ese sentimiento. Como en todas las familias de esta tribu, resulta difícil distinguir entre el sentimiento y el comportamiento que provoca. En este caso es más patente porque la palabra *inmodestia* deriva de *modestia*, a la que niega. Modesto es «el que no se cree a sí mismo de mucha importancia o valor», «tiene una actitud respetuosa hacia otros», «se conforma con poco», o «es de posición social o económica no brillante». Respecto a las mujeres significa «honesta, recatada, pudorosa» (MM). La inmodestia, por lo tanto, significa todo lo contrario. En el caso de la mujer, según el diccionario, la conciencia de su importancia le hace comportarse de manera deshonesta, impúdica y desvergonzada, de modo que es mejor inocularle la humildad aunque sea a palos. Me parece que lingüísticamente los humanos no tratan muy bien a las humanas. En la inmodestia hay ya una cierta desmesura. Otra historia aún más exagerada la cuenta la *egolatría*, que es un sentimiento de amor excesivo hacia uno mismo.

Últimamente se ha introducido la palabra *narcisismo*, que se aplica «a un hombre presumido o vanidoso, que se preocupa mucho de su atavío o está muy satisfecho de sus propias do-tes» (MM). Freud puso de moda el término y en la actualidad se considera una de las características del hombre occidental. Hoy Narciso es, a los ojos de un importante número de investi-gadores, en especial americanos, el símbolo de nuestro tiempo; «El narcisismo se ha convertido en uno de los temas centrales de la cultura americana», escribe Lasch, autor de un libro titu-lado, precisamente *The Culture of Narcissism* (Warner Books, Nueva York, 1979).

Creo detectar en el narcisismo no sólo un interés desmedi-do por la propia imagen, un nuevo estilo de relación con él mismo, con su cuerpo, con los demás, con el mundo y con el tiempo. Constituye, sobre todo, la aparición del *homo psicolo-gicus*. Un afán de desarrollo psíquico –no moral– busca anda-miajes psicoterapéuticos, se enfrasca en una interminable y con frecuencia cuca observación del yo. Como ha descrito es-pléndidamente Lipovetsky, «el Yo pierde sus referencias, su unidad, por exceso de atención: el Yo se ha convertido en un "conjunto impreciso". En todas partes se produce la desapari-ción de la realidad rígida, es la desubstancialización, última forma de extrapolación, lo que dirige la posmodernidad».[8]

Esta obsesión por el yo, que llena los anaqueles de las libre-rías con obras de autoayuda, ha producido, sobre todo en in-glés, una proliferación de palabras que comienzan con *self-*. En el índice de un reciente libro sobre «personalidad» encuentro 58 conceptos que empiezan con ese prefijo.[9] En castellano sólo ha cuajado *autoestima,* de la que hablaré luego.

5

En este campo, como en muchos otros, los sentimientos se entremezclan con deseos, actitudes y comportamientos. Una parte importante de los sentimientos de autosatisfacción pro-ceden de la opinión de los demás, lo que complica más el aná-lisis. Se confunde con facilidad el orgulloso y el soberbio, y, sin embargo, las palabras cuentan historias diferentes. El orgulloso puede ser autosuficiente, desdeñar al vulgo y vivir en soledad. Para Hegel, un filósofo un poco engreído, el orgullo es la suprema independencia de la conciencia. Pero no estoy seguro de que tenga razón, porque a veces el orgullo se vuelve picajoso, sospecha agravios, cuida su fama y, como dijo un autor muy impuesto en estos temas, Spinoza, «el orgullo es necesariamente envidioso». La soberbia, en cambio, es claramente un deseo que tiene que contar con los demás: es «un apetito desordenado de ser a otro preferido», «vale también satisfacción y desvanecimiento de las propias prendas con desprecio de los demás. Se toma también por exceso en la magnificencia, suntuosidad o pompa especialmente hablando de los edificios. Se llama también la cólera o ira expresada en algunas acciones» (AU).

La palabra *desvanecimiento* quería decir presunción o vanidad. La vanidad también es un deseo. «Es un afán excesivo y predominante de ser admirado» (MM), lo que lleva a buscar el halago o el elogio. La etimología menciona la vaciedad de esta actitud. Me han llamado la atención estas palabras, que encierran una curiosa metáfora sobre los humanos. Hay espíritus llenos y espíritus vacíos. Hay también espíritus hinchados. El vanidoso necesita la alabanza ajena, y cuida su apariencia para lograrla. Pero detrás de esa apariencia no hay más que vaciedad. Es un insustancial.

Envanecerse, que es ponerse vanidoso, puede tener un significado positivo o negativo, como sucede en las familias de esta tribu. «Puedes envanecerte de tus hijos» es un consejo afectuoso. El vanidoso ama la adulación, palabra que me ha parecido burlona o despreciativa porque procede del latín *adulare,* que significa «mover la cola un animal como signo de alegría».

Resulta difícil decir si *altanería* y *altivez* designan sentimientos y, más todavía, señalar la diferencia entre ellas si es que la hay. Ambas implican una conciencia de superioridad, que trata despectiva o desconsideradamente a los que tiene por inferiores. Tal vez altivez puede ser efecto de un sentimiento noble y digno de un alma grande; altanería es producto de un orgullo excesivo. «El hombre, ofendido en su poder, responde con altivez, el hombre vano y soberbio trata a los otros con altanería» (Z). El *Panléxico* dice algo semejante: «A veces se toma en buen sentido la palabra altivo, sobre todo cuando corresponde a la sublime elevación de las ideas. Altanero nunca tiene buen sentido.» Hay otras palabras, como arrogancia, presunción, petulancia, que indican modos de ser o de comportarse. *Arrogancia* es «actitud del que trata a otros con desprecio, despotismo o falta de respeto. Puede tener, como altivez y orgullo, sentido no peyorativo, cuando el objeto de esa actitud son personas más poderosas que el que la tiene» (MM). *Petulancia* es el convencimiento del propio valer y el desprecio de la opinión de los demás. *Presumir* es una palabra curiosa, que etimológicamente significa «tomar por anticipado». De ahí que designe el acto de suponer, y también, por extensión, el de suponer más valor del que uno tiene. Significa también mostrar con orgullo cierta cualidad buena o mala. Todavía podría mencionar otras palabras: *alardear, jactarse, vanagloriarse*. La riqueza de una tribu léxica parece indicar el interés de esa sociedad por el asunto designado. La sociedad española, por lo que parece, lo ha sentido en gran medida.

He hecho serios intentos para conocer la poesía humana, con desiguales resultados, porque a veces me parece poco clara. Fui incapaz de saber a qué tipo de presunción se refería el siguiente verso de Saint-John Perse, un poeta francés, al parecer bastante famoso:

> *Et la mer dans le matin*
> *comme une presomption de l'esprit.*

6

El orgullo es un sentimiento que las sociedades han valorado y temido al mismo tiempo. Desde el espacio exterior es enormemente interesante esta indecisión de la especie humana, desgarrada entre la afirmación del yo y la afirmación del nosotros. Para los griegos antiguos, la desmesurada afirmación del yo, el orgullo excesivo, la *hybris*, era la falta capital. En la China clásica, el Tao Te Ching, del siglo IV a.c., alerta contra el orgullo: «Si eres rico y de posición exaltada te haces orgulloso y así te entregas a inevitable ruina. Cuando todo va bien es prudente permanecer en la sombra.» En el Antiguo Testamento, se oye decir al profeta Isaías (10, 12): «El Señor exterminará el fruto del orgullo del monarca de Asiria y su arrogante altanería.» El lenguaje tahitiano tiene muchas palabras para indicar el engreimiento y la soberbia, y todas ellas designan conductas que deben evitarse.

Me ha costado mucho trabajo comprender esta ambivalencia. Al parecer, el ser humano necesita afirmarse individualmente y ser afirmado por el grupo a que pertenece. Quiere ser autosuficiente y, además, ser alabado por los demás. Desea ser aceptado, pero con admiración, que es un sentimiento de la distancia. Los grupos sociales suelen tener, según mi investigación, unas normas de comportamiento y unos modelos de excelencia que se imponen por mecanismos de coacción sentimental, que dan origen a sentimientos diversos. Unos son afirmativos: el orgullo, la distinción, la autoestima. Otros negativos: la culpa y la vergüenza. Pero da la impresión de que la relación entre ambos polos –individuo/sociedad, autosuficiencia/dependencia, independencia de la opinión ajena/ dependencia de la opinión ajena– plantea problemas muy difíciles, que no han sido claramente resueltos. Los ángeles malvados de la Biblia fueron condenados por su soberbia. El origen de la cultura humana, según la mitología griega, tenía como protagonista a Prometeo, que robó el fuego a los dioses, e inventó las técnicas, admirable personaje que fue, sin embargo, castigado por su soberbia, por su *hybris*.

En castellano, este contraluz de la independencia y de la dependencia social entreveradas se manifiesta sobre todo en el vocabulario del honor y de la honra. He creído entender que se produce una división entre el «yo íntimo» y el «yo social». El «yo íntimo» necesita afirmarse, estar contento consigo mismo, satisfecho, pero en muchas ocasiones, en distintas culturas y en variados contextos históricos, da la impresión de que la única forma de que ese «yo íntimo» esté satisfecho depende de que tenga un «yo social» glorioso, es decir, esplendente. En otras palabras, que goce de buena fama. Aquí vamos a encontrarnos sin pretenderlo en una caudalosa historia social, que nos va a permitir explicar gran parte de la moral de muchas sociedades. Estas historias del «yo social» comienzan con la realización por parte del sujeto de acciones valiosas que merecen un premio o un *reconocimiento*. Bonita palabra, que ya ha aparecido al hablar de la gratitud. Re-conocer es conocer algo ya conocido, identificarlo. El reconocimiento es la afirmación de un bien recibido, por eso está emparentado con la gratitud. El premio que recibían los generales romanos vencedores se llamaba *honor*. Podía ser una propiedad material o una dignidad social. La palabra *dignidad* comenzó designando solamente un puesto merecido por el comportamiento y que, a su vez, merecía respeto y consideración social. *Digno* es «benemérito o acreedor de algún honor, recompensa o alabanza». Más tarde la dignidad se va haciendo una cualidad interior, sentimentalizándose cada vez más. Es «tener ideas y sentimientos elevados, nobles y sublimes» (PAN), «gravedad y elevación noble en el carácter» (DO). Moliner le da un sesgo más afectivo: «Cualidad de las personas por las que son sensibles a las ofensas, desprecios, humillaciones o faltas de consideración», pero con esto sólo describe la susceptibilidad de algunos sujetos.

Los humanos preocupados por «su honor» se preocupan, pues, por lo suyo. Pero ¿qué es ese «suyo» que el protagonista de estas historias aprecia tanto? Puede ser lo que le corresponde como recompensa o alabanza: el honor. Este premio lo recibe de la sociedad. Como escribió Aristóteles: «Los honores son de la comunidad. Quien no hace bien ninguno a la comunidad no será honrado por ella, pues la comunidad da de suyo sólo lo que a su vez le beneficia.» Ahora tenemos la representación semántica básica de este dominio: algo que pertenece al sujeto es apreciado positivamente por él, de manera que se siente satisfecho de sí mismo y/o merecedor de ser premiado (honor) y de ser respetado y admirado por sus ciudadanos (fama, gloria). En caso de no alcanzar esos beneficios, se sentirá ofendido, o humillado.

El diccionario registra también la palabra *deshonrar*, que

ya no significa negar la concesión de un honor, sino privar del que ya tenía. La deshonra, por ejemplo en España, adquirió una profundidad y dramatismo notorios, porque el honor había pasado a ser un «patrimonio del alma», una propiedad moral. Conservaba, sin embargo, una cierta independencia como de cosa, lo que permitía que un felón pudiera robarlo, arrebatarlo, destruirlo, aun en contra de la voluntad de su dueño. Se convirtió así en un concepto contradictorio. Era lo más íntimo del hombre y al mismo tiempo podía ser robado como si fuera un mueble. El prototipo de este robo era la violación. Una mujer perdía su honra –su virginidad–, por ejemplo, si era violada o seducida.

7

La noción de honor ha tenido una descomunal importancia en muchas culturas porque señala un modelo de comportamiento, y dirigir la conducta de sus miembros ha sido tema esencial en todas las sociedades. El hombre honorable era el que se comportaba de acuerdo con su dignidad, con su honor. Esta exigencia de estar a la altura de las circunstancias está mejor expresada en una palabra que se ha independizado de su origen. Me refiero al término *honesto*. Deriva, claro está, de honor. En francés se utilizó primero con el sentido de «justo y honorable». A partir del siglo XII designó lo que es noble, digno de estima en las personas, lo magnífico. Y con este significado se usa hasta el siglo XVII. Entonces, desarrolla otro significado, por ejemplo en Montaigne (1580), como «hombre afable, de conversación agradable». Según Faret en su libro *L'Honnête Homme ou l'Art de plaire à la Cour* (1630), el *honnête homme* ideal disfrutaría de dones corporales, de la cultura del espíritu, del gusto de la poesía, el valor, la probidad, las virtudes cristianas. También en este siglo toma el significado de honradez, «el que respeta el bien de otro». El honor se ha quedado muy lejos y la honestidad ha dejado de ser patrimonio de la nobleza para aburguesarse.

En las culturas obsesionadas con el honor, como la españo-

344

la, los atentados contra la honra se determinaban con gran minuciosidad, como crímenes que eran contra una especialísima propiedad del sujeto. En las *Partidas* se dice: «Honra quiere dezir, como adelantamiento señalado con loor, que gana ome por razón del logar que tiene, o por fazer fecho conoscido que faze, o por bondad que en el ha» *(Segunda Partida,* tít. XIII, ley XVII). La honra aumenta de grado en grado, y el que la da mayor en este mundo, es decir, el rey, debe ser la persona a la que se honre más. La pérdida de la honra se equipara a la pérdida de la vida «ca segun dixeron los Sabios, que fizieron las leyes antiguas, dos yerros son como iguales, matar al ome, o enfamarlo de mal; porque el ome, despues que es enfamado, maguer non aya culpa, muerto es quanto al bien, e a la honrra deste mundo, e demas, tal podria ser el enfamamiento, que mejor le seria la muerte que la vida...». Por eso al que quitaba calumniosamente honras y famas se le debía condenar a pena severa, incluso la de muerte, o si se le hiciera merced de la vida se le había de cortar la lengua.

La honra tiene su expresión social en la fama, y la deshonra en la infamia. Como información útil para entender las creencias viejas, que tanta influencia tuvieron en la evolución sentimental, citaré las causas de infamia que recogen las *Partidas,* un código castellano del siglo XI que trata el tema con grande minuciosidad:

1) Hay *enfamamientos* que nacen del hecho: a) ser hijo nacido fuera de casamiento, b) el que su padre haya dicho mal de uno en el testamento, c) el que lo malo haya sido dicho por un rey o juez, d) el que lo haya dicho un hombre de bien, e) el reconocer haber robado, restituyendo tras sentencia.

2) *Enfamamientos* que nacen de ley: a) la infamia de la mujer hallada en adulterio, b) la de la que cohabita antes del año al quedar viuda, c) la del padre que da en matrimonio a su hija antes del año de haber muerto su yerno.

3) Infamias de derecho ligadas a ciertas actividades: a) los alcahuetes o dados al lenocinio, b) los juglares, c) los que lidian bestias bravas, d) los que luchan con otros hombres a sueldo, e) los usureros. También los sodomitas, traidores, falsarios, etc.

Volvamos a la honra y a su historia. Los seres humanos quieren destacarse de la masa, ser admirados, y eso les produce un sentimiento de satisfacción y desdén. Por mantener ese prestigio social del que reciben tantas venturas, han hecho y hacen verdaderos disparates, al parecer. Un asunto de tal envergadura tenía inevitablemente que provocar grandes conmociones pasionales. A partir del siglo XIII comienzan en España las disputas sobre «valer más o valer menos». Julio Caro Baroja escribe: «Muchos eran los que reputaban que la disputa sobre más o menos valer era, precisamente, la causa de la mayor parte de las acciones humanas. Lope García de Salazar, cronista de los linajes del norte de España y relator de todos los desaguisados que cometieron (desaguisados a los que llamó, sin embargo, "bienandanzas e fortunas"), dice al comenzar el Libro XXII de su obra que las guerras de bandos y linajes que tan violentamente sostuvieron los vascos y montañeses tuvieron por causa "a qual valía mas, como fue antiguamente por todo el Universo Mundo, entre todas las generaciones que en avitaron fasta oy, e seran en quanto el Mundo durare".»[10] Este valer más no se obtiene desarrollando los ideales cristianos, precisamente. «No es una cuestión de ideas la que mueve a los hombres a pretenderlo, sino un instinto nacido en individuos que se mueven dentro de estructuras sociales que son incluso más viejas que el cristianismo y que la filosofía clásica, aunque perduren mucho. El valer más, en efecto, está ligado con una idea de la honra que no es individual, sino con una especie de honor colectivo.»[11] Esta sociedad está obsesionada por las deshonras que pueden caer sobre los linajes en forma de injurias, agravios y afrentas, acciones que han aparecido ya como desencadenantes de la furia, y de su prolongación típica que es la venganza, que en este caso se hace para lavar agravios. Valer más, honra y venganza se hallan estrechamente unidos en la conciencia medieval. Lexicalizan, posiblemente, un universal afectivo.

En efecto, la frecuencia con que aparecen estructuras semejantes en sociedades muy diferentes hace pensar que nos encontramos ante una representación semántica básica muy extendida. Pierre Bourdieu ha estudiado el honor en la gran Cabilia.

El pundonor es el fundamento de la moral propia de un individuo que se ve siempre a través de los ojos de los demás, que actúa siempre ante el tribunal de la opinión, que tiene necesidad de los otros para existir, porque la imagen que se forma no podría ser distinta de la imagen de sí mismo que le es enviada por los demás. «El hombre es hombre por los hombres», dice el proverbio; «sólo Dios es Dios por sí mismo» *(«Argaz sirgazen; Rabbi imanis»)*. El hombre de honor *(Aârdhi)* es a la vez el hombre virtuoso y el hombre que disfruta de un buen renombre. La respetabilidad, al contrario de la vergüenza, es propia de una personalidad que tiene necesidad de otros para captar plenamente su propio ser, y cuya conciencia no es más que el otro interiorizado, testigo y juez. Definida esencialmente por su dimensión social, debe ser conquistada y defendida delante de todos; osadía y generosidad *(hānna)* son los valores supremos, mientras que el mal reside en la debilidad y la pusilanimidad, en el hecho de atreverse a poca cosa o de sufrir la ofensa sin exigir reparación. La afrenta daña a la imagen que el individuo entiende que se tiene de él, y por lo mismo, a la imagen de sí mismo que él se forma. Es, pues, esencialmente, la presión de la opinión lo que funda la dinámica de los tratos de honor.

Quien renuncia a la venganza deja de existir para los otros. El miedo a la reprobación colectiva y a la vergüenza *(elâar, lah'ya, elâib ulayermedden)*, envés del pundonor, es capaz de apremiar al hombre más desprovisto de amor propio a conformarse, a la fuerza, a los imperativos del honor. Es que el hombre cabal, el hombre verdaderamente hombre, no podría ser otra cosa que hombre de honor. El ser de un hombre es su honor. Ser y honor se confunden en él. El que ha perdido el honor, ya no es. Deja de existir para los otros, y, por lo tanto, para sí mismo.

El honor tiene que ver no sólo con la estima y respeto de los demás, sino con los que el sujeto tiene por sí mismo, lo cual implica un estricto código, un repertorio de exigencias implacables. El hombre de bien *(angaz elâlai)* debe ser de fiar, mantener su palabra. El hombre desprovisto de respeto de sí *(lahia, ria, hachma)* es el que pone de manifiesto su yo íntimo, con sus afecciones y debilidades. El hombre bueno *(argaz elâali)*, por el contrario, es el que sabe guardar el secreto, el que da en todo instante pruebas de prudencia y discreción *(amesrur, amah'ruz nesser,* «el que celosamente guarda un secreto»). El estar siempre sobre sí es indispensable para obedecer ese precepto fundamental de la moral social que prohíbe singularizarse, que exige abolir, en lo posible, la personalidad profunda, en su unicidad y particularidad, bajo un velo de pudor y discreción.[12]

Un modelo de conducta muy parecido está recogido por Lila Abu-Lughod.[13] El término central es *asl* («antepasados, origen, nobleza»). ¿Cuál es la red de valores ligados al honor? En primer lugar, los valores de la generosidad, honestidad, sinceridad, lealtad a los amigos y mantenimiento de la palabra. Todas están implicadas en el término que tradicionalmente se traduce por honor *(sharaf)*. Aún más importante, sin embargo, es el complejo de valores asociado con la independencia y la libertad. Esta libertad con respecto a los demás se gana con la asertividad, la ausencia de miedo y el orgullo. Respecto de las necesidades y pasiones, con el autocontrol. «Un verdadero hombre permanece solo y no teme nada. Es como un halcón. Un halcón vuela solo. Si hay dos en el mismo territorio, uno tiene que matar al otro.» Al halcón se le llama *ter hurr:* «el pájaro libre». Bonita metáfora.

Los actos de cobardía, la incapacidad para enfrentarse a sus oponentes, o de responder a los regalos, el sucumbir al dolor, son comportamientos deshonrosos y conducen a la pérdida del respeto. La incapacidad para controlar el deseo de mujeres es una amenaza particular para el hombre de honor. El hombre que necesita mujeres es llamado un loco *(habal)* o un burro *(hmar)*, epítetos que hacen referencia a la ausencia de *asl*. El insulto «bestia» es aplicado al hombre que parece no controlar sus apetitos sexuales. Hombres que toman muchas mujeres. Los adúlteros o que frecuentan prostitutas. La desaprobación es severa cuando esos hombres descuidan sus reponsabilidades familiares. Estar demasiado sometido a una mujer es considerado una debilidad.

9

El miedo al exceso de orgullo ha hecho que muchas culturas tengan palabras para designar el sentimiento o la virtud opuesta. En castellano se llama *humildad.* Tomás de Aquino, un filósofo del que he recogido una rica tradición afectiva, consideraba que su función era hacer razonable el orgullo. La humildad era la virtud encaminada a moderar nuestro deseo de bienes, a fin de que nuestras aspiraciones no transciendan el justo límite impuesto por la razón a nuestra conducta. La oponía a la magnanimidad, que se ocupaba de dar firmeza y valor para que la magnitud de las dificultades no hiciera al hombre sucumbir en su empeño. «Humildad es una virtud del apetito irascible que refrena los deseos de propia grandeza, haciéndonos conocer nuestra pequeñez ante Dios.»[14] Definía la soberbia como «apetito desordenado de la propia excelencia».

¿Es la humildad un sentimiento? Para Descartes, desde luego lo es. Habla de la bajeza o humildad viciosa, que consiste «en que uno se siente débil o poco resuelto y en que, como si uno no tuviera el entero uso de su libre albedrío, no puede impedirse hacer cosas de las que sabe que se arrepentirá después; y, además, en que uno cree no poder subsistir por sí mismo, ni privarse de muchas cosas cuya adquisición depende de otro. Así, se opone directamente a la generosidad» (art. 159).

También para Spinoza y Hume se trata de una pasión opuesta al orgullo y que es un tipo de tristeza producido por el sentimiento de la propia debilidad o impotencia. En los diccionarios castellanos se considera a la humildad una virtud que nos aparta de la soberbia y nos inclina a la sumisión y el abatimiento delante de los superiores (AU, DRAE, 1984, DO). En cambio, los diccionarios franceses lo definen como «sentimiento de la propia debilidad, de la propia insuficiencia que incita al hombre a rebajarse voluntariamente reprimiendo en él todo movimiento de orgullo».

Deriva del latín *humus*, «tierra». Como dice Covarrubias, «así como la tierra es la más humilde de los cuatro elementos, inclinada al centro y arredrada de la alteza del cielo, assi el humilde ha de tener su condición y andar pecho por tierra cosido con ella». En relación con la humildad está la modestia, palabra curiosa que enlaza la humildad con la vergüenza. «Es moderación y modo y guardar medianía y devido y loable orden. Así que modestia es fundamento y firmeza, y así como sostenedora de la virtud. Donde procede la moderación que tempra y guia. Modestia, mansedumbre y vergüença. Son partes de la modestia el limpio bivir y la vergüença y la castidad» (PA). El que es contrario a la modestia tiene una ambición desmesurada que le hace desear más allá de lo que conviene y se puede obtener. El hombre modesto piensa moderadamente de sí, no se nombra, nunca se antepone; al contrario, por lo común se pospone. Hay otra modestia que pertenece más bien a las mujeres que a los hombres, conveniente a sus modales, trajes y expresiones, formando por lo tanto parte de la decencia. Teme la modestia llamar la atención. Trae su origen de la desconfianza que tenemos de nosotros mismos, y se refiere a nuestro mismo carácter (PAN).

De la misma raíz *humus* procede *humillar*, que es un acto físico y un sentimiento. La acción física significa un acto de sumisión: «algunas humillaciones se han de hacer hincando las rodillas en tierra, otras con genuflexión y otras con inclinación de cabeza» (CO). Si la acción es voluntaria, enlaza con la humildad, pero si es exigida o impuesta, produce un sentimiento de daño o agravio, porque está dirigido a «abatir la altivez de alguno, herir su orgullo, deprimirlo, afrentarlo» (AU).

Dejamos ya las evaluaciones positivas de uno mismo y pasamos a las negativas.

1. Kaufman, G.: *Psicología de la vergüenza*, Herder, Barcelona, 1994.

2. Sartre, J-P.: *El ser y la nada*, Losada, Buenos Aires, 1966, p. 338.

3. Eibl-Eibesfeldt, I.: *Biología del comportamiento humano*, Alianza, Madrid, 1993, p. 207.

4. Doi, T.: *The Anatomy of Dependence*, Kodansha, Tokio, 1981.

5. Murase, T.: «Sunao: a central value in Japanese psychoterapy», en Marsella, A., y White, G.: *Cultural Conceptions of Mental Health and Therapy*, Reidel, Dordrecht, 1984.

6. Harris, P. L.: *Los niños y las emociones*, Alianza, Madrid, 1992, p. 95.

7. Scheler, M: *El resentimiento en la moral*, Caparrós, Madrid, 1993, p. 139.

8. Lipovetsky, G.: *La era del vacío*, Anagrama, Barcelona, 1986, p. 56.

9. Hogan, R., y otros: *Handbook of Personality Psychology*, Academic Press, San Diego, 1997.

10. García de Salazar, L.: *Las bienandanzas e fortunas*, ed. de Ángel Rodríguez Herrero, Bilbao, 1955, p. 167.

11. Caro Baroja, J.: «Honor y vergüenza», en Peristiany, J. G. (ed.): *El concepto del honor en la sociedad mediterránea*, Labor, Barcelona, 1968, p. 85.

12. Bourdieu, P.: «El sentimiento del honor en la sociedad de Cabilia», en Peristiany, J. G. (ed.): *El concepto del honor en la sociedad mediterránea*, Labor, Barcelona, 1968, pp. 175-225.

13. Abu-Lughod, L.: *Veiled Sentiments. Honor and Poetry in a Bedouin Society*, University of California Press, Berkeley, 1988.

14. Tomás de Aquino: *Sum. Theol.*, 2-2, 161.

XVII. HISTORIAS DE LA EVALUACIÓN NEGATIVA DE UNO MISMO

1

Los seres humanos han aprendido una serie de obligaciones, normas y modelos de comportamiento, que no sólo les sirven para juzgar a los demás sino para juzgarse a sí mismos. Suelen imponerse por una presión social que actúa a través de distintos sentimientos: miedo al castigo, sentimiento del deber, responsabilidad, satisfacción por el deber cumplido, orgullo, culpa y vergüenza.

He intentado reconstruir a partir del diccionario este complejo sistema inventado para dirigir la conducta. La palabra *deber* está en el centro de todo este complejo. Significa «estar obligado», pero la palabra *obligar* no aclara mucho las cosas porque significa «hacer que alguien realice cierta cosa usando para ello la fuerza o la autoridad o haciendo en cualquier forma que no tenga otro remedio que hacerlo» (MM). ¿Qué será esa autoridad a la que se equipara con la fuerza? Es la «situación de una persona entre otras que aceptan su superioridad intelectual o moral» (MM). En este caso, el deber parece una obligación que recibe su vigor del respeto a la persona de autoridad. El diccionario acaba cerrándose en círculo y después de haber definido el deber por la obligación, define la obligación por el deber: «Obligación es la circunstancia de estar alguien obligado a hacer cierta cosa por un contrato, por imposición de la ley o por un deber moral.»

Después de dar muchas vueltas he redactado un modelo que integra el análisis verbal de estas experiencias y que puede organizarse así:

1) Norma, orden, ley. Recomienda a los sujetos que realicen lo establecido por ellas.

2) Deber, obligación es la experiencia de la coacción o del vínculo establecido por la norma. Es el aspecto subjetivo de la ley.

3) Vituperio/castigo y alabanza/premio. Estos aspectos están incluidos en las motivaciones del sujeto.

4) Cumplimiento o falta. El cumplimiento recibe alabanzas y premios, mientras que el fallo recibe vituperios y castigos.

5) En los castigos está incluido el sentimiento de vergüenza o de culpa. Ambos son sentimientos sociales suscitados por el miedo al aislamiento social, o por la percepción de no haber ajustado el comportamiento al yo ideal. Freud acuñó el concepto de superyó para designar la presión social sobre la conciencia del individuo. Es una instancia poderosa a través de dos mecanismos: la integración satisfactoria dentro del grupo, y la integración satisfactoria de uno mismo.

6) El sentimiento de culpa se experimenta como pesar. El diccionario utiliza la metáfora del peso para mencionar la culpa.

2

Hay cuatro evaluaciones negativas de uno mismo. Una, muy general, es el sentimiento de inferioridad, que se suele incluir en los diccionarios por influjo de la psicología. El segundo es el sentimiento de autodesprecio, *self-loathing*, el tercero la culpa y el cuarto la vergüenza.

En castellano no está lexicalizado el sentimiento de inferioridad, como lo está en alemán, por ejemplo *(Minderwertigkeitsgefühl)*. La psiquiatría ha hablado recientemente mucho del complejo de inferioridad. Lo define como «a) actitud afectiva dominante, debida a algún defecto orgánico y acompañada frecuentemente por deficiencias del aparato sexual, que conduce a la aparición de síntomas neuróticos, de gravedad variable según las complicaciones ambientales (educación, relaciones sociales, etc), y el grado de insuficiencia de la compensación (Adler); b) la sensación de debilidad y desamparo que presentan todos los niños y que es reforzada, de manera característica, tanto por su incapacidad reiterada de dominar su ambiente como por el reconocimiento de sus limitaciones y defectos físicos. Esta sensación de inferioridad primaria se complica luego con otra secundaria, que estriba en el influir sobre las demás personas induciéndolas a compasión o a intentar dominarlas».[1]

Toda la corriente adleriana interpreta el dinamismo personal como una lucha entre deseos de afirmación y sentimientos de inferioridad. Si los deseos no son satisfechos, el individuo recurre a síntomas neuróticos. El fin de la psicoterapia sería conseguir que el individuo tome conciencia de sus sentimientos de inferioridad y de sus posibilidades reales de afirmación. Una vez conseguido esto, se logra que el individuo se adapte al mundo.

Pero el diccionario castellano es muy objetivo al hablar de la inferioridad. Lo considera una situación real y no un sentimiento. María Moliner no lo menciona siquiera, pero al definir complejo de inferioridad dice que es un «persistente sentimiento de inferioridad».

3

Vergüenza es un sentimiento poderosísimo y muy bien lexicalizado. Y la distinción entre culpa y vergüenza no está clara en muchos idiomas. En principio, suele admitirse que la diferencia estriba en el juez que evalúa. En el caso de la culpabilidad es el propio sujeto, en el caso de la vergüenza son los demás. La vergüenza es un sentimiento social, un estado de ánimo penoso ocasionado por la pérdida real, presunta o temida de la propia dignidad. AU la define como «pasión que excita alguna turbación en el ánimo por la aprehensión de algún desprecio, confusión o infamia que se padece o teme padecer». Y añade: «se toma también por el efecto que causa en orden a contener las acciones o palabras indignas del sujeto».

Ésta es una de las peculiaridades de este sentimiento, que me permite tomarle como ejemplo para aclarar lo que pienso de los sentimientos humanos en general. Me costó trabajo averiguar si los sentimientos son resultados de la acción o motivadores de la acción. En la definición de AU vemos que al menos la vergüenza es ambas cosas. Forma parte de dos estructuras narrativas distintas.

La primera de ellas cuenta la historia de un suceso protagonizado por el sujeto o padecido por él, que le hace sentir vergüenza. Como veremos, el suceso desencadenante puede ser un acto vergonzoso ejecutado por él o una situación vergonzosa, por ejemplo ridícula, en la que ha quedado por la acción de otro. La segunda estructura narrativa nos cuenta la historia de un sujeto cuyo sentimiento de vergüenza anticipado le fuerza a realizar ciertas acciones y a inhibir otras. Por vergüenza, el torero muestra valor. Por vergüenza, se oculta la propia intimidad. Es fácil ver que se trata de relaciones complejas, que dan a veces resultados léxicos paradójicos. De una persona que tiene vergüenza podemos pensar bien o mal. Si la tiene porque ha hecho algo vergonzoso el juicio es negativo. Si la tiene porque percibe lo vergonzoso y no va a cometerlo, el juicio es bueno. Pero lo más curioso del caso es que esta complejidad no es exclusiva del castellano sino de muchas otras lenguas, lo que permite suponer que se trata de una representación semántica básica y no de una simple sutileza léxica. Para acabar de complicar el asunto, en los diccionarios la tribu de la vergüenza se relaciona con otras: orgullo, humillación, temor, ira, honor, deshonor, miedo. Como dice un proverbio español: «El cielo está enmarañado, quién lo desenmarañará, el desenmarañador que lo desenmarañe buen desenmarañador será.» No sé si doy para tanto.

Volvemos a la estructura narrativa primaria. La vergüenza depende del juicio ajeno. Es el miedo a ser «mal visto» o «mal mirado». He aprendido en libros de etología que el miedo a los ojos que miran fijamente es un fenómeno muy extendido en el reino animal, y que hay especies animales que reproducen en su piel manchas parecidas a ojos para ahuyentar a sus enemigos. Por ejemplo, las mariposas. En la especie humana, el miedo que sienten los fóbicos sociales a ser mirados no es más que una exageración de la normal sensibilidad a los ojos, la cual es evidente desde la infancia más temprana. Los niños autistas, en cambio, tienden a no mirar a los ojos.

La etimología manifiesta esta relación con la mirada. El latín *verecundia*, «pudor, respeto», de donde procede vergüenza, deriva a su vez de la raíz indoeuropea *wer-*, de donde viene *vereor*, «respetar», *guardia*, «el que observa», y el griego *oráo*, «ver».

El juicio ajeno aparece como desencadenante. La categoría de «lo vergonzoso» tiene un origen social, y lo mismo ocurre con su opuesto «lo honroso». El sujeto desea ser visto poseyendo cualidades honrosas y siente miedo, malestar o aversión a ser visto poseyendo cualidades vergonzosas. Esta relación se ve muy claramente en francés. La palabra *honte*, «vergüenza», desciende del antiguo alto alemán *hônida*, «deshonor», y así entró en francés, como deshonor humillante. Más tarde, designó un hecho deshonroso y el sentimiento de indignidad ante otro. Sólo en el siglo XVI pasó a significar la «molestia experimentada por timidez, por pudor, por miedo al ridículo».

Esto implica que para sentir vergüenza el sujeto ha de poseer un modelo claro de ambos tipos de comportamiento. Tiene que saber lo que es necesario ocultar y lo que es necesario mostrar. A lo que debe ocultarse lo llamaban los latinos *pudenda*, y pudor es el sentimiento de malestar producido o que produciría exhibir lo que debe mantenerse oculto.

4

El pudor es un ejemplo interesante de cómo las costumbres definen el contenido de los sentimientos. El pudor, desde luego, ya no es lo que era. El inigualable Domínguez, en su *Diccionario* (1848) lo define así: «Pudor: especie de reserva casta, vergüenza tímida y honesta como de inocencia alarmada. Modestia ruborosa pura y sin afectación, recato, honestidad, especialmente en la mujer, por cierto colocado en muy resbaladizo y vidrioso declive, en harto periculosa pendiente ocasionada a insubsanable fracaso, a irreparable desliz.»

Lo que es necesario mantener oculto puede ser el cuerpo o pueden ser los sentimientos. En una novela del siglo XIII, *Le Roman d'Escanor*, el protagonista llora la muerte de su amiga. Sus compañeros le reconvienen porque no es propio de un hombre mostrar tan gran dolor, por lo que el caballero, cuando va al encuentro de sus pares, «adoptó el mejor porte que pudo, porque tenía vergüenza y pudor de mostrar su aflicción». Una de las formas más constantes del pudor es la que experimenta un hombre en mostrar sus lágrimas. La Bruyère titula un capítulo de su obra: «¿Por qué se ríe libremente en el teatro y se tiene vergüenza de llorar?» En el siglo XVII no es educado mostrarse desnudo ante alguien a quien se debe respeto, pero se puede uno desnudar delante de un criado. La Bruyère dice lo mismo respecto de los sentimientos: «Se vuelve el rostro para reír o llorar en presencia de los Grandes y de todos aquellos a los que se respeta.» Durante mucho tiempo estuvo de moda ocultar las virtudes. Antes también era indecente hablar de uno mismo.

Hay pudores masculinos y femeninos, otro criterio social. El pudor de los sentimientos se considera masculino, mientras que en la mujer predomina el pudor corporal, distinción ya presente en Grecia. No podemos imaginarnos a Apolo tapándose el sexo con la mano como hace la Venus de Médicis. Platón consideraba que las mujeres podían estar desnudas en el estadio, como los hombres, pero que estarían ridículas. Plinio da un argumento sorprendente para declarar que el pudor femenino es natural: el cuerpo de una ahogada flota boca abajo, para ocultar sus órganos sexuales, mientras que el de un ahogado flota boca arriba, argumento que se repetirá hasta el siglo XVII.

Me ha sorprendido la enorme diversidad de partes del cuerpo que los humanos creen que son vergonzosas o inmodestas. Para la mujer islámica es el rostro y los codos, pero el pecho puede mostrase al público si se está amamantando a un niño; para los chinos tradicionales, es el pie desnudo; para los tahitianos tradicionales el vestido es irrelevante, sólo el cuerpo sin tatuar es inmodesto; en Melanesia, el vestido es indecente, mientras que en Bali cubrirse el pecho es en el mejor de los casos una coquetería, y en el peor una marca de prostitución; antes de la reforma de Ataturk, las mujeres turcas estaban obligadas por ley a cubrir el dorso de la mano, mientras que la palma podía enseñarse sin vergüenza ni embarazo.[2]

Curioso esfuerzo el de los seres humanos para distinguir partes honrosas y partes vergonzosas en el cuerpo.[3]

5

Las historias de la vergüenza son, por lo tanto, historias del modo de aparecer, de la apariencia. A veces, el sujeto tiene tal miedo de la mirada o presencia ajena, que no quiere exponerse a ella, con lo que aparece la *timidez,* palabra que muestra claramente su relación con el temor. El vergonzoso siente una vergüenza exagerada y continua. Es interesante que Palencia diga que «*timiditas* es natural temor que siempre duda. *Timor* es temor accidental. Por esto dixo Homero que en Achille algunas veces ovo temor, pero nunca timididaz».

También el orgullo tiene que ver con la apariencia. De ahí que el diccionario recoja palabras como *presunción* o *pavoneo,* que es «mostrar alguien en su actitud que está satisfecho de sí mismo y se considera importante o superior a otros». He averiguado que al pavo real le gusta deslumbrar a las pavas con su aspecto de pavo. El mismo significado tiene la palabra *mirlarse,* «adoptar actitud de persona importante», pero no he podido descubrir a cuento de qué viene esta expresión.

La vergüenza es el sentimiento provocado por la desaparición de lo que tenía que aparecer o la aparición de lo que debía mantenerse oculto. Los modos de la vergüenza serán tantos como sean los deberes de la apariencia. Tradicionalmente lo que debía manifestarse a todos era algo que todos vieran: la fama. Ya comenté este punto anteriormente. Esta tribu léxica afirma una curiosa idea del sujeto humano: «Yo soy yo y mi fama.» Todavía Covarrubias al explicar la palabra *desdorar* escribe: «quitar el oro de alguna cosa dorada y manchar con algún vicio la virtud y la buena fama». La tentación de objetivar y exteriorizar todo lo referente a la vergüenza ha sido tan fuerte que se tiende a expresar con la misma palabra el sentimiento y lo que produce el sentimiento. Así ocurre en castellano con la palabra *vergüenzas* que designa los órganos genitales.

6

Otro grupo de familias de esta tribu subrayan los efectos que produce la vergüenza, y han terminado por convertirse en palabras afines. Me refiero a apuro, embarazo, bochorno o corte. Cuentan historias de vergüenzas pequeñas, descritas mediante las manifestaciones más perceptibles de su presencia. Son sentimientos breves y a veces compartidos con otras tribus. Por ejemplo, el *bochorno,* que como dice AU es el «encendimiento y alteración que suele inquietar y desasosegar el ánimo, causado ya de algún ímpetu de ira o del impulso del pudor y su natural confusión». Algo semejante ocurre con el *embarazo,* experiencia que ha sufrido un proceso de interiorización, pasando de significar cualquier impedimento que retarda y detiene la operación (AU) a significar «apuro, cortedad, entorpecimiento, aturdimiento que embarga a alguno al momento de hablar» (DO), «cohibimiento, vergüenza o turbación que quitan a alguien desenvoltura para hablar, comportarse, etc.» (MM). *Bochorno* «resulta del sentimiento y humillación por las faltas que hemos cometido delante de gentes o que han llegado a su conocimiento, obligándonos a reprendernos o a acusarnos de ellas» (PAN). El rubor o el sonrojo son expresiones de la vergüenza o del pudor.

Se llama *corte* a una vergüenza leve, pasajera y repentina, que dificulta el habla. Antiguamente era muy frecuente la expresión *corrido de vergüenza,* que expresaba la huida del invadido por el pudor.

7

Para alguien como yo, un extraterrestre venido de una cultura muy lógica, resulta escandaloso la poca precisión que hay en las lenguas terráqueas en lo referente a los antónimos. ¿Recuerdan ustedes esa sencilla operación aritmética o lógica de negar una negación anterior?:

$$-(-A) = A$$

Pues bien, esto no suele funcionar con los antónimos. La mayoría de ellos no son reversibles, y esta irregularidad nos permite descubrir redes semánticas subterráneas, pasadizos secretos, parentescos ocultos, referencias implícitas. Lo contrario a vergüenza es orgullo. Pero el castellano ha juzgado negativamente el orgullo y le ha opuesto como virtud positiva la humildad. Otras lenguas han resuelto esta oposición a su manera. Por ejemplo, el francés ha distinguido entre el mal orgullo *(orgueil)* y el bueno *(fierté)*. El inglés, en cambio, sólo ha lexicalizado el buen orgullo: *pride*.

Me gustaría contarles con claridad las complejidades de este asunto. Si se lían no me culpen a mí sino al lenguaje. Orgullo es, por una parte, opuesto a vergüenza, y por otra, opuesto a humildad, lo cual quiere decir que vergüenza y humildad han quedado colocados en el mismo plano, en el que también encontramos modestia y pudor. Pero vergüenza tiene otro grupo de antónimos: la desvergüenza, inmodestia o impudicia.

Hagamos lógica formal aplicada a los sentimientos volviendo a la operación de doble negación anterior. Encontramos una serie de igualdades... que no son iguales entre sí.

Si llamamos A a orgullo, no–A será no orgullo, es decir, humildad y vergüenza. La negación de no–A debería llevarnos en buena lógica a A, pero no es así: la negación de vergüenza nos lleva a desvergüenza, inmodestia e impudicia. ¿Qué debemos hacer? Unificar lo idéntico: $A = -(-A)$. O sea: orgullo es igual a desvergüenza, inmodestia, impudicia. ¡Cuánto lamento no poder reducir todo el lenguaje sentimental a ecuaciones tan deliciosas!

Puedo ampliar un poco este álgebra del orgullo, porque,

como ya expliqué, la desvergüenza va unida a *atrevimiento*, palabra que nos permite enlazar con valor y audacia, cuyos antónimos son miedo y cobardía. Un escote audaz o atrevido falta contra la modestia, con lo que resulta al mismo tiempo impúdico y valiente. O sea, dotado de una cualidad positiva y otra negativa. Para complicar la madeja, recordaré que el orgullo, que se engríe en la altanería, implica desprecio y desdén, cuyos antónimos son la estima y el aprecio.

¿Que adónde pretendo ir con este algebra lingüístico-sentimental? Se lo explicaré. Si unificamos todo este enjambre de relaciones de oposición descubierto por el juego de los antónimos resultan dos representaciones semánticas básicas distintas:

1) Vergüenza = pudor = modestia = respeto = timidez = cobardía = pusilanimidad = humildad.

2) Orgullo = atrevimiento = desvergüenza = inmodestia = impudor = desdén = valentía = audacia.

Dejo al lector humano, mas avezado que yo a tratar de estos asuntos, que dilucide el alcance y los presupuestos de estos dos tipos de experiencias. A mí, de entrada, me parece que los terráqueos tienen un poco desvencijada la cabeza emocional.

8

Los antropólogos han distinguido las culturas de la vergüenza y las culturas de la culpabilidad, lo que tiene enorme interés tanto para la moral como para la psicología de los sentimientos. «Las verdaderas culturas de la vergüenza», explica Ruth Benedict, «se apoyan sobre sanciones externas para el buen comportamiento, no sobre una convicción interna de pecado, como en las verdaderas culturas de la culpabilidad. La vergüenza es una reacción ante las críticas de los demás. Un hombre se avergüenza cuando es abiertamente ridiculizado y rechazado, o cuando él mismo se imagina que le han puesto en ridículo. En cualquier caso, es una poderosa sanción. Pero requiere un público, o por lo menos un público imaginario. La culpabilidad, no. En una noción donde el honor significa adaptarse a la imagen que uno tiene de sí mismo, una persona puede sentirse culpable, aunque nadie esté enterado de su mala acción, y posiblemente logre liberarse de la sensación de culpabilidad confesando su pecado.»[4]

La sociedad homérica, por ejemplo, fue una cultura de la vergüenza. El sumo bien del hombre homérico no es disfrutar de una conciencia tranquila, sino disfrutar de *timè*, de estimación pública: «¿Por qué había yo de luchar», pregunta Aquiles, «si el buen luchador no recibe mas *timè* que el malo?»[5] Y la mayor fuerza moral que el hombre homérico conoce no es el temor de Dios, sino el respeto por la opinión pública, *aidos*. Todo lo que expone a un hombre al desprecio o a la burla de sus semejantes, todo lo que le hace «quedar corrido» se siente como insoportable. En épocas posteriores el sentimiento de vergüenza fue transformándose en sentimiento de culpa. La religión olímpica tiende a convertirse en una religión de temor, tendencia que se refleja en el vocabulario religioso. No hay en la *Ilíada* palabra para «temeroso de Dios». Pero en la *Odisea* ser *theoudes* es ya una virtud importante.[6]

9

Viajemos al Lejano Oriente. La cultura japonesa es también una cultura de la vergüenza, relacionada con el sentimiento de deuda, del que ya hablé. La palabra *on* abarca el conjunto de obligaciones derivadas de la deuda total de la persona. Por ejemplo, el *on* imperial es la deuda que cada uno tiene hacia el emperador, la primera y más grande de las deudas, que se recibe con enorme gratitud: «Por cada satisfacción que un hombre tenga en su vida», escribió Ruth Benedict, «aumentará su *on* imperial. Es una deuda sin límites, imposible de devolver». Cuando los kamikazes se enfrentaban a la muerte no tenían ni ellos ni la sociedad japonesa conciencia de sacrificio personal, simplemente estaban pagando su *on* imperial. También existía un *on* hacia los padres, los profesores, los patrones. Mientras se combina con un concepto de jerarquía no produce resentimiento, porque el japonés supone que el superior se porta afectuosamente con él. El término *ai,* que los misioneros consideraban que era la única palabra japonesa que podría traducir el concepto cristiano de amor, significa específicamente «el amor de un superior hacia los que de él dependen», aunque ahora se haya generalizado su uso y pueda significar también «amor entre iguales». El problema surge cuando se tiene *on* hacia personas no superiores o sin lazos de afectos. Entonces, la obligación de devolver crea una situación de incomodidad que puede derivar en resentimiento. Se reconoce estúpidamente la vergüenza –*haji* que causa recibir un *on*–. Y la vergüenza causa en Japón gran amargura.

En Japón, según Benedict, la vergüenza es una de las penalidades más serias y la gente se siente mortificada por actos que a nosotros nos causarían sensación de culpabilidad. Este malestar puede ser muy intenso y no se alivia, como la culpabilidad, mediante la confesión y la expiación. Las culturas de la vergüenza se apoyan sobre sanciones externas, no sobre una convicción interna como en las de culpabilidad. Como en castellano, la vergüenza no es sólo negativa. Es, dicen, «la raíz de la virtud». La expresión «un hombre que sabe lo que es la vergüenza» se traduce a veces como «un hombre virtuoso» o «un hombre de honor». Desde la niñez se les educa rigurosamente para que observen sus propios actos y los juzguen a la luz del qué dirá la gente. La primacía de la vergüenza en la vida japonesa significa que toda persona ha de estar atenta al juicio de los demás sobre sus actos. Cuando todo el mundo juega siguiendo las mismas normas, el japonés se siente cómodo; cuando las normas formales de comportamiento son distintas, no sabe cómo actuar. Han sido educados para confiar en una seguridad que depende de que los demás reconozcan los matices implicados en el cumplimiento de un código.

Gradualmente, a partir de los seis años tienen ya la responsabilidad de mostrarse circunspectos y «conocer la vergüenza». Si no cumplen, la propia familia se volverá contra ellos. Su grupo sólo les apoya mientras su conducta sea aprobada por la sociedad. Si los extraños lo desaprueban, su propio grupo o familia actuará como agente de castigo. Por esto la aprobación del mundo exterior adquiere una gran importancia en la sociedad japonesa y el enorme peso de la mirada ajena los hace muy susceptibles al ridículo y al rechazo, aunque sean imaginarios.

Cilfford Geertz ha estudiado la vergüenza en otra cultura, la balinesa. *Lek* no tiene nada que ver con transgresiones públicas o secretas, reconocidas u ocultas, imaginadas o realmente perpetradas. Se parece más a una desazón o intimidación ante el público. No es ni la sensación de que uno ha cometido una transgresión ni la sensación de humillación que se experimenta al ser revelada aquélla; ambas son ligeramente experimentadas y rápidamente borradas en Bali a causa del control de las emociones que tienen los balineses en los encuentros cara a cara. Se trata más bien de un difuso nerviosismo, generalmente leve, aunque en ciertas situaciones virtualmente paralizante, ante la perspectiva y el hecho de la interacción social; se trata de un temor permanente, las más de las veces leve, de que uno no sea capaz de comportarse con la requerida fineza.

Lo que se teme –levemente en la mayor parte de los casos e intensamente en unos pocos– es que la actuación pública que constituye la etiqueta resulte torpe y chapucera, que la distancia social que la etiqueta mantiene desaparezca en consecuencia y que la personalidad del individuo irrumpa a través de la mala actuación para disolver su identidad pública estandarizada. Cuando esto ocurre, como a veces sucede, nuestro sosiego se hace pedazos: la ceremonia se evapora, la inmediatez del momento se experimenta con atormentadora intensidad y los hombres se convierten sin quererlo en asociados confundidos en mutuo embarazo como si inadvertidamente los unos hubieran irrumpido como intrusos en la vida privada de los otros. *Lek* es la conciencia siempre presente de la posibilidad de semejante desastre interpersonal y al mismo tiempo es la fuerza que tiende a evitarlo. Es el temor del *faux pas* –que resulta mucho más probable cuando existe una elaborada cortesía– lo que mantiene el trato social en sus carriles deliberadamente estrechos. Es el *lek,* más que ninguna otra cosa, lo que protege los conceptos balineses de persona contra la fuerza individualizante de los encuentros realizados cara a cara.[7]

10

Continuaremos viajando por países exóticos. Parece que los sentimientos relacionados con la vergüenza son universales. En muchas culturas no occidentales conceptos relacionados con vergüenza juegan un importante rol social. Myers escribe refiriéndose a los pintupi: «El concepto de vergüenza *(kunta)* es una forma cultural, algo que es aprendido al crecer. Es un concepto importante en el modo como los pintupis conciben lo que es una persona y cómo debe comportarse. Incluye los conceptos ingleses de *shame, embarrassment, shyness y respect.* Está unido con conductas de evitación que juegan un papel importante en la regulación de la conducta de las sociedades aborígenes. Se debe evitar por vergüenza a la suegra y también se debe estar distante con el suegro.» Las diferencias se ven en otro lenguaje aborigen, el ngiyambaa: «La actitud general hacia cualquier cosa que tenga que ver con los blancos es de evitación. Aunque los coches son ya normales, si oyen un coche mientras andan por la carretera se esconden. Esta actitud está dictada parcialmente por el miedo pero también es el resultado del *kuyan,* una expresión de conducta respetuosa. No es un sentimiento desagradable sino la reacción apropiada y esperada en muchas situaciones sociales.»[8]

Zard dice, refiriéndose a los aborígenes australianos: «Cuando se pregunta lo que sienten cuando experimentan vergüenza, frecuentemente indican que quieren desaparecer, que no quieren ser vistos. En un film reciente sobre emociones inducidas hipnóticamente, el deseo de desaparecer fue evidente. Los sujetos de la experiencia de vergüenza bajaban su cabeza y juntaban piernas y brazos al cuerpo para hacerse pequeños y no ser vistos.» Pero el equivalente más cercano de vergüenza en el lenguaje australiano gidjingali no parece asociado con este de-

365

seo, sino con el de huir. Por lo tanto, la palabra puede utilizarse también como parecida a «miedo».

Este hecho no invalida la universalidad de la representación semántica básica. Sólo advierte diferencias en el grado de análisis. Muchos lenguajes del mundo (coreano, ewe en África Occidental y kuman en Papúa) no distinguen la vergüenza y el embarazo.

Un caso especialmente interesante lo proporciona el lenguaje australiano kayardild, en el que hay al menos dos palabras que suelen traducirse por vergüenza. Una de esas palabras –*ngankiyaaja*– deriva de la palabra *nganki* («sitio de la cabeza») y designa la emoción que se espera que los hombres sientan en presencia de sus suegras o hermanas, a las que se supone que deben evitar. La otra palabra –*bulwija*–, derivada de la palabra que significa bajar los ojos, designa la emoción que se espera que hombres y mujeres exhiban en presencia de sus potenciales novios o novias.

Incluso entre culturas relativamente próximas pueden darse diferencias sobre la intensidad y el objeto de la vergüenza. Leo un artículo de Anne Dineen en el *Australian Journal of Linguistics* (diciembre de 1990) donde se compara la vergüenza danesa y la inglesa. La autora confiesa que al comenzar su investigación creía que los daneses se avergonzaban menos que los ingleses y que, por lo tanto, su léxico sería más limitado. Esa suposición era falsa: hay cuatro términos daneses correspondientes al inglés *embarrassment*. En cambio su suposición sobre el desencadenante de la emoción fue correcta. Los daneses no aplican esas palabras a nada conectado con sus cuerpos o con las funciones corporales. En las sociedades escandinavas el cuerpo no está sometido a los mismos tabúes que en la sociedad anglosajona.

Este capítulo sobre las evaluaciones negativas de uno mismo se ha hecho ya demasiado largo. Para evitar que el lector se ahogue en unas dimensiones oceánicas prefiero dejar el tema de la culpa para el capítulo siguiente.

NOTAS

1. Szekely, B.: *Diccionario enciclopédico de la psique,* Claridad, Buenos Aires, 1950, p. 327.

2. Parrott, W. G., y Harré, R.: «Embarrassment and the threat to character», en Harré, R., y Parrott, W. G.: *The emotions,* Sage, Londres, 1996, p. 54.

3. Como una contribución a la historia del sentimiento, llena de anécdotas sorprendentes y divertidas, véase la obra de Jean Claude Bologne *Histoire de la pudeur,* Olivier Orban, París, 1986.

4. Benedict, R.: *El crisantemo y la espada,* Alianza, Madrid.

5. Homero: *Ilíada,* 24.41; *Odisea,* 9.189; 3.277.

6. Dodds, E. R.: *Los griegos y lo irracional,* Revista de Occidente, Madrid, 1951.

7. Geertz, C.: *La interpretación de las culturas,* Gedisa, Barcelona, 1992, p. 331.

8. Myers, F. R.: *Pintupi Country, Pintupi Self: Sentiment, Place and Politics Among Western Desert Aborigenes,* Smithsonian, Washington, 1986.

XVIII. HISTORIAS DE LA CULPA

1

La culpa podría interpretarse como una interiorización de la vergüenza. El sujeto es juez y víctima. Los humanos han conseguido un formidable sistema de ordenación social al introducir en la propia estructura del sujeto un acusador. Se llama *voz de la conciencia*, «la conciencia acusando o causando remordimientos» (MM). Una versión empequeñecedora habla del gusanillo de la conciencia. ¿De dónde viene esa voz? La imagen del hombre fragmentado que ha aparecido a lo largo del libro surge aquí con gran potencia. Los niños suelen decir que tienen una vocecita hablándoles dentro de la cabeza. Lo que me interesa en este capítulo es la peculiar textura de esa elocuencia, que se va a volver a veces en contra del propio sujeto. La conciencia –una abstracción cosificada– se convierte en un animal salvaje que roe, muerde y remuerde. Para el diccionario es una facultad «censora de los propios actos» (MM). Sus funciones son: acusar, remorder, cargarse o descargarse, e incluso *escarabajear:* «inquietar por haber cometido alguna acción» (MM).

¿Cómo está organizada la inteligencia y la afectividad humanas para que aparezcan fenómenos tan extravagantes? El mismo Kant, acostumbrado desde siempre a tratar con ellos, hablaba de la «asombrosa facultad» de la conciencia moral, a la que describió como relación autorreferente. «Pone al hombre por testigo contra o a favor de sí mismo», escribe en *La religión dentro de los límites de la mera razón.* Pero le cuesta trabajo admitir que el juez y el acusado pudieran ser la misma persona y en *Metafísica de las costumbres* juzga necesario referir la voz de la conciencia a la idea de un juicio de Dios.

Freud dio una versión menos misteriosa. Lo que resuena en ese tribunal es la entidad más alta, el ideal del yo o superyó, la agencia representante de nuestro vínculo parental. Cuando éramos niños pequeños, esas entidades superiores nos eran notorias y familiares, las admirábamos y temíamos; más tarde las acogimos en el interior de nosotros mismos.[1]

El diccionario no nos aclara el misterio de esa voz acusadora, pero sí nos habla de responder. El culpable es responsable de sus actos. *Responsabilidad* es una «obligación o necesidad moral o intelectual de reparar una falta, cumplir un deber o un compromiso» (PR). Deriva del latín *respondere*, y su historia es curiosa. Significa «contestar» y, por extensión, «reaccionar a algo». De ahí pasó a significar la obligación de compensar cualquier daño posible, o de cumplir un compromiso. Ya he hablado del sentimiento de responsabilidad y de irresponsabilidad. Ahora sólo quiero estudiar cómo se introduce en la textura de los sentimientos de culpa. La historia de la idea de responsabilidad es muy interesante y creo que no está hecha. Es un concepto que tardó en consolidarse. En las culturas primitivas hay dos mecanismos que diluyen la responsabilidad personal. En primer lugar, el grupo es parcialmente responsable de la conducta del individuo, y los hijos pueden ser responsables de las culpas de los padres. En segundo lugar, se podía ser responsable de actos realizados de forma inconsciente o involuntaria. Edipo se arrancó los ojos por considerarse responsable de algo que ni había querido ni sabido ni decidido. Todas las auras afectivas de la pureza y la impureza, que han sido ubicuas y poderosísimas, procuran un buen ejemplo que aprovecharé después.

En cambio, la cultura occidental ha fomentado la responsabilidad personal, basada en actos conscientes y voluntarios. Esto ha tenido un efecto positivo y otro negativo. El positivo es que ha fomentado la autonomía y la conciencia del propio actuar. La cara negativa es que si nadie es responsable de lo que hago tampoco soy responsable de lo que le pasa a los demás.

En este caso como en otros, el diccionario es muy objetivo. *Culpa* no es un sentimiento: es una relación real. Alguien es responsable de un daño o un delito. No presta ninguna atención al sentimiento de sentirse culpable. El sentimiento correspondiente a la culpa es el *pesar*, que desde AU «se toma también por arrepentimiento o dolor de los pecados». Tal vez sea necesario hablar de sentimiento de culpabilidad precisamente en los casos en que no hay culpa real, sino sólo sentimiento.

2

La historia que vamos a contar tiene el siguiente argumento: Un individuo hace una acción que considera mala porque hace daño a otra persona o porque contraviene sus creencias o las normas morales de su sociedad. Una vez realizada la acción siente un malestar que le hace desear no haberla hecho o poder reparar la falta. Este sentimiento puede ser muy poderoso, hasta el punto que en culturas primitivas la transgresión de un tabú puede provocar la muerte.

Castilla del Pino considera que el pesar es el sentimiento más característico. Se «siente el peso de la culpa». «El estado de ánimo, directa o indirectamente en conexión con la culpa, deja al sujeto desvalido en su mundo, desligado de los otros ante los cuales experimenta la culpa.»[2] La vivencia de culpa es más que un sentimiento, aunque su rasgo fundamental sea el sentimiento que la acompaña, que no es exactamente pena o tristeza sino pesar.

La diferencia entre ambos sentimientos es notoria. En pesar, el objeto que lo provoca está ahí y gravita con su peso sobre nuestra conciencia. Mientras que en la tristeza simple por la pérdida de un objeto tendemos a aligerarnos del sentimiento y es factible conseguirlo, en el sentimiento de culpa el objeto no sólo está siempre presente sino que es imposible desligarlo de nuestra conciencia misma. En el sentimiento de culpa lo que nos apesadumbra no sólo está ahí, sino que está encima de nosotros, gravitando literalmente con su peso sobre nuestra conciencia. No es probablemente un azar el que se sustantive el vocablo *pesar*, originariamente un verbo.

Esta presencia insistente, hiriente, está expresada por la palabra *remordimiento*. En CO todavía significa un estado fáctico: remorder la conciencia, no tenerla quieta y segura. Pero en AU se precisa ya el significado: «Inquietud, guerra interior o escrúpulo que queda después de ejecutada la acción torpe o mal hecha.» La irreparabilidad de lo hecho y, al propio tiempo, el intento de repararlo, es un problema insoluble, que permanece sin cancelar en la conciencia. Aparece una y otra vez como preocupación por lo hecho, como rumia que vuelve a analizar las circunstancias, las intenciones. A veces, el remordimiento, el sentimiento de culpa, se presenta en circunstancias nimias. Hay personas angustiadas ante un continuo peligro de obrar mal o de hacer daño. Se llama *escrúpulo* a esta patología de la culpa.

PAN intenta hacer una distinción entre estas palabras. Contrición, pesar, arrepentimiento, remordimientos. Todas estas palabras expresan el dolor que sentimos por haber procedido mal. La palabra *contrición* es propiamente religiosa, y consiste en el profundo y voluntario dolor que causa a nuestro corazón el haber ofendido a Dios, sólo por ser quien es. El *pesar* es un oneroso recuerdo, una pena, un sentimiento interior, causado por la falta que se ha cometido en lo que se ha hecho, dicho o deseado, y este pesar puede ser mayor o menor según las circunstancias, delicadeza, conciencia o escrúpulos del que se halla pesaroso. Siempre molesta o fatiga el ánimo, y a veces tanto que puede producir el mayor transtorno, ya físico, ya moral, en la mente o en la salud, según sea grave la falta o estrecha la conciencia del que la cometió, y más si han resultado fatales consecuencias.

El *arrepentimiento* es la amarga pena que sentimos de haber cometido un delito o un error, deseando al mismo tiempo con la mayor eficacia enmendarlo, repararlo, satisfacerlo en cuanto nos sea posible.

Remordimiento viene de remorder, que vale tanto en sentido recto, como volver a morder o morderse uno a sí mismo, y en figurado o metafórico, y más siendo recíproco, inquietarse, alterarse, desasosegarse interiormente por alguna cosa; punzar a uno cualquier escrúpulo de haber obrado mal; y cuando manifestamos con señales exteriores el sentimiento que interiormente nos aqueja, decimos remordernos la conciencia, así como a esta misma la llamamos remordedor, torcedor, cuando hiere por decirlo así nuestras entrañas. Es, pues, el remordimiento la acusación secreta de la conciencia, que, sin que lo podamos aplacar ni callar, nos atormenta y despedaza el alma cuando hemos delinquido. Vemos pues que arrepentimiento expresa más que pesar, y remordimiento más que arrepentimiento.

Contrición tiene una etimología curiosa, pues deriva de la acción de destruir, limar, frotar para pulimentar. El contrito quiere, al parecer, destruir algo pasado o, al menos, limar las asperezas.

Remordimiento y *pesar* pertenecen a dos sistemas metafóricos distintos. «Remorder», dice CO, «es morder y bolber a morder, o morderse uno a otro lo cual es de perros. Remorder la conciencia, no tenerla quieta y segura. Remordimiento: la tal inquietud y escrúpulo, porque el gusanillo de la conciencia le está royendo y remordiendo». Es, pues, la conciencia quien muerde y vuelve a morder. Más que un gusanillo debería hablarse de una rata. La conciencia sentimental de los humanos tiene, al parecer, tendencias autofágicas, porque, según el diccionario, puede recomerse o reconcomerse o roerse, como sucede también en la envidia. Claro que también puede ser una vaca, puesto que con frecuencia rumia, es decir, «cavila demasiado sobre una cosa» (MM). La conciencia me tiene desconcertado con tan variadas habilidades: habla, roe, rumia. Pero no es de mi competencia hacer una zoología de tan escurridizo fenómeno.

A veces, la culpa se vive como abyección. Puede darse un propósito consciente de encanallarse, de degradarse y envilecerse como un castigo hacia uno mismo, o como una agresión contra la sociedad o como la última consecuencia de un abandonarse.

Una variante del argumento de la culpa se da cuando el desencadenante –la mala acción, el pecado, la transgresión– se vive como impureza.

3

En casi todas las culturas los seres, los enseres, las personas y las acciones se dividen en puras o impuras. Estas palabras vienen de la raíz indoeuropea *peu-*, «limpiar». Entre sus derivados, el más curioso me parece *apurar*, que significó originariamente «purificar», de donde pasó a significar «extremar, llevar hasta el cabo», y de ahí «beber del todo» y «poner en un aprieto a alguien». El sentimiento hacia lo impuro es el asco. De ahí que las experiencias de culpa, remordimiento, arrepentimiento estén próximas a la repugnancia.[3]

En la Grecia antigua, como cuenta Dodds, había un temor universal a la contaminación *(míasma)* y, como correlato, un deseo universal de purificación ritual *(kàtharsis)*. En la época arcaica la contaminación era infecciosa y hereditaria, y estas características provocaban el terror, porque ¿cómo puede alguien estar seguro de no haber contraído ese horrible mal en un contacto casual, o haberlo heredado por algún delito olvidado cometido por un antepasado remoto? Tales inquietudes resultaban aún más angustiosas por su propia vaguedad, por la imposibilidad de atribuirlas a una causa que se pudiera predecir o controlar.

Es probablemente una simplificación ver en estas creencias el origen del sentimiento primitivo de culpabilidad, pero no cabe duda de que lo expresaban, lo mismo que el sentimiento de culpabilidad de un cristiano puede hallar expresión en el temor obsesivo de caer en pecado mortal. La diferencia entre las dos situaciones es, desde luego, que el pecado exige voluntariedad y conocimiento, mientras que la contaminación opera con la misma despiadada indiferencia respecto de los motivos que el microbio del tifus. La transferencia de la noción de pureza desde la esfera mágica a la moral fue una evolución tardía en Grecia. Sólo en los últimos años del siglo v a.C. encontramos afirmaciones explícitas de que no basta tener las manos limpias sino que hay que tener también limpio el corazón.

Las culturas de la impureza son implacables porque no tienen en cuenta la responsabilidad personal. Se es deudor sin saber por qué, ni desde cuándo, ni hasta cuándo. El Tributo Locrio es un patético ejemplo de ello. «El pueblo que, en compensación por el crimen de un antepasado remoto, estaba dispuesto año tras año, siglo tras siglo, a enviar dos hijas de sus familias más notables a ser asesinadas en un país lejano o, en el mejor de los casos, a sobrevivir allí como esclavas de un templo, debía de ser víctima no sólo del miedo a una contaminación peligrosa, sino de un sentimiento de pecado hereditario que tenía que expiarse de manera tan horrible.»[4] Me gustaría seguir la pista a este tema para buscar los enlaces con las ideas arcaicas de reciprocidad, venganza, expiación y justicia. Pero me llevarían demasiado lejos.

4

Hay un tipo suave de arrepentimiento que no está lexicalizado en castellano. Me refiero al *regret* inglés y francés. Deriva de la raíz escandinava *grāta*, «llorar, gemir». En francés antiguo *faire regret* era «manifestar dolor a propósito de algo», pero en la actualidad se usa con el sentido de *«mécontentement de soi»*, *«culpabilité»*.

En inglés ha sido muy bien estudiado.[5] Es un sentimiento de pesar ante una mala decisión tomada. Quiero comprar una casa, lo pienso mucho, me decido y, poco tiempo después, me doy cuenta de que me equivoqué. «Siento mucho haberla comprado», se dice en castellano. Pues bien, este sentimiento es *regret*. Es más amplio, menos dramático y con menos connotaciones morales que el uso normal de arrepentimiento, pero, como veremos después, hay un arrepentimiento amoral e incluso previo a la acción, con el que podría equipararse.

Para comprobar una vez más hasta qué punto afina el lenguaje, voy a comparar *regret* con otra palabra que también hace referencia a unas consecuencias de la acción que fastidian al autor. Me refiero a *decepción* o *dissapointment*. El *regret* surge al comparar el resultado obtenido con un resultado mejor que podría haberse conseguido si el sujeto hubiera escogido otra cosa. En cambio la decepción aparece al comparar lo obtenido con un resultado mejor que podría haberse derivado de la misma elección. Puede decepcionarme el resultado de un sorteo de lotería. Puedo sentir *regret* de haber jugado.[6]

5

Sánchez Ferlosio, cuya perspicacia lingüística nadie sensato puede poner en duda, ha hecho un bonito análisis de la diferencia entre arrepentimiento y remordimiento.[7] El arrepentimiento puede referirse no a una acción consumada, sino a un propósito: «¿No ibas a marcharte a América?» «Sí, pero me he arrepentido.» Resulta decisivo para la interpretación del arrepentimiento el hecho de que pueda indistintamente referirse tanto a la acción como al propósito o intención. Esta característica no se da en el remordimiento, que sólo puede referirse a lo ya hecho. Cuando arrepentirse se dice de un propósito, o sea, cuando significa desistir de la intención de llevarlo a cumplimiento, se acepta sin la menor dificultad, como un sustituto equivalente, la figura del «volverse atrás». En cambio, cuando el arrepentimiento se refiere a una acción ya realizada, lo hecho hecho está y no tiene vuelta de hoja. ¿A qué viene entonces ese acto de querer borrar lo imborrable?

Para que arrepentirse de la acción cumplida siga manteniendo la huella de ese «volverse atrás», aunque ya no sea posible desandar lo andado, hay que pensar que la acción mala persiste en el alma del sujeto no como mero recuerdo sino con una cierta actividad o vigencia. Ya hemos visto que la culpa pesa en la pesadumbre, pero, además de ese cargo de conciencia, la culpa produce un desequilibrio que sólo puede desaparecer mediante la expiación o el perdón. Sánchez Ferlosio defiende que este concepto de la culpa como una deuda que se salda con el castigo o con el perdón forma parte de un concepto jurídico de la culpabilidad. Es verdad que la palabra expiar significa «sufrir el castigo correspondiente a un delito o a una culpa, o las consecuencias penosas de una falta» (MM). La compensación, la venganza, la indemnización entran a formar parte de ese proceso de recuperación del equilibrio. En una palabra, el arrepentimiento pertenece a una lógica que domestica la culpa y acaba por desvanecerla.

El análisis de *regret* nos mostró que puede haber un arrepentimiento desconectado de la moral, sin dramatismo ni relevancia, un mero dejar constancia de la equivocación. La culpa desaparece cuando se la convierte en error.

En cambio, el remordimiento mantiene su actividad indefinidamente, no es un acto de cancelación o de apaciguamiento de la conciencia como es el arrepentimiento, sino que es un estado reiterativo, hostigador, de la conciencia, a la que espolea para que haga algo: pedir perdón.

6

Perdón es una palabra que me ha costado mucho entender. Apareció ya al hablar de la misericordia y la clemencia. No consiste en olvidar la ofensa, tampoco se limita a comprender la debilidad o la motivación del culpable. Es un acto gratuito, por el que el ofendido renuncia, sin estar obligado a ello, a reclamar lo que se le debe y a ejercer su derecho. La etimología –*per-donare*– hace referencia a un acto de donación, a una gracia, no a ningún tipo de exigencia. Nadie está obligado a perdonar. *Excusar* es otra cosa muy diferente. A partir de las causas –*ex-causare*– concluimos que una persona no es culpable. Una definición antigua dice que «el perdón es la supresión del resentimiento» (Butler). Y, en efecto, la ofensa no perdonada ni vengada ni olvidada se mantiene activa, empantanada, enconada, y acaba enranciándose. El rencor procede de esa falta de perdón y de ese enranciamiento.

Hay otras palabras que también hacen desaparecer el castigo. La primera, *amnistía*, significa «olvido», es un pariente lingüístico de la amnesia. Aunque en estricto sentido significa un acto de poder por el que se suspenden las sanciones penales, ha significado por extensión «perdonar», aunque erróneamente, ya que olvidar no es lo mismo que perdonar. De *indultar* procede indulgencia, que primero significó «bondad» y después «remisión de una pena, perdón».

Los hawaianos consideran que una transgresión *(hala)* es una cuerda que ata al culpable y a la víctima. Da lugar a una espiral sentimental negativa, una búsqueda de la reivindicación, la venganza. Dan mucha importancia a los procedimientos para resolver conflictos. Los llaman *ho'oponopono*.

Al reconciliarse las partes se cortan *('oki)* los lazos negativos. El elemento central es la presentación de excusas que lleva aparejado el perdón. El término *mihi* significa «pedir perdón» con el sentimiento concomitante de arrepentimiento.

¿Es el perdón un sentimiento? Perdonar significa «no guardar resentimiento ni responder con reciprocidad cuando se recibe un agravio» (MM). Sería, pues, la liquidación de un sentimiento. También dicen muchos humanos que el amor perdona siempre, con lo que el perdón sería una consecuencia del amor, un sentimiento. No sé qué pensar.

¿Es necesario el «dolor de corazón», el arrepentimiento para el perdón? Jankélévitch dice que sí: «El arrepentimiento del criminal, y sobre todo el remordimiento, dan por sí solos un sentido al perdón, de la misma manera que la desesperación da por sí sola un sentido a la gracia.»[8]

Llegado ya a los amenes de este libro, sería buena ocasión para terminarlo como acababan las antiguas comedias: pidiendo al espectador, en este caso lector, perdón por las muchas faltas. Pero me falta el arrepentimiento, aunque no el deseo de mejorar. Creo que quedaré muy bien si termino citando al Shakespeare de *El sueño de una noche de verano:*

Amables espectadores, no nos reprendáis,
si nos concedéis vuestro perdón, nos enmendaremos.

1. El problema del habla interior está estudiado en Marina, J. A.: *La selva del lenguaje*, Anagrama, Barcelona, 1998, cap. IV.

2. Castilla del Pino, C.: *La culpa*, Alianza, Madrid, p. 23.

3. Miller, W. I.: *Anatomía del asco*, Taurus, Madrid, 1998. Estudia la relación entre el asco y la moral.

4. Dodds, E. R.: *Los griegos y lo irracional*, Revista de Occidente, Madrid, 1960, p. 46.

5. Landman, J.: *Regret. The Persistence of the Possible*, Oxford University Press, Nueva York, 1993. Zeelenberg, M., Van Dijk, W. W., Manstead, A. S. R., y Van der Pligt, J.: «The experience of regret and dissapointment», en *Cognition and Emotion*, 12, 2, 1998, pp. 221-230.

6. Loomes, G., y Sugden, R.: «Regret theory: An alternative theory of rational choice under uncertainty», *Economic Journal*, 92, 1982, pp. 805-824.

7. Sánchez Ferlosio, R.: «La señal de Caín», *Claves de la Razón Práctica*, n.º 64, agosto de 1996, pp. 2-15.

8. Jankélévicht, V.: *El perdón*, Seix Barral, Barcelona, 1999. En *Lo imprescriptible*, Muchnik Editores, Barcelona, 1987, se pregunta si los crímenes nazis deben ser perdonados. Constata que no ha habido ni arrepentimiento ni solicitud de perdón. Además, «cuando un acto niega la esencia del hombre en tanto que hombre, la prescripción tendente a absolverlo en nombre de la moral contradice ella misma a la moral. ¿No es contradictorio y hasta absurdo invocar aquí el perdón» (p. 27). La conclusión está resumida en el poema de Paul Eluard que cita al inicio del libro:

> *Il n'y a pas de salut sur la terre*
> *Tant qu'on peut pardonner aux bourreaux.*

Epílogo archierudito para hiperespecialistas, que puede leer todo el mundo

por J. A. M.

Toda investigación científica es la explotación racional de una casualidad, de la misma manera que todo amor es el aprovechamiento sentimental de un azar. Watson y Crick descubrieron la estructura del ADN porque dio la casualidad de que en el piso de arriba trabajaba Rosalind Franklin, una experta cristalógrafa. La penicilina se la debemos a una siembra de bacterias fracasada y a la perspicacia de Fleming para aprovechar el error. De la manzana de Newton prefiero no hablar, aunque como horticultor me enorgullece que una fruta revolucionara la física. Una lectura, una situación, un encargo, una ocurrencia, una colaboración, un encuentro en suma, llaman la atención sobre un asunto o sobre una solución. Hay flechazos científicos como hay flechazos amorosos.

La historia de este diccionario comenzó en 1992, cuando terminaba *Elogio y refutación del ingenio*. Este libro resultó ser una especie de psicoanálisis lingüístico, es decir, una investigación del inconsciente de la lengua. O, dicho de forma menos pretenciosa, un estudio sobre la información implícita guardada en las secretas bodegas de un idioma. Sin darnos cuenta, las palabras urden en nuestra mente redes oscuras o maravillosas, nos transfunden relaciones, metáforas, experiencias lejanas, saberes míticos, que aceptamos sin chistar pues nada sabemos de su existencia, pero que dirigen parcialmente nuestro modo de pensar desde los atrases de la memoria.

Con la palabra «ingenio» la teoría había funcionado. Aparecieron redes semánticas ocultas que no había sospechado. Pensé que sería interesante ver si seguía funcionando en un campo más amplio. Por varias razones, el léxico sentimental, un territorio enmarañado y escurridizo, me pareció el más interesante. Fue entonces cuando comenzó mi colaboración con Marisa López Penas (MLP, a partir de ahora), que se encargó de revisar los diccionarios castellanos más importantes para organizar la información guardada en ellos y descubrir las tramas ocultas.

Mientras tanto yo escribía *Teoría de la inteligencia creadora*, y tropezaba de nuevo con el lenguaje. Las palabras aparecen en todos los campos que investigo, de la misma manera que las torres de las iglesias de Méséglise surgían ante el protagonista de *En busca del tiempo perdido*, oscurecidas o brillantes, de frente o en escorzo, en cada vuelta del camino. Me llamó la atención que uno de los psicólogos más interesantes y serios de estas últimas décadas, Phillip Johnson Laird, en colaboración con otro de los grandes psicólogos actuales, George A. Miller, hubiera escrito un libro titulado *Language and Perception* (Cambridge University Press, Cambridge, 1976), donde hacían un minucioso estudio léxico. Lo consideré, entre otras cosas, un ejemplo de ascetismo científico. Poco después supe que había hecho también un estudio del vocabulario afectivo. Fue mi primera guía en esta investigación.

A todo esto, me encontraba ya preparando *Ética para náufragos*. Pensé que tenía que conocer otras culturas para explicar y justificar la diferencia entre moral y ética, que para mí es esencial. Las morales son culturales, mientras que la ética pretende ser universal. Comencé entonces a estudiar antropología. Encontré algunos estudios sobre el léxico sentimental en sociedades lejanas. Catherine Lutz y su libro *Unnatural Emotions* (The University of Chicago Press, Chicago, 1988) se convirtieron en mi segunda guía. Ya había unido sentimientos, lingüística y antropología. Ahora podíamos investigar el léxico castellano como un ejemplo de antropología cultural. Una vez más, comprobé la utilidad de emprender simultáneamente varias investigaciones. Cada una de ellas funciona como una antena que capta la información que le interesa. Cualquier lectura se convierte así en un filón diversificado y plural.

En los estudios sobre personalidad, que me interesaron y desesperaron desde *El laberinto sentimental,* encontré otro hilo de esta enredadera. Tropecé con los trabajos de Goldberg, que había intentado descubrir en el diccionario los fundamentos para una teoría de la personalidad. Escribió: «El intento empírico más prometedor para sistematizar las diferencias de personalidad se ha basado en una asunción crítica: *Aquellas diferencias individuales que son más significativas en las relaciones diarias de unas personas con otras serán codificadas en su lenguaje.* (...) Además, este axioma fundamental tiene un corolario altamente significativo: *Cuanto más importante sea una diferencia individual en las transacciones humanas, más lenguas tendrán un término para ella»* (Goldberg, L. R.: «Language and individual differences: The search for universals in personality lexicons», en L. Wheeler (ed.): *Review of personality and social psychology,* Erlbaum, Hillsdale, vol. 2, pp. 141-142).

La tesis más extremosa de Goldberg, muy parecida a la de Berlin y Kay, es: *«we should find a universal order of emergence of the individual differences encoded into the set of all the world's languages»* (*Ibid.,* p. 142). En efecto, Berlin y Kay, en sus famosos estudios sobre el léxico del color, sostienen que la aparición de las palabras que designan color sigue un orden en todas las culturas. Por ejemplo, la palabra *marrón* tarda en aparecer. ¿Sucedería lo mismo en el lenguaje afectivo? ¿Habría tristezas más antiguas y tristezas más modernas, por ejemplo?

El proyecto del diccionario de los sentimientos alimentaba mi megalomanía teórica, que, por cierto, me preocupa cada vez más. El estudio del léxico sentimental se había convertido en una encrucijada de lingüística, psicología, historia de la cultura y antropología, uno de esos temas complejos y ramificados que exigen movilizar e integrar gran cantidad de información, y que demuestran que la especialización puede perder de vista inmensas zonas de la realidad. No cede mi convicción de que es necesario sistematizar los conocimientos y de que sólo esa integración, y la posibilidad de crear conceptos suficientemente poderosos y flexibles para poder ser contrastados, corroborados o destruidos desde muchos campos, aumentará la fuerza de nuestras evidencias.

Mientras escribía estos libros, la documentación extraída de los diccionarios se iba haciendo más y más compleja y fascinante. Los diccionarios subjetivos del siglo XIX brindaban una verdadera enciclopedia sentimental, estremecida a veces por los vientos románticos. MLP había añadido a su banco de datos un archivo titulado «Maestros» donde había incluido el léxico utilizado por los grandes analistas clásicos de los sentimientos cuya obra estaba basada en la lengua: Vives, Descartes, Spinoza, Malebranche, Hume. Por mi parte había hecho lo mismo con Aristóteles, los estoicos y con los magníficos estudios de Tomás de Aquino. La *Suma teológica* es, entre otras muchas cosas, una enciclopedia sentimental.

PSICÓLOGOS METIDOS A LINGÜISTAS

Cuando se emprende una investigación, hay que andarse con mucho tiento porque se produce un fenómeno muy curioso. De repente comienzan a aparecer por todas partes datos y escritos significativos. Parece imposible no haber reparado antes en tal avalancha de información. Me dio la impresión de que no había psicólogo que no hubiera hecho sus pinitos lexicográficos, ni antropólogo que no se hubiera metido a lingüista sentimental. Incluso en libros que estudiaba por interés pedagógico tropezaba con listas de términos. Recuerdo el libro de Harkness, S., y Super, C. M., *Parent's Cultural Belief Systems* (The Guilford Press, Nueva York, 1996), que pretende corroborar la teoría de los cinco rasgos de personalidad *(Big five)* revisando las palabras que usan los padres para describir a sus niños en Polonia, Grecia, Bélgica, Alemania y China.

Un programa informático llamado Meiga, diseñado por Julio Marina, genio benefactor de este proyecto, estaba permitiendo a MLP organizar la agobiante cantidad de información léxica producida por el vaciado de los diccionarios. Estaba haciendo con gran rigor una investigación inductiva y empezaban a dibujarse las constelaciones tribales. También mis ficheros se llenaban de nombres, títulos, datos y resúmenes. Íbamos cercando el léxico sentimental desde los diccionarios y desde la psicología, sin saber muy bien lo que podríamos encontrar. La información lingüístico-psicológica resultó ser muy rica y tener una larga tradición. Ya en 1936, Allport y Odbert se habían anticipado a Goldberg, buscando en el léxico los rasgos para una teoría de la personalidad. Seleccionaron una lista de 4.504 términos que representaban claramente rasgos psicológicos (Allport, G. W., y Odbert, H. S.: «Trait names: A psycholexical study», *Psychological Monographs*, 47, n.º 211 completo, 1936). Cattell redujo esta cantidad a un grupo más manejable de 35 clusters, en su artículo: «The description of personality: basic traits resolved into cluster», *Journal of Abnormal and Social Psychology*, 38, pp. 476-506, 1943. Un posterior análisis factorial le permitió elaborar una teoría que incluye 16 rasgos.

Poco después empezaron a aparecer estudios sistemáticos sobre el léxico afectivo. Davitz, uno de los pioneros, planteó con claridad la pregunta central: «¿Qué quiere decir una persona cuando dice que está feliz, furiosa o triste?» (Davitz, J. R.: *The Language of Emotion*, Academic Press, Nueva York, 1969, p. 1). Revisando el *Roget's Theasaurus of English* encontró unas 400 palabras que podían ser empleadas para designar emociones concretas. Entre ellas escogió 50, con las que confeccionó un diccionario. Recogió después las afirmaciones que se usan más frecuentemente para describir las emociones («Mi corazón se aceleró», «Me quedé sin habla», «Se me pusieron los pelos de punta»). Esto le permitió hacer una primera descripción del significado de cada palabra. Pero luego observó que esas frases tópicas no estaban aisladas, sino que formaban grupos con profundas analogías, que indicaban tensión, relajación, activación, movimientos contra, movimientos de separación, tonos hedónicos. Por fin, aisló cuatro grandes dimensiones con las que consideró definibles las palabras que significan emociones: *activación* (si movilizan o deprimen), *movimiento* (separación, movimiento hacia, movimiento contra), *tono hedónico* (bienestar, malestar, tensión), *competencia* (satisfacción, insatisfacción). La idea de recoger frases populares que hablaran de sentimientos nos pareció interesante, y MLP recopiló una buena colección de ellas, que apenas hemos podido utilizar en este libro.

Con la obra de Davitz me encontraba ya metido en un montón de problemas. ¿Estábamos haciendo lingüística o psicología? ¿Teníamos que buscar una definición componencial o una definición de algún otro tipo? Sobre este asunto hablaré más tarde. Continuaré con el repaso bibliográfico. En 1975 James Averill, un psicólogo de la Universidad de Massachusetts que ha estudiado la agresión, la furia, la esperanza, la pena y otras emociones, publicó un estudio sobre los límites del lenguaje sentimental. Seleccionó 58 vocablos dentro del campo verbal «emociones» (Averill, J. R.: «A semantic atlas of emotional concepts», *Catalog of Selected Documents in Psychology*, 5, 1975, p. 330). Averill sostiene que las emociones son una construcción social, y que los modelos mentales que cada ciudadano internaliza definen el contenido de una emoción. De ahí la importancia del lenguaje, gran instrumento socializador.

Plutchik, una de las figuras más importantes en la renovación de la psicología de las emociones, también había utilizado el lenguaje para estudiar la estructura de los sentimientos. No pretendió definir las palabras, sino organizarlas a lo largo de un círculo. Comprobó las semejanzas entre el vocabulario emocional y el vocabulario de los rasgos de personalidad (Plutchik, R., y Kellerman, H. (eds.): *Emotion, Theory, Research, and Experience*, Academic Press, San Diego, 1980, vol. I, pp. 15 y ss.).

Poco a poco íbamos haciendo colección de estudios sobre léxicos sentimentales. La lexicografía tiene algo de filatelia. Se despierta una pasión coleccionista que se entusiasma cada vez que se consigue una palabra nueva para colocarla en el álbum. Engelmann reunió a partir de diccionarios portugueses un total de 536 denominaciones de estados subjetivos. La lista definitiva consta de 360 vocablos (Engelmann, A.: *Os estados subjetivos. Una tentativa de classificaçao de sen relatos verbais*, Atica, São Paulo, 1978). Lothar Schmidt-Atzer ha realizado un estudio sobre el vocabulario de las emociones en alemán utilizando términos incluidos en otras investigaciones sobre sistemática de las pasiones. En total resultó una lista de 124 vocablos, que sometidos a prueba quedaron reducidos a 60. La finalidad de su experimento era delimitar, mediante una encuesta, las palabras que designan emociones. La selección dio lugar a 12 tribus (cluster las llama): *alegría, placer, amor, simpatía, anhelo, inquietud, aversión, ganas de agredir, tristeza, perplejidad, envidia, miedo.* Este método, que consiste en buscar semejanzas, afinidades, en vez de estudiar las peculiaridades que definen cada emoción, ha sido frecuentemente utilizado. Fillenbaum y Rapoport investigaron la cercanía o lejanía de quince emociones. Encontraron que las parejas *miedo* y *preocupación, alegría y amor, furia y envidia,* por ejemplo, se consideraban más cercanas (Fillenbaum, S., y Rapoport, A.: «Emotion names», en *Studies in the Subjective Lexicon,* Academic Press, Nueva York, 1970, pp. 100-124).

No era esto lo que queríamos hacer. Lo que estaba complicando la vida a MLP era nuestra intención de recoger las sutilezas del lenguaje. No queríamos meter en un saco todas las palabras que significaban *tristeza* o *furia* o *envidia,* sino precisar los matices, los énfasis, las asociaciones.

Seguiré mencionando a la competencia. Storm y Storm han investigado las relaciones semánticas entre 590 términos emocionales. Cuatro hablantes ingleses altamente educados sirvieron como jueces expertos. Fueron capaces de organizar 525 palabras en un árbol taxonómico, atendiendo más a sus semejanzas que a su definición (Storm, C., y Storm, T.: «A taxonomic study of the vocabulary of emotion», en *Journal of Personality and Social Psychology,* 53, 1987, pp. 805-816). Los antropólogos Wallace y Carson elaboraron un interesante estudio sobre tres temas: el tamaño del vocabulario emocional en una muestra de ingleses, el significado que daban esos hablantes a cada palabra, las diferencias semánticas entre psiquiatras y psicólogos en el uso del léxico emocional. En el segundo estudio se proponía a los sujetos que organizaran una serie de palabras. De manera espontánea primero lo hicieron atendiendo al carácter positivo o negativo; después tuvieron en cuenta si se refería a uno mismo o a otra persona, y, por último, se fijaron en las intensidades.

Mientras andaba en estas selvas bibliográficas, la documentación de MLP continuaba organizándose de abajo arriba. Las referencias cruzadas de los diccionarios señalaban unas constelaciones léxicas, unos campos significativos, que después dieron origen a las *tribus*. No había grandes diferencias entre esas constelaciones y los clusters descubiertos por los estudios paralelos en otras lenguas que por entonces conocíamos. Por nuestra cuenta habíamos hecho un apresurado mapa emocional del francés, a partir del *Diccionario Larousse,* y los resultados eran bastante parecidos. Sin embargo, para aguar nuestra satisfacción, aparecía una maraña de relaciones entre tribus que no sabíamos cómo tratar. Tampoco sabíamos cómo seleccionar el léxico sentimental, ni qué hacer con palabras que no designaban estrictamente sentimientos, pero que tenían una inequívoca aura afectiva. Pasamos mucho tiempo discutiendo si la risa era un sentimiento o la expresión de un sentimiento, y, en este caso, de cuál.

Al recibir tanta información, uno comprende a Noé. ¿Cómo construir un arca y librarse del diluvio? Cuando llevábamos más de dos años investigando, MLP y yo estuvimos a punto de abandonar. Los franceses llaman *mal de mer* al mareo. Propongo que se llame «*mal de langage*» al especial mareo que entra cuando se intenta introducir orden en el lábil, fluctuante, proteico oleaje del léxico afectivo. ¡Cuánto añoramos la perfección del lenguaje químico, donde H_2O es agua aquí y en el quinto pino! Vencimos el desánimo y proseguimos.

Se han utilizado distintos cuestionarios para la autodescripción de emociones y estados de ánimo. El más conocido ha sido creado por Nowlis, llamado Mood Adjective Check List (MACL), que en su versión larga incluye 200 términos y que ha sido empleado para numerosas investigaciones sobre la estructura factorial de los estados de ánimo, y para medir oscilaciones en el estado de ánimo producidas por psicofármacos. Carroll Izard ha desarrollado un método distinto, llamado Differential Emotions Scale, y Ulrich es autor de un Inventario de emocionalidad, para medir efectos terapéuticos. Cynthia M. Whisell ha elaborado un *Dictionary of Affect in Language,* que contiene unas 4.000 palabras, evaluadas afectivamente respecto de dos dimensiones: la activación y el agrado/desagrado.

En fin, los psicólogos se interesan por el lenguaje emocional porque es una buena entrada al mundo afectivo y sus complicaciones. Como escribió R. S. Peters en su obra *The Concept of Motivation* (Routledge and Kegan Paul, Londres, 1960): «La utilidad de examinar cuidadosamente el lenguaje ordinario, si uno es psicólogo, estriba en que por lo general le proporciona una pista de las distinciones que desde el punto de vista teórico es importante tener en cuenta. Sabemos *bastante* de los seres humanos y tal conocimiento está implícitamente incorporado a nuestro lenguaje.» Sin embargo, no nos podemos quedar en un lenguaje, si no queremos hacer una psicología indígena solamente. Y nosotros no queríamos.

LOS EXPERTOS

Entre todo este agobio, seleccioné los autores que habían hecho un trabajo más sistemático –teórico y de campo– sobre el vocabulario sentimental, para ver si nos ayudaban a salir del embrollo. Necesitábamos una teoría clara para fundamentar nuestro trabajo. Los expertos elegidos tienen distinta procedencia: Johnson Laird es un psicólogo cognitivo, Oatley es un especialista en emociones, Ortony es también psicólogo cognitivo, Greimas es un semiótico, Catherine Lutz es una antropóloga, Kövecses un lingüista y Wierzbicka me parece actualmente la mejor especialista en semántica y en lexicografía. Esta pluralidad de especialidades muestra a las claras la necesidad de integrar saberes dispersos. Me encontraba por ello a mis anchas –sobre todo cuando se me pasaba el mareo–, teniendo que saltar de un campo a otro.

Cada uno de estos autores propone una teoría diferente sobre las emociones, sus conceptos y su léxico. Voy a resumir cada una de ellas.

1. *Johnson Laird y Oatley: las emociones básicas*

Johnson Laird es una de las figuras más prestigiosas de la psicología cognitiva, que ha estudiado temas relacionados con el razonamiento, la creatividad, el lenguaje, la teoría computacional de la mente. En fin, es un todoterreno. Keith Oatley es un especialista en psicología de las emociones, autor de dos buenos libros de introducción: *Best Laid Schemes. The Psychology of Emotions* (Cambridge University Press, Cambridge, 1992), y el escrito en colaboración con Jennifer M. Jenkins, *Understanding Emotions* (Blackwell Publishers, Cambridge, 1996).

Oatley y Johnson Laird han elaborado una teoría cognitiva de las emociones en la que defienden: 1) la estructura modular de la mente, o sea, que la mente está compuesta por facultades separadas; 2) las emociones como un medio primitivo de coordinar este sistema modular, es decir, un canal de comunicación entre módulos; 3) que entra en funcionamiento cuando los planes se interrumpen; 4) tienen la función de ayudar al organismo a manejar planes simultáneos y en competencia («Towards a cognitive theory of emotions», en *Cognition & Emotion*, 1, 1, 1987, pp. 29-50).

Después han publicado un estudio sobre el campo semántico de las emociones. Sostienen que hay cinco emociones básicas –*tristeza, felicidad, furia, miedo y asco*– e intentan probarlo mostrando que todas las palabras del léxico emocional derivan de ellas, y pueden definirse a partir de ellas. Las emociones básicas, en cambio, son indefinibles. Señalan que el léxico afectivo está compuesto de conceptos heterogéneos que agrupan seis categorías: 1) términos emocionales básicos: los cinco mencionados y sus sinónimos; 2) relaciones emocionales, que expresan una relación afectiva entre el sujeto que experimenta la emoción y el objeto de la emoción: odiar, amar, despreciar, etc.; 3) emociones causadas, es decir, que tienen un desencadenante conocido, lo que las diferencia de las emociones básicas, que pueden ignorar el desencadenante. Es correcto decir «estoy alegre, pero no sé por qué», pero no «estoy decepcionado, pero no sé por qué»; 4) verbos causativos. Sus formas pasivas pueden ser usadas para denotar las emociones causadas. *Ofendido* remite a *ofender;* 5) Metas emocionales: los motivos que conducen a conductas características; 6) Emociones complejas. Si alguien siente una emoción compleja, siente también la básica, pero no al revés. Esto puede determinarse en cada caso con la prueba del «pero». Puedo decir: «Yo siento miedo, pero no pánico.» Sin embargo, no puedo decir: «Yo siento pánico, pero no miedo.» Por lo tanto miedo es una categoría más básica (Johnson Laird, P. N., y Oatley, K.: «The language of emotions: An analysis of a semantic field», en *Cognition & Emotion*, 3, 2. 1989, pp. 81-124).

De estos estudios se desprendía la conclusión de que el léxico afectivo era mucho mayor que el léxico sentimental. Las investigaciones de MLP iban en el mismo sentido. Empezamos a hablar del «universo afectivo» para referirnos a todas las palabras que intervenían en la definición de sentimientos aunque no pudieran considerarse sentimientos: risa, llanto, venganza, belleza, promesa, sexo, dinero, posesión, agilidad, etcétera, etcétera, etcétera. Por un momento pensamos ampliar nuestro objetivo y escribir un «diccionario del universo afectivo», que incluyera el campo de la motivación, la personalidad y la conducta, así como un repertorio de los grandes sistemas afectivos, que giran alrededor del sexo, la posesión, la familia, la relación con los demás, la afirmación del yo, lo desconocido, el futuro. Pero no nos sentimos capaces. Preferimos hablar sólo de sentimientos, a sabiendas de que iban a quedar muchos hilos sueltos. Era mejor hacer una obra imperfecta que no hacer ninguna obra. Este diccionario es, pues, un ensayo. Un fragmento de otro mayor.

2. *Ortony y las tres ramas del árbol*

En *Cognition & Emotion* (3, 2, 1989), Andrew Ortony y Gerald L. Clore publicaron un artículo titulado «Emotions, moods, and conscious awareness», comentando el artículo de Johnson Laird y Oatley. Me gustó el gesto, porque cada vez es más raro que un especialista se digne estudiar y criticar seriamente la obra de un colega. Su crítica iba dirigida, sobre todo, a la teoría de las emociones básicas, que ha provocado animados debates. Ortony, Clore y Collins habían publicado el año anterior uno de los libros más completos que conozco sobre léxico sentimental, traducido al castellano con el título *La estructura cognitiva de las emociones* (Siglo XXI, Madrid, 1996). No creen que el estudio de las palabras sirva para estudiar los sentimientos, porque «la estructura del léxico de las emociones no es isomórfica con la estructura de las emociones mismas». No podemos fiarnos de sus sutilezas. Las palabras de nuestra lengua común reflejan a veces relaciones importantes, otras veces reflejan distinciones no tan importantes y en ocasiones reflejan distinciones que no son importantes en absoluto (p. 11). Lo que me pareció más interesante de este estudio fue que organizan los sentimientos según tres tipos de evaluaciones. La primera se refiere al resultado de los acontecimientos, que son «deseables» o «indeseables». La segunda evaluación se refiere a las acciones, y las juzgan «apreciables» o «despreciables». La tercera se refiere a los objetos, considerándolos «agradables» o «desagradables». Descubrieron 22 tipos de emociones, y organizaron el léxico de acuerdo con ellas.

Clore y Ortony, profesores de la Universidad de Illinois, han publicado un bonito artículo sobre «The semantics of the affective lexicon», que recomiendo a todo lingüista y psicólogo interesado. Está incluido en un interesante libro dirigido por Vernon Hamilton, Gordon H. Bower y Nico H. Frijda, titulado *Cognitive Perspectives on Emotion and Motivation* (Kluwer Academic Publishers, Dordrecht, 1988).

Ahora que nuestro diccionario está terminado compruebo que el resultado al que hemos llegado es muy parecido al de Ortony y colaboradores. Nos hemos visto obligados a distinguir los sentimientos objetivos *(sorpresa, asco, admiración, sentimiento estético,* etc.), los sentimientos por el resultado de los acontecimientos *(ira, miedo, tristeza, alegría, compasión,* etc.), y sentimientos de aprecio y desprecio *(orgullo, vergüenza, culpa,* etc.). Sin embargo, también hemos encontrado varias diferencias: ellos no consideran la sorpresa un sentimiento y nosotros sí; ellos consideran el amor un sentimiento y nosotros no.

3. *Greimas y los planes narrativos abreviados*

De Algirdas J. Greimas conocía un diccionario razonado de la teoría del lenguaje: *Semiótica* (Gredos, Madrid, 1982) y el libro *Del sentido II* (Gredos, Madrid, 1989), en el que hace un precioso análisis semiótico del desafío y de la cólera. Su teoría semiótica desborda el campo lingüístico para internarse en una fenomenología general, como ha hecho buena parte de la filosofía analítica. En colaboración con Jacques Fontanille ha publicado *Sémiotique des passions. Des états de choses aux états d'âme* (Seuil, París, 1992). Hacen un estudio muy cercano a la lingüística cognitiva, o sea, que van más allá del lenguaje y utilizan conocimientos no lingüísticos. Parten de las definiciones dadas por los diccionarios –en especial por el magnífico *Petit Robert*–, a los que consideran «un discurso sobre el uso de una cultura dada». Utilizan el método de la expansión, que consiste en ir sustituyendo todas las palabras de la definición por sus respectivas definiciones: «este procedimiento se funda sobre la constatación de las propiedades de condensación y expansión del discurso, que autorizan a desplegar, a partir de un solo lexema, el conjunto de una organización sintáctica» (p. 111).

Me interesó mucho su teoría de que el significado de los términos emocionales incluye «un programa sincopado», «un plan narrativo abreviado». Los estudios que íbamos haciendo sobre el léxico castellano confirmaban esta afirmación. La mejor manera de comprender una palabra-sentimiento es describiendo su antecedente, la intensidad, las manifestaciones y el desenlace. Por ejemplo, la cólera es la irritación producida por una ofensa, que desencadena un deseo de venganza. Anna Wierzbicka piensa lo mismo, como explicaré un poco más abajo.

A veces resulta difícil saber dónde se mueve Greimas, si en el lenguaje o fuera del lenguaje. He de confesar que la lectura de muchos semióticos me produce un complejo de estupidez, porque me cuesta mucho trabajo entenderlos. He sido incapaz de comprender el libro de un seguidor de Greimas, Herman Parret, *Les Passions. Essai sur la mise en discours de la subjectivité* (Pierre Mardaga éditeur, Bruselas, 1986. Publicado en castellano por Edicial, Buenos Aires). Lo cito por si alguien que lo entienda tuviera el buen corazón de explicármelo.

Hasta donde llego, Greimas reduce todo a «existencia semiótica», lo que me recuerda la *epojé* fenomenológica. Greimas pone el universo entero entre paréntesis y lo reduce a signo, Husserl pone todo entre paréntesis y lo reduce a fenómeno. Después de dejar fuera la realidad, ambos tienen que reconstruirla en su nuevo tipo de existencia. Greimas empieza con la oposición foria-disforia y desde allí va subiendo hasta las narraciones pasionales o hasta la novela del XIX si se tercia.

Nosotros hemos hecho algo parecido al hablar de las dimensiones del sentir, pero sin más pretensiones que delimitar el espacio en que van a aparecer los términos sentimentales.

4. *Lutz vuelve a hablar de los ifaluk*

Siento una gran simpatía por Catherine Lutz, que me introdujo en el ajetreado campo de la antropología sentimental. En el libro que mencioné antes contó su estancia de dos años entre los ifaluk, estancia a la que ha sacado mucho provecho porque la ha utilizado en todos sus trabajos posteriores. Al menos en los que conozco: «Ethnopsychology compared to what? Explaining behavior and consciousness among the Ifaluk», en Geoffrey M. White y John Kirkpatrick (eds.): *Person, Self, and Experience. Exploring Pacific Ethnopsychologies* (University of California Press, Berkeley, 1985). Y también «Goals, events, and understanding in Ifaluk emotion theory», en Dorothy Holland & Noami Quinn (eds.), *Cultural Models in Language & Thought* (Cambridge University Press, Cambridge, 1987).

Su estudio más sistemático sobre teoría léxica –un estupendo estudio– está incluido en el libro de Hamilton, Bower y Frijda citado anteriormente y lleva por título «Ethnographic perspectives on the emotion lexicon». También salen los ifaluk, claro. Hace una revisión de la bibliografía, proponiendo una comprensión transcultural del vocabulario afectivo. Me parece muy bien. La emoción es hija de los problemas. Y el idioma de la emoción procede en general de las siguientes situaciones: 1) las metas conflictivas de múltiples actores o la violación por los demás de las normas sociales; 2) la violación por el propio sujeto de las normas culturales; 3) el peligro (físico o psíquico) para el propio sujeto o para sus allegados; 4) la pérdida de relaciones significativas o la amenaza de esa pérdida; 5) la recepción de recursos, tangibles o intangibles (alabanza, aprecio, amor).

Considera que al estudiar el léxico emocional se ha atendido únicamente el aspecto diferencial, descuidando el pragmático o retórico. Proporciona un esquema del modelo léxico de los ifaluk, que me parece válido para todas las culturas y que es también una narración abreviada:

1) Si sucede X, entonces experimento la emoción Y.
2) Si experimento X, otra persona debería experimentar Y.
3) Si experimento X, entonces puedo experimentar después Y.

Catherine Lutz considera que las emociones son culturales, por eso tituló su principal libro *Emociones no naturales*. Si tiene razón, los léxicos sentimentales deben ser diferentes en las diferentes culturas. Ahí comenzó mi recorrido transcultural. Por entonces escribí un artículo para la *Enciclopedia Larousse* sobre «psicología cultural», lo que me empantanó más en sus atractivos y peligrosidades. Después de la Segunda Guerra Mundial se avivó el interés por las relaciones entre psicología y cultura. Supongo que uno de los motivos fue que los seres humanos se habían vuelto incomprensibles para los propios humanos. De repente había surgido una radical diferencia cultural, una brecha terrible e inquietante entre los hombres, que convenía aclarar. El libro de Ruth Benedict *El crisantemo y la espada* (Alianza, Madrid, 1974), un análisis de la mentalidad japonesa escrito durante la guerra para ayudar a comprender al enemigo, es un ejemplo de esa preocupación. Me ha sido muy útil para este diccionario.

Desde entonces han proliferado distintas disciplinas, no muy bien deslindadas: antropología psicológica, etnopsicología, etnopsiquiatría, psicología indígena, psicología trans o intercultural. Los partidarios de una «psicología cultural fuerte», como Shweder, que afirma la diferencia radical de los seres humanos, se enfrentan a los partidarios de una *cross-cultural psychology*, más contemporizadora, que estudia los fenómenos psicológicos en culturas distintas para comparar los conocimientos así obtenidos y elaborar una psicología universal.

Es evidente que el resultado de estos estudios tiene que afectar a nuestro proyecto. ¿Pueden traducirse léxicos lejanos? Richard A. Shweder, en su obra *Thinking Through Cultures* (Harvard University Press, Cambridge, 1991), sostiene una postura maximalista. Acusa a la psicología académica de un infundado platonismo que le hace creer en la unidad psíquica de la especie humana, y en la idea de un mecanismo central de procesamiento de información común a todos los seres humanos. Para la psicología cultural no existen mentes sin contenido y sin contextos, por lo que sólo se pueden elaborar psicologías en situación, contextualizadas. Enlaza así con las llamadas «psicologías indígenas», una introducción a las cuales puede verse en el libro de Uichol Kim y John W. Berry *Indigenous Psychologies. Research and Experience in Cultural Context* (Sage, Londres, 1993).

Acabo de leer un artículo de psiquiatría cultural sobre la influencia de las creencias populares en la sintomatología patológica. En la comarca del Alto Vinalopó (Alicante) se da un elevado número de delirios de posesión por espíritus. Los pacientes lo verbalizan con la expresión «llevar a alguien» o acogimiento. Curiosa acepción de esta bella palabra (Oliveras Valenzuela, M. A.: «Modificaciones psicopatológicas causadas por creencias populares. La influencia del modelo profano de enfermedad», en *Archivos de Neurobiología*, 62, 3, 1999, pp. 233-250).

La bibliografía me arrastraba más allá de donde en principio quería ir. Defiendo una lingüística cognitiva, como expliqué en *La selva del lenguaje,* y por ello necesito saber si hay coincidencias cognitivas por debajo de las diferencias léxicas. Ahora comprenderán por qué me interesa coleccionar léxicos emocionales de las más diversas culturas. Por citar alguno de los últimos: Gerber, E. R.: «Rage and obligation: Samoan emotion in conflict», en White, G. M., y Kirkpatrick, J.: *Person, Self, and Experience. Exploring Pacific Ethnopsychologies* (University of California Press, Berkeley, 1985); Bugenhagen, R. D.: «Experiential constructions in Mangap-Mbula» (un lenguaje australiano); *Australian Journal of Linguistics,* vol. 10, 2, 1990, pp. 183-216. Church, T., *et al.:* «The language and organisation of filipino emotion concepts: Comparing emotion concepts and dimensions across cultures», en *Cognition & Emotion,* 12, 1, 1998, pp. 63-92.

Nuestro diccionario corrobora las tesis de la *cross-cultural psychology:* hay tribus sentimentales comunes a todas las culturas que hemos estudiados. Pero hay diferencias en su análisis léxico y en su organización dentro de las estructuras personales.

5. *Kövecses y las metáforas*

De Zoltan Kövecses, profesor húngaro, conocía un precioso artículo escrito con George Lakoff titulado «The cognitive model of anger inherent in American English», incluido en el libro dirigido por Holland y Quinn ya citado antes. Lakoff es un lingüista que alcanzó gran popularidad estudiando la influencia de las metáforas en el pensamiento, incluido el pensamiento sobre las emociones (Lakoff, G., y Johnson, M.: *Metáforas de la vida cotidiana,* Cátedra, Madrid, 1986). Se lo recomiendo porque es una muestra de humanismo lingüístico, de semántica de la vida diaria. Kövecses ha publicado después el libro titulado *Emotion Concepts* (Springer-Verlag, Nueva York, 1989), en el que hace una revisión de las investigaciones anteriores, y pretende descubrir los prototipos básicos del lenguaje que utilizamos. Se trata de algo parecido a los recorridos narrativos de Greimas, o a lo que he llamado «modelos» en varios libros. El esquema argumental suele constar de los siguientes elementos: el conocimiento de que algo es deseable o indeseable, el sentimiento, las sensaciones corporales, los procesos corporales involuntarios y expresivos, la tendencia a actuar de alguna manera y las alteraciones de mente o cuerpo.

Me interesó sobre todo su idea de que los conceptos emocionales son muy complejos y tienen un estructura muy sofisticada. Pueden integrar los siguientes elementos:

1) Un sistema de metonimias asociado con el concepto en cuestión (la reacción fisiológica o conductual que popularmente se asocia con la emoción: agitación, por ejemplo, como parte de la furia).

2) Un sistema de metáforas asociadas con el concepto.

3) Un grupo de conceptos relacionados con el concepto de la emoción.

4) Una categoría de modelos cognitivos, alguno de los cuales son prototipos.

No le interesa descubrir las distinciones más importantes codificadas en el lenguaje, sino estudiar la estructura interna de un único concepto (furia, miedo, orgullo, amor, etc.). Apela a la rica información contenida en las frases hechas, *idioms*, refranes. Estas expresiones populares son muy numerosas. Por ejemplo, respecto al amor, hay en inglés mas de 300. Como les dije antes, MLP ha realizado un inventario de las frases hechas castellanas, aunque su publicación tendrá que esperar. Hasta entonces, reposará tranquilamente en nuestro banco de datos, del que, por cierto, estamos muy orgullosos.

6. *Wierzbicka y los primitivos semánticos*

Aquí de nuevo jugó a mi favor la casualidad. Un día descubrí en la librería Paradox de Madrid un libro de pastas negras titulado *Semantics, Culture, and Cognition. Human Concepts in Culture-Specific Configurations* (Oxford University Press, Nueva York, 1992), escrito por Anna Wierzbicka, una autora absolutamente desconocida para mí y creo que para la mayor parte de los lingüistas españoles, dada la poca frecuencia con que se la cita y la menor aún con que se la estudia. Recientemente he encontrado referencias a su obra en Moreno Cabrera, J. C.: *Introducción a la lingüística. Enfoque tipológico y universal* (Síntesis, Madrid, 1997, pp. 159 y ss.), y en *Curso universitario de lingüística general*, del mismo autor (Síntesis, Madrid, 1994, II, pp. 288 y ss.). Me parece muy bien.

La lectura del negro libro casualmente encontrado me fascinó. Trataba con gran talento y con una documentación espléndida asuntos que me interesan desde hace muchos años: el lenguaje y la cultura, la posibilidad de definir las palabras, el modo como se «describe lo indescriptible», por utilizar el título de uno de sus capítulos, la posibilidad de ir mas allá de las culturas. Busqué otros libros suyos, entre los que quiero destacar *Pragmatics. The Semantics of Human Interaction* (Mouton de Gruyter, Berlín, 1991) y *Semantics Primes and Universals* (Oxford University Press, Nueva York, 1996). Especial relevancia para nuestro proyecto tiene su artículo «Talking about emotions: Semantics, culture, and cognition», en *Cognition & Emotion*, 6, 3-4, 1992.

Voy a resumir la teoría semántica de Wierzbicka y su teoría lexicográfica, sobre todo para refrescármela a mí mismo:

1) Las palabras pueden definirse con precisión. No todas la palabras tienen la misma estructura semántica. Hay diferencias entre «mesa», «melancolía», «por» y «coseno». La estructura semántica del léxico sentimental consiste en un escenario prototípico.

2) Pueden existir emociones universales, pero no términos universales que las designen, ya que las palabras son siempre culturales. No tiene sentido decir que *anger* en una emoción universal, como sostienen Johnson Laird y Oatley, porque ésa es una palabra inglesa. Como dice Lutz, a la que cita: «Mientras se ha considerado de gran importancia saber si algunos pueblos no europeos sienten *culpabilidad,* no se plantea la cuestión de si los americanos sienten la emoción de *popoki,* propia de Nueva Guinea, que significa "ultraje producido por el fallo de alguien en reconocer las reclamaciones de uno", o si tienen capacidad de experimentar la emoción ifaluk de *fago* (compasión/amor/tristeza).»

Los primitivos semánticos, que tienen que descubrirse mediante inducciones exhaustivas, deben cumplir los siguientes requisitos: 1) deben intervenir en la definición de otros conceptos; 2) deben estar lexicalizados en todos los lenguajes. En su última versión los universales semánticos son: yo, tú, algo, alguien, persona, esto, el mismo, otro, uno, dos, muchos, todo, pensar, conocer, querer, sentir, decir, hacer, suceder, bueno, malo, grande, pequeño, cuando, antes, después, donde, debajo, encima, una parte de, una clase de, no, poder, verdadero, sí, porque, parecido. Forman un metalenguaje transcultural.

3) Las definiciones de los afectos se hacen mediante frases elaboradas con esos primitivos que incluyen las creencias del sujeto, su evaluación de la situación y también la evaluación del hablante. Como ejemplo de su método pondré su definición de *kuyam* (palabra aborigen australiana) y *ashamed* (inglés), a las que añado mi definición de avergonzado, de acuerdo con su procedimiento:

Significado de *kuyam:*

X piensa algo parecido a:
«Estoy cerca de Y.
Esto es malo. Algo malo podría sucederme por ello.
La gente podría pensar algo malo sobre mí.
Yo no quiero eso».
Por esto, X siente algo malo.
Por esto, X quiere hacer algo.
X no quiere estar cerca de esa persona.

Significado de *ashamed:*

X piensa algo parecido a:
«La gente puede saber algo malo sobre mí.
Por ello la gente puede pensar algo malo de mí.
Yo no quiero eso.
Yo querría hacer algo. No sé lo que puedo hacer.»
Por esto, X siente algo malo.

Significado de *avergonzado:*

X piensa algo parecido a:
«No quiero que la gente conozca algo que soy o que he hecho.
Porque la gente puede pensar algo malo sobre mí.
Yo no quiero eso.

Querría hacer algo para no ser visto.»
Por esto, X siente algo malo al pensarlo y lo sentiría si sucediera.

Kuyam se parece a nuestra «timidez», vergüenza se diferencia de *ashamed* en que puede sentirse por algo que está sucediendo realmente, no sólo por algo que pueda suceder. Me da vergüenza que se conozca un defecto mío, y me da vergüenza que se haya descubierto (Kaufman, en su *Psicología de la vergüenza* (Herder, Barcelona, 1994), la define como «sentirse visto de un modo dolorosamente disminuido»).

La técnica lexicográfica de Wierzbicka me parece magnífica, y creo que su teoría de los primitivos semánticos es verdadera, aunque sin duda experimentará alguna mejora. La posibilidad de hacer un diccionario universal utilizando ese «metalenguaje» integrado por los primitivos semánticos es fascinante. Pero es una tarea que excedía nuestro propósito, que tal vez emprendamos en soporte informático, proyecto al que animamos a unirse a lexicógrafos profesionales.

ÉRAMOS POCOS Y PARIÓ LA ABUELA

Ya estaba empantanado en el léxico castellano, en la comparación con léxicos extraños, en los problemas de la definición, en las diferencias culturales, en la relevancia de las psicologías populares, en la relación entre lenguaje y psicología. Pues aún faltaba una complejidad añadida. Las palabras tienen un significado *sincrónico* –el que se utiliza en un momento dado–, y otro *diacrónico* –el que ha ido teniendo a lo largo de la historia–. En el caso del léxico sentimental, cambia el énfasis o el interés hacia un sentimiento u otro, pero también el referente. Los sentimientos evolucionan porque parcialmente son fenómenos culturales y resultan afectados por los cambios culturales.

Hace muchos años que por consejo de José María Artola, nuestro gran especialista en la filosofía del idealismo alemán, había leído el magnífico libro de P. Gauthier *Magnanimité. L'Idéal de la Grandeur dans la Philosophie Païenne et dans la Théologie Chrétiene* (Librairie Philosophique J. Vrin, París, 1951), que es la historia de una actitud afectiva a través de dos grandes sistemas culturales, el griego y el cristiano. Años después leí una espléndida historia de la melancolía escrita por Raymond Klibansky, Erwin Panafsky y Fritz Saxl: *Saturno y la melancolía* (Alianza, Madrid, 1991). Un tercer libro que estudié sobre todo al escribir *El misterio de la voluntad perdida* completa la tríada que me introdujo en la historia de los fenómenos afectivos. Me refiero a la obra de Norbert Elias *El proceso de la civilización. Investigaciones sociogenéticas y psicogenéticas* (Fondo de Cultura Económica, México, 1989).

Después he comprobado que, sobre todo por influencia francesa, los historiadores se han interesado cada vez más por incluir en sus investigaciones los procesos psicológicos. La historia de las mentalidades, de la vida privada, de la familia, de las mujeres, por ejemplo, incluye documentación muy interesante. Para ver la diferencia entre la forma clásica y la forma psicologizada de historiar basta comparar una historia antigua de las Cruzadas, como la de Runciman, con la versión que da Alphonse Dupront en su gigantesta obra *Le Mythe de croisade* (Gallimard, París, 1997). Este autor quiere hacer el psicoanálisis de la «idea de cruzada», un mito poderosísimo que conmovió a la cristiandad durante muchos siglos, incluso después de que se hubieran acabado esas disparatadas contiendas. El autor habría podido añadir un capítulo más estudiando nuestra última guerra civil.

No volveré a citar las historias de sentimientos que hemos mencionado en el texto. Proporcionan una interesante prueba de la historicidad de la experiencia afectiva. El gran inconveniente es la dificultad para poder garantizar su exactitud. Por ejemplo, la historia del amor maternal escrita por E. Badinter, titulada *L'Amour en plus: Histoire de l'amour maternel* (Flammarion, París, 1980), donde defiende que se trata de una invención moderna, ha sido criticada por Linda Pollock en su obra *Forgotten Children: Parent-child Relations from 1500 to 1900* (Cambridge University Press, Cambridge, 1983). Intenta demostrar que durante todos esos siglos el amor por los niños no ha cambiado. Cuando ya estaba escrito este libro tropiezo con un curioso texto de Séneca en el que riñe a un padre a quien la muerte de un hijo pequeño ha entristecido mucho: «¿Pésames esperas? Toma correcciones. ¿Tan muellemente soportas la muerte del hijo? ¿Qué harías si hubieras perdido un amigo? Muriósete un hijo de inciertas esperanzas, era pequeñín; poco tiempo se ha perdido en él» *(Cartas a Lucilio,* XCIX).

Solo añadiré, para completar las referencias, la obra de Jean Delumeau *El miedo en Occidente* (Taurus, Madrid, 1989), y las obras de Peter N. Stearns, uno de los mas prestigiosos historiadores de los sentimientos: Stearns, C. Z., y Stearns, P. N.: *Anger: The Struggle for Emotional Control in America's History* (University of Chicago Press, Chicago, 1986), Stearns, C. Z., y Stearns, P. N. (eds.): *Emotion and Social Change: Toward a New Psychohistory* (Holmes & Meier, Nueva York, 1988).

Lo que queda claro de estos estudios es que comprender el vocabulario sentimental de una sociedad y de un tiempo determinado exige conocer los grandes dominios de la cultura de esa sociedad: sus preferencias, sus inquietudes, sus miedos, sus creencias. Y más claro todavía quedaba que se nos venía encima otro aluvión de informaciones.

DEFINICIONES COMPONENCIALES, PROTOTIPOS O ESCENARIOS

Se equivocan si piensan que ya les he contado todas nuestras cuitas. A pesar de mi fascinación por Wierzbicka, tenía que asegurarme de que su teoría de la definición era válida. No soy lingüista profesional, y menos aún lexicógrafo, y, como ya he dicho otras veces, no hay nada que dé más trabajo que intentar escribir responsablemente de lo que no se sabe. Así que me entretuve –o me eternicé, según se mire– revisando los métodos de definición que habían seguido nuestros predecesores. Un tema en el que la lexicografía se une con la filosofía del lenguaje, y ésta con la lógica y la teoría de los conceptos.

Uno de los métodos más utilizados para definir una palabra, en este caso un término sentimental, es descomponerla en sus rasgos elementales. Es decir, se trata de unificar todo el vocabulario jugando con una serie de dimensiones básicas. Ya he mencionado que Davitz utilizó cuatro dimensiones, cuatro rasgos: activación, relación, tono hedónico y competencia. Para adecuarse a la realidad, los investigadores han ido aumentando el número de dimensiones.

Este procedimiento me parece útil e inútil a la vez. Sirve para analizar o definir tribus sentimentales, pero no para definir las familias de esas tribus. Les pondré como ejemplo las conclusiones de Hartvig Dahl («The appetite hypothesis of emotions: A new psychoanalytic model of motivation», en Izard, C. E. (ed.): *Emotions in Personality and Psychopathology* (Plenum Press, Nueva York, 1979), que utiliza tres dimensiones: 1) sujeto-objeto; 2) atracción- rechazo; 3) actividad-pasividad. Usando estas dimensiones describe ocho sentimientos:

> Yo + atracción + pasivo = *contento*.
> Yo + atracción + activo = *alegría*.
> Yo + rechazo + pasivo = *depresión*.
> Yo + rechazo + activo = *ansiedad*.
> Objeto + atracción + activo = *amor*.
> Objeto + atracción + pasivo = *sorpresa*.
> Objeto + rechazo + activo = *ira*.
> Objeto + rechazo + pasivo = *miedo*.

Aunque no quiero abrumarles, daré una lista casi telefónica de las dimensiones utilizadas por otros autores. No se quejen. La lexicografía es trabajo de forzados, ya se lo advertimos al principio. Wundt sostuvo que las emociones se diferencian en tres aspectos: 1) placer-displacer; 2) excitación-tranquilidad; 3) tensión-relajación. W. Traxel y H. J. Heide utilizaron diez dimensiones («Dimensionen der Gefühle: Das Problem der Klassifikation der Gefühle und die Müglickeit seiner empirischen Lösung», *Psychologische Forschung,* 26, 1961, pp. 179-204). Bottenberg utilizó 50 («Phenomenological and operational characterization of factor-analytically derived dimensions of emotion, *Psychological Reports,* 37, 1975, pp. 1253-1254). Nico

Frijda, uno de los grandes especialistas en psicología de la emoción, considera que las emociones están definidas por la tendencia a la acción que suscitan, y selecciona las siguientes disposiciones activas, que dada la importancia de su teoría menciono: acercamiento, evitación, contacto, interés, rechazo, indiferencia, antagonismo, detención, dominación, sumisión, apatía, excitación, activación, pasividad, inhibición, inseguridad, resignación (*The Emotions*, Cambridge University Press, Nueva York, 1986, p. 88). Block utilizó el método del diferencial semántico, con 20 escalas («Studies in the phenomenology of emotions», *Journal of Abnormal and Social Psychology*, 1957, pp. 358-363). Revisé la aplicación del método del diferencial semántico de Osgood, en los trabajos de un congreso celebrado en Oaxtepec, México, en 1970. Pero no encuentro ni el libro ni la referencia. Ya ven hasta qué punto estas referencias son biobibliográficas. Tal vez no lo haya entendido bien, pero el método de Osgood me parece que ha dado resultados menos espectaculares de lo que se preveía.

Smith y Ellsworth han revisado las investigaciones (psicológicas) anteriores sobre dimensiones de la experiencia emocional, concluyendo que los resultados empíricos han sido decepcionantes: agrado y nivel de activación *(arousal)* son las únicas dimensiones que se han encontrado consistentemente a través de los estudios. Hacen una crítica a los métodos anteriores y acaban proponiendo ocho dimensiones: agrado, atención, control, certeza, obstáculo percibido, legitimidad, responsabilidad y esfuerzo («Patrones de valoración cognitiva en la emoción», en Mayor, L. (comp.), *Psicología de la emoción*, Promolibro, Valencia, 1988, pp. 327-374). Después de una investigación experimental, intentaron definir 15 emociones, a partir de las dimensiones mencionadas. Mencionaré solo dos de ellas, para poner de manifiesto las limitaciones de este método.

Orgullo = sumamente agradable + alto nivel de certeza + fuerte deseo de prestar atención + alto control + alta responsabilidad + alto logro personal.

Frustración = sumamente desagradable + alto esfuerzo + incertidumbre + interés por atender + control situacional o ajeno + responsabilidad ajena.

Los sujetos entrevistados completaron sus respuestas añadiendo algunos ejemplos. Y esto me permite pasar al otro método de definiciones no componencial sino llamado «prototípico». Para los expertos este nombre remite, sin duda, a las
investigaciones de Eleanor Roch. Esta investigadora demostró
que los conceptos que la gente tiene en la cabeza se diferencian
de los conceptos ideales tal como los considera la lógica. Para
ésta, todos los miembros de una categoría cumplen unos requisitos necesarios: no hay un pájaro que sea más pájaro que otro,
ni una fruta que sea más fruta que otra, ni un mueble que sea
más mueble que otro. Sin embargo, empíricamente comprobó
que la gente considera que el gorrión es más pájaro que el pin-
güino, la manzana más fruta que el coco y la silla más mueble
que un aparador. Además, descubrió que los conceptos mentales –lo que he llamado conceptos vividos– se componen de un
conjunto de notas heterogéneas, que no necesitan darse todas
en todos los miembros, sino en mayor o menor número. Los
interesados pueden leer su artículo «Cognitive representations
of semantic categories», *Journal of Experimental Psychology:
General*, 104, pp. 192-233, y Rosch, E., *et al.*: «Basic objects in
natural categories», *Cognitive Psychology*, 8, pp. 382-439. El no
experto encontrará una estupenda explicación en Aitchison, J.:
Words in the Mind (Blackwell, Oxford, 1997).

Algunos autores, como Fehr y Russell, creen que el problema del léxico emocional sólo puede resolverse prescindiendo de
los aspectos componenciales y tratando la emoción como un
prototipo. Las definiciones no son sumas de rasgos sino configuraciones. Siguiendo las propuestas de Rosch arguyen que se
considera que un suceso es o no emocional según el grado en
que se parece a unos prototipos. En ese sentido hacen dos pun-
tualizaciones sobre la clasificación de un suceso como emoción.
Primero, algunas emociones son reconocidas como mejores
ejemplos de emoción, es decir, la pertenencia a la categoría es
graduada. Segundo, observan que la gente discrepa sobre qué
cosas son o no emociones. Pero, según la idea tradicional, para
usar una palabra hay que conocer los rasgos que la definen. De
aquí concluyen que hay que ver las emociones más como un
fuzzy set que como un *set* real, definible en términos clásicos.

Que las emociones pueden ser graduadas como buenos o malos ejemplos de una categoría ha sido demostrado por esos autores y por Tiller y Harris. Pero la fuerza de este argumento desaparece cuando se comprueba que también la gente considera que unos números son más números que otros. Afirman que el 2, el 4 y el 8 son mejores ejemplos de número que el 34, el 106 y el 806. ¿Qué número «sienten» ustedes como más impar, el 557 o el 889? Pueden ver más datos en Armstrong, S. L., Gleitman, L. R., y Gleitman, H.: «What some concepts might not be?, en *Cognition*, 13, 1983, pp. 263-308.

La lingüística informatizada está planteando –y a veces solucionando– serios problemas de definición. Me he enterado de que intentan inventar «ordenadores sentimentales». Al menos eso defiende Rosalind W. Picard en *Los ordenadores emocionales*, Ariel, Barcelona, 1998.

He estudiado también algunos programas de ordenador que intentan simular emociones. Greg Chwelos y Keith Oatley han escrito, en «Appraisal, computational models, and Schere's expert system», *Cognition & Emotion*, 8, 3, 1994. También he leído el artículo de Thomas Wehle y Klaus R. Scherer «Potential pitfalls in computational modelling of appraisal processes: A reply to Chwelos and Oatley, en *Cognition & Emotion*, 9, 6, 1995. Y sobre todo los estudios de Nico H. Frijda y Jaap Swagerman: «Can computers fell? Theory and design of an emotional system», y de Michael G. Dyer: «Emotions and their computations: Three computer models», en *Cognition & Emotion*, 1, 3, 1987.

Creo que la teoría de la «representación semántica básica» que expliqué en *La selva del lenguaje* integra todo lo válido de la teoría de prototipo. Hablar de «modelos mentales» es más claro y preciso, si se describen con claridad y precisión, claro. En el caso de los sentimientos, esa representación semántica es un modelo narrativo, y por esa razón los lingüistas (Greimas y Wierzbicka) y los psicólogos coinciden en que la mejor manera de definir, describir o identificar sentimientos es narrando una historia. En las investigaciones de Ekman y Oster los jueces de diferentes culturas reconocieron adecuadamente las expresiones faciales de cada emoción a partir de narraciones prototípicas («Facial expressions of emotion», *Annual Review of Psychology,* 1979, pp. 527-554). Otros autores han comprobado que cuando se les pedía evocar una emoción, los sujetos recreaban mentalmente una escena con un orden temporal y causal (Pennebaker, J. W.: *The Psychology of Physical Sympoms,* Springer Verlag, Nueva York, 1982; Sarbin, T.: «Emotion and act: Roles and rhetoric», en Harre, R., *The Social Construction of Emotions,* B. Blackwell, Nueva York, 1986).

Sin dar referencias bibliográficas para no eternizarnos, les diré que Russell postula que el contenido de los prototipos emocionales consiste justamente en esquemas abstractos de secuencias de sucesos o escenarios típicos de cada emoción; Gergen, que son formas narrativas sobre uno mismo; Averill, que son roles transitorios; Shaver también comprobó que los sujetos necesitan echar mano de narraciones para explicar o reconocer o imaginar una emoción. En España pueden verse resúmenes de estas investigaciones en Echebarría, A., y Páez, D., *Emociones: Perspectivas psicosociales* (Fundamentos, Madrid, 1989), y Páez, D., y Vergara, A.: «Conocimiento social de las emociones: Evaluación de la relevancia teórica y empírica de los conceptos prototípicos de cólera, alegría, miedo y tristeza», *Cognitiva,* vol. 4, 1, p. 33. Estos autores, junto con Fernández Dols y pocos más, han introducido en España los nuevos estudios sobre psicología de las emociones.

¿QUÉ PALABRAS DEBEMOS INCLUIR EN EL LÉXICO SENTIMENTAL?

Ortony se ha quejado de que en los estudios sobre el léxico afectivo no se presta atención a la cuestión lógicamente previa de identificar los términos que se refieren a emociones o a otras condiciones psicológicas. Tienen razón. D. K. Tiller y J. F. Campbell han revisado trece estudios sobre el vocabulario emocional y encontraron que ninguno tenía criterios explícitos para seleccionar las palabras estudiadas. Estos autores creen que el 37 % de los términos incluidos no se referían a emociones («Biased adjective selection criteria as a factor in mood adjective check list?», *Psychological Reports,* 58, 1986, pp. 619-626).

El diccionario no nos ha ayudado mucho porque es completamente caótico al calificar y organizar las palabras del léxico emocional. ¿Qué nomenclatura se usa en castellano para clasificar las experiencias afectivas? MLP ha realizado un estudio estadístico sobre 381 términos sentimentales. De ellos, 224 aparecen con algún tipo de calificación en los distintos diccionarios: actitud, afecto, alteración, aptitud, calidad, cualidad, carácter, conmoción, disposición de ánimo, emoción, estado, estado de ánimo, impresión, inclinación, movimiento, pasión, perturbación, sensación, sentimiento y virtud. La confusión que provoca esta variedad de denominaciones se incrementa si tenemos en cuenta que no hay en absoluto unanimidad en los distintos diccionarios para un mismo término. Así *alegría* es un sentimiento para MM, un movimiento para el DRAE, un estado para Z y una pasión para CO. *Aburrimiento* es un estado de ánimo para MM y DRAE, una sensación para Z y una impresión para PR. Y así los demás.

El calificativo más usado es *sentimiento,* que aparece en 84 términos. No ocurre, sin embargo, en todos los diccionarios, sino en especial en MM y PR. Los diccionarios del siglo XIX la utilizan con poca frecuencia, así como el DRAE. El *Diccionario de Autoridades* sólo la aplica a cuatro términos, tres de los cuales tienen relación con *tristeza:* compasión, misericordia y pesar, por lo que parece que lo utiliza más con el significado restringido sinónimo de *pesar* que como genérico. La excepción es *impaciencia,* que aparece definido como «sentimiento, desazón, falta de sufrimiento y paciencia».

A la vista de tanta vaguedad, ¿era posible hablar de un sistema psicológico plegado dentro del diccionario? La única solución era adentrarse en él e investigar.

TAXONOMÍA DE UNA PSICOLOGÍA POPULAR

El diccionario castellano organiza el campo de la experiencia y de la acción en cuatro gigantescos grupos de palabras:

1) Términos cognoscitivos: *ver, oír, pensar, imaginar, razonar, percibir,* etc.

2) Términos afectivos o evaluadores, que se dividen en dos grupos:

    Motivacionales: *deseo, impulso, tendencia, ansia, codicia, ambición,* etc.

    Sentimentales: *tristeza, alegría, ira, envidia,* etc.

3) Términos calificadores de la acción, de acuerdo con tres aspectos.

    Conocimiento: *consciente, inconsciente, reflexiva,* etc.

    Voluntariedad: *intencionada, impulsiva, incontrolada,* etc.

    Modo de realizarla: *tenacidad, distracción, atención, minuciosidad, espontaneidad, obstinación,* etc.

4) Rasgos de personalidad:

    Carácter: *iracundo, orgulloso, soberbio,* etc.

    Hábitos: *paciente, perezoso, mentiroso, agresivo,* etc.

    Actitudes: *irónica, condescendiente, conciliadora,* etc.

Los cuatro apartados se relacionan. El conocimiento influye en los sentimientos, y es influido por ellos. Los estados de ánimo cambian con la acción y provocan cambios en la acción. Los sentimientos están desencadenados por un acontecimiento, pero también por peculiaridades del sujeto. Se es *paciente* o *soberbio* o *benevolente*. Estas palabras no designan sentimientos pero tienen que ver, sin duda alguna, con la implantación afectiva en la realidad. Los valores que nos afectan, los deseos, las preferencias, los sentimientos, las acciones inducidas por ellos, las actitudes, los hábitos, el temperamento, el carácter, la personalidad, todos estos aspectos del mundo afectivo están recogidos por el léxico. Y lo están de una manera ordenada, formando grandes modelos de comprensión de la realidad

El tipo de verbos relacionados con un sentimiento define el modo como el sujeto (en este caso el sujeto social, inventor de la lengua) vive su experiencia. Se trata de un lenguaje plástico y metafórico. Sirven para narrativizar la emoción. Tomemos el caso de la ira, respecto de la cual hay cinco tipos de verbos, cada uno de los cuales manifiesta un aspecto de la experiencia:

1) Verbos de inicio, que indican cierta irresponsabilidad en el comienzo de la ira. El sujeto es el desencadenante: algo *despierta, provoca* la ira.

2) Verbos que indican la acción del sentimiento. Expresan su poder y la falta de control del sujeto, que es *paciente, pasivo,* respecto de la pasión. La furia le *embargó, arrebató, invadió, ahogó.*

3) Verbos que indican una cierta voluntariedad del sujeto: se *cogió* un cabreo, *cogió* un ataque de ira. Indica una cierta arbitrariedad, precisamente porque parece voluntaria.

4) Verbos de proceso y causativos: *enfurecer* y *enfurecerse.* Esta forma en voz media es una sutilísima indicación de cómo el sentimiento empieza y termina en el sujeto. Por ejemplo, se *enamora* sólo el sujeto. La experiencia se remansa en él. Cuando *ama,* en cambio, el sentimiento se vuelve transitivo, se dispara hacia el objeto, y ya no admite la voz media. Como dice Benveniste: «En la voz activa los verbos denotan un proceso que se realiza a partir del sujeto y fuera de él. En la media, el verbo indica un proceso cuya sede es el sujeto; el sujeto es interior al proceso» («Actif et moyen dans le verbe», en *Problèmes de linguistique générale,* p. 168-175); Adrados: *Lingüística indoeuropea* (Gredos, Madrid, 1975, p. 754). A partir de esa oposición primitiva fue construyéndose más tarde una tercera voz, la pasiva, proceso formidable que puede rastrearse todavía en Homero.

5) Verbos de manifestación, que suelen tener un contenido metafórico: *estallar, desahogar, descargar, desfogar.*

6) Verbos de retorno al estado inicial: *tranquilizarse, apaciguarse, contentarse.*

En casi todas las lenguas que he revisado hay alguna taxonomía de los fenómenos afectivos. ¿Con qué palabras las hemos denominado en castellano?

En castellano el término mas antiguo es *pasión.* Resulta interesante porque reconoce el carácter pasivo de los sentimientos. Palencia dice: «Aliopathia es pasión que pasa de uno a otro. Pasión se reputa consistir en la culpa pero aunque no se tenga en el crimen: así quien viere la mujer y se conmueve por afecto o tentación del miembro ya este es ferido por pasión y si consiente en ello y del pensamiento veniere a querer que el afecto pasara de pasión a pasión conviene saber en el efecto del corazón.» Apasionarse por algo significa aficionarse por algo (CO). Pronto toma un carácter de afecto desordenado del ánimo, «particularmente se toma por excesiva inclinación o preferencia de una persona a otra por interés o motivo particular. Significa también el apetito vehemente a alguna cosa» (AU). La vehemencia no abandonará ya a esta palabra. Es «un sentimiento vehemente que se apodera del alma y no da lugar al recto juicio, ni a la grave consideración; afección profunda que impele fuertemente a obrar de cierto modo, dominando la razón. Se toma por la excesiva inclinación o preferencia de una persona por otra sobre todo cuando es vehemente e irresistible» (DO). Es una afición permanente, tendencia continua, deseo violento y fijo, voluntad inmutable o inclinación irresistible a una cosa (DE). Se ve con claridad que *pasión* incluye vehemencia e incitación a algún tipo de acto. Fue pronto lugar común que la pasión cegaba la inteligencia: «Cuando ocupa un alma la pasión amorosa no hay discurso que no acierte ni razón que no atropelle», dice Cervantes (*Persiles*, 2, 18). «Poderosa es la pasión del temor la cual de las cosas pequeñas hace grandes y de las ausentes presentes» (Luis de Granada: *Guía de pecadores*, 1).

Otro término general de rancia prosapia es *afecto*, palabra que subraya también la pasividad de los sentimientos. «Es una pasión del ánima que redundando en la voz, la altera y causa en el cuerpo un particular movimiento, con que movernos a compasión y misericordia, a ira y a venganza, a tristeza y a alegría» (CO). Aquí aparece una duplicación curiosa de la experiencia, que se va a ver también en la definición que da AU. El afecto es «una pasión del alma, en fuerza de la cual se excita un interior movimiento, con que nos inclinamos a amar o a aborrecer, a tener compasión y misericordia, a la ira, a la venganza, a la tristeza y otras afecciones y efectos propias del hombre». Es decir, que la pasión provoca un movimiento interior que nos inclina a ciertos afectos.

Esta definición me parece un resto de la metafísica escolástica, que consideraba *pasión* como un movimiento real que causaba la experiencia sentimental. Era el antecedente metafísico de un fenómeno psicológico. De hecho *afecto* se distinguió de *pasión* por su menor intensidad, y así ha continuado. «El afecto considerado como una afección suave del ánimo, es aquel movimiento interior y pasajero que precede a la pasión, antes que esta empiece a tomar su efervescencia» (Capmany: *Filosofía de la elocuencia*, 1777). «¿Tienes el ánimo bastante tranquilo? ¿No estás agitado por alguna pasión que te presenta las cosas diferentes de lo que son en sí? ¿Estás poseído de algún afecto secreto que sin sacudir con violencia tu corazón, le domina suavemente, por medio de una fascinación que no advierte? (Balmes, *Criterio*, 19-6).

El *afecto* implica inclinación. Y así pasó a significar la inclinación que se tiene a una persona, la disposición que tenemos en el corazón a tomar afición a las cosas o las personas que nos agradan por ciertas cualidades que hallamos en ellas; si continúa la inclinación, llega a ser bien pronto afecto; de lo que se ve que ésta es una inclinación continuada y que se hace como permanente y aun necesaria, pues todo esto abraza la palabra afecto. La inclinación limitada a sí misma es sólo una disposición al afecto que haciéndose continuado llega a ser un apego muy fuerte.

Clore y Ortony sostienen que *affect* «es una categoría muy general de la que las emociones son una pequeña parte» («The semantics of the effective lexicon», en V. Hamilton, G. H. Bower y N. H. Frijda: *Cognitive Perspectives on Emotion and Motivation*, Kluwer Academic Publishers, Dordrecht, 1988, p. 373). Y Tomkins ha titulado su oceánica obra sobre las emociones *Affects*.

Sentimiento adquirió su significado actual en el siglo XVIII. AU da una definición magnífica: «La acción de percibir por los sentidos los objetos. Se toma también por la percepción del alma en las cosas espirituales, con gusto, complacencia o movimiento interior. Se toma también por pena o dolor, que inmuta gravemente.»

En esta definición se ven tres niveles semánticos distintos. El primero es muy general. Sentimiento es el acto de sentir, lo que sea. El segundo, que en la actualidad es el predominante, señala tres características de la experiencia sentimental: percepción, evaluación y movimiento interior. El tercer significado es más concreto, como ocurre con *afecto*, pero en este caso implica una experiencia triste. Cuando oímos la expresión *le acompaño en el sentimiento* nadie piensa que se está acompañando en la alegría.

En la forma pronominal se borran las distancias entre el sujeto y su acción. La acción está conceptualizada como manifestación del sujeto, y se subraya la voluntariedad, la intencionalidad, el carácter personal de la actividad, que no sale del sujeto sino que permanece anclado en él, como quedan nuestras decisiones y compromisos.

La palabra *emoción* tardó en introducirse. Procede del francés *emotion*, derivado culto del verbo *emouvoir* (1534). En castellano aparece por primera vez en RAE 1843. Esto al menos dice Corominas, pero resulta sorprendente que Oudin en su *Tesoro de la lengua francesa y española de 1616* incluyera este término en castellano. Se la considera la «conmoción, alteración o agitación repentina del ánimo, causada por alguna pasión, sea gozando vivamente, sea padeciendo con intensidad» (DO). En la actualidad significa «alteración afectiva intensa que acompaña o sigue inmediatamente a la experiencia de un suceso feliz o desgraciado que significa un cambio profundo en la vida sentimental. Interés expectante o ansioso con que el sujeto participa en algo que está ocurriendo. Alteración afectiva que consiste en un enternecimiento por sí mismo o por simpatía hacia los otros, por una prueba de cariño o estimación recibido por el mismo sujeto» (MM).

Greimas ha utilizado la siguiente nomenclatura. Deja de lado el término *pasión*, que utiliza como género.

Sentimiento: un estado afectivo complejo, estable y duradero, ligado a representaciones.

Emoción: reacción afectiva, generalmente intensa, que se manifiesta por diversas alteraciones, sobre todo de orden neurovegetativa. Ribot insiste en su carácter momentáneo.

Inclinación: deseo o querer constante y característico de un individuo. Remite a propensión y a disposición. El que está inclinado a ésta llevado por un *penchant* natural y permanente.

Penchant: se define circularmente como tendencia natural o inclinación. Se trata de una especialización de la vida afectiva del sujeto respecto a los objetos o a las modalizaciones. Esta especialización es evaluada a veces peyorativamente, lo que no ocurre con inclinación.

Susceptible de: capacidad latente de recibir un sentimiento o una impresión.

Temperamento: originariamente era el equilibrio de la mezcla de humores. En la actualidad designa un conjunto de características innatas, un complejo psicofísico que domina el comportamiento.

Carácter: maneras habituales de sentir y de obrar que distinguen a un individuo de otro.

Humor: momento pasajero de la existencia afectiva de un individuo *(Sémiotique des passions,* Seuil, París, 1991, p. 93).

Me interesa subrayar la mezcla de elementos: experiencias afectivas (sentimiento, pasión, emoción), tendencias (inclinaciones, *penchant),* rasgos de personalidad (susceptible de, temperamento, carácter).

En castellano, Páez, Echebarría y Villarreal han propuesto la siguiente nomenclatura:

Afectividad: es la tonalidad o el color emotivo que impregna la existencia del ser humano, y en particular su relación con el mundo. Es el nombre de clase.

Sentimiento: un tipo de afecto. Reacciones subjetivas moderadas de placer y displacer. Son evaluaciones y estados de ánimo.

Emociones: son un tipo de afecto, más intensas y complejas, que implican manifestaciones expresivas, conductas, reacciones fisiológicas y estados subjetivos. Son breves y están centradas en un objeto que interrumpe el flujo normal de la conducta y la cognición reorientándolas.

Estados de ánimo: son afectos de intensidad media, penetrantes, globales, generalizados, sin objeto específico; la rabia sería una emoción, la irritabilidad un estado de ánimo. El miedo es una emoción y la ansiedad un estado de ánimo. La tristeza una emoción y la depresión un estado de ánimo.

Pasiones: son objetivos persistentes durante largos periodos, a partir de los cuales el sujeto inicia espontáneamente ac-

415

ciones sin que haya estímulos desencadenantes presentes («Teoría psico-sociológica de las emociones», en Echebarría, A., y Páez, D.: *Emociones: Perspectivas Psicosociales*, Fundamentos, Madrid, 1989, p. 43).

Ekman insiste en la duración. Una emoción que dura más de unas horas se convierte en estado de ánimo, en el que se rebaja el umbral de activación de una emoción, las emociones pueden ser inundatorias.

Utilicé una nomenclatura parecida en *El laberinto sentimental*, Anagrama, Barcelona, 1996, pp. 34 y ss.

NUESTRO CRITERIO

No nos parece que haya un criterio estrictamente lingüístico para detectar los sentimientos. La construcción con el verbo *sentir* no es suficiente, porque es una palabra que sentimentaliza todo lo que toca. Se puede decir: me siento pájaro, me siento río, me siento estatua de la libertad.

Un sentimiento es 1) un estado en el que se está o al que se llega; 2) que incluye en su definición más de una dimensión del sentir (relevante/irrelevante, agradable/desagradable, atractiva/repulsiva, apreciable/despreciable, activador/depresor); 3) que causa una disposición a la acción; 4) un mismo sentimiento puede manifestarse como emoción y como pasión (el amor, flechazo, pasión amorosa).

¿Y AHORA QUÉ?

Con toda la bibliografía que he resumido podría haber escrito un «Panorama de la lexicografía sentimental» o algo semejante, pero no soy un historiador del pensamiento de los demás. A lo sumo soy historiador de mi propio pensamiento, y lo hago para poner sobre la mesa mis cartas y no jugar de farol. La confluencia de tantos datos nos hacía correr el riesgo de convertir el diccionario en una enciclopedia. Al final hemos elegido una versión híbrida. La lectura en secuencia normal, desde el principio al final, se parece a una enciclopedia, o, mejor, a una enciclopedia contada literariamente (algo que le habría encantado a Borges), y la lectura a partir del vocabulario final es un diccionario. La elaboración de los mapas ha sido lo más laborioso de toda la obra. Hemos intentado organizar de una manera breve y clara un léxico plural, lleno de relaciones y proteico.

Hemos escrito un diccionario cognitivo. No es ni una enciclopedia ni un diccionario ideológico ni un diccionario normal. ¿Qué es? Es un diccionario porque comienza estudiando los léxicos. Pasa a ser un diccionario temático, porque nos permite averiguar la «psicología popular» que hay por debajo. La referencia a otros lenguajes nos permite elaborar una psicología universal de los sentimientos basada en el lenguaje. Sólo para corroborar su validez –no para completar el diccionario y convertirlo en enciclopedia– hemos hecho mención de estudios psicológicos.

ADIÓS AVERGONZADO

Lo siento. Este epílogo ha sido demasiado petulante y duro de roer. Son ustedes unos santos si han llegado hasta aquí. Apliquense lo que hemos dicho sobre la paciencia en el capítulo correspondiente. Como me ocurre en todos los libros, llego al final sin resuello, casi no puedo despe... Pues no, no puedo.

SIGLAS DE LOS DICCIONARIOS MÁS UTILIZADOS

AU. *Diccionario de Autoridades,* Real Academia, 1726-1739. Ed. facsímil, Gredos, Madrid, 1990.

CA. Casares, Julio: *Diccionario ideológico de la lengua española,* Gustavo Gili, Barcelona, 1959.

COR. Corominas, Joan, y Pascual, José Antonio: *Diccionario crítico etimológico de la lengua española,* Gredos, Madrid, 1980-1983. Todas las etimologías, mientras no se indique lo contrario, están tomadas de este diccionario.

CO. Covarrubias y Orozco, Sebastián de: *Tesoro de la lengua castellana o española* (1611). Edición de Martín de Riquer, Alta Fulla, Barcelona, 1989.

DO. Domínguez, Ramón Joaquín: *Diccionario nacional o gran diccionario clásico de la lengua española,* Madrid, 1846.

DRAE. *Diccionario de la Real Academia Española,* seguido del año de la edición.

EN. *Diccionario enciclopédico de la lengua española,* publicado entre 1853-1855, por una Sociedad de personal especial de las letras, las ciencias y las artes. Impreso por Gaspar Roig.

MM. Moliner, María: *Diccionario de uso del español,* Gredos, Madrid, 1966-1967.

NU. Núñez de Taboada, *Diccionario de la lengua castellana,* París, 1825.

PA. Palencia, Alfonso de: *Universal vocabulario en latín y romance collegido por el cronista Alfonso de Palencia,* Sevilla. 1490. Hemos utilizado el *Registro de voces internas,* de John M. Hill, Madrid, 1957.

PAN. Peñalver, Juan de: *Panléxico. Diccionario universal de la lengua castellana.* Parte 1.ª: *Diccionario* (1842). Parte 2.ª: *Diccionario de sinónimos* (1846) por Pedro M.ª de Olive y López Pelegrín. Parte 3.ª: *Diccionario de fábulas,* por López Pelegrín.

PR. *Petit Robert. Dictionnaire de la langue française,* dirigido por A. Rey y J. Rey-Debove, Le Robert, París, 1988.

RH. *Le Robert. Dictionnaire historique de la langue française,* 3 tomos, dirigido por A. Rey, Le Robert, París, 1998.

RP. Roberts, Edwards A., y Pastor, Bárbara: *Diccionario etimológico indoeuropeo de la lengua española,* Alianza, Madrid, 1996.

TE. Terreros y Pando, Esteban de: *Diccionario castellano con las voces de la ciencias, artes y sus correspondientes en las tres lenguas francesa, italiana y latina,* Madrid, 1780.

Z. Zainqui, José M.ª: *Diccionario razonado de sinónimos y contrarios,* Editorial de Vecchi, Barcelona, 1989.

Hemos consultado muchos otros diccionarios, aunque no aparezcan citados en el texto ni en el repaso histórico del segundo capítulo. Queremos mencionar por orden cronológico:

– Ayala Manrique, J.: *Tesoro de la lengua castellana* (1693). En la Biblioteca Nacional sólo hemos encontrado el primer tomo (hasta la letra C), Manuscrito 1324.

– Salvá, Vicente: *Nuevo diccionario de la lengua castellana,* que comprende la última edición íntegra, muy rectificada y mejorada, del publicado por la Academia Española y unas veinte y seis mil voces, acepciones, frases y locuciones, entre ellas muchas americanas, París, 1847.

Chao, Eduardo: *Diccionario enciclopédico de la lengua española con todas las voces, frases, refranes y locuciones empleadas en España y la América española,* Madrid, 1865.

– Alonso, Martín: *Enciclopedia del idioma. Diccionario histórico y moderno de la lengua española,* Barcelona, 1959.

– *Gran diccionario de sinónimos y antónimos,* Espasa-Calpe, Madrid, 1989.

– Alvar Ezquerra, Manuel: *Diccionario ideológico de la lengua española,* Vox, Barcelona, 1998.

Cuando esta obra estaba ya en prensa, apareció el *Diccionario del español actual*, de Manuel Seco, Olimpia Andrés y Gabino Ramos (Aguilar, Madrid, 1999). Gracias a él quedará constancia definitiva del español hablado en este fin de siglo.

Mapas léxicos e índice temático

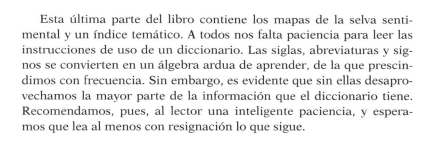

Esta última parte del libro contiene los mapas de la selva sentimental y un índice temático. A todos nos falta paciencia para leer las instrucciones de uso de un diccionario. Las siglas, abreviaturas y signos se convierten en un álgebra ardua de aprender, de la que prescindimos con frecuencia. Sin embargo, es evidente que sin ellas desaprovechamos la mayor parte de la información que el diccionario tiene. Recomendamos, pues, al lector una inteligente paciencia, y esperamos que lea al menos con resignación lo que sigue.

Llamamos así a los cuadros temáticos que agrupan la información por tribus. Sirven para tener una visión de conjunto, sinóptica, del mundo afectivo. Por si les gustan los números, hemos aislado 22 tribus –que creemos que se dan en todas las lenguas–, que integran 70 clanes, que no se dan en todas las lenguas. Como recordarán, nuestro modelo lingüístico es el siguiente:

La experiencia se parcela en *representaciones semánticas básicas* (RSB).

La RSB es analizada por muchos términos sentimentales (S).

Estos términos se agrupan en clanes (C).

Los clanes se agrupan en una tribu (T). La tribu es el despliegue léxico de una representación semántica básica.

Ejemplo:

RSB: Sentimientos provocados por la pérdida de algo o alguien relevante para nuestro bienestar, o por la imposibilidad de alcanzar nuestros deseos y realizar nuestros proyectos.

T: El conjunto de todos los términos que designan y despliegan léxicamente la representación básica anterior. Está compuesta por cinco clanes (C), cada uno de los cuales agrupa sentimientos (S) afines.

C 1: TRISTEZA

   S: *tristeza, aflicción, dolor, pena, pesar, murria, congoja, consternación, tribulación, amargura, desdicha, infelicidad.*

C 2: MELANCOLÍA

   S: *melancolía, esplín.*

C 3: DESAMPARO

   S: *desamparo, soledad, desolación.*

C 4: NOSTALGIA

S: *nostalgia, añoranza, saudade.*

C 5: COMPASIÓN

S: *compasión, conmiseración, lástima, piedad.*

Como hemos explicado en el libro, hay situaciones, objetos o sucesos que activan y organizan una gran cantidad de sentimientos, valores, creencias, deseos. Permiten una *agrupación* (A) distinta del léxico sentimental. Analizan modelos semánticos complejos. Hemos incluido algunos como demostración de lo que un diccionario virtual deberá hacer: organizar de diversas maneras un territorio léxico tan complejo como es el afectivo. Los ejemplos son: *el futuro, el pasado, la posesión, el poder, el peligro, el yo.*

Los mapas sentimentales van precedidos de una tabla de términos generales y una taxonomía sentimental.

I. TÉRMINOS GENERALES
(Intervienen en la definición de los términos afectivos)

Términos cognitivos básicos: *experimentar, percibir, ser consciente de, sentir.*

Términos evaluativos básicos: *apreciar (tasar), atender, comparar, considerar, estimar, preferir, reconocer.*

DIMENSIONES EVALUATIVAS:

Dimensión I. RSB: Algo llama la atención, destacándose sobre un fondo:
    Polo positivo: *Relevante, importante, interesante.*
    Polo negativo: *Irrelevante, sin interés, indiferente.*

Dimensión II. RSB: Las cosas provocan en el sujeto un dinamismo de alejamiento o alejamiento.
    Polo positivo: *Atracción, impulso hacia, inclinación, tendencia.*
    Polo negativo: *Agresión, aversión, repugnancia, fobia.*

Dimensión III. RSB: Las experiencias tienen un tono hedónico positivo o negativo.
    Polo positivo: *agrado, bienestar, delectación, delicia, deleite, fruicción, placer, satisfacción.*
    Polo negativo: *descontento, disgusto, dolor, fatiga, insatisfacción, irritación, sufrimiento.*

Dimensión IV. RSB: Los comportamientos son evaluados de acuerdo con normas morales o culturales.

Polo positivo: *bueno, digno de alabanza.*
Polo negativo: *malo, digno de reproche o vituperio.*

Dimensión V. RSB: Las experiencias provocan una activación o una desactivación del sistema nervioso.
Polo positivo: *Activación, estimulación, impulso al movimiento.*
Polo negativo: *Desactivación, depresión de los sistemas, inhibición, pasividad.*

Del análisis de las dimensiones resulta una gran división de las experiencias en
positivas : *interés, agrado, atracción, bondad, activación.*
negativas: *desinterés, desagrado, maldad, depresión.*

II. TAXONOMÍA AFECTIVA

Afecto: Es el término más general para designar todas las experiencias que tienen un contenido evaluativo. Los tipos más importantes son:

> *Sensaciones de dolor y placer.*
> *Deseos y satisfacción del deseo.*
> *Sentimientos.*

Sentimiento: Experiencias que integran múltiples informaciones y evaluaciones positivas o negativas, implican al sujeto, le proporcionan un balance de su situación y provocan una predisposición a actuar. Podemos dividirlos en:

> *Estado sentimental:* Sentimiento duradero y estable.
> *Emoción:* Sentimiento breve, de aparición normalmente abrupta y alteraciones físicas perceptibles (agitación, palpitaciones, palidez, rubor, etc.).
> *Pasión:* Sentimientos intensos, vehementes, que ejercen un influjo poderoso sobre el comportamiento.

Motivos: Afectos que impulsan a la acción.

TRIBU I. RSB: Experiencia de un impulso, necesidad o motivación.

Deseo (C): La percepción o anticipación de algo bueno o atrayente, o la conciencia de una necesidad o carencia, provoca un tendencia hacia algo, acompañada de insatisfacción y desasosiego.

apetito, deseo, gana, querer.

Antónimos: *desgana, inapetencia, anorexia, apatía, abulia, saciedad, repulsión.*

Deseos concretos lexicalizados: *avaricia, ambición, concupiscencia, curiosidad, emulación, gula, hambre, lujuria, sed.*

Ansia (C): Deseo intenso acompañado de vehemencia, miedo o apresuramiento.

anhelo, ansia, ansiedad, avidez, codicia, mono (síndrome de abstinencia), voracidad.

Antónimos: *saciedad, desgana.*

Afán (C): Deseo acompañado de esfuerzo por realizarlo.

afán, empeño

Antónimos: *desidia.*

Capricho (C): Deseo efímero o irracional.

Capricho, antojo, manía.

Antónimos: *moderación, constancia.*

Coacción (C): La influencia de una persona, de una norma o de una costumbre incita a una acción o impide dejar de realizarla. Puede ir acompañado de anticipación del malestar o del perjuicio que la resistencia a la coacción produciría.

coacción, exigencia, obligación, responsabilidad, sentimiento de deber, sentimiento de estar en deuda.
Antónimos: *anomia, laxitud, libertad, irresponsabilidad.*

TRIBU II. RSB: Experiencia de aversión física, psicológica o moral.

Asco (C): La percepción de un objeto, persona o situación sucios o repugnantes provoca un sentimiento negativo, físico o psíquico, y el deseo de apartarse de la causa o de expulsarla si se ha ingerido (vómito).
asco, náusea, aprensión, escrúpulo, grima, horror, repelús, repugnancia, repulsión.
Antónimos: *atracción, gusto.*

TRIBU III. RSB: Experiencia de la propia vitalidad y energía.

Ánimo (C): Una causa psíquica o física, conocida o desconocida, provoca un sentimiento positivo de energía e interés, acompañado de impulso a la actividad y resistencia al esfuerzo.
ánimo, aliento, brío, ganas.
Antónimos: *desánimo, desaliento, desgana.*

Euforia (C): Una causa psíquica o física, conocida o desconocida, provoca un sentimiento positivo de bienestar y energía expansiva.
ebriedad, elación, euforia, manía.
Antónimos: *depresión.*

TRIBU IV. RSB: Experiencia de la falta de la propia vitalidad y energía.

Desánimo (C): Una causa psíquica o física, conocida o desconocida, provoca un sentimiento negativo de falta de energía, interés o vitalidad, acompañado de pasividad y de incapacidad para el esfuerzo.
abatimiento, decaimiento, desaliento, desánimo, descorazonamiento, desmoralización, languidez.
Antónimo: *ánimo, aliento.*

Debilidad (C): Una causa psíquica o física, conocida o desconocida, provoca un sentimiento negativo de falta de potencia o energía, acompañado por un deseo de descansar.

cansancio, debilidad, desfallecimiento, fatiga, impotencia, languidez, postración.

Antónimo: *poder, vitalidad.*

Desgana (C): Una causa psíquica o física, conocida o desconocida, provoca una experiencia negativa de falta de apetencias o deseos.

abulia, apatía, anorexia, desgana, inapetencia.

Antónimo: *ganas, apetito, deseo.*

TRIBU V. RSB: Experiencias negativas de cambio o alteración.

Intranquilidad (C): La percepción de un suceso que altera la normalidad, o una situación física o psíquica conocida o desconocida, provoca un sentimiento negativo, que impide el descanso, determina la atención e impulsa al movimiento.

agitación, desasosiego, desazón, inquietud, intranquilidad, nerviosismo, preocupación, reconcomio, turbación, zozobra.

Antónimo: *tranquilidad.*

Ansiedad (C): La percepción de un suceso que altera la normalidad o una situación física o psíquica conocida o desconocida, provoca un sentimiento intensamente negativo, determina la atención, va acompañado de preocupaciones y miedo, y, frecuentemente, de sensaciones de ahogo.

agobio, agonía, angustia, ansiedad.

Antónimos: *tranquilidad, paz.*

Impaciencia (C): La tardanza en suceder algo que se desea produce un sentimiento negativo, de irritación, que impide el descanso e impulsa al movimiento.

comezón, hormigueo, impaciencia.

Antónimo: *tranquilidad, paciencia.*

TRIBU VI. RSB: La falta de los recursos necesarios para conocer o actuar producen un sentimiento negativo que inhibe la acción.

Inseguridad (C): La inseguridad en el pensamiento cuando es preciso saber a qué atenerse o tomar una decisión provoca un sentimiento negativo de falta de seguridad.
duda, incertidumbre, indecisión.
Antónimos : *seguridad, certeza, certidumbre, decisión, resolución.*

Confusión (C): La falta de claridad, de precisión en las ideas o en las normas, o la excesiva rapidez en los cambios provoca un sentimiento negativo de falta de seguridad.
confusión, desconcierto, perplejidad.
Antónimo: *claridad.*

TRIBU VII. RSB: Experiencia de ausencia o disminución de una alteración desagradable.

Alivio (C): La presencia de algo o alguien modera o elimina una situación desagradable o disminuye el malestar y la intranquilidad.
alivio, consuelo, descanso.
Antónimos: *desconsuelo, fatiga.*

Tranquilidad (C): La conciencia de estar libre de alteraciones, problemas, turbación, inseguridad o deseo provoca un sentimiento agradable, exento de agitación.
calma, despreocupación, paz, placidez, quietud, serenidad, sosiego, tranquilidad.
Antónimos: *intranquilidad, desasosiego.*

Seguridad (C): La conciencia del propio saber, del propio poder o la esperanza en el futuro provoca un sentimiento positivo, exento de inquietud.
certeza, certidumbre, decisión, seguridad.
Antónimos: *duda, incertidumbre, indecisión, confusión, inseguridad.*

Aburrimiento (C): La experiencia de algo ligeramente molesto, repetitivo o sin interés, o la falta de ocupaciones o de estímulos agradables, provoca un sentimiento negativo, acompañado de una sensación de alargamiento del tiempo, de pasividad o de una difusa actividad, y de deseos vagos de experiencias estimulantes.

> *aburrimiento, acidia, empalago, esplín, fastidio, hartura, hastío, tedio.*
>
> Antónimos: *diversión, interés, satisfacción, animación.*

TRIBU IX. RSB: Sentimientos negativos contra lo que obstaculiza el deseo.

Enfado (C): La percepción de un obstáculo, ofensa o molestia leve, pasajero y/o injustificado provoca un sentimiento negativo de irritación y un movimiento contra el causante.

> *berrinche, cabreo, enfado, enojo, rabieta.*
>
> Antónimos: *calma, paciencia.*

Ira (C): La percepción de un obstáculo, una ofensa o una amenaza que dificultan el desarrollo de la acción o la consecución de los deseos, provoca un sentimiento negativo de irritación, acompañado de un movimiento contra el causante, y el deseo de apartarlo o destruirlo.

> *cólera, despecho, exasperación, indignación, ira.*
>
> Antónimos: *calma, paciencia, alegría.*

Furia (C): La percepción de un obstáculo, ofensa o amenaza que dificultan el desarrollo de la acción, o la consecución de los deseos, provoca un sentimiento negativo de irritación intensa, acompañado de un movimiento contra el causante, con pérdida de control, lo que le emparenta con la locura, y con agresividad manifiesta y deseo de la destrucción o daño del causante.

> *coraje, furia, furor, rabia, saña, vesania.*
>
> Antónimos: *calma, paciencia, mesura.*

Rencor (C): La percepción de un obstáculo, ofensa o amenaza que dificultan el desarrollo de la acción o la consecución de los deseos, provoca un sentimiento negativo, duradero y contenido, de irritación intensa, acompañado de un movimiento contra el causante, una aversión a todo lo que se relaciona con él, y el deseo de su daño y destrucción.

Encono, rencor, resentimiento, resquemor.

Antónimos: *calma, paciencia, misericordia, amor.*

TRIBU X. RSB: Experiencia de aversión duradera o negación del valor de alguien.

Desamor (C): Una causa, conocida o desconocida, provoca la desaparición de un sentimiento previo de apego, acompañado de deseo de alejamiento.

desafecto, desamor, desapego, desvío, frialdad, indiferencia.

Antónimos: *afecto, amor, pasión, interés.*

Desprecio (C): La percepción de algo o de alguien provoca un sentimiento que niega el interés, el valor o la dignidad de algo o alguien, desencadenando una actitud de alejamiento o rechazo, sin deseo de daño.

desdén, desprecio, displicencia.

Antónimos: *aprecio, estima.*

Odio (C): La percepción de algo o alguien provoca un sentimiento negativo, de aversión o irritación continuada, que se prolonga con un movimiento en contra para aniquilarlo, o un deseo de alejamiento.

aborrecimiento, animadversión, animosidad, antipatía, despecho, detestación, encono, enemistad, execración, fobia, malquerencia, manía, odio, ojeriza, rencor, resentimiento,

Antónimos: *amor, simpatía, amistad.*

Odios lexicalizados: *homofobia, misantropía, misoginia, misoneísmo, xenofobia.*

TRIBU XI. RSB: El bien de una persona provoca malestar en otra.

Envidia (C): La percepción del bien de una persona provoca un sentimiento negativo, de malestar, rabia o tristeza. Con frecuencia se considera a la otra persona culpable de ese malestar, humillación o desdicha.

envidia, pelusa.
Antónimos: *amor, congratulación, generosidad.*

Celos (C): La presencia o los actos de un rival (real o imaginario) provoca un sentimiento de temor, irritación y envidia, por la amenaza de que pueda arrebatarle la posesión o el afecto de una persona, sobre la cual se proyectan sentimientos de inseguridad, sospecha y furia.
celos, rivalidad
Antónimo: *confianza.*

TRIBU XII. RSB: Experiencia de la aparición de un peligro o de algo que excede la posibilidad de control del sujeto.

Miedo (C): La percepción de un peligro o la anticipación de un mal posible provoca un sentimiento desgradable, acompañado de deseos de huida.
aprensión, canguelo, hipocondría, miedo, pánico, pavor, temor, terror.
Antónimos: *esperanza, confianza, impavidez.*

Susto (C): La percepción de algo imprevisto o que aparece bruscamente provoca un sentimiento negativo, intenso y breve, acompañado de incapacidad de reaccionar.
alarma, sobrecogimiento, sobresalto, susto.
Antónimos: *tranquilidad, seguridad, familiaridad.*

Horror(C): La percepción de algo que sobrepasa la posibilidad de control, sea peligroso o no, provoca un sentimiento negativo, acompañado de incapacidad de reaccionar.
espanto, horror
Antónimos: *calma, admiración.*

Fobia (C): Un objeto o una situación provoca un sentimiento negativo, una aversión intensa, incontrolable e irracional, que conduce necesariamente a conductas de evitación. Puede ir acompañado de ataques de ansiedad.
agorafobia, claustrofobia, filofobia, fobia, fotofobia, hidrofobia.
Antónimos: *agorafilia, claustrofilia, fotofilia, hidrofilia.*

TRIBU XIII. RSB: Experiencia de cómo una previsión agradable resulta desmentida por los hechos.

Decepción (C): La percepción de un suceso que contraría las expectativas, justificadas o no justificadas, provoca un sentimiento negativo, al constatar que los deseos y proyectos no van a cumplirse.
> *chasco, decepción, desencanto, desengaño, desilusión, frustración.*
> Antónimos: *confirmación, satisfacción.*

Fracaso (C): La percepción de no haber conseguido un resultado satisfactorio en algo emprendido provoca un sentimiento negativo al constatar que sus deseos y proyectos no van a cumplirse.
> *Fracaso.*
> Antónimo: *éxito.*

TRIBU XIV. RSB: Experiencias derivadas de una evaluación positiva del futuro.

Expectación (C): Sentimiento de espera tensa, acompañada de interés, curiosidad, deseo o ilusión.
> *expectación*
> Antónimos: *miedo, desinterés.*

Esperanza (C): Sentimiento agradable provocado por la anticipación de algo que deseamos y que se presenta como posible.
> *esperanza, ilusión.*
> Antónimos: *desesperanza, desilusión, pesimismo.*

Confianza (C): La creencia en la previsibilidad del comportamiento propio o ajeno provoca un sentimiento positivo, que anticipa un futuro carente de amenazas.
> *confianza, fe.*
> Antónimo: *desconfianza.*

Desesperanza (C): La creencia de que algo que deseamos no sucederá provoca un sentimiento negativo.

> *desesperanza, desesperación.*
> Antónimos: *esperanza, ilusión.*

Desconfianza (C): La falta de seguridad en el comportamiento de algo o de alguien provoca un sentimiento negativo de miedo, falta de firmeza o inseguridad ante un futuro imprevisible.

> *desconfianza, escama, recelo, sospecha.*
> Antónimos: *confianza.*

Tristeza (C): Una pérdida, una desgracia, una contrariedad, que hacen imposible la realización de mis deseos o proyectos provocan un sentimiento negativo, acompañado de deseo de alejarse, de aislamiento y pasividad.

> *aflicción, amargura, congoja, consternación, desdicha, desconsuelo, dolor, infelicidad, murria, pena, pesar, pesadumbre, tribulación.*
> Antónimo: *alegría.*

Melancolía (C): Una causa desconocida, o una predisposición caracteriológica, provocan un sentimiento levemente negativo, acompañado de pasividad, deseos de aislamiento y, con frecuencia, de languidez y ensoñaciones.

> *melancolía, esplín.*
> Antónimos: *alegría, diversión.*

Desamparo (C): La falta de compañía, de consuelo o de ayuda impide la realización de nuestros deseos y provoca un sentimiento intensamente negativo de pérdida y desesperanza. El sujeto echa en falta, con resignación, amargura u odio, la acción ajena que eliminaría el sufrimiento.

> *abandono, desamparo, desolación, soledad.*
> Antónimos: *amparo, ayuda, seguridad.*

Compasión (C): El mal ajeno provoca un sentimiento negativo por simpatía con el que sufre.

compasión, conmiseración, lástima, piedad.

Antónimos: *insensibilidad, dureza, inhumanidad, despiedad, crueldad, malignidad, sadismo.*

Nostalgia (C): La lejanía de los seres y lugares queridos provoca un sentimiento negativo acompañado de deseos de regresar junto a ellos.

añoranza, morriña, nostalgia, saudade.

Antónimos: *alegría.*

Resignación (C): La pérdida del objeto de nuestros deseos o proyectos, o cualquier experiencia dolorosa que aceptamos negándonos a luchar para evitarla, provoca un sentimiento negativo, frecuentemente acompañado de calma y desesperanza.

resignación

Antónimo: *rebeldía.*

TRIBU XVII. RSB: Experiencias derivadas de la aparición de algo no habitual.

Sorpresa (C): La percepción de algo nuevo, extraño, o de algo que aparece súbitamente provoca un sentimiento –que puede ser positivo o negativo– breve, que concentra la atención sobre lo percibido.

asombro, extrañeza, sorpresa.

Antónimos: *aburrimiento, habituación, familiaridad.*

Pasmo (C): La percepción de algo nuevo y extraño que atrae y absorbe la atención de forma excesiva, provoca un sentimiento, que puede ser positivo o negativo, y que paraliza la capacidad de reacción.

estupefacción, estupor, pasmo, perplejidad.

Antónimo: *indiferencia.*

Admiración (C): La percepción de algo extraordinario provoca un sentimiento positivo, duradero, que atrae la atención y va acompañado de sentimientos de aprecio.

admiración, arrobo, embeleso, espanto (ant.), fascinación.

Antónimos: *desprecio, desinterés.*

Respeto (C): La percepción de algo digno de alabanza y/o dotado de poder provoca un sentimiento positivo de sumisión no forzada.

> *adoración, devoción, respeto, reverencia,veneración.*
> Antónimos: *desprecio, desinterés.*

Sentimiento estético (C): La percepción de lo bello provoca un sentimiento positivo y el deseo de contemplación.

> No está lexicalizado en castellano.

Sentimiento cómico (C): La percepción de lo cómico, ridículo, humorístico, grotesco, produce sentimientos positivos, bienintencionados o malintencionados, de diversión, sorpresa y juego.

> No está lexicalizado en castellano.

Sentimiento religioso (C): La experiencia o las creencias religiosas provocan sentimientos –positivos o negativos– respecto a la divinidad. Según los rasgos atribuidos a Dios, los sentimientos pueden ser de *fervor, adoración, pánico, gratitud, confianza, veneración, devoción, éxtasis.*

TRIBU XVIII. RSB: Experiencias derivadas de la realización de nuestro deseos y proyectos.

Satisfacción (C): El cumplimiento de un deseo provoca un sentimiento positivo, acompañado de sosiego.

> *complacencia, contento, regodeo, satisfacción.*
> Antónimos: *insatisfacción, deseo, ansia, descontento, decepción.*

Alegría (C): El cumplimiento de nuestras expectativas, deseos y proyectos provoca un sentimiento positivo, acompañado de impresión de ligereza, y de ensanchamiento del ánimo.

> *alegría, animación, congratulación, gozo, diversión.*
> Antónimos: *tristeza, descontento,aburrimiento, angustia.*

Júbilo (C): El cumplimiento de un deseo provoca un sentimiento positivo, comunicativo y expansivo, que va acompañado de demostraciones externas.

> *alborozo, algazara, júbilo, regocijo.*
> Antónimos: *tristeza.*

Felicidad (C): El cumplimiento de nuestros deseos y proyectos pro-

voca un sentimiento positivo, intenso y duradero, que se experimenta como plenitud porque no se echa en falta ninguna cosa.
beatitud, dicha, éxtasis, felicidad, plenitud.
Antónimos: *Infelicidad, desdicha.*

TRIBU XIX. RSB: Experiencias provocados por el bien que se ha recibido de una persona.

Gratitud (C): El bien recibido gratuitamente de otra persona provoca
un sentimiento positivo, de benevolencia y deuda hacia ella.
agradecimiento, gratitud, reconocimiento.
Antónimos: *ingratitud.*

TRIBU XX. RSB: Experiencia y deseo de un bien.

Amor (C): La percepción de algo o de alguien despierta un sentimiento positivo de interés, armonía, deleite, que se continúa con un
movimiento de atracción y deseo.
*amor, afecto, apego, aprecio, bienquerencia, estima, fervor, predi-
lección, querencia, querer, simpatía.*
Antónimos: *odio, despego, antipatía, desprecio, malquerencia,
desamor.*

Los amores se especifican por sus objetos: *filosofía* (amor a la sabiduría), *avaricia* (amor al dinero), *maternal* (amor a los hijos), *patriotismo* (amor a la patria), *amor erótico* (amor a la pareja sexual), etc.
Cada uno de ellos puede tener distintas intensidades y texturas (amor
maternal: agrado + interés + cariño + ternura + deseo de felicidad),
amor erótico (deseo sexual que puede ir o no acompañado de amistad,
cariño, ternura, preocupación por la felicidad de la otra persona).

Amistad (C): Las cualidades de una persona provocan un sentimiento
positivo, acompañado por el deseo de su compañía, de comunicación con ella, y de su bien.
amistad.
Antónimos: *enemistad, hostilidad.*

Amor erótico (C): Las cualidades de una persona provocan un sentimiento positivo, acompañado de atracción, deseo sexual, deseo de ser querido o afán de conquista. Este sentimiento suele ir acompañado de otros sentimientos de exaltación, miedo, furia, preocupación.

> *enamoramiento, pasión.*
> Antónimos: *frialdad, desamor, desinterés.*

Cariño (C): Las cualidades de una persona y un trato duradero provocan sentimientos positivos de apego, y deseo de manifestarlo.

> *cariño, ternura.*
> Antónimos: *frialdad, indiferencia, desamor.*

Filantropía (C): Sentimiento positivo hacia alguien, a quien tal vez no conozcamos, acompañado de deseo de ayudarle sin tener en cuen a sus cualidades y sin desear su compañía o la comunicación con ell.

> *carida.¹ filantropía, solidaridad.*
> Antónim s: *misantropía, inhumanidad.*

TRIBU XXI. RSB: Experiencias derivadas de la evaluación positiva de uno mismo.

Orgullo (C): La conciencia de la propia dignidad provoca un sentimiento positivo de satisfacción y respeto hacia uno mismo.

> *altivez, autoestima, orgullo.*
> Antónimos: *vergüenza, deshonra.*

Pundonor (C): La conciencia de la propia dignidad provoca un sentimiento positivo de satisfacción y el deseo de comportarse de la forma adecuada para merecer la admiración de sus conciudadanos (*honra, gloria*) o un premio material o espiritual (*honor*).

> *dignidad, pundonor, vergüenza (positiva).*
> Antónimos: *indignidad, desvergüenza.*

Soberbia (C): La conciencia exagerada de la propia dignidad o valor provoca un sentimiento positivo, con frecuencia evaluado negativamente por la sociedad, acompañado de desdén hacia los demás, comportamientos de superioridad y deseos de ser alabado.

> *egolatría, inmodestia, soberbia, vanidad.*
> Antónimos: *humildad, modestia.*

Inferioridad (C): La percepción desfavorable de la propia imagen, al compararla con la imagen de los otros o del propio ideal, provoca un sentimiento negativo, acompañado de sentimientos de debilidad o impotencia.

humildad, inferioridad.

Antónimos: *superioridad, orgullo, soberbia.*

Autodesprecio (C): La evaluación negativa sobre uno mismo provoca un sentimiento negativo, de rechazo, enojo u odio contra uno mismo.

autodesprecio.

Antónimos: *autoestima, orgullo.*

Vergüenza (C): La posibilidad o el hecho de que los demás contemplen alguna mala acción realizada por el sujeto, alguna falta o carencia, o algo que debería permanecer oculto, provoca un sentimiento negativo –más o menos intenso– acompañado de deseo de huida o de esconderse.

apuro, azaramiento, bochorno, corte, embarazo, pudor, sonrojo, turbación, vergüenza, vergüenza ajena.

Antónimos: *desvergüenza, seguridad, audacia.*

Culpa (C): El recuerdo de una mala acción o de un daño causado provoca un sentimiento negativo de malestar y pesar.

arrepentimiento, contricción, culpa, escrúpulos, pesar, remordimiento.

Antónimos: *inocencia, irresponsabilidad.*

IV. AGRUPACIONES

AGRUPACIÓN I: RSB: Conductas, actitudes y sentimientos respecto del futuro.

1. Anticipación del futuro:
   1.1. **Previsión, presentimiento.**
   1.2. **Horóscopos, augurios.**

2. Ideas acerca del futuro:
   2.1. El futuro es independiente de la voluntad: **destino-hado, suerte.**
   2.2. El futuro depende de la voluntad: **responsabilidad, proyectos, promesas.**

3. Actitudes ante el futuro:
   aguardar-esperar-expectación-esperanza-impaciencia-desesperanza-desesperación.

4. Sentimientos respecto del comportamiento ajeno en el futuro:
   confianza-desconfianza.

5. Relaciones entre lo previsto y la realidad:
   5.1. Anticipación agradable desmentida por los hechos: **decepción.**
   5.2. Anticipación desagradable desmentida por los hechos: **alivio.**
   5.3. Anticipación agradable sin confirmación ni desmentido: **esperanza.**
   5.4. Anticipación desagradable sin confirmación ni desmentido: **miedo.**
   5.5. Anticipación agradable realizada: **satisfacción, triunfo.**
   5.6. Anticipación desagradable realizada: **sufrimiento.**

AGRUPACIÓN II: RSB: Conductas, actitudes y sentimientos respecto al pasado.

1. Conservación del pasado: **recuerdo, evocación, reminiscencia, acordarse.**

2. Pérdida del pasado: **amnesia, olvido.**

3. Sentimiento de tristeza por el recuerdo del pasado o del paso del tiempo: **nostalgia, melancolía, añoranza.**

4. Sentimientos provocados por el recuerdo de un mal cometido: **remordimiento, arrepentimiento.**

5. Sentimientos provocados por el recuerdo de un bien recibido: **gratitud.**

6. Sentimientos provocados por el recuerdo mantenido de un mal recibido: **rencor, resentimiento, odio.**

AGRUPACIÓN III: RSB: Conductas, actitudes y sentimientos relacionados con la propiedad o posesión de un bien.

1. Posesión de bienes materiales.
    1.1. Dinámica: **comprar, vender, prestar, hipotecar, regalar, acaparar, ahorrar, economizar, atesorar.**
    1.2. Deseo y apego exagerado: **codicia, ansia, avaricia.**
    1.3. Falta de apego y de deseo de posesión: **esplendidez, generosidad, largueza, liberalidad, munificencia, rumbo.**
    1.4. Mal uso:
        1.4.1. Por exceso de gasto: **prodigalidad, derroche, despilfarro, dilapidar, malgastar, disipar.**
        1.4.2. Por defecto de gasto: **cicatería, tacañería, roña, cutre**
        1.4.3. Por el modo: **ostentación.**

2. Posesión de uno mismo.
    2.1. **Libertad.**
    2.2. **Autodominio.**

3. Posesión de otra persona.
    3.1. **Esclavitud.**
    3.2. **Relación sexual. Sadismo.**

3.3. **Dominación psicológica.**

4. Sentimiento de estar poseído: **posesión por espíritus, fuerzas ocultas.**

4. Universo:
poder, soberbia, envidia, gratitud, celos.

AGRUPACIÓN IV: RSB: Conductas, actitudes y sentimientos provocados por el deseo o la presencia del poder.

1. Definición: **aptitud, capacidad, autoridad, eficacia, eficiencia, influencia, fuerza, coacción.**

2. Acciones: **mandar, disponer, ordenar, intimar, imponer.**

3. Acciones recíprocas: **obedecer, someterse.**

4. Deseo de poder: **ambición.**

5. Sentimientos del ejercicio del poder: **satisfacción, orgullo, prepotencia, soberbia.**

6. Desmesura del poder: **tiranía, altanería, arrogancia.**

6. Sentimientos del que soporta el poder: **respeto, reverencia, sumisión, rebeldía, miedo, envidia, resignación.**

AGRUPACIÓN V: RSB: Conductas, actitudes y sentimientos provocados por la percepción de una amenaza.

1. Percepción de una amenaza: **amenaza, peligro, riesgo, imprevisto, incontrolable, súbito.**

2. Situación previa: **tranquilidad, seguridad, confianza.**

3. Antecedentes personales:
   3.1. Favorecen el miedo: **miedoso, impávido, flaqueza, pusilanimidad, timidez, vergüenza.**
   3.2. Controlan el miedo: **valentía, agallas, bravura.**

4. Sentimientos: **miedo, temor, pavor, terror, canguelo, apren-**

sión, susto, alarma, sobrecogimiento, sobresalto, espanto, horror, hipocondría, vergüenza.

5. Sentimientos asociados: Clanes: **desánimo, debilidad** (T. IV), **intranquilidad, ansiedad** (T. V), **incertidumbre** (T. VI), **celos** (T. XI), **desconfianza, desesperanza** (T. XV), **desamparo** (T. XVI), **respeto** (T. XVII), **vergüenza** (T. XXII).

6. Sentimientos antónimos: **impavidez, insensibilidad.**

7. Sentimientos antónimos asociados: Clanes: **tranquilidad, seguridad, alivio** (T. VII), **esperanza, confianza** (T. XIV).

8. Comportamientos suscitados por el miedo: **huida, lucha, inmovilidad, sumisión** (Agrupación: PODER).

9. Evaluación de los comportamientos realizados:
   9.1. Excesivo sometimiento al miedo: **cobardía.**
   9.2. Correcto desprecio del miedo:
      9.2.1. Comportamiento: **valor, valentía, bravura, intrepidez, coraje.** Enlaza con: Clanes: **ánimo** (Tribu III), **furia** (Tribu IX).
      9.2.2. Modo de realizar ese comportamiento: **resolución, determinación, decisión, denuedo.**
   9.3. Excesivo desprecio del miedo: **atrevimiento, osadía, audacia, temeridad.**

AGRUPACIÓN VI: RSB: Conductas, actitudes y sentimientos provocados por la evaluación de la propia imagen.

1. Conocimiento del propio yo: **introspección, reflexión, autoobservación.**

2. Atención excesiva al propio yo: **ensimismamiento, introversión.**

3. Interés excesivo en uno mismo: **egocéntrico, egoísta.**

3. Sentimientos provocados por la evaluación positiva de uno mismo:
   3.1. Correctos: **autoestima, pundonor, dignidad, orgullo.**
   3.3. Excesivos: **soberbia, autocomplacencia, narcisismo, egolatría.**
   3.4. Antónimos: **humildad** (puede ser buena), **autodesprecio, vergüenza.**

4. Conductas provocadas por la evaluación positiva de uno mismo:
   4.1. Correctas: **magnanimidad, actos de acuerdo con la propia dignidad y el honor, altivez.**
   4.2. Incorrectas: **altanería, presunción, petulancia, alardear, jactarse, vanagloriarse.**

5. Sentimientos y actitudes provocados por la evaluación negativa de uno mismo: **humildad, autodesprecio, culpabilidad, abandono, encanallamiento, abyección.**

6. Conductas provocadas por la evaluación negativa de uno mismo: **autoinculpación, intropunitivo.**

7. Sentimientos provocados por la evaluación ajena:
   6.1. Búsqueda de la evaluación positiva de los demás:
      6.1.1. Excesiva: **vanidad, búsqueda de notoriedad y fama.**
      6.1.2. Correcta: **búsqueda del honor.**
   6.2. Desinterés por la evaluación de los demás: **desdén, misantropía.**
   6.3. Miedo de la evaluación ajena: **vergüenza, pudor, timidez.**
   6.4. Manifestaciones del miedo a la evaluación ajena: **esconderse, ruborizarse, sentir embarazo.**

8. Criterios para la evaluación:
   7.1. Modelos culturales cambiantes: **moda.**
   7.2. Valores culturales estables. **moral, costumbres.**
   7.3. Normas morales coactivas: **deber, honor, dignidad.**

ÍNDICE TEMÁTICO

La letra en negrita que sigue a la palabra designa el tipo a que pertenece: **S:** sentimiento, **C:** clan, **T:** tribu, **G:** general, **M:** motivación, **P:** rasgo de personalidad, actitudes, comportamientos. Asimismo, los números en negrita remiten a la página donde se trata el tema con más detenimiento.

desactivación, **G,** Dimensión V, Polo negativo, 216, 430

desafecto, **S,** Clan desamor, 171, 181, 437

desagrado, **G,** Dimensión III, Polo negativo, 43, 53, 56, 58, **59,** 62, 82, 123, 168, 179, 192, 231, 233, 244, 365, 388, 392, 405, 416, 429

desaliento, **S,** Clan desánimo, 65, 66, 95, 96, **100,** 264, 433

DESAMOR, **C,** Tribu X, Diferencial: pérdida de un afecto previo. Antónimos: amor **(C),** amor erótico **(C)**

desamor, **S,** Clan desamor, 169, 171, 321, 437, 443, 444

DESAMPARO, **C,** Tribu XVI, Agrupación V. Antónimos: consuelo **(S),** amor **(C),** compasión **(C),** caridad **(S)**

desamparo, **S,** Clan desamparo, 163, 239, **273,** 276, 333, 354, 440

DESÁNIMO, **C,** Tribu IV, Agrupación V, Diferencial: falta de interés, energía y de resistencia al esfuerzo. Antónimo: ánimo **(C)**

desánimo, **S,** Clan desánimo, 96, **100-102,** 213, 264, 388, 433

desapego, **S,** Clan desamor, 82, 171, 437, 443

desasosiego, **S,** Clan intranquilidad, 71, 105, 106, **110-112,** 140, 167, 434

desazón, **S,** Clan intranquilidad, 60, **110,** 111, 113, 181, 214, 289, 364, 434

descanso, **S,** Clan alivio, 107, **108,** 137, 183, 225, 435

desconcierto, **S,** Clan confusión, 114, **115,** 435

DESCONFIANZA, **C,** Tribu XV, Agrupación V. Enlaza con inseguridad **(C),** Diferencial: inseguridad en el comportamiento futuro de otra persona

desconfianza, **S,** Clan desconfianza, **115,** 117, 124, 152, 154, 179, **235-238,** 295, 439, 440, 446

desconsuelo, **S,** Clan tristeza, 60, 273, **276,** 435, 440

descontento, **G,** Dimensión III, Polo negativo, 111, 180, 274, 280, 301, 442

descorazonamiento, **S,** Clan desánimo, 96, **100,** 433

desdén, **S,** Clan desprecio, **175,** 346, 361, 437

desdicha, **S,** Clan tristeza, 68, 96, 114, 147, 161, 175, 188, 245, **268,** 439, 440, 443

desencanto, **S,** Clan decepción, **172,** 231, 439

desengaño, **S,** Clan decepción, Enlaza con amargura **(S),** despecho **(S), 173,** 176, 177, 198, 201, 231, 268, 439

DESEO, **C,** Tribu I, Diferencial: movimiento hacia acompañado de tensión y desasosiego. Enlaza con impaciencia **(C),** ansiedad **(C),** amor **(C),** amor erótico **(C).** Antónimos: desgana **(C),** asco **(C),** horror **(C),** fobia **(C),** saciedad

deseo, **M,** Clan deseo, **65-86, 183-184,** *passim,* 432, 434, 442

duda, **S,** Clan inseguridad, 19, 27, 32, 43, 46, 72, 75, 78, 80, 99, **110-116,** 122, 124, 130, 131, 158, 162, 165, 179, 187, 435

ebriedad, **S,** Clan euforia, **90-91,** 433

egolatría, **S,** Clan soberbia, **338,** 444

elación, **S,** Clan euforia, 296, 433

embarazo, **S,** Clan vergüenza, **359,** 445

embarrassment, 365, 366

embeleso, **S,** Clan admiración, 125, 329, 441

emoción, **G,** Taxonomía, 17, 20, 52, 58, 90, 93, 106, 132, 164, 206, 207, 216, 222, 226, 252, 271, 279, 310, 366, 386, 387, 390, 394, 395, 396, 398, 399, 404, 405, 406, 407, 408, 409, **414,** 415, 416, 431

empalago, **S,** Clan aburrimiento, 215, 436

empeño, **M,** Clan afán, 27, **73,** 85, 99, 173, 198, 228, 231, 270, 349, 432

emulación, **M,** Clan deseo, **76,** 432

enamoramiento, **S,** Clan amor erótico, 141, **144,** 146, 148, 149, 151, 152, **153,** 170, 444

encono, **S,** Clan odio, Clan rencor, 182, 437

enemistad, **S,** Clan odio, 180, 183, **184,** 205, 437, 443

ENFADO, **C,** Tribu IX, Diferencial: desencadenante pasajero o leve. Enlaza con cansancio **(S),** aburrimiento **(C)**

enfado, **S,** Clan enfado, 111, 168, **192,** 193, 194, 195, 199, 205, 210, 214, 436

enojo, **S,** Clan enfado, 168, 182, 183, **192,** 193, 220, 258, 436

entusiasmo, **S,** Clan euforia, **98,** 433

ENVIDIA, **C,** Tribu XI, Agrupación III, Diferencial: Desencadenado por el bien disfrutado por otra persona. Enlaza con rencor **(C),** odio **(C),** tristeza **(C).** Antónimo: congratulación **(S),** amor **(C),** generosidad **(P)**

envidia, **S,** Clan envidia, 16, 76, 79, 80, 111, 155, 168, 198, 204, 206, 252, 267, 268, 269, 282, 304, 311, 313, **314-319,** 329, 336, 337, 372, 387, 410, 438, 448

epouvante, 249

escama, **S,** Clan desconfianza, 115, 440

escrúpulo, **S,** Clan asco, Clan culpa, **92, 372,** 433, 445

espanto, **S,** Clan horror, Clan admiración, 122, 124, 248, **249-250,** 252, 265, 270, 438, 441

ESPERANZA, **C,** Tribu XIV, Agrupación I, Diferencial: La posibilidad de que suceda lo deseado. Enlaza con seguridad **(C),** tranquilidad **(C),** ánimo **(C),** deseo **(C),** amor erótico **(C).** Antónimos: desesperanza **(C),** desconfianza **(C),** miedo **(C)**

esperanza, **S,** Clan esperanza, 16, 25, 99, 100, 101, 107,

honra, cf. pundonor y Agrupación VI, **341-347**

hopelessness, 273

HORROR, **C**, Tribu XII, Diferencial: lo desencadena lo extraño, incontrolable o prodigioso, aunque no suponga peligro. Antónimos: admiración **(C)**, calma **(C)**

horror, **S**, Clan horror, **251-253**, 433, 438

hostilidad, **P**, 188, 195, 443

humildad, **S**, Clan inferioridad, Agrupación VI, 133, 335, 338, **349-350**, 360, 361, 444, 445

humillación, 111, 115, 187, 188, 201, 271, 308, 330, 355, 359, 364

hybris, 342

ilusión, **S**, Clan esperanza, Clan expectación, **172**, 173, 233, 234, 439, 440

imeh, 44

IMPACIENCIA, **C**, Tribu V, Diferencial: lo desencadena la tardanza en suceder algo. Antónimos: tranquilidad **(C)**, paciencia

impaciencia, **S**, Clan impaciencia, **111-112**, 230, 411, 434, 446

importante, **G**, Dimensión I, Polo positivo, 54, 56, 78, 231, 271, 338, 358, 429

impotencia, **S**, Clan debilidad, **101**, 186, 187, 194, 231, 239, 269, 270, 349, 434

impulso hacia, **G**, Dimensión II, positiva, **58**, 65, 70, 84, 96, 97, 146, 186, 187, 217, 429

inapetencia, **S**, Clan desgana, 70, 434

incertidumbre, Clan inseguridad, Agrupación V, **113**, 115, 116, 236, 262, 435

inclinación, **G**, Dimensión II, Polo positivo, 52, 143, 179, 236, 286, 291, 305, 309, 313, 409, 413, 412, **414**, 429

indecisión, **S**, Clan inseguridad, **113**, 341, 435

indiferencia, **S**, Clan desamor, **57**, 106, 159, 171, 210, 216, 331, 373, 405, 437, 441, 444

indignación, **S**, Clan ira, 186, 187, **198-208**, 309, 313, **317**, 436

infelicidad, **S**, Clan tristeza, 170, 269, 440, 443

INFERIORIDAD, **C**, Tribu XXII, Diferencial: evaluación desfavorable de uno mismo comparándose con otros. Antónimos: superioridad, orgullo soberbia

inferioridad, **S**, Clan inferioridad, 115, 331, **353**, 354, 445

ingratitud, **P**, ausencia del sentimiento debido, 323, **329**, 443

inhibición, **G**, Dimensión V, polo negativo, 239, 355, 405, 430

inmisericordia, **P**, ausencia del sentimiento de misericordia, 317

inmodestia, **S**, Clan soberbia, **338**, 444

inquietud, **S**, Clan intranquilidad, 66, 71, 72, 74, 77, 85, 90, 106, 107, **110**, 111, 116, 139, 140, 148, 154, 217, 248,

252, 293, 296, 338, 372, 387, 434

insatisfacción, **G,** Dimensión III, Polo negativo, 232, 385, 442

INSEGURIDAD, **C,** Tribu VI, Diferencial: falta de confianza en uno mismo o en el entorno. Antónimos: seguridad, certeza, decisión, resolución

inseguridad, **S,** Clan inseguridad, **113-115,** 170, 179, 245, 435

insensibilidad, **G,** ausencia de los sentimientos debidos, 52, **53,** 57, 159, 282, 304, 317, 429, 441

interés, **G,** Dimensión I, Polo positivo, **56,** 57, 63, 73, 79, 80, 101, 139, 140, 141, 210, 216, 219, 225, 273, 282, 296, 326, 339, 341, 361, 384, 401, 405, 412, 414, 429, 436

INTRANQUILIDAD, **C,** Tribu V, Agrupación V, Diferencial: lo desencadena una amenaza. Antónimo: tranquilidad,

intranquilidad, **S,** Clan intranquilidad, 72, 90, **110-112,** 434, 435

IRA, **C,** Tribu IX, Diferencial: lo desencadena un obstáculo o una ofensa. Antónimos: calma, paciencia,

ira, **S,** Clan ira, 20, 65, 73, 83, 121, 168, 177, 182, 183, 184, 185, 186, 187, **192-209,** 258, 268, 269, 296, 309, 311, 321, 340, 355, 359, 404, 410, 411, 412, 436

irrelevante, **G,** Dimensión I, Polo cero, **56,** 429

irresponsabilidad, **P, 239,** 410, 433, 445

irritación, **G,** Dimensión III, Polo positivo, 63, 90, 111, 168, 183, 196, 200, 289, 395

iva, 146

JÚBILO, **C,** Tribu XVIII, Diferencial: acompañamiento de demostraciones de satisfacción. Antónimos: tristeza, aburrimiento

júbilo, **S,** clan júbilo, 290, 294, **296-297,** 442

kalakarīma, 273
kampava, 280
katajikenai, 327
ker, 251

lalomweiu, 279

languidez, **S,** Clan debilidad, 101, 433, 434

lástima, **S,** Clan compasión, **305,** 306, 441

lek, 364, 365
lidva, 44
liget, **S, 96, 207**
liyeman, 280
lon, 44

lujuria, **M,** Clan deseo, 69, **76,** 77, 84, 85, 432

magnanimidad, **P, 99-100**

mal, **G,** Desencadenante de todos los sentimientos negativos, 430

malestar, **G,** Dimensión III, Polo negativo, 43, 60, 71, 72, 88, 110, 169, 183, 184, 193, 210, 214, 252, 267, 272, 277,

189, 192, 193, 194, 195, 205, 211, 220, 268, 309, 311, 313, 315, 321, 437, 443, 447

ojeriza, **S,** Clan odio, 185, 437

on, 327

ORGULLO, **C,** Tribu XXI, Agrupación IV, VI, Diferencial: conciencia de la propia dignidad. Antónimos: inferioridad **(C),** autodesprecio **(C),** vergüenza **(C),** culpa **(C)**

orgullo, **S,** Clan orgullo, 21, 58, 164, 199, 220, 257, 321, 322, 331, 332, 333, 334, 353, **337-342,** 348, 349, 350, 352, 355, 358, 360, 361, 398, 405, 444, 445, 448

osadía, **P,** 258, 259, 260, **261,** 264, 347

paciencia, **P,** 13, 64, 99, 111, 112, 117, 208, 234, 409, 417, 434, 436, 437

pak, 280

panic, 251

pánico, **S,** Clan miedo, 132, 133, 391, 438, 442

panique, 248

pasión, **G,** Taxonomía, 431

pasión, **S,** Clan amor erótico, 14, 19, 44, 64, 72, 74, 75, 76, 78, 79, 90, 96, 101, 142, 152, 165, 173, 185, 196, 203, 204, 225, 270, 349, 386, 409, 411, 412, 413, 414, 415, 416, 431, 444

pasividad, **(G),** Dimensión V, Polo negativo, 61, 130, 161, 182, 282, 288, 333, 334, 390, 404, 405, 411, 412, 430

PASMO, **(C),** Tribu XVII, Diferencial: paralización de la respuesta

pasmo, **S,** Clan pasmo, 29, 121, 122, 125, 441

patriotismo, **S,** Clan amor, 33, 163, 164, 443

pavor, **S,** Clan miedo, 181, 248, 265, 438

paz, **S,** Clan tranquilidad, 13, 68, 107, 108, 117, 434, 435

pelusa, **S,** Clan envidia, 438, 442

pena, **S,** Clan tristeza, 60, 71, 75, 109, 124, 162, 198, 212, 251, 267, 270, 272, 273, 274, 280, 281, 284, 295, 316, 370, 371, 386, 413, 440

perplejidad, **S,** Clan confusión, Clan pasmo, **113,** 387, 435, 441

pesadumbre, **S,** Clan aburrimiento, 87, 111, 198, 211, 270, 271, 274, 295, 375, 440

pesar, **S,** Clan tristeza, Clan culpa, 60, 78, 111, 138, 267, 270, **295,** 353, 370, **371,** 374, 419, 440, 445

petrified, 252

peur, 248

philia, **156**

piedad, **S,** Clan compasión, 31, 136, 264, 304, **305,** 306, 307, 308, 309, 316, 441

placer, **G,** Dimensión III, Polo positivo, **59, 60,** 78, 79, 80, 81, 82, 89, 95, 96, 99, 109, 124, 125, 130, 148, 157, 171, 182, 213, 224, 225, 275, 280, 286, 287, 288, 289, 290, 291, 292, 296, 297, 298, 300, 301, 308, 312, 316, 336, 387, 404, 415, 429, 431 placidez, **S,** Clan tranquilidad, 108, 299, 435

plenitud, **S,** Clan felicidad, 36, 63, 96, 297, 300, 301, 443

positivo, polo, **G,** interés, agrado, atracción, bondad, activación, 429, 430

postración, **S,** Clan debilidad, **101,** 256, 271, 272, 434

Predilección, 443

preocupación, **S,** Clan intranquilidad, 37, 72, 110, 164, 224, 247, 248, 371, 387, 434

pudor, **S,** Clan vergüenza, Agrupación VI, 178, 186, 251, 348, **356-357,** 359, 360, 361, 445

PUNDONOR, **C,** Tribu XXI, Agrupación VI, Diferencial: la conciencia de la propia dignidad provoca el deseo de obrar de la manera adecuada. Enlaza con deber **(S),** y honor

pundonor, **S,** Clan pundonor, 325, **347-349,** 444

punmen, 44

querencia, **S,** Clan amor, 443

querer, **S,** Clan deseo, **70, 145,** *passim,* 432, 443

quietud, **S,** Clan tranquilidad, 106, 108, 109, 110, 119, 190, 435

rabia, **S,** Clan furia, 194, 197, 201, 202, **204,** 205, 207, 415, 436

rabieta, **S,** Clan enfado, 202, 205, 436

recelo, **S,** Clan desconfianza, 72, 111, 113, 115, **116,** 154, 247, 440

reconcomio, **S,** Clan intranquilidad, **111,** 434

reconocimiento, **S,** Clan gratitud, 54, 57, 201, 209, 249, **323,** 324, 332, 343, 354, 443

regocijo, **S,** Clan júbilo, 59, 127, **225,** 296, 297, 316, 442

regodeo, **S,** Clan satisfacción, 291, **317,** 442

regret, 323

relevante, **G,** Dimensión I, Polo positivo, **56,** 429

relief, 231

religioso, sentimiento, **S,** Tribu XVII, **131-134,** 442

remordimiento, **S,** Clan culpa, 228, **371-376,** 377, 445, 447

RENCOR, **C,** Tribu IX, Diferencial, ira no desahogada. Enlaza con odio **(C).** Antónimo: amor **(C),** misericordia **(S)**

rencor, **S,** Clan rencor, Clan odio, 47, 80, 124, 182, **183,** 184, 185, 188, 192, **194,** 205, 213, 228, 271, 310, 323, 376, 437, 447

repelús, **S,** Clan asco, 433

repugnancia, **G,** Dimensión II, Polo negativo, 49, 58, **92,** 179, 180, 214, 215, 250, 373, 433

repulsión, **S,** Clan asco, 58, 71, 183, **321,** 432, 433

resentimiento, **S,** Clan odio, Clan rencor, 104, **183-187,** 188, 191, 194, 205, 253, 313, 336, 351, 363, 376, 377, 437, 447

RESIGNACIÓN, **C,** Tribu XVI,

Agrupación IV, Diferencial: aceptación de un mal sin luchar. Enlaza con paciencia **(C)**

resignación, **S,** Clan resignación, **111,** 260, **272,** 273, 405, 441, 448

respect, 365

RESPETO, **C,** Tribu XVII, Agrupación VII. Enlaza con miedo **(C)**, sentimiento religioso **(C)**

respeto, **S,** Clan respeto, **54,** 55, **125, 126,** 132, 179, 199, 253, 259, 260, 261, 311, 343, 348, 352, 356, 361, 362, 442, 448

responsabilidad, **S,** Clan coacción, 295, 334, 335, 352, **369,** 374, 405, 433, 446

resquemor, **S,** Clan rencor, 205, 437

reverencia, **S.** Clan respeto, Agrupación IV. Enlaza con sentimiento religioso **(C)**, 125, 442, 448

rivalidad, **S,** Clan celos, 76, 438

saciedad, **S,** Clan satisfacción, 70, 215, 216, 217, 218, 289, 432

saña, **S,** Clan furia, 73, 193, **201,** 296, 436

SATISFACCIÓN, **C,** Tribu XVIII, Agrupación I, IV, Diferencial: lo desencadena el cumplimiento de un deseo. Antónimos: decepción **(C)**, ansia **(C)**, deseo **(C)**, aburrimiento **(C)**

satisfacción, **S,** 59, 121, 140, 148, 154, 160, 162, 286, **289,**

291, 297, 315, 316, 318, 330, 336, 340, 346, 352, 362, 436, 439, 442, 446, 448

saudade, **S,** Clan nostalgia, **277,** 278, 284, 441

sed, **M,** Clan deseo, 68, **76,** 85, 89, 118, 210, 289, 293, 432

SEGURIDAD, **(C)**, Tribu VII, Agrupación V, Diferencial: El propio poder y saber elimina la inquietud ante el futuro. Enlaza con ánimo **(C)**, esperanza **(C)**, confianza **(C)**. Antónimos: inseguridad **(C)**, desánimo **(C)**

seguridad, **S,** Clan seguridad, 18, 99, 106, **112,** 115, 116, 120, 179, 181, 190, 234, 236, 237, 245, 252, 300, 333, 363, 435, 438, 440, 445, 448

sentimiento, **G,** Taxonomía, 431

sentir, **G,** Taxonomía, **51,** *passim*, 431

serenidad, **S,** Clan tranquilidad, 14, **106,** 107, 108, 435

shame, **365**

simpatía, **S,** Clan amor. Antónimo: antipatía, 29, **144,** 318, 333, 387, 414, 437, 443

SOBERBIA, **C,** Tribu XXI, Agrupación III, IV, VI, Diferencial: evaluación positiva de uno mismo, acompañado de desdén por los demás, y deseo de ser preferido, conductas jactanciosas. Enlaza con desprecio **(C)**. Antónimos: humildad, vergüenza

soberbia, **S,** Clan soberbia, **76,** 135, 314, 337, **338-340,** 342, 349, 444, 445, 448

tribu, concepto de, **15-20**

tribulación, **S,** Clan tristeza, 88, **271,** 293, 440

TRISTEZA, **C**, Tribu XVI, Diferencial: lo desencadena la pérdida del objeto de nuestros deseos y proyectos. Enlaza con angustia **(S),** envidia **(C).** Antónimos: alegría **(C),** júbilo **(C),** triunfo, sentimiento de, **S,** clan de ánimo, Agrupación I

tristeza, **S,** 49, 62, 72, 87, 88, 95, 100, 110, 111, 139, 161, 162, 168, 180, 187, 188, 193, 204, 210, 211, 212, 213, 214, 217, 220, 221, 223, 253, **267-287,** 291, 293, 295, 304, 307, 311, 315, 317, 349, 370, 383, 385, 387, 390, 392, 399, 408, 409, 410, 412, 442

turbación, **S.** Clan intranquilidad, Clan vergüenza. Enlaza con confusión **(C),** 72, 107, 108, 109, 110, 114, **115,** 246, 261, 354, 359, 434, 445

unga, 155

valentía, **P,** 202, 256, **257-258,** 259, 261, 262, 264, 361

valor, **P,** Agrupación V, **255-264**

vanidad, **S,** Clan soberbia, 81, 162, 164, 173, 198, 331, **340,** 444

veneración, **S,** Clan respeto. Enlaza con sentimiento religioso **(C),** 54, **126,** 133, 326, 327, 442

VERGÜENZA, **C**, Tribu XXII, Agrupación V, Diferencial: lo desencadena la manifestación real o posible de algo que el sujeto desearía que permaneciera oculto. Enlaza con confusión **(C),** miedo **(C),** pundonor **(C).** Antónimos: seguridad, desvergüenza

vergüenza, **S,** Clan vergüenza, 21, 44, 94, 114, 115, 178, 252, 253, 256, 257, **261,** 262, 283, 319, 321, 327, 331, 332, 333, 334, 335, 336, 342, 347, 350, 351, 352, 353, **354-365,** 366, 368, 392, 400, 401, 444, 445

vergüenza ajena, **S,** clan vergüenza, 322, 445

vergüenza positiva, **S,** Clan pundonor, 444

Verstimmung, 89

vesania, **S,** Clan furia, 193, 436

voracidad, **M,** Clan ansia, 72, 432

xenofobia, **S,** Clan odio, **182,** 437

ziosc, **207**

zlopamiatstvo, 323

zozobra, **S,** Clan intranquilidad, 72, 110, **111,** 434

ÍNDICE

COLECCIÓN COMPACTOS